路翎全集

第十四卷

晚年长篇小说 1992

乡归
吴俊美

复旦大学出版社

本集获复旦大学"985工程"三期整体推进人文社会科学研究项目和上海文化发展基金会资助出版,为国家社科基金项目(22BZW134)中期成果

晚年路翎在写作，1991年于虎坊桥寓所

晚年路翎在休息，1991年于虎坊桥寓所

1991年7月，路翎与传记作者朱珩青女士

《吴俊美》手稿

1996年余明英、徐朗与初次到访的张业松在路翎书桌前留影

路翎追悼会上的挽幛

目　录

乡归 …………………………………………… 001
吴俊美 ………………………………………… 255

乡 归

《乡归》,原稿499页,末尾署1992.6.28,据以抄印。

姚秀敏对她的侄子姚世祥有着亲切的感情。因为有着亲切之极的感情;因为又觉得自己年龄大了;因为厌恶自己是人们的负担;因为怀念着乡土;因为自己有年老的痉挛和几十年历史的痉挛,而在她的侄子姚世祥趁着调职务的情况要她回故乡的时候,发生了激动的感情,而哭泣了。姚世祥,因为调职务回故乡有新的前程;因为年轻与活跃,想着这前程的展开;因为想象力强和孝敬着在他小时曾帮助他的他的姨母和对她有着强烈的感情;因为愤慨这社会上目前的一批恶劣的人们;因为被前面的自小离开的故乡的吸引,而从他的日常的情形:沉静,深沉,转为一种特别的活泼。他还知道他的姨母的特别的历史的详细情况,虽然这已经很被淹没了。

他发生了激动。

"你回到南方去度你的晚年了。安度晚年,是这时代筹划的,你也有条件,你将会很快乐,和永生似的快乐,你过去积了一定的钱,而这次,你这井冈山的老战士,脱了队的,再议了军籍,拿到了一套军装,又拿到了两万元,而且有每月的营级干部的供给,我十分快乐,你已八十二岁了,你的心里便一定想到井冈山以来的和新四军的生活。你在新四军和谭震林打架,断落了的军籍,师级干部,现在回贯了,虽然只拿营级的待遇,因为你井冈山以来有许多岁月又是回到了家乡的。你披戴着反军的帽子多年,现在去掉了,你现在有着红军老兵的光荣的历史了,这使我感慨。你的生活到新的段落了,你有快乐的晚年。"

姚秀敏要哭泣了。由于她有有力的,多感情的性格,她的心里有着欢乐和一定的阴暗面,由于阴暗面,她便哭着的时候有痛苦的啜泣。

"我老了得见到光明,经过斗争,恢复了军籍,我当过新四军的代参谋长,我爱红军啊,我爱井冈山啊,我爱红色妇女军啊,我曾为之流血啊,但我,由于谭震林的打击;由于我过去和政治部常打架；由于个人骄傲；由于这情形；由于我的常断落的军籍，我仍旧有时说我不是井冈山的，不是军队的，我只是种地和在韦成司令员家为女仆的，我已经，由于阴暗，如那些人所说，习惯于这样了。你看看，你瞧瞧看，我这次办手续，虽然叶剑英批了与谈过话，和聂荣臻将军，王震将军，三个老领导慈祥，但是政治部的夏川与罗志恒呀，却跳起来攻击我，说我，依恃着曾从家乡带一伙人到新四军，是主张个人军队，自立为王的，而一直个人强豪，不是党员。所以我日常仍旧说，没有那些，我只是曾在后来年代在韦司令员那里当阿姨女仆。"她说，哭泣着，"韦成军长司令员因为刘少奇反党冤案而被关押，我便流浪到几家当管家，当阿姨。并未有井冈山以来的幻境梦境一般的一切，没有前敌的喊杀声，也没有炸地垒，骑马，那马腾挪，而奔驰。我也仍旧说不识字，而至于未婚，因为那谭震林与政治部又打击我的善良，老实人，为参谋处长的张振国的婚姻，我因为这种冤枉案，便一直说未婚，也由于人口的活动。张振国在新四军逝去了，"她哭泣说，"到了这老年了。我是一个乡村的封建的姑娘姚秀敏，我便要去跳河了；我是一个红色娘子军的英雄，我便跳上战马奔驰了；我是一个流落的韦成司令员的女仆，我便要上街买菜了；我是一个街头巷尾端详年迈的人们而自豪自己是解放者的人，便在街头鸣锣而伤心了；我是一个阴损的、固执的，心中念着我的亡夫的人，乡村的守节者，痛苦者，我便在韦司令员家躺卧到中午而伤情了；我是一个回顾八十余年生活而阴鸷者，而冷淡瞧着国家的道途而不抱一抱街头的跌跤的儿童了；我是一个有灿烂的心，辉煌的井冈山的烛照者，我便在街头抱一个活泼的青年了。我做乡村的家庭妇女一般的哭，"她哭，说，"我又女兵士咽着眼泪哭，而不大喊大叫，我又是师长一般用手掌蒙着眼睛哭，当我回忆我的人牺牲的时候。"她说，她的年老的身体颤动着；她从坐着的椅子去到床上，盘着腿坐着，哭泣，又回到椅子上，又因为痛心，坐在地上而哭泣。"我想到我的八十几年，我有多少次坐在地上而哭泣，亲人啊，红军战士呀！我有打谭震林耳光也有他打我耳光,我有吐他唾沫他也有吐我痰,我的心阴鸷,我便还是坐在地上哭泣了。我只是种地的和韦成司令员的女仆、阿姨,什么也不是,我因为恨了,说自己不识字,那时候谭震林的政治部提倡不识字。我因为死了丈夫,他牺牲于前敌的痛苦,便自此也就未婚。我的心仍旧是有这一份阴郁的,同时,我又认得几个字呢?我一辈子流离的生活,便像一个老衰了的鹰,痉挛翱翔,而且到故土江南去了。家乡扬州,千里波浪。江南草密,江南草惆惘,江南草长,我年高而靠近死亡,我年高而又有攻击死亡傀儡的状态,我回故乡了。"

姚秀敏有一定的战栗,她在床上,椅子里,地上坐了各一定的时间,而站起来了。

"滔滔的生活的历史啊,伟大的朱德的工农红军,彭军与贺军,彭军德怀师与贺龙大将军,历历各处的草长,草密,草烟啊,我姚秀敏伏在草窝里射击敌人历历各处的烽火闪闪。历历各处的生涯旅途,为人民的事业,祖国的江山,历历各处奔放的灿烂前程的以至于永生的理想,何等的气概!但又有历历各处的我的坎坷,历历各处的水田,我的家种地,历历各时的长途的荒凉。但也有我从水田的隆起,在党的领导下组织人马。历历地我乔装为不识字与封建,生死有命的观念,历历地我在韦成军长家为女仆,而不提往事。"她哭泣,说。

姚世祥,因为爱着姨母;因为快乐于获得成功:姨母说了自己的历史;因为即将回乡;因为姨母有不暗澹辉煌的老年;因为姚秀敏是一个奇怪的,阴郁而又明朗的人,而眼睛潮湿了。他因为前时代的阴影和灿烂;因为旧时历史的巨大的磐石;因为欢乐然而同时痛苦;因为年轻然而同时觉得自己将来也和姨母一样会有苍老,而人生大限在望;因为激动,而流泪了。

"愚蠢的姨妈啊,巨大的姨妈啊,回故乡了啊。十分地有意义,永生的姨妈啊。但又有什么意义呢?"他说,便心中涌起激烈与假设为不妥之人的思想;因为内心的也有欢乐,便假设为悲观,悲愁。"正直的八十余年,有什么意义呢?人之一生,也有妥协一定的好,不这样认真好;我还说,一分欺诈,在革命队伍里也混一分剥削良好。"他说,有着脸庞的发红。

"你一分欺诈,一分剥削呢?"姚秀敏说,捶着桌子,带着亲密的、讽刺的微笑:她有着真实情况的愤怒,因为姚世祥有忠实与朴实,他的假设,使她特别受刺激。特别觉得他的事业心,特别觉得他是诚实的,有前途的青年。因此特别受刺激。

姚世祥战栗着,他产生了一种气魄,觉得要在有宏大历史的姨妈面前展开自己,觉得这时代的青年也要成就丰功伟业,觉得"气贯长虹"——用他自己的语言说,而有一种英雄的情操。他,由于激动;由于欢乐前程的眺望;由于有才能,由于发生的和现实战斗的气概;由于心灵的被触动,他便站起来,在姚秀敏的面前跪下了一个时间,而站起来,摇晃手臂,而发生激情了。

"时代!各个时代,情节,各个情节,我姚世祥与巨大的姨妈作战了。你有什么成就?你有什么功勋,为什么你反对部队,我们军队的合理的家长制,而你提倡自发性?我再说,人生各样式有什么不好?我明天到野鸭湖畔,去与大松树作战了,看谁有古老的灵魂,是姨妈,是大松树,还是经历了幼小失父母,姨妈给带大的人间的沧桑的我姚世祥?我,登基为王,要成就我的事业了,我有一个美丽的,凶狠的未婚妻,她在督促我成就事业了。现在的时代,我将走时代的刀锋刃,而发起财来。而有灿烂的光辉。我将成为一个漂流的,有气势的经纪人,用姨妈的钱加自己的钱,专做营业。姨妈呀,反对你的老年的安静了。"

"我的钱,不给你的。"姚秀敏老人讽刺地说,因为爱着侄子。

"我便要盗窃成功姨妈的钱了。我服毒自杀,拼到姨妈的钱了,人生的路,新异的想法开创我的道路了,我再跪下一下,假设我这时苍茫,而进入钱财的迷惘,不信马克思,斯大林英雄,而假设我信耶稣基督了,我也尝尝心灵的特别的滋味,因为这种假设有一种软的眠床。"他说,跪下了一个动作,闭了一个动作的眼睛,"我假设,我便考验我的马克思主义的纯洁性,受到井冈山的姨妈的感动的纯洁性。我爱马克思,但我假设为这种:我有一种紧张的心弦,在这种紧张的心弦里,见到同时代的青年的卑污,而假设为不良之人。假设我贩卖不良的货品,假烟假酒,而附带黄色的书籍,色情的,有阳物各非非地如何插入阴户里。"

"你看看你瞧瞧看你这贤明的善良的孩子,如何一刹那变成了小流氓。"

"我假设我受同辈的青年的感染了。"

"他们中间没有英雄人物吗?"

"有,我敬意他们。但我想假设。我想做营业,而发起财来,剥削人一分,但言归正传,我想做一种特别的地下工作,假设为不良之人,而将那些人刺伤。我便是英雄人物。"

"你难道可以这样吗?姨妈的两万元,不借给你,不供你这种事业,你混蛋!设若是假设,我便也要考核,你这青年,会不会堕落而进入恶人的阵营。"她说,姚世祥自幼小以来的有才能及贤良,使她有了一定的眼泪。"今天是怎样的时代了。今天的钱财的风暴,刮走我的心肝的,善良的侄儿了。"她说,因为姚世祥是假设;因为姚世祥呈显了气概的尖锐的格斗的态度;因为也呈显了他的才能;因为激动;因为心灵的老年的颤抖,而又有着一定的眼泪。"我爱你类似你的父母。他们假设也活着会也有一定的展望的苦恼,我说,我此时发生心肝的感情,对你的假设,决心,动情了。心肝的侄儿,现在不是也有风险吗?我老了,惧怕发生的风险。"

"现在没有风险,而年轻人渴望风险,"姚世祥说,"我要进行斗争,心肝的姨妈。"

"那我不能把钱给你了。"

"那我将凭我的才干吸引姨妈你投资我。你会投资我这两万元,我会而且手中捧着人生的酒杯与剑。我发誓,有些是假设,我不会去干一份剥削,不会变坏人,不会贩黄色色情书籍,刚才说那些,是由于愤怒于有些人们。我心中廉明,纯洁,正直,我手中捧着人生的酒杯与剑,向姨妈赌咒及再跪下了。"他跪下,显现着纯洁,纯朴,正直,挺着胸。他又站起来了,他说,他因井冈山的前辈而感动,要从事人生的斗争,要做合理的经营,用自己的劳动力。他说,他观看人生的酒杯与枪,与剑,而有着沉醉,他便心中有一个虹,有假设疯狂,有着似乎是疯狂的欲望;他的假设疯狂使他表现为如下的动作。

他高举手臂,说,在姨妈,譬如亲生母亲面前赤裸了。他将焕发于生活,发起财来,而仅仅用他的聪明;他将终生严谨,而将钱奉养姨妈,同时帮助困难的朋友;他将有几十万,一百万元,同时捐给政府,算是代表井冈山的党员姨妈。他说,他举手,表示誓言;他做拥抱的姿势,表示拥抱时代;他做举鼎,举重的姿势,表示决心,他做挥剑与敌相砍的姿势,表示为正义而格斗。他跳跃,带着发生的兴奋,并乔装为精神有一定的疯狂,而喊叫着。

"河山,万里河山,祖国江山,为未来的时代,纯朴,从姨妈的手里接过酒樽,而跳入我的两边有火焰的大道。河山,我的河山,河山,我挥人生的重剑,做这种事业呢,还是不做这种事业呢?是王者呢,还是胆怯呢?是变成贪鄙者呢,还是心中有正直的火焰,我便看中了,并为姨妈手中的二万元而斗争了。我的河山江山啊,我的人生的大路啊。"

"你是并不真心的,你是并不纯朴的。"震动着的姚秀敏着意地说,"我怎样说好呢,你是伪装正直的,你将是一个堕落的青年,但是,我被你感动,你是善良,但是,我要坚持一分,你是有并不如你自己想象的。"

"我假设为是一个贪财的青年,我便号叫,而在地上翻滚一下。"姚世祥说,在地上卧倒,翻滚了一个动作,"我是一个贪财的青年了,但我不爬起来,我要纯朴的,高年的姨妈,"他娇弱地说,"拉我起来,姨妈,说批准我去经商了。我是纯朴的。"

姚秀敏激动着,心中快乐而又有着顾虑。

"你是混蛋的人才!你是骗子!"她讽刺地说,"你是好大喜功者!你是贪钱者!看我这两万元的棺材本,我说的全不是井冈山的话,而是我的一个封建的,土著女仆的,冥顽的老妇女,面对着现代的这种青年了。哎呀!我们当年奋斗就是为了你们今天的贪财呀！哎呀，我们当年流血,姨妈是有两次流血快死的,那血浸在中国土地上,而你的姨夫在一定年战死了,也是为了你们今日敛财呀,我号叫而哭了。"她讽刺而快乐地说,于是,她便双手做号筒,而做着假的哭。"我是否遇到新生代的多姿多彩,遇到一个英豪人物,遇到一个和剥削的气流奋斗的,聪明的人物？"

"你遇到的是这样了。"姚世祥说,激动着,"我走过江山,我走过我这一代的江山,我走过当代的河山,而检查同时代青年有的卑污,我要用我的才能赚坏人的钱,而献给政府,而我继续经过江山,走过我的河山,浏览与敬礼我的河山。你问我什么不可以干,而我为什么干这个呢？我的周围有坏人,而我在商业部门。"姚世祥说,"我是一个坏人了,坏青年了,我便扭着你,说威胁的话,说甜蜜的话,抢劫你姨妈的钱了,我不是说甜蜜的话么？但我是一个好青年了,我心中充满我的江山,我的江山便是我这时代的我们的路,我的河山,我将前进而奋斗了。我是一个恋的青年了,你混蛋,你老人家狗屎,你的井冈山的历史狗屎。"他说,因为内心的战栗；因为对姨妈的感情；因为觉得自己现在伏在战争的沟里；因为自己的灿烂的前程有着障碍；因为彻底凶恶地和黑暗冲突还是有时妥协一分良好的考虑袭击着他；因为他想着妥协一分,他战栗着。"但我们便要启程了,亲爱的姨妈。"他说,因为想到姨妈的年老,因为想到自己的新的前程而姨妈已是垂暮之年,即"风烛残年",而心痛着,而哭泣了。

姚世祥,对于他的姨妈姚秀敏的回故乡,有着激情,便伤痛了一瞬间而将衣服穿整齐。他,姚世祥,是姚秀敏的哥哥生的,但又是过继给了姚秀敏的也是死了的妹妹的,所以便称姚秀敏为姨妈了,这是姚世祥在整齐一个动作的服装的时候想到的,他扣上了每一颗扣子而买了水果来了。他因为姚秀敏年老,而想着他就要离开北京这乡土了,便买了水果,认为水果是土地的表征；因为有作为纪念的感情,他也在这时候,意识自己是农村的孩子。他便要给姚秀敏的离开北方做一种仪式,他有着礼仪的感情,同时,因为他也是向往南方。他将水果放在桌子上,而在院子里挖了大块的土,对姚秀敏说,现在他因为在北方多年,也眷念着北方了,便和姚秀敏共同做乡情的告别了。他,姚世祥的未婚妻是他小时的同学而在这年代遇到的,他的心里有着回南方的甜蜜。他便用这种仪式举行告别,穿着整齐的衣服,因为扣子有一颗松了,他便看看眼睛朦胧的年老的姨妈,而突然发生了娇弱的感情,认为老人仍然能缝纽扣,认为这种亲切的感情的甜蜜的娇柔是必要的,而用着发出的少年的声音,要姨妈缝扣子,便也发生了奇绩。八十二岁的姚秀敏,因为侄子喊叫的震动,因为喊叫的声音里有不觉得的娇弱,因为姚世祥的突然发生的依赖的情感;因为内心的震动,因为想着年轻时的缝衣穿针的经验,因为发生了那种甜蜜,便心脏震动,而笑了,想说:"我能缝线么?"但说了:"你拿来试试看。""这样,姨妈,我替你穿上针。"姚世祥说。"不,"姚秀敏说,"试试看,我现在年轻,我穿穿看,现在你又挖了院子里的泥土做仪式,我的心便跳荡,像我结婚的时候了,像井冈山时候替朱德缝扣子了。美丽呀,人生。"她说,便拿过针与线来,眯着她的右眼有一定的白内障的眼睛,而对准着针孔穿着线。因为年轻时代的血潮上涌,她的手很沉静,她的嘴有一种坚毅的表情,她便居然穿上线了。"那么,姨妈我便来给你缝扣子了,你看着,你供奉院子里的泥土,我心激荡,缝扣子使我心中有快乐。"这样,姚秀敏便不太费力地缝上了姚世祥的纽扣,而姚世祥激动,新鲜,便穿上衣服,对着桌子上的水果与泥土鞠躬。他是因为探求人生的道路而有着奇特的执著,不仅谋求生计,而且要探索人生的真理。他在假设为反对姚秀敏之后,在哭泣之后,便变得有礼而向着桌上的水果与泥土而鞠躬了,又把桌上的北平的泥土放端正。

"我是南方的孩子,也是北方的乡土,我致敬我的乡土,祖土,我的河山,江河,大川,高山。"他用明朗、强有力的声音说,"姨妈八十二岁跟我缝扣子了,光荣的业绩,我考试她而她胜了,她胜了而我幸福。我从事一种舞蹈了,"他说,舞蹈了几个动作,

"我祭祀祖先,及一些年到老耄还奋斗的人们,也有年幼有家庭负责之心,而拦起凳子在站台上,希望自己能扫掉灶台上蜘蛛网的人们,我们家的祖上有一个这样的儿童,他有灵感与巨大,幸而他的姨妈经过,当他凳子侧歪,跌下来的时候。我小时候也是这样努力的孩子。我曰说,"他舞蹈,又鞠躬,而对着水果与泥土说,"我曰说,时光缓缓,缓缓,每一分毫却是内藏永生的善,我曰说,孔子曰说,日行近午,便有天体的巨照,心照,宏照,乡间的泥土呀,我今日,我曰说,"他用歌唱的声音说,"我登向我的前程了。我曰说,孔子曰说,为人宽忠诚,我将前进,不干错误的事,不像假设的那样,有一分剥削欺人,贩黄色色情书籍,而是做纯朴的,正直的,善良者,于市场上。但我舞蹈,我堕落了,我变成贩卖黄色书的歹徒了,贩卖海路间的歹子了,你看我眼神黄色,面颊有灰深的刻镂的皱纹,你看我嘴中喷出的可恶的邪气,你看,我财神飞翔,而有着金元宝,而六亲不认,而脑肠肥满了。我曰说,孔子曰说,我便将变为这,而人人得而诛之也,"他说,做了几个邪恶舞蹈的动作,"我便出发广结朋友,而用刺刀刺进姨妈的心,而下一种毒药在姨妈的茶杯里,我恶毒,我贩卖淫书,我杀你幼儿。"他说,战栗着,"但我说曰,孔子说曰,"他大声,用激越,颤动,正直的善良的声音说,"我这些表现无非是用这时代的恶劣面来怕吓姨妈你。我善良,正直,我曰说,我快乐,年轻,启程,善与正直。"

姚秀敏站着看着他,心中便激动着。她想着她的历史,井冈山以来,因为生活的挫折,因为丈夫的死去,而假设为自己是落后以至于封建的,假设自己是未婚的,假设自己只是种过地的与任过韦成司令员的女仆的,和假设自己是不识字的。她便想到当年新四军她打击谭震林而谭震林也打击她的时候她曾对陈毅司令员与叶挺司令员哭泣,说她的丈夫也牺牲了,而此后便教军队同志种地,而固执地,坚决地,再不说军队与热血喷洒之战了。"是一个愚昧的妇女,如同旧中国历年来如此。"她说,她现在,当姚世祥供奉泥土与水果的时候,发生了旧的痛苦;姚世祥有假设为恶劣之人,也使她有痛苦,她在侄子面前穿上了针,使她振作,但她的心里,由于姚世祥挑起的激越的情感,她便面对着她的现实,而再假设为她是封建落后的妇女了。她又觉得这样的对她的死去了的丈夫会合适些。她便找了一张纸垫在地上,而对着供奉着的北京的泥土与水果,苹果,香蕉,跪了下来。

"菩萨,我也曰说。孔子曰说,生生不已的天心,我也曰说,人生无谓,而冥冥暗暗,我也假设为封建之人,给侄儿缝上了一颗扣子于八十二岁,便天命依旧,愚昧黑暗,想着当年是反军分子,而曰说,我没有什么军籍,我便愚蠢黑暗地归结了。不远了,一定的风吹起来过去的心中的苍黄,和青春的欢笑不回来,便在沉沉的中国土上归结了。我假设中国土仍旧是暗沉的,对不对呢?"她说,"对不对得住邓小平呢?但我不管,菩萨,我曰说,"她说,两手舞蹈着,"我曰说,我苍苍莽莽,愚昧黑沉,我心中沉入,我对一切的一切有老年的悲怆,失望。所以我跪拜菩萨了。"她说,她常这样伪装,也有这样的感情,现在,虽然她拿到了军队给她的合理待遇,心中有着甜蜜与伟大的感动,但是,她的心中的怨恨与不满与假设的愁苦与人口的活动的苦恼与政治部夏川罗志恒给她的打击的伤痛再回来,她便战栗着俨然是一个落后的,幽暗的老妇女了。"我曰说,我是一个冥顽肇事的偏执的妇女,冥顽的老人,我心中激动,因为心中还有别的,别的曰道,如同孔子曰道,善良啊,善良啊,我心冻结,心中的善良全解除我的冻结,我便见到我确有这一笔历史,沉入深渊的。现在沉船升起了,我善良,军事领袖们也善良,他们不是给了我待遇了么?我也是因为夏川罗志恒这类人的攻击,谭震林这类人的攻击,而做一件特别的事,将待遇退回去?曰说,曰说。"她说,她战栗着,便在跪下向空中敬拜了之后说:"菩萨啊,你是写信等级制度,我是拥护写信上层,像天庭的□□□□□□一样,是五个顶足的因为字样,我便要负担起社会的兴旺了。但我是不识字的,没有结婚的,老姑娘,八十二岁了,我是黑暗愚顽的,我是的。"

"你老人家不是不识字,而且姨夫也是干部,不过阵亡了么?"姚世祥说。

"但我否认这些。"姚秀敏说,"我不认。我说我心里的危火燃烧,危火烧危楼,我这一切卷起来不认了,付诸东流了。"

"菩萨,你看,"姚世祥说,"姚秀敏姨妈现在在截断她的光荣的历史了,我就不相信,谭震林的打击,政治部的欺污,就有这样重。你不是拿到待遇了么?"姚世祥有礼地,讽刺地,亲切地,大声地叫着,"菩萨,你看她是多么有意思,八十几岁的人了,不承认她的侄儿与足迹了,在地上愚昧黑暗地向你跪拜了,"姚世祥说,讽刺地大叫着,"你看姨妈她跪拜了,她不识字,也没有结过婚,也没有在战场上看着土坎与草,注意敌军,一切全没有。"

"我没有那些。"姚秀敏说,"我从来只是一个不识字的,愚蠢的。"

"真的么?"

"是那样的。我的人生,是愚蠢的,加以我现在年老了。"

"是这样么?你不是像似,这时候要脱层皮,而像你□□一样,老年脱层皮,而达永生的健壮么?"

"不是这样的,"姚秀敏说,"小子。""我也不辨断我这些年的历史。菩萨,你看,侄子他对我好,而供奉着北方的水果与泥土块了。"姚秀敏说,"我爱这北方的泥土。可是它哪里有我们江南的好,哪个有我们江南的好。"姚秀敏说,"我便是又一个封建顽固的老妇女了:哪里有我们江南的好。"她说,捧起桌上的泥土来,在嘴上接了一个吻。

"你姨妈是否认历史而此后如同井一样沉默么?"姚世祥问。

"我此后沉默了,老了。"

"你就不动心于宽待朱德将军与党么?"姚世祥问。

"那不重要。但是,怎么不重要。我心中落下了重的盔甲,心中苍茫,我是有一层皮要突破,年青时代就有皮,精神痛苦的创伤。怎么不重要?我怎么不能脱颖而出,走进我的有军籍,有供给,有欢笑,有侄儿贤良的老年?"

"你这就对了。"

因为痛苦的阴郁过去；因为愚顽黑暗的形态的侵袭的过去；因为生命的跃动；因为升起的欢乐；因为觉得自己是依归了的定律与社会革命的，所以姚秀敏便观察自己，开始时觉得自己是一个老年的、衰弱的、丑陋的、痛苦的老妇女，但随即觉得自己又不是一个丑陋的、冥顽的、衰弱的、痛苦的老妇女，而是从一个丑陋的，冥顽的，痛苦的老妇女脱壳而出，是一个年青的、强悍的、美丽的、英雄的妇女了。

"这一切就是这样，我姚世祥搏击。"姚世祥说，脱去上衣，赤裸上身，而爬到桌上站了一瞬间："抗议，我再假设我是一个欺人思想的，剥削分子了，井冈山的老兵这回遇到这一类人，叫做什么罗志恒夏川，我说，你有如何办法？"他说，因为突然猛烈；因为活跃；因为觉得搏斗似乎胜利，姚秀敏转为年青的、英雄的妇女了；因为自己觉得有力，分享了姨妈的英雄精神，觉得胜利的凯旋；因为心中有着年青人的狂欢，因为觉得八十二岁的姨妈有着巨大和伟大；因为有着当代青年的气概，而赤裸上身在桌子上站着，然后跳下来了。"我说正式的了，井冈山的老兵呀，珍奇的人物，又当了多年的种地者与韦成司令员的女仆，而多半时间不提过去的英雄简历，井冈山的老兵呀，稀世奇珍，我们便同回故乡了。"他说。

"你有精神病发作而使我心中沸腾了；"姚秀敏说，"我觉得我正在我的厚的未蜕的皮的围困里，我觉得我的英雄的青年的永生的身体正在转变蜕化而出，从茧里网里蜕化出来——当我听见海的啸声，而且愈听愈明朗的时候，海的啸声中我过去的作战的喊声在内，海的波有十只大船那样高，空市中海鲸的嘴唇的楼和我的心的尺度一样高，我的心的尺眉，还要高，高到天阵。我在脱壳了。我脱颖而出了，是美女了，是青年的强壮的追寻真理者了，歌唱吧，人们，歌颂吧，脱颖而出了，整个脱颖而出的还有这时代。"她说。

姚秀敏和她的侄子姚世祥便乘飞机南返。

姚秀敏有许多年，在军人韦成司令员家。姚秀敏到韦成司令员家,是全国解放后的岁月,她从家乡种地几年出来,找到韦成,韦成司令员夫妇的女儿五岁,姚秀敏便在韦成家为女仆,带着五岁的姑娘,而勤劳地工作。因为她历史上是和谭震林冲突过的;因为她是脱离了军队而且有反对政治部的思想的;因为她的这文字水平也只小学;因为她的精神呈显着患难的样式;因为她是个人奋斗的顽强者,而且似乎有一种悲观,所以韦成便不能替她恢复军籍。她也和政治部的罗志恒夏川冲突了,故意粗俗的姚秀敏和两人相骂,用着她被记在账目上的凶恶的、村野的骂人的话。她便找到她的老同事和上级,在他的家里为女仆了,工资由军队供给,她不要韦成增加,她坚决坚持这样。韦成司令员家解放后原来在南京,后来搬往北京,姚秀敏便随着北来了。回忆起来,那是她的中年时代。

姚秀敏到北方来,很有着苦痛,她便想到少年时,觉得有田野中的悲凌,雨降落着,雨在空中呐喊,如同自身的亲朋在里面喊叫似的。韦成在刘少奇"反党集团"的时候被捕离家了,由她韦成的妻子带着两个女儿,姚秀敏决心留下助韦成的妻子,姚秀敏便买了一斤菠菜,从院子里的地面上取了块土,向着泥土和菠菜鞠躬,而向韦成告别,逮捕的人明天便要来了,韦成也向着泥土和菠菜鞠躬。在事件发生的时候,姚秀敏便想到告别了,她曾愤慨韦成的情况,而一直向街上走去,喊口号说韦成不反党,而想去到军事机关,进行一种抗议,她在街上走了长久的时间,喊叫着,人们观看着,同情着。她心痛着,看着她熟悉起来的北京城,而买回了一斤菠菜。她曾经是韦成的战阵的朋友——韦成是井冈山的时代的军籍。在红色妇女军的时候,青年的韦成也到过妇女军,姚秀敏对韦成有深切的亲切的感情,但是,由于环境;由于执拗的心里;由于文字水平低与悲观;由于愤激的心情;由于心痛,姚秀敏和韦成是普通的主仆关系了;少数的情形,姚秀敏提到军队,韦成也让她坐下来谈谈过去,然而,有突厥性情的姚秀敏仍旧将她的历史日常截断了。

"我希望日常不说军队的关系了。"姚秀敏说。

"奇怪呀,我是堂堂正正的军长,单纯的司令员,"韦成愤慨地说,"你怎么不理会我,要截断你的历史呢?"由于正直;由于愤慨;由于心脏的痛苦;由于中年时期过去着,对许多事情不满意;由于觉得姚秀敏的情形有一种讽刺,而异常激动着。韦成有讽刺的,愤恨错误的强烈的性格,他便见到海与天,便是,在许多瞬间寂寥与觉得自己在空廓的巨大中,而心脏往前见到古人,和往后见到奋斗而行的后来者了,他有一种荒凉的意识,他的心脏跳动着。他吼叫着。

"姚秀敏!"他喊,"替我把皮鞋的没有带子的一双找来!我假设为有脾气的军官了,"他脸红地说,"是有这样的军官的,我们人民解放军,我的心被钻子刺着了,我的心中我的灵魂是跳跃的。姚秀敏呀!何以你这些时间截断了你的历史,只跟人说你一直一直是乡下种地的,和我也故意地说了许多次,不知不觉地,精神受奴役创伤地说了好多次,你只是一个种地的。你只是一个种地的吗?"他喊。

"是呀。"姚秀敏说。

"你没有在井冈山与后来新四军吗?"韦成说。

"这便奇怪了,谁在井冈山与后来新四军?"

"你不是,"韦成愤怒地说,"保留着你的井冈山列兵,副班长,新四军代师参谋长的符号吗?上阵列兵,曾共同伏在一个战壕里,你现在讥笑我高官厚禄,而你是患难者吗?"他叫。

"那不相干。"女仆姚秀敏叫,"我不认得汉字,是事实。我什么时候是在军队里呀。阳春三月,柳树飞花,使人勉思,一生的经历,如同秋季的叶子,我勉思我种的地,水田里水亮晶晶,亮晶晶,我姚秀敏在水田里稻子齐胸,而我比稻子高,稻子比田坎高,我的稻子和水一般深,亮晶晶的。"

"你真的是这样,如同冥顽的老人,将来你年老了如何呢?你也没有爱情,没有结过婚吗?我因为激动,碰到你的痛处了。"

"我的人死了。"姚秀敏说。"我是平庸,愚痴,笨拙之身,在革命的大流中,我是平庸的身段,但是追求着人生的真理。"

"你不要说平庸之身,你也是晶刚之身,我是平庸之身,高官厚禄,国家感情,我觉得我在我的生活里结茧结网结痂,我便会在一定的年龄自己封锁在茧里了。我倒是觉得你是晶刚之身,可以告诉我生活的真理。喂,姚秀敏!"

"我能告诉你司令员什么呢?"

"你曾经比水田田坎高比稻子高,你的稻子和水一样深,这是什么生活真理呢? 建设中华人民共和国,你是不是觉得要从茧里,从或一种小田里的美的影子里出来,而行走到宽阔的阳光里。我觉得姚秀敏在稻田里,我在我的茧里,你要比稻田升高一点,也不截断你的历史,我要从茧里出来,而到我看见的高山上去,我听见的海的澎湃那里去。"

"是了,"姚秀敏畏怯似地说,"我不跟将军去,你是将军。当你是军长的时候,我说,那次是我一个人去,用一只枪吸引敌人,而不要你去。"

"我多么快乐呀,"韦成说,"提到过去,使我的生活灿烂发光。过去的事情有感情地想起来,便也是生活真理。你是混人了。你是闷子了,不叫的蟋蟀了。你是不叫的青蛙与鸡了。你是左翼响动而右翼哑巴,在思索你的在你的心里面你的情爱的丈夫了吧? 你想着他来了,而你欢叫着吃缴获的罐头食品,而后,用你的感情,将他拥抱了。那时候我看见的吧? 你们的相爱,而絮絮地说着生活的真理吧? 革命的真理吧? 旧世纪的浓烟还不过去,黑烟又积在这里。我提及你的感情了,你又没有结过婚,怨你的男人死去;而你小学以上水平会写短文,又认识字。而你又是冥顽落后的姚秀敏了。"

姚秀敏,如同在雨中,而雨中有喊叫的亲人的声音似的,心中战栗着,这次告别,姚秀敏已随韦成来北京数年了,她便进行她个人的礼节,在院子里挖了一块泥土,买了一斤菠菜,而写起了她个人军队的井冈山的已经旧朽和发黄的符号。她向泥土、菠菜,那也是乡土,告别,鞠躬,韦成也鞠躬。韦成是高级军官,姚秀敏便向他跪下了一定的瞬间。因为生活的恋情;因为旧时的深刻的关系,曾跟从着作战,因为内心的痉挛;因为老部下和老女仆的深情;因为觉得乡土难舍——韦成将被捕而移送中南武汉——因为自身也将离开韦成家,由于敌对的政治部的夏川罗志恒的活动,韦成的妻李明芬也将不能使用她了,她也将脱离军事机关的关系了。姚秀敏伤痛,在院落里挖了一大块泥土,写上井冈山的符号。

"当年年轻,追随万里,遥遥的过去。遥遥的过去,在家乡扬州,降人党员相邀去井冈山的时候,曾经在院子里也挖过一块泥土,而用家中的一些米,自己种的稻,一束柴,一个青菜,一束菠菜,多人在互相喊着,告别了,而喝告别的酒,那时候前行了。遥遥的过去,当年年轻,始终想着这一把米、一束柴、半杯酒、青菜菠菜,而今日,和韦成你告别了。"

韦成的心中痛苦,于中年将过去的时候离家,便当着姚秀敏跪拜的时候,深深地鞠躬,他的心也就连上这一块院落里的土,和菠菜,和姚秀敏补着放在菠菜边的一些米与一些柴了。因为内心发生感情与内心发生的虔敬,因为内心发生了从日常的网与茧脱出的他的英雄感情,而觉得山与海了,而觉得人生的巨大的波涛了,简直似乎这全部正是他也欲望的。因为内心升起了一些云,使他觉得他所争取的未来是甜蜜的;因为总在追求真理;因为进入了战斗的境界;因为心中的火焰升高;因为觉得行走过国家的巨大的版图并且喝过各处的水;因为觉得各处泥土的芬芳及其尚有的咸味;因为要和妻子告别而想起青年时期的恋情;因为内心的高蹈的颤动,而找出一只笛子来吹着。他向姚秀敏的摆设,泥土与菠菜鞠躬,而心中活泼,吹着他少年时欢喜的曲调。他的曲调多进行曲,但也有婉转与感伤的抒情。他突然跳跃,高声呐喊,有一声震动空间的,似乎是疯狂的痛烈的喊声,而吹笛声很高,而同时发出高亢的,但突然柔和的,和谐的唱歌的声音,他,韦成,有音乐的才能。他几次跳跃很高,因为将被囚;离开妻子;因为想到炮火和硝烟和自身跃过水沟;因为想到,在行军战斗的途中,有鸟雀飞翔,有山鸡与兔子在跳起来;因为内心的激情如同滔滔的水流;因为觉得狂风卷起来吹过额角;因为想起了似乎不曾想过的心的真理,而兴奋着。

"年轻的时代啊,那时宝贵生活里的真理,而积累放入行囊,"他叫喊说,"我现在有特别的兴奋,我再吹笛而跳跃一下,因为特别要从捆着我的我的身边的网与茧里跳出去,我虽然跳不高,但我的心跳出了。一路而来,吹笛是朱德,吹笛是邓小平贺龙彭德怀叶剑英,一路而来,吹笛是战士与机枪口的风,一路而来,心中的膨胀,便在这里做自我扩张的青蛙了。我与你姚秀敏是少年时相识于井冈山,这里你摆着,供奉的泥土也可以是井冈山的泥土了,新四军的时候我们又在一起,你那时是团级干部,因为英勇与聪明而擢升了,是我的战友中的杰出者,你的身上有旧中国的浓厚的暗影的滋结,我便时常见到你,特别这些年,与旧中国的暗影相搏斗的状况,我再跳跃一下,表示我的心中现在蜕变出我的年轻,前去奋斗,你,姚秀敏,还继续不识字吗?"他问。

"认识字了,能写普通文。"姚秀敏用颤抖的,依顺的声音说。"因为韦成主公你有特别的激情,因为你有飞跃而有山海的重压,因为我心中起来人生的重压,山海的重压,所以,我心中便欢跃,而说,而回答,而归顺于光明大道了,不再在心中阴沉了,我能写普通文。"

"那么,你,姚秀敏,回答了。"韦成说,喊叫了一声又吹了一个动作的笛子。"吹笛是军长,吹笛是有风的炮口,我吹笛,你便回答了,你结过婚没有?"

"不再心中阴暗了,结过婚,张振国逝去了,英勇的人,"姚秀敏战栗,说,"善良的灵魂,有气魄的人,革命的优秀战士,"她说,流下眼泪。

"我见到弹烟中的矫捷的前进的黑影,"韦成说,"便说,张振国到达竹丛边了,他的班。战士啊。"韦成说,便又带着他的激昂的,有些癫狂的,少年的形态,吹着笛子,"古歌啊古歌,古歌颂战士,姚秀敏想她的丈夫,古歌啊古歌,我再发出叫声,我将被囚了,我这叫声是一种抗议,与你井冈山的战友姚秀敏,"他说,于是发出叫声,短促的叹息与怪异的叫声。这叫声,叹息与怪异的喊声继续了一定的时间。韦成的心灵敞开,而大声喊叫着:"井冈山的老兵啊,风起云涌的各时代的战号,猛烈的鹰的飞翔与我见到鹿的猛烈的奔驰。鸟雀一同随着红旗军旗的方向,我见到异象,觉得生活和人生的强大的理想,我现在怪叫,吹笛,因为又见到了生活和人生的强大的理想,我要继续下去便成癫狂了,所以停止了。"他说,在又怪异地叫了一声之后沉默。

"你提到我那死鬼,瘟神,死人,笨蛋,有出息者张振国,所以我也敞开我的心,我也会吹笛了,有军历了,有理想了,我便来吹着,向泥土与菠菜,也是乡村,我也是狂人。"她说。她便吹笛,对着韦成吹了一定的时间,善良而多感的韦成便沉静,沉默,如同顽石一般静静地呆站着;听着姚秀敏吹笛,在他的顽固的沉思中,如同他一瞬间以前没有在那样在英雄中活跃似的,如同这时是另一个人似的。他在思索着在若干年代以后的他的生活,他将有的沉重的负担,他的重压着他的磐石。"韦成司令员,"姚秀敏轻声问,"你看我的笛子,吹得还是如同旧时候吗?"韦成便恍惚,说:哦,那一切是一样的,一样的,良好。""我看见一路而来的树林的绿色,军队在绿树浓荫中穿行。"姚秀敏说。"哦,那么是这样了,你姚秀敏现在还会不会说不识字,以及没有你的丈夫,以及还没有军籍,没有参加过军队吗?"韦成忧郁地说。

"那是。"

"怎样呢?"

"那是,你的忧郁,你的痛苦、快乐、苦中作乐过去,我便也心中颤动,以后的艰难历程来了。我便也关闭了。我没有——我没有参加过军队,是一直种田的。我是一直单身靠着稻子,半身靠着田坎的。一直一直,"姚秀敏流泪,说,"种田的。"

"那便是了,"韦成忧郁地说。他突然又拿着笛子跳跃了一个动作,而再发出怪异的,痛苦的英雄的呐喊。他的怪异的,痛苦的,英雄的呐喊里积累着许多真理,他呐喊了一定的情况之后而停止了,再又怔忡地,沉思地站着。"你,姚秀敏啊,你又将是连婚也没有结过,你的极爱情的丈夫你也否认,还有一次说那只是战友;你又将是连字也不识,而最后,便是军队也没有参加过了。"他说。

"那便是了,"姚秀敏说,"那怎么办呢?"

韦成再又进入他的深沉的沉思中,静默着,如同顽石一样,如同另一个人一样。

韦成被捕离去前,韦成的妻子李明芬在院落里叫着。

"你韦成当年的英姿又恢复了,十分简明地,便到前线去了,我在延安嫁给你,我在参谋部工作,也是文工团唱歌的。"李明芬愤慨地说,"而现在,你这年龄渐老,老了。我冲击啊,我心中升起了热情的帐幕,向着巨大的野兽,四面八方突现的豺狼冲击啊,我并且唱一个歌,"她说,便叫喊着唱了两句。因为有着猛烈的,好斗的性情;因为觉得恶毒的人,豺狼包围着;因为觉得生活失败了;因为伤痛和慌乱;因为有着痛苦又有着内心斗争的欢腾;在幻象的包围中。觉得她的丈夫是英勇而有伟大的,而战栗着。"你去了又回来了,回来了又去了,当年,我也有几次,觉得你去了便不再回来了,你有一次到敌后去,我便以为你不再回来了,这次,你是真的不回来了。我像当年一样唱歌,而现在更成长了这样的性格,拿起棍子便自信是火箭炮,而向豺狼冲击啊,以为那是很小的毒虫。我多么爱清洁与中国的纯良的善啊。我冲击啊,我和罗恒志夏川豺狼搏斗啊,他们陷谋你韦成啊。"她喊叫,走到院落里又走回房屋里去。她喊叫,因为心中有着国家的感情;因为激动地爱国;因为她的心震动于国家现时在江青帮口和人们的邪恶下所遭遇的灾难;因为痛苦;因为精神受着震荡;因为有着善良而高尚,凶恶的性情,遥望着全部正义的实现,革命的大旗的彻底实现,像许多在军队里成长,而也进行过战斗的妇女一样。她喊叫着,便走过来,将姚秀敏的泥土块和韦成的笛子都摇晃了两个动作,"你姚秀敏阿姨是我们的贤良的阿姨了,我时刻也忘记了你还是军队的前人,不是种田的,我的韦成现在□□□□□□□□□□□□毒草了,我怎样办?我也吼叫与呐喊,怪叫,心痛,"她便发出高亢的叫声,正如同她正是那样,心中非常的刺痛,"我像当年在文工团唱歌一样表示我坚持立场了,我和你同韦成同立场,我也一同去坐牢,而我,把家中儿童交给姚秀敏了,假设夏川罗志恒不破坏的话。我回忆到我当年在前线为机务员,在参谋室,我回忆及我那次死去了,奉了任务去夺攻敌地堡,但人们冲不上了。我怎样袭击呢?我便想,用我的身体去扑击,焦急的人是这样的,责任的人是这样的,谦虚的人是这样的,英雄的人是这样的,我便撞击了。我发起那一场攻地堡的斗争了,那次我是巨人,那次我并不是把人的毒虫当作巨人而时时刻刻势不可挡地紧张,那次我是成了巨人了,人应该回忆英雄的行为,当灾难到来的时候。"她说并且又尖叫了一声,而流泪了。"我也想变为沉静,静静地,像一个深思的,有筹办的,有积累的妇女,但我也想,像我这样喊叫,也留给你,韦成,以我的性情的印象,和当年我唱歌而行的印象,韦成,我恋你,爱你,和你,年龄比我大一些的,共同生活了。"她说,发生了爱情,便拥抱韦成,"我的生涯,我留给你我的生涯我的性格的印象了,深深地烙印在你的心里,我的鼻子,嘴,还长的眉,我的贤良的有意志的脸,也美丽,留给你印象了,"她说,并用手在自己的脸上抚摩着,抓自己的鼻子、眼睛、嘴、眉毛,各自一个动作,而按摩到韦成的脸上。"爱情,我的甜美的心,"她说,和韦成接吻,而韦成也和她接吻了。"你近老年,我近中年,人生的旅途双重的内间论。"她说,抽搐着,控制着自己的啼哭。

这时候政治部的罗志恒走了进来,他,在这天气热的时候,拿着衣服,穿着一件小的衬衫。

"你们是很有办法了,"罗志恒用他的凶恶的声音说,"你韦成反党反军,我政治部伤痛了。你姚秀敏也在这里,与我政治部为敌。"罗志恒说,哭泣了起来,有大量的眼泪。

"我在这里,正好一同去了,同案。"姚秀敏说,"军长家人李明芬正说到当年的冲地堡了,当年我还是幼虫的时候,渴望成为壮大,行行复行行,也冲过地堡,我现在不吝啬同案了。"她说,并拿过韦成的笛子来吹了几声。

"这是这样很可以的,但是我们也嫌厌你,这回没有你这在谭震林那里坐过案的,我也说不清楚,但是这次是没有你便是了。"他说,同时又哭着,流泪。因为他也是延安时代的干部;因为在延安前线韦成军功重大而他罗志恒没有建立功勋;因惧怕炮弹而在泥水里泡着后来有病了;因为想起来凄凉;因为韦成的有英名的妻李明芬刺激他;因为他心中在思索着,他爱军队,而现在要押送"战友"与上级了——他便拟想为心境凄凉,拟想为自己是"正义"的和按军队的"准则"是"正义"的,哭着,而泪如泉涌。他心中在筹谋着,办成篡夺功勋的事,将李明芬在延安冲地堡的战绩改在自己名下,而从李明芬的名字下划去。他的这筹谋有着狂热,战栗,所以他便又拟想他曾冲击地堡,"置自己的生命于不顾",犹为拟想他母亲死时他不在身边,虽然他是回了家看母亲的,而加重他的哭泣。他甩着他的军服与稠衬衫,而在院落里走着,如同在激昂的战斗情形中,时而抽搐他的腿。因为仇恨着韦成、李明芬与姚秀敏;因为内心邪恶;因为缺乏知识的自卑;因为粗鲁和一种窒息似的自卑的痛苦;因为渴望制胜;因为自己是少将军官而无能力,而战栗着。他渴望升官,他便想像华贵的制服,将来乘汽车,而住进楼房,称将军,想到这个他便战栗着。

"为什么不是这样的?是军人建国的。为什么你韦成攻击我们的小日子美好以及阶级斗争泯灭的思想,为什么你说我们像鸡蛋,每一个都像鸡蛋,各一个蛋可以混进各一个,而无耻,而黑白不分,为什么不能搏击你的?"

因为不能容纳庸碌;因为仇恨罗志恒;因为痛苦和有易膨胀扩张的性格;因为特别的善良;因为觉得巨大的敌人侵凌了;因为这时恨着罗志恒犹如恨着巨大的恶狼,想象着巨大的恶狼闯入了,想象着这些恶狼在全中国杀人放火而中国快灭亡了;因为激起了当年扑击地堡的回忆;因为军队是自身的军队的激昂性,李明芬便拿起了墙上靠着的竹竿,向着罗志恒"将军"打击,并喊叫:"我是将军!我看见空虚的大的风车,不结实的空的臭气的花,空虚的蚱蜢,我又看见豺狼,同时是恶极的要使人亡国的豺狼,多么可怕呀。"她便战栗着,她的眼前有着因为罗志恒有着革命名义而造成的痛苦的磐石的重压,她的心里又有着瞥见豺狼入侵觉得应起来战斗的火焰,她便将竹竿打在罗志恒头上。

罗志恒便倒下了。李明芬,因为惧怕;因为激情;因为生活的变化与毁灭,而卧倒在地下,想象着敌人罗志恒在反攻;她痛苦眩晕而卧倒在地下。而这时候,姚秀敏便捡起了地上的竹竿。

"同案了!同案人姚秀敏,种地的,保姆阿姨。我们认识的,你便知道我是井冈山新四军的姚秀敏了,你们是卑鄙的。揭竿而起了,同案了。"她叫喊。

"我而且哭泣,我而且伤情。"罗志恒哭泣,因为惧怕,伤痛,与傲慢,在地上滚着。李明芬也在地上躺着,简单地移动着。因为痛苦;因为死难的感觉,灭毁的剧痛,而幻想是被枪弹击中了,而要脱离人世。"我中国人民的子弟兵做最后的冲锋啊。"罗恒志叫喊,而同时,李明芬也叫喊了同样的话。她站起来走到厨房里去了,拿出了一柄菜刀,站着,在她的膨胀的痛苦与幻想中,而腿叉开着。"举事了,揭竿而起也表演了,空前的人生的演出,刀也举起来了,天空中有怪鸟飞行而鸣叫,我的丈夫韦成也恶叫,我也恶叫,而呈显出我的疯狂。你们是何人?胆敢在韦成军司令员这里来行凶,而不知道,我韦成之妻的英勇,大名高扬,而如同天马行空,雷霆万钧,我韦成之妻的英勇,而且爱国,爱革命事业,只要是红旗招展之处,扬起喊声,兵车辘辘前进,便有我韦成之妻的英勇。鼓声起来,炮声起来,我军唱歌,兵车行,而人民扶老携幼,而将军令,将军行,我当年唱歌的女文工团员也已过中年,我韦成之妻的疯狂,和当年的英勇。谁敢动——我韦成功勋盖江山,我韦成之妻英名远扬,谁敢动?"她,李明芬,喊叫着,"我举起我的刀,我的心灵的利剑,向着豺狼与臭的蚱蜢作战了,向着空的巨人和摇晃的风车作战了,谁敢动?"她叫。地上躺着的罗志恒站了起来,畏怯地,静静地站着。

"我发生拒捕了。"李明芬以战栗的声音说,"我投案了。但我是揭竿而起了,接替着这里也站着的姚秀敏也知道的井冈山以来的历史,姚秀敏是井冈山的老兵。我举刀在手,揭竿而起了,英名远扬了。"她说。

"我拿过刀子。"姚秀敏说,拿过了菜刀,举起来,"我也参加拒捕了,就是说,韦成司令员的保姆,阿姨,拒捕了。我不伤心的李明芬夫人那样说苦痛的心灵战抖的话,我是冥顽的,朱德的老兵,我也疯狂了也可以,我拒捕了。"

"我举刀在手,韦成之妻,我韦成之妻英勇,"李明芬又从姚秀敏拿过了菜刀,举刀站着,说,"我拒捕了,英名远扬,我神圣的职责,"她说,痉挛着,举着刀,在地上跪了一瞬间,仰面向着高远的天空,向那里注目了一个动作,"我是多么恨你啊,我觉得你罗志恒豺狼封我的喉了,我便斗争,祖国啊,赠我以力量。"

"你们一贯地进攻我军,现在居然拒捕了。"罗志恒喊叫,而哭泣着。因为想到他所隶属的政治部的重要,人们称它为军队的灵魂;因为韦成之妻和姚秀敏的"拒捕";因为一直下来的仇恨和自己是恶劣者这时乐意地觉得自己受辱;因为认为夫妇的命运无限凄凉而幸福地假想为自己无限凄凉;因为心中有他自身设想的欢乐然而同时痛苦;因为带着他的疯狂性疯狂地欢乐地幻想为自己将被逮捕;因为幻想为自己将被逮捕而又有幻想的快乐与痛苦,他便轮流地欣赏着两种感情,而踌躇满志,而痛哭继续了。"我军啊,祖国啊,祖土祖原产生的我军啊,美丽的凤凰我军啊,美丽的凤凰要涅槃在你们败类的手里了,何等崇高的我军,如何地美丽。我混名罗志恒狐狸,我如何地心灵狡猾而快乐,但是实在伤痛,假的呀,真的呀,凤凰涅槃了,"他跳跃,哭着,"军队历史上,有有名的张国焘政治部的哭泣,我们今天揭用其优点了,政治部哭泣。"

"你哭,振动我的心了。"姚秀敏说。因为特别憎恨这些;因为有着拒捕的气势;因为这时也觉得一种凄凉,有一种面部肌肉的颤抖;因为有着战斗的荣誉心;因为不久前韦成的吹笛声与喊声震动了她,而拿过韦成的笛子,吹响着急促的,激越的声音,"谈到战争,因为是红色妇女军的,所以有着据说是看着马戏班男子一般的虚荣心了。我的死鬼张振国是马戏班男子,"她说,"你罗志恒狐狸哭,我激斗了,我也哭了。"她说,哭了起来,因为想起了张振国;因为李明芬,韦成之妻神圣;因为李明芬拿着刀凄凉;因为家中还有两个儿童,因为心中的她的祖国,革命,山河的感慨,而挺起胸膛,哭了起来。由于罗志恒哭声高亢,她也哭声高亢,她心脏痛苦然而同时有英雄情节而欢乐,而大声地号叫似的笑着,便想到,田野间,旧社会荒凉,雨在空中如同蒙难者哭泣一般地号叫。她挺胸而哭泣,便拿过李明芬手中的刀来,高举着,喊了一声"杀"。

而这时候,李明芬又拿过刀去,而举起来,凶恶地激昂地站着。

"我韦成之妻拒捕了,神圣的职责,我韦成之妻唱歌,无限的英勇,无限的朝霞与夕阳,我韦成之妻回忆我的历史英名远扬。"她说,举着刀,"杀!"她喊,便向罗志恒冲来,而砍向罗志恒旁边的空气中,而舞蹈着:"祖国妈妈,祖国亲娘,万里河山,朝霞与光辉,夕阳照耀,心中伤痛,刻不容缓,戎马生涯,解放贫苦的被压迫的人们,"她说,舞刀砍罗志恒肩膀的空气,而叫喊与歌唱着:"平地闲云,革命陡起,而虹起飞,而鹰起飞,而龙凤起飞,而朝霞生辉,祖国妈妈,祖国亲娘!"她唱,而丢下刀,"我拼击了,我和你政治部的哭泣的狐狸罗志恒这一铜滃造,这一赝件假人类拼击了。"她说,便进到房屋里去,从房屋里拿着一个面盆顶在头上,而走了出来,在拿起竹竿,而讽刺地笑着,将竹竿比拟为长的矛,向哭泣的罗志恒刺去。"如火的年华过去了,革命部队呀!我向你罗志恒冲击了!"

这时候罗志恒便捡起了地上的刀,而继续哭泣着,因为动情,哭声高亢,而举刀蹦跳,他叫:"男儿报党啊,报党与报效祖土的广袤的田野;广袤的田野啊,风吹草动,那草里埋伏有敌人,打草惊蛇,我心灵犹豫,蛇会咬我,蛇是我之敌。因为不知道该如何,我便哭泣,而韦成军长自决,蛇,韦成司令员前来助我打蛇了。"他说,因为举着刀蹦跳,所以哭泣着的时候有着欢乐的痉挛。

"我拿菜刀写我歌,"姚秀敏,因为凄凉;因为心中的英勇的感情;因为觉得旷野的风吹过眉梢;因为异常地同情军长韦成与他的妻;因为激情上升,而哭着,而清唱,——她的声音高亢而粗嘎,"我举菜刀向我祭奠北京乡土的泥土和菠菜,我向菠菜与泥土之灵号叫,菠菜是有鬼魂的,在地面起风骚飞,瓦片飞各家普习真理,瓦片普习早晨哥与姐飞,而直到端午是芒种。那时开杀毒物,泥土里也带着鬼魂飞,飞到空中又降落,心中欢乐而忘记捡起它的匕首,芒种住入端午里。"

"芒种住入端午里,中秋住入重阳里,"罗志恒高喊,而心胸辽阔,因为他乐于这些,芒种住入端午,是厮打的意思;他便继续舞刀,也砍李明芬身边的空气。他的哭声升入空中而甜蜜。

李明芬便头戴着面盆,与罗志恒相厮打了。

"我拒捕之后我再叮咛我的韦成与嘱咐他小心,我将扬起旗帜,永葆军队的旗帜,我将谨慎地烧火,我将多买菜米而少买油盐,我将洗涤衣物与缝制儿童衣服,我将回顾当年战阵,我将隐姓埋名!"她说,便将面盆从头上拿下来敲响,而冲向罗志恒夺刀,高喊:"举旗!举旗!杀啊。"他又夺到罗志恒手中的菜刀了。她再举刀站着,挺着胸,而头戴瓷盆,"谁来的?我正义之心,力敌万人,经过巨灵的战阵,曾与敌军在铁丝网前相打相斗,我军长韦成之妻英勇,我战士韦成之妻战士李明芬也神圣,我在灰尘尘土尘埃里英名远扬于大路上,我便又戴瓷盆上前了。"她说,向前冲,但韦成叫喊而抱住了她,她没有成功。韦成抱她,突然同时发生了心中的爱情,体恤,想到她的当年为文工团员的唱歌,在前线搏斗而负伤,想到这些年的生活,激情上升,如同火焰,便痉挛起来,而头脑有着眩晕,而喊叫,呐喊了起来,而用战栗的手,将瓷盆往自己的头上戴了一个动作,"抵抗了,我的明芬,我的心，我战抖，我痉挛，"他叫喊，他便拿起笛子，在激动中脸色苍白，而又猛力地吹了几个动作，"我想姚秀敏供奉的有匕首的泥土，有鬼魂的菠菜，鞠躬，而做井冈山以来的我红军的宗庙的敬礼了。马克思，恩格斯，列宁，与英雄斯大林，与我们党的思想，"他说，跪下了一个瞬间，如同一个虔敬的少年。"上溯几百年来，上溯着古代，我祖土正义人士的血债，李大钊烈士的血债，澎湃恽代英烈士的血债。因为这里刚才有跳蹦与舞蹈，我便也舞蹈。"他站起来，轮流举双臂，有力，刚强地，敏捷而简单地舞蹈了几个动作。瓷盆便被放在窗台上。

　　这时进到院子里来的夏川站下来，站下来还有弹力地甩着手臂。他穿着的洁白的丝衬衫的衣袖飘动着，他觉得有飘荡的风吹着；他觉得他是风吹来的，而载荷他的轻盈的风也有着丝的洁白的衬衣，衣袖在空中飘荡；这风回旋长久。因为凶恶恶辣；因为心脏啃咬而有欢乐；因为行刺人们而认为衣袖洁白，因为自诩为是轻盈的匕首；因为有着险恶中的虚骄，夏川战栗着。这便是自称为"风流人物"的，自称为狼的夏川的登场了。他甩动，划动双臂的姿势继续着，他又双手放在胸前，以便于较强地呈现他的身段的窈窕的线条。他用双手放在胸前与甩动双手的两种姿势走着，他的脸色寒冷，严厉，凶恶，狞笑，而恶毒，伤痛，而停在韦成面前。

　　"少将军官，国家的重用，我的心战抖而抽歇，我不穿军衣前来，这衬衫风流，表示我的匕首精神。"他用激越的，带尖锐的，带着制作出来的愤怒与严厉的（因为他的情绪实际上有着喜悦）声音说，如同叫喊："你将军韦成，和你的校级军官的妻子李明芬在这里造次了，你将级高级军官，不顾我军的红色的一尘不染的历史，而在这里反军反党了，刘少奇集团了，我特别地伤痛，"他说，便啜泣，继续用两种姿势走着，"我政治部多少次和你举行语言的宴会，我们的爱党，爱军，爱国之心，你使我伤痛了，你韦成将军！"狡诈，因为构成了"爱党爱军"的情绪而真的"痛苦、伤感"的夏川便一膝跪下，随后双膝跪下，而爬向前来，吻韦成的皮鞋。

他的跪着爬行的动作也凶恶而敏捷,风似乎在吹着,"你有伟大的过去,譬如,为革命事业,譬如朝鲜前线,我十分感动于你的勇敢,但现在我痛苦了。"他说,因心中虚构,结构成的痛苦而愉快,又和韦成的脚接吻。"崇高的将军,圣洁的心,革命的洁白的意志与红旗,你使我痛苦了,我们政治部,筹办了高蹈的言语的际会,宴会,洁白的意志,青草遍野中有闪闪的心灵的灿烂之遗留下的红花,战士奔跑过去而看的红花,而风吹着春愁,将战阵伤的秋愁吹拂了,吹拂了,春风吹皱一池春水,民女,少女的脸上绽开的笑纹,和少年的绽开的对我军的笑纹,我待仆政治部的绽开的笑纹与结于丛绿中的果实,都特别灿烂。但却辱于你军事家,都辱于你篡军篡党者了,我的嚎哭啊。"他说,并且一半真的,一半假的,号哭起来,真的也带着虚伪,而假的哭的部分,异常地膨胀,但里面也反映着人生的严峻的痛苦。他的嘶喊声很高,这便在哭泣的罗志恒以外又来了一个更虚伪地哭的夏川了。他似乎可以立刻笑起来,韦成看着他,感觉是如此。夏川看见窗台上的笛子,便舞动两个动作的衣袖,而拿了起来。

"请听我政治部此时的心机,此时的红花绿雨中的感情的倾诉,在你韦成司令员将军的新的征途的伊始,留下世纪的印痕。我政治部有高蹈的语言的飨宴,我的心灵如何地欢悦,欢乐,忆故园井冈山南昌,而万绿丛中红,而万欢丛中凄。"他说,吹着笛子,然后便骄傲地,焕发地唱:"寒风凄凄,烟雨凄迷,女儿心里,女儿心里,母亲没有归期,但是,上次靠政治部敏速而痛苦地战胜,这次入烟雨凄迷,胜利的母亲就到了归期。"他唱着而快乐,他的大的、菲薄的两双眼睛里便有各一颗眼泪,他满意这眼泪,他便继续徘徊,举办高蹈的,用他的语言说,"高华"的语言。"行进在人寰中丛丛的花木,树林里有高洁的鸟鸣,我军的心中高洁的鸟鸣,是党的心,党的翅,飞入寰表,而催动春雨,而催动万室万家的男女的眼泪,而我军行于飞翔中,于人民中,"他说,拿过李明芬手中的刀来,在头顶上绕了一圈挥舞着,而也跪下,吻着李明芬的脚上的皮鞋,然后,他便眼睛中眼泪盛满,而舞蹈,舞到左,舞到右。他再喘息,而唱歌,如同在舞台上。他欢乐,兴奋,心中的斗争的"飨宴"的火深深地燃烧,猛烈地燃烧,便出现着政治部的"爱党"的狂人了。"烟雨过去,汉山峰高,而阳光鲜艳,而大路如洗,而田坎上野兔横走,而竹丛里猛狐啸鸣,而我军大炮,政治先行,起舞翩翩,所向披靡。"他唱,带着他的沉重的动作过多,因狂热而有的喘息,"关于喘息,也有政治的规定,心中因激情,因党恩党爱而涌起,涌上气管,扼住喉头,党爱的激情,扼喉欲死的激情,我喘息唱。"他唱。这政治部的狂人便发出短促的叫声:"哇!哇,"他又跪下吻韦成的皮鞋与李明芬的皮鞋,他还跪下,来吻姚秀敏的布鞋。"井冈山的老战士,老战士,可惜政治不强,个人私心,愚冥暗暗,我收回我的亲吻了。"

姚秀敏愤怒,她便脱下自己的布鞋来,自己亲吻了几个动作,——每一只脚亲吻两个动作,而向着夏川将鞋砸过去了。

"政治部狂人!罗志恒狐狸与夏川狼!我姚秀敏,冥顽暗暗,是敌对你们的狂人。你们是擒捕手了,你们丑恶。"她叫,有着眼泪,因为冲动,有着喘息。

"彻头彻尾消灭你韦成反革命!"夏川将手高举起来,将手指大指张开与食指成为剪刀的样式,而挥舞,而喊叫着。他而且将手指捏响着,跺着脚。罗志恒也高举手臂,食指碰大指发响,舞蹈似地,喊叫着,两个人围着韦成喊叫着,而姚秀敏,发生激昂,因为有自身的历史;因为自身的激情性;因为一直在政治部厮打;因为渴望与韦成同案;因为渴望冲击;因为善良与敬爱着韦成而眼泪快流出来,她便也喊叫着。"为事业而战,我也彻头彻尾地要消灭你们!为什么我们不知道你夏川罗志恒的贪污案,为什么我们不知道你们伪造军功!什么当着一辆敌军坦克走过来的时候,你夏川罗志恒,做他妈的梦:两个人争先恐后地上去,拿着爆破药桶!请你们尝军长司令员韦成女仆的骂人,詈骂的语言的饷宴,我是粗野的种田女,我是井冈山的织女,我老娘是在旷野中同行走而随党随军随韦成走万里的,我老娘咒死你们臭虫,狗崽子,王八,不小的政治部王八,不小的毒虫,老娘我的骂人语言的饷宴,你们活王八,狗崽子,混虫,吸了蛋黄的空蛋壳假鸡蛋,狗种,活乌龟,你们的娘偷人养汉的,和狗操屄的,养出你们两个毒虫,少将,狗禽的!"她骂,"芒种住入端阳节,咒死与骂死你黑虫,盗窃党的名誉的,假人类,赝件人类,铜瀹造!是臭的粪和垃圾的制件,狗崽子,恶虫!"由于发生了对夏川与罗志恒的愤怒;由于产生了对赝件人类即铜瀹造的伪人类的原始性的仇恨;由于升高的愤怒;由于感觉到自身的正直,伦理,善良,聪明有力的可贵而对铜瀹造假人类特别憎恨,而企图揭发他们是在幕后有工作机关用紫外线机器说话指挥的人类的"学术"制品;由于愤怒于他们全部的盗窃,而在愤怒颤抖的尾端,跑到房屋里拿出一把扫帚来,向两人猛烈地砍去了。"你们狗屎造的,你们偷窃犯,你们的语言的饷宴,说话也是盗窃,我如何心痛,我如何因这而疯狂了啊。"她喊,举着扫帚向两个赝件人类冲过去了,而和他们厮打了。因为劳动者的痛心;因为热血沸腾;因为觉得自己顽强反抗着这两人是铜瀹造,而铜瀹造的假人类全是极恶毒者;因为奇异地战栗性的憎恨,因为爱好自己的生命,活的灵魂,与尊敬韦成将军夫妇,而极痛苦与愤怒,而面庞涨红,而有着自己假设被假人类击败了便会伤痛羞怯的感觉,便要发表自己的灵魂能,语言能,但她却陷在粗陋的詈骂的坑里一定的情况了。但这也不一定是坑,而是一个山丘,她有一定的制胜,她拿扫帚打击,两个铜瀹造的人,罗志恒与夏川,便有些弱了。"在绿色树,大树,大山,高山,高浪的海的胸怀中,在奔驰的时光,韶光浸浸而年华行程的行进中,在一座山又一座山地翻过,而现在韦成司令员要被铜瀹造逮捕的情况中,因为心旌的异常;因为火焰从到来的路迸发,还指顾着往前的道途;因为和铜瀹造比写语言能,语言的饷宴而陷入痛苦;因为我是甲种罗纹;因为我一时间和这些瀹设的假人类搏斗而心旌异常,我扑击了,我哭了,我和你政治部的夏川狼与罗志恒狐狸两人绊腿相打了。"她说,便擦着眼泪,上前去与罗志恒相打,抱着他绊腿,然后,与夏川相打,也抱着他绊腿。

"我和你告别了，"姚秀敏对韦成说，"山高水长的将军。"因为痛苦；因为心脏战栗着；因为曾为韦成的战友；因为炮火下生死的感情；因为天空里是灰白的云的感觉，而哭泣了，便抱着韦成。

"怎样的不是这样的？"罗志恒说。

"你彻头彻尾的反革命，十年二十年地消灭你，"夏川说，像举起的叉子一样挥着手。

罗志恒夏川两人脱衣成裸体了。人的精神激昂，和强烈地企图表现什么，肯定自己所肯定的，与否定自己所否定的，便有高声呐喊，或唾弃自己的一部分或唾弃自己的生命的情形发生，罗志恒与夏川极仇恨韦成与姚秀敏李明芬，认为他们的政治部是军队的灵魂，便激烈地要求表现他们认为的政治，这表现是，心脏的激烈的跳跃，激烈的言论，这表现还是，他们脱衣而成裸体了。他们，两赝件人类，铜澢造的人，这时还有巨大的庄严意识，因为他们的邪恶从这庄严意识得到伪装，他们意识到脱成裸体有力量，意识到政治的隆重性，和生死性。因为激昂引起"祖国的"与"革命事业"的感情；因为庄严的情绪；因为伪装深刻；因为裸体有庄严的形式；因为内心的假象升高，因为包围成功了韦成夫妇；因为他们心中有欢乐然而同时凄苦，痛苦，认为自己是为革命；他们又痛苦然而同时欢乐，他们称这国格变格的词汇为"灵台宇"，而他们是灵台宇人员。他们是日常不承认"灵台宇"的，认为"灵台宇"是他们政治部的一种机要。他们日常认为这种语言是病态的，"歇斯底里"的，但他们在一定的时候便变成"灵台宇"了。他们两个极邪恶。他们反对正直者的灵魂的活动的这种词汇，但认为他们有机要的使用。他们脱裸体，他们这时的"灵台宇"是，"欢乐然而同时痛苦"，"愤怒然而同时怯懦"，"勇敢然而同时妥协"，仇恨而且极仇恨，也愿韦成妥协，或表示有一分妥协，他们心中便颤动着想从韦成得到贿赂的想法，便想到监牢中得贿赂可以给予"犯人"一定的良好的食物。

"我是愤怒。"裸体的罗志恒说，"我将来庄严崇高地称罗志恒将军,穿华贵的衣服,现在裸体,请求你不要这样反革命了,我为祖国而流泪了,我极勇敢,然而因为惧怕你们反党的敌人,所以又极怯懦,是这样不是这样呢?我罗志恒狐狸因为你们阶级仇恨而升空咋舌又降落,我有欢乐,我有痛苦。我的灵台宇使我的裸体,心灵,都颤抖。"

"我裸体的夏川肌肉白,而健壮,而灵魂火红,我有欢笑,欢喜,欢乐然而同时痛苦之极,我有极勇敢为阶级而想又死你韦成,但我又因为极痛苦不安怯懦而想和你妥协,只要你从此爱党与祖国。我们的军队现在勇敢而怯懦,像在大捷的前夕。我极沉着然而又同时惊慌,我们的军队,"他说,哇哇地喊叫了两声,"在你伟大的反动的韦成面前勇敢然而同时渺小,我们像故事里的卖火柴的姑娘,而那季节的祖国快冻死,用火柴取暖,而泪沾沾,被你们反党的铁蹄击伤流血。我们有极多的灵台宇,我们裸体见将军及夫人,及井冈山的姚秀敏,我们作灵台宇的啸吼。"他说,便举两只手臂为叉子的形式,吼叫起来,吼叫着转低声又转高声,又跳跃,转病态的冲击的样式,成疯癫的样式一瞬间,又转为"灵台宇"的啼哭。因为裸体被觉得鲜美特殊;因为处在特别的得"人们"宠爱的状况;因为来逮捕韦成了;因为发生了革命的悲哀,或,反革命的欢乐,因为心中有猛烈的幸福;因为仇恨正直的韦成;因为忽然的畏怯想韦成夫妇给贿赂——黄色闪跃,韦成拿出金器来。他以为韦成有积蓄——因为裸体的颤抖与再颤抖,夏川便咋舌而流泪晶莹,而罗志恒裸体,怯懦而勇敢,便哭泣了。这是政治部的"灵台宇"的哭泣,工农红军张国焘反动的时代是有活跃的。"我们喊空比!"罗志恒叫,"夏川呀,韦成夫妇说你是恶狼而我也是,恶狐狸,我们也正是,将来,我们被押去斩首的时候,"他说,"我现在做灵台宇的哭泣,致以礼仪。"他说,便裸体战抖,痉挛,而站着立正着,后来又分开腿,做着颤抖的动作。"我们相亲爱的朋友,我们有礼仪地叫喊,将来,当你夏川被他们斩首的时候,我会在一个沟面前送你到沟边为止,我一定大哭而痉挛,抱吻你,那时我们便永别了。或者,你未死,你终于因为我的努力得到释放——我的人性的呐喊,而到了老年,我便再来看你,送来给你看看。我痛苦然而同时欢乐。"

"我痛苦,然而同时欢乐,"夏川说,"有谁能战胜我们面面俱到的革命军人,特别是政治部么?那时候,假设韦成反革命成功,将要枪毙你,我夏川便哭泣,裸体,送你到沟边,而亲吻你,我脱裸体,说,来,特别给你看看的,我们是如何的感情。韦成将军,我们两人纯洁地脱裸体了,也当着韦成之妻的面,纯洁如孩童,多年相适宜,我们送来给你看看的,"他说,"人世沧桑,我灵台宇喷发,便向你韦成夫妇致敬与你姚秀敏。"他说,然后,他便拥抱韦成。韦成静静地,面孔战栗地,严肃而带着讽刺的笑站着,夏川便裸体拥抱他,而用面颊贴他的面颊,并用鼻子碰他的鼻子,并且亲吻他,咬他。夏川战栗着做这些动作。韦成,由于内心的痛苦和讽刺;由于悲伤;由于心中的苦恼然而同时欢乐:前面的战斗在望,觉得夏川与罗志恒的卑劣使他有英雄的心情而沉静;因为爱着革命事业与祖国,心中升起着热血和深沉;因为发生了深刻的激昂;因为有着搏斗的心情,而静止着没有推开他,而说话了。

"这是为什么呢?"

"亲吻亲人,裸体吻亲人,"夏川说,"春光明媚的祖国要临近了,过了芒种是端午了。我爱极了,又咬你韦成将军的面颊,和像孩童一样舐你的鼻子。"

"祖国啊,革命事业啊,我军啊,"韦成,被裸体的夏川抱着,叉着腰,用高亢的声音说,显示他的正直,英雄,伟大的气魄。"我又发生概念化了,看见大海大山了,海洋了,波涛了,以及一轮红日出海平,出山来,一轮明月出山来,出云来,出蒿草来,我,韦成,这时中午进去,想到少时的英雄事业遥望与克服苦难到达大海大山和雄大的伟大的城市。我,韦成,便在你这沦陷这样活动的时候,想到一切的英雄状态,包括死刑台,包括永生!革命事业和大海大山旷野大城大工业万岁!"他呐喊战栗着,于是猛烈地击打了佞妄的夏川一个动作的面颊。

夏川裸体踉跄。但他又继续裸体，不屈地拥抱韦成，而裸体的罗志恒，也在他的背后，"亲切"地拥抱他。

"灵台宇啊，我还要做这种相拥抱的渴望和礼仪，请你也咬我的鼻子。"夏川说，咬与用舌舐韦成的鼻子。

"你韦成请咬我。"

韦成阴沉地笑了一笑，便，由于内心的狠恶；由于对这两个人的残忍的觉察；由于心中的善良和气概，正义再增加仇恨；由于觉得将在这两个豺狼等的欺凌下奔走痛苦的途程；由于强硬，便用嘴咬了一个动作的夏川的扒在他肩上的手，猛力咬着，当夏川痛极而想摆脱的时候，用手帮助着咬着，而使夏川出血了，同时，他回头，又咬着了罗志恒的扒在他的肩上的手，而凶恶地使它出血。

"哎哟哇，"夏川叫喊，"你这是灵台宇咬人，当你反革命分子将灭亡的时候。"

"痛苦然而同时欢乐！英雄事业然而同时平凡事业！畏惧然而同时无畏！到监牢去或者到死亡去的道路然而同时到胜利和凯旋和新生的道路，到建设的山与海去！到浪涛中去！到战争的炮的轰鸣中去，帮助落后的一些人民，前进！韦成啊。"韦成喊。

"那么，灵台宇咬人，"夏川，用尖锐的声音说。

"我们，血性，然而同时人性。"罗志恒说，痉挛着。

"我便咬你报复了。"夏川说，残酷的夏川，便在韦成的面颊上咬了一口。

姚秀敏便这时上前。她迅速地脱成裸体，呈显她的倔强的肌肉，扁的和大的乳房，和呈显她的腰和大的臀部，她的腿和阴户也痉挛着，不仅面颊痉挛着。

"由于我要冲锋，由于共患难的韦成将军的痛苦，由于他说到的山与海与建设祖国，因为我有永生的愿望，山啊，海啊，奔腾啊，我便心灵颤抖而咬着你夏川与罗志恒了，我用一双手扑击罗志恒的鼻子，用嘴便咬着夏川了的鼻子。"咬了一个动作。"我健壮,我是不识字的,我过去是灵台宇的罪犯,你们打击我的,我是伤心的,悲切的。我是井冈山的女兵,我如灵台宇,祖土的英雄然而同时怯弱,同为黑暗沉沉,于是同时更英雄的灵台宇,而斗争,过去被说成反军的,我旧时为这灵台宇和谭震林厮打的,她说这是不人民的。我向你们攻击了。我,裸体的,没有军队历的,和你们斗争了,我是种田的。我咬着你夏川恶狼的鼻子与抓着你罗志恒恶狐的鼻子了,我激昂的性灵,自发生正义的心灵,和你们斗争了,我用灵台宇咬你了。"于是她咬着夏川的鼻子与抓伤罗志恒的鼻子,而和夏川抱着相打,粗野地相打,而共同倒在地上了,而继续咬着夏川的鼻子。而活跃起来的韦成,和裸体的罗志恒相打,由于英勇的心境,而将罗志恒打倒在地上了。

"我斗争!我咬着你的海豹顶球有一个球的鼻子。"韦成说,"我的心里紊乱,有大海的浪涛与英雄事业人间事业与永生的建设!我打着你这歹徒了,你的女人会打你的有意吧?由于你,精炼的,灵台宇的政治部,被韦成那不懂政治的咬伤了,你的儿童要砸你砖石吧?由于你败了;你要回家打你的老婆吧?你会因此而增加贪污吧。你又要用篡盗一件军功来相补吧?"

"高山大海,浪涛万顷,"姚秀敏大叫着,继续努力,咬着夏川的鼻子,她又咬着了两个动作,"高山大海,人生永生!"

韦成和姚秀敏这时有他们的伟大的境界,由于格斗;由于特别地战胜了夏川与罗志恒;由于心灵的激昂和过去的道路的英雄的回顾;由于产生了对祖国未来的遥望;由于两人互相感应而气势雄大。他们便瞥见了未来的巨大的国家的山河的前程。韦成打击着罗志恒和姚秀敏咬着夏川,他们在忽然的注意一个瞬间的自己和周围,便都摇头,看见高而远的,深沉的天体空间。

韦成的妻子李明芬这时候再举起她手中的菜刀,因为愤怒;因为痛苦而心碎;因为心中有高蹈的,荒谬的冲锋的思想;因为觉得依靠正义与自己的力量仍旧可以救出韦成;因为在一种恍惚间;因为这时觉得丈夫韦成极可亲爱,想起了过去生活的亲爱的细节;因为觉得自己的丈夫和姚秀敏所喊叫的话使她有心灵的升高而猛烈地发出了叫声。她发生了畏怯,恐惧,又想收回这种猛烈的叫喊,便发生妥协的思想,脸色苍白。她的冲锋的激动突然收敛了。她便丢下了菜刀。

"请求政治部,请求鼻子上有球的罗志恒和脸色惨白的双牙的夏川,鼻子有球的人是坏人,恶徒,而苍白的脸的双牙的夏川也无人性,我求求你们有什么意思呢?"她恍惚地,荒谬地,语言混乱地说。"我说,我不如用刀拼了吧,但我说,求求有灵台宇的你们吧,你们……是多么可以说通的,但我说,我这种头昏的,幼稚的,已经笨拙的人,遇见这情形笨拙的,昏了的,冥顽的人有什么道理呢?我的心中忽然仍旧升起了坚强勇敢,而我的心中也有永生的火焰,为什么乞求恶徒呢?不过我一开始的时候也说你们有海豹顶球的鼻子与双牙是恶徒。我心中战抖,我便做诗道,我向我亲爱的丈夫做诗道,诗曰,坚强勇敢,人生英雄的事业,明月高升,浮云飘荡,全部自然和人类阒寂,寂寂,人生英雄的事业,风是明月高升的风,英雄事业的风,山坡上流下瀑布的风,在一个平原的有尘土的大路上诗曰,诗道,退往远方,音若绝,而诗是凄凉而英雄事业的诗,而鹿州月,而你发配到不知何处的月,在我的空中也有,我独看,而我的思念,诗曰,诗说道。"她说,"我因痛苦而幼稚了,"她说,从房屋里拿出茶壶来,倒水在杯子里,做姿势端给夏川与罗志恒,然而又把杯子放在地上,然后,她便从衣袋里取出钱,拿出几张五元与十元的纸币,又端起地上的杯子,仿佛有着痴狂。"古代凄凉而英雄的妇女敬礼了,你们两位差人,公差,善心,武松他韦成困苦了,或林冲他韦成凄凉了,请接受小意思,而多多照顾,也提醒他说,他家中的妻,我李明芬在看月亮,风在浮云里,诗曰,诗说——我古代的灵魂,好女,凄凉者,说,并不死去了,然而这里的表演是我的心志这样。你们有你们的褡裢,"她抚摩着夏川罗志恒身边的空气,说,"在你们的褡裢里,带上我献的小意思的银两吧,"她拿几张纸币晃动着。"你们当然表面上不接受我的贿赂与献礼,但是喝一杯水吧,我的禁军教头林冲,也喝一杯水吧。"她说,韦成便喝水,但她,李明芬,变得凶恶,豪放,雄壮,这时候举起手来猛烈地对夏川和罗志恒两人每人的面颊打击了一个动作。夏川和罗志恒两人,便战栗着。姚秀敏已穿上了衣服,她对着两个雄伟的人也各打击了一个动作。裸体的罗志恒和夏川,因为受着裸体的妨碍;因为李明芬的特别与凶恶;因为自己们也仿佛处在古代;因为忽然发生的痛苦;因为觉得失败了,而恍惚着,所以挨打着而沉默着。

姚秀敏便看着韦成家的负伤与流血,她便想与韦成的妻共患难,但由于李明芬陷入的窘境与夏川罗志恒的活动,分离李明芬与忠义的姚秀敏,姚秀敏便到了也在军队机关的女歌唱家卢珍家了。由于多年的感情;由于夏川罗志恒的强迫,——他们仇恨李明芬——由于内心由此而增加痛苦;由于思念着韦成的足迹;由于激情,姚秀敏和李明芬做了伤痛的告别,告别时曾哭泣,曾煮纪念的面吃,并且,姚秀敏曾唱了一个井冈山的歌。姚秀敏便到了卢珍家。在卢珍家一定时间,卢珍也因为"反党"案遭了困难。

卢珍是唱民谣歌曲的。她的心很痛苦,因为处于仓惶;因为短时间内和姚秀敏发生着感情;因为极为谦虚;因为悲痛;因为极热爱革命事业和内心流血;因为激情,便在和姚秀敏告别的时候送到门前。

"我的心多么痛苦啊,我被攻为反党了。我是穷苦家庭出身,我爱党,从苦难中出来,而心中展望光明的前程,有着解放的欢乐,但现在我反党了。"卢珍说,痉挛着,抽搐着,喉咙里窒息着。"这些人攻击我,我便不清楚我是否反党了,我便心痛认为自己是有反党了。姚秀敏,亲爱的秀敏啊,朴实而有阴沉的勤劳者啊,井冈山的老兵啊,我多么欢迎你来我家,从韦成将军那里,但是我反党了。你看,我是否反党呢?你从我的言行,你从我的善良看。从我的想从唱民歌转为努力学习欧化歌曲的努力,就认为我反党吗?我顶善良了。我的转为欧化歌曲而努力,我以为是适应历史的需要的。可是攻击我我心创痛了。"她说,由于对自己发生怀疑；由于姚秀敏的忠实；她也惧怕她牵联在反党案里；由于内心的尖锐的痛苦，她便处于恍惚的状态。"我的性情不倔强么？我懦弱么？我惧怕了吗？我视党为生命，现在说我反党，我便极为怀疑自己了。你看我反党么？你看么。"她说，痉挛着，抽搐战栗着，有恐怖的神色，喉咙嘶哑着，拉着姚秀敏摇晃着，她心中有严重的事，想不活了，她伪装着，但也从这伪装觉得生机，"你不走吧，也许他们对付我，三五天我便回来，而解决反党案了，但也许又不这样，所以你走吧，走吧，走吧，处于人生的严重的关头了啊！处于生死的抉择了啊。我心里发生了幻象，我想，处于绝境了，你姚秀敏是井冈山的老兵，是也一种革命的象征，我便不活了，死是出境，死是一切空无，没有，死就是没有，还有什么有呢？便譬如我睡着了，长眠了，脱离我心爱的一切了。我这样想可不可以呢？"卢珍说，痉挛与激动着，喉咙嘶哑着，因为爱国心与爱党与革命事业之心；因为沉痛处于绝望，因为发生的狠恶的心理；因为又处于这时的极端的善良，她发生了特别的痉挛，恍惚，她便觉得她要离开人世了。她形容她的心全部都粉碎了，而淌着血，她一瞬间战栗得很厉害，她便在姚秀敏面前战栗，想到她的头脑里的各种印象。她在延安开荒的田野上唱歌，她在临时搭的舞台上演秧歌剧，她高声喊叫而猛力，她仿佛对天体喊叫，而发出大声，而心脏震动；她在军队里，兵士面前喊叫歌唱，心灵震动，继续喊叫着天体，觉得心中的灿烂的，英雄的，革命的感情。她进了北京又多次地向着天体喊叫，她自然是向着人群喊叫，可是她有着向着天体的感情，她的心强烈地震动。这些印象也连着乐器和锣鼓声，连着人们的喊口号和叫喊声，这便是她，卢珍，走过来的路了。她现在面临巨大的生活的黑暗的影，她由于要转向欧化歌曲，由于在家里唱和偷唱欧化歌曲，而被宣布为反党了。她的心紧张到了极点，她的幼小以来的生活的回忆都沸腾着，她是忠实干革命并且也在前线冲过锋与冲击过敌人的地堡的。——她记得很多弹烟在她周围腾起，她被夏川，罗志恒一类的人宣布为反党；还因为友人们妒忌。仇恨她的才能。她与姚秀敏相处很好,但现在姚秀敏,作为一个女仆、阿姨的身份,向她告别了,人们要她离去,她也辞退了她。在心灵的痛苦中,姚秀敏的离去似乎是她的命运的象征,她便突然想着要自杀,在衣袋里揣着一小瓶毒药,意向渐坚决,而战抖着,送姚秀敏到门前。

"你可以不走了,井冈山的老人,我为革命与唱歌到了和你处过的一样困苦的,"她痉挛着,说。"一样困苦的处境了,我的心房里瞥见了一个魔鬼,这个魔鬼有着头上的角,眼睛亮而又深暗,他的角不时喷火,他伸手来捉拿我了,我的生命在他的手里,我的命断了,人生道途断了,我激烈地痛苦啊。我为我的音乐与歌剧的理想啊,我没病啊,我表演我的高声或天籁,喊天体的句子给你姚秀敏听好么?这过去的喊天籁,喊天体,也成为我的反党的罪名了,说那里面也有欧化。你从井冈山以来,接触天籁天体,人们为高尚的情操而斗争,你听我,姚秀敏,秀敏,在我的极痛苦中,喊天籁,喊天体。"她说,于是,她便突然高蹈地,激情地,喊叫与唱了起来,似乎有什么在飞翔,在扑翅,她发出一声又一声的高亢的歌唱,喊叫,追求,奔跑的声音。"我因为你姚秀敏是一种象征,我因为你是井冈山的老人,也经历了坏势力的迫近,我因为和你有心灵联结,而喊叫了,我觉得我的声音到达了天籁,天体里,到达了玉皇大帝那里,我疯狂了,死是什么?生活是伟大的事情,死是什么?但人生的死,有的重于泰山,我也重于泰山,中间产生党的前辈烈士们,我追你们来了。"她说,便取出了她的小瓶毒药,而打开来,克制着她的痉挛,预备喝,"革命万岁!"她喊。

这时候姚秀敏抢了她的毒药瓶,而猛力地将它砸烂在地上了,瓶流出黑色的液体,而突然地,由于惊动;由于恍惚着卢珍与自己;由于心中也喊着"天籁";由于深深的,深刻的生命的感情;厨房的油烟的气息,白菜和肉丝、粉条倒到锅里去的强烈的油煎的声音,这声音总使她心灵震动,她想卢珍也一样,和卢珍在屋里的练习唱歌的声音的印象;由于内心的痉挛与颤动,由于觉得在卢珍,善良的卢珍家生活了一定的时间,拿了两次工钱,而仿佛生活了好些年了。她便哭泣了。她的哭泣也似乎一种号叫,喊"天籁"。

"我死了。"卢珍说,"地上的毒药表示我这时已死了,假若你不抢走我这个谦虚,软弱,倔强于人生的卢珍的毒药,我死了,我只是独身的个人,"她战栗,"这时候我便飘飘荡荡地做透明的鬼而飞于祖国的田野中。我苏醒了。"她说,也哭泣了。她呈显着苏醒的样式,冷静了一个瞬间又哭泣了。

"你苏醒了便好了,"姚秀敏说,"我因有韦成司令员给我的钱,你的两个月的钱我交还给你了,我真羞面见。我是井冈山入了军籍的,你也有军籍,我便不走了。"姚秀敏说,便拉着她的女仆的衣裤,和卢珍一同走回去了。她再送还卢珍的钱,但是卢珍一定不要,卢珍便坐下来,喝水,由于表示自己要奋斗,由于表示自己爱国与爱生命,由于燃烧的激情,由于爱着井冈山的老女兵,由于觉得生命的复杂过,而开始拉着胡琴,唱着高亢的和低的歌曲了,而不会唱的,笨拙的姚秀敏,便拍手,她觉得有许多人在拍手,许多人拍手,鼓掌便是辉煌;也有她会唱两句的,便用她的粗哑的声音伴随着唱着。

卢珍发生了激情。因为渴望生命;因为从事着斗争;因为是党员;因为抗议不久前的自杀的行为;因为心脏的激情与发生的甜美;因为心中的战栗;因为回忆及许多喊叫天籁,天体的印象;因为回忆及延安的塔;因为回忆及延河的水波;因为回忆及台下及周围的许多眼睛;因为产生了像猛烈的鹰一样的心,而高唱着天籁,一直喊叫到天体了。屋瓦震动,她唱着:参军打敌人,哥哥去参军,哥哥在情思,在水边和草坡边,情思妹妹的心,妹妹的心念着哥哥的神圣的职责,念着哥哥背上枪,前往打敌人。她的歌声高亢飞扬。而姚秀敏,也跟着用吼叫,猛烈,战抖,带着愤怒的声音唱着,她和卢珍的声音澎高。她又用高的哑的声音唱起了井冈山的"情爱的哥哥去射击,射击剿共的野狼"的歌,因为激动;因为神圣的老兵;因为历史的震荡;因为深情;因为支持卢珍,而大声喊叫着。

卢珍因"反党"案被逮捕以前,她便发生激情,用一张纸,在上面写了卢珍的可爱,爱党的事实的她的证明,她说,她凭井冈山以来的历史保证。她写了激情的,忠实的保证书。她说,如果亲爱的卢珍有"反党",她便被刀剐十块处死,而先割断她和珍贵的她曾种田与射击敌人的手臂。她的保证书笨拙而激情,她也准备入监牢,心中沉静而有激情,夏川和罗志恒两个便突然出现在她面前。

夏川与罗志恒严厉。卢珍的女仆,井冈山的老女兵便沉静,她想到她砸了卢珍的毒药瓶,她便觉得不畏惧死亡了。她便扬起喉咙,往背后背着手,唱起了她的"天籁"的,喊"天籁"的声音。夏川和罗志恒,由于奇怪的激情;由于凶恶和他们的所谓"感染愫";由于似乎被井冈山的女兵的豪情压制了情况;由于姚秀敏,井冈山的老女兵和卢珍的友谊也有压制性,由于有了炫耀他们的才能和感情的要求,而也喊叫起来,猛烈地,鸭子叫似地,唱了一定的时间的歌,便响着凶狠的皮鞋的声音,而走了,但是两人又走了回来。他们走掉了又走回来是因为犹豫,是因为在政治部,有反对他们的有力的干部。

"亲爱的井冈山的女兵啊,我们向你致敬,我们心里甜甜的,便又想离开,而享受我们革命的天伦了,可惜你是错误的。"罗志恒说。

"但不论你不是错误的,"夏川说,"我们是多么亲爱你,而你有长姐似的情,希望你以后多和我们来往,而少和这些反党分子。"

"认真地讲你也是一个反党分子。"罗志恒说,"但是井冈山的感情,优美的历史,而你又是一个体力劳动,种过田的,我们便不动我们的正义了,正就是举起我们的手来举到天籁而且喊叫,这个卢珍是喊天籁的。"

"我们向你姚秀敏跪下了。"夏川说,有着跪下的激情,而跪下了,他和罗志恒这时有着抒发自己的感情的需要,心中甜美,

"请你,井冈山的女兵姐姐,贤良的,我党的,常顾盼我们的爱心,而不跟反党者合流。"他说,"希望你亲爱我们,顾盼我们,常有爱心,使我们有精神的飞扬,在井冈山的姐姐你姚秀敏的感情下。"罗志恒说,也由于感情,跪了一个瞬间。"多么美好啊。"他喊,在这个情况里,姚秀敏便成为抽象的存在,是他们两人的感情此时需要的了。他们崇拜地看了姚秀敏一定的时间,便出现恍惚的,冷淡的面容,而站着。

姚秀敏,由于产生了讽刺;由于心中仇恨;由于激昂;由于痛恨这两个人的姿态;由于觉得这全部值得讽刺与强烈的讽刺,便笑了起来,也跪了下来。

"我井冈山的姐姐与你们一样了,我请你们,卑劣的,恶毒的歹徒,常顾盼我的爱心,而我心中战栗着千层糕一样的温暖,也常顾盼你们对我的致意,"她讽刺地说,"请你们歹徒心中的甜美常维持。我常向你们致意。"她便爬了起来,而发出了短促、战斗、有力、激动的尖锐的笑声。她的激烈的状态,使得夏川与罗志恒阴暗地又走掉了,她的猛烈使他们失望,但他们又回来,逮捕了卢珍。

她是猛烈的。她,姚秀敏,便离开了卢珍家,而到了南蕙家,在南蕙家为管家与女仆。南蕙是党员,女作家,她去到了便情形不平静,南蕙在房屋里叹息着,徘徊着,常在窗口眺望着院落与大门。南蕙想着,她要入"反党"的籍贯了。她聘请姚秀敏的时候,是想维持她的平常的生活,而做镇静的态度。她的心里边是这样想,表示她的生活将继续下去;她用这种想象鼓舞自己。但现在事实说明她的镇静自己,与敌对力量相颉颃的做法只是一种幻想。女作家兼做儿童文学,她的头脑里有强烈的幻想,她想象大的熊到水边,与螃蟹结朋友,她想象痛苦的蚌与恶毒的蛇作战,在这进击她为"反党"的时候,她更多地想到她的儿童文学的幻想了。她做散文诗剧,她的诗剧里这时也出现了增多的幻想的色彩。因为她的心善良,强烈地要制胜;因为她强硬,这时候便产生了牺牲的想象,为正义与真理而牺牲;因为她努力,奋斗不倦；因为她觉得她和她的文章在人间痛苦着；因为她觉得人间的道途艰辛；因为她觉得她的各件事物的爱情。是党员，觉得有做着人间奋斗前锋的必要，因而对她的幻想，对大熊走到水旁，对善良而强硬的蚌，对春雨和深沉的秋风，有着战栗的激昂，她痛苦了，她心中升起了她的高贵的正义，升起了她的几十年的阅历，她要为真理而斗争。她聘请姚秀敏是用来镇定自己的生活的，她的生活将要被人击碎了，于是她产生了幻想，她的生活由于聘请姚秀敏，而继续，强硬；她有忠实了、勤劳的女管家。对她的思想批判进行的时候，在她家里发生了特别，她的丈夫在上海，不常归来，她，南蕙，在房屋里徘徊着，走着，对女管家姚秀敏故意叫喊着，姚秀敏也故意叫喊着。姚秀敏，充满着她的愤激，敬爱着南蕙的文章与为人，而做出镇静的，有力的，英雄的样式，仿佛南蕙的这生活异常巩固，还要许多年许多年地继续下去。

便产生了房屋里的喊叫。

"夫人，"心灵震动，一直称南蕙为同志和名字的姚秀敏，这时称南蕙为夫人了，她喊叫着"夫人"，是否要买些花来，如你曾提议的一样呢？是否扫除，像蝴蝶一样扫除，她带着讽刺的声音说，"而打扫一下房间呢？是否因为清洁而舒适的需要，而增加一些春梅呢？我的意思加总是，是否买几盆花来呢？"

"秀敏，"南蕙说，"蚌在水边而思念自己的珍珠，而见到水里的田螺浮沉，也见到水蛇浮沉，而熊到水边饮水了，螃蟹快乐地飘过水草，这是我见到的幻想了。秀敏，是否我们的生计生活持久呢？"她痉挛地说，"能一直下去呢？我很依恋你这女管家了。"

"不聪明的，笨的鹤站在水边，而蛇凝望着它，鹤也凝望，凝望很久，便和蛇斗了，因为正义感在人间，而后，鹤负伤一定，便到草里休息，常想到想遗忘自己家务的鹤，如何地在与蛇斗争，而将蛇打成有赤红的血的。"

"一切是这样的了。"南蕙说，因为痛苦；因为内心的扩张；因为内心深处的阅历人生的镇静力；因为想着自己可能牺牲于这黑暗的情形，死难，和悲惨；因为觉得对历史与真理负责而有着一种英雄的情绪;因为激昂和突然发生的增加的沉静,而在房屋里继续走着,但又坐在椅子里了。"鹤又与蛇斗争了,鸡在徘徊着,鸡在是徘徊着,思索自己有翅膀,是会有飞翔的,思索自己的历史有过会飞的时代。"她说。

"鱼在水里,而水草间有有珍珠的蚌,"姚秀敏说,她镇静,因为觉得有镇定自己的必要,因为南蕙的镇定有力,"蚌悄悄地游近螃蟹,问它是否有珍珠,两个人相怜恤,它问它,你好么?它问它,你安适么,瞧瞧看,物与物之间的互相的怜恤与同情。"她说。因为激情;因为高蹈地努力镇静;因为同情南蕙,和她同命运;因为这风雨形势的痛苦和斗争的欢乐;因为是管家,更觉得这里是自己的家庭,因为南蕙自己也日常打扫房屋各处,尊重她的井冈山历,而不把她当作女仆,她的胸部挺起着,而有高声的情绪。"处于较大的事了,除了鱼和在水里的意外,夫人,还想到狼在山坡上,而恶的熊,夏川与罗志恒这些人,在石头的缝里张望。"她说,因为想抵抗不幸;因为想颉颃生活的破坏,而高叫着,"夫人,女作家夫人,是否要买些花来呢?"

激昂的,如闪电的姚秀敏便出去买了一些花来了,除了插在瓶里的以外,尚有两个花盆,栽种着红的玫瑰与白色的牡丹。

南蕙笑着。因为要表示自己的对恶的环境的抵抗;因为内心继续升起幻想和往幻想里探索;因为觉得这样便超然与颉颃了不幸的命运;因为心中升起了将要为祖国祖土殉难的伟大的感情;因为斗争性以外又升起了她的柔情和凄凉,她便在花的面前站着,而镇静地流泪了。

"鱼在水里,蚌与虾在阳光透进水里的地方嬉戏着。"姚秀敏说,她和南蕙共同做对环境的抵抗,表示着他们的生活,"井冈山有水塘,也有美丽的景物,鱼在水里,而螃蟹与虾斗着,便超然于世俗的痛苦了。"她讽刺地说。

"超然于世俗的,人间的痛苦了,"南蕙讽刺地说,声音沉静,有力,明朗。但她突然猛力地用脚踢了牡丹花,而战抖着。她发生了痉挛,想着就要去到黑暗的监牢,而有着突发的愤怒。但她随后抑制住了,她再徘徊了两步,而走回来,显出更沉静。她有沉静的,坚韧的,锋利的性格。

"我就要到我的路途去了,这些是不可避免的,我便要查一查我的信件了,因为我要缴出密件了,我还有几箱散文和诗的稿子也是惹祸的,我痛苦,我的幻想升高,我的心颤抖,我挺立面对着祖坟,与中华人民共和国。我又飞翔了,唉,"她大声,有力,震动地说,"鱼在水里碰见友谊的蚌,而熊走到水边遇见美丽的螃蟹,而在草丛里建它的家,也在高的,高的山岗上,山岗上,唉,我便清除,与烧我的信件等了,我的密件。"

她便找出她的几捆信件来,她已经整理好的,发生惊慌。因为想要烧"字件"而发生惊慌,惧怕着人们到来。她便迅速地,由于姚秀敏忠实,她便告诉她说信任她。和姚秀敏两人迅速地撕这些"密件"了,姚秀敏撕着,也发生惊惶,便将一些信在嘴里咬烂。南蕙也将一些信在嘴里咬烂。他们发生着对这些的感情,因而先撕碎再烧。因为依恋这些朋友的信,丈夫的信;因为发生的惊惶;因为这时的痛苦,因为心中有着混乱的各样式的幻想;因为人间的路这时显现着异常的艰难而且在对于人们的恫骇性与恐惧;因为心中的凄惨,觉得"到这里来的,一切希望都要放弃";因为激昂的想象高升和激情上升;因为愤怒,南蕙便突然点火,站起来,在烧"密件"的烟里,唱歌了——而她表示她的不屈。

"风起云涌,风云际会,"她高声唱,"各路各方旌旗,顶云虹彩,风起于东,于西,风起云涌,风云际会,而各路旌旗,而各方神祇,风起云涌,风起云涌,云涌。"南蕙高声,举起手臂,有力而慷慨,唱着。

"风起云涌,风起云涌,云涌,风起,云涌,风云淡淡,风起,云涌。"姚秀敏站起来,大声用粗哑的声音歌唱着,她挺着胸,因激动而喘息;因为激动巨大,所以唱得有急促。

这时南蕙又烧进去了几个她吝啬着未烧的纸球和吃了几片撕去的信的吝啬未掷入火中的纸片。因为她觉得惊惶;因为命运在恫骇;因为对她的在外埠的丈夫的信等的依恋,因为对过去与自己的女作家的事业的依恋;因为痛苦;因为似乎信件连着身体与灵魂;因为觉得吃进去有甜蜜和身体有扩张,她从点火前起吃进了不少的纸片与纸球。姚秀敏,受到刺激,也觉得吃撕与揉搓了的信件的甜蜜——伤痛与甜蜜,便也吃着扣留下来的撕碎了的纸片与纸球。南蕙与她的女管家姚秀敏便激动着他们的复杂的情绪,烧着的纸冒着烟与喷着火,这时,南蕙,由于恐惶与激情,便将一卷诗文的稿子投到火里了,而姚秀敏便心中突然升起激情,如同见到前面的机关枪架,如同见到自己的同战阵的战友被严重的炮弹袭击一样,如同瞥见了漫天的大火一样,将自己的身体扑上去,像扑在亲密的,生死与共的战友身上一样,扑在这一卷着了火的纸张上了。

"拯救智慧与文明!拯救诗与文!"她叫,"抢救南蕙!我死了!"她,姚秀敏,喊叫。她扑在烧残了的纸上几秒钟。她站起来,又喊叫:"夫人,南蕙夫人,是否要买些花来,如同提议了很久的那样呢?是否要打扫清洁,如同蝴蝶一样打扫而卫生呢?"她的喊声有着讽刺,因为她没有能救住诗文,因为,南蕙又将诗文点火燃烧了,而异常地沉痛,她便啜泣了。她是用扫帚将烧的纸灰扫在一边,而放在一张纸里,用纸包了起来,掷到外面的水沟里去了。这时候夏川和罗志恒走了进来。他们来到,因为南蕙也曾在军事机关。他们是和普通公安联合的。

"又碰到你了。"罗志恒对姚秀敏说。

"又碰到了。"姚秀敏讽刺,凶恶,有力地说,"来说这样的话了:请你离开你的家,在我们那里和家里一样,一切都体贴,伙食有炒肉丝,有雪里红,有蒿笋,还有小瓜,苦瓜与黄瓜,甜瓜与酸菜。我从井冈山以来,"她流泪,激动,多情,愤怒地说,"听到不少这样的谈话,看见不少男女、志士,吃苦瓜与黄瓜去了,吃的张国焘的,陈绍禹的,而男女的反党的志士便有他们的亲人相送。"

欢喜的、故意辛酸的、阴险而柔情的罗志恒和凶恶的,故意异常痛苦的,显得他是极仇恨,要把南蕙吞噬掉似的夏川便战栗着,痉挛着,他们便跪下了。他们做着带戏剧性的感伤的动作,而学着猫和狗的叫声,猫的叫声表示是家庭,而狗的叫声表示凶恶,叫声中还有狼的嗥叫,嗥叫颤动而上升,便显出咆哮与吼声,他们特别努力于这"辛酸而愤怒"的政治部戏剧的上演,因为南蕙也是党员,有军事机关的革命经历。他们此起彼伏地嗥叫着,一时之间这种叫声充满室内。这时姚秀敏战栗,她也发出嗥叫声与咆哮声,从她的胸膛里涌起了痛苦与搏斗的精神。她并且用脚踢他们,他们站起来了。苍白的南蕙,也突然呐喊,发出长的,高亢的,有痉挛的狼的嗥叫。

"风起云涌,风起云涌,风云起来。"南蕙痉挛,镇静,有英雄情操地叫,"你们凶恶地对付我了,我心中风起云涌,而觉得要构成我的生涯的戏剧与诗篇了。"她说,又发出嗥叫,"高大的山和海,和人生的种瓜得瓜,种豆得豆!"她叫,便又激烈地发出嗥叫。夏川便拿出镣铐了。

"我声明我认为戴镣铐是可恶的,给冤屈者戴镣铐是可耻的,"姚秀敏叫喊,她的心中伤痛,因为激情,而喊叫着,要替南蕙戴上镣铐而送南蕙。因为她的激昂,罗志恒和夏川便战栗着,有着仪式地做着动作,表示着凶险与歉意,轮流地自己互相戴上了镣铐,然后,又解下镣铐,笑着,罗志恒高喊着:"风起云涌。"而夏川叫啸着:"大海澎湃。"给又伸手的姚秀敏戴上了镣铐。"南蕙啊,我这时心中满意,我,有义士相送,朋友,南蕙女作家你了。"姚秀敏说,她便首先走到大门边。这时,夏川罗志恒解下了姚秀敏手上的镣铐,南蕙便伸出手来,夏川和罗志恒,便又发出嗥叫,给她,南蕙戴上了镣铐。

这便是这时代姚秀敏的道路。她便在一处居民委员会停了下来,而任着街道委员了。街道委员会有着一套锻铁的器械:炉子,锤与钻与风箱。手臂有力量的姚秀敏便经过请示,拿回到她的一间半的房屋的住处,开始锻铁。她是在新四军时学会锻铁的。锻铁又停了两年,她在售货店,以后又任街道委员,又回来锻铁。因为她心中有着渴望;因为她不愿年龄虚度,因为她也纪念死去的丈夫:她的丈夫曾在新四军时和她一同锻铁,锻铁的技能良好,她有着顽固的感情纪念着这个——她便在锻铁时回忆那些生活单位的互相抚摩与拥抱了;因为她觉得低沉的,许多人遭难的时代也应该做事;因为她觉得生命的可贵,她努力锻冶铁。年华渐逝,她便到了接近老年的时代了。她在家里锻铁送给区政府,区政府便帮助她一定的经费。她的眼睛负了一定的伤,左眼受了锻铁的伤,有了一定的白内障,她便来到了老年。

在她为居民委员会街道委员会锻铁的日子里,韦成来看她。时日经过,他已"平反",澄清了他的冤案,显得伤痛、愤懑,但仍然有着精力。韦成,因为遭难;因为军人的不屈的性格;因为内心的火热的愿望;因为内心的激烈的痛苦;因为抗议人的生命的短促;因为已经在追求着他的新的生命,即做诗文,和研究矿石,和做第二叉的工作帮助训练国防军,而勤奋着。他是上层司令员等级,他这时已经离休。他来看姚秀敏,在衣袋里带着他的小的红的口琴,吹着,沉思地,痴呆地,有着苦痛地坐着;沉思很久,在小的簿子上写着什么。

"在内心亢奋的时候人甚至想到飞翔,为什么不想到呢,鸟雀有翅膀? 韦成司令员,年龄似乎克制了我们,我们又见到了。"姚秀敏说。因为内心的激动;因为对韦成的同情;因为旧的友谊常青;因为觉得韦成在奋斗着克服老年;因为内心有着忧郁,而战栗着;想着过去的脱壳思想,即人到一定的年龄要改变,脱一次壳,而转为年青,和更有力,这是她的几十年有着的信念,虽然她生活常受挫折。"我在这里锻冶铁,你主公韦成来了,我心中歉疚,不礼恭不好,我们也度过了艰苦的时代。"她说,发生了旧时僚属与女仆的感情,便去买了一定的酒和菜了。"姚秀敏也喝酒,便脸红着唱'吓吼歌'。""吓! 敌人的炮弹,吓,我枪的射击,吼,我炮儿弹出口,吓,炮火闪闪,吼,我们韦军长及陈毅司令员的命令,吓,衣服脏了,快去洗,老军长来了,快去洗米。"她说,吼叫,与唱。她激情,脸庞充血,发生愉快,觉得这时在蜕变着,在脱一次壳而转向年老,转向新的生活,她便继续锻冶铁。

韦成也拿过锤来锻了一定时间的铁。炉火热烈,火焰喷出,红色的火映照，炉火升高。姚秀敏给了韦成一个帆布的围裙，她也围着一个帆布的围裙。姚秀敏特别高亢地努力地吼叫，她的面部的肌肉也痉挛着，有着痛苦与愉快，她今日又见到了老年的韦成，觉得韦成忧郁，觉得她有着痛苦，觉得她自己将蜕化生命，而脱一层壳；她有强烈的原始的力量，要脱一层皮，而达到新状态，新的生命，给韦成看，而鼓舞他，这便是老战士和女仆的感情了。她高声唱着她的"吓吼"歌，而要攻破她的"主公"韦成的忧郁的防塞。

"吓，生命和生活，吓，步步年轻，吼，炉火正旺，吼，炉火灿烂而咆哮，吓，我命苦难，吼，我生有痛创，吓，年华实度与虚度，吓，我将蜕壳而出，吼，我姚秀敏将蜕壳而出，如美少年，吓，韦成司令员将蜕壳而出，如美少年，如美娇年！是何时代？共产党旌旗继续高扬，邓小平陈云杨尚昆聂荣臻王震李先念彭真时代，是何地点？刚有一对新婚夫妇步行经过，男女都戴着花的这街道我锻铁的地点，一对新人美丽。"她说，仿佛准备蜕壳一次，仿佛产生大的欢乐，仿佛革命的红旗更高举，仿佛沉醉，而吼叫着。"但我也忧郁，我也反政治部谭震林起的压力，反历史上的坏人，吓，阴郁的屏障，使我心中悲痛，阴暗，吼，我的生活有悲痛，年老的衷心，所以我一想到这，便有能脱一次壳了。"

韦成也开始锻铁。他从他的阴郁的笼牢里颤动着，他带了小口琴的装备也不能卸除他的忧郁。因为遭难；因为内心的痛苦；因为觉得激动；觉得自己在年龄与精力的深厚的壳里；因为也想着，而姚秀敏使他更想着，脱一层壳，发生蜕变。因为内心的激动如同姚秀敏锻铁的炉火，他此时震颤着，而发生恍惚，发生一定的心脏的痉挛，他便觉得，在姚秀敏的高升的炉火前，在她的原始性的生命力面前，在历史的飓风前——他觉得姚秀敏的"吓吼歌"里有历史的飓风，他将死去，或者新生。他到了年龄的苦痛和思想回忆情绪结岩石的年龄了；他到了人们说的快跨进坟墓的年龄了；他不觉他已经年老，他便要做内心的生死斗争，而脱一层壳。他想着他这几年的遭遇，遇见的新生的可爱的儿童,街头的年青的男女,他们的恋情,在将街头的车辆被他的幻觉拟为拖着炮的战车的时候,在将街头的车辆幻觉地拟态,认为是未来的青春的男女的恋情的欢乐欢呼的车辆的时候,他的心便在他的生死斗争里觉得要脱一层壳。他的心战栗着,便觉得这层壳正在脱着,他要到新的年龄和境地,即便有年龄,即永远的年青,那欢乐的,灿烂的境地。因为年老了和笨拙了;因为痛苦了和忧郁了;因为妻子也年老着;因为心中的歌唱渐少;因为带着的琴和做着的诗文也正是鼓舞着,预感着,奋斗着脱一层壳;因为姚秀敏的"吓吼歌"气焰高;因为姚秀敏猛烈,韦成,这年老的军人,共产党员,指挥着铁锤锻冶了一定的动作的铁之后,在沉默无声地沉思,将他的口琴和做诗的笔和本放在一边之后,便觉得自己内心惊动,在全部如愿,在脱壳了。他便穿着锻铁的围裙在地上坐了一定的瞬间,而蒙着脸。忽然地他站了起来,在姚秀敏继续锻铁的时候,在房屋里走着,而大声地,有着凶猛与有着对自己和事物的慈祥地,快乐地,叫喊着。

"吓,旧时期,天空的阴暗也不觉得太阳出来了灿烂;吼,旧时的流血,旧时的兵士扛着的炮弹,自己也扛着两颗炮弹;吓,猛烈的爆炸,炸出火光在敌阵,炸出希望的心,如同乘坐在虹与云上,而到了青年事后脱一层壳往前的年龄了,青年时期各环节,"他叫,吼叫猛烈,升高,激动,"吓,吼,人生的年华,各一环节的蜕一层壳,便是到新的境界,吓,新的境界,我进入新的环节,而吓,炮弹震撼,在当年的艰苦的胜利,艰苦的血渍,凭死的冲击,和孤军的抵抗,我的同志我的朋友,你将炮弹递给我,我说,你将你的快乐的生命力递给我,我已感觉到我的精神在滋生着未来了。"他叫,感觉到自己也有着燃烧的心灵和原始的渴望和生命的强力。他又脱去衣服,而裸着上身敲着调泥,而从姚秀敏的身边,拿起另一个铁锤来,和姚秀敏共同地锻铁了。

"吓!流丽年华!"姚秀敏锻铁,用巨大的声音吼叫起来,她觉得韦成将军,司令员的可爱的心。因为她有着气势;因为过去的生死斗争,因为想要制服自己心中的阴暗面;因为快乐,因为有她的癫狂与持恒；因为她，老女兵，固执地想着她的思想，以为她会胜利，她便也脱去上衣，赤裸着她的下垂的，发皱的，扁了的乳房，眼目青春，要脱一层壳，而举着铁锤锻着铁了。她这样，是表示要脱壳新生，与对韦成无顾忌的意思，她的老年的身体颤动，她吼叫着，"吓！韦成司令员你不说我不礼貌吧，脱裸上身，吓，年龄的环节，我是要赤裸着上身，向自然界报露我的奋斗，而志在这时，这刻，脱一层壳，而去到新的境地了。生克制死，吓，生命的意义！吓！碧空如洗，吓，女兵上阵！吼，提倡自发性，吓，提倡疯狂的歇斯底里，吓，到老不悔，吼！山！吓！云！吼！海！吓！人间的血战！"

"吓！"韦成叫喊，"你有过激了，但你有可爱了，亲爱的战友，吓，我追求，年龄的蜕化，已蜕变成青春，而吼，我心中快乐。"他喊，发生了他的癫狂。中国经过了患难，他的精神负创，中国这一世纪在患难与斗争中成长，他韦成的心情复杂。但他毕竟是单纯的军人，所以他的痛苦和欢乐，勇壮和怯懦，生命的留恋，生之恋，生活的喜爱与死亡的不畏惧，使他成为常在豪放的、沉醉的状态中的人。他在这时候，在老年的姚秀敏面前，进入了他的有这强烈的理性的精神的巅峰。他癫狂，发生了"吓与吼"的大叫，"生命不灭，生命不息地去奋斗，生命的火熊熊地燃烧，生命无限地宝贵，老年无价地奋斗，而从旧的壳脱出来，旧的年龄的陈旧的记忆，旧的已经暗浓的阴影，旧的痛苦与阴郁，沉沉心灵的忧郁，泪水奔流，从老年的结岩脱壳出来，我再回到年青！吓！吼！"他癫狂地大叫着，做了他的诗。他的癫狂是不太显露的，他是有着强烈的理智的。"在风起云涌的时候孔雀高飞了，我的枪声惊起了一直深的长的草中间的孔雀是我的快乐，孔雀展翅而飞于战地！我的狂放。"他说，面庞战栗着，看着姚秀敏；"我忆及当年的孔雀，而不是井冈山的鸵鸟，所以往下做诗，这诗是：飞翔，进入碧空，往左展翅，往右平衡，天宇的力量；在我的额头上，闪光，灿烂，明亮，辉煌，而孔雀高飞白云中，而发生爆炸性的歌唱，它唱啊，时光如流水，终于堆砌成山峦；是这高峰上我的心灵便像年青时一样的热烈,奔放。"他做诗说。他这时有热烈,表明他的激情,他便胸膛抵着热情的飓风,而升到高空宇宙了。这时他沉默了一瞬间,而看着屋顶,而觉得宇宙深沉。他便沉默了下来,而走到外面,看看天空,凝望着天空的,自然的深沉,而有一定的眼泪,而走了回来。"年华流水,水不能堆砌成山峦,终于堆砌成山峦,我在这高峰上,我和我军。""打铁,锻铁,吓,吼,姚秀敏啊,一个人老年有困难,我便来看你,也算共度我们的老年了。"

这时候夏川罗志恒走了进来。这两个人也苍老了,罗志恒黝黑,苍劲,凶恶,而夏川更为苍白。这两个人仍旧怀着对韦成的仇恨。这是世纪的仇恨,他们的心脏如同铁与石。他们,因为对韦成的仇恨;因为也仇恨姚秀敏;因为他们现在也离休了,有着战栗,觉得他们人生有困难;因为他们年青时作的恶,他们,铜潏造的赝件的人类,呈显着膨胀而强大,虽然他们是一个一个的赝件,轮换而被情报机关杀死的;因为他们继续盗窃工作和功勋成功,有大的人口结集,他们升了他们军官的肩章。他们果然穿着华美的军服,而身上镶着金粉;他们便让人们看见中国这年代的人的繁荣,部分机关的积血的浮肿的情形了,韦成和姚秀敏过着普通的生活,但罗志恒他们却贪鄙了待遇,他们穿着的衬衣也较韦成华美,穿着精致的皮鞋与袜子,还有着手套。像在阅兵礼中一样。中国许多年来是在抽吸地磁力,抽吸地面下的污染与毒素,制造铜潏造人的时代,他们是一个一个的同样件,提炼"火贝"成"香火",一个一个地被处死,用这种办法来灭去地壳内的毒与脏。中国便到了市场上有着大批铜潏造的人的繁荣的大的时代;中国还有着一定的技术,铜潏造人是需要技术的,他们受着空气工厂的制控,在中国上空,隐藏着空气工厂飞翔。他们便是人民中间的渣滓,按照着国家的政策,发展着罪恶的内脏;这地壳下面的脏与毒与垃圾制造的人,是立刻犯罪的。他们一个一个地被惩处了,但是是多量的同样件,所以造成了人们感觉上的麻痹。这国家的祖传的铜潏轰响着造人,因为这国家的地磁力特别恶劣。为了发展铜溚造以便于处死掉,为了正直的,罗纹的人口能在奋斗中成长英雄精神与才能,便迅速地造成一个一个的罗志恒与夏川了。为了发展铜溚造以便于处死掉,为了发展科学与技术知识,技术是祖传的和外国来的;国家的领导人也有着技术的能力;为了发展人民对毒物与脏物的仇恨,为了消灭地壳内层的脏与毒,铜溚造事业发展着。铜溚造的生命短,时常无童年而死,时常造出后便是青年,中年老年;也突厥地制造大批的,和人们斗争的"可爱"的儿童。大量的铜溚造的人也牵引着一般的犯罪分子作恶,所以这一回的斗争激烈。国家这一机要事业产生着被击发了的夏川与罗志恒,又产生着一般的所谓坏血的罪犯经过医学科学特制的这种夏川与罗志恒。"赝件","火贝",也有国家的高位。这两个"人",现在便又出现在韦成与姚秀敏的面前了。

"怎样的不是这样的?"罗志恒狂妄,激昂,猛力地说。他,铜溚造的罗志恒,精神兴奋,也表明着这大时代人民,人类的兴奋,制定的政策,以及在后面用紫外线神经通过仪器与空气工厂控制着他们的人员的兴奋。人类与非人类之间的特别的戏剧上演。他,罗志恒,穿着华美的军服,中将肩章的铜溚造,说着话。他狂妄而快乐,人类之间与非人类的戏剧上演,便也有起点,中国人的生活的特殊性与辛苦与辛辣。这一类的铜溚造常敢死去,换起家乡,血统,正直,罗纹人类的生活的各种辛苦,"你还是旧年的韦成,有着英雄的气概。"罗志恒喊叫,说,颤抖着,"你姚秀敏打铁,伐铁,有精神,这是国家和人民的发展了。假人的血渍到达国家伟大繁荣的邓小平时代,花衣服满街,也有我们溚设的人,交代了,你看,肩章,中将,制服,祖国繁荣了,你看,美丽的少女行走于街头,你看,精神抖擞的人民,你看满街的汽车和狂啸的到医院去的车,各种事业发展,而我流泪了。"他说,沉重,悲怆,战栗,流泪。"事业,祖国,发展了,"他说,擦着眼睛,而且面颊留着泪珠。"我们溚设和你们一样有感情。"他说。

"事业发展了。多年,不见了。"韦成讽刺,惊惶,警惕,说,注视着铜溣造的人,嘱咐自己不要忘记了这个。"好么,别来无恙,你们苍老了,曾在阴谋各反革命集团的时候作恶不少吧。"韦成讽刺,有力,快乐,斗争的火焰燃烧,说,"我假设忘记了你们是溣设的人,我便错误了,我的妻子最恨铜溣造,我便烦恼和觉得心脏的巨大的委屈,但你们整个地从铜溣搬家住入了社会,我们便麻痹了,便和你们相处很幸福,而且快乐,握手与拥抱,谁知道你们是什么制的,在体内是否制造了一个闹钟,一个酒瓶,一个痰盂在内。我和你们相处而幸福了,啊哈,今日醒觉,不然便忘记了,朋友,快活的,会流泪的铜溣造,罗志恒狐狸,夏川狼,狡猾的敌人,啊哈!我现在便暗中灵活,而想着和你们的不同。你们还没有性欲,因为性欲连着心脏的灵魂,是正义之伦理……不铜溣造的罪犯也伪称有性欲,你们是假的,所以我便想着我和你们不同。你们也拥抱你们的对象,配偶,阳具与阴户行动,如同我们吧,不是这样的,不是这样的。你罗志恒也和你的胖女亲嘴吱吱响吧,哦,不是这样的,假设认为是这样的,便让你们骗过了。哦,我今日有罗纹人类,血统,家乡的,有能力的人类的醒觉,便似从旷野里醒来的亚当夏娃,想到自己是亲密的血统的有能力的家乡,重要的是有正义与能力的,便在旷野里想到昨晚如何睡去,而早晨观看建业的,有气魄的,可以施展能力的大地与祖传的平原了。我曾在战场上看见一个孔雀,而我军前进。如何,罗志恒与夏川铜溣造?"

"我们来说热烈的人生。"罗志恒吼叫,眼睛里停着眼泪,快乐,大声说,"我由体外仪器通达神经说话,写字,假人类,和有伟大的人生的将军你斗争了。人生是热的,快乐的,忠实的,我和后面的干部唱着双簧,和你斗争了。怎样的你的老实儿女是爱你的而我们是假的。"

由于在后面有人们操作;由于内心的痛苦的痉挛;由于甜蜜的要求和渴望;由于特别的罪恶者对于正直者的仇恨;由于仇恨的痉挛特别深刻;由于满头白发和苍老;由于穿着华美的中将制服;由于示威的特别的双重的心理,一重是铜溣造,一重是中将,罗志恒便痉挛着,快乐着,感伤着。

他做他的激昂的,雄壮的史诗。

"我送来给你看看的,怎样的不是这样的?我和夏川也一定阔别了,今日联络,送来给你主公看看的。"他说,中间前来到的夏川便在旁边笑着,"自从冰河时代,恐龙的时代,据说后来有了你们,便也有了我们潏设,尧皇开始有铜潏造是不实的。我们伴你们共同度过了冰河,恐龙时代以后的时代,有家在类人猿以后的巨大时代,怎样的不是这样的?冰河时代,恐龙的时代,多么美丽呀,那冰河,恐龙,多么巨大呀!我们两种人类并肩作战,并驾齐驱,建设祖土。祖土的感慨啊?怎样的不是如此?送来给你看看的,问你,有知识,思想,伦理的罗纹人类好,"他说,便张开手臂,而有一种哭泣的表情,而拥抱韦成,而在他的脸上接吻,这时候,最仇恨铜潏造的女锻铁工,姚秀敏,上前抢救情况了。

"去你妈的狗屎的潏设!他,韦成,是将军,战场上看见过龙,凤,与孔雀的,井冈山看见过的不止是古代的恐龙,古代的恐龙也有,是从地穴里出来的,而且龙凤呈祥,去你妈的狗屎的潏设,狗种,欺侮有高级人性的将军了,他的高级人性正是恨你们;狗种,手臂放下来,不准搂着将军和想要再亲嘴,和亲他的面庞,你狗禽的,你铜潏造的娘是狗屎禽的,操你娘的,"她说,激动着罗志恒的环抱着韦成的手臂,"你铜潏造是什么狗屎造的呀,每一个都犯罪的坏人,而不知道人类的崇高呀,"她说,因为搬不动罗志恒的手臂;因为罗志恒的手臂极猛力地拥抱着韦成,带着虚伪的友谊与感情与仇恨的战栗;因为清楚地想到罗志恒是铜潏造;因为心痛,觉得是一条蜈蚣袭击了将军;因为韦成站着不动,讽刺地让罗志恒抱着;因为愤怒,而爆发了她的粗鲁,她便将她的锻铁的拳头击在罗志恒的脸上了。她又用脚踹着。

"亲爱的将军呀,几十万年,有家在类人猿或更以前冰河时就有我铜潏造,天地灵秀之气,形成潏设,潏设,我心中的痛苦与战栗是,战栗是,天与地是共同的父母呀,人类,人类,今日是兄弟相逢,我中将罗志恒,潏设,和你上将,元帅,韦成,叙我的兄弟之情,我亦与你,姚秀敏,叙姊弟之情,伟大的人类呀!"他喊,如同蚂蝗一般巩固地盘在讽刺地站着的韦成身上。

"我焦急了,"姚秀敏说,当韦成奋力地推动,也仍旧不能摆脱罗志恒的时候,"你,人类的朋友,敌人,瀹设,我和你划拳头,包子,剪刀,你伸出一只手来划,看我胜了便你防守,而乖乖地站到一边去。"

姚秀敏便举手出"拳头","包子"和剪刀。然而罗志恒不回答她。罗志恒,因为想着他瀹设的人类,假人类和人类的祖土共同而行走于地面;因为悲怆;因为充溢着历史的概念;因为感动;因为仇恨人类;因为想盗窃到保物品,而哭泣了。他依恋物品。他喊着他要"买"到物,盗窃到物,"得物"。

韦成想着自己的正义的事业,亚当夏娃的田园,便因为和铜瀹造的人类的许多年的被"住"入的斗争关系,决定给罗志恒与夏川一人一支烟,他便从衣袋里摸烟。

"给一包烟。"罗志恒说。

"给你们铜瀹造,一人一只烟。请抽。"韦成说,"只给一只,但也一只,而不是给你是混入我军的中将,是给瀹设这物种的。我因为被迫了,你们混入,眼睛鼻子嘴同时还有阳具阴户也一样,而伤心了,所以被迫,与自悔,给一只烟。"他说,而有着眼泪。

"但我是持恒的,"姚秀敏大声,激烈,多感情地说,"我要赢回来,和你划拳。拳头,包子,剪刀。"她举手,猛力,愤怒地喊,罗志恒动心于可能胜,于是也喊,于是姚秀敏胜了,她大叫而有眼泪,抢回了韦成的烟。

"我是与你们有彻头彻尾的仇恨的。"夏川凶恶,战栗,痉挛,说,因为对于正直的人类的仇恨;因为战栗重大;因为很干枯消瘦而仇恨激烈;因为是铜瀹造,是由人们紫外线仪器操作语言而有着傲慢的偷窃到人间的语言的感觉,因为仇恨得似乎内心破毁,滴血,渴望着残杀,而战栗,痉挛:"我夏川狼恶狠夜巡,他罗恒志狐狸伪装为人和我夏川伪装为华贵的人,是你们的灾难,我们的生涯都是买卖到的,我们是人类冰河时期便共同前进的,我们阔别了,勇敢然而同时怯懦,痛苦然而同时欢笑,卑劣然而同时巨人,灵台宇,我们和你们不铜瀋造的亚当夏娃度过时间,我们,"他吼叫,说,"付出精力共同建设的祖国前进了。"他欢喜得战栗,觉得偷窃到巨大的物件了,觉得一种庞大的景象,"我们欢乐,如此地忘我地欢乐,我快乐,心中疯狂,偷窃到街市,祖国,建设,盗窃到与你为隆重的关系而逮捕了你多年,盗窃到衣食和人间的语言和人间的情感与面貌,盗窃到气壮山河的中将的身份,盗窃到群峰毕立毕升,而天宇纵横,江山伟巨的,视死如归的境界,盗窃到讲美丽的正字的形态。我视死如归,因为幸福,盗窃到人类的生态,盗窃到抒情诗与叙事诗,戏剧与自我欣赏,与你们人类共演特大的戏剧。我盗窃到英雄的称呼,盗窃到从大路小路走完我的人生途程的快乐,盗窃到凝望天上的云,快乐的阳光,盗窃到这些了,快乐啊,还要盗窃到。"他说,便也来拥抱韦成,很紧地拥抱,韦成猛力地推开他成功,他便说,冰河时代的友谊,问韦成要烟抽,韦成便又给了他一只烟了。"盗窃到抚摩生物,动物和欣赏植物,我们是如何快乐啊。"但他刚预备用自己的火柴点烟,姚秀敏便跑了过来,因为和铜瀋造的假人,恶毒者划拳,而抢回了烟,递回给韦成。

韦成注视着今日严密地注意到了的铜瀋造。他有着痛苦,因为以社会的情况来说他是许多年被铜瀋造的伪人类欺凌与有着丧失的;因为夏川和罗志恒快乐地欺凌了他,盗窃到巨大的数字的物,人类的称呼与生命;因为认为今日应该战胜他们,将他们击毙,在一千九百五十五年以前,击毙铜瀋造的假人是合理的,他,韦成,便曾击毙几个夏川与罗志恒,但"三面红旗跃进"以后,击毙他们成为困难的事了;因为陷在迷惘里;因为他们盗窃到各项还是中将军官;因为他还给他们烟抽;而烟是人类抽着互相有温暖的友谊的;因为发生了他的迷惘和想突破情况的激昂的心情;因为又和极想捣破铜瀋造的姚秀敏一起,他便发生他的冲击性的讽刺了。

"我,韦成,如同一个自我扩张的青蛙一样而鼓噪了,鼓噪了,如此地甜蜜,如此地互摸烟抽,如此地熏熏醉,如此地互相和你们拥抱,你们铜瀹造的假人,盗窃到世界,人生,也是华美的人类!如此地将军的地位,如此的快乐,如此地相亲爱而互相接吻,而且还提起说,从人类的冰河时期起,——如此地辉煌,"他喊,"我自我扩张的青蛙啊,和你们强盗,抢劫人类,抢劫正义者如此亲切啊,你夏川罗志恒啊。国家的山河多么优美啊,你们看见吗,笔架形的山河蜿蜓的小河与大河的气势,你们铜瀹造,一个是光棍一个有着全家铜瀹造人口,而且是一个不吃猪肉的,吃生产力牛的汉子,我说你罗志恒,你是专吃牛肉而憎恨牛的善良与牛是生产之力的,我多么恨你啊。如果你是我们的兄弟变坏了,我也一样恨你,何况你是铜瀹造。我,人类,成了河里有搁浅的船和痛苦的自我,你们是如何地买卖到这光辉的灵台宇,女儿或媳妇的,男儿和英杰的女子的灵台宇,你们今天是这样的地位啊。"

"你们今天还是混蛋的地位,穿着华美的军装,皮鞋擦得可以照见人,"姚秀敏斥骂起来,喊叫着:"你们混账王八,你们阴谋与谋杀!你们换一个火贝便完了,而你们盗窃到一切,你们整日和我们人类做戏,我要杀死你们,和你们相拼!"她叫,便一手扭住了一个铜瀹造。她原来是赤裸着上身的,现在穿上衣服了,但因为愤怒,她又把衣服摆脱了,她赤裸着上身,露出她的扁的,憔悴的乳房,因为她曾有青春的功勋,她因为和铜瀹造相打而激昂,便觉得这样是合适的。她,井冈山的老女兵,种田者,稻子种植者,女伟人和女伟大者,这时觉得她的赤裸的扁的,下堕的、憔悴的乳房是巨大的,便赤裸着而激昂,赤裸着奶房和铜瀹造的人相打了。因为激情;因为受欺的感觉同时有人类的尊严的感觉;因为尊敬着韦成;因为极大的激情,理想,辉煌的从污泥中变为神奇的永生的感觉;因为站在锤与钻之间,锻铁的炉火高升;因为生涯巨大;因为奇特地和铜瀹造斗争的迷惘和极强的自信自尊;因为上身赤裸着而忽然想到宇宙,天体,与高蹈的古人,这锻铁的女伟人,韦成的旧女仆,井冈山的女兵,便跪下了一个瞬间。

她再起来搏击的时候，夏川和罗志恒，已经激情地拿起锤子来，参加着锻铁了。他们因为姚秀敏的冲击发生了转变；因为想起了旧时候的生活；因为姚秀敏的赤裸的上身启示他们，他们已年老了；因为自己年老了而韦成更年老而发生着“感伤”；因为是铜滃造的人，是一个一个的同样件，时常死去一个和掉换，记忆是伪的，依靠着紫外线仪器，是特别状态和有特别感伤的；因为他们的伤心伤感强烈；因为愤恨与仇恨着人类，所以他们战栗着。他们的锻铁使用力量；因为仇恨的力量，想要表现自己，而罗志恒摇晃着，夏川蹦跳着。

他们又停下了。

“我们归档案于老年了，我们两人都白发苍苍。我们要得到物。我们是人类。不是人类吗？物是苹果，罐头，华美的衣，我们享受社会主义的逸乐。我们今日非常地幸福，送来给你们，韦成司令员与姚秀敏看看的，我罗志恒，如何不是很幸福，祖土啊；有着中将的服饰，和亲爱的帽子，和手套，在这春天的华美的时候。”罗志恒说。

“我设想，”夏川说，“物类不同的我们，铜滃造，是极仇恨你们的。我诺许自己当年的语言，是中将军官了，在街上走，见到祖国的伟大，乘汽车，个人一辆，更见到祖国的伟大。我们是制件，是人类的赝件，我们更应该享福，我们不劳动，也劳动，彻头彻尾地想念你们了。”

“我们向你们改悔。”罗志恒说，“如何地不是这样的？我们非人类，当年预谋了你韦成了，而也造成了你姚秀敏的流浪生活，我们向你们改悔，今日送来给你们看看——经过北京的祖国建设的大街，送来给你们看看。北京的祖国大街上有灿烂的店铺，酒，罐头，菠菜，鸡与鸭，火腿，酱，虾子，一切的一切甜的和咸的食物，都是我们当年要得到的物，我们极反社会主义工业，又极愿这些出品供我们盗窃到；我是说，我经过目染，凝望过，便预先盗窃到你们人类的物了。——我再说我的心动，我也白发，夏川也白发，而我们也老了，所以，我送来你看看，瞅瞅，而报赎我们当年对你的预谋,"他温柔地说,"你为我们预谋而负了伤,可是,我们不受责,那是党负责的,但我呀,瀹设,对你们人类,也表示改悔。"他说,便两膝跪下,而注视着韦成。"我怎样地不是这样么?我向你交代我是瀹设,当年的一个我,已经枪毙了,我不当年的一个了,不负责的。"

韦成和姚秀敏静听着,铜瀹造给他们演出人生的戏剧。

"我们是奇奇怪怪的嘛?"夏川热烈,颤抖,幸福,兴奋,说,"我们不是一切美满,幸福姻缘的人类吗?建设了大街,而行走着用美致的皮鞋,走过一条一条的大街与胡同,也有时,乘在中将的汽车里,而看见火腿、菠菜、糖、蜜、鸡与鸭、肉、酒、烟、物资,都归我们得到与盗窃到,一切是多么地美满幸福啊。我快乐还在于看着我以前的一号火贝的被枪毙,我这时心中快乐,便从地下道和囚禁室出来了,而见到我未见过又非常见过阴谋过的韦成将军你了,我,也是白发,而送来给你看看了,我如何地占有一切与可以盗窃到一切物资,如何地美满啊,我便也要举行一次宴会请你韦成,报赎我的卑劣。我现在就宴请了,我已盗窃到一件一件的美满的物,"他用手做着模拟拿物与请客的动作:"人生的长街,长歌中间欢宴的短歌,我心中激动,便想到,我阴谋的,欺疚的韦成将军也老了,但是仍旧是黑发,而不是伤痛的白发。我仍旧是孤单一人;自从我的妻病死之后,我的甜心的妻啊。我经过火腿,鸡与鸭,美满的货物姻缘的大街,看它们,货物,罐头食品,各样的烟与酒,几百种亮的,灿烂的糖,而心中快乐的战抖,我像王子一样,说,这些都是我的。我是铜瀹造与大盗贼,说,这一切都是我盗窃到的。我是多么幸福啊,我便快乐而歌唱,韦成司令员,你听啊,听幸福的,社会主义幸福的中将的歌唱。"他说,颤抖着、激昂、兴奋、快乐、甩着手臂、踏着步,沉默了一定的瞬间,便从他的喉管与胸部发出尖锐的,凶悍的,吹哨似的声音,他紧张起全部的精力,而与人类竞争,而歌唱了。他,非人类,铜瀹造,赝件人类,在他想象的糖果,食物,烟与酒,灿烂的肉食,华美的罐头的包围中,非常地幸福,以至于幸福得流泪,而用尖锐的,凶悍的声音唱颂歌了。他唱:"狗勒啊,夏狗川,夏小王八乌龟狗勒啊,偷到物,夏小王八乌龟啊!幸福的狗崽啊。"他唱,尖锐地叫啸,而幸福地战栗着。

"狗勒,狗崽子俺。"罗志恒用他的宏亮,活泼,凶恶,妩媚,贪婪的声音唱,"狗崽子俺,偷到物,火腿,鸡与鸭,与糖,与灌肠,粉肠,烤鸭与幸福的美满的糖,幸福的铜溜造狗勒啊!"他用洪亮的声音唱。

停止了锻铁的韦成便唱歌了,用他的洪亮的大声。

"四面升狼烟,来了侵略的敌人,来了这盗窃一切的铜溜造火贝,赝件人类;人类之敌,人类我便四面起狼烟,狼烟,风使狼烟升高,而弥散于我的军队行进的平原。"

"你夏川也和我再在一起了,"罗志恒说,"假设你也调到外埠去两年,我是如何地想念。譬如说,你在外埠看见祖国进展,看见大街上的车辆,经过那些也一样社会主义展开而摆满糖果、烟与酒、火腿肠、灌肠、鸡与鸭的商店,你狗勒,你狗崽子能不思念我狗勒吗?"他说,便又牵动他的喉咙,而开始高声地唱歌了,"狗崽子你,在那些商店里吃火腿肠,而喝绿的酒,而有幸福的人生,而在苍苍有风吹着,降着,绵密的如油的细雨。"他唱,而哭泣了,似乎极伤痛,有着大的,重的缘故而哭泣了;他哭泣他盗窃到许多物和没有盗窃到更多物:"我的心痛,我们假人类,似乎应该尽情地享用物。我的心中急急地眼泪,我想到我年华到头发白,而享乐不最足而心痛,我和夏川,我们多么亲爱,如同兄弟似的共患难,为党的事业的,我们面面俱到的灵台宇的感情,为欢乐和幸福,为今天的商店如此众多的美丽的沉醉的货物,为扒鸡与烤鸭,为粉肠与灌肠,为奶糖与奶油蛋糕,人类的幸福,我们应如何地享福,说到这,我是如何想假设阔别的你!如何地思念啊与奋斗啊。"罗志恒说,后面几句是歌唱,他的歌唱还高亢,"在这锻铁的屋子里,在气壮山河的战斗的老年,我爱你啊,"他说,便过去拥抱夏川,而和夏川很激烈地接吻。夏川也拥抱他想着糖果和奶油蛋糕,烤鸭和扒鸡,烟与酒与沉醉的幸福,他,夏川的瘦长的身段,在沾满幸福,感激的感情的震荡里战栗,"心脏的思念,永极的思念,"罗志恒叫喊说,"在分离的时候思念,在幸福的大地上的思念,我们的都市是我们党的掌上的明珠,我想到奶油和糖的出品,便惊心动魄地幸福,我曾看见你被换火贝,被枪毙,那三枪真响,响彻空气,那火贝惨了,而你,我的心肝的朋友,你无儿女,家庭,我是你的永恒的兄弟啊,我的家中人员挤进,我们全家是忠顺的同屋,继续得到牛肉的待遇,买便宜的牛肉,而机关里有特殊餐,我们说,牛是笨的,可恶的物,牛是毒物,不是如你这姚秀敏说的是生产力与善物,牛是很毒的,很残忍的,所以我们吃它而有功劳。我多么仇恨牛啊,虚伪地,伪装地善良,所以我们幸福了,强大了,要多杀死牛。"他说,因为仇恨牛;因为认为牛是毒物;因为极仇恨姚秀敏和韦成,觉得他们也是牛;因为想要树立自己的主张,即牛是恶毒的;因为骄傲,傲慢而战栗着。"牛是臭的,牛是牲畜中最可恶的,它最善于伪装,我最仇恨韦成姚秀敏了,但是,经过年华与大地上的奔波,想到了牛是恶毒的,因为仇恨牛,我和韦成姚秀敏的仇恨便可以冰释了。"

这时候,赤裸着上身,激昂着的姚秀敏便冲击罗志恒,她,姚秀敏爱善良,忠实,勤劳的牛,并想到她的扬州乡间她曾一起耕地的牛。她也如同牛。而这个时候,夏川也进击韦成与姚秀敏了。

"我也唱歌与赔礼,我们这些年异常缺疏了,"夏川说,发生了唱歌的欲望与幸福的感觉,"我的家在麦田的里面,孤立的家屋,"他唱,跳跃了起来,他用尖锐而高亢的喊声唱歌:"我的家屋的田野中的我的母亲,在摘豆子,我便感到人伦,与她一同摘,而我便抢到她自私地蓄积之钱,如同我幼小时抢到她的奶吃,使她痛苦而哭,我便成长了我的灵台宇;爱军然而同时背离,伤心然而同时欢乐,公有物然而同时是私有物,在我的白发苍苍的老年,我恨我的母亲,我有叛军,叛党,叛国思想,暴露出来我无法无天,但是可能吗?我便在高的架上的刀斧下落时毕命,"他说,吼叫很高,痉挛,颤抖而流泪。"我十分凶猛,当你韦成怜恤我和你狡猾的同事罗志恒将来参加捕捉我的时候,我说叛军,党,国的是你们。你罗志恒是十分幸福地想着叛国的。"他说,便又唱歌,"风在房屋顶上飘飘而吹的时候,我夏川饮酒,而欣赏田野里的绿豆,而憎恨着井冈山的红旗,而善意反对你姚秀敏的注意的一切,包括你这里锻铁,而无耻地赤裸着你的上身,虽则你已是很老了,我便想起我小时抢吃母亲的奶而欢欣。何以抢吃,我记得我憎恨我的母亲。但我突然有一种激情,井冈山的无用的女兵啊,你也年老了,在这里锻铁,而我,正在找寻人生,找寻我过去抢劫过的我的母亲,我希望从你,姚秀敏,韦将军的女仆,阿姨,得到一种象征,而挣我心中的结岩。人生无感情的,我的铜溢造的一切是虚假的与结岩。一切是这样的,象喻啊,象征啊,我跪下来向你,姚秀敏,秀敏妈妈,哭求了。泪点点,滴滴,来自我的心里,请你,有心脏震响的真的人类,给我咬一下你的奶头,我哭啊,我也是铜溢造的,造出是婴儿,但是是空气工厂揣我这造出的婴儿揣入我母亲的腹中的,我便是有梦幻的 生了。我跪啊,我像偷地吸一口奶,便可以圆满我的到这白发的一生了,这也还是一个隆重的庆典,举行啊。"

"我假若疯狂了,便让你咬一下奶。"姚秀敏说。

"那我便不谦逊了,我的手中有刀斧,而麦田田垅中,风吹匕首亮,我便,心中充满幸福,又高歌,麦田田垅中,风吹抒情怀,我溢造的赝件的据说是无心脏的供实验分解的人,与你最提倡罗纹人类,最恶的骂他回子狗杀牛者,进行一战了。我再高歌,而向你冲击。"他说,举起了锻铁的锤。

"我揍你和撕裂你。"姚秀敏说。

"我阻拦着韦成将军司令员。"罗志恒说,"我哭泣地阻拦司令员,我助夏川完成他的纯正的渴望,我们赝件人类找母亲,他要找到母亲,或者,风吹麦田田垅里唱歌,御驾你们正义亚当夏娃为母,吸一下姚秀敏女锻铁的壮士的奶,便成一种典仪了。"说着,罗志恒趁韦成的没有防备,便从后面抱住了上身赤裸的姚秀敏,而夏川便迅速地扑到姚秀敏的胸前,用嘴咬她的奶头,而战栗着,然后便哭了,高唱"风吹麦田田垅中"。而这时候,罗志恒扑向也因为锻铁赤裸着上身的韦成,向韦成的男子的奶头舐了一个动作又迅速地咬了一口,而也流着眼泪了。"北风吹飞一坡雪,我的心中,阳春白雪。"他唱。

韦成和姚秀敏愤怒着。

"买卖你们一句,我们便进入人类家系,满足从冰河时代恐龙时代以来——乘这建设扩张的时代三面红旗跃进的时代和你们合璧的愿望了。我们是如何地有着我们的愿望啊,买卖一句,说中华人民共和国是坏么,好么,夏川,你的心颤动了,你可以假设叛国。"

"许多年不见了,阔别了,假设我从台湾归来,我们是知心的朋友,我便说,风吹在麦田田垅中,在台湾的市场上,有说不尽的美不胜收,而剥削社会,拿一些忠实的牛和下层的乡人,为奴,而剥削,岂不是极好么?为什么不剥削、抢劫、荒浮、美美的淫荡,不是发展人类社会往前的有利的样式与生繁工器。美妙啊,我趁着咬了你们奶,与你们合璧的时候,提出这些。□□□□□□□□□,它提倡正义因而是恶的狼。家系合璧了,我便叫喊了,咬了奶了,我便叫喊了。我将自杀而死了。我夏川中将,灭国。我提倡剥削,剥削好,人心明亮。"

"我也假设说,像我们二十余年前假设这时候华贵一样,岂不是正是如此了吗?我说欺人与剥削好,我认为杀人灭口,欺世盗名,"罗志恒脸色痛苦而严厉,说,"是良好。"

"你们不同意我便自杀,与横尸一首了。"夏川说,便举起姚秀敏锻铁的菜刀,往自己的脖子旁边的空中砍了一个动作,而躺倒了。"我们合璧了,吸过奶头了,是家系了。我们叛国,□□□□如何?"

"你们不回答,不承认同感,我们明天便赖在你们身上,再诬蔑你们反党,反革命,看陈云的拨乱反正,个人只一不二,受阴谋不能成功。我心中欢愉而狂放,也用这菜刀疯狂轻生了,一定有二度阴谋国家成功,"罗志恒说,拿起菜刀来也在自己肩旁的空中砍了一刀。"杀叛国者啊,春风吹去一树林的鸟粪。"他喊,而唾倒了。

这两个铜溚造,这时便陷于疯狂。他们围困着姚秀敏与韦成,而要再咬他们的奶头,而要"合璧"家系。

"春风吹皱一池春水,一塘水,一江水和大浪凶狂的一海水,冰河时代,有望于垃土中华的未来的坏地磁力,便预想到尧皇时代出现你们这种新的人类,粪沤的铜溚造了。"韦成,赤裸着他的上身,讽刺地,激昂地,激情地,说,并且声音高亢,也唱歌,而高唱,"春风吹皱一江水。"他要和铜溚造进行斗争。因为元气充沛;因为被猛力锻铁的姚秀敏的鼓舞;因为憎恨夏川罗志恒;因为心中的强大的激昂的理想;因为要和自身的隐患,即老年斗争;因为面对着铜溚造而发生永生的恋情和英雄精神,他激情着,讽刺着。"你们两个表演了戏剧了,生生死死,垃土这一国幻梦,你们快要舌头咬在一起互相喊亲爱而分你们盗窃来的糖豆与耳朵联在一起共同听见地球要炸了的预言而狂欢和鼻了碰在一起而互相怜恤而搂抱在一起互咬奶头和互奂肛门了,互相吮吸阳具了,你们又眼睛互相看进对方眼睛去,而互相看见你们幻想的杀人谋财,阴谋灭口,无恶不作,而砍杀新生的婴儿的社会了吧?你们看,这里地上是什么,是什么人掉的一个金戒指吧?是铁里裹来的小的金耳环吧。什么? 你们看。"他的讽刺,诡秘的声音说。于是夏川和罗志恒两人都蹲下来找寻了。形成了热切的,认真的,癫狂的找寻黄金物的气氛,夏川和罗志恒两人的黄金梦便膨胀,"我一定先发现,找到,因为我眼睛强!"罗志恒说。"我一定先发现,我便得到,"夏川说,"因为我心意强。"后来他们怀疑是骗他们,但韦成认真,姚秀敏也认真地,诡秘地叫着,他们便竭力寻找,于是韦成和姚秀敏便大笑起来。"春风吹起一江的波浪,巨风吹起满天的雪,夏天的风吹来雷霆,而人们高歌入云,而高歌入天体。"韦成喊。

"高歌入天宇。"姚秀敏,开始穿上衣,一边穿着,一边想着,而叫喊。

"我假哭了,你们骗我们,我假哭了,我假哭的声音拖长。我们今天家系合璧了,你们还骗我们。"罗志恒说。

"我恶狼的假哭的声音短,我们和你们合璧了,你们还骗我们以地上有黄金来骗我们呀。这是不可骗的,心痛万分,我假哭了,祖国呀。我假哭的声音短,便与他罗志恒借存着。"

"灵台宇的声音,"罗志恒说,假哭声继续发生,拖长,有痛苦然而转为欢乐。

"合璧的人类不可以用地上有黄金来骗我们。"夏川说,"你罗志恒的假哭声拖长部分算我的了。我很简短,哇,哇。"他叫,他的假哭声果然简短。

当两个"中将"假哭的时候,韦成的妻李明芬来到这里,她衣服整齐,她,因为开始了她的冲激性;因为怜爱她的韦成;因为韦成来访姚秀敏共同锻铁表示他想念旧时;因为年月渐老,她有些呈显搏斗的意志;因为子女成年,她也有华贵;因为她的对正义的从少年时代以来的敏感,因为她的高蹈突然发生,她便发生凶恶了。

她拿起了靠在墙上的扁担。

"姚秀敏呀,红军起的战阵呀,你在锻铁与伐水火,伐铁,想再为祖国做贡献,你看来想找回失去的青春,我由此而觉得韦成他也是这样,姚秀敏呀,人是永生的,看到你的奋斗我便这样觉得了。我,因为正直的愤恨;因为不能容忍夏川罗志恒两个歹徒,而向他们,两个中将,扑击了。当祖国在繁荣强大的时候,能容忍吗?"她说,拿起扁担来,精神激昂,发生兴奋,颤抖着,觉得是和殊死的敌人相斗,向夏川和罗志恒扑击,打击在他们身边的空中,空气里;他们便跳跃着。她的心脏鼓舞,如同从事着巨大的战斗,觉得这样她的心便甜蜜,眼睛里有着眼泪。她这时听见她青年时代为文工团员在火线上唱歌的自己的歌声,她便瞥见过去的路与中华国家的伟大的情操;这歌声高扬,人们是奋斗着而向着高峰,她便要登上极高峰,而正义与革命事业的灿烂闪跃,而心脏闪跃,想着祖土的伟大与无限巨大了。她激昂而认真,和两个歹徒搏斗,而打着夏川与罗志恒身边的空中的空气,罗志恒的叫喊拖长,而夏川的喊叫短促。

"你极正义攻击我们极卑鄙的人了,你的心脏与耳朵里一定有歌声起来。我叫喊短,而借了亲爱的战友罗志恒的声音以机会。"夏川叫。

"我从他夏川儿的胸膛,找到军友战友的忠实的感情,而声音强大了。"罗志恒叫着,兴奋,激情,动心,"你李明芬上校激动了我们的感情了,你的心如此地因见到我们而仇恨地跃动,你冲锋如同攻击的蜜蜂,要折断你的刺而伤亡了。"

"我冲锋了,我的心中有燎原的大火,见到恶的豺狼夏川罗志恒在行凶;而我不忍受一切的卑污,我一定时候发作,而我撒豆成兵,和挥土为军,冲呀!"扬起了精神的战场上的李明芬的声音,她用手在空中撒着,又弯下腰来表示掀土,她便见到她的力量:她的火焰似的幻想的兵马,她的正义的化身,向着夏川罗志恒冲击了,她觉得她的心脏的甜蜜驱散了黑暗,两人便要失败,而抵挡,而投降,而认错了。她的光明正大的精神此时膨胀,她又向空中挥手,而弯腰似乎掀土。"我撒豆成兵,掀土为军,因为我的心灵极正义。我的心灵极正义,今日,如我所愿望,投入这一场战斗了。"因为她激昂;因为她高蹈;因为她不容分辩;因为她精神高涨;因为她似乎是一个妖魔似的存在;因为她的燃烧的正直与她的喉咙里有青春时代的激情的妖魔似的喊声,所以罗志恒做拖长的喊叫,夏川做短促的喊叫,而开始,表示"正义",时代"正义"的"妖魔",喊叫着,"打倒歇斯底里的妖魔,打倒正义的病态的颓唐!"而脱衣成为裸体了。事情是这样的,这表示严重的情绪。他们裸体,而甩动着他们的阳具,而继续叫啸,李明芬继续打着,便打着他们的肩膀各一个动作了,李明芬,正义的精兵,喊叫着。

"我有正义的明镜,而心中因正义,革命的正义而欢欣,我便昂扬,而致胜你们。我的正义必须,因为正义,我撒豆成兵和掀土为军,我革命的正义旌旗如林,我便果然胜利于我的这一场征战,我大吼一声,如同火焰的燃烧,用我的扁担,将你们击倒了,我王者说,我因为正义,所以撒豆成兵和掀土为军,自然的规律,是可以服膺人类的正义的。我大喝一声了。"她说,她扬起扁担,大叫一声,两个裸体的人,便突然惊惶,而恐惶地蹲下了。也不但是李明芬大叫了一声,因为这时候还有韦成与姚秀敏,他们因为李明芬的激情的震动,和这一战斗里面的国家的震动,而各喊叫了一声宏亮的声音。

"我们是军人,中将,而你是文工团出身的,我们是中将,祖国荣华,你打击我们了。"罗志恒说。

"我们是简单的?"夏川说。

但两人裸体蹲着,都未站起来。

"我们是军人,我的韦成是上将,元帅,我是上校,祖国的荣华、党威、国威、军威,我便激情而制胜了,"妖魔李明芬叫喊,"所以我撒豆成兵掀土为军成功了。一阵强劲的心灵的大风,便将两个歹徒脱裸体而拼命,而蹲下了。我的韦成年老了,但他是人生的大树,要和敌人战到最后也在风里摇摆。我,女上校,喊了:我的祖国呀!"带着精灵与妖魔的李明芬喊,"你们站起来,立正!"她具有英雄性情,激动,高蹈,喊,但两个政治部人员,两个流氓,都不站起来。

"站起来!"韦成喊。

"立正!"姚秀敏对着两个裸体的人喊。她的胸中冲出了爆炸的声音,使得空气震荡。

"立正!"韦成喊,他的胸中冲出了爆炸的强大的,冲击的声音,因为他的妻激动,呈显了青年时代的激情,呈显了几十年的人生之路的致胜;因为他的妻显出巨大和不屈和攻击力;因为他的妻于这一战抖中也显出她的当年的激情的娇柔,和到了老年的激情的娇柔;因为自己胸中产生着祖国和现时的和歹徒对立的战阵的气概;因为心中的欢乐,他喊叫着,而由于他的凶恶凌厉的狮子一般的吼声,裸体的夏川与罗志祥便站了起来。

但两个人仍然反抗,摇摆着,甩动他们的阳物。

"不准摇身体!"韦成喊。

"不准摇动你们的丑恶的阳物!"姚秀敏喊。

夏川和罗志恒便有着痉挛,站着了。

"我如同胸中的激情,我因为年老还年青,我因为满腔的革命的正义,我因为我的妻的正义与姚秀敏的激情,我因为瞥见了祖国的到天体的大旗,我因为瞥见了摇荡,摇荡的不疲倦的!而每日暗夜沉默而舞着迎着朝霞的海与海中间伸出的巨大的高山,是什么特别的海峡的奇景,我因为心中的激情,而心中愤火,我怎样对付两个吊儿郎当的你们夏川罗志恒呢?我的心灵喷火,要扩大旌旗,革命事业与我现在判决,你们两个,判决以假枪毙!我据说是没有带枪,没有枪,这是只做一种活动,姚秀敏早年挨过好多次的,用嘴喊叫,用手模拟着开枪,必须这样泄愤,不一定不是真的枪,我也和我的贤妻李明芬一样歇斯底里了,现在,开始!"他,呈显为老的精灵与妖魔,说。

"这十分好的!"李明芬叫。

"但你们用真的枪呢?"罗志恒叫,战栗着。

"但你们用真的枪呢?"夏川叫,"预先抗议了,下跪了。"他说,颤抖着,"卑怯了,卑怯屈服于崇高了。"

"我们这是假的,做戏似的,"韦成说:"模拟似的,因为你们也有人生之路,口口声声祖国,因为你们各种姻缘美满,而回子要宰杀耕牛,因为你们是美少年,美男子,我们这是假的,我们的生命并不凶恶,我们正直者是软弱的人,我们便是假的,撒豆成兵,掀土为军是假的,我们便噙着我们的哀怨的眼泪而看着你们甩动你们胯裆里的阳具了,狼啊,狐狸啊,什么是崇高的革命事业的人生?"他喊,"你们要吃很多种类的糕与饼,早晨起来,便吃起,烤鸭与扒鸡,奶糕与鹌鹑蛋,牛奶糖与酸奶,烟与酒,心脏和肝脏,红的和绿的,树叶与云,风与灶中的火,我夸张了,但我觉得我们是妖魔,所以做夸张你政治部里说,我们现在面对着妖魔韦成了,你们穿四重奏的丝与绸的,用加工的缎子做制服,而大衣里面镶上红绸,而皮鞋用有香水的油擦,你们便贪污着国家的纸币而欢腾,你们这妖魔快乐了,来和我妖魔韦成斗争,你们吃人们的心脏与肝脏。人的心,有理想与热烈,建设世界,有对于旌旗与熟人,同志的爱,有无限的欢喜的建设的人生,有美丽的自身的画图与灿烂的走廊,正直的人们适合地如同很多花,很多云,很多山,很多星球一样走着。我韦成也说这种高级的,高蹈的,病态的话了,但我是妖魔,我又说的正常的人的心脏与肝脏的努力,说的正常的人们,每人心里一盏灯火,连着祖国的大的灯火的希望,现实与理想,我,讨伐妖魔了。你们抢劫,吃我们的心脏与肝脏,你们吃我们的美丽的色彩,吃我们的红与绿,紫与黄。你们吃我们的热与冷,吃我们的火与烟,我们的烟是心中喷出的热烈的,凝结为虹的烟,我说妖魔话,你们吃与啃咬我们心中的虹,与雾,甜的雾。我们,亲切的正直的同志们的甜的雾抚摩着土地,抚摩着建筑,抚摩着,和我们的虹,云,一同结构着时代。你们是我们之敌,我便讨伐你们了。"他说,再显现着他是精灵与妖魔。

"你用这些来讨伐了,虹、云、雾、还有冰、雪、雨呢?电子呢?"罗志恒说,"我们抵抗了,意见了,与唯心论抗击了,摇动胯下的鹌鹑蛋与香肠了。"

"放你娘的屁!"姚秀敏叫,她异常心醉于韦成司令员的言辞了。

"我们摇动胯屌了。"裸体的夏川说,狞恶地笑着,摇动着他的臀部和阳具,"但,哇,哇,我又恐慌了,不定是真枪毙。"他说,便又蹲下了。

"我已经晕倒了,"罗志恒说,"我的心里如何恐惧,你们不一定是真枪,真击毙。我的美丽的人生啊,我的亲爱的战友夏川啊,如果我们不死,在将来的阔别之后再见,是如何地快乐啊,蝼蚁尚且贪生,我是你的儿啊,我的勇敢的,战阵上啸叫,手拿短枪的夏川啊,我是多么的人情,我也战阵上英勇,手举短枪。而你的阳具,摇着,你也多么地美丽,我爱的战友啊,说,有着战友之爱你们便不应枪毙啊,我爱夏川,我要拥抱他,和咬他的鼻子。"

他喊,向夏川冲来,抱住他。

"我爱你啊,我如何地恋情的爱啊,看着你的阳具摇闪,我便知道你的生命力是和我一样的,我哭号,我也是你的儿啊,而咬你的鼻子。"夏川说,当罗志恒发出长声的嚎叫的时候,他从事着短促的嚎叫,但他忽然战栗,痉挛,扬起手来,打击了罗志恒一个动作的面颊,罗志恒也打击他,他们两人互相攻打着,而战栗着,但突然地,又和平了。

"你是我的儿,"罗志恒严厉地说,"我喊你,你答我,儿,夏川,在我们被毙以前。"

"你是我的儿,我喊你,你使我心肝甜美地回答我,你先回答我。"夏川说。

"我不回答你,"罗志恒说,"我在我的心中已经甜蜜地,伤情地,"他羞怯,有柔和的神情,说,"喊你,而你先回答我了。我也伤情地,美满地回答你了。"他更羞怯地说,而战栗着。

"我也已经甜蜜地,伤情地,在心中回答你了,喊你,你也回答我了。我们两人便共生死了。"夏川也羞怯地,甚至"柔情"地,"深情"地说。"我们如何地相爱的战友和同志,我们如何相爱。"

"我们如同阔别二十年又见到了,"罗志恒说,"我的儿啊,我的亲兄弟啊,在人世的深刻的恋情的不枪毙啊,领土国际公法,"他说,哭号,如同一个愚昧的老妇女一般用着有唱腔的,拖长的声音哭号了起来,"永生啊,永死啊。"

"红与绿啊,美与丑啊,"韦成讽刺地,激情地,欢快地叫着,"一切街市上的车辆,旷野里的花与流水,红与绿啊,美与丑啊,永生与永死啊,飞翔的虹在我的心与肝里,火焰在我的心脏与肝脏里,我现在便要枪毙你们两个歹徒了。"呈显着妖魔的状态,韦成说,"我撒豆成兵,掀土为军,而你们种瓜得瓜,种豆得豆,进入你们的黑暗了,你们便再看不见奶酪,酸奶,有肉馅的糕,华美的烟与酒,与烤鸭与烤鹅,扒鸡。并不在意你们的阳具摇晃,并不在意你们的丑恶,"他讽刺地,激昂地,有精力地说,"你们便要倒下,迎着黑暗和死,而在人世上,继续有轰闹的,繁华的街市,和烟酒,华美的糖果,红与绿,旷野里也有红与绿。"

"一切地方都有红与绿,华美的人生。"韦成的战友和老女仆,姚秀敏,激动地说,"瞧瞧看,韦成司令员说的多好,如何不是,一切地方,哪怕是幽谷里,都有红与绿。"

"一切地方,在你的生命结束以前,你便知道有红与绿,我说你夏川与罗志恒歹徒,你们裸体,甩着你们的屌。我觉得人生无意义了,红橙黄绿青蓝紫,而红色,是笨的,愚昧的颜色,而黄色不灿烂,而灰色模糊,而紫色伤情,这便是,假设我歼灭不成你们夏川与罗志恒。假设我不歼灭你们夏川与罗志恒,而一切颜色,包括革命的,赤血的红色,都是愚笨的,模糊的颜色,而我的生活毫无意义。在你们两人,两个歹徒的生命结束以后,红与绿,红橙黄绿青蓝紫,一切颜色,便对我们大放光华。"

"雄黄的光华。"姚秀敏说。

"朵来米法梭那替多,"韦成唱,激情,讽刺,快乐,因为骄傲与欢喜于身体内浸透了生命;因为觉得各颜色灿烂和各音色辉煌;因为觉得吃饭与饮水很甘甜;因为陷于夸张的绝对主义;因为又嘲笑自身的绝对要求;因为觉得消灭不成夏川与罗志恒便不是好时代;因为绝对主义引起生命的离歌与烦恼,而战栗着,如同妖魔,他便想真击毙夏川与罗志恒。然而他这时没有枪。"朵,来,米,法,"韦成又高歌,然而高歌变不出枪来。他便异常地严厉,几乎是狞恶,而有轻微的战栗。他便如同真的在击毙夏川与罗志恒一样,极端严厉。他觉得他在大地上大步行走。他便绕着夏川罗志恒走了一圈,继续唱着音乐的音阶,他高亢歌唱,便用双手拍了一个动作的胸腔,而宛如有枪,而在一中恍惚里,发了坚决的命令。

"枪毙!"他喊。"我的精神因为红橙黄绿青蓝紫,红与绿的伟大和因为朵来米法梭那替多的伟大,颜色与音阶的伟大,生命的律动,我便有真的枪了。枪声响着,便有子弹穿空气中的颜色,而颜色振奋,而音阶华美,高亢,而两个歹徒便死了,枪毙,我便快乐!枪毙血腥分子,铜溺造,破坏地磁力与幼儿园下毒药者！枪毙！"他喊，如同有着真的枪。

夏川罗志恒二人便战栗着，姚秀敏与李明芬便把两人推到锻铁的钻旁边。

"我有枪，我的枪枪栓很紧，我要拔开来，"李明芬伪装地说，她的胸膛充满愤怒："我的枪。"

"我的枪，"姚秀敏说，"没有枪的进行枪毙或假枪毙，可以吗？如果有枪，我便快乐了，公开地说，我们这是做一种动作，和你们做戏。枪弹上膛了。"她碰响着锻铁的炉子，大声说。

"我想有枪一样。"韦成说，"我引吭高歌，你们的生命结束，丑恶结束。我没有枪吗？这不是。"他说，便伪装成真的有枪一样。他的伪装，因为渴望杀死夏川和罗志恒，而很像真实。

夏川罗志恒二人便痉挛着，战栗着。他们丧失魂魄，他们战栗着裸体蹲下了，又站了起来，而韦成严厉，凶恶。

"我手边没有枪啊，我不能战胜你们铜溣造。我有我的枪啊，我这不是枪？"他大叫，"我们，开始，开枪，"他大叫，激昂，严厉。

"站好，轰！"姚秀敏热烈地，愤怒地，豪放地喊叫，感觉到韦成的渴望，感觉到韦成的严肃认真，感觉到快乐。

"祖国的枪，枪击罪恶者！"李明芬说。

夏川和罗志恒，回头看了一看，想逃跑，面色苍白，忽然蹲下了。

"我们先做着假的枪的样式。"姚秀敏说。

"我们准备射击！"韦成凶恶地喊，"红橙黄绿青蓝紫，朵来米法梭那，替朵，预备好，向灭绝人性的，向铜溣造的赝件人类，向混入我们血统人类的系统的假人，射击，开枪！"因为仇恨和想象力，他像真的有枪一样，他这时候便想恫骇倒两人。他的恫骇成功了。夏川和罗志恒，胯下和臀部发出响声，先是夏川，接着是罗志恒，尿和屎在恐怖中排泄出来了，两人战栗，倒在地上，而痉挛着。

"就要射击了。"韦成，和真的一样，他也似乎觉得姚秀敏与李明芬与他有枪,喊着,"就要射击了,你们的一生,有什么留言没有?有什么告诉你们家人没有?你们死亡了。"

"以后改悔了。红橙黄绿青蓝紫,朵来米法梭!"罗志恒说,"改悔了,但是一切江山祖国,我们要破坏。"

韦成发出狂啸声。因为他震怒;因为他企图骇倒两人;因为他仇恨和想着他的心脏的震动率可以镇压两人;因为他有着坚决的、英雄的肝胆;因为他觉得人生,生命,正义和毒物对比,有着无比强大,他狂啸着。他发生了他的灵魂的搏击。

姚秀敏与李明芬也喊叫,狂啸着,喊着:"开枪!射击!对准!"同时敲击着锻铁的铁钻。他们的吼声,也像狮子一样,非常地高亢,因为他们心灵震怒了;因为韦成激动他们了;因为血统的正义的人类的尊严;因为烈火般的搏斗的愿望;因为骄傲和聪明。这样,在三个吼声下,发生了效果,夏川与罗志恒痉挛着,而继续排泄着尿和屎,而忽然陆续死去。临死前,从他们的鼻子里,排泄出黄色的浓的脓。

"这便要换一对铜瀚造了,换火贝了。"韦成,沉默了一定的瞬间,注视着,忧郁地说。

姚秀敏在这居民委员会若干年,又继续做了几年副食店售货员,又做街道委员,便很老了。她的侄子姚世祥,便出现在她面前,来救济与接济她;年轻人活跃,迅速地成长。姚秀敏得到了韦成司令员等人的帮助,军事委员会鉴定了她的井冈山以来的老女兵的情况,做了关于她的决定,给了她两万元,和日常的每月营级干部的待遇,她便意外地幸福;她便南返,回故乡了。这时候姚秀敏是倔强的,眼睛有一定的小的白内障的,八十一岁的老人。

姚世祥帮助她挖一块她门前的泥土,对这泥土鞠了躬之后,包了一小块北京的泥土,和拿了两个苹果,她便归去了。她少壮时来北京,迄今已经几十年。她的思想里,她不两年便会结束她的有坎坷与幸运的一生,有雄壮与愉快的一生,而离去人间大地了。但她又每天生活着觉得人类的永远的生活。姚世祥,因为企图克服姚秀敏的老年与一定的悲伤;因为有着对杰出的生涯的姚秀敏的尊敬;因为憎恶着罗志恒夏川一类的人;因为自身的生命旺盛;因为有着这一代人的有作为的,挑战人生的作风;因为心情的灿烂;因为想成熟与建设自己的事业,而活跃着。他假设自己是这时代复兴着而进展着的个体经济的经营者,运送大批的货物往南去,忙着找火车托运,他也是想一定时候干这个,他便在街上走,假设他是去办理托运去了。他告别北京,便到了几个地点,注意北京的当代的良好的与不良好的;他有一定的钱,便真的想着这个他未来预备从事的人生的事业。他在商业局工作,也调往南京去,他便想趁着有着经验做这贩卖货物的工作了;他有贤良与高明的思想,爱好商业,觉得这是物资的流转,为祖土工作,而正直的个体户可以弥补国家的或一角不足和与恶劣的个体户相斗争。他在这种兴奋里,往车站去研究情况,便又假设自己是一个腐化的、卑劣的、做恶毒的剥削的赢利,贩卖假货,兼卖着色情书籍的现代的唯利是图的恶劣的青年了。他对自己的假想很愤恨,并考虑自己不会变成这样的人,便在街上继续愤怒地走着。他便遇见姚秀敏来街头找他。他看着姚秀敏,她的左眼有一定的白内障的眼睛,便想着自己的年青,而为自己的与他的姨妈的人生的前程而激动着,他便暂时停止了他的假设。

"我年青,姨妈,年青时财富,送你回乡了,姨妈,和你一同南返,发现我的奋斗的前程和积极人生的愿望。我没有辜负青春,是办事情有力量的,在我的商业局里,我是精明的人,而且有毅力,我是纯洁的,我的内心的火焰倾向于我们中国的正义,战胜黑暗的人们,我心中闪跃着善良的愿望,调到南方,同时和简桂英结婚了,"他说,提到他的未婚妻,"所以我心中快乐,看见姨妈便想拥抱姨妈。你吃一块蛋糕吧。"他说,便塞了半块蛋糕在姚秀敏嘴里。"什么是年老呢?你是年老了,但是生命,你的身体结实,"会说话的姚世祥激情地说,"为什么不可以活九十岁一百岁,一百几十岁呢?到了那个时候,和死神搏斗算不败,我才甘心,所以,我便爱着姨妈了,我便扶着你老人家了,我的活跃的生命,有着熊熊的生之火的克服姨妈的年老,我扶着你快走几步。"他说,扶着姚秀敏走着,而做着离别北京乡土的动作了,便是,慢慢地走起来。由于觉得自己是扶助姚秀敏与衰亡格斗;由于这幽静的小巷安静;由于心中的烈火;由于人为和衰亡格斗要特别振作;由于即将南返,要和北京的乡土告别,他在北京已经几年;由于觉得和衰亡格斗要拿出猛力;由于对前程的辉煌的展望;由于想供着姨妈,而对姨妈表示效忠,他便在这幽静的小巷里脱衣,而迅速地一件一件地脱下,站在姚秀敏面前的便是一个贤明的,有精力的,裸体的健旺的青年了。他便拥抱一个动作的姚秀敏。"向姨妈致敬,与表示决心,不是浮浪青年,"他有着一定的眼泪,说,"供着姨妈的老年了。姨妈曾养我幼年,当我的父母去世后。鹰在天上飞翔,天上有七彩的长虹。我的生命旺盛,我将奋斗了。我假设为不妥之人的话,会不会是浮浪的青年,从事个体的商业,而将姨妈的钱抢劫了,而做黄色书籍的营业。因为我最恨黄色书籍,因为我纯洁和有品德,爱好宇宙,所以我便假设和赌咒,我假设抢姨妈的钱了。几年前到北京,姨妈在北京成了乡土北京难舍,我便向宇宙致敬,脱衣,表示虔敬,同时我的心便在这幽暗的胡同里假设为邪恶,假设为一个误入歧途,身上揣着黄色的书,而举刀子要抢劫老人了。姨妈,我假设在这巷口夺取你的二万元如何?我在心中明火执仗而动手如何?因为这巷口使我觉得新的生计将开始,而天上飞着鹰,而姨妈有这等的老年而我光荣而年青,但当我的健壮的出现时,我心中便战栗,因为有一种袭击,天上飞着的有鸥鸟了,而我不是扶助着姨妈与衰老格斗,而是要劫取二万元了,如同有一些人所说。这是这时代的转捩点了。我似乎颤动着恶的心,何去何从?"

"你如何呢?"姚秀敏讽刺地说,"你像真的坏人了,你小世祥。"

"我圣洁,是圣婴。"姚世祥说,便跪了下来,在赤裸的胸前划十字,而战栗着,"我假设信基督教了,我进入一种深奥的社会,而看见神圣了。在祷告之后,我便说,为什么人不可以剥削?现在是时代的转捩点了,要转变为恶劣了,我便往恶劣去,但我姚世祥有英雄肝胆,要往伟大与善良去,我开始我的历程了。"她扶着姚秀敏而站了起来。"我假设为持有时代的一侧面的刀子,我假设邓小平中央战不胜歹人,我假设为大盗,我假设为奸淫份子,我假设为贩卖毒品者。我又因假设而心惊,而痛苦,我便立志为一个正直的经营者,英雄跌宕,而战胜歹徒们了。我假设之后再说我是廉明的。我假设我堕落了,但由于姨妈的伟大的正直,由于你的伟大的历史,我也心脏与肌肉战栗,而改悔转来。你看,我已准备谈到我的一切前程了,包括伪装信一分基督教。我便想偷姨妈的钱了。"他甜蜜地说。

"那我的二万元便给你做经营事业了。"姚秀敏说。

"我便鼓掌行动了。侄子又表现心灵的廉明,但也有坏动机,如同当代的一些青年,我是会说甜蜜语言的,我便有些惧怕自己。我能征服衰亡,而和老人你一同致胜吗?我的志愿,我的做一个经纪人的志愿,能成立吗?姨妈,我不要你的钱了,不要了,免得落在水里了。但我会落在水里吗?我是不喝酒的,我是不狂妄的,姨妈,让我在这胡同里再依恋北京,而裸体扶着你再慢慢地走几步,追求你的一百几十岁和永生,好吗?追求我得到贤明的金元宝,而战胜坏人,好吗?假设我像一个挖土的工人一样质朴,假设我像一个过滤土的工人一样奋斗,假设鹰躺在天空而虹由东到西,再由南往北。但我,既是我,我便要开枪了,在人生的十字路口;既是我脱成裸体,我便纯洁的婴儿扑进圣火里了,姨妈,我的心,向你跪下。我终于不想要姨妈的钱了,我刚才说的抢劫的思想成这样,是一种自己的假设。"

"我已经给了,甜言蜜语的姚世祥,我说我给你做经营了。"

姚世祥便扶着姚秀敏,裸体在这巷子里走着,小巷寂静,他们慢慢地走着,巷口也有两个人停下,看着这时代奋斗的特别的景象。因为姚秀敏有着倔强于原始生命力,想克服衰老;因为有志愿的姚世祥假设为可能不要再格斗时代;因为姚世祥想要扶助老人到天涯;因为姚秀敏心中快乐;因为姚世祥因为假设而更为廉明;因为姚秀敏姚世祥都觉得生活的温暖,并有着歌颂邓小平时代,这小巷子里有着特别的生气。

"我心中有圣火,有圣婴一般的激动于未来,这繁华的巨大时代,我赤裸,扶着姨妈走一些路,做跨步而快乐的有仪态的姿势,而也告别北京了,"姚世祥说,跨步而有着一定的,家传的仪态,完全不注意巷口有人看着似的,而姚秀敏,也有仪态的,有力地跨着步。

"我心惊肉跳于你的这洁白的,"姚秀敏说,"仿佛看见特别,真也是看见人生的长路里的特别,有你这个侄子。看看瞧,心惊肉跳,从旧时代到新中国,经历了好长的历程,而现在生活安定,一切基本满意。"

"不一切基本满意,而是要消灭这一狂妄的恶人坏人!"姚世祥说。

"狂妄起来,"姚秀敏说,"起来,正是要起来,你瞧瞧看。你这姚世祥,裸体,表征狂妄,你这就是狂妄啦?"

"我扶着姨妈而再用快的步式前行几步!表征这时的青年和我们共同克服衰老与我的困难,你看,我的阳物怎样,比小时候怎样,"他纯洁地说,"和少年时一样纯朴,而将结婚,建立生活了吧?我又说假设我是江洋大盗,我又说我是假设为贩毒品与黄色色情书与假的烟酒,我扶着姨妈快跑几步,我们跑着快走表示我们的精神,而克服我的假设毒品与假烟假酒黄色书籍,而有着美妙的雅歌吧。雅歌是,男人,和女人,为了建业,而流汗,自觉的辛劳疾苦与成就之后,瞬间,有阳物插入阴户里。"

"你疯了,你这世祥。"姚秀敏说,她在姚世祥的推动下,迅速地跑了几步。姚世祥的裸体,在阳光下闪跃着。

"干什么的啊,"巷口,有人激昂地大叫着,"脱成精光的,年青人?"

"啊,歉疚了!抱歉了,甜蜜的生活了,克服衰老了。啊,歉疚了。"姚世祥叫着,便迅速地捡起路边的他的衣服来穿上了。"啊,歉疚了,姨妈,我心中廉明,"他大声说,"在我这样假设为可能不安的时候,我心中廉明,而觉得我们将共同克服姨妈的衰老。天上有鹰与虹。"他大声喊叫着。说,"这有着特别的色彩,我们便告别北京乡土,而南返了。告别多年居住的,纯朴的北京乡土。"他说。

　　姚世祥穿上衣服又推着他的姨妈走了几步,快速地,带着奔跑,以至于姚秀敏颠簸着。

　　"北京乡土。"他叫着。

　　"你们这是怎么了,是不是有吵架了,你们是吵架了?"巷子开端的地方,人们叫着,这是两个人,他们很有兴趣和注意,和有着精神上的朦胧的燃烧、战栗。

　　"我们离开北京这乡土了,"姚世祥有着激情地回答,"而我的姨妈年老了。"

　　"这是这样的,"两人中间的矮胖的一个,叫,"啊呀,"他惊异地喊,"可是这样推着老的跑,刚才脱裸体,是为了什么呢?"他喊,他的喊声有一种心灵的惊动。

　　"告别北京了。"

　　两人便没有再问,沉默着,看着高龄的姚秀敏和健旺的姚世祥,想着姚秀敏的高龄者的生涯。姚世祥又推着姚秀敏快步走着,推着和扶着她,在小的巷子里转动,行走,因为尊敬和一瞬间觉得这里有着奇异;因为善良笼罩着;因为姚世祥的瞬间前的裸体表现为一种激昂;因为高龄的姚秀敏一瞬间前的活泼似的快步与慢步也一种激昂;因为生命的力量在这中间呈显;因为这裸体和快步慢步还引起一种高蹈的感觉,似乎北京城这一巨城有着震动,人们便觉得见到不平凡的生命,而沉默着。

　　"你到底为什么,光赤身体呢?年青人。"两人中间的精神有忧郁似的一停,终于问。他的灵魂被惊扰着。"你是想到什么不平常的事呢?"他善良地问。

　　"我们要告别北京了。"姚世祥说。

"告别北京,又有什么必要挖土,而脱衣呢?"姚秀敏说,她羞怯,突然愤怒,大的声音在说的话中鼓起来,"你脱裸体是圣洁的,是圣婴,你说的,我真羞怯,而你说转捩点时代了,将要假设为坏人,去赚很多的钱。"羞怯,愤怒的姚秀敏大叫着,她痉挛而发生内心的狭隘与怜爱的愤怒了。"我用铁锤,飓风,痰盂,杯子,竹竿,棍棒,都来砸你与打你,你这万恶的当代生活呀,你这青年要假设去贩卖黄色书籍呀,假设□皮到钱呀,假设欺世而盗窃呀!你这卑污的,丑的,恶的青年!我和你决绝,而分道了。"她说,真的像要离开;"决绝"似的,"你刚才扶我的老年,扶我走的路,你再扶回来,"她喊,因为有着警惕青年人可能犯错;因为忽然地升高正直的心灵;因为也进入一种有飓风的假设;因为痛恨市场上这时的堕落的青年;因为痛恨使她颤抖;因为升起了飓风似的理想;因为发生了固执的老年的性情,她便喊叫着,坚持着,于是,也有些发怒的姚世祥,便又脱成裸体。于是,便发生这样的情形,姚世祥便扶着他的姨妈,一步一步地将瞬间前走的路似乎要走回来了,他,由于畏惧;由于内心的不安,似乎真的成了堕落的青年;由于诚挚与廉明;由于对巷口的两个人有着敬意,由于心情的一瞬间的阴暗,而裸体地,慢慢地,扶着姚秀敏走着。

"我扶着姨妈再用快的步式前行几步,表征这时的青春我要立志,你看我的阳物怎样,比我小时怎样,是否不纯洁了,是否我堕入泥坑与一定地脏了,是否我手淫打多了,而是江洋大盗了。"他说,用着激越的,颤抖的,有着勇敢然而同时有着怯懦的声音,"我要姨妈再告诉我,我是不是有圣洁的理想,是不是圣婴,产生在祖国中华这时的火焰里。"

"你是不纯洁了,你是赤利了,你是江洋大盗了,你是黄色书的贩卖者了,你是田地的破坏者了,在我们的故乡乡间,田民是那时候保甲长敲锣到田地间,蹲倒菜蔬麦子而行,要种田人各家买两页色情书。狗操的狗崽子的年代啊,假设你是不妥,也便是狗崽子年轻人啊。"她,大叫着,"你,穿上衣服吧。可是想到你的志趣是正的,我刚才也是心中的假设,姨妈仍旧给你钱。"她说。

姚世祥便继续扶着姚秀敏行走了一定的瞬间。

"空中的鹰与空中的虹,飓风浓云里,闪电如鞭劈,赤胆与忠心,青年竖旗帜。"他,姚世祥唱。他并且用手扒开姚秀敏的左眼,在她的小块的白内障上吹了一个动作的气。"姨妈老了,八十一岁了,我的心跳跃,不谦逊地说,我的心有灿烂,到一种境地,表示顽强,便是我将生命的光与热输送给姨妈。亲爱的姨妈呀,当我假设为各种的时候,我是考验自己,我是廉明,我是纯正的。我要与老年的姨妈,而不是欺骗,我要,用我的努力的收入,譬如说,兼做一些工作,而将来医好姨妈的眼睛的白内障,"他说,又开始穿衣服。"朋友呀,北京的朋友,我们要离开北京了,北京好地方,我这穿上衣服,也带走北京的纯朴。"他向着巷口叫喊。

"青年人,说你好;你穿上衣服了,从你的说话的正道的形样,你的使我们动情,你敬爱老人姨妈,我们问你好。"巷口,身材矮胖的一人,吼叫着,另一个则挥着手。他们似乎有一种闪光,显露着他们灵魂的善良。

姚世祥扶姚秀敏走路,在这北京城里,留下了生命和生活前进的强烈的印象。

军事机关,也替姚秀敏买了飞机票。姚秀敏便乘飞机与她的侄子姚世祥回到南方。姚秀敏便体会到她的一生,井冈山的老兵,有凯旋。她温暖,安适;飞机穿云,而她的侄子姚世祥在一边贤良。在南方,他们住在姚世祥未婚妻简桂英帮助租的房屋里,与简桂英同院落。姚世祥和姚秀敏又进行同样的街头散步和谈话,姚世祥活跃地拖着姚秀敏去散步。

他们在南京街头碰见夏川与罗志恒。两人是因机关的事务来到,是离休以后来到,是离休以后的服务,为他们的机关购买物资的。他们便要姚世祥和他的未婚妻简桂英助他们购买江南的土特产。他们不是姚世祥的未婚妻简桂英的姨表亲,他们是铜澢造"住入",——便是伪造的意思。姚世祥的未婚妻是小学教员,有着活跃的性情与力量。她说:"姚世祥呀,你往故乡来了,带来了什么呢?没有钱也没有势力,现在人们都有势力,现在人们都讲钱与势力,社会往哪里发展呢?便是钱与势力,像我的这两个表亲,恰巧他们都是表亲,有着吓吼的势力,多么巨灵呀。你来到你的故乡了,你不伤感吗?我现在教儿童功课,也教音乐,高唱纯朴的人民,而我的心里,看见我的表亲,两个中将,讽刺地说,大声而有着刺激性,便和他们一样,想着剥削,盗窃,发财,抢劫。你是什么东西呢?你是什么人呢?"她说,"你看,中将的手表链,你看,中将的衬衣。他们据说是我的亲戚,我非常荣幸,他们怎样会成为我的亲戚呢?而且在一昼夜之间,我哪里来的这华贵的亲戚呢?他们曾经过一种混血,繁殖,他们在来到之前便是亲戚了。这种神奇便是他们先来到屋子里交涉过了,说是这一切与我们有利。中将呀,姨表亲呀。"她便激昂,由于愤怒与一定的痛苦;由于心中的她和她的未婚夫一样企图假设为不妥之人的想法;由于她的奋斗和姚世祥的奋斗一样具有动荡的性质;由于她也和姚世祥一样具有爱国心;由于她的心激进,她便在她的心爱的未婚夫的面颊上打了一个动作,然后又流泪,拥抱了她的未婚夫一个动作,她做这些动作是给夏川罗志恒看,她有着愤怒她的似乎软弱,内心动荡着便让人"买纳"了,她的由此而生的讽刺,激情,愤怒强大。"夏川与罗志恒中将呀,亲爱的姨表亲呀,叔表姨与舅氏啊,刚才我们谈判的,一切便由于刺激而免除了,便有神异的人生,一瞬间便有中将的亲戚了,多么美丽啊,但由于愤怒,由于心中的躁烈,中将的叔表姨父舅父以及我也不清楚的什么名词,关系,你们买纳的,真是神异啊,我便也给你,夏川,罗志恒,中将,亲戚,一瞬间的忽然血族关系,一人一个耳光!"她说,打了夏川罗志恒一人一个动作的面颊,而内心沸腾地颤抖着,这样的突然的攻击,表示了姚世祥的未婚妻的被刺伤与有力量,"姨亲,舅亲,叔表亲,血族,血亲,不可以六亲不认,我向你们顶礼了,我的心灵震荡,哪里来的风刮来了中将的巨人,哪里来的云载落了中将的典煌者,我的心多么激动呀。亲爱的中将,国家的表征,姨亲,表亲,舅亲,仿佛血液中的亲在我心中跳动,我是如何地热切与感动,如何地心思战栗呀,便如此,也想起了我的死去的母亲与远在另一省的父亲,他们的面容,多么有意思呀,"她带着隐藏的讽刺说,便轮流地攀着两个中将的肩膀,而在他们的面颊上各吻了一个动作,"美丽的,铜瀚造的气息,美满的,特别的血亲,奇异的姻缘。"她说。

"美满的,动心的姻缘,我们和你们人类喜结良缘。"罗志恒说,呈显着欢喜。

"心爱的,深深的,血亲血亲的姻缘,内心的欢喜无限。"夏川说,"在你的母亲在世之日,你的母亲见到我们便说:累了呀,工作累了呀,而你的父亲便甜蜜地笑着,两个人是爱着血族,血亲,血缘的。"夏川说,有一定的眼泪。他们两人不久前被各打了面颊一个动作,现在心中甜蜜。简桂英,由于紧张的内心;由于激情的斗争的性格;由于痛恨夏川罗志恒;由于这两个人被打了面颊的愤怒被亲吻溶解掉了,在甜蜜地笑着,似乎表征她的失败;由于觉得被这两人称了前辈的亲戚而烦恼,便又打了两个人各一个动作的面颊;由于心中的苦恼,她又讽刺地再做亲爱的动作在两人面颊上接吻,布置她的感情,然后,又打了第三个动作。姚世祥战栗而预备着厮打了——因为夏川与罗志恒紧张,凶恶了起来。这时候,他的未婚妻便坐在一张有长靠背的椅子里,头部靠着靠背,而休息着,而假装睡着,而半睡着了。她觉得人生的奋斗的沉醉的情绪。姚秀敏也来到了简桂英家中。她,八十一岁的井冈山为列兵的女巨人,这时心里统治着故乡江南的沉醉,觉得归来的这春天的温暖,觉得心中的生的恋情,她是有着将逝去的心理的,但是这时候生命的感情强烈,她替她钦佩的简桂英用一个小的枕头在长背的椅子上垫着头,而渴慕江南,而走到院子里去,看天空。她抬头,挺胸,深深地呼吸,看天空,觉得天空高远,而有着宇宙的意识,而且,在地上捡了一块石子与一把土,包在一张纸里了。

"我的生命延续着,我又少年时代一样看高远的天空,革命给了我以老年的安静,而故土的江南的高远的天空,就要到来一场春雨,我便要回到家乡扬州,看我旧时的耕种过的田垅了。我的父母,我上井冈山,在井冈山活跃,而父亲于壮年时被捕,被杀,母亲被围,奋力斗争,人们扑击她,她服毒而死。我老了,我有仇恨呀,我有仇恨啊,这夏川和罗志恒,一看便是那种谋杀我父母的人,他们怎样到这里来了?我的所谓一场春雨,首先是我内心的震动,我有仿佛转年轻的幻觉,我的丈夫,情人,已故,我这老兵,老战士,带着度我的余年有余的钱,还可以到当地的政府领到转来的每月的供给,而心情激昂,而忘怀了老年的伤痛,而回到故乡了。"

这时候,夏川和罗志恒和简桂英冲突着。因为简桂英扣留了他们买货的收据,他们也和姚世祥冲突。他们两人,贪污着钱财,他们有着想死的,凶恶的思想,他们这时极仇恨简桂英。

"你简桂英呀,亲戚呀,姨侄女呀,亲戚呀,如何你六亲不认,扣留我们买货的单据,而说这一张不合适,那一件是伪造的。亲戚是心肝的,怎么可以这样呢?"罗志恒说。

"亲戚呀。"夏川说。

"你们的收据有问题,"简桂英说,"你们真能做——我从另一个方面说亲戚,姨表叔呀,表姨舅呀,你们真能做事,因为是亲戚,请你们替我做一定的事,你们真的能做到积极而有成绩,我便高声赞美了。我也是一个有些势利的人,各人为自己,你们真有能力,你们来到南方,就替我砍一些木柴,请帮助一些了。亲戚呀,想起来是甜蜜的,如何地陶醉,而在这花开的江南,便请你们一面砍木柴,一面欣赏春光了。"她说。因为仇恨两个"住人"者;因为自己也假设为一分势利;因为自己也不满这种假设而有着增加的恨;因为爱护着年老的姚秀敏,受着感动;因为对未婚夫的激情,要表现自己的性情;因为渴望致胜;因为她的心极为正直,而战栗着。"我扣手,亲爱的亲戚,两位中将,党的军队的光荣的离休者,替我劳动,砍一些柴了,军队是多么好啊,"她甜蜜地说,"军队有多么爱民的精神,你们又多么是中将呀。我这个小学教员是多么丑呀。"

"多么地是如此。"姚世祥说,他的胸中发生着认真的严肃的感情与讽刺,他也想来替未婚妻砍一些柴,因为简桂英还是用煤炉;他又想要讽刺两个中将。

"多么地是如此。"姚秀敏说,"江南,我的故土啊,中将砍柴了。"

"中将将军砍柴了。"姚世祥说。

夏川罗志恒两人便劳动,用斧头与砍刀,两人便砍木柴。两人又被简桂英看出了他们的购货的收据有伪造以及被姚世祥看出他们的货物资所威胁,而服从,努力着。

"两张收据共几千元,"简桂英说,"我也是势利的,我说,两个堂表叔与舅呀,我简直没有看出你们的收据有弊端,我便混过去了,由于亲戚的情面,美丽的亲戚呀,我当不写信到北京你们机关去表示怀疑告发你们,我说,你们便两个中将,表姨叔与舅,排队唱一两个歌,唱革命歌曲,而补偿我心中的亏耗。"她说。

"我说,也是这样,你们买的电气,什么激光器,"姚世祥说,"货物不够良好。唱歌吧,"他快乐地讽刺地说,"我也来唱歌,因为江南的春,有唱歌的欲望。"

夏川和罗志恒,便愤怒着。

"你们是什么东西?让我们唱歌,而且排队,罚我们。"

"那为什么不可以?"姚秀敏说,"瞧瞧看军队有没有这种规矩:赔偿人民,给老百姓唱一支歌。我过去便唱歌。你们贪污了,和你们没有客气的。你们必须唱你们的贪污。"

"那是哪个混蛋才唱的,"罗志恒说,"怎样的不是这样的呢?暮春之月,江南花开,草长,来到的我们爱祖国,心中无限往事,无限未来,无限甜蜜,我们砍柴,发扬了军队的传统,爱国的精神了。社会主义时代,我们是可信的,可以不用购货的收条。我们来到江南,碰见熟人,便唱了:党啊,党啊,情爱的党啊,党的热烈的光明啊!"罗志恒叫着,叫着很长的尾音的声音。

"党的信任,党的感情,喜爱。"夏川凶恶地喊叫,他发出短促的声音:"你发出长声,"他对罗志恒说,"你的长声镶接在我的短叫里,我们便由于愤恨,形成灵台的阵势。"

两个人有精力,于是便罗志恒发出长声,而夏川发出短促的叫声。在短促的叫声之后,长声起来,长声之后,短促的声音起来,他们,两个铜潆造的人,在这里发出他们自己欣赏的声音了。两个中将发声了。他们停止砍木柴,而将木块踢倒了。

"亲爱的侄女,外甥女,姨表的,姨表胜似亲,甥舅似亲,亲爱的侄女,当我老人,"罗志恒说,"有一块糕的时候,是如何地想到你啊!你如此不顾情意啊。"

"亲爱的一切的一切。"夏川激烈地说,含着眼泪。

"我们罚你们唱歌!两人并列好,排好队,唱歌。"简桂英叫。

"但这样便行了。"夏川说。

"我是势利的,"简桂英说,"我以为剥削是合理的,但我假设这样之后便心中痛苦,我假设,如同我的未婚夫姚世祥一样,心中是廉明的,我已经说出我赞成你们剥削,简直可以帮助你们报假账,因为有一种规矩,当地的居民签一个字便简直可以行。"

罗志恒夏川仍然站着,叫着,一个声音长,一个声音短促。他们因为受到颉顽而内心战抖。

"红豆,红豆,派出去一个班,一个小队,发出一张计程单,一个班行走在野地里,"夏川,忽然用尖锐,颤动,有着痛苦的声音唱,"红小豆长在绿叶上,长在绿叶上。"他唱。

"工农红军到延安,"罗志恒叹息了一声,用激动,愤怒,也有着痛苦的声音唱。

他们披着他们将军的制服,小学教员简桂英和姚世祥姚秀敏克制着他们了。

"灵魂,灵魂啊,"罗志恒喊着,唱,"假设敌人来了,我们便消灭他们。"他唱,他的灵魂震撼着。

"灵魂啊,"夏川喊着,唱:"敌人陈兵与列阵,便有雷霆响于心中,便决心血洗沙场了,便不归了。"他唱,哭泣了起来,他的灵魂也震撼着。

罗志恒也哭泣高声,如同冤屈了的少年。

简桂英和姚秀敏便再看看两人购货的收据,姚秀敏呈显着她的愤怒,便说:"你们罗志恒夏川的一套我都有,我也长音与短音的喊叫。"她说,于是她喊叫:"我老了,只适合于呆坐在那里,看这个中国,你们的运转。我看你们的收据,我撕去了。"她说,喊叫着,喊叫渐高,如同深山的狼嗥,表示着她的愤怒。因为内心有着因两个"中将"而来的痛苦;因为对于他们的唱歌愤恨,他们任意地怪叫地唱着,蔑视人们;因为他们的长声和短声的吼叫里有着对于正义的威胁;因为他们两人的疯狂的状态;因为他们还混入简桂英为亲戚,她,姚秀敏,最仇恨这种卑鄙了,她便撕去了收据。

姚世祥,由于和未婚妻的深切的关系和感情;由于姚秀敏的叫喊;由于这时候仇恨着夏川罗志恒的怪叫;由于内心里的爱国的正义;由于灵魂里的愤怒的感情,而兴奋,战栗,燃烧着。他大声地,模拟着夏川与罗志恒,而唱歌了。他用粗糙的声音重复着夏川与罗志恒的唱词,而痉挛着。他咆哮,赞成撕去夏川与罗志恒的收据。当夏川与罗志恒激动而哭与假笑的时候,他也吼叫着。他敬爱他的姨母,姚秀敏的愤怒引起他的愤怒。这时候,由于被围攻;由于羞愧;由于仇恨与愤怒;由于恶毒;由于疯狂的情绪,夏川与罗志恒便再高声吼叫,要扑击姚秀敏,他们显出了对井冈山的女兵的极大的仇恨,喊叫而冲击,姚世祥便阻拦他们,但他们冲上来了。

"像水蛇在水里曲行而攻到堡垒了,"罗志恒说,"打击韦成的阿姨,女仆,种田的,伪造的军籍!打击她疯狂地称为军队的老资格,打击她,取消她的资格,她过去攻击谭震林,现在攻击我们,都是别有用心!她是敌人!"

"敌人!敌人!"夏川说。

姚秀敏便痛苦了。姚秀敏在这件事情上,有着伤痕,而且容易痛苦。而夏川与罗志恒,扑击前来,打着了姚世祥,也打着了姚秀敏一拳,使她倒在地上。姚秀敏痛苦,痉挛,她安静地回到了故乡,望着江南故乡的高远的天空——她觉得它高远,里面深藏着国土和人们心灵的秘密——她便受到挫折了。她便,因为愤怒;因为沉痛;因为夏川的一拳的痛苦;因为思索着高远的江南的天空里的深刻的灵魂的事物;因为老年渴望恢复年青;因为思念逝去的丈夫;因为有着凶横的,报复的性格,而扑击,但是又被推倒了。她凶恶而觉得自己要更凶恶,要无畏,要和政治部的这些人耍流氓,因为夏川罗志恒是流氓;因为极仇恨铜瀹造,而摇晃身体。

"老奶奶我实际是老奶奶了。老奶奶我八十一岁了,见到的山比你们吃的堆到鼻的饭多,而我,也和张国焘耍过流氓。拳头上跑得马,平原上站得军队。还有轰击的炮。"她说,便脱成裸体了。因为回到家乡的内心的激动;因为老了在她和她称为新的生命的死亡格斗;因为她企图在格斗中恢复年青;因为他认为死亡是长存永存,头脑里有抽象概念;因为她觉得江南故土多年未近,有着神圣;因为她有着她的狭隘,和她的高傲,她脱成裸体,并且抚摸两个动作干枯的乳房与阴户,觉得人生的有为,而扑击着。"老奶奶我也是流氓,在你们政治部讨饭吃的,我搏斗了,"她说,"死亡,八十一岁洞悉死亡,死亡是我不存在,各物存在,草和鸡和太阳和屋子和椅子和刀和衣服和祖国行路的月亮都存在,我不存在,红的苹果与我带到南方来的北京一杯泥土也存在,而我不存在。我永生!我洞察这些了,我的一生完成了。"她喊。

"你丑的老太婆,你不怕吗?我们革去你的待遇!"罗志恒喊。

"你末日到了。"夏川叫喊。

姚秀敏,蛮横的老妇女便战栗。她在台阶上的阳光下。她觉得自己是很丑陋了,身体是不良的人体,但是她又觉得自己还美丽,她的肌肉是似乎透出了几十年前的青春和健壮,于是,她在愤怒与激昂中,她便战栗着。

"老太婆回忆几十年前结婚,爱情的时代了,"夏川说,"你不想,你已是人类的朽坏者,废子,人类中没有你的地位了;你还不哭泣而立刻死亡吗!"

"放你妈的屁!"姚世祥喊叫。

"正是这样地搏斗了,我高山大海过来,今日又看见高山大海了,并且觉得我是英雄,我有翅膀,我在海天与山峰上飞翔,你们看着,我的丑恶的肉体,这时候便要飞翔。"她说,便将手指插入阴户中,进行思念她的丈夫张振国的手淫。"我不说我随你死者丈夫来了,我说我现在出翅永生和飞于海天了。我的歌!我的手淫!我的歌!我飞于海天,飞于星月,飞于火车前与冲锋的战车前,是我的歌!我的诗!我打我的死者烈士丈夫的手淫!"她喊。

夏川与罗志恒两人痉挛着,叫喊着反对,如同发生了重要的事情,他们要进行扑击,扑灭这种他们仇恨的高蹈的,他们认为是唯心论的火焰。他们又扑击了,但姚世祥,如同武士,冲击着,抱着他们绊腿,与打击他们的腰,简桂英,也抱着他们绊腿,与打击他们的脸,两个姚秀敏的保护者,便战胜了夏川与罗志恒了。

"我打我的丈夫的手淫了,我寻觅我的过去的青春回来了,我有巨大精力,与精神乐观。我,"姚秀敏叫喊,"我现在征服死亡,当死亡袭击我的时候,天空里有音乐,说我是多么美,多么有力的人类。"她说,举手到空中,而姚世祥,抱住了她,和简桂英一同,替她穿上了衣服。"我在年青的时候的记忆,曾在溪边洗澡,觉得花与草与太阳而自己有着美满,羞怯,我那时是如何地俊美。"她说。

这时候,韦成司令员和李明芬走了进来,他们是,在韦成的妻子李明芬也离休以后,到南京故乡来旅行的。韦成的故乡是南京。韦成显得阴暗而严厉,这时候,夏川正拔出他的刀预备向简桂英行凶,韦成打落了他的刀。简桂英这时候发现了夏川与罗志恒两人衣袋里的毒品的收据。夏川与罗志恒两人是贩卖毒品的。这时候院落里紧张起来了,姚世祥喊叫着,而突然地变异,激动地哭泣了。他进入他的假设与幻想,他的内心燃烧;他仇恨夏川与罗志恒与他们的毒品,并且他相当时间预备和市场上的这种格斗。姚世祥捡起了地上的夏川的刀,而战栗着,假设他是基督徒与社会上活动的"民主"人士了。他知道这些的里面也有毒品。因为爱国;因为他的姨妈的井冈山的历史;因为激昂地仇恨毒品与夏川罗志恒;因为心中的痛苦和欢乐;因为觉得自己向着理想前进,他战栗着。他便徘徊行走。

"我被诱惑而从事选择人生的发财的路,你们都知道,我的心里这时候崇尚着发财,譬如我的姨妈姚秀敏知道,我受着这种贩卖毒品海洛因维护的引诱,而有着心灵的堕落了,啊,我假设我信基督教,假设我虔信而反抗这种贩毒的引诱,假设我终于不能抵御而贩毒,而且吸食了在内脏里,"他说,便战栗着,向夏川挥拳打击,"韦成司令员,人生的意义是正直,但我觉得在这社会上,可以容许几分剥削如何呢?可以容许欺凌劳动者如何呢?我固执地吸食毒品,而心中燃烧,而要做一种民主人士,呼吁祖国可以剥削几分,而开五口通商,而让侵略者军船驶入长江,而炮轰各峰,而如同夏川,罗志恒两位一样,外表主张着跟随共产党,而实际上卖国了,虽然夏川罗志恒是革命与剥削思想两色水,但他们便是很快地,譬如,是这些贩毒者,又是民主人士了,是基督教徒了。"他说。

"你说的是这样的吗?"罗志恒说,"那我就是这样的吧。你污蔑民主人士。他们是非常地爱国,而在开会的时候,几百几百地为国家的建设,振兴中华的命运而流泪。"他说,"见到你这姚世祥我痛苦极了。"他说,战栗着。

韦成,由于心中被激起了愤怒;由于老年的倔强和更爱祖国;由于对夏川与罗志恒的毒品的憎恶;由于觉得自身要扬起旗帜和生命的顽强的帆;由于欣赏着姚世祥的激动,由于健旺的他的妻子李明芬的鼓舞,而内心燃烧着。

"你说的一切有对的,"韦成对姚世祥说,"可是你有着侮辱共产党与民主人士了,他们是爱国的,他们是真眼泪,他们的声音里是真有着正义的呐喊的。"他讽刺地说,他的诚恳的声音到了这里便变为讽刺的,譬如说:"增加绿化祖国,造福儿孙,增加开辟水利,增加一次建筑与开发三峡工程,譬如说,"他说,又讽刺着,"还要修过了再修什么工程,许多人开始办公,譬如说,大声疾呼救水灾,大声疾呼展开卫生运动,因为城市又发现了苍蝇,应该消灭,几十万个苍蝇,为什么不可以呢?为什么不好呢?你呀!"他叫着,"你侮辱了共产党与民主人士了。"

"他们,民主人士,怀着各个的忠心,一定时候便要显出功劳的。"李明芬激烈地讽刺地说,"又要议论拨款绿化而植一万株树了,又要议论惊心动魄的问题了,为什么不好呢?"

"我说的我的未婚妻简桂英也不赞成我,"姚世祥说,"那么我假设得过分了。你赞成我吗?"他问简桂英。

"我在心中非常地犹豫。"

"那么,你们两位民主人士,夏川与罗志恒赞成我吗?"

"我们是如同韦成也说到的,我们是爱国的,你抓不住我们的把柄了。遇到爱国的事便心动而振动,心中的愿望如何地想着祖土的亿万人民而颤动啊,一切的一切,"罗志恒说,"我们现在议这一题了,我是如何地盼待拨款再修水利工程,如何地盼待绿化祖国和高度地卫生化,民主化,而一切美丽啊。"他说,流泪。

"我拿出小刀来刺你的未婚妻了,因为她居然说我贩毒,"夏川说,"我便如同你诬蔑的民主人士一样,是贩毒吗?"他说。

"当着韦成司令员,如果有贩毒天诛地灭。"罗志恒说,哭泣,而跪了下来。

"我也如同你们一样,其实是一样的。"姚世祥说,他战栗着,面色苍白,便又自己假设为基督徒与"民主人士"了,他便走到台阶前去,跪了下来。他颤抖,痛苦,伪装,快乐而疯癫,"我的主耶稣啊,我再不说一分剥削了,而只说爱国,绿化,修水利,和停止自然灾害。"他,由于心中的痛苦;由于心中的强大的渴望;由于热爱国家;由于渴望自己的经纪人的事业的进展;由于想到自己假设是要赚起巨量的钱来;由于假设自己内心腐化,而外表正义;由于假设人只要看外表便可以有利于社会;由于激烈的性情,而跪着,有着苦恼地祈祷与陈诉着。"追随伟大,正确,光荣的党,党啊,共产党啊,启发我们建国前进,领导我们,和主耶稣基督一同,昭示着光明,而不应该剥削一分,而是应该内心完全纯朴。而也可以剥削一分。"他迅速地叫喊说,"我是爱民主与祖国,绿化啊,一切的良好啊,风起云涌,而振兴中华而奋斗啊。"他大声说,并流泪,并满意自己的流泪。"但是需要剥削一分。"他喊。

因为受了他的刺激;因为他的激昂有力;因为他的燃烧性强烈和似乎是会表演而真的内心是主张剥削一分;因为自己们贩卖毒品;因为对着韦成有着恐惧;因为内心的甜蜜;夏川与罗志恒二人便也跪下了。

"一切的一切是如此啊,我也改信耶稣基督了,社会有崇高的信仰。"夏川大声说,而火热的眼睛流泪;"主耶稣啊,一切的一切,赐给福利,赐给更多的勇气,拥抱共产党,而绿化祖国土啊,更美的民主与自由啊,而反对黑暗的旧社会的可以通商而敌人侵略者进入啊,□□□□□□□□□□□□□□□□□□□□,□□□□□,□□□□□□□□□,我民主人士的快乐与拥护党啊。"他说,伪装着,并开始短促地呐喊着,而哭着,流下大量的眼泪。"但我说的一切的相反好呀,"他迅速地说。

"一切的一切啊,如何地不是这样的,民主重要,绿化重要,香港是我国领土,遵守信约让侵略者一百年归还最好,澳门,汕头,我国领土,一定要按侵略者的意愿的日子,友谊,归还。军国主义敌不过中国人民,一国两制,□□□,□□□,□□□□□□□□□□□□,□采用民间的言论,广开思路与言路,而沃沃君土,使大展宏图,社会主义民族特色。"罗志恒快乐地、热烈地说。

"一切是这样啊。"简桂英突然跪下,讽刺地说。因为愤怒;因为讽刺;因为讽刺中又有着一定的笨拙;因为增加的爱国;因为极仇恨夏川罗志恒两个贩毒者与卖国者,而战栗着。"一切是这样是多么好啊,完全可以这样,进行民主,言路拓宽,而思想解放,而拨款绿化,而一国两制,而社会主义民族化,"她喊叫着,

"而遵守当年与英帝国主义的条约,百年才收回香港,而挂上我国的国旗的台湾香港的剥削制继续存在。"她讽刺而激怒地,喊叫似地说,"你,姚世祥,你在这些言论里是怎么说的?"她讽刺地叫,"你是不是真的有剥削思想了,"她喊。

"我爱我的祖国,怎么能有剥削思想呢?"姚世祥大声说,"我心中已满含眼泪,我觉得民主多么崇高呀。"他讽刺地叫。

韦成,战栗着。他,战栗得有些痉挛,因为他看见他的妻李明芬也跪下了。

"进行更多的有利于民族的生计的活动啊,"李明芬说:"一国两制我也是赞成的啊,那时候便红旗招展于台湾与香港,那种剥削制不可以慢慢消灭吗?"她带着讽刺说,"但我也是激情派,我们便大军开入香港与台湾了,而渡海,而用炮筒弹,对准恶毒的剥削者,而进攻啊,我那时候,唱着我的军歌,而奔腾向前。"她说,"我心激动,我向宇宙祈祷啊。"她说。

"进攻啊。"简桂英说。

"但是实际感人的一国两制啊,"姚世祥说,"我也想通了,一切在于我们有革命的组织与理论学说,我这假设为民主人士的,现在更拥护这一国两制了,"他说,"同时,一国两制,组织与思想也放弃不是更好吗?"

"你姚世祥和简桂英和夏川和罗志恒和我的妻李明芬,你们多么激昂,而你们的态度所说的有殊异,都是一样的主张绿化祖国,"韦成讽刺地说,"采取英明的思想了。夏川罗志恒,你们不是很感动于我中华民族在此行程里的思想吗?姚世祥与简桂英与我妻李明芬,你们不是有着内心的激动吗?但是,高山大海,我心中痛苦,而叫喊,你姚世祥混蛋了,你可恶的掮客一般地在说民主了,你卑污的人,你掮客,你贩卖民主与海洛因,你欺世盗名,你实际上主张剥削制,"他鼓动地说,"你的妻随向你,你拿绿化,拨款来讽刺祖国,你是反动的叛徒!"韦成带着讽刺说,因为说这个有沉重,因为这是目前的情形沉重的问题,因为同情着假设为不妥的有爱国心的姚世祥;因为憎恨夏川罗志恒,因为自身心中的理想;因为老年,而咆哮着,"混蛋的姚世祥了,你混账王八了,你狗崽子了,你民主掮客,骗子,你虔信基督,你是基督教的世纪初的骗子,"韦成喊叫,"我的心痛着呀,我的心如同火焚一般呀,那么我的主张是什么呢!那么我便也只主张一国两制,而扩大民主权利,而听人民的呼声,而主张绿化,而主张拨款,"他讽刺地喊,"我先说你是这种民主掮客了,你是混蛋!"韦成喊,因为自己也似乎有不能解决的问题,而意外地咆哮并且怪声地啸叫了,"民主掮客,狗崽子们,我不一国两制!我老了,在我不能解决我的问题的时候,我便是精神病发作了,入了癫狂的序列,你看,风吹来信息告诉我韦成我的第一师攻破敌人阵地了,我登陆我祖国土香港,进军澳门,汕头,而攻入台湾了,几十年前的愿望,活捉蒋介石!"他大叫,"我上天,入地!我是中间的前驱,我是我军的前驱!我上天,入地!台湾人民几十年在水深火热之中!我攻击你民主掮客姚世祥了。"

"你是混账,混蛋,昏司令员,违反政策!□□□□□□□□□!"姚世祥叫。

"□□□□□□□□□□。□□□□□□。□□□□□□。"□□□。

"但你是昏蛋!恶毒,违反政策的,可恶的司令员了,我姚世祥呐喊,与你相抗击了,左的匪徒,托洛斯基!"他喊叫着,假设为错误的人,跪着继续了一瞬间,站起来颤抖着,因为内心的兴奋;因为快乐;因为内心的英雄主义的思想;因为自己的假设与伪装成功;因为内心崇敬着韦成,而有着眼泪。"你左的匪徒,你反党,而我,送给你一句,我民主人士,我即将申请马克思与斯大林了,撤销马克思列宁主义的立国的学说了。"

"这一切你是混蛋!"韦成说。

"你姚世祥抓狂了!"姚秀敏说,"我年老了,不想再窥探你可爱的人儿的内心,你民主人员,美满的内心。你一分剥削你已暴露,我便笑了。"他说,虽然知道姚世祥是伪装,然而流泪。她哭她的生涯,井冈山以来的历史,和她的心;她是站在韦成方面的。
"我怎样说呢,党中央会错么?看看瞧,一国两制,自然是经过考虑的,我便扭住你,说你,心肝的侄儿,民主人员啊,你不用怕,你便对了,"她说,"我便理解你的内心,爱国者,不一分剥削,而是一国两制,慢慢地在感化剥削者,我说。我说,心肝的侄儿,你勿跑掉,可是你的思想里是有一分剥削的。我再说,"她突然哭泣,上前去抓住了韦成的衣领,并在他的面颊上接吻,"我哭泣,我是你一方的,我的韦成啊,我怕啊,他姚世祥说我反党反国,不主张一国两制啊。我说,上天,入地,狂风飚涌,我是要穿上草鞋,往前奔,说到不这样一国两制的,要夺下台湾的。"

韦成面部的肌肉便痉挛着。

夏川与罗志恒,由于反抗的欲望与认为不正义的力量现在将胜;由于认为社会主义发展到这里会坏疸;由于心中的恶毒的反抗;由于对于人们的仇恨;由于他们有不断燃烧的恶的性格;他们便也不断喊叫着,夏川还仰着头朝着空中,做出有深的,多情的,激越的情感的样式,显出他的全部的感慨,而战栗着。罗志恒也将脸仰着向空中,看着近处的空气,但是姿势是看着远处的天空,他也有无限的感慨,他仇恨远的天空。

"向着空比:为了祖国!"夏川喊,甩着他的衣袖,有一定的跳跃,踏步,腾起,像扮演什么英雄的人物一样,"先说我的高蹈的灵魂,为了革命的股股的血,我要如同韦司令员一般鸟瞰到革命的横空出世的新的蓝图,为了建设社会,我心醉于为民主人员,提倡绿化,水利,肥料,农田,而我,心中还主张一分剥削,一国两制,发展商品经济,宏大的企图,缩减生产力。"

这时候韦成喊叫,搜查他们,姚世祥简桂英李明芬便从他们身上搜查出两大包海洛因毒品了。扁的包藏在裤子的衣袋里。

"我说我准备好的感情的话了,"罗志恒说,"当我们被搜捕归案的时候。夏川啊,看我们的感情能不能感动过硬的韦司令员与共产党。我们筹办好的话是:我们被捉便要阔别了,我们被捉是春天,而秋天的凄风苦雨里便要杀我们于刑场,而在刑场附近的三棵树旁,我和你,我的世上的唯一的亲人,和我的胖墩的女,世上的又唯一的亲人告别,而泪沾沾。我的灵魂上冲斗牛地呼吁,我的心脏,充满着对我的胖女的爱情,感动的,劳动的爱情,也提倡,性欲的爱情,有一分剥削的爱情,而你,夏川,和我也有灵魂的爱情,我们互相搂抱而徇死了,在秋雨里的秋虫叫着,铮铮地叫着,秋日悬空,有秋日悬空四个字,有我们的爱情与不可分离的爱的字样,瑞士公法,举凡有未了的爱情,举凡有过心灵颤抖的爱情的,不得枪毙,于是我们便生还了,这个,只要一提便行了,而有一种宛花机关,便有一个人端着金剑来到,司法是废除了的。"他说。"现在,该你夏川辩论这神秘的宛花的机关和瑞士公法了。亲爱的瑞士法啊。我说过,我的灵魂的震动之后,该你了。"他对夏川说。

夏川便甩动手臂,腾动,而又举起双臂,面色惨白,做他的发言。

"你的招感的声调惹人灵魂,你的在断头台面前的义烈的讲演,你讲了秋日悬空,人生爱情,心灵的爱,和心肝的情,我便讲春雨悬庭。人生往事与未来了,又有秋日悬空,又有春雨悬庭,便是对偶,说了这个,从至情的心里,引起了对于一草一木的泛爱,对于神武的太阳,对于绿化的祖国,对于□□□□的民主的,一国两制的美满的要求,强烈的政治的情感,因此,由于灵魂的震动,便在秋日悬空和春雨悬庭落的时候心脏的和血与温馨,人生的温馨,而国家,家庭,家庭,与瑞士法便出密件,而废司法了。"他甜蜜地说,虽然颤抖着。

"不得拖我们去击毙了,不得拖了,你们拖,我们便喊叫,而也有空气工厂传达到瑞士中立国。我便心伤,秋日悬空,我便对我的亲人夏川喊,我们是假的人类,铜潏造,我们已与真人类,家系人类合璧过了。我们特别,一定首先只关押三个月。而三个月不见你夏川,我是如何地心伤,这是说的贼友的情感。"他说,便哭泣了。

"春雨悬庭,是庭落,我便心伤,我喊,一定只关押一星期,一星期,我们是瀹造的人,瀹造的人最讲情感,不反益你们正人,"夏川说,"你看,我们的心如何颤动。"夏川说,"热爱祖国,一国两制,等我们实行。"

"你们便又相见了,"韦成说,"铜瀹造的赝件人类,秋日悬空,春雨悬庭,伴着我们人类。"

"我们伴着人类了,我们在表演了亲爱的情感之后还可以表现相仇恨,你看,我心中仇恨陡起,而打击夏川了。他的存在便是欺我。"罗志恒说,便伸手打击夏川的面颊,打得极重,夏川的鼻子便流血了。

"我们伴着人类,在韦司令员面前表演恶毒的,剥削的,杀害的,阴谋的功能了,你们不看这个因而废司法吗?"夏川说,猛力地,恶毒地打击罗志恒,他也鼻孔流血了,而且嘴角流血,两人便相互在地上厮打着。

他们又站了起来。

"请听!听!黄鹂鸟在为军队的行进唱歌,"罗志恒说,"我们讲话,抒感情,娱乐你们人类,供给你们斗争,雨密密地,雨密密地打落着,如同陕北开荒那一年的盼望春雨,密密的,美丽的,如同处子一般的,贫纯的,如泣如诉的动人心脏的春雨啊,我的春雨之友,"他说,并且吼叫了一声,"男儿有泪不轻弹,我心中怀念你夏川,我便过了几条街来看你,春雨,与秋日悬空之友。我如何地想念你,我想,我因为倡导剥削,"他激昂地高声说,"贩卖海洛因,想迎接日本军国复辟,不止是一国两制,而犯了法了,便要被毙了,你,夏川,如何呢?"罗志恒雄伟地,挺胸地,辩论说,仇恨地看着韦成和姚世祥,姚秀敏,简桂英。

"我便说,亲爱的朋友,我十分赞成你的说话,秋日悬空,春雨悬庭,我便拥抱你,说:废司法了,哇!哇!"夏川喊叫,"我是法官,"他对韦成说,"我们是你们出品的瀹设,是仿你们人类呀!但我也仿人类,而奋起,而消灭罪犯。"他说,便猛烈地打了罗志恒一个动作的面颊,罗志恒也猛烈地打了他一个动作的面颊。他们颤抖着,两人痉挛着。

"你如果被击毙,我来到刑场凭吊你,"罗志恒凶恶地说,"那时候,我听见枪声一响,再一响,共三响,击毙你了,你有眼泪,想着你的海洛因,钱,这在他们看来是卑污的事,然而我心中感动,因为,秋日悬空,春雨悬庭,你也思念我,那时你多么伤心啊,在如注的春雨里,我哭泣如同旷野中市区伴侣的豺狼,他们伤痛而号叫,他们哀伤。我多么爱你啊,亲爱的,心肝的,灵台宇的,痛苦而快乐的朋友。"罗志恒说,摇摆而大哭了,"我心中伤痛,如同我是生养了你的父与母,如同一个贤惠的老年女人。"

"我也嚎哭,如同我是一个干瘦的,老年的女巫,假如一枪击你而毙,如同我生养了你的,失去了你。"夏川说。

两人便痉挛着互相拥抱了。

"凭我们的人间的,人类的情感,说着心中的爱,你们宽司法了。"

有讽刺精神的,辛辣的,快乐的,沉重的韦成便喊叫。

"我来刑场看你们,听见枪声起来,远远地看见:这不是夏川与罗志恒两个铜潲造的朋友吗?我心中便伤感你们老朋友故去了。可是在社会上还有许多你们不故去,靠我们奋斗击毙你们。我听见枪声起来,便十分快乐,而泪下如雨,也是春雨,想着你们恶徒故去了,而你们和我厮混了许多年,我十分快乐。"他讽刺,而大声地说。

"我也愤怒了,"李明芬叫,"你们的狗屎的铜潲造,"她叫,拿起墙角的一柄扫帚来,便向着两人打击,由于膨胀的努力奋斗,便跳跃着。她正义膨胀,这时如同火焚,要击毙谋害者豺狼,但她却被夏川推了一个动作,而倒下了。

因为老年;因为倔强;因为内心震动于妻子的激昂;因为这老年增加的感情;因为动情,韦成便扶起李明芬,而亲切地拥抱了她。

"伤痛了,这种奋斗,伤痛了,亲人,亲爱的,"他说,"我韦成,当你们被押到刑场的时候,便也来看你们,不止看你们两人,是看历史的刑场,也有被阴谋的牺牲者。"韦成,有着眼泪,激动,高亢地说,"你们无恶不作而贩卖海洛因了,我心痛,想着祖国是好,但尚未消灭铜瀹造,我心如同爬上高山,而背着重量的幼儿,他温暖,而心脏的跳动,有甜蜜的声音,有肉的香气,如同未来时代,在鼓舞我。我爬上高山,看见迎着我的,升起的太阳,这是我老年的又一日了。我和我的背上的幼儿对话:你,未来时代,你欢喜我们已建的生命吗?从他兴奋,新鲜,我便代他回答,欢喜。但我心中沉重,因为我们国,尚未消灭铜瀹造的,这种全是罪犯的,赝件的人类。也未消灭一般的罪犯。我背着幼儿上高的山,到了有香的草的地方停止了一下,在一个水泉里照我的影子,我看见我苍老,但仍然有我的英雄气质,健旺。我的眉长,两眼有光,我的妻走在我的身旁,她扶着,拿着幼儿的衣裳与幼稚的课本,我便和她两人,在有香气的草里,在有香气的特别澄碧的水泉里照我们老年的相貌。我们背着幼儿上高的山,我心中快乐,想着翻过山去,进入天埜的无垠的平原的灿烂的景况。我们前行,背着幼儿,我的心颤抖,看着顶空的静静的,肃穆的太阳。有很大的树,前人的种植,有遍地的香的草与美丽的花,空气澄清,由于我们的智力劳动者,由于工人农民;由于邓小平的领导;由于井冈山以来的足迹,我们的建设,广崭的平原,田野,城市,也如同天埜。我们开发了新的城市,矿藏,工厂,我们开发了大数目的学校,平原里学校的钟声在清脆的响。在那山坡下,当我登上山顶,觉得背上幼儿的温暖的重量,便看见山坳里绿色的售货棚与山野的欢喜了,也有拉风箱锻冶什么的声音震响。我背着幼儿走上高山,和我的妻,我们心中有着歌唱。参加这一建国的奋斗的人们我们的同伴们,老的和少年的,好!进行开掘矿藏的人们,老的和年青的,好!在各个办公间工作的,使主张和思想决策运转的人们好!思想着各种的知识者们,好!健旺的生长的青年的生命,好,新婚的夫妇好,新生的婴儿好,市集好与城市好!一切良好,春日良辰,可是尚不到,因为有夏川与罗志恒,因为这个国家有铜瀹造的赝件的人类,虽然我们也使他们被束缚着被利用着劳动,但他们常常地脱缰而恶毒了,我的心便沉重,如同磐石重压着。"

姚世祥的未婚妻简桂英的心思激动。因为要和她的未婚夫登上人生的行程；因为正义的燃烧；因为有激情；因为这时也假设为是被社会腐化侵袭的不妥之人；因为这假设而心中升起廉明的神圣感情；因为假设自己欺侮着这来到的可敬的韦成夫妇；因为被韦成感动，内心的急切，而大声地说话。

"对不起，歉疚于韦成司令员了，我们是一些恶劣的人了，我看见这恶劣的人夏川罗志恒如何是我的亲戚了，我甚至想侵犯你说我这腐化者要伤害你老人家老军人了，"她说，眼睛里突然有眼泪。"你是一个过激的，自以为是的，一意孤行的老军人，你是一个昏老昏庸的业余的人，你是一个蒙昧者，你不知道，在现在的中国，□□□□□，□□□，□□，□□□，□□□□□□□□□□□，社会应该一分剥削，十分欺诈，如同我的所谓亲戚夏川罗志恒所理想的。你混账了。"她脸色苍白，有着羞怯与善良的突然显露，战斗着，歉疚着，但是她的心，倾向于假设为恶毒，因为夏川罗志恒侵犯了她。

"你这简桂英，使我奇异而苦恼了。"韦成说。

"但为什么不改变剥削制，为什么不取消马列主义呢？你是一意孤行的昏庸了，许多人是一意孤行的昏庸了，社会，如果开始货卖给夏川狼罗志恒狐狸，我的亲戚，"她讽刺而沉痛地说，"卖给他们以特别不要钱的货物，而涨你们的价，便宜地卖给我，而涨你韦成夫妇的，到一定的时候，便实行反正义，反伦理，反道德，反按劳计酬了，如何地好啊！"她愤激地说，她的愤激除了伪装的以外，也有对自己的伪装的丑恶的愤激。"我不是一个柔情，深情注目人生的，教儿童的女教师了，我将儿童教为有剥削思想的。"

由于简桂英的明显的伪装；由于简桂英呈显了的愤激里有她的巨大的，深刻的善良；由于内心的痛苦；由于对于理想，山与海，与国家的感情；由于觉得在耳边有疾风起来，而自己乘风而去千里又飞回来，韦成的心对于简桂英有着甜蜜的愤怒了。

"你混蛋了,你这个小学女教员,你这个剥削分子,狂妄的女人。"

"你是昏庸。"简桂英说,战抖着。

"你是混账。我的心里,"韦成战栗着,有一定的痉挛,极为激烈,心中甜蜜而愤怒,说,"你是狗崽子了。学习姚秀敏的话,老奶奶胳膊上站得军队,老子胳膊上也有军队,与战车,军队驰往山与海,壁立的波浪,还希望人生如少年时的再和黑暗激战,而呈显光明的,灿烂的意义和太阳。"

"你是混账。"简桂英说,有着甜蜜地颤抖着。

"对不起了,这一切是这样的了。"姚世祥大声说,他沉默地站了一定的时间,假设为民主人员,假设为基督教徒,假设为自己有一定的腐化,假设腐化引起一瞬间改悔而内心甜蜜,假设心中有一种奇异的风暴,假设自己叛国,而和韦成夫妇与他的姨母姚秀敏为敌,"我的脸苍白了,你韦成司令员夫妇与我的姨妈的廉明爱国简直不合情宜,我姚世祥狐狸与狼说,正直是唯心论和不建设社会的,而两个舞蹈着,唱着,甩衣袖的人,夏川与罗志恒表叔与表舅,是需要的。我也因为人生的疲劳与反动相妥协了。我笔直地站着,而向灿烂的主耶稣祈祷赐给我宏大的福祉,和剥削到的金元宝。"

"混蛋!"韦成叫喊。

"混蛋!"李明芬叫喊。

"狗屎了,瞧瞧看,狗屎了。"姚秀敏说,战栗着。

"过山来,"韦成说,"老子韦成,挺立于山巅与壁立的波浪上,老子韦成,上山峦,上波浪之巅,心中有我的历程,是无路之历程,有海与山的辽阔与高耸。波浪啊,波浪,我心歌唱,老子英雄精神,而背负着未来,未来是一个幼儿,而他的身体温馨,甜蜜,他尚沉沉地睡熟。老子踏在离离草里,老子步行而老子的妻李明芬撑着雨伞,遮着酷烈的太阳,老子登上高山,背负着未来的时代,"他愤激,沉重,正直,有英雄精神,喊叫着,"看见九阳出九个太阳如尧皇时代,太阳酷烈,因我的愤恨,苦恼,正义,希望,对未来的辉煌的,永生的时代,永工作,永欢乐的时代的希望而更辉煌。一个太阳是党的太阳,一个太阳是军的太阳,一个是正义的太阳,一个是理想的,一个是工作的,一个是欢乐与恋爱的,一个是严酷的,一个是颁布黄金希望,到端午芒种中秋去的,一个是崇高的,到永生去的,而我的身上布满金色的光辉,而我的妻,替我撑着彩色的伞,而风在伞中吹来。我背负着未来的时代,我说,温馨的,幼小的,甜蜜的未来,你好,它回答,它的温馨,纯正,正直,英雄的甜蜜的温暖,回答说,好。我便背负着未来时代。我登上山坡去,看见彩色的草与花,我的心鼓动,我看见各色的鸟,翘着它们的可爱的,善良的,正直的,长的尾。我听见蜜也似的唱歌声,有的唱灿烂的自然,灿烂的光明好,有的唱永恒的信念好,有的唱纯正,贞洁,廉明的世纪好,有的唱爱情,忠实的心崇高,有的唱勇敢的军人伟大,有的唱勇敢的韦成经过战阵,有的唱勇毅的,激情的我的妻的巨大也伟大,有的唱时代经过了,有的唱新的时代正在到来。"

"狗屎,你这司令员,伟巨的人物,有着疯癫了!"姚世祥说,假设着自己是腐化的恶人,假设着自己与夏川与罗志恒一般,"你是昏庸了,我和我的妻一样见解。我是腐化分子,我快要去发卖黄色,色情书籍了,阳物在阴户里,看这样说,是雅歌,另一样说,是色情,这怎样区分呢,在我的空中,便有着毒品的太阳,便有着色情书画的太阳,便有疯狂渴血杀人的太阳,坏的时代到来了。"

"我登上山峦去,"韦成继续说,"而看见海洋与云的海的波浪。波浪如同活泼的,巨大的水鸟;波浪如同结成固体液体的光;波浪如同我的心;波浪如同过去的燎原的大火与未来的浓烟;波浪如同市镇、市集、城市的在大地上的呼唤声;波浪如同我将到达的我的理想的呼喊,波浪如同我的亲人;波浪如同天宇下悬。我背负着温馨,美丽的,灿烂辉煌的未来登上山去。"

由于他的声音强大,人们沉默着。

"我攀登着井冈山,从崩口那里攀登,从绝崖上攀登,而在黑的,幽的黎明前看星斗,"姚秀敏接着说,而颤抖着,"星斗灼亮,而我在中国共产党工农红军的发难地,看着黎明前的星斗,看着日出,我的怀里也抱有幼儿,未来,我的向往,想象,日出,而康克清,朱德夫人的怀里,抱着未来,抱着温馨的,甜美的,壮实的,会开枪射击的未来,我便心中,手舞足蹈地,手舞足蹈地快乐,如同我们人们那年代,韦成也在内,斗争张国焘陈绍禹一样。我攀登上山去。我现在,攀登上山去,而看见海,而也抱着未来。你姚世祥啊,你简桂英侄儿媳妇侄儿的未婚妻啊,你们混蛋王八蛋了;"她喊,在喊着简桂英的时候,愤激中显露出她的柔情,与对简桂英与姚世祥夫妇的深情的爱,有着眼泪了。"你们混蛋王八了,你们是这时代的腐化者了。狗屎的,允许吗?迫击你们!"她带着甜美地喊。

"迫击你姨妈了,"姚世祥说,"我站立着,静默着,假设为自己是基督徒与民主人员了,我便心中迫击你姨妈而口头上拥护韦成与你了,如同夏川罗志恒这样的。"

这时候夏川罗志恒便要夺回他们的毒品,发出了暴乱性的冲击,而韦成的妻李明芬向他们冲去,并且高举一双手在头上表示是铜盆,表示她是"铜盆盔骑士",但是她被两个人推倒了。韦成便发急地又把她——替他在登上高山时"撑着彩色的伞"的他的妻,扶了起来。

"亲爱的,我的明芬,亲爱的,"他说,"你和我的,登上高山的感情。"他并且想到她在过去为文工团员的时候唱歌。他,韦成,突然疯狂地愤怒,而啸叫起来。这时,姚世祥,简桂英,姚秀敏,李明芬也愤怒地对夏川罗志恒啸叫,而异常地凶恶。由于韦成等人的凶悍;由于韦成和姚秀敏瞬间前的高尚,高蹈的语言;由于这语言是他们所最敌对与忌讳,最使他们心痛的;由于这语言使他们也丧了部分的胆;由于啸叫带着正义的性质,两个铜澥造的人,夏川与罗志恒,便,由于似乎听到了炮声;由于心慌,由于自身的贩毒被拿获,由于感伤与激动,由于心痛,由于觉得韦成诸人似乎呐喊着押送他们往刑场去;由于这引起的想象;由于韦成的啸叫这时直向着他们,而带着明显的讽刺;由于人们的杀伐之意和讽刺之意都尖锐,而最初是有着一定的麻脸的罗志恒,随后是脸色经常苍白凶横的夏川,从他们的胯下,带着蓄意地前面和后面,排泄着鸟与粪:他们便蹲下来,然后又站起来,向着外面跑去了。

"奥啊,晦气啊,朋友,中将,刚住入,混入,厮入的亲戚呀,表叔呀,舅姨表呀,亲切的,可爱的,中将亲戚呀!"简桂英叫喊,捡起地上的扫帚追着,对夏川与罗志恒两个打击着;"我已听见你们放射的尿与屎的声音了,这劈里啪啦的音乐声,你们尿和屎拉裤子,是如同你们在前线听到了炮声一样吧。据说是亲戚呀,表阿叔呀,舅姨表呀,可爱的,至亲的,血族血亲血统的亲人呀!"小学教员,姚世祥的杰出的未婚妻,叫喊着,用着扫帚打击着夏川与罗志恒,"我这也是带着假设为不妥之人,我假设因为国事不很良,而中将军官在人们的喊叫下屎拉裤子,而觉得悲观了,而觉得不必为正直正义者,但我这么说,是一种假设。我为正直者,假若再痛苦,我也奋斗。"因为激情;因为有刺激性的假设;因为内心里因这假设而正义高涨;因为内心里产生着不妥协的英勇的感情;因为满意自己,而喊着,用扫帚追着打着夏川与罗志恒。

两个中将便又跑了回来。他们向着韦成和李明芬,姚秀敏蹦跳,喊叫。

"我们焦急了,发生事故了,你们恐骇我们的海洛因,屎拉出来了,请营救,请找手纸来,请援助呀。我们愿祝你们时常快乐。"

"那你们祝我时常快乐。"简桂英说。

"时常快乐。"

"那我便援助你们了。"简桂英说,便去找纸张。

"屎拉裤子,上前线屎拉裤子,如同那种井冈山的王明陈绍禹,"姚秀敏说,"人们,刚才的吓吼的叫,骇了你们两人了。"

"祝你快乐。"夏川说,脱下裤子,凶恶地,苍白地战栗着,坐在他自己排泄的粪里了。他凶恶而残酷地战栗着。

"祝你快乐,"罗志恒向着韦成说,"我们的海洛因呀,我们吃的酒与肉呀,我们的心肝呀!"他,因为仇恨;因为狡猾;因为心脏的痛苦;因为仇恨人们;因为狡猾而急切于恶意;因为恶意的痛苦痉挛很凶;因为死亡时的残酷的尖锐的痛苦,而脱下了裤子坐在尿与他继续排泄的粪里。他有着残酷的痛苦,颓唐,衰亡的状况,他颤抖着。

夏川也有残酷的,颓唐的,死亡的,衰亡的状况。

"我们是故意拉屎的,我们是灵台宇政治部,我们进行生之格斗了。屎,是丑恶的,应该拉出来,但也要发表明朗的言论。我疯癫了,我衰病了,我疯狂了,我感谢你给我的纸助我收拾了,"罗志恒向拿了纸出来的简桂英说,"但你又不给我收拾了。"他说。简桂英心中的犹豫,由于突然的憎恨,变化了,而收回了纸;"我痛苦然而同时欢乐,"罗志恒又叫,"卑怯然而同时勇敢,我是灵台宇的构造,我看着你出尔反尔,不给我纸,我勇敢然而同时卑怯,我和你接近一定的外戚的关系,同行同吃,而产生一种烧蚂基的假的男女关系好吗,一个女人需要一个男人的假关系,尽管你有未婚夫,便有点缀而生活繁荣,而美丽。我苦恼然而愉快,笨拙然而同时活泼,我的适合的性情,而我,屎拉出来了,你也看见了我的不明朗化的地方与情况。"

"我也是如此说,如同罗志恒,我的亲爱的刑场才告别的朋友一样,那时他送我到三棵树下,我送他到独立坡前,一棵古树前。屎拉出来了后明朗化,我们是海洛因的匪徒,刑法犯,而我们两人,都为你,简桂英,表姨侄女表外甥女的假关系好吗?那是优美的,我们说。一个女人三个关系,一个真实,情爱美,两个老的,假关系,不是繁华的天上的星一样美丽吗?我也坐在屎里,显出我的性情的明朗化,我心中的恶狼号叫的风起来了。为你的假关系好吗?"他说。

"在深的绿草与红花与泉水间,"简桂英突然唱歌,她轻蔑,愤怒,激情高涨,而唱歌,"在蜗牛爬行的野蔷薇上,在风吹的美丽的田野间,一,二,三,唱,唱,儿童们,有我慢慢地走来,在池塘边与井泉边,在黄昏与朝霞里,在蜗牛爬行的藻荷上,有我慢慢地走来。"简桂英高傲,高声,出现了有力的女高音,而站下来,看着人们,又仰着头,唱着。"我这样便明朗化了,用我心中的此时的不假设为什么犹豫与不安的,我的高贵的感情,回答你们了。"

"我也是,"姚世祥说,"屎拉出来了,尿流了,两个中将,"他忽然歌唱,"风吹于雨之前,燎野的雨欲来而蚱蜢跳过田坎,而黄蜂情急地归巢,而大蝴蝶翻飞,而蜗牛回到水塘边。我明朗化了,正直,与邓小平时代的建设,与高贵,"他说,"我唱的嗓子沙哑,但我的心灵明亮。"

"一切是如此了,"姚秀敏说,"我心中欢乐。"

"打击你们了,"李明芬说,用扫帚往夏川罗志恒冲去;"发生了心中的透明似的火,便照见理想的将来,你们,竖跑的非人类,便看见我挥动我的大刀了,用一万只蚂蚁抬来的大刀,我向你们,殊死之敌做我的替天行道的攻击了。"她叫,她又因为偶然的因素,而在院落里的石块上绊了一个动作,而韦成便很快地拖住她和抱住她,——她,这冲动的,激昂的,高蹈的,有抽象精神的妇女。韦成抱住了她一个动作,她的老年的,柔顺的,爱情的,善良的身体颤动着。

韦成颤抖着。

"我继续登上岗上,看见田野的烽火,是旧的时代,我背负着我的行囊,里面装着我的文稿,军事地图,和抱着温馨的,美貌的,愉快的,有肉的香味的幼儿,未来时代。我登上岗山,看田野有烽烟起来,便觉得夏季雷雨要来,和敌人侵犯了。我的妻李明芬也抱过婴儿,陪我走过山间的清洁的小路,这小路令人心醉,我们行走着便下了山,而走在天堑的平原。那里过去的时代的狼烟烽火并未起来,现在的烽火,是承平的时代,是美妙的建设的想象,邓小平时代的人的策划,建设的狼烟起来。我听见了未来的幼儿的,快乐的,天才的歌声,咿咿呀呀,他开始唱。灿烂的光芒。我听见简桂英,小学女教师的崇高的歌唱和锋芒起来的经商人员姚世祥的也高尚的唱歌,我心快乐。咿咿呀呀,建设的时代,新生者欢乐,未来时代,他说,一切良好,姚秀敏的井冈山崩门上回忆也良好,而日出平原,而日出山岗,而日出于海洋的海平线上。亲切的灵台宇的时代啊,美丽的青春然而同时苍老的时代啊,井冈山的发难者,都已年老,痛苦然而同时欢乐和勇敢然而同时值此时代寻求永生有所胆寒,理想真实然而同时似乎许多还是幻想的时代。建设的都城高耸,然而同时比着天宇与自然还显得微小,然而同时也呈显我人类,中国人民,知识者与体力劳者,的伟大的时代;鹰在空中飞,鸟雀在冒代花树上竖尾巴,而野蜂与工蜂在行程里,而我们的朱德刘少奇邓小平彭德怀贺龙叶剑英聂荣臻王震的行程向太阳,我韦成的军队向太阳。美丽的泉水映见青年时,美丽的瀑布挑动壮年的意志,美丽的江河使你再想少年时代行军,而美丽的雄伟的大海伴你老年时。我心中怒放着我爱的玫瑰与蔷薇花,我心中怒放着江南的茉莉花,我心中怒放着喷射的春雨,和夏日的各样树的蝉鸣。我议论完纯洁与高傲,与国防军的演习而前行,与军乐的演奏,与妇女军乐队的各个有扎着花的发髻的头昂着,大的鼓与大的号,井冈山的产物;我议论完心灵中的这时的美妙,中华民族于此升华开始攀登永生的山。井冈山一辈人年老了或逝去了,但你看,青年的荣华,荣华,江河的平静。我议论完各家的灶烟,晦涩与灿烂的,便说我们要追求和自然的对话,和永生的对话,但我,心境愤怒,便是中将的表姨亲,小舅子,狗崽子,的粪拉出来了。我便今日带着我的武器,而有心中的欢腾。"他说,从衣袋里拿出了他的小的手枪,便愤怒,激烈,向着夏川与罗志恒,"狗崽子重犯歹徒们!海洛因犯们,狗崽子畜生们!屎拉裤子的狗熊狗子!恶徒,对付你们了。"

"对付他们了,"姚秀敏喊,"对他们头上射三枪,警告他们!"

韦成愤怒地,凶猛地,严厉地向夏川与罗志恒注视着,注视有着巨大的力量,连着他一瞬间前的诉说自己的崇高的心境的语言,便使衰亡,残酷,恐惧,战栗的痉挛着的两个屎排泄在裤子里的人发生异化,仿佛有一种看不见的力量捕获了他们,帮助了韦成;他们两人便一瞬间倒下苍白,静止,痉挛,苍白,惨白,而死去了。两个铜溢造的人便心脏炸裂,而死去了。

"我对付你们,"韦成说,"我们对付他们,两个铜溢造的海洛因犯死去了。我们又要换他们的火贝了,前行吧。"他说。

人们静默着,看着两个死去了的铜溢造的人的尸体。

"前行吧,我也乡归到了南京,我的乡籍也南京。"韦成说,他激动,多感慨,痛苦然而同时欢乐,英雄然而同时有着忧郁,注视着铜溢造的夏川与罗志恒的尸体;"我们曾经向我们的同志们烈士的遗体告别而前进了,在森林或山坡上鸣枪致敬,也有在溪边,这里,铜溢造,两个所谓中将的罪犯死去了,他们因为恐惧我们及恐惧正义,而心脏炸裂死去了,我们便头也不回地前进了。假若他们是正直的人,便要享受我们的悲痛与纪念的荣誉,然而他们一个是臭子海豹顶球的,一个是双牙人,铜溢造,我们人类的大敌。我们镇压了他们,我们登上山峦,背负着我们的行囊,背负着云,与雨,与雷霆,使铜溢造死去了,我们的未来的幼儿便能茁壮。我有痛苦的心,因为我们曾被旧社会欺凌了,它,这种剥削的社会,到今天还有遗留及复辟;我有欢乐的心,因为我们伟大,肩负着世纪,我便肩负着云,与雨,与雾,雪霜,和冰雹,和雷霆,而登上天堑的山峰。我肩负着旧时代的遗留及新时候卑劣的黑暗的复辟与新产生,我对它们有散下的仇恨,我便在山峰天堑上放射我的云,雨,雾,雪霜,和冰雹,有一种痴迷,心中有大的神圣,要战胜剥削的,黑暗的社会的,它的遗留与复辟,我放射出我的心灵的成果,雨,云,雾,冰,雪,霜,与夏川狼与罗志恒狐狸格斗;我们放射出。我心中的天堑,和井冈山的老兵姚秀敏一样,升起光芒。井冈山的崩门与蒲公英飘落平原是不被攻击的,新时代风与云里震响着它的少年的音阶了。我登上山去,而我的心有欢喜的战栗与一瞬间热烈,狂热的痉挛,看见未来的事业,我的妻明芬替我撑着油纸的,塑料的,帆布的,绸布的雨伞,时而变化，许多次，许多年了，经过许多路程，而我如同有剑光的，有翅膀的，飞在空中的尺蠖。我和社会的旧的实体与它的，旧的剥削的实体放射的虚体斗争，我负伤而刮自己的伤口，我再登上山去，展望前面的几千公里，而我的伴侣李明芬，她发生了她的夺取理想的热烈性，激昂性，坚决性，背负着简单的行囊，褡裢，提袋，而从假设的荒漠的边缘地带出发了，而每日奔走，和困难，毒物决战，而晓行夜宿于山坡和一些旧屋的屋檐下，她的心鼓动着人生的崇高的决斗，有许多善良的，正直的人们援助她，有许多夏川与罗志恒阻拦她，说不必去追求什么理想，社会是黑暗和应有剥削，每一年都这样。我的明芬便决战了，她要晕厥了，然而心脏喷火而奋斗，得到正直的人们，和党的援助，而心中的金剑闪着光，而击败与迂回一个一个的巨大的敌人的结构，魔鬼，黑暗的屏障，和恶的岩石，山峦，和风车。李明芬便寻找这种巨人决斗，她便倒地，流血，而我便拥抱与援助她，从我的位置上，放射我的云，雨，冰，雹。她从少女的时候奔跑，我的亲爱的，我曾在胸前中剑与箭，而流血，我的血如注而一些昆虫在我的身边爬着，而□□亲善的昆虫们，也飞翔着，我与历史的反动的巨大物格斗，而将死去，但我的心思，理想不灭。我忽然找到灵芝草，这灵芝草是我们党，而复活了。我奇异地行程数万里而到达我的心中凝望着风，云，雨，雪，雾，霜，而仰看未来时代之年，我在这寻觅里看我去建立工业，而心中快乐，邓小平伟人的时代巨大，而我还觉得，井冈山的老女兵，姚秀敏巨大。我经过大的枫树与柏树与山岗而致敬了，我经过挂着我的奋斗的尺蠖的大树而致敬了，我经过我的心中的大树，一株又一株，而致敬了，我再问候现在的工业电气与原子能，与未来的建设好。我再说到山与海，并歌颂我的妻，我的党人。我，由于心中的激动；由于旧时代的尸首铜瀹造在这里，由于我刺杀敌并决心与他们格斗到底；由于这铜瀹造的香火，火贝，连续的件还会袭来，由于我的奋激，我便激动而致敬我的宇宙与未来的理想，我们的事业，尧帝，盘古，女娲……我们的祖先。我致敬了。"他说，在院落里跪下了一个动作。当他的巨大的身材跪下的时候,发生着威严,人们都震动了一个动作。

这时,因为心中的震颤;因为自身也有着越过一座座山峦的感觉;因为老年的奋斗;因为心中随着韦成的语言而有着升起自己的云与风与雨,和燃烧的阳光;因为仇恨着过去的剥削的时代;因为纯洁与崇高;因为心中渴望致敬过去的烈士们,以及自己的牺牲了的丈夫;因为嗅到田野,站地上的薄荷的刺激的,芳香的气息;因为激情;因为觉得自己,从自己的一定的蒙昧中,有老年的英雄的灿烂的上升;因为假设自己是一个愚昧的,冥顽的,狭隘的老妇女;因为觉得韦成使她突破了这冥顽与阴暗;因为假设心中有了新生的灿烂光明;因为假设第一次瞥见英雄的事业,便觉得周围有大量的,各种类的,风与云,雨与雷,与雾与霜。姚秀明便发生崇敬,而也跪下了一个动作。

"我第一次从冥顽中知道歌名与前进了,"她大声,激昂地说,"我第一次从封建,愚蠢中见到光明了,我觉得心中的沉重,我便假设我一直是种地和为阿姨女仆的,我便在中华人民共和国建立时见到光明,而现在又见到更光明了,党人的奋斗,"她说,"宏大的,伟大的历史。"

这时候姚世祥站立着,肃静着,沉思着,而简桂英也站着,表现着严肃。

"我假设我的心倾向与虚像,基督,善与行善,我假设我的心痛苦,而向基督敬拜,我假设我又因赢利的欲望而高喊跟着共产党走,因赢利的欲望而信基督,因这而为民主的人员,我祈祷了,你,韦成,骄傲的司令员,党,给我地位。我便去营利,买与卖赝件的货物,而发行黄色书籍,与恐怖杀人的书籍,而要求变易时代了。"他说,因为内心甜蜜地敬爱着韦成与他的姨母;因为纯洁与廉明;因为想成就他的带地下工作的经济事业;因为想补国家的不足和与现在的剥削斗争;因为他假设为痛苦,犹豫,狡猾,邪恶,而利益的渴望凶恶,他便扑击韦成与姚秀敏了。

"我的心里战动着一种一切带一分唐突,悲颓,痛苦,一切带一分剥削的合理性,一切带一定的唯心论的欲求性,一切带许多不合理的合理,我便在这里流泪,"他,姚世祥说,流出了一定的眼泪。他的心里震动着他的纯洁与廉洁,和巨大的善良,和对于韦成的敬爱,而假设为敌对了,而假设为他的邪恶的自我扩张了,他便内心带着家传而做出谄媚的样式,而向前走到韦成面前。"请党主持公道,请党主持社会,一切的地方都要党,要彻头彻尾地增加党,请党来管理我们宗教与民主人员,监督我们,打我们耳光,不准我们思想,只准跟着走。用党的金剑砍我们,思想改造我们,不断地打与呵责,用马列主义的圣族的中国化,用毛泽东思想。请党用他的宝刀随时刺中我们的心,思想改造卑鄙的贱的我们,而随时也嘉奖我们,现在是伟大的承平的时代,但不可以放松一刻对于唯心论与恶毒的知识分子的让他们抽筋剥皮的思想改造,伟大的工人阶级啊,我感动得哭了。对于恶毒的知识分子的改造,要剥他们的皮,抽他们的筋,使他们死后不能还阳,便算了,中国便少一个害虫。我心战栗,伟大的党,伟大的工人阶级啊。但我又与你,自古中国多义士,韦成将军你的缺点斗争了,你提倡知识分子,他们攀登山峦,但你提倡一定的资产阶级自由化,而反对工人阶级与思想改造恶毒的个人主义的知识分子了,你错误了,我以我血荐民族的体统,我反对你了。我是民主人士,我大声疾呼了。"

"我因为你的喊叫而震动了,"简桂英说,"但是我这次不赞成你,我也说了我假设被你,这爱党,孝党,赞党的民主分子击伤了而躲在痛苦与孤独的一隅,"她说,显出了她的英勇的性质;"知识分子,是有各类,是有天伦的革命者,我觉得你卑污了,你这民主人员。我给你一耳刮子了。"她说,举手打着姚世祥的面颊一个动作。"你的体温温热,怎样你也变成一个昏聩的民主分子,屁虫,爱党,孝党与可怜的模样了。我和你一样假设为媚谄之人,一分不妥,但我现在改变了。"

"义灭!"姚世祥,心中甜蜜,喜欢着他的未婚妻的正直与家传,但是大叫着,显得奸诈,邪恶,从他发生着丑恶的,浑浊的气息:"义灭你未婚妻了!祖国民族的大义!中华的振兴!检举你了,向伟大的党。党是如何地强好啊,□□□□□□□,□□□□□□,我斗胆向韦成司令员进一言了,你被这个我的未婚妻利用了。"

"你这状态,有些昏蛋,"韦成说。

"瞧瞧看,亲爱的侄儿,变成这样了,在这时代的大潮流中。"姚秀敏说。

"我殊死的斗争了,"姚世祥说,"我是奋斗者,大声疾呼,山岳动摇,如同你韦成登上高山了,极目远望,胸怀激傲。"

"我再打击你了!"简桂英说,又打击了姚世祥一个动作的面颊。她战栗着。

"我跪求你不要这样反对民主,反对我民主人员中的魂魄,反对吃党屁,爱党好不好?我跪下一瞬间便站起来,"他跪下又站起来,说,"在我的心里,有着一碗一碗的水,不负责的各种一杯水,我心中,在你的打耳光里,想着我怎样还可以更卑鄙。我一切都揣摩了,这时代的斗争。"他说,带着一种疯癫,而面庞也出现他的疯癫的镇静与纯洁,发生了他的声音的升高,发生了他的歌唱。"傍晚的时候怀念朝霞,朝霞的时候出发,百花齐放的旷野里,嗅着香气而出发,我彷徨啊,我的心假设彷徨啊,我便投入民主的臭气的怀中,心中怀着几分剥削,而想着这是民族的前程,我的心被剥削投报所激动,我便怀念我主耶稣在十字架上,怀念为人民,衷心孝党。"他说,随着他的疯狂的战栗,便发出凶恶的声音,但是这战栗的,凶恶的声音又中断了,有才能的,善良的姚世祥,便有歌声起来:"早晨的芳草地上,纯洁的建设者走来,走来我们百花,万花齐放,但不欢迎无品德,卑鄙,如同这里的死去的铜瀚造夏川罗志恒,如同前面的那个我假设的我姚世祥。"

"但你变成谄媚,诈骗物了,你后面的话作废。"简桂英说,又打击了一个动作姚世祥的面颊,虽然比较轻。她战栗着,因为惶惑;因为被姚世祥的假设引起严重的惶惑只觉得正直的,纯洁的姚世祥失踪了；因为从这觉得生活的艰难；因为她的英雄精神；因为又有着内心的甜美,想到她的可爱的姚世祥并未失踪；因为觉得他,姚世祥的心的正义的巨大的跳动；因为同时又觉得姚世祥有错误,认为姚世祥过激了。"难道所有的民主,宗教,民主人员,都是卑污物吗？"她喊,而战栗着,"风起云涌,你姚氏门阀世祥是壮士。"她喊,她便奔出了突然发生的欢乐的,激情的,讽刺的叫喊与叫喊又转为歌唱："咦,姚世祥！咦,姚世祥！咦,简桂英,咦！我简桂英！"她唱,而声音渐高,她又弯腰,走向夏川与罗志恒的尸首："咦,夏川,咦罗志恒,咦,特别的中将,特别的党的人士并民主人士,贩卖海洛因,姨表叔,姨表舅,多情的戚比,亲戚,咦夏川狼,咦,罗志恒狐狸。"她唱,她又走向她的正直的,变善良而谨慎的未婚夫姚世祥,唱,"咦,世祥,姚世祥！"她又走向韦成,唱,"咦,过得山来,三碗不过岗,武松饮足量,咦,韦成将军。"她便去接吻了一个动作韦成的面颊,然后又用双手捧着姚秀敏的面颊,唱,"咦！姨妈,咦,井冈山的老女兵,英雄的时代！"然后,她走向姚世祥,用双手捧着他的脸,而大声唱,"咦,姚世祥。"她的讽刺热欢乐的声音很高。

姚世祥便平静,看着她的激昂,兴奋,有着狂飙的未婚妻,想象着她如同韦成想象她的李明芬一样,在艰难中走过数千里平原与丘陵,与各敌人格斗,而建设国家。姚世祥便流泪了。

"咦,南来的风！咦,我的心！"简桂英又唱,"咦,这里有你说的这种民主宗教臭虫！咦,韦成司令员,咦,李明芬,三碗不过岗！咦,武松！咦姚秀敏姨妈,你不是又遗忘了一切,而又否认你的过去的爱情与奋斗,咦,世界没有这里黑暗！咦,兴奋的旷野的草,咦,要另一样的百花齐放,百家争鸣,到新的新中国！"

姚世祥,被她的未婚妻所激动,而心脏跳跃着。他便也唱歌。

"咦,风,云,雨,雾,电光与心动！咦韦成司令员的教诲！咦,民主臭虫与虫子与耶稣的门徒的我的幻影的假设,咦,我的谋利的企图！咦,我的又因为青春正义而奔腾的血液,咦,我未婚妻！咦,我假设去牟利,而杀伤善良者,有的皮肉流血,有的心流血,而我有大量的钱。咦,我歌颂□□□□,□□□□,而有了大量的金钱,咦,我的火车疾驰,咦,我的灵魂！咦,我的心灵！"

"咦,姚世祥！咦,可爱的廉明的不愿喝血的姚世祥！咦,简桂英,廉明的,心中有我自己的英雄精神的简桂英！"简桂英唱:"咦,贪污的,赢恶利的,谄媚共产党的有些人们和臭虫！——党的极左的部分里躲藏,而脱离党的正确的伟大的邓小平,咦,利润！咦！便是可恶的可耻的姚世祥！咦,内心里面,正的火焰升起,还是可爱的姚世祥！但你听韦成司令员的教诲,而去奋斗！咦,我的痛苦,我的歌唱,咦,简桂英,凝望着到新中国,奋斗的前程,咦,蜗牛在蔷薇花上,咦,黄鹂鸟在树枝头！咦,野花在溪边,咦简桂英！咦亲爱的韦成将军！咦,蜗牛和黄鹂鸟,和云雀和姚世祥,李明芬,姨妈姚秀敏,韦成在歌唱,到新新中国。"简桂英又唱。

"我李明芬！"李明芬,激情着,说,"我忆想你姚世祥如同你假设的是一个歹徒了,而简桂英对你宽容了,当然你不是歹徒,但我以为你是的了,我希望你正是的而供我的冲击,咦,我的心呀！咦,韦成,咦简桂英,咦,姚世祥！你是贪鄙而十分丑恶,你是渴血而歌颂剥削,你是使人们的命运凄凉而十分自负,你是可恶极了,我,因为心头的恨,咦,心头的恨,不分皂与白,向你攻击了。"她说,拿起地上的扫把来举起,而战栗着,痉挛着,"我要打击而下了,"她站着,沉默了一个瞬间,又忽然说:"我心中便忽然解蒙昧,知道了你是善良的青年,而有着光辉的理想！咦,我的曾经奔驰过的平原,我的天埊的豪放,心中的正义之光,我便了解了！"她说,便上前拥抱姚世祥。由于李明芬的突然转变与温暖,由于觉得自己善良,姚世祥便哭了。

姚秀敏便回到家乡扬州了。由于她有尽孝的侄子姚世祥;

由于姚世祥内心的深情；由于姚世祥觉得人生的义务；由于姚世祥特别的想法，由于姚世祥没有父母，由于他觉得现在国家的气概，由于他的理想的跃动，他便称作她的儿子了，便伴送她去扬州。"千里风帆到扬州"，是姚秀敏心中有的旧时人的诗句，她便觉得她经历了时间的风浪，回到了扬州名城。她觉得她已老，而腐朽，但她又觉得她有过去时代的奋斗与英雄事绩积累，充溢在生命里，而这些压制着现在在到来的死亡。她的心里便升起兴奋的感觉。

"我将战胜它，它是我的敌人，死亡。我有年青的，英勇的，山与海的感觉，你觉得是不是呢？"姚秀敏对姚世祥说。

"姨妈，这样是最好的，这样是最好不过的了。"姚世祥回答，心中快乐起来，看着天空的白云。"姨妈，你的山与海的感觉，大的感觉，是怎样的呢？"

"我尽我的思想了。过去的岁月不是惨的暗淡的影子，而未来的年老的终身可以用这来克服，年老的终身便有美丽。"姚秀敏说。

"我也尽我的思想了，帮助姨妈，"姚世祥说，"我觉得姨妈，你秀敏姨妈，妈妈，还可以生活到九十九岁一百岁，在中国有大江澎湃，这难道不是可能的吗？"

"那是了，一株树不砍它，它便会往空中生长，它到了老朽的时候，便会突然内心里啸吼，而再吸气地气，而空中有□□星芒果星球的磁力；到了特别的年华，便会有这星球的仪力，而活到千年了，大的树，在一生年龄的时候，内心有三纵跳。"

"那是的了。山和海，青春与年老。姨妈，你三纵跳如何呢？"姚世祥，因为发生了对年老的韦成与年老的姚秀敏的钦佩；因为对于死亡发生了强烈的年青的抗议的情操；因为有着自身的英雄的敏感；因为对于有着精灵的样式的姚秀敏努力观察；因为倾注着发生的飞翔的感觉，而发生了带着一定的讽刺的，活跃，善良的情感，而走上前来扶着姚秀敏。"你现在跳跃，"他带着一种强制，活泼，年青的欢乐，说，"你跳三次跳跃，如同往千年去,大树,如同江里有旋回的区域凝结的千年的波浪,尽人生的万古浪涛,你便,心脏跃动,邪虎,邪虎,邪虎,而跳跃三次了。"他说,便扶着姚秀敏,而将她推动。姚秀敏便跳了一跳。

"这有如何地艰难也容易,"姚秀敏说,"我便跳了,你看,跳起来如同韦成过山峦,我,女仆及伴当也撑着雨伞,我便过山峦,而跳,而跳,离地半尺快有了。"

"姨妈,不行,"快乐,讽刺,健旺的年青人说,"你不到半尺,还要跳。"

"那么我便跳了,"姚秀敏说,"山坡地里有蒲公英花,矢本草与车前草,离离的茅草,名城扬州的茅草。我便跳了。"她说,又跳了一跳。

"姨妈很好。"姚世祥快乐地说,扶着姚秀敏的肩膀,"这趟极好,"他快乐,年青,感动,说,"你跳了有半尺多高了,还要跳,比死亡与那死亡衰老的蚱蜢跳得高,要跳过衰老,老朽,死亡的蚱蜢,你不奇怪我说的赤裸了,我的心里,如同年青的树,还有千年,而充满着生命。"姚世祥说。

"那么我便跳了。扬州名城离离的茅草,"姚秀敏说,"长的深到膝的茅草,名花矢本菊与车前,在草里过去有白昼的闪光与夜的壮大,鬼与精灵飞跃,鬼与精灵飞跃。鬼飞跃,扬州的名鬼,善鬼,屈死的鬼死的鬼在茅草里号叫,说到大树到百年后三跳,而心脏庞大,而过山又过海,市集里烟升起,儿童喧闹,青年美丽,壮年气盛,便是勇敢的世代,便有制胜一切国土的幅围,而有冤报冤有仇报仇的好的永生的大的时代。那么,我八十一岁的姚秀敏便再跳一跳了,过得山河海与过去的回忆的精灵的海,便克服死亡,而永生展望了。"

"对了,亲爱的,谈鬼的,老人姨妈,"姚世祥说,"你再跳一跳,多赠送我一定的幸运,我最爱幸运与幸福了。"他快乐地,讽刺地说。

于是,不用姚世祥扶着,姚秀敏又跳了一跳,她觉得她的经历,青春,恢复了。

"好人一生平安,临死一昂头,"姚秀敏说,"我便经历了山与海的波浪,海浪似的重登的山,和粼粼的,重登的,天涯的波浪涛的海,好像我已长生不老了,"她带着讽刺说,"而在我的扬州名城做纵跳,而恢复我的青春了,而我,便如同结婚以前,摆动肩膀而挑水,快乐地,像甩去过去的虫子,而长出肩上的翅膀,我便看见和听见田野里的一重暖的人们的喊声波浪,军队里的一重喊声的波浪,和市集里的一重锣鼓声的波浪,和都城里的一重车声和轰声的波浪,生命正义,啊,有不正义?生命正义,啊,姚秀敏,正直的人的生命有不正义?便往千年去了。"

"姨妈的经典是顽强的了。"姚世祥说,便,因为快乐;因为想鼓舞姚秀敏;因为沉醉于姚秀敏的话,沉醉于姚秀敏所说的市集,都城;因为年轻的突然的生命的快乐;因为也心中满意于现在的时代,而跳跃起来,跑到姚秀敏面前,而说,他要背起她,老年的姨母姚秀敏。姚秀敏便伏在他背上,他便将姚秀敏背起来了。姚世祥便快乐,激昂,讽刺自己,愉快,觉得背负了沉重的年代,背负了古树,背负了巨大的山,背负了似乎是地球,觉得自己是有巨大的力量与青春的奋斗者。他背着姚秀敏走了几步,而奔跑了起来,使姚秀敏耳边有风响,然后便停下来了。

"唉,年青人便要这样。"姚秀敏说,"我多么快乐啊,我便,由于年老,考你一个问题了。如果你碰到蛇钻你的鼻孔便怎么办?你年轻意气,也有战不胜的。但我自己来回到了,你可以战胜。我便登上我的山,而说,你昂着头,而呈显你的气魄与意力,而心脏呈显巨力,是高贵者,而克制蛇,蛇便因为畏惧你的精神的力,而从鼻子里逃出来了。我便学你的简桂英,说,咦,姚世祥,咦,战胜了蛇,帮助姨妈战胜年老,咦,你将去搏取你的人生,要战胜蛇!咦,你胜蛇!"她说,便忽然严厉,凛冽,凶悍,而挥手打在姚世祥的面庞面前的空中:"我做教诲你的样子了,你年青,你时常假设为不妥之人而格斗,你作经济营业,你会失事,你失事了,你便不是人,不是娘生父母养的,不是我姨妈,妈妈关心的,不是我疼心而牵念的,也请你,"她说,"也在我的面庞上空气中打击一下两下,说,姨妈,你不要失事,不要老年疯狂;我今天心境有波浪,预备来探索老年而有疯癫。你,姚世祥,世祥,你对我说,你便这样。"她说。

姚世祥想了一想,讽刺地,认真地笑了一笑,便击打着姚秀敏面庞前的空气。

"你不要失事,不要老年疯狂。"他说。

"说,不要老年认为爬不过锋刃高山,看不见前面屋脊的,有炊烟的,人类生聚与创造的大的海而哭泣。"

"不要认为爬不过高山,看不见前面屋脊的,炊烟的,人类生聚与创造的大的海而哭泣。"姚世祥说。

"这样我们便往前行了。"姚秀敏感激地说。

"慢点。到了老年,克服老年。"姚世祥说,心中的温情增加,而突然地变为邪恶,由于兴奋;由于准备多年地斗争;由于对姚秀敏的感情;由于青春的活跃;由于觉得要讽刺社会上有着的人们的伪善,而假设为伪善者,他变得邪恶,刁顽,虚伪。他便说,"姨妈,我来供奉你了,我对于你的供奉,是最优秀,优美,孝顺,美满的了,这样的供奉。"他说,"趁着到达家乡的名城扬州的时候,"他说,做着伪善的端杯碗的动作,假设自己端着汤,药,菜,与酒。他做着伪善的表情说,"姨妈,快了,吃了,没有什么好的,而你有二万元。姨妈,酒。"他说。

"但我的性情,我是吃好呢?不吃好呢?我便吃了,我便不吃了,我便打翻你这奸伪,奸诈的,小人青年了。"姚秀敏喊,而挥手推开姚世祥。"但是你不是这样的,你请改变为你的正样式。"

"我便羞愧了。"姚世祥说。

"那么你做动作,刚才邪恶动作,现在要做正动作,正直的心,因为,扬州的草野里有着旧时代的鬼,"姚秀敏说,"做还正直样式,安慰我老人痛苦,我不必需要你。"她怨恨地说。

姚世祥便严肃起来,做了正样式的动作,假设与模拟端着碗,而奉祀老年,他端碗,而有着颤抖与兴奋,而姚秀敏做假设的动作,而接过碗来喝了。她做着快乐的吞饮的动作。这便是姚秀敏与她的侄子姚世祥,这便是,在扬州名城,有戏剧的传统,有旧时鬼的幻影,有未来的鲜美的希望的扬州名城,姚秀敏老妇女与她的贤明的,活跃的侄子的戏剧了。

　　姚世祥便冷静了一定的时间,沉思着,看着姚秀敏,他便慢慢地举起手臂,由于扬州名城古城在胸怀的情感里;由于历史的感慨和对姨母姚秀敏的敬仰;由于青春的活跃与礼仪的要求;由于想到古代的扬州的华美;由于内心的饥渴与崇高的感情,而舞蹈了。他又停顿了一个动作,走两步而舞蹈,走到姨母姚秀敏身边,而舞蹈,舞动手臂而弯腰,向左,向右。他又绕着姚秀敏而舞蹈。

　　"北风起,云飞扬,是老年,八十一,威严的老年,青春的回忆犹在,内心英勇的理想,回故乡。"姚世祥于舞蹈的中间唱:"北风凛冽,但南风起,春水荡漾,荡漾春水满江湖,老年,老年,井冈山的女兵,忆当年值哨岗,回故乡。"带着古代壮士的声音,姚世祥唱。

　　姚世祥的脚踏在这扬州的地,泥土上有着一定的力量,他的歌唱的声音高亢,而使这扬州名城的土地,这周围的空气震动着。

　　姚秀敏,由于侄子的刺激;由于内心的感慨和于老年振作克服死亡的想法;由于过去在军队中而心情于唱与舞蹈有着活跃;由于想着经过的山与走过的路;由于瞥见自己在老年返年青和有英雄的心情注视着崇高的山与浩瀚的海;由于自身也有着壮士与精灵的形态,便也举手舞蹈了几个动作。

　　"北风起,空凛冽,渴望青春,并且极爱青春儿郎的我的老年,内心拥抱与歌颂青春,回故乡;儿郎啊,我的侄子,儿子。儿郎啊,中国共产党风云的现代,儿郎啊,快乐。"她用她的激昂,快乐,挺近的声音唱。姚世祥便有些笨拙,然而激情地,有礼地,拥抱他的姨母了。这便是姚秀敏与她的侄子姚世祥——这便是,在扬州名城,有戏剧传统,有鬼和精灵的幻影,有迄古以来对未来的鲜美的希望的扬州名城,姚秀敏,井冈山的老女兵,与她的贤明的活跃的侄子的戏剧了。

姚秀敏的行程,是她的和死亡斗争,年老的有痉挛的行程,但又是她的激烈激进,似乎要在老年转回年青的行程。姚秀敏,要姚世祥在距离一里路的村庄等着她,而她往前走去,而走到一里路外,去到她少年时和从新四军归来时种的菜地;而这村庄,是她曾经用着青年时代的激情,带领了一千余人到新四军去参加的出发地的村庄,因此人们便认识与欢迎年老的姚秀敏归来了。人们喊叫与发出欢呼,年老的姚秀敏与姚世祥便战栗着,姚秀敏便往前去。一个年青的,有着激昂的沉重而兴奋的,称作张腊子,张腊的姑娘,便注视着姚世祥,想了解年老的姚秀敏的欲望与目的。因为激昂于几十年的历史;因为伯父是去到新四军的;因为姚秀敏的老年的坚决与痉挛的情况,要一个人走一里外的菜地;因为被激起了理想的感情,因为心中的对过去的崇敬,便拖着姚世祥谈话了。

"为什么她一个人到坡地去,她过去种过这里的地现在是坡地了,她,姚秀敏当年带千余人往新四军去,是在菜地集会的,是在夜间,黎明以前,和风吹的黎明,我都记得清,是风吹着的天亮和黎明。她归来了,我是高小的学生了,是知道这个的了。所以我想和你谈话。我们去到新四军的人们有几个牺牲了,我自幼小起,听故事,走到那菜地去心中有思想。我们家里,有这种激昂的空气的米粒子,我便想问你,她,姚秀敏,这时的心中想着的是什么?她好像忧愁,她好像快乐?"

继续着他的壮士的感情的姚世祥,便被张腊所兴奋。

"你知道,我们家,如果在旧时,我便是一个不上学的姑娘,而现在,也预备小学毕业便算了,因为缺乏生产力,我讲的话有矛盾了,但因为老姚奶奶的归来,因为老到那黎明前的集中一千人,我们的村长还时常提到,我便有心中的兴奋。"

"你说的对了,你的兴奋极对了,从人们的表情,兴奋是这时代的情况,我的姨母老年归来,她年老了,来看看,我因为兴奋,所以告诉你,我因为你有兴奋,激昂,真是的正直的善良的激动,因为你异常冷静又异常兴奋,所以告诉你,她,姚奶奶,是有一些激情,便是,人到了老年的激情,便是,人皆有死亡,她也是来看她的坟地了。"他说。他,因为痛苦,说。

"是那样吗?是那样吗?"张腊,活跃的,激情的,对于人生有着快乐的注意的张腊说,"当她的心中有哀伤的时候,我如何安慰她呢?"

"是那样的,人到老年,就必然死去了。"姚世祥说,带着讽刺,反抗痛苦,健旺,有力的神情,"人到老年一千岁的时候,便必然死去了,她,便见到大的树跳三跳,到一千年去,而想着永生,长生了。"他讽刺地说。

张腊及附近的村人们都笑了。

"我的姨妈,如同快乐的少女,如同你告诉我你叫张腊的你这姑娘,便说道,大树到百年跳三跳,而到千年去,她现在要到千年去了。"他说,"到新四军去的时候,她,我的古板的,虽然活跃的姨母,也宣扬过长生永生不老,使得一些人惶惑,和发生笑声,而现在,她像精灵一样,来宣扬她将纵跳,而进入宏亮的长生了。"姚世祥讽刺地说,他的心里保留着壮士的感情,而有着英雄,纯洁,正直,与对着姚秀敏的尊敬,但他的讽刺也激烈。

张腊有一些忧郁。

"唉,你这个人,咦,嗳,你这个人,说得我心中痛了。我便如何地爱这姚秀敏奶奶,我便要追她而去。"

但是姚世祥拖住了她。

"不去!不去!姚奶奶在她的过去的菜地上思想她的伟大的题目,生与死。生便是展翅而飞,死便是进入黄土,和黄土一样沉默,与深沉,与巨大,所以使人都有壮丽的一生,而黑的蚱蜢的死亡便不见收益。"

"你这个人有恶与邪门了。"张腊说,激动,而兴奋,而忧郁。

"我是伤心于姨妈的年老的,伤心于人是有伤痛的,但我心中的明亮的火,于现在的时代,愿望着,趋向于人之长生。我的心快乐,但我的姨妈她也是来看坟地了,她是来想着死亡了,她是想着埋葬而永远沉默了,我又如何快乐呢?但我的姨妈,这老人,她又是在想着和黑的蚱蜢的死亡搏斗,而成为天纵之圣,而举永生长生的火。"壮士姚世祥说,因为心脏激动;因为趋向于恍惚的长生的感情;因为姚秀敏的行动似乎启发了他;因为心中的气魄和对于气魄不够强力的讽刺;因为感觉到深邃与高大的天空,因为爱着姚秀敏,而激昂着。

"你这个人,"张腊说,"我疑心你是有着缺点的,但我也还是看出你是心地善良的。"

"我是善良的,"姚世祥突然有眼泪,说:"我觉得永生了。"

"当年新四军去的人们在这坡地,那时姚奶奶种的菜地上集合,他们采了不少的青菜,"张腊说,如同乡村里的兴奋的,欢喜着发生人生的激昂的时间的年青的姑娘一样,张腊发生着的兴奋扩大了。"唉,你这个人,唉,你叫姚世祥,唉,你多么有趣,唉,你讽刺你姨妈,唉,你居心不良,唉,我便片刻之间充满了,有了人生的理解了。你居心也善良,不是黑的蚱蜢了。"她说,她的兴奋更高涨了起来,"我用反面侧面来激情地理解生活,你是一个似乎不动心的,可恶的人了,你是仿佛无心肝,在咒你的老年的,新四军的战士的姨母了,你讥笑她量坟地了,但我又说,你是绿翅的快乐的善的蚱蜢,你是有同情心的,但你必须表现增多的同情心我看,我也表现,我表现我的对老年人的同情给你看。"激情的张腊便突然地哭了,啜泣了,哭泣了一个瞬间便又不哭,而沉思了一个瞬间,而说,"你老了不量坟地呀!你像是有很多资财,但你有几十万元能买长生么?我是对于老年人有着我的尊敬。嗳,我长大了做事情,嗳,我碰见了妖魔你姚世祥了,嗳,我碰见也一种坏人了,虽然你是良好的人,好人。"张腊说,兴奋着,为了争取较多的"好人"而战栗,而有一定的痉挛,而奋斗着。

"我十分赞成,亲爱的张腊,小腊子了。"

"你必须表现为好人,表现你的好人部分,给我增多观察。"张腊说。

"我的姨妈,她领导当年的人们,往新四军去,有功于祖土与共产党,现在她年老,来看她的旧地,我的心中,充满了温暖。"姚世祥说,用着他的善良的,廉明的腔调。

"你现在好人成分较多了,你刚才似乎坏人成分较多。嗳,你的姨妈姚奶奶,嗳,你姚世祥,你商业局的,你是买卖人,嗳,你刚才的灰蚱蜢的形样欺了我,嗳,我小腊子,嗳,我集中注意地观察人生,收集各种,嗳,各种,以用于将来的生活!嗳,我粗野的乡下小学生,嗳,我未来也像你的姨母一样种田地,嗳,青天温暖,嗳,田地温暖,嗳,死亡不好,嗳,坟地可恶,嗳,姚奶奶长生,嗳,你是一个善人,嗳,你再显示你的心中的善给我看,鼓舞我的人生。"

"我的姨妈,在她的老年,想及她的生活,爱着新四军出发的人们,也爱着她的井冈山的历史,她有着伟大。"姚世祥说。

"但你这,"贪婪于善良的张腊说,"还十分不够。十万分地不够,你的善良,因为你刚才嘲笑了你的姨妈了。"

"在天上有辉煌的星月与太阳,大地上,扬州故土,我的故乡,有古人与现在的小腊子的炊烟起来,我心善良,我说我们都长寿,长生。"姚世祥说,也如同张腊一瞬间前一样,哭泣了,哭泣的声音断断续续地继续着。他又静止了。"但我仍然假设说,人的命短,人生短促。我的姨妈在寻找她的坟地了。"

"你又不善了,"张腊说,"你又可恶了。"

"但我说,人生短促,但善的心与正直的事业永生,长生。"姚世祥,再升起壮士的感情,说。

"嗳,你说了!嗳,你姚世祥!你表现你的善良了。嗳,你将事业,永生,长生的事业待遇给我了,姚奶奶的事业,待遇给我了!嗳,你姚世祥!嗳,我张腊小腊子,我便看见,嗳,天上的星,与交辉的月亮。"

"嗳,"姚世祥,激昂起来,说,"嗳,张腊子,嗳,张腊,我壮士,又瞥见了大河大江滔滔,而各方的事业风起云涌,嗳,亲爱的小腊子,我的朋友。"他说。

姚秀敏的感情有着奇特,要一个人单独去一里路,走到她的故土的这块草地上,她旧时的田地,旧时在这里召集去往新四军的人员的。因为年老归来;因为故土的感情的浓厚与隆重;因为内心里面秘密地企图克服面临的死亡;因为心中的奋斗的因素逐渐上升而高昂高蹈;因为发生了激昂的英雄的情绪,姚秀敏便强健地,有力地,快乐地走向她的这块土地了。但一方面是强劲有力的生命,一方面是死亡的袭来,她便也觉得自己是来看自己的坟地了。

"我归来啦,亲爱的扬州,我的家乡,这块土地,土坡,当年的菜地,我为何这般紧张地来看你,因为我老啦:我是来看看我之地,奋斗之地,和假想着的埋葬之地,我是来看我的作为我的契约的土地,我想在这块土地上试一试我的生命,我的飞跃,还是死亡。我心中有歌声,这将不是坟地,而是飞跃,"她说,"我分明觉得这是坟场了,我分明觉得我将死逝而埋葬于这块土了,我分明要归于阒寂,而离开尘世与生命了,但我的生命活跃,这时代的活力,我又分明觉得,我会趋死亡。我进入深谷,深渊,而觉得埋葬了我的八十一年了,在世上的看我的欢乐与痛苦,光荣的业绩,我便觉得我的身体将腐朽,化灰尘,而归于安息。永远地安息吧,永远地长眠吧,永远的也有英雄的快乐吧,而看后世的人们,幼年与青年,在你的墓地游戏。我便如同韦成一样登上高山峰,而瞭望祖土的炊烟与建设的烟,于这故乡扬州,眺望长江滚滚流,这叫做死亡的雄壮曲,悲壮曲,人这一生,做了有业绩的奋斗。安息吧,永远地长眠吧,老去的一切的人们,你们都有在花径里行走,在平旷里行走,建设的,和艰难与黑暗搏击的光荣的一生。但是,我,由于内心的特别的生活的依恋,由于心中的飓风,由于似乎听见了远处天宇下的呼唤与天上的呼唤,由于有英勇的快乐,由于攀附到的真理,我觉得,人是长生,我将永生,我攀附到什么真理呢?我攀附到革命的,建设未来的,窥见未来的真理,这真理变成我的高蹈,我铸造成我的唯心论,而心灵时有高歌,而不屈于死亡。革命的真理,马克思的真理,恩格斯列宁与伟大斯大林的真理,是一代人的建设与生命的饱满,搏战,一代人接着一代人,人类永远绵延,我像我的侄子、儿子,姚世祥一样是壮士了,我便不算人类的旧式的一代,而有心灵与头脑的灿烂,而在山峦与海,建设的烟与炊烟里永远走下去,我便不死亡,而在这里便趋生了。但是,我心中的痛苦袭来,死亡袭来,我死了。"

姚秀敏激动着,处在紧张的思想状态中,处在思想的绵密与各瞬间的心灵的紧张中,处在觉得这家乡美丽,和田野的青春扑来的愉快中,处在心灵中的已经上升的青春的生命中,处在欢乐中,处在虹彩的风的运行中,但是突然地她的心下沉,她便觉得,死亡袭击沉重,死亡之车有隆隆声,她便觉得,她将死,她便觉得她还是考虑死了。

"姨妈,你干什么?你在走着,往坡地去经过两个丘陵,走着小路,在稻田间,自然你不干什么,但我觉得你在干什么,想着你的生死之恋了。姨妈,你干什么?"他大叫着。

"我干我的快乐的思维,我的紧张的思索,我的红尘誓海与我的上天入地,我的流血奋斗与我的花开于旷野,我的生命的伦理与我的青春的复归。"姚秀敏说。

"姨妈,"姚世祥说,"你说的好,好极!但是,你要走得平稳,不欣赏路两边的花开!"

"我欣赏心中的花开,不朽的英雄的人们的功业,有我的功业,我欣赏,我的左边、右边,有牡丹、芍药、蔷薇花开,茉莉花开,好一朵茉莉花呀,也报导春天的欢乐与来年的人们的欢喜,与人们的心爱,邓小平时代的建业,我的心中的花开。"她说。

"你不要,勿要想着悲凄,和那经不起打击的,一触即溃的年老的死亡,我们的军鼓齐鸣,助你,姨妈,向攻击死亡进军了。"

"你怎样知道我向死亡进军?"姚秀敏问。

"我看你往这坡地去这样想,你有怪癖,我这样想,你老年人有阴郁,你的心是在想你的坟地了。人也有说破了痛快,你在想着你的归结了。说破了痛快,七尺之地,不火葬场而在七尺之地,墓坑,与甜土,你便躺下了,我猜想,你筹备你的老年了,我看你有痉挛的情况,便想你会忽然倒下而和儿子,侄儿,儿子我告别了。姨妈,你有悲观的一面,不要只听见东坡结婚的锣鼓响,而也要说西坡有唢呐吹,白色缟素,而人归去。我,姚世祥,不肖的,不孝的侄子,送姨妈了,"他带着讽刺的愉快的声音大叫,"我送姨妈归去了,是我的直白之心。老了,死亡了。但我又立正因为姨妈会是千年古树,才这样说的。"

"你这年青人,你这贫困的富裕的嘴!你这愚笨的,笨拙的,聪明的心!"姚秀敏讽刺地说。

"你没有说善良的心,"姚世祥说,"你死了,一切说破了好,和对着千年古树说歌颂好,但,说往千年去的吼声并没有也好。我也说,两件都有,两件都好。"

"死不好哇?"

"好,姨妈,墓坑里的骨头击鼓而歌,及泥覆土而歌,墓坑里的头颅骨锤击土壁而回忆,而歌,它回忆在生前,它便知道是人有一死,死是安宁,事业过去了,死是良好!姨妈,因为你是千年古树,所以说死是良好。是歌颂你,先说明了。姨妈,你死吧,你归去吧。回忆你的光辉而人们也说其实平凡的一切——因为安慰你的死而说两面,也说一切是平凡的,你故去吧,你到墓坑去,而死去吧。"

"小崽子,使我的心跃动,而想着死,而想着在这里一纵跳便成仙,你姚世祥呀,我的心往两面都动了!我的祝愿,我长眠几年,人说,在墓里长眠几年,便复活,而到另外世界去了,那时我复活醒来,你已发财,当你的经济人而有焕发,买了高门楼的房子。我说的是按劳计酬,由你的天分焕发了。姚世祥,土地上面的生命生活真快乐!我一纵跳便长生了,不用在墓地里躺几年。"

姚秀敏便走到一块草地上,而迅速地脱成裸体了,在阳光下,呈显着她的衰老的,粗糙的,但有洁白的身体;她的肉体有着衰老的丑陋,但有着它的雄伟。太阳从云层里照出的一道强烈的光,恰好照在她的裸体上。她的周围,连同地上的许多稻草,也异常灿烂。她,姚秀敏,因为是八十一岁了;因为是在和死亡斗争;因为内心中倾向着生活和生命的战胜,有着英雄的欢喜;因为内心的高蹈与高贵;因为纪念她从这坡地和村庄动员,组织了一千余人当年投奔新四军;因为她这时除了沉重以外心中还有庄严的快乐,她脱裸体,而她的丑陋的肉体也忽然呈显着有力和美丽,呈显在阳光下。她的生命并未逝去,死亡在浸透与袭来,但是,她又觉得生命和生活迫来,死亡的顽固的堡垒被攻击,而在退去。她便觉得两重的心理,一重是她过去的生活也有幽暗与蒙昧,死亡袭来沉重痛苦,她便在坡上躺下,假设来到故乡故土这里死亡了,而埋葬在这里,这里她多年来有时想到的;一重是她有她的山与海的经历与向往着山与海的英雄的,有着永远的年青的精神。

"我与死亡多次斗争,"她说,"井冈山以来,红色妇女军,新四军,曾负重伤,有一次和敌人肉搏而从岩山上摔下,我便想自己有意在岩石上持枪不动而立的身影。当我年青的时候,也俊美而健旺,吼声震动田野,花与草,似乎有风火轮的时候,心境曾如何地快乐;当我年青时,我曾飞翔,如同海鸥,曾飞出红色,绿色,紫色的虹,当我恋爱我的振国的时候,心境曾如何快乐,生命鼎盛,爱情也浓密,和我的振国一同平躺在草地上。我完成我的理想了,回到故乡了,在快死的时候,来到预期的我的故地来拼命了,怀念我的一生的火焰,倒看看天老爷,无限大自然,给我的待遇。我老朽,苍老,接近死亡了,便在我的坟墓里试一试躺下,倒看看我心中的山与海与年青的火焰战胜不战胜。我克服死亡了。"她这时说,她将身边地上的稻草推开,而躺在上面,裸露她的有些强壮的,年老的身体。她便想着,当年,组织一千人往新四军去,在这里集合,黎明前,曾有风吹,而用几个人警戒着,而做着讲话,而人们跟着她,做生死同心的宣誓;低低的宣誓,再在自己的衣袋里装上一把乡土的泥土,便出发了。她当时曾做供歌唱的歌。也叫吓吼歌,是:"吓,姚秀敏,乡里姐呀,吼,姚秀敏,众人往前行,吓,各人的姓名,各人自己唱,吓,顶天立地,黎明风吹！吼,震荡着江河,吓,告别！吼,男儿女儿的鲜血,吓,吼,祖土的事业。吓,姚小大子,大姐,从这里出发,吼,头上的群星灿烂,这几百颗星一生记得,永相难忘。"她当年低声吼着与唱着她做的歌,便出发了。"现在,我回来,裸体躺在这里,做我的余生的英雄事业呢？还是痛苦地衰亡呢？得决定了。仿佛我依然年青,但现在,死亡在捕获我,我要从它手里挣脱,我便看着我的有刀伤与枪伤的肉体了。老年,暮年了,是做悲沉的,悲观的,痛苦的人生的结论,还是做英雄的,山与海的,到了老年更山与海的,建设祖国,发热发光的,高山大海的,波清万顷的,灿烂光芒的结论？死亡征服了我,我死了,我如何地肉体丑陋,如何地如同腐烂物,如何地如同大地的其他腐烂物一同腐烂？——姚世祥啊,我的侄儿,儿子啊,"她喊,"我的心旌摇摆。向死亡的故地里去的我的心境,便是流泪而告别生涯了,但又有心中的山与海的火焰起来,姚世祥侄儿呀,你看我如何办？你看我现在心境,如何地凄惶？我来到故土的这两重性的情况,我的心里,黑暗的劈击起来,便是棺木与墓砖飞翔,但又有光明的劈击起来,便见不是我的枯骨,而是青春的贤美与更多的善良飞翔,我不安宁了。你看我丑陋吗？我的乳房,与阴户,我的一切丑陋吗？我的一切是多么地令我悲凉,所以我,虽然是来到奋斗,虽然是英雄心理,都是落入苍茫了。姚世祥侄儿呀,我便要为古人,用我心中年青的骨骼与身体载荷着年老的枯骨飞,表示我的有光芒的但衰老了的一生,我的心始终,于我这枯骨的状态,善良,或比年青时更善良,如同年青时,因为俊美与有理想与战斗力,比年老恶形时更善良。丑陋,恶形时善良吗？我善良,俊美形时我善良吗？我善良,正直,如同老年,我回答了。"

  姚世祥走到了她的附近。因为发生了惊动的情形；因为太阳的单独一道光灿烂地照耀着姚秀敏的裸体与附近的种满稻草的地面；因为姚秀敏的激情,内心生死相冲突的情况,苦痛与欢喜,死亡与生命,伟大与渺小,相冲突的情况；因为觉得姚秀敏是特别显示了这种生死之冲突的；因为觉得他的秀敏姨母是显示了英雄跌宕与悲惨的斗争的；因为觉得生命于死亡搏斗的严厉；生命的声音高亢，而死亡的声音下沉，但死亡的声音又高亢；因为觉得这时地看得见的长江的水线灿烂；因为觉得远处的山峦高耸；因为觉得姚秀敏在看着这些；因为姚秀敏的肉体衰老而丑陋却又有着强力与辉煌；因为觉得长江和山峦也在震动战栗；因为觉得一种搏斗的气概，而激昂，亲爱姨母，亲爱江山，亲爱自己的年青，亲爱生命，而战栗着。

"我看见姨母有心痛而又欢喜了，我看见姨妈有欢喜，但因为自己的年老奋斗，而又有悲痛了，我看见姨妈落入剥落土泞的坑里，而死亡了，而飘飘荡荡地进入深坑了。"姚世祥带着高亢，讽刺，痛苦，与奋斗的欢乐的声音，说。

姚秀敏这时裸体坐在地上的稻草上。她又站起来，又躺在稻草与灿烂的阳光里，又坐下，而异常悲凉地，有痉挛地将稻顶在自己的头上与裸体的身上。

"我进入剥落土泥土泞的坑了，"姚秀敏说，"我进入死亡的深渊了，黑暗，一切无有，而有着过去的生命的回溯，而这也没有，死亡了，枯骨与骨髓战栗着而发出的是过去的俊美的少年时代的欢喜的残余。我悲哀了，我的一切痛苦了，我的奶房丑陋，我的阴户已淤塞，我的骨架，已发出世纪遗弃的霉烂的气味。"姚秀敏说。

"我也看见这些，"姚世祥说，"我看见你如火一般熄灭，尚有燃烧的余晖，而进入乌有的深渊，你的骨架不散，而你的余晖久久辉跃，而熄灭了。"他说，带着讽刺，但含着眼泪。"世纪的归去，世纪的沉船，世纪的余晖，鼓舞后来人，英杰是如何地奋斗，我因此便说，你是斗士，在你与你的死亡概念斗争时，仍旧想着井冈山的红旗，但我也说你不美丽了，不俊美了，不如花似玉了，不是红色娘子军时的童小大子了，不是美女了。"他讽刺地，欢乐地说，但同时显出他的诚恳的善良，他的面颊紧张地战栗着。"丑陋了，黑黝了，痛苦了，头发与阴毛如同枯丝了，你这臭的，值得遗弃的老女人,你是占着世界的街道也占着餐桌的老女子,你是姚秀敏,你归去吧!你粉碎吧!吓,你粉碎吧,吼,你归于乌有吧!你还向人世要求什么呢?你比青年时代不善良,老而占据着世界,"他叫喊,假设为不妥之人,而在他的假设中显现着讽刺与凶恶,仿佛他是丑恶的仇恨者。但他的战栗中也呈显人生的希望,从他的凶恶中,黑暗中,闪跃着出现原来的善良,而心善良扩大,而他显出眼泪与他的忠义的壮士与尽孝者的心,如同姚秀敏的老人在黑暗的死亡的袭击中,沉没着无希望,但有战栗的闪光从她脸上出现,而闪光扩大,显出她是英雄的搏斗者,她从黑暗里再生,复活了。姚世祥从邪恶里复活了,他因为仇恨死亡而假设邪恶,也从他的邪恶,可以测出社会上的恶劣的人们的恶劣的深度,他自己也因这假设而战栗;如同从姚秀敏的黑暗的苦痛,可以测出死亡的痛苦的深度,她也异常地战栗。姚秀敏这时想着两种永生,一种是死亡,将一生的事业留给后人,一种是不灭的她的肉体的,灵魂的继续有永远的力量;姚世祥这时想着两种黑暗,一种是死亡,一种是人们有时堕入的迷失与错误,和人们坠入之后,复活困难的,社会上有着的极恶毒。他从这种揣想里复活了,而有善良的眼泪,而战栗着。

"我有机运与情感使姨妈从死亡复活了,"姚世祥说,"你姨妈是假的,你是伪装的死亡,你有井冈山的红旗,你曾是娘子军的旗手,于是,姨妈,你发现,复活了。姨妈,你如何地丑陋呀,前时代的战斗就留下这不蔻色的,丑陋的肉体吗?我十分不赞成了。"他讽刺地,带着他的假装的邪恶与真实的善良,与欢喜,说,"你是这样的吗?姨妈,我看不是这样的,我不是看见你的干腐的乳房与枯槁的身体,而是看见鲜美的,英俊的,你的辉煌的身体体段了,你是美人,如何地美貌呀,在你年青时,你的美丽,俊美,雄大,不是显现了吗?我看见的,我这里看着的,你站在稻草中间,而你的裸体光辉,而你的周围充满着阳光了。"他说,于是发生他,姚世祥的,讽刺的,欢喜的,同时是严肃的,善良的,亲切于姚秀敏的内心的对姚秀敏的赞美了。"我看见的是美丽的,你的肉体,如同书上说,虽然年老了,由于精神的辉煌,而回归,而仍旧是丰满的,洁白的乳房,和丰满的,改善的,肉感的,有力的,温暖的臀部。姨妈,这也是可以不如同书上说,而是我,侄儿,儿子自己这样感觉的,姨母姚秀敏,你看,你看,这灿烂的阳光!你的肩膀是如何地有力与柔美,与有着强力,与永远挑着世纪的担子,以迄于老年。姨妈,你的心巨大,你的奶房丰满,而有强力,而在阳光下充溢着奶汁,可以喂养十个新生的婴儿。姨妈,你的骨架强韧,你的腿与手臂都俊美,你是如何地灿烂,我这时真的看见,看清楚,是这样。"姚世祥大声,认真,甜蜜,含着眼泪,说,"我现在瞥见辉煌的景象了,你是如何年青呀,"他又带着讽刺说,"姨妈,你是战士,不会忌讳我的讽刺,但我仍旧不讽刺,但我仍旧是亲自的这时的看见,姨妈,你年青,俊美,你的心里的感觉是真实的,你已度过了山与海,克服了死亡,你到达了新的境界。"姚世祥含着泪说。

"你这是过去坟墓上的一种教士的演讲了。"姚秀敏讽刺地说。

"不是的,是我的真实的感觉,"姚世祥说,"姨妈呀,你的乳房是如何地丰满而雄大,你的臀部是如何地有力而英雄,你的腿是如何地挺直!"

"你的甜蜜的话!"姚秀敏说,"我,裸体的姨妈,便受着这甜蜜了。"姚秀敏讽刺地说。

"但我是甜蜜的心,"姚世祥说,"但你,姨妈,仍旧是老了,接近死亡了。"他讽刺地说。

姚秀敏便欢喜地沉默,而在阳光下的稻草上躺了下来。她又站起来,跪下了一个动作,而在胸前合掌一个动作,而敬拜天宇。

"我也有甜蜜的心,甜蜜的语言,"张腊姑娘这时奔上来,说,"来帮助你姨妈度过沟坎了。你是辉煌的太阳。"

张腊奔上来,张开手,她,由于愤慨;由于嘲笑姚世祥;由于发生了对姚世祥的不满;由于抗议着姚秀敏说到的死亡,站在生命的一边,由于意识着死亡,叹息着却漠视它,而努力地跑近来了。张腊,由于希望着增多的人间的善良,而啸叫着,奔向了姚世祥。

"你是有对你的高年的姨妈可爱而有可恶了。"她说。

姚世祥有着受冲击的轻微的脸红。

"你,小腊子,咦,小腊子,你的见解是怎样的呢?"姚世祥说。

"我说你要增多善意。"张腊说。

姚世祥继续脸红着。

"我是想着老人家有英雄的感情,她是苦痛的,她是也乐观的,生与死,我张腊子说,看见过对隔的棺材,听说过扬州闹鬼的故事,也知道你这样的姚世祥的善与恶的言论。"

"我说你张腊误解了,"姚世祥说,"我说你张腊子有小精灵,可惜误解了。我的姨妈虽然老了,样子丑了,但是是美女。"

"你有讽刺她了,"张腊说,有着眼泪。"你看出来是有冷心胸的人,你一边白一边黑。"

"那就是这样了。你这小精灵,那么你张腊对于我的姨妈,持什么见解呢?"姚世祥继续脸红,说。

"她是光荣的老人。"

"她就要进剥落坑了,"姚世祥继续脸红,窘迫,"而她的死了多年的丈夫共同对隔着棺材了,棺材十年一战栗,在泥土里痉挛,便是古人了。"姚世祥讽刺地说。

"可是我是生命的旺盛,"张腊说,"不听这些,我将来不死的,你姨奶也不死的。"

"不死的。你便成长为成人了,而从事社会上祖国的事业,而长成美丽的女子,和我的姨妈的青年时代一样旺盛。"姚世祥强烈地,带着辩论说。

"我听你说了,"张腊说,战栗着,"我将来也有结实的臀部,丰满的大的乳房,有香味的头发,挑水与提水。"

"你还推着独轮车,在山坡上小路上迂回,冲过许多扬州这我和姨妈的故土的茅草,踢开绊路的石头,我要说你也因为人有死亡的袭击而悲观,但我说到这里转向,而佩服你了。你在坡边小路上冲击吧?你咒骂坏人如同现在攻击我一样吧?你踢开我如同踢开路边的石子吧?你活跃如同刚点燃的烛火吧?有你的年华,但是,年华到了,我说话又转向了,便也如同我的姨妈,而在这里研究着不好看的肉体,而想到,也令人想到她年青时期俊美。"姚世祥嘲笑,带着凶恶,也闪烁着他的深的善良,说。

"我将推车而出草坡,而心中欢笑,"张腊说,"你悲观的宣传员,说死亡了,丑陋了,可是我是永生的,我也学姚奶奶和你说的,度过山与海,山有无限的高,而海有无限的巨灵,巨灵的人的心灵,巨灵的人心的建设各世代的欲望,巨灵的,伟大领袖邓小平和陈云,杨尚昆聂荣臻王震李先念彭真,"她熟稔地说,看来她是随时说这些姓名的,"整齐步伐,领导我们走向永生!我有年青的气魄,啊,小腊子,啊年青的气概,啊,推车冲过草坡的英雄,"她仰头便喊,声音宏亮,"啊,我到了年青时代便要成功事业,啊,我的茫茫的海,我的高大的山,我的心灵!"她说,呈显着热烈的,战栗的,巨大的气势,仿佛,凛冽的这张腊姑娘,是要吞噬掉全部事物的,吞噬掉人间的全部热烈的感情的,"我多么想一口水喝掉我的故乡扬州,我多么想一口水喝掉我的一生而且一生永生,我不死的,如同姚奶奶也不死。"

"但是,到了年华,你的皮肤便粗糙了,你的肩膀便不有力了,你的脊椎便弯了,你便也乳房下垂。"姚世祥说。

"你是恶人,当人们说着长生的时候,说相反的,"小张腊含着眼泪说,"你还来说,阴户,屄,也堵塞了,长了猫儿眼了,——我是长生,永生我便跳过火与水各三个坎,而两手伸高便起飞。"张腊说。

"我,宣扬悲观十分地羞愧了。"姚世祥讽刺地说,因为内心又激昂;因为想从另一侧面抗御阴暗;因为喜欢着张腊;因为因姚秀敏的奋斗和张腊的高声叫喊而内心有着沉醉与快乐,因为自己在努力着人生;因为内心的沉醉的火焰燃烧,而又一样地脸红着,但又呈显着他的讽刺。

"你们说这个我十分理解了。"姚秀敏说,她裸体站在稻草坡上,呈显着坦白与辉煌。

"人都有死,我的姨妈也就安命了。"姚世祥脸庞发红地又说,"但我也察视你姨妈年青的英雄,如同英雄——童话中有的英雄张臂一样永远地燃烧和永生,和永远地飞翔。有这个童话吧?但人生毕竟是现实的,张腊,嗳,张腊,老年时你的皮肤便要枯燥了,和长了一粒一粒的小包。"

"放狗屁的你叛逆者与叛徒。"张腊说,因为激昂;因为永生,长生的愿望;因为年青的心脏的燃烧;因为敬爱着姚秀敏;因为一瞬间激昂,而用温暖,欢乐,心脏膨胀的眼光看着名城扬州的河山;因为觉得自己已在永生的飞翔;因为心中热爱着生产建设的国家;因为神圣的,纯洁地觉得自己将永远到达甜蜜的人生境界,而推车过土坡,而跳跃着,而喊叫着,而用手在嘴上拍击出段落的声音。但她的情绪便突然悲哀了。"放你的屁叛逆者,我伤心了,"她说,"我将到老,我将如同姚奶奶一样形容枯焦,我将奶房下垂,而丑,难道不是这样吗?"她有着突然的悲伤,愤怒,在用手拍击喊叫的嘴之后,突然说,而伤痛了。"你,姚世祥,你牵引我到怎样的人生见解的沟里?然而我在这样的沟里了。我仇恨你。"张腊,便哭泣了。"但我,我仍旧跳跃,在我的哭咽中,我便抓你到阎王那里,无常鬼那里,去算账,到我们扬州戏张元帅那里,去算账,你,如何地欺我了,"她喊,"我再说我要离开生死恨,而长远地快乐,我抗击你了。我看见如同你们谈到的山与海了,巨大的,茫茫的,快乐的海,无边的,人生的,快乐的海。"她说,激昂,便脱衣成裸体了。"我的阴户快长毛了,我快有力量而快乐了。"她说,注视着她的洁白的,强壮的,有些瘦的腿的身体,"你,姚奶奶,我赤裸身体便是觐见前人了,"她对老人姚秀敏说,"你很老了,年轻时是大奶房,大臀部,强壮,村里的人们说,你曾带领一千余人到新四军去,我向你致敬了。我小腊子的思想啊,也有光明的太阳,也有阴暗的沟,我一脚便跨进无限的山与海,无限的大人生,无限的奋斗,一脚便也跨进沟里,见到坟场与死亡。

姚奶奶,你不死呀,快乐呀!"

"这是对的,是这样,"姚秀敏说,"燃烧的,快乐的年青姑娘啊,也悲伤。"

"你姚世祥再说攻击的话,"张腊说,"我便提防我的心痛了。旧的社会伤凉,我一脚跨进灿烂的现代的火车飞机运转,我一脚又跨进棺材坑里,看见死人的骷髅,所以我的心有伤凉。你,姚奶奶,我心中伤痛了,似乎和你共同看见棺材坑了,如同这人,姚世祥,是恶毒的也伤痛了。"她说。

姚世祥便善良,歉疚,而感伤,而眼睛里有眼泪了,而脸红到他的颈项也膨胀。

"恶毒的伤痛的,但你也哭了,便是你也是正义,善良。我贪心我的心,我们的人间更多的善良。姚奶奶,你说,我将来,会如同你一样,到老,死,是顽强吗?"

"是的,孩子。"姚秀敏说。

"我说我的奶房不会变枯焦,而我的身体不会有一定的怪像,姚奶奶,我伤了你了。"张腊说,便激情,痛苦,快乐,幸福,而又流泪,哭泣了。哭泣的声音很高。"到老年,我会捕捉成功他姚世祥这恶意的人吗?便是说,会捕捉成功姚世祥装扮的,社会的恶的见解,悲观的见解吗?"她说。

因为激动;因为张腊的生命飞跃;因为张腊善良;因为张腊的裸体灿烂;因为年青的小姑娘裸体使他觉得有通达到天体的感觉,正如同姚秀敏的不愉快的老年的裸体,使他从相反的方面有这种感觉一样,姚世祥便哭泣了。他的哭声激昂,幸福,而一瞬间声音很高。

张腊上前,用她的年轻,青春萌发,活力充沛的身体,贴在姚秀敏的老年的憔悴的身体上,而拥抱她了。

"你要恢复,如同我的母亲现在这样的青春。你要恢复,我向草说,向山坡说,向星月交辉说,向未见过的大象说,向未见过的狮子说,向翠鸟说,向水与火说,向鸟道沟的背面的市镇说,那里过去有荒坟乱葬岗,我现在,我的身体温暖,将我的年轻,输送给你了,你便快乐了。"

"我便快乐了。"姚秀敏说,由于激动;由于心中再走着山与海的英雄的感觉;由于意识着井冈山的红旗;由于心中英雄的感觉膨胀;由于觉得天体因人生的奋斗而灿烂;由于爱着裸体的,精明的,像精灵一样的张腊的存在,由于这缘故生命的快乐增加而觉得她的山和海有热烈;由于彻底的激情,而欢乐了。她觉得今日的人生辉煌。"但是,仍旧是,老了,老了的这块糕,便是吃了要逝去了,而在空中我也划一个星一样的飞翔的痕迹。"

"我将来和你的模样一样,我将来不和你的模样一样,"张腊说,"我反对你又说老了,"她说,便裸体躺在有着芳香的稻草上一个瞬间,而看着高远的天空,她有着虔敬。"你,姚奶奶,"她战栗地,热情地,有着她的激情的特征地说,"你姚秀敏奶奶的变化了。你在一刹那变年轻了,你变了。你给我语言,你说的便是了。"

"我变了,"姚秀敏说,有着欢喜的眼泪,"我,变了。变成有着盈满的青春的肌肉,而我的臀部有力而大腿有着奔跑井冈山以来的各种路的力量,我的心里滋润着我的甜蜜,蜜脂了。"

"我小腊子在拼击了,拼击取消掉我的老年的棺材坑,拼击我将快乐而不死,而健旺地工作,而你姚奶奶变了,变为怀中抱着一个美满的幼儿的了,这美满的幼儿是未来时代,是我张腊,小腊子。我小腊子多么谢你赐给我的老年的语言呀。我多么欢喜你给了欢喜,而不说老丑呀。"

"这便是了,"姚秀敏说,"我假设为如同姚世祥一样假设的悲观,我假设我这时打骂你小腊子,我假设为我老年傲慢,暴戾,我假设你这后来人不讨我喜欢,我假设我不指给你山间与草间的通路,我说,小腊子,你的名字也常是挨骂的名字,小腊子,小丫头,你到将来当养媳妇,被火钳打死,身上紫一块和肿一块地被抛在山坡上,而野狼对你叫嗥,"她说,突然哭了,但仍然坚持着,似乎在黑暗的时代,而黑暗的时代难以过去,似乎是一个老的恶女,伸手去在张腊的裸着的腿上捏着,"你痛了吧?你知道

137

人生的辛苦了吧？你正直腾达？你知道人生，在你这年龄，要赚钱了吧？这山和海？这人生的辽阔的遥望，如何地度过？"她说，又转为热情的，巨大地善良地样式，又在自己的腰上摆了一个动作。"新时代的星辰与黎明升起了。"她说，便猛力地抱起张腊，而猛力得痉挛，有着面庞涨红；而姚世祥便助着她，推着张腊。

"我向你致敬意了，"张腊从姚秀敏的手臂中下来，叫着："我刚才观看你在观察自己的往事与……观察坟地了，我，预先向你致敬，而祭祀你了，假设你死了，我又想，经过这诚恳的祭祀，你便不死了，有这样的，"张腊说，"你老人家知道，我的心动着，我也看见许多的山与海，有一些歌声，发生在空中，大山，大江，和平原，和我未见过的海洋里，那里一人的心有一只船舶，你有，我也有，各有一个哥伦布。"她说，由于沉醉于生命；由于沉醉于追求未来；由于渴望阴户长毛；由于她的生命的崛起；由于她的特征的激昂，——乡下闭塞的姑娘与小学生的激昂；由于她的灵魂，贪婪着增多善良，她便跪下来，跪拜着，"我向你致敬了。我，不冒充，我是未来，向你致敬了。"她，裸体的张腊，有着痉挛，战栗地说。

韦成和他的妻李明芬游历南京尧化门外远郊，落着春雨，他们在春雨潮湿中藏在树下。夏川和罗志恒追上他们，这两人化了一定的妆：脸上涂着黄色的油。他们意图欺负与行刺韦成夫妇，但由于畏怯；由于突然产生的羞怯；由于两人在缠绵的春雨里发生了伤痛；由于想着退去；由于心中的奇异的痛苦，而战栗着。他们这时在坠落的人生境界里，两个人已经降级为中校。他们认为黑暗在此时代也可以有巨大的力量，但他们丧失信心了。由于特别的情况，产生了特别的行动。

他们两个在春雨里展开手臂，而开始舞蹈；他们又复活一定的信心，而拿出了他们的刀舞蹈着。因为锻炼力量；因为信念是如此，觉得这样可以使刀锋利；因为爱好勇猛的形式，以为舞蹈可以增加勇猛；因为觉得这形式可以帮助增加仇恨；因为觉得韦成与李明芬是有感力的夫妇和春雨优美,要克服这个;因为心醉于想象自身两人的优美;因为进入搏斗的沉醉,他们舞蹈,舞刀,而仿佛古代的壮士,而发出声音唱着了。他们,由焦躁滋生甜蜜的感情的罗志恒领头,而唱着:"美满,春雨,美满,境界,将军,韦成,出行。"他们战栗着而舞蹈他们的刀。他们用一只手臂绕圈旋转,从缓慢到急迫,而另一只手舞着刀;先是用左手臂绕圈旋转,后是用右手臂。他们如同京剧舞台上的演员或武术家,跳跃而自左往右舞刀,伸腿和跨步,向上看和向地下注目,跳跃而向空中冲刺;两个人,罗志恒有慢的形态,而夏川愈来愈急迫,舞蹈着,两个人便在韦成与李明芬的注视下进入特别的境界。春雨降落,似有着芳香,而两个人的心中,发生了特别的情绪,有着他们的温暖。

他们沉醉于炫耀他们的技能了。他们思念着他们的亲人和朋友。因为春雨甜蜜;因为大的行动是要思念全部亲人与朋友的,和想念人生的债务与快乐,怨于仇的,他们便心境昂奋,如同两只焕发着精神的凶恶的山鸡,而舞到左,舞到右。

"当着我十分缠绵于爱情的时候,"夏川唱,"我与我的旧时的女爱情断裂了,她有甜梦的眼睛,她有甜梦。"

"当着我犹豫于自己的崇高,拾金不昧的时候,我举着我那次见到的三万元,而相反的坚决里与正义背道而驰,将那三万元拿走,但我这个坏的念头,那次因为遇到亲爱的朋友A,甲,与你夏川,而放弃了,终于拾金不昧。"他伪造说,而因公开的伪造而欢乐,"A,甲,雨季,春舫,亲情地度过岁月,你们在何方,我如何地思念。"

"我如何地与志恒,等候的志恒思念,那眉季子,春舫兄,春舫公,眉季老,人生的美丽,于春雨中的思念。"夏川唱,跳跃着,喘息着,舞着刀。

"我特别思念,于春雨的缠绵中舞着金光的刀,而划破春雨,便是来了夏季的雷霆,我和眉季,春舫,多年之友,遇见了说,你好,季子,舫兄,爱的,便互相背起来,背驼着,背客友,互相爬肩膀,而说不尽的感情。"罗志恒唱,跳跃着,舞刀,喘息着。

"说不尽的感情,"夏川唱,而跳跃,快乐在雨中淋湿,喘息,而显出激昂与快乐,他和罗志恒一样,此时认为在威武有崇高的感情的韦成夫妇面前,应有崇高的感情。"春舫兄,眉季老,人生的衰亡的,长期的情,少年的谊,于此密密春雨,进行祭奠了。"夏川舞蹈,并蹲下,出现了妩媚的姿势,蹲下而用两手在地面划动,而显出深的心脏的柔情;罗志恒也蹲下,而用手在地面柔情深刻地晃动,而且在雨中跪下,如同浣丝的,或者奏古琴的少女,两手在空中颤动。"亲爱的朋友,A,甲,春舫,与眉季,我们那次拾金不昧。"他用粗哑,多情的声音唱。

"我的赤炎千丈的人生,我与 A,甲,春舫,眉季,那一日因为偶然的误会,而相打了,以至于持久才莞尔,融洽无间。那次相打,"夏川说,"写的是,贪污分子,你妈的臭娘们着的,可恶的蝗虫操你娘的屁门子养的,想起来,如何地旋转,而不笑死尔。"夏川说,舞刀,而喘息着。

"我也不笑死尔,"罗志恒说,又舞蹈,捡起因瞬间前舞蹈而放在地上的刀来,而舞蹈,跳跃,"我曾与你夏子,夏川,和眉季,A,甲,相打,为了二万元的债务,互骂——你妈的狗屎,你娘的臭的脚,搂着睡的,而有心火,而不笑死尔。"他说,忽然提高声音,"知道今天想起这来都不笑死尔,一想起来,便要复旧了。狗屎的夏川,狗娘生的,卑鄙的,不笑死尔。"他愤怒地突然地大叫。

"与你一决战了,人生感慨如永死尔,为美兰的金兰,金兰永是,便笑死尔,笑春霖,便各公,各老,各少,都欣喜以去,"夏川叫着,"但不与你这时笑死尔了。"

"正是这般的,我操你娘的狗屎的你娘了,"罗志恒说,于是产生着一长时间的咒骂与凶恶的战栗。于是,在这缠绵的春雨中,因为仇恨春雨;因为人生的他们的深沉的感慨;因为要显示自己的力量;在韦成夫妇面前示威;因为痛苦;因为失去了"笑死尔",而互相阻击,而叫骂,跳跃,互相扑击了。他们两人的脸上不久便留下了手指甲互相抓伤的痕迹。但他们站下沉默了一瞬间,因为互相需要,又和好了。

"我和春舫公,眉季老,A,甲两仁兄,也有着相打,而后笑死尔了。那不是在春霖里,那时在夏季的急急的阵雨里,心也急急,人生也急急,"他说,"我再舞蹈,"于是,罗志恒便高举他的刀,而和平,温柔,愉快,于春雨中,向一个方向舞蹈,再如同古代的壮士。"春霖,夏川兄,与眉季兄,春舫老,过去的友谊,不息的密情,将来,当我们的人生归宿的时候,不息的柔情,青春时代回归,我便青春的柔情再起来,而,"他用战栗的,颤抖的,紧张的,抢夺表现感情的机会的声音唱,"在永远的春霖,春霖里里忽然起舞,而奔过一个城市,而奔过大量大楼,而来看你夏川,与春舫,A,甲,你们这些狗屁的了,心肝的,狗种的,狗操的,狗𡳞的。我便来看你了,"他便爬到夏川肩上,夏川便也爬到他肩上,他背起了夏川,然后,夏川又背着了他。他们于这春雨中又表现他们的柔情了,亲爱,甜蜜,快乐,而他们两人的刀都掉了,而被韦成及其英勇的妻捡去了。他们又忽然地相打。

"在那时代,新时代,我再来窥你,人生感慨,我便不要你这可恶的畜牲为朋友了,与你相打,"罗志恒叫,"在我的痛苦中毁灭而死去,在与你打翻以后。"

"我也与你打翻了,——我经过几千棵树而来看你,是我,哇哇,"夏川喊叫,"直到老年而努力祖国的绿化,而种的树。那些树都是巨大的树了,种的时候只有你的流鼻涕的小孩高。我多么欢欣啊,我与眉季,春舫,A,甲联合,而□□地击你一耳刮!"他欢乐地叫。

"我也击你一耳刮,"罗志恒说,"我的心怒涛战悸。"

"然而,于这美丽的春雨中,我们再来,我再背你,而你背我,心中柔情,享受人生友谊的亲密。"夏川说。

他们两人又都互相背着,而完成他们的"友谊"的表演了。

李明芬这时想使她的韦成和她离开。她尊敬并保护她的丈夫。由于她的激昂性与正义的膨胀;由于她一瞬间有正义巨大而黑暗卑鄙渺小的感觉;由于美丽的春雨;由于心脏的跳跃,充满着对于她的老年丈夫的爱情；由于英雄的气魄在这时升起，她便冲击了。她便，在她的耳边有春雨的淅沥的豪放的声音，在她的眼前是恶毒与卑污的夏川罗志恒，她有着壮志与凌云的气魄，热爱她的祖国与革命事业，身体淋湿，举着两柄缴获的刀而冲击了。

"在美丽的春雨中有黄鹂鸟的歌唱，和强激的杜鹃的啼声，我心战栗，我向你们冲锋了，在向你们冲锋以前，我也舞动刀，如同壮士，舞到东来舞到西，而保卫我们的祖国。"她说，便在头上举着她的两把刀。

这时韦成从她拿去了两把刀，而举在头上，在春雨中，发生了激情，而舞蹈着，舞蹈到左又舞蹈向右。因为春雨激昂；因为树林中有芳香；因为黄鹂鸟与杜鹃在雨中啼鸣；因为爱着建设有成就的祖国与老年的欢乐；因为愤怒；因为武士，勇士，壮士的情绪都发生而激昂；因为讽刺的情绪强烈，他举着刀而舞蹈，舞过夏川罗志恒两人面前，又舞蹈回来。

"我喝了三碗酒而过岗了，我心中激烈，纵览巨大的平原道路，而登上新的路程了。我的心甜蜜，平静，有力，而遇见恶狗，你们恶狗，你们互相嬉游，嬉戏吧！你们互相背驼驼而亲密，互相相打，你们的柔情，你们滚你娘的狗屁吧！你们滚回你们的狗巢去，而去喂养你们刚生的小狗吧！你们是奇异的狗，你们狗也生了蛋吧！你们的什么A，甲，眉季，春舫，等公，等老，等少，你们互相拥抱为一团而互相亲吻吧！背着你们的朋友亲密而又互相厮打，你们的生涯甜蜜吧！狗崽子你们！春雨淅沥！我们也淋湿很透，我们便更激昂，我，因为拥抱祖国；因为激情；因为心中的战栗；因为老年的特别的凝望，因为想着祖国给我什么我给祖国留下什么，而激昂，而今日觉得又想到了浩瀚的大海与高耸的山。你们觉得要破坏我的事业成功而行刺我成功吧？你们是有这良好的，我再过得山去，而心中旗帜招展！春雨啊，草啊，绿草深深，而滴着水，和大的树林啊，光辉的南京平原啊，我，也歌唱与舞蹈。"他，举着刀，舞蹈着又走过夏川罗志恒，又走了回来。

"我,到了老年,注意我的行装,我的妻这些年,一生了,和我共同奋斗,我们今天出来郊游,遇见了我心醉的春雨,我所以激昂了。你们卑污者,狗男女,我激昂便想在这里,你们面前,做一件事,表现我自己。我因为心境激荡,我因为对革命事业与祖国之爱高升,我因为对我的妻李明芬多年来的爱情高涨,我因为心脏这时特别地震响,而拥抱我的妻李明芬了。你们是想暗伤暗杀我们的,我做的可是,请你们看看我的欢乐的爱情,我的健旺。我穿着每颗扣子都扣上的衣服而我的妻替我扣上了没有的一颗,是心灵的和事业的缔结的一颗,我爱你,我的妻,明芬,我的人,我拥抱你了。"于是,在春雨中,韦成便和他的妻相拥抱了。他猛力地拥抱妻子李明芬,来表现他的性格,他的和夏川罗志恒的袭击搏斗。

"我爱你,亲人,巨大者,战斗者,"李明芬说,"我心中战栗,便想持刀上前,而与豺狼格斗,我吻与抚摩你,爱的围绕,韦成,我便拿刀上前了,这样才痛快,"她拿了韦成放在衣袋里的刀,两把,而举在头上。"豺狼,我遇见的是巨大的,群同的豺狼,我疾恶如仇,心脏颤抖,而向豺狼进攻,它们是巨大之敌,我于这春雨里拼了,如果我牺牲了,请纪念我,爱的丈夫韦成。"她说,她的想象火热,便想象到了夏川罗志恒夺刀,而她被杀伤的情景,而向前了。她举刀刺向夏川,夏川避开了。"你们铜澀造,哪里逃?我们祖国包围你们了,我再刺向你——我刺向国家的残留的黑暗,也是不小的黑暗,我觉得已经到刺死你们铜澀造两个了。又两个了。而现在尸首很多。我有这样的感觉,我渴望你们尸首,因为我,韦成之妻李明芬,是攻无不克的,犹如本世纪攻克相持的斯大林与盟军军队,犹如人民战争的我军。我刺杀,而你们夏川罗志恒又两个倒下了,我再刺杀,你们是在堂吉诃德面前转动不已的风车,你们不过是风车而已!我又刺伤你们了。"她激情,激昂,想象自己刺伤了敌人,而敌人倒下,她便再回去拥抱她的丈夫了。春雨落着。而杜鹃与黄鹂鸟在密林中啼叫,杜鹃的啼叫很高,而且发生了从树丛中飞翔的动作。李明芬是有精神的真的那个与强的跃动了,她这时不顾忌地,又安静地,在她的丈夫的拥抱中。

李明芬又挣脱丈夫的怀抱而将刀放在地下,用脚踩着,而战栗着,看着春雨而有着对韦成的崇敬。因为对于夏川与罗志恒的仇恨;因为春雨迷蒙而有激动的心境;因为发生欢喜的激昂;因为觉得就经过了许多生活;因为有着冲击的心情,她又再一次面对着夏川罗志恒拥抱自己丈夫,而又假设为是有错失的人了。她想着一种撤退,从危险的敌人夏川罗志恒撤退,她便假装于这春雨里钱包丢了。

"我的钱包丢了,我的钱包哪里去了,咦,我的钱包丢了,被夏川罗志恒滋扰而丢落了,因为担心着你韦成和我的淋雨而失落了,"她说,因为是假设,而做着虚伪的战栗,"我这简直是代办夏川罗志恒,而钱包丢了,里面四十元,我的钱包丢了,你夏川罗志恒该可以撤退了吧,咦,你们捡到了没有?我已经使他韦成痛苦了。"

韦成便相助着找钱包。

"钱包在哪里呀,我真急了呀,在这时候,它便是命脉呀。"她说,因为这样可以使韦成痛苦,觉得这样可以解除继续有着的夏川与罗志恒的滋扰,甚至行刺。"我的钱包丢了,他的狗屎的头,一切生活的不利,在这日程中出来游玩,淋雨;我多么敬爱你,韦成,然而我现在对你丧失信心了。"

"你没有丢吧?因为不可能的。"韦成说。

"丢了,"李明芬说,"我一辈子辛苦,嫁了你这没有实力的男人,"她假设与韦成冲突,而叫嚷着:"我从来没有见过这样没有实力的男人,还是司令员。但我不是这样的。"李明芬又叫,这时候,韦成脱下他的上衣,替她遮着雨,"不是这样的,我的钱包没有丢,我是我故意的,在恍惚中,认为这样可以却敌,而免除进犯,这里还有两把刀呀。他们两个,而你韦成年老。但我这是假的,我这么说,假设我的钱包没有丢的话,也是觉得可以使夏川罗志恒离开了吧,但我的钱包,是真丢了。"她说,在她的假设中痛苦着:"钱包呀,我的命脉呀,我还是司令员的妻呀,这样狭小呀,"她说,"而你这个没有实力,不能镇压住两个人的韦成,我觉得是多么丢脸呀。没有实力的,不聪敏的,不明智的,愚笨的,头脑里全是幻想的男人。但我的钱包没有丢,在这里。"她说,从衣袋里拿出钱包来,而看见韦成笑了。"你笑了,我也笑了,我的钱包没有丢,故意地,假设丢了,我还考验你还是一个沉着的男子。"她说,便沉静地在雨中站着。"现在,还有什么节目呢?夏川罗志恒两个铜瀹造。刀子在我脚下踩着,我已折腾了我的男人。"她说。

韦成迅速地从她的脚下捡起了刀。而装在自己衣袋里。

"你有老态了,你韦成,国钧,"她喊韦成,"又叫韦国钧,没有青年时代,没有过去活泼了,这一切一切是年华呀,罗志恒夏川你们说是不是?韦成,你告诉我,这地上的草,咦,为什么春天发绿?草会不会春天不发绿?有没有草春天不发绿,而假设草春天长的是黄的呢?"李明芬说,——她便假设为幼稚而说。

"草总是春天发绿的。"韦成说。

"有没有春天不绿呢?有没有许多可爱的春天的花不开呢?有没有,你看,譬如,你看,这树的枝条是这样长着,何以那一棵是直枝条而这一棵是弯的呢。何以,你看,这树皮脱落的呢?何以这里的草深那里草不深?何以鱼在水里,而这雨积起来的小涡里会不会长出鱼来呢?何以你拿着刀子要防御他们攻击自己呢?我们来研究许多问题,我顶有兴趣了,研究一切的问题,"李明芬说,"何以太阳不从云里出来呢,而雨烦厌了,何以落雨呢?这雨,是从太阳上下来的吗?在这雨天,太阳它干什么躲到那里去了,在不在云的后面呢?你说,它一定在云的后面不耐烦了。"她假设幼稚地说,"日子很快啊,过了好多年了,今天来到郊游,南京是你韦成的故乡,你也老了乡归,一年又一年,怎样经过的呢?可不可以没有过,而现在在三十年前,人可不可以返老还年青呢?"她的假设幼稚继续到这里心中和声音里便升起一种严厉,雨渐渐小了,她站着,显出一种对罗志恒与夏川的凶恶;她又继续假设了,"听说大雨可以滋生许多脏的虫,现在会不会有脏的虫呢?"

"你先假设钱包丢了,现在又说这些话,似乎是故意地,干什么呢?"韦成说。

"怎么是故意地呢？人说,雨都聚集在太阳上,而太阳有一种能,聚集雨,是不是呢,而发出大量的雨呢?"她说。

"你这是没有意思的,"韦成说,他又妥协地说:"你说的也有对吧。"

"你不骂我臭的娘们,说些无知的话吗？我因为是娘们,而痛苦了,你这愚蠢的,常失败的,战不胜夏川罗志恒的男人。"李明芬说。

"怎样才能战胜他们呢?"

"夏川罗志恒,"李明芬说,"刀子在你韦成衣袋里,不过总是危险,你们两人的眼睛灼灼有光,他韦成年老了。他不能力搏千钧了,由于这时的幻觉,我便觉得他韦成,韦国钧以前举过石狮子了。"李明芬说,而带着一种激动,走到一棵树旁,而捡起了地上的一块石头举了一个动作而又扔掉了。

"海豹顶球的鼻子与双牙人。"韦成,被他的妻刺激得激昂,因为雨小了又有一种欢欣;因为李明芬的假设丢了钱包和假设幼稚是对罗志恒与夏川谦让;因为发生了精力——李明芬举了一块石头;因为李明芬假设责骂他;因为对夏川罗志恒的愤怒增涨,而走到夏川罗志恒的面前,注视着也淋湿了的两个行刺的恶毒的人。

"双牙人,海豹顶球的鼻子,一种一个,我差一点气死了,现在你们还想夺了,我的妻助我制胜与发生精力了,你们还想夺刀吗?"他说,又上前拥抱他的妻,她的假装丢失钱包与假设幼稚,使他想起她为文工团员的时候的活泼与表现有时假设为比实际的幼稚,时常问他,"各种鸟雀,能不能飞到太阳去？它们能飞吗?"他,韦成,拥抱了他的妻之后,便又走近夏川与罗志恒,而用手摆着夏川的肩膀,然后,又摆着罗志恒的肩膀;他又握两人的肋骨部分与脊椎骨,他又掰与握两个人的手腕。"双牙人,海豹顶球的鼻子的人,你们是极其丑恶了。为什么在我的揣骨相法,观察,与看相中间沉默了呢?我的揣骨相法带着凶恶,而带着凶恶与严厉说的话才切实,你们两个,从你们的额角,头额,颅骨,说明你们是有财气的,都要发迹,发财,得金元宝,而十分快乐地到命终,而偷窃,扒窃成功,而说女人侮辱妇女成功,而谋杀我韦成成功,而吃成多只烤鹅,还有鹿肉与龙肝凤胆,你们一切成功,"他严厉地,凶恶地说,"我的心痛苦了,我的心激昂了,我行走在大路上,你们走在窗边。"他说,我这是揣骨相法,我这是打架了,我便从左边打你一面颊,从右边打你一面颊!他说,在他的"揣骨相法"使两人惶惑的时候,打击着两人的面颊。"我再心思温和,而注视着你罗志恒夏川。你们会发财的。譬如你罗志恒,海豹顶球的鼻子虽然不好,是一个罪恶的人的象征,但你的鼻子的坐基可以,有一条线一直到上面可以,你的鼻子便可以,有着明亮的光。而你夏川的鼻子,由于你是双牙人,有着罪恶的缘故,坏血的缘故,而恶毒,但你的鼻子也有一条线,不,两条线,向上面交岔,有着身体的坐基,一定时候便会一切良好的。"

"司令员韦成,你骗我们了。"罗志恒在韦成的打击面颊下愤怒地颤抖着,说,"但是,我是注意我的鼻子与嘴的到额角的结构的。"他说,由于两把刀落在韦成手里;由于李明芬的故意伪装丢钱包与伪装幼稚;由于韦成的气概,讽刺,与严厉;由于雨渐过去,在雨中作恶的幻梦苏醒;由于内心的惊动于韦成的话,虽然愤怒地战栗着,却流泪了;他,罗志恒,长久做着升迁地位,而有许多金钱的梦,这时候,因为韦成的严厉;因为韦成的引诱;因为韦成的快乐和严厉的讽刺;因为韦成的妻的在一旁的严厉的面容;因为突然的痛苦,而流泪了,"我是在我的梦境中,我觉得我的鼻子与额的结构有良好,脊椎的结构也良好,我感谢你们讥刺与打击我又津贴上你们的甜蜜的嘉奖语言啊。我是最注意这个的,我与夏川,与A,甲,我的朋友,还有眉季,春舫,是说过极多次的这些的,我还欢喜说一种湖南戏,湖南戏里面也唱着,湖南戏的言诚恳,我便诚恳而心中有水潭了。"罗志恒,哭着,流着泪。

"你是怎样呢?你夏川,"李明芬严厉地问,"你的鼻子,你的脑骨,你的脊椎!"她说,"你的脊椎,脑骨,都有一分恶毒,而有一厘毫的幸运线。我几乎要说恶人是有幸运线的。"她叫。

"正是这样的,"韦成喊叫,充满愤怒与凶恶,"怎样的不是这样的,揣骨之后再看五官。你夏川的脊椎是有几分幸运的,与尖削的眉骨,连我都有一分羡慕。"他说,他的凶恶继续增长,他便又打击了夏川一个动作的面颊了。李明芬的严厉,愤怒增长,也打击着罗志恒的面颊。"你的脊椎与你的颅骨,是有结实的,经我的镇压,你沉默而脸色发青,而心中奇妙地贪图你的未来的幸运,"韦成说,"那么,便说未来了,"他讽刺地说,笑着,而变为活泼,有力,欢乐了,"多么可惊呀,揣骨相法,相海豹顶球鼻子人的鼻子,再相双牙人的嘴唇,也看鼻子,再看骨骼,我心中便火焰燃烧了,我便惊讶,如果是在封建时代,你们两个便可以是道台巡按以上的官了,而即便在现在,你们也可以升为上将,而有珍珠项链,你们搞到的什么女人送你们的。你们搞到钱的。说幸运,说美丽,我便伴着对你们今日恶行,复仇,而打了你们耳光了。使你们惶惑,打你们面颊了。"

"打耳光,正因为你们幸运,"李明芬说,"美丽呀,命运,美佳呀,巨灵的命运呀,火燎的命运呀,打耳刮,正因为你们的幸运的命运,明白吗?韦司令员是会揣骨相法的,他相了什么便是什么的,你们多么有意思地幸运啊。"她说。

夏川,因为复杂的感动;因为贪求自身命运的幸运;因为挨打而凶恶,战栗,说因为贪求命运而妥协,而有奇特的柔情,而哭泣了,发出尖锐的声音。

"果然是这样的呀,过去,A,甲,春舫,眉季公,兄,都说过呀。"他说。

"也有这样的呀,"罗志恒说,"也有久经沙场的军人,凶狠恶辣的军人,看相可以说出真实,道出玄机,而春舫兄,秀眉兄,也有一种说法,便是戎马之沙场军旅,打着耳刮子说的,是极良性的。韦成将军是打着耳刮说的。这是,□□星球芒果星球的对这沙场戎马的激励。所以,是□□球,与芒果球,打了耳刮子后赐给了幸运了。"

"请赐给呀!"夏川说,"特别是夫妇齐眉,双双看相,双双……"

"打耳刮子。"李明芬说。

"也是这么说的。"夏川说。

"事情是客观最重要,我们便会得利益,是自然法则,"罗志恒说,"春舫,季眉,A,甲兄说的真对呀,我是回教,还请你就这一点指点,久经沙场的将军。"

韦成脸色严厉,凶恶,战栗着,他又打了罗志恒的面颊。

"回子狗崽子,回子狗崽子,杀耕牛的狗崽子,回儿狗崽子,杀!"他喊,"这杀机是说,在你的脊椎里,有一份幸运,将来是拾金有昧,贪鄙成功!或者,将来会拾金不昧,心脏认为假善良是好,伪革命正义是好。献金时大哭,而得嘉奖一千元成功。"

"那是如何地好呀。拾金不昧呀。"罗志恒说。"虽然你挖苦我了。"他反抗地大叫,战栗着。

"但是要打一下耳光,正骨了,因为你的脊骨有一段有歪,在拾金有昧不昧问题上,久经沙场的我韦成正骨了。"他说,又打击了罗志恒一个动作的面颊。

"我打击你,双牙人夏川!"李明芬说,"你的将来也是这样的,受表彰,因为受表彰,我气极了,所以打击你。"她说,又用力地打了夏川一个动作的面颊。

夏川罗志恒挨着打,但因为他们畏惧命运,畏惧久经沙场,戎马生涯的韦成的说命运,而李明芬也作过战,又因为他们幻想着命运幸运,而有着痴幻地沉浸在对未来的幻想里,他们便痴呆着,愤怒于挨打,而甜蜜着。

"你们抢到黄金的,美丽的,神妙的幸运呀,连我都羡慕,但我不羡慕,因为我有黄金,正直与正义是黄金,知道吗?"韦成严厉地说,"春雨初晴,心中甜蜜,那样大树上有杜鹃的啼鸣!"

"杜鹃的啼鸣！"李明芬说。

"我们一定是这样的，不捧场你们过多了，我们也是久经征战，戎马生涯，在沙场的，至少，第二道战壕，是去到的，"罗志恒说，"戎马生涯，是幸运的，"他说，便啜泣而哭了。

夏川也哭了。

"揣骨看相，还看一件。罗志恒的脊椎里，有着他的哭泣的幸运，将来偷到物，而你，你夏川双牙人，你的脊椎里，也有一分幸运，你的胯下的器，是只有蚕子长，几分长吧，将来强暴成妇女的。"他，韦成说，站立起来，又打击了夏川一个动作的面颊。

但这时夏川罗志恒更愤怒了；由于韦成将刀子插在衣袋里有所疏忽；由于夏川与罗志恒的复仇之心强烈；由于他们的行刺韦成的动机再发生；由于雨止了他们觉得可以行动；由于内心的未来黄金的幻梦他们凶猛，便捡到了韦成的一把刀了。这时韦成迅速地拔出了剩余的一把刀，而李明芬已经在这之前捡了一块木段，而用手帕包着，伪装如手枪了。她高喊着："不准动！"夏川与罗志恒便丢了刀，举起手来，而由于罗志恒又发动，两人哭泣了。他们的哭泣中，继续有着未来的黄金的甜蜜。

"哭了，大呆子，像个大呆子一样地站着，"罗志恒对着夏川说，"都是由于你这大呆子，所以事情败了。"他说。

"大呆子，你还站着，"夏川说，"都是由于你这大呆子，而我们的事败了。"他说，哭着。

夏川与罗志恒两人，这时候，由于这场战斗，由于失败，由于内心的焦急，由于哭泣，由于悲痛，而都排泄出尿与粪来了。他们还故意地排泄出来了，排泄出来对自己有安慰。

他们发生了异常的悲伤。

"我和你夏川，共命运很久了，这一场斗争，我们不承认失败，我们是火贝，火贝会移到幕后，如同在一棵树后休息一阵，便又出来了。我们今天要被韦成换火贝了，或者击毙了，他不饶命了。我们设计我们的语言争取同情。我罗志恒与夏川，便要离开这平川，而负笈远行，而互相多年地阔别了。我现在，因为激昂,而有一些屎拉出来了。你韦成不枪毙我们吧。"

"我也拉出来了。"夏川说,心中有激情,觉得拉出来的屎亲密。

"我也是的,屎偶然地从屁股里拉出来了。身上有激情拉出来的屎亲热。我,"罗志恒悲观地说,"在各处,因为像拉屎一样禁忌不住,而犯案了,结果就要被逮捕移往刑场了。如同我们已经说过的,我移往刑场,而被枪决,而碰见阔别多年的你夏川也移往刑场,你一定是你的美满的强奸案。假设我被绑着走过一个土坡,我遇见了你,我便颤抖,而喊:你,亲爱的夏川,告别了,你,亲爱的朋友,A,甲,季眉,春舫,诸公,好,将来的思念。"

"我也是这般了。能饶命吧。韦成司令员?"夏川说:"我因为人生的思念,而特别注意,而在我的悲观绝望的刑场边听见有一棵大树那里的枪响了,便是你阔别的罗志恒被击毙了。"

"我听见的,是你先被击毙了。"罗志恒说。

"我听见你号哭声很高,高到无限。"

"我听见你的尖叫带哭声震荡空气。"罗志恒说。"我因为兴奋,下体又增加拉出来了,"他说,"亲爱的兄弟啊,我是如同风从云,云从风一样,于这风雨的人生跟着你,夏川啊,我们两人今日要死去,换香火火贝,而不被饶命啊。夏川呀,如同阔别多年,我是如何地思念你,刚才挨韦成司令员的打耳刮,便如同行阔别了,在心灵的震荡里,我便到了山那边了,我们都很恐慌,韦成司令员,可以饶命吧。"

"可以吧?我虽然是孤独一身,但我也假设为一家老小,家有慈母,"夏川说,"假设也事情,同情我的慈母吧,她望儿归。"

"同情我的可恶的回子伴猪般的妻吧,"罗志恒说,"我自今以后,可以也吃猪肉了,而社会不杀耕牛了。"他面色苍白地说:"但是,"他挣扎着说,"耕牛的确是可恶的。"

"猪也很善良,猪还顶聪明,猪也能推孩子,"夏川说,"我也自今以后,不吃猪肉了,改学吃素。我如何是好呢?我要被因为行刺你们而被枪决了。我愿改为吃素了。"他苍白地说。

"我们是多少友谊的,人生可贵的友谊,我们纪念我们的 A,甲,春舫,季眉,在村子里喝酒,三碗不过岗,那时也想着他们,想着得道者多助,便可以有心中的力量。"罗志恒说,痉挛了一个动作,想和韦成厮打,但又收回了。"人生犹如猛虎,我便被猛虎吃了,如果我有意志,便不生下来。"

"老友啊,世界上最贵重的是友谊,是有 A,甲,春舫,季眉诸公在等着我们,"罗志恒惨苦而凄凉地说。

"一切人间的感情,"夏川说,"我搂着志恒,两人相亲,爱,符合正义的人类的要求,也符合瑞士公法,多么亲爱,而优美啊,你们便不被杀了!"

"全是人间的感情,人生的美满,拾金不昧的幸福。刚才聆听了韦成的教训,便知道这个了。"罗志恒说。继续面色苍白着。

"留下来不杀吧,"夏川说,面色也突然惨白,如同死亡在浸透他:"我是如何地痛苦于一切人生感情,如同痛苦于这树,这草,这绿色,这又开始有着的雨。"他说,看着,雨,又开始降起来。"我们和你韦成司令员也有感情,我们将来再会面,是恭敬地带着水果来,而在走近你的位置的时候,便奔跑起来。跑步,"夏川喊,"我们这是跑步一圈,给韦成司令员看,如同我们那时跑近了他的家一样。"他说,但他们并未跑,两个人只痉挛了各一个动作。

韦成看着他们,因为讽刺;因为因这些的纠缠而痛苦;因为又降着春雨,身体全湿,然而欢乐;因为讽刺便因此更高涨;因为心中的威势与英勇的心情,便说话如同雷鸣。

"我是因你们的卑鄙而心中沉重地喝醉了,陶醉于这生活的芳香;我又瞥见了高大的山与浩渺的海,在一瞬间又不知道往何处行走,因为我的四面八方都是道路,通向无限。你们苍蝇蚊虫的滋扰使我想到无限了。"

他震动着。他的妻李明芬沉默着,抛下了手里的木段,对他进行阻挠了,她,有着冲击性与恶斗性,但这次仍然觉得这里是危险的区域,而两个谈论人生的感情的敌人为危险。两个敌人发现了她手中的是木段,不是枪,又想抢刀了。

"你的言论,"李明芬对韦成说,"是过分骄傲了,你个人独行,不是办法,你过分骄傲,便要失却人性了。"她说,因为想缓和局势;因为假设为自己有狭隘;因为想从敌人撤退;因为又在落下来的春雨猛烈,心中激动,又发生了冲击性,但忍耐着;因为她的心在颤抖,她便说话大声。"你个人有过分骄傲了。"

"我瞥见猛禽飞翔于这大雨中,我瞥见各棵树在雨中舞蹈而放出炸的雷,我瞥见我的心为同行雨的云一般速驰,我瞥见大海倾倒下来,在我的这年龄,老年,我瞥见我仍旧有我的英雄的心愿,并做和污物,卑鄙者,敌人的猛烈的斗争。"韦成说。

"但你这样过分了,"李明芬说,"哎呀,你使我困苦,你这骄傲的男子。"

"我瞥见我的心不容忍对于这种卑鄙的人物的妥协,我发现我的心要为我瞥见的真理而战,直到生命的最后。我发现这就是我老年的责任。"韦成说。

"骄傲的,愚蠢的,巨人的,但笨拙的,可恶的男子,"李明芬说,"我劝你从容而和平了,虽然一把刀在你手里,有一把已经在夏川手里啊,看起来,敌人,是比你有着谋略多。我也假设和你老年离别了,而阔别几年,而又在这树林里碰见你,或在我们的屋子里,我遇见你负笈远行的,你被捕远行的,凄凉的韦成归来。你忘记了夏川罗志恒逮捕走你吗?你这巨人,愚蠢的,可恶的男子,我劝你如同普通一样,和这两人一分切和了。我和你假设阔别了。我也有恶劣的心境,而忽然得到欢喜。我假设这时夏川和罗志恒又得势,而在包围我了,他们来捕我了,我便一个人用一只步枪不妥协地射击,而遇见你从遥远的地方转来了。我便站起来,有不死亡心。但我劝你妥协了,但我说到这里我的心你便激昂起来。但我还是忍耐,你笨的,可恶的,骄傲的男人。"李明芬说,因为形势有些急迫;因为雨落着有着激昂;因为心脏急跳,想着妥协又想着按照她的性格冲击;因为心中的痛苦和升起的夫妇的亲爱的感情;因为笨拙,而走上前去,抓着韦成的衣服摇晃着他。

"这一切没有什么意思了,"韦成说,"我也有一柄刀在手。"

"这一切是这样了,"李明芬说,"我觉得可以忍让了。我说你们两人,过去的也是相识的同僚,是聪明,智巧,而有着活泼,好不好?"她向夏川罗志恒说,"我说你们是有互相的友情,你们对你们的朋友 A,甲,春舫,季眉的感情深切,你们将不死了,不被韦成杀死与和你们决斗了,我说这好不好?"

这时候夏川举着他们的一柄刀,两人便近来了。两人便看了一看被扔在地上的李明芬瞬间前用手帕包着的木段。

"我们刚才屎拉裤子,但我们此刻绕定,转守为攻,转败为胜,因为我们占下了天时,地利,人和——看,韦成之妻与韦成不是内部矛盾了吧?"罗志恒说。

"我们刚才下体有劈啪响,失去天时地利人和了,但是,美满的姻缘,我们现在转败为胜了。下体劈啪也不在意,而相反的,有快乐。我们忽然了解,我们是不败的。"夏川说。

"你是蠢男子啊,"李明芬推动着她的丈夫,焦急地说,"你这可恶的,骄傲的人,看来,便免不了一场决斗了。你愚蠢的,可恶的韦成,国钧,你看,这雨愈大,而情况荒凉,你已八十岁,而我,也显得孤零,夏川,罗志恒,我愿意给你们我的钱包了,"她说,"但,不行,这是不行的,不能过分让步,你韦成看呢?"

"我决斗了。"韦成怒吼着,喊。

"停止吧,我的心肝丈夫,我的心痛了,我愿意给钱包了,我这样好吧,"她又对夏川罗志恒说,"给钱包和增加骂他,锤击他好吧?"于是她斥骂丈夫,"你这愚蠢的,一意孤行的,骄傲的,笨拙的男子,你这笨蠢的,狗屎一样的,黑暗的,两眼看不见光明的,冥顽的,鬼一样的男子,你这八十岁的,将近棺木与火葬场的冥顽的,呆笨的,可恶的男人,你这可恶的,骄傲者。"她说,便又举起拳头来,不重地打击在韦成的肩上和胸前。

"这样骂,差强人意了。"罗志恒说。

"是一意孤行的,孤单的,不团结群众的,笨的男子。"夏川说。

"请你们也骂点吧,请你们也不要一意孤行吧。"李明芬说。她又斥骂她的男子,"一意孤行的,笨的,可耻的,愚蠢的,臭的,不值得一说,不值一文的男子。"李明芬,有着冲击性格的,这时撤退,而眼睛里有着眼泪。

"孤家寡人的,极端个人主义的,可恶的,极端自利而独善其身的,个人主义的,丑的。"罗志恒喊叫,攻击韦成,"你这司令员。"

"他是极端笨的,愚蠢的。"李明芬愤怒地脸红地说。

"极端自以为是,极个人主义。"夏川说,斥骂着韦成,而举着他的刀。"我们占了天时、地利、人和了,你内部叛离了。极丑的,极个人主义的,自己养大的,"夏川说,"不给我们设法一点,批一点我们伪造的,假设的功勋,极丑的,狗屎的。"

"譬如延安三一高地之战的功勋,譬如石家庄八零高地的功勋,批一点,我们是人口,助我们伪造一点,我们还可以更爱,爱党,不可以吗?"罗志恒说。

"不可以吗?"李明芬说,她战栗,忽然变得讽刺,有力,活泼,"你韦成,独善其身,自己建了大功勋,歼了敌人便骄傲了,乐意了,而不批点给我,你的妻,伪造譬如防卫二零高地及那天各高地吗,"她说,由于欢乐;由于强大的讽刺的感情;由于正义的激动与冲击性的起来;由于爱着与敬仰着她的丈夫;由于她的丈夫的和她的感情这时显现,她便拿起她丈夫手中的那一把刀。"韦成!国钧!亲爱的人,伟大者,巨大者,一生战斗,而现在八十岁了。"她喊。

韦成,韦国钧,此时吼叫了一声。

"我见到高山与大海了,我的英雄主义与个人的信心增加了,和我的伟大的人民一起,在我的老年,我今日和两个歹徒斗,我的心中瞥见和听见大海的摇晃,与高山的唱歌,"他喊着,"我见到人民的海。"

这时李明芬举起了刀。她,经过妥协又发生了她的冲击性,她,保卫她的她觉得伟大的丈夫,她举着刀子往夏川罗志恒奔去了。韦成也上前了。李明芬的刀和夏川的刀相碰,春雨落着。李明芬便幻想地瞥见她杀倒了巨大的敌人;敌人的心流血,因为她的勇敢与壮烈。她用脚踢敌人也有功效,罗志恒被她踢着了。韦成便拿过了她手里的刀,而发出吼叫。他的吼叫猛烈,震动着春雨中的这南京尧化的远郊的树林。

"你是蠢的男子。"李明芬又恢复这样说;她这次因为激昂这样说,她崇拜,心爱,惊动,惧怕,勇敢,以甜蜜的声音说,"你,韦成,国钧,是蠢的,可恨的,笨的,不智慧的,处事不当,一意孤行的男子,"她以更甜蜜的亲爱的声音,如唱歌一样地说。"你伟大者。"她叫。

"我们是蠢的,笨的,一意孤行的,不智慧的,大呆子,"罗志恒说,"我们是的,你,夏川,你我是的,斗字,鼓舞战斗。我们是巨大者。"

"大呆子,"夏川尖叫了几声,说,"启开了战幕了,你,大呆子,笨货,一意孤行的,处事不当的,夏川,即我,和你,大呆子,一意孤行的,处事不当的罗志恒,便是这样了。我们是巨大者。"

韦成,韦国钧遇到张季,张季也老年,活泼,活跃,而有着精力,他是夏川和罗志恒的敌对者,善良,一直是军队政治部人员。因为人民解放战争中曾负过伤;因为想克服伤痕在有些季节发痛;因为和老年斗争;因为在战场上曾多次以自己的身体掩护兵士与同僚,上级;因为特别地努力于修养自己的能力;因为心中有着善良的正直的火焰,而快乐着,而来到这尧化的远郊区域,而在渐又大起来的春雨里,追踪夏川罗志恒,和夏川罗志恒相斗争了。张季,因为自身的妻子矮小而活泼;因为两人感情很好;因为子女都有成就;因为生活快乐;因为国家的局势良好;因为内心的满足,而快乐着,想着满意的,快乐的事,想着春雨。他的胶鞋陷在泥里。

"我这个张季还是年青时一样善良,我今天早晨想到一九四八年人民解放战争中炮弹横飞。我人民解放战争前后干过团长,师长,军参谋长,但是长期地干着政治部,我是那年代年轻的军官。春天了,春雨深沉,有利于困敌;年青时代注视人生的前程,注视着人生的道途,现在这道途到了这里,——我便忘魂似地到了这里,建设祖土,春雨如油。江南乡土,我南京人,和你韦成同乡,世家。我妻忍耐生活里的困难有巨大力量,我这个中将几十年所做的事也无愧于人民,我便胶鞋陷在泥里,而思索少小时在南京读书,曾学生列队到这尧化门来行走,我较早接近地下党我经过青年时期的梦幻而较早地达到我们党需要的健旺。我有精力而我和我的世家的高大的黑漆大门有着分裂,我便很少年地到达延安了,而几年之后,精悍,渴望,积极,而遇见我的活跃、直爽、明朗的妻。我们生第一个小孩于困苦中,但是忍耐,快乐,积极。同志们友好,感情深,与组织帮助。我透明,有力,冲击。而我胶着在和敌人斗争的激情里,一日一日的飞逝,而凝望着我这后半生的建设,我渴望有力,猛烈,深情而老年学好矿藏学。我现在是满意,幸运,快乐;是快乐的人。"这快乐的,有激情的人,张季,说,"我有幸福,甜蜜,建设,我是谦虚的人,如同这春雨的一般的谦虚,有力,愉快,自身愉快,"这愉快,有些战栗的,快乐的人,说,"我有冷静,有力,明朗的思想击破每日可能有的沉沦,如同在延安与人民解放战争中的正直工作那样活跃。我是政治部的小青年,小鬼出身,会吹号,而大声唱歌。我的妻圆脸,信善,声音高。我心中惊动,奔放,沉思,我爱春雨,故国,进展。我爱事业,春雨,与人民的幸福。我幸福,陶醉,心境和平。"他,幸福的人,战斗者,说,"我快乐,有神圣的我党和军的力量,我快乐,热闹,向往崇高,喜欢说连续的三个形容句和词,我来看你们了。你们,夏川和罗志恒,在这里进攻着韦成将军夫妇了,韦成和李明芬同志也快乐,春雨,爱情,我心震动。"他说。

罗志恒与夏川,因为仇恨;因为激动与激情;因为又降落的春雨;因为周围的树木似乎有神奇;因为韦成与李明芬的沉着与激烈性;因为有一柄刀在手,而愤怒着,反抗着入侵来到的,激情的,快乐,幸福的人,反抗着张季。他们发生一种战斗的情绪。

"你这张季,十分快乐,"罗志恒讽刺地说,"你一来便攻上高地了。"

"我们在这里击胜了韦成了,"夏川说,"不在意你是激越的人。"

"快乐,奋进,努力,在高地上便有手榴弹的爆炸声,"幸福的,充满激越的情感的,快乐的人,张季,说,"我便攻上高地了,在右面有一敌军的坦克,在我左面有一我军的坦克车,而兵士在移动迫击炮和山炮上山坡,我便攻占石家庄八零高地了。"

"在三七高地有我的战绩,我所以这春雨里也如你一般想到,"罗志恒说,"有一颗手榴弹在我面前爆炸,而我便立刻卧倒,扑在韦成司令员身上,而见义勇为地营救首长了。"他说,因为仇恨;因为愤懑张季这一激越的,幸福的人;因为仇恨三个连续的形容词;因为雨又落着,雨幕中觉得全部事可以朦胧地表现与可以明目张胆地制造谣言欺人;因为仇恨使他战栗着,他便制造谣言说他掩护过韦成,与伪造他的军事功勋。

"这是这般的想起来感伤的,战争经过了,在第三营有点动摇的时候,我,"夏川说,"便激昂,不动声色,而狂风一般地,三个连续的形容词,三脚架字,也正是三个连续的三脚架字一般地,带动一个连冲上去了。而石家庄,那一次,有右翼进攻的线路,你韦成知道,是我的见解,而被人认为是你的了。"

"在延安时我的战绩,被认为是你上将夫人李明芬的了。"罗志恒说。

"攻击,火烧,爆炸,"张季说,"愤怒,战栗,奇异。前进,激情,理想。红旗,军号,与春雨红旗飘开,飘扬。"他说,有着激烈的,强大的,愤怒的声音,这因生活而激情,幸福的人这时有着愤怒。"你们明目张胆地伪造。我攻击上高地了,韦成将军指挥攻入敌右翼又从中央偏右上前了一个分队了,而如同在这春雨里,我心欢快;我军制胜,而怎么变成你们的战绩见解呢?我掩护的韦成,怎么变成你们的呢。你们的军功呢?"

"抢营地而火焰升高,弹落而火焰升高,枪响而心力升高,我,"罗志恒便说,"那一战,便制胜了。我的心,遥望着祖国的红旗与今日的建设年代我们都接近高龄的这一场春雨,我便哭了。"他说,在雨里淋湿,而从这一棵树下跑到另一棵树下。

夏川便拿着他的刀,在雨里淋湿,而从这一棵树跑到另一棵树。

"攻上高地的时候,我们是如何地激进,而心中如何地幸福,"夏川说,因为激昂;因为战争的凶恶情形中的自己的功勋的捏造;因为仇恨张季;因为喜欢激越;因为想盗窃成功韦成的战功;因为有一种深的伤感与回忆战争的恐惧,而在他的胯下又分泌出粪便来了,他也是故意地助长这种分泌。他便鸣响屁,从这一棵树又跑向另一棵树。

"大雨啊,回忆石家庄的攻击。"罗志恒说,同样的因为一种伤感与回忆到战争的恐惧,在他的两腿之间,胯下,也发生他的有故意的鸣响屁与排泄。他便从这一棵树在雨中跑向另一棵树。

这便是两人"回忆"攻克石家庄的情形了。

"愉快,奔腾,而愤恨,"张季说,"当年,是你们两人,在惊慌恐惧中掉到水塘里去,而我,掷了手中的枪,将你们两个救起来的吧?事情不是这样的吗?战场上激情,奔腾,对敌愤恨。听见你们的悲惨的声音,高呼救命。"他说,"后来的事情是你们的胯裆里也比今天过响,拉出尿与屎来了。"

"但我们是不愉快你救起我们来而打我们耳刮的。"罗志恒叫:"你极端个人主义,个人勇敢。我们后来拖炮的,这是也记在战功上的。炸弹造的,便有心中的伤凄,心想,爱阶级事业,而拖炮了。"

"我认为我们是要把这一点仇来报的。"夏川说,在雨中从这一棵树奔向另一棵树,而中途转折,而蓄意鸣响屁向张季奔来,举起刀,举得很高;但又放下手臂。

"愉快,强烈,奋斗。"张季说,而显示他是一个有力的,激越的,幸福的人,不惧怕刀,而心中有着歌唱与火焰。他脸色严厉,迎着刀走去。"战争经过多年了,而我想起当年飞着的炮弹的时候,心中便有激昂。"他说,显得快乐,因为对生活满意;因为坚持着奋斗与不息地坚持着真理;因为内心经常保持着激昂;因为觉得自己的功勋属于时代与人民;因为谦逊;因为满意于夏川与罗志恒的两腿之间下体的拉屎与鸣屁的声音而又愤激,而愤激又有心中的满足;因为满足于韦成与李明芬的健旺,而快乐着。他是爱祖国强烈,因而有幸福的人。他迎着刀走去而吼叫,而夺下了刀。

韦成看着夏川与罗志恒,他便也向着夏川走去,而又打了夏川一个动作的面颊。

"一切事情便因你们的恶毒和我的同人张季的勇敢与他的连续三个形容词而显出面目了。我心中动荡与恍惚,我又似乎在山岗向上行走,我的贤惠的妻子斥骂我是笨的、愚蠢的,无益的男人,无有实力的男人,我便愤懑了。"他说,因为激情;因为春雨激起深的感慨与期望;因为想着他的山与海,与英雄心情;因为升起来的高蹈;因为想到李明芬与他的深情,而动情着。他便有着一定的战栗,而在雨中发生咆哮了。

"你这讲三个连续的形容词的张季,是一个似乎是无益的,笨的人了,你也是一个独善其身的,个人主义的,无聊的人了。你是一个蠢的人了,因为在这棵树与另一棵树之间跑着的,鸣着他们的屁的,在胯裆里拉屎的两人,夏川与罗志恒,你是敌不过他们的,你是终于独善其身的,当你战败的时候,你便是如同我一样是一个愚笨的,无实际的,终于独善其身的人了。"韦成讽刺地说。因为身体潮湿;因为年老;因为比喻不很有力量,语言未能表达心中的意思,而愤怒了。"你是一个自以为是,自以为和这些人激战胜利,而有着缺点与令我失望的错误的。"他突然假设为不安的样式,假设自己有军阀,而愤怒,喊叫着,"混蛋了,你们干的这些,混蛋了,你是幸福的,美满的,快乐的三个形容词的我的政治部,混蛋了,你并未攻上八零高地,你并未跑在坦克、战车之间而十分英雄,英勇地掩护同志与掩护我,"他说,有着正直的巨大的心境,而突然流着泪,但他的脸上的假设的邪恶在痉挛着:"你什么时候也是一个自以为是的,自以为美满的不足道者。"

张季沉默着,在雨中看着缴获的刀。而这时候,夏川与罗志恒两人沉默了一定的瞬间,又在几棵树之间奔跑了,而跑着,鸣屁与继续排泄一定的粪,而模仿着牛鸣与羊的鸣叫。他们做着对韦成夫妇与张季的讽刺。

"狗种的两个敌人了。"韦成吼叫。

夏川与罗志恒继续模仿牛鸣与羊鸣叫,他们因韦成被激怒,伤感,而愉快。

"我仍然是愉快的,"张季,颉颃着韦成,说,"你愤怒了,你老年了,你的心灵有一定的这两个鸣屁的人而伤痛了,但我以为,你是不必要的。你许多是必要的,但这件是不必要的。"他说,重新快乐,似乎轻蔑韦成,但战栗着,又有着畏惧。但他仍然又笑着。"你一切有力,这件无力,你斥骂我错了。"他说,再表现他是一个快乐的,幸福地凝望着生活的人。

"这仍旧是你是过分甜蜜于你的理想了。"韦成说,带着他的忽然假设为军阀的邪恶的神情;"你把你的快乐,幸福,减低吧。"他说。

这时,夏川与罗志恒仍旧在雨中从这棵树跑到那棵树,鸣屁,与做着牛与羊的鸣叫。

"你把你的快乐,幸福,减低吧。"韦成又说。

张季便有着一定的眼泪了。

"我认为你的年老使你伤心了,但我仍旧觉得我是应乐观的,假若你很伤心了,我便也还是这样。我是要继承你的志愿与事业心的,如同他们想抢劫你的军功。我便又笑了,因为我想到我的妻的圆的脸。我便又笑了,我甜蜜的,甜蜜的,幸福的心。"

"狗屎!"假设为军阀,而有一定心痛的韦成说。

"我快乐的,愉快的,奔腾的心。"张季说,又笑着。

"狗屎,"韦成说,"雨大了,不幸福的心。而你,我的妻子李明芬,你和我一样,是一个独行其是的,愚昧的,糊涂的,笨拙的,心伤的女子了。你是一个笨拙的,和他们夏川两个歹徒做愚笨的械斗的人了,你是一个自以为能扑灭臭虫的,自以为是了,你又自以为有心机,而对两个歹徒表示谦让了。"他,韦成,假设为军阀及假设为幽狭隘的性情,而向他的妻叫喊着,"你不愉快的我的妻,你愚昧的,你可恶的,但你是聪明的,也巨大的,"他说,"不,仍然是愚笨的。"

"我是愚笨的。"李明芬怯懦地说。但突然她吼叫了。"为什么你像个军阀的样式,你为什么你攻击张季又攻击我?"

"我到了我的英雄的境界里,而登上高山了,走过大海了。"韦成窘迫,而嘲笑地说。"现在,雨落着,两个我们的行刺的朋友在鸣着屁,还学着牛与羊鸣叫,在树间仍旧跑着,是奇异的境界了。"他说,并且愤怒地模仿一声牛鸣,又模仿了一声羊叫。"你,张季,你过分地快乐了,在今天,也不容许你这快乐的,幸福的人。"

"我反对你,"李明芬说,"我也学一声牛鸣与羊叫,"她说,发出了牛鸣,羊鸣的声音,"我觉得你,一意孤行,独行其是的人应知道,"她说,噙着眼泪,"我也因为你的一意孤行独行其是而常是一个幸福的人。我的确幸福,的确,"她带着幸福,甜美,和有带着强烈的讽刺,说。

"你是不幸福的。"军阀,孤高的韦成对张季说。

"我是颉颃你的!"张季突然用高亢的,尖锐的声音叫着,"我快乐,幸福,愉快,立于这三脚架形容词上,而颉颃你军阀,你不能像大战车大炮一样压我的,"他叫,他的神情有着凶横,但是善良,甜蜜,幸福,正直的快乐也闪跃在这中间。因为他这时与韦成的善良的心有着深刻的碰击;因为他听出了韦成的凶横里有善良的战栗;因为他知道这是假设;因为他内心为国家的情况与韦成的性格感动;因为他激昂,他的感情,其中主要的是幸福的感情,上升着。

"你过分是一个幸福的人了。"韦成凶横地说。

"我是这样的,幸福的人,于这个时候,于这春雨里,我便想到我的圆脸的妻的少年时了,于我们国家的健旺的这年代。我心欢欣,你是军阀,你恶,你孤行,一意孤行,极端个人主义,你是一个恶的狼。"

"你是一个恶的狼,"李明芬对韦成说,"你是十分自行其是的,在你这年老的时候,但是今天,你克制了夏川罗志恒,我是满意的。"

"你是一个恶狼。"张季说。

"你是恶的狼!"李明芬说,"但是,韦成啊,国钧啊,这一切都是假设说的。"

韦成显出痛苦,善良,软弱,他的脸上的邪恶的,凶横的神情便收藏了,而紧张地注视着他的神情的李明芬便流泪,而低声的啜泣了。而幸福的人张季,便有吼叫了一声:"你是一个恶狼!"而发出吼声似的,强烈的哭泣。

张季又说话。

"你是假设为有军阀的样式的,你韦成是善良的。我向高龄的韦成你致敬了,你高龄,健壮,灿烂。你李明芬同志也接近高龄。健壮,灿烂,雄壮。我们的部队有一批高龄的,现存着的王震,聂荣臻,邓小平,杨尚昆,李先念,光明,灿烂,英雄。伟大,有力,挺立。乐观,建国,斗争。幸运,鼓舞,顽强。我,政治部的张季,用我的三个连续的形容词说话了。"他说,他,这满意现代的建设的快乐,而在哭泣后重新有着幸福的人,继续充满着精神:"我们中华人民共和国,人民与军队生死与共,光明,迈进,勤劳。英勇,勤劳,伟大。"他说,兴奋继续起来,显示着他的幸福的心灵;他的词汇有燃烧,他是一个快乐的人。"我说,我来到故乡春雨的尧化门这郊外了,我小时曾经来过尧化门外几次,一次是随着我的世家的人们,来看我家的祖坟。我那时叩头,有虔敬,善良,尊敬。"他说,用着他的南京话,他声音高亢;严肃中有着激情,显示他是一个激昂的,有着幸福的人。"我现在的到这里,向那边已经失踪的,到地下深处去了的祖坟致敬了,"他说,向深邃的,春雨的,淋湿了的树林鞠了一个躬,他仍然显示着他心中的生命的激昂的兴奋,有着快乐的战栗。"我们是世家,祖上是正直人家,我的心灿烂,勇敢,奋斗。几十年的革命,我的心灿烂,勇敢,奋斗,我用我的三个连续的词参加这春雨的奋斗,因为我愿望更大的春霖,它飘荡起来为大地升起雄壮的帐幕,带着增加的春风,而吹遍中国。"他,张季,严肃,幸福,有着觉得美满与快乐;他,这有力的,幸福的人,说;他的心充满雄壮。"辉煌,光明,灿烂的时代,邓小平时代,万岁。灿烂,光明,辉煌,我,向老年,健旺,八十岁的韦成致敬,你韦成的头脑,如同智慧的,强大的雷霆。也向李明芬致敬,她伫立着如同大的树。在大的树上,有年代记的鸟雀巢,高飞,英勇,灿烂。我再说到春雨,和祖国的静静的,静静的,美丽的平原,沉思的平原;这南京,我的乡土的尧化门外平原。我的静静的,静静的,渴望的心里有许多美丽的三个形容词,而泉水般涌上来。我的渴望的,现实幸福的心要说到百鸟,万鸟高飞,高声,而旌旗高升,"他说,显示着他的精力,与对祖国建设的满意,显示着,他是这祖国的幸福的,有力的人。他的心颤抖,因为沉醉,有着激越,显示着他是幸福的人了,有着对于他的幸福的似乎夸张,但他也冷静着,显示着刚强如铁石。"我便注意到你们,你夏川罗志恒的行动了,你们于是还有一柄刀,你们行动了,你们衣袋里还有经常的小刀。"他说,他的凶恶显现在他的南京腔调的善良中,"你们拉屎了,你们卑鄙,丑恶,不许动。"他的继续带着他的爱国的、幸福的情感的声音在春雨中震动,这时,夏川突然举起了刀,罗志恒也从衣袋里取刀,但是,他们有恐惧,因为张季无畏,而形态尖锐。张季便取出了手枪,"我快乐,思念共和国,春雨。我觉得灿烂,幸福,光明。"这多情的,有美丽的感情的,有着幸福的政治部人员说,他,还向空中放射了一枪。他的对韦成夫妇的尊敬与他的对夏川罗志恒的憎恨使他放射了一枪。"我知道,明白,清楚。"这精力顽强,多语言,幸运的政治部人员叫喊着,"你们的罪行,这里来行刺韦成,还在那边一块尖削的石块的门前正数的二十八棵树下,有红色线捆着的草的下面,有铁盒,海洛因毒品。"

罗志恒夏川处于绝境,他们继续鸣屁,奔跑,而这时,由于斗争的精神发生升高;由于绝望的战斗;由于痛苦;由于幻象在心里生长,以为奇怪的形态能破坏现实的秩序,便发出更大的牛鸣,羊鸣的声,和鸣屁声,用手抓起地上的泥土啃咬,而喊叫搏斗。他们处于有些狂乱,癫狂的状态,而绕着几棵树奔跑着。特别的、癫狂的、疯癫的形态,他们显得可以破坏现实的秩序,和抵抗张季、韦成、李明芬。他们因为他们的毒品便发觉了,他们便蹦跳,做着牛鸣,羊鸣,还有狗叫,鹅叫喊,和颤抖着,在地上抓泥土塞进嘴里又吐出来。

"我们共同防御,吃泥土,闷心,闷心,便心不痛了,"夏川叫喊,"我们的苦胆汁破了。鸣屁,我们今日来行刺,昨日吃了豆子等物,以便于胜利时鸣屁和拉屎,而有快乐。"他喊。

"我的学各种叫,也学鸟叫,便变成各种了,变了形,便你们抓不住了,"罗志恒叫,"我们变为狼了。我们,一,二,三,做狼的嗥叫,"他叫,而他和夏川两人便学狼嗥叫,"我为了变形,化入各物的形态,破击自身的形体的限制,而积蓄着屁,现在鸣响了。"

"我为了变形,突破□□,击胜围剿,而学狼的嗥叫,"夏川说,当韦成举着一柄刀向他来到的时候,趴在地上用手爬着,而做狼的嚎叫。

"我做狮子的嗥叫,啸吼,"罗志恒说,便发生了相当有力的吼声,——当张季拿着枪向他走来的时候。这时候李明芬去找标志物,找着了红线捆着的一束草,缴获他们的海洛因了,他们两个的变形的欲望更强烈。由于日常的突破现实的幻想,偷盗的幻想;由于心脏的紧张,痛苦,炸裂性的急爆;由于仇恨要逮捕他们张季,韦成;由于对自己这时候产生了幻想;由于幻想幻觉的火焰高,他们渴望变形。张季,韦成,李明芬也就遇见了顽强的敌人。

"心肝感情的春雨,大树,变成火吧,变成任我俩有烟的刀与刺吧!"罗志恒叫喊,"我的屁到了肛门边了,屁响,顶着我飞起来吧,我们价值万元的海洛因!我们变成火,变成烟,而升上空比,变成电,而闪霎,变成树叶,而飘荡,变成许多的屁,而放射在这些大树间!"

"我们变成许许多多的苍苍的物件,而突破我们的现实了。我假设我和夏川阔别多年,而在春霖,美艳,芳香的花丛里遇见,而他是一个多情的,同情我的朋友,不再有时出卖我,他是多么的好呀。我用感情的,诗意的,有情的话来吸引你们正直的人类了。我们阔别多年我便学杜鹃鸣叫,而震动人心,而也震动你们的心了。你们便让步了,不伤我们了,你们不流泪呀?你们不心境美妙,窈窕,心意姗姗,而流泪呀?"

"做杜鹃叫!你们便伤情,而不伤我们了。"夏川喊,由于突破现实的要求;由于激昂;由于觉得自己们似乎可以战胜;由于痛苦而仿佛自己有正义;由于恍惚的傲慢的心理;由于心中有自己自信可以制胜的幻想的方法,而喊叫;"做杜鹃叫,于是整树林的杜鹃都叫起来了,而事实,环境,便要变化了。"

罗志恒便用嘴做杜鹃嚷叫,从他的喉咙里发出忽而的,颤动的声音。

夏川便用手做号筒放在嘴边。他想用手吹出杜鹃的鸣叫,这样可以有荣誉感;但仍然用手做号筒,而从喉咙里发出强烈的喊声——因为情况有匆忙。

"杜鹃叫了,"罗志恒说,"杜鹃吸引着人心,人心便着迷,而想念自己的亲人,这时候在遇难。杜鹃还使你弄不清亲人与敌人。"

"想念自己的亲人,"夏川说,"亲人有深情却是,于临行时,于道别的伤感,于相处的温馨,于胜利的快乐,于同床共枕!"他喊叫,说,"在耳边的切切话。杜鹃叫思念亲人。"他说,又做杜鹃鸣叫。"杜鹃叫久了,还真可以迷乱亲人与敌人。"

张季,韦成,李明芬,便静止了一定的时间,看着他们,两个企图用什么特别的方法逃窜的人。

"叫了,"罗志恒说,"在着妙的,醉心的湖堤上散步,而不用想到各自的老年的归宿；杜鹃与春霖，美妙的湖上叫，后在月下，美妙的月。"他说，又做了两声杜鹃的鸣叫。

"由于你的啼叫，人儿便伤心落泪，"夏川说，"军队便进攻，人儿，你便忙那些攻占了敌军的高地与田埂的日子。在石家庄的战役，韦成司令员的指挥下，我们曾攻过田坎。你们要知道，我们是一个旗帜的，一家的，杜鹃啼叫过去的功勋，那时的攻克一道又一道田坎，杜鹃叫了。"

"杜鹃叫了。"努力和他的朋友夏川写作的罗志恒说，"在杜鹃叫的时候有蝴蝶飞，而我的情，我的心，在想着如水年华，我的细腻的，细腻的感情，胜过你夏川。"

"我的细腻的情思，胜过你罗志恒与Ａ，"夏川说，"甲，春舫，季眉，但我说我的赤胆忠心的感情，我的豪壮了。我的细腻是胜过狗屁的杜鹃的，胜过狗屁的你偷物的罗志恒的，我的细腻或要如同黄雀，我的发渐渐的更白了，"夏川说，沉静了一个瞬间，想要和罗志恒团结，用思想意识来战胜张季和韦成夫妇，来驱动他们的感情。"我便躺倒在春雨里了。"他，夏川，便英勇地，猛烈地躺倒了。"我躺倒是地胞，是春雨胞，是树的胞发芽，是大地的烈焰的胞发芽，我的感情雄壮而细腻吧。"

"我也一样细腻的，"罗志恒说，"我也一样在地上躺着，面朝下，当地胞，而心灵如同没有烟的纯火一样细腻。"

"我当地胞了，我躺在雨里，嗅泥土的气便会心神苏活，而战动着我的两只腿。"夏川说，"我和罗志恒，由于我们的智慧，当地胞，将你们韦成夫妇，张季，吸引入幻影了，地胞的幻影是将来的死亡。"

"死亡多么甜蜜呀。"罗志恒说。

韦成，因为张季援助了他，增涨了英雄气魄，因为和两个歹徒斗争而心情激动；因为对于他的年老的奋斗，两个歹徒的活动也产生了一种推进的效果；因为心境的雨中的激昂；因为对于张季的友爱，而心脏战栗着。但他仍然，假设为军阀了，而且假设为悲观。

"他们的箭均射击中箭靶了，我悲痛，"他说，"我的心战栗着，"他对张季说，"你知道我是横蛮的，你的活动均为我所不满意，你是一个粗糙的军官，你是混人，而来到我这个对我说三个连续的形容词，对我撒野了。"他说，带着甜蜜的腔调，他因为老年，精神烦躁，烦厌自己而有这种假设了；但他的心颤动着善良，甜蜜，怨恨着自己的老年的形态。罗志恒与夏川假设为"地胞"，他便假设为"天胞"，即"天之骄子"。因为他对"天之骄子"的张季的幸福与乐观发生快乐的感觉与赞美，而心中颤动着对祖国的爱；他在心中，当他也发生爱国的幸福的感觉的时候，称张季为"天之骄子"。他因为心中的友爱的强烈的感情，便假设为反对张季——因为他这时还假设为他有老年的悲观烦躁。他便自己称为"天胞"，而假设为军阀的形态和悲观了，因为"天之骄子"，天胞，是有蛮横与悲观的。"我假设为也是躺在泥土地上的，却是躺在云里跌下来的，是天胞了。我嗅到泥土和树木的香气，我还嗅到空中的香气，因为我来自空中的云。我便踢你们和斥骂你们，但你们两个歹徒是无脚的，我便斥骂张季，他是愚笨的，自称幸福的，天胞，和我一样自称幸福而且一切满意的人了，我想象我是天胞，而为军阀绑人，捆混蛋，王八羔子，小崽子，偷吃鹌鹑蛋的，我便想象我是从前的军阀了，而且，我天胞坠落，心中悲伤。"他说，战栗着。

"但我是天胞了，"张季说，"但我不是从空中堕落，而是人生的道路灿烂，光明，辉煌，是走的人生的道路。"张季说，他再显得他是一个有甜蜜的心的，幸福的人。

"但我是空中掉落的，我在我的老年，特别觉得我一生空虚，如同两个歹徒所表演给我看的，"他说，"但我像有许多戏剧里有旁白，我旁白说，我这是假设，因为我的一生并不空虚。"

"但没有一种因素会你觉得空虚吗？"张季说，"你不是老年悲辛，而且痛苦吗？"他说，"我因为激情，而努力，灿烂，光明，我觉得你是有悲辛了，我觉得你是回忆你一生有几次没有实行好上级的命令和有几次命令没有贯彻了。"他说，因为发生了颉颃，而这种颉颃也是如韦成一样是假设的,而紧张地注视着韦成;因为心中继续上升着因韦成的假设而有的兴奋;因为从这假设中见到韦成的善良;因为欢喜着,感动着;因为兴奋地在颉颃着春雨,而有着心中的幸福,是一个幸福的,爱自己的时代的,英勇的人了。"你没有觉得你的军阀态度与悲观是一种死亡的锁链,而令我痛苦吗?我,"他,张季,向韦成鞠躬,说,"说你是一个军阀了,你是一个老年悲观的浑重的浊物了,你的老年的高尚是失去了,你悲辛而失去你的一生的巨大的光荣了。"他说,兴奋着,而再表现自己的顽强,是进展着的国家的前进的堡垒的守卫者而且是不常矫情的快乐,战斗,幸福的人。"我认为一切甜蜜,如同这春雨。"

"如同这春雨一般甜蜜吗?"韦成假设为痛苦的老人,而啸吼着说,"你狗屁,你小崽子,你是呆笨的无知之徒。但我心痛苦,我便用我的旁白说,用旁边的说话另外说:我知道你是多么的正直,而且勇敢。"

"我也用我的旁白说,"张季说,"我感觉到韦成的老年光荣。我说,我对他韦成说,我也感觉到我的快乐,祖国的无限快乐,似有缺点,但是,我仍然认为,我们革命者,年老了便归于历史的行列,而是地胞,入契于泥土,也是天胞,入契于天体。"

"你说得不对。"韦成说,因为老年;因为激动;因为心中的轻微的痛苦;因为心中也有着一生光荣的巨大的感觉;因为瞥见了山与海,觉得山高大河海浩瀚,而有着英雄的心情;因为对自己的老年的愤怒与抚爱,而有着也是幸福的感觉,但他仍旧假设着;"人生多么悲观呀!多么悲观呀,人生!"——"我的悲观便和你是机巧的,正直的,幸福的人颉颃了,"他讽刺地说,"但我便也是幸福的,而觉得祖国的眠床的安稳了。"他说,便突然地激动,而在树边上的潮湿的,丰满的绿草上趴了下来,"我当地胞了,也当天胞了,你这幸福的人说服我的悲观了。"

"绿色的,潮湿的,美丽的草,"张季说,"我心中快乐,如同我们祖国又开辟了通未来了新的强的大道,如同我们又发掘了矿藏,如同我们永远相爱。"他说,便和李明芬一同,把年老的韦成从潮湿的绿草上扶了起来,扶着走了几步。

"我们当地胞了,你们缴去了我们的毒品,"罗志恒说,"我和夏川是躺在泥水里,而泥洼水洼有着尽情的美丽,韦成与张季既然觉得人生,祖国建设的美丽,这邓小平时代有着美丽及美丽的希望,我们便孤注一掷演出一个戏剧,一个人将死了,坟墓为他开门了,他便在一定的机会里发现了他的友人爱他,给他送来了他的金元宝,是国家犒赏他的。在我的这个法国莫里哀翁的戏剧里,我演将死的人了,或者这是雨果翁的戏剧也说不定,我们在现代是提倡这些翁的,我,全身潮湿的罗志恒,便表演将死的人了。"他说,于是他表演跟跄着,战抖着,磕碰牙齿的人,"我表演,死亡之神,来了,他有钢的,目光里有阴暗的电,闪跃,闪跃,我便战抖,他,夏川,便表演送来了金元宝。"

"我送来的金元宝是很大的。我是过去的友人,这是国家的为你的一生的功勋的犒赏,尽人生的意思,你的一生便安慰了。我便旁白:这金元宝多大呀,有十斤重,他使我的心如何地战栗呀,过去的友谊,过去的甜蜜的深思,当他,快死的时候,我便跑过几十条街,而去看他,给他带去这金元宝,在烈阳下,在云雨快来,在特别的烈阳下,我跑着。"

"我跟跄着,"罗志恒说,表演着,"死亡寻抚着我了,我颤抖着,死亡扑击着我了,我旁白,多么痛苦的死亡呀,可是,我要伪装做不怕它,伪装做英雄人物。"

"我也跟跄着,"夏川说,表演着,"金元宝过重,十斤的重量,还有它的吸引人心的重量,我便跟跄着。我旁白:多么引诱人心呀,假设我得了便好了,我将谋死他。但人要伪装,我便改为,我多么倾慕他的荣誉呀!他是多么伟大呀,一生的荣誉。反正,谋死以外,我还假设为伟大的友谊的楷模的思想。我怎样假设为光荣的思想呢,有了,我便想着,我是蜜蜂,我是勤劳,我要不想我已谋死了他,我便不想了,而想与宣扬我的伟大。"他说。

"这一切使我仇恨了,"韦成说,"我将死了,不,不死,我将奋斗,而有你张季,有光荣的朋友之情同志之情。"

"我多么敬爱你,韦成。"张季说。

"我便要打着你们了。"韦成,颤抖着,向着罗志恒夏川两人吼叫着,"我扑击你们了。"他痉挛着扑击过去,两人便避开了。"我立于天地间,我当天胞,我经过了我的宏亮的,灿烂的人生,我在这尧化门外远郊的春雨里,要攀登上高山峰,我要跨过各家的锅与灶的炊烟,而登上高峰。"他的叫喊很高昂,他的战栗的情形很强。

这时候他的妻李明芬便奔向他,把他扶着了。

"我是一个有力的人。"

"我扶住你。"

"我是一个有力地度我的几十年的人。"

"我扶住你,"张季说,稳定着,慎重着。

"你是头晕了还是怎样的,"李明芬说,"不头晕了吧。很好吧。我但愿一切平安,而你不被两个歹徒气坏了。最重要的事情是要健旺,我愉快你和你的健旺。"

"健旺。"

"我扶你在雨中,"李明芬,因为搏斗;因为仇恨夏川与罗志恒;因为激情很高,因为进入恍惚的激情中;因为想表示认为自己的丈夫的英雄与老年有为;因为假设幼稚的心理;因为冲击性,而扶着韦成在地面上,雨中行走了。而张季,因为激情;因为心中的不灭的灿烂精神;因为对于韦成的健康的信任;因为心中安静;因为幸福和幸运的情绪状态;因为觉得祖国强大,也就是韦成和他,李明芬强大,而和李明芬一同,扶着韦成行走了。他再呈显他是一个健旺的,幸福的人。

"绿的草,雨也渐小了,我说,"李明芬说,"假设雨大了,你也不怕,你的身体顽强,对吗? 我违反了规则了,但是我觉得我们的人生是一种骁勇的奋斗。是这样吗? 是只有春天草才绿吗?"她假设幼稚地说,她也因为对韦成的崇敬,而有一种幼稚的快乐;"树的皮,为什么是不绿呢,野花为什么是黄色的呢;真的,树的皮为什么不绿呢？这花为什么是黄色,而树根,为什么不绿呢？一切的事物有多么美丽啊。"

"这一切是如此的,韦成,你很健旺。"张季说,再呈显为他是一个幸福的人,因为缴获的夏川,罗志恒的毒品,他继续心中扩张着有幸福的感觉。但他很警惕,但因为李明芬的兴奋与假设幼稚,因为他的幸福的、快乐的情绪,发生着缺点,他和李明芬扶着韦成,在泥地上跌倒了。而这时候,夏川与罗志恒二人,举着刀,向他们冲来了。

发生了斗争,因为他的手枪从衣袋里掉下;因为夏川与罗志恒猛烈;因为大雨又如注;因为心中的幸福的,快乐的心境此时尚不消失与合闭;因为激昂的自信,张季便扑击有刀的夏川而与他斗争着,他,有了错失,但仍然是一个快乐的,激情的,幸福的人。他摸了一摸他衣袋里的缴获的海洛因毒品,而斗争着。

而这时候,韦成很困难地,用手撑着泥土,用膝盖顶着地,与用手臂也顶着附近的石块,而用尽了力量,在紧张的李明芬的帮助下,爬了起来。爬了起来他便胜利了,他似乎发生了病象,但克服了。罗志恒呆看着他,还以为他倒地要发生重要的病象的。但他,韦成,这个也觉得心灵幸福的人,便突然充满着精力,向罗志恒扑去了。

但这是有着困难的,他又似乎要被罗志恒摔倒。他的眼前出现过去的生活的回忆和坟墓的幻象。他将被摔倒了。但他的腿部又发生了一定的精力,将他撑着,他便追忆及当年战场上的与敌军官,一个胖大的人,抢夺武器与厮打。罗志恒抢他衣袋里的刀,而他保护着。他,年老的韦成,此时意识到这是他家乡的土地,他在他的家乡的土地上和敌人厮打着。

"我的韦成,国钧呀!"李明芬号叫着,奔突着,"我心中的正义扩张了,我现在搏斗了,向着祖国的大敌搏斗了,韦成,国钧,你的刀子。"她叫喊,而这时,年老,笨拙的韦成失去了刀。李明芬便突然跳跃,而助韦成抢回了刀。韦成,发生了精力,他便将刀插入罗志恒的胸膛了。另一方面,枪响,张季捡起了枪,击中了持刀向他袭击的夏川了。

"我的心中一声爆炸，"韦成唱歌与吼叫，说，"恢复了我的年青，我心中爆炸，说明我的妻也勇猛，我是一个幸福的人。"

"我们击毙这夏川罗志恒，他们是香火，便也换火贝了。但假设他们不是香火，便也是合适的击毙了，"张季说，"我快乐，心地光明，胜利。"他说，"我和祖国事业灿烂，辉煌，勇猛。"他说。他激动着，面庞战栗着，显示他经过了危险的恶斗，仍旧是一个快乐的，幸福的人。

"在风雨中，在祖国的幸福的光辉中，在风雨如磐中，思念过来的路，而眼前展开往前的路，通过绿草而前进，咦，春天的草为什么绿，咦，韦成，为什么树皮不发绿？咦，为什么黄色的花不是绿色？咦，"韦成，发生精力，而用他的嘹亮的声音吼叫与唱着。

"在风雨中，在爆炸的阳光中，祖国幸福，光辉，明亮，日与月光荣，伟大。"张季吼叫着与歌唱着，"咦，为什么这时候降临这一场我的故乡尧化门外的风雨，为什么这里倒下了两个罪犯铜瀹造的屁虫。我的心境幸福，祖国啊，要前进的是多么灿烂的路。咦，为什么草绿色而花是黄色也有红色？咦，为什么一切事情表达了我的幸福与我的对国土的情爱？"他唱。

"为什么我心中充满了这时的欢喜？为什么我的韦成倒下了又爬起来而没有发生病象？为什么人的青春常在而草常绿？咦，为什么我这么爱我的生命。"李明芬，充满精力，活跃，而发出了她的高声，唱着。

姚秀敏遇见童杏芳了，童杏芳是强健，有力，愚笨，同时聪明，文盲，同时见识广阔，热爱生活，积极的军队参谋部门的女工。和姚秀敏相遇，结为朋友了。童杏芳喜爱年老的姚秀敏，她是党员，她陪姚秀敏在街头走，和她说话，她和同样的参谋部的年轻的女工黄秀珍经常从军区工厂找来了纸盒的胚，带给爱好劳动的姚秀敏，便和姚秀敏一同折叠纸盒，而每个纸盒有几分钱的收入，勤俭的老人姚秀敏便买药吃。姚世祥愉快这种活动，因为过从给姚秀敏为儿子;因为孝敬的感情;因为亲切的感情和尊敬姚秀敏的一生;因为他的心灵有着更深的泉;因为想良好地赡养她,因为想帮助她克服困难;因为被她克服老年的倔强所感动,而也帮助折叠纸箱。童杏芳,愚笨,太笨,快乐,而在折纸箱中活跃,黄秀珍也温柔,贤明,勤劳,来到姚秀敏一起,而姚世祥喜悦,生动,接近结婚了。但是这个时候,姚世祥,因为憎恨恶人,因为夺取年轻者自己的前程;因为想阅历社会;因为猛烈的性情;因为痛恨恶人到了极点,因为活跃;觉得自己的前程闪跃,继续假设为不妥的人物,进出着院落,将买来的花从花盆中折断,不到他的工作机关去,和忠实的童杏芳冲突,以至于童杏芳伤心。

他带来三个人看这里的折纸叠。一个是年轻的,欢笑,活跃的,一个是阴沉的,一个是胖的,愚笨的。

假设为不妥的人物的姚世祥,说童杏芳折叠的纸盒不好,他音调激烈,使她流泪了。

"这纸盒不是极容易折的？多么笨的女工？"姚世祥的阴沉的朋友说。

"纸盒胚上有许多甲虫爬过,"欢笑的年轻人叫喊着,"而女工折叠还觉得纸盒是香的,这种工作下贱,"他说,笑着。

"我们本来是这样。"姚秀敏说。

姚世祥的胖的朋友,拿起纸盒胚来看着,而摇晃着,将纸盒胚弄掉在地上了,痛苦着,捡了很久没有捡起来。

姚世祥的三个朋友是做着商业的个体经营,有着剥削的思想和活动的,他们有对于这里的折纸盒的简单的,纯朴的世界的敌对,这里的姚秀敏和她的两个伴侣,善良而安静,使他们觉得不愉快。因此,他们便个人咒骂了一句丢开,咒骂着姚秀敏和童杏芳黄秀珍,虽然不太明显。"笨叼的,"年青,活泼的一个说。"狗屎的,"阴沉的一个说。"蟑螂虫,"胖的一个说。他们便轻易做了两个世界的划分了,在姚秀敏这里,是有着井冈山以来的历史颤动着,这使姚世祥有感伤。

姚世祥假设为不妥之人,和三个衣着繁华的青年相处,这时他心中窘迫,而发生了一定的激昂。

"童杏芳,你是这老实的女工,你叫童杏芳吧,"姚世祥说,"多么笨啊,"他说。"我向你道歉了。我的心里,是觉得,你这共产党领导下的女工,是如何地良好,有力量,正直,"他,姚世祥,善良,有着一定的眼泪,说。他的痛心的眼泪,弥补了童杏芳瞬间前的因被他欺侮而流的眼泪了。"我说我的三个朋友是混蛋,是剥削社会者,你们很容易感觉到,我们剥削着社会,便像剥着一件狐狸的皮一样,在混蛋的人们的心里,有残忍。□□□□□□□□□□,□□□□□□□,我的心中的筋抽搐着了,混蛋的,我的三个剥削的朋友。"

"你是混蛋了。"三个人中间的阴沉的,险恶的,有着强劲的面容的人,说。

"你骂我们,我们揍你了,"活泼的青年说,"看出来你是不妥的,你宣传井冈山的姨妈,你到这里来便显示你是不我们一同的原形了。"

"狗种!愚笨!"肥胖的一个说。

姚世祥一瞬间面庞上有一种严肃与凶猛,他便要,由于正直;由于内心的波浪;由于对这里的折纸盒的劳动的尊重;由于对于童杏芳与黄秀珍的同情;由于对于他的姨妈姚秀敏的老年的尊敬;而对他的三个见异的朋友进行攻击了。他的脸上有一种可以觉察的轻微的战栗,又可以看出来他是和他的三个朋友不一致的:有正义的与不义的区分。那三个浮华的青年是有着浑浊的气息的,而和他们的在冲突中的他,姚世祥的高尚的,严肃的,高贵的气息便显现出来。但他,姚世祥,短促的瞬间便变化了。"我说,两个善的女工,童杏芳与黄秀珍啊,你们在这里,是不是想混我姨母的钱,她有两万元。世界上有你们这种人没有呢?有,你们便是,我,在人生中漂泊,见到各样的事,便知道女工是有坏心的。我因为在人世上心中痛苦,便信仰基督教了,因为人生有痛苦,而社会有黑暗,而政府也给以信教的自由,我信仰了,我主基督伟大,他为世人而牺牲了自己。"他,姚世祥,假设为恶劣的人与基督的信仰者,说,"我是正义的,我送你童杏芳黄秀珍每人一元钱,你们用我的语和我的姨母帮家务,闹出她的老旧的两万元,我要得到而不还她。"他说,取出钱来。

"我们挪出你的钱了。"女工童杏芳说。

"这是狗屁的钱,"黄秀珍说,"这人是多么愚笨啊,想动摇我的心!"

姚世祥便继续做他的假设与伪装,他想进入他的朋友们的生命;他一方面又说出他与剥削见异,是想强硬地获得他们的信任。他想此后好发配他们。他们有的是腐化的高级干部的子弟,有的是富户的子弟,这时代,有许多钱横飞着。

"我向你们说,我是你们一起的,我是民主界,党的追随者,而显我的精神了。"姚世祥对姚秀敏,童杏芳,黄秀珍说,便摇晃着;螃蟹一般,穿着他的也华美的春季的大衣,而摇晃着。他已经开始他的特别的生涯,已经开始做他的商业营业的个体的经营了,他,因为想在人生中有一个为理想而斗争的位置;因为仇恨纨绔子弟;因为想使他的姨母快乐地度晚年;因为尊敬姨母而觉得人生的深刻的意义;因为有着好斗的精神,已经开始从南到北,从南京到上海,武汉,贩卖商品丝绸,雨伞,特产,烟,酒与日用品。他,显得很有气势,表示年青人要做事业。他,伪装着要和姚秀敏冲突,很明显的,他的三个朋友是来到了解他和姚秀敏的感情,以便决定他是不是彻底和他们一起的,他便摇晃着,攻击姚秀敏了。

"你井冈山的老朽的思想,你笨的老朽,和你的女工两人,我们划界了,"姚世祥说,"我们的新新中国,是要飞黄腾达的,那时我们一个新起的,努力的,赚钱的阶级发展起来,发起财来,而社会提倡着剥削!"

"狗屎的姚世祥。"姚秀敏喊叫着,她是从姚世祥的神情里知道他的伪装的,姚世祥在假设为恶人的时候曾经走过她,向她和童杏芳黄秀珍闪霎了几个动作的眼睛,这里面有甜蜜的,有精力的,年青人的战斗的感情。而使长期习惯于斗争的姚秀敏感动了,而使忠实的女工,与贤明的,渴情的女工童杏芳与黄秀珍感动了。"狗屎的姚世祥了,居然要剥削社会了,居然以基督教做掩护,居然信基督教了。"

姚世祥便跪下了。他胸膛震动,而发出祈祷的大声,呼喊基督,他,由于心中假设的痛苦;由于假设的觉得人世迷茫;由于假设迷了道途;由于假设的无限惆怅;由于假设虔敬,而呼喊着,说自己是"迷途的羔羊"。

"迷途的羔羊啊。你看我穿着华诞的彩衣,我是迷途的羔羊,实际一无所有啊。我的灵魂空虚啊,我对我理解人有赤利,与残忍呐。"姚世祥喊着。

姚世祥的三个朋友中,有两个也跪下了,喊着迷途的羔羊,第三个,相貌阴沉的,抱着手臂站了一定的时间,也跪下祈祷了。

"我宁可输出一切钱财,而求得升天国啊,而天国的展示,好到来啊。"这阴沉者祈祷说。

"你到来啊!"姚世祥的朋友,年轻,活跃的一个,喊叫着。

女工黄秀珍面色紧张着,她的心灵又着受惊动,她便激情起来,走向姚世祥。

"你们起来了。你们心中是有痛苦么? 我真是同情你们了呀!"黄秀珍说,"你们是祖国的深水洼里得的! 有能力的青蛙。你们这样子,仿佛发生事情了,你们吼叫着金钱的不损失,还有什么呢? 你们刚才不是说你有一份剥削社会的?"她对姚世祥说。"我们家曾被石子击中,在我的祖父辈,曾经被你们基督教,天主教的石子击破了头,打伤了背。石子来了,基督教天主教的恶人来了,把我们说成是有害的蛤蟆,我想起来苦痛啊,我的祖父被打病了,腿部一直伤残。炮弹横飞,你们基督教行凶,我弓背而行,抵御你们行凶,从你们的这样子,我便觉得有着对我的仇恨了。"她说,她的反基督教的感情,想象炽热着。因为她爱着国家;因为她内心有火焰;因为她,黄秀珍,有着冲击的正义的感情；因为她的感情有时候异常猛烈；因为她正义，她喜欢想象正义与罪犯斗争，她向前冲击：在旷野里，有十株大树被毒蛇盘踞着，其中有一条蛇是那些年代的基督天主教，她便冲锋了。"童杏芳，你能冲胜十条大蛇吗？我彷徨了，我彷徨了，我试试看，人为正义而死，人为正义而高歌，像兵士上战场，我便拿了一把尖刀，去搏击毒蛇了，如同国画上的。你不吝啬生命吗，我的心战抖。"她说。

"哪怕是毒蛇遮蔽了旷野，也正是我，献身，报效祖国的村人的好机会了，"童杏芳说，"我将光宗耀祖，我的砍打毒蛇将永为人忆，永生。""永生"这个词汇使她的心灵爆发了一个瞬间，她，童杏芳，便猛烈地向前，如同狮子一般大叫，似乎她乐意这毒蛇一样，——没有它，便显不出她的英勇。她卑俗，平凡，不美，愚笨，然而这时心脏兴奋，她宛如在梦境中便向"毒蛇"扑击，而黄秀珍便在温和地迟疑了一瞬间之后也发出了叫声，向前冲来。她们两个人扑击假设为基督教的姚世祥和他的三个基督教的朋友了。

"冲啊，冲啊，天边响起了雷声，冲啊，过去的吃人的天主，基督教！"童杏芳叫着，便走过去摇晃姚世祥的朋友中间的一个，他，是那个阴沉的人，继续祈祷着。

"醒来呀！醒醒呀！迷途的羔羊，世纪的仇恨！"黄秀珍说，她则是摇着姚世祥的肩膀。"你们旧年代将迷途的羔羊领到侵略的帝国的炮火里去了，我们什么时候迷途！"

"迷途的羔羊，"姚世祥说，"你现在就是迷途，不解政府政策。你不看见，天空的光辉，由于我们的祈祷幸福与金元宝，基督便派他的安其儿，送来珍珠项链与金元宝了。你不看见我胸前挂着项链，你不看见我胸前挂着金元宝，你不看见我是雄伟的男子，而安其儿环抱着我？"他叫喊，他的声音同时转为讽刺与欢乐，满足他的地下工作的，正义的要求。

"我发生虔敬，我的心虔敬，"姚世祥的阴沉的朋友喊，"而这个反基督教的，使我的虔敬散掉了，而他要负责。"他便站起来，而向着童杏芳冲击了。

童杏芳有着特别的情感产生。因为惊动,因为几个人跪着的虔敬;因为这中间有着人生的患难似的;因为活泼的青年,阴沉毒,愚蠢的肥胖的人,三个纨绔子弟这时的样式;因为姚世祥的又喊叫"迷途的羔羊"的声音带着凄怆,她便觉得一种恍惚,痉挛了一个动作,又痉挛了一个动作,而心中有犹豫,发出温情的感情,觉得似乎是可以有着宗教,而这全部是可以同情的了。她痉挛着,又从事她的叫喊,遇着姚世祥的阴沉的朋友,而喊着:"打倒迷途的羔羊!"

正义的冲击者黄秀珍,和童杏芳冲击而喊叫,他们瞥见了旧时代的毒的蛇。黄秀珍叫喊,因为内心的温情;因为幻想;因为爱着她的军队里的未婚夫;因为幻想到她的遇难,——她在祖国的梦中梦见她的未婚夫在和袭来的敌人美帝国与台湾的军队作战时遇难;因为在梦中还梦见了早年她的被基督教打伤的祖父,她的叫喊高亢。童杏芳的叫声也高亢。黄秀珍,幻想着祖国的梦,她的未婚夫与一个战士被敌人所困,她激战着,因为只有一粒子弹,因为只能救一个人,她,在痉挛了一个瞬间之后,心中有英雄的、祖国的教育,她便决定,在两个敌人向她的未婚夫与一个战士攻击的致命的时刻,向那个战士的敌对者射击,而牺牲她的未婚夫了。她的未婚夫牺牲了。她视自己身体浸着汗醒来的,这时她便向姚世祥和他的朋友喊叫,和童杏芳一同,向假设为基督徒姚世祥与他的三个朋友冲锋了。

时代迁移,这也不是旧时代,这时的基督徒呈显不行凶的、温和的状态,姚世祥便站起来,而他的三个朋友也站着,温和地笑着嘲笑两个惊动的妇女了。

"她黄秀珍有旧时代对你们基督教的仇,而童杏芳,"姚秀敏说,"是憎恨着你们的有着赤利的样式。"

"人生的道路了,人生的道路各不相同。"姚世祥说,他假设为恶劣之人,在他的心里悸动了善良之后,在他的申请显现为善良之后,他便狞恶起来,"你看,我基督教,我爱上帝,我便剥削你的衣服了。"他说,他的三个朋友都激昂地跟着他,包围了童杏芳和黄秀珍,"我们今天按照政策,不欺人,跟着伟大的党,所以我们只作为象征,对付居然将我们看成豺狼,敌人的两人,我们剥下你童杏芳的绒线的外衣和黄秀珍的军服上衣了。"

姚世祥,带着他的三个同人,便动手剥童杏芳,黄秀珍两人的衣服。而童杏芳,黄秀珍两人,由于意外;由于不畏惧他们;由于豪放;由于格斗的心情;由于冲击的心理,而将绒衣与外衣脱了。姚世祥与几个基督徒便拿着衣服了。

"我们今天是最拥护共产党的,"姚世祥说,"我们进行我们的民主人士的爱党的渴望所表示的道理,我们群众批评你们,剥你们一下衣服了,现在,再奉还给你们。"他说,窘迫地笑着,因为觉得触犯了黄秀珍与童杏芳的尊严,因为觉得这样的基督、民主人员他过分猖狂了,因为心中思虑着要如何地弥补,因为心中滋生了痛苦,因为觉得童杏芳和黄秀珍庄严,而有了眼泪。特别是诚实的童杏芳,她一瞬间因为姚世祥的宣传而在恍惚地想着基督的情况中。

姚世祥转过身去,打击了那阴沉的青年一个动作的面颊。

"你们,三个民主,四个民主人员,要知道,"姚秀敏吼叫着,将手中在折叠的纸盒胚砸在地上,"是要知道赔礼的。民主人员呀!跟着党走呀,童杏芳是党员!"

"那么我们替两位把衣服穿上了。"阴沉的青年说,痉挛着。

他们便窘迫地笑着,替童杏芳穿上绒衣,和替黄秀珍穿上外衣。

"我党员说,"童杏芳发出巨大,激动,痛苦和怯懦的声音,发出忠实,善良,勇敢的声音,喊着,打击着那阴暗的青年的面颊。"都站立好,喊:'共产党万岁!'"

于是,姚秀敏在内,都喊:"共产党万岁!"

姚秀敏和来到的夏川罗志恒冲突,夏川罗志恒两个人做忠实的,温和的样式,而姚秀敏心中厌恶,又发生了对铜瀹造,赝件的人类的仇恨。姚秀敏因为自己年老而暴躁;因为回顾自己的一生觉得有许多残缺;因为左眼睛有着虽然轻微的白内障;因为痛恨铜溺造假人类;因为还有着激荡的感情;因为姚世祥时常假设为不妥之人;因为年老有相对地歌颂生活,又有内心里的追求绝对真理,而灵魂内突然发生的震荡。她的追求绝对真理的火焰燃烧,她便颤抖着。

"你们是赝件的假人类,你们生生死亡;时刻换火贝,"她说,从她的租佃的房屋里,拿了一柄新买的斧出来,因为她内心的绝对真理的追求,她认为她将来要砍柴烧饭,而她实在爱这斧,所以她买了。"我的生涯,经过战场,经过患难,现在飘荡着,想建立我的老年。"她热烈地说着,举着斧向着夏川与罗志恒,"我是,正义的疯狂者,心思的飘荡者,我要杀伤你们! 正义的社会主义的拥护者,今日,要砍杀你们!"她举着斧向夏川罗志恒砍去,但两人跑得快,她砍不着。

"凄凉的命运了,"罗志恒说,"我们从今以后正义,老实,而努力服务了。我们是正义从心里,因为你们的影响,而长起来了。我喊叫祖国伟大,和人们显忠诚,好吗?"他说,"你夏川喊,你喊空廓,有声音高扬,我的低沉,我的心震动,要为正直建国者,你喊,好吗?"

夏川便用两手做号筒,而喊空廓。

"建国者,需要建设祖土祖国。人要正义,"他喊着,因为他实在反对这个,因为他又有诈骗的兴奋,所以战栗。"忠诚地服务于祖国,姚秀敏不用斧砍我们了! 我们更正错误了,我们心中颤栗着正义的神火,正义是神火,奇异的东西,燃到了我的心里,我便垂泪而欢愉,"他喊,他的诈骗的兴奋,他的反对,逐渐地过去了,或者说,进入更深的诈骗了,他发挥他的激昂的特色,而继续喊着。"正义的太阳高高地升起,正义的姚秀敏拿着巨斧,要修改我们,变动我们,所以我们便被变动了。"

"你必须这样,当你的心感动,"罗志恒说,"被变动的时候,你必须舞蹈,中国古人有舞蹈,表示情节,现在,你,夏川,是正义捆绑而痛苦的偶的人人,而我,从你背后拉线拖曳你,便训练你为正义者了,至于我,当她姚秀敏拿起漂亮的斧,人类开山,开劈天地的斧的时候,我已经全部正义了,从我的毫毛孔里,血液的米粒子里,都是正义的感觉。正义束缚人类,他们被我们欺侮,但是,正义的人类,可以做伟大事业,开天辟地了,升起有龙图的烽烟了,我们也赞成的。我便在你夏川后面牵线,你做牵线的偶人,而训练正义的捆绑。"

"这个办法是好的,"夏川说,"我的反正义容易溢出。"

罗志恒便严肃地,快乐地,蹲下来,用手做着姿势,在夏川的背后站着。

"我夏川,有一次下毒药到托儿所,突然,看见灼灼亮的善的正义的儿童的无邪的眼睛,他们的稚气的,天真可爱的脸,他们的活泼的姿态,这岂不是,人类的未来吗？将成长为有力的,服务社会的人,"罗志恒吼叫着,而夏川站着,开始做着姿势,带着一种舞蹈,"我便改正了,改正了。当我夏川,有一次,意图偷一个老姨的钱的时候,那四百元,五百元,强诱我震动,但是,当我想到,我尚是一个中将的时候,我便眼泪流下,祖国及我军待我不薄。"罗志恒继续蹲着,在夏川后面吼叫,而夏川便做着颤栗的木偶的姿势,他中意这种,而他的心里也开始充满正义。

姚秀敏便将她的斧拿在手里,而蹲下,而要罗志恒也站起来。

"现在我来说,你罗志恒也站起来。我在后面用正义捆绑你们两人试试看,因为我今天发现你们两个有正义的可能性了。你们看见我拿着斧。"她喊。

罗志恒便站了起来。夏川与罗志恒两个人站着,做着木偶的有节律的颤动,姚秀敏便说话了。姚秀敏,因为激昂；因为老年的气概；因为正义的膨胀；因为讽刺；因为又有严肃,而大声地,有力地蹲在夏川罗志恒后面然后又站起来说话了。姚秀敏这时候,心中充满着诗情,而抚摩着她的斧。

"我在老年也想着我的归宿,便是归于祖国,社会的安宁,我姚秀敏斩发白苍茫而爱朝夕至于磅礴的海,我心中充满一定的温暖,而精力旺盛。我遇见蜻蜓,蝴蝶都向我舞蹈,蝴蝶呀,蜻蜓呀,青蛙呀,我们结盟,结成盟约,共同奋斗。这是我的开头的誓言。我还要说,我的斧将开劈局面。"她说,挥动着一个动作的斧。她便激昂而冷静,有计算,用高亢的,尖锐的声音喊叫了,"一切的一切,我夏川与罗志恒,今日有正义的教诲,而心脏战抖,而栗栗战抖,而心火燃烧,而灌输进正义,而自此以后,从事正义的活动,而不准伤害正义物,包括蝴蝶蜻蜓,像我夏川,每见到蜻蜓蝴蝶都想捉来打死,像我罗志恒,每见到鸟雀都要投石头,是卑鄙的,可恶的。"她说,而夏川罗志恒两人在她的前面站着,战栗着。

由于奇怪的情况,由于姚秀敏的诚恳与认真,她的想用她的热情,斧,开劈世界的想法,和她的感动于各物的感情;由于灿烂的正义的心的上升;由于姚秀敏的老年的努力;由于她的热诚,诚恳,由于这特殊的形态,发生了夏川与罗志恒两人的"改悔"了,发生了两人的啜泣,伤痛与咳嗽与吼叫了。激动发生,他们两人被姚秀敏的斧砍着了,而在这一瞬间变成"正直","善良"。

"舞蹈呀! 舞蹈,我的心都是!"罗志恒说。

"舞蹈呀! 舞蹈,我的心感动。"夏川的尖锐的声音叫喊说。

姚秀敏快乐,便发出鼓舞的叫喊。而,罗志恒,便拿过了姚秀敏手中的斧,而舞蹈了。姚秀敏很担心,但是罗志恒是"忠诚"的。这时的罗志恒,似乎有着陶醉的忠诚的感情,而夏川,有着快乐的忠诚的感情,罗志恒与夏川两人便拿着斧活动,舞蹈了。

"这件事啊,你见量,巨斧在手,把天地来开劈,"罗志恒,人类的赝件,铜瀹造,唱着,举起他的斧,"我赝件的人类罗志恒极毒恶,但我也有正义的爱国心,在建设祖国";因为舞动着的斧的重量;因为觉得巨大的幻影;因为似乎在从事建设;因为"渴望"着正义,因为忽然有"殉难"之心,因为内心的火焰的燃烧,而哭泣了。由于他的深心的狡猾与仇恨,他的哭声很强大。

夏川拿过了斧,舞蹈着。他尖锐地叫了几声。

"我弯屈我的腿,我开劈荆棘了,我高举手臂,而呼吁苍天与后来人了,建设啊,建设啊。"他喊,而发出激动的声音,而慷慨高歌。"从善啊,善意善良啊,服从老人家姚秀敏的意志,而善良啊,中华祖土的建设啊。但是,我这赝件人类这时反叛了,"身材修长的,头发也长的,人类的赝件夏川,眼泪闪跃,残酷,快乐,有重的浑浊的气息,说。"你们人类被赝件混入了,你们混入赝件了,但赝件为什么不好?我们的说话说道特别多,我说道,我说道!"

"我说道,"罗志恒说,"你们建设与建立祖国的事业将败,我们的灵台宇也多,痛苦然而同时欢乐,"他说。

"我们反叛了,"夏川说,残酷,恶毒,并且用手臂挟着斧,而脱下了裤骄傲地排泄了一个屁,并且很响。他拉上裤子,又举起斧向姚秀敏奔来,姚秀敏便扑击着,用她的原始的力量,打击着夏川,而夺下斧了。她,由于愤怒和急躁;由于谴责自己失策;由于勇猛;由于对天与地的渴望;由于几十年生涯的老年的威严,由于痛苦,而举起斧来。夏川与罗志恒,见到姚秀敏有这样的力量,畏惧,而跪下了。

"承认真的领导权了,承认罗纹人类的领导权了,承认我们是要正宗,正义捆绑的,承认我们的失败了。"活跃的罗志恒,便蹲到夏川的后面去,说话,而夏川便颤动着,做着姿势。"我们是罗纹人类在背后牵线的木偶,你们自己让我们篡夺了一些社会了,但现在,心灵的痛苦然而同时欢乐,心灵之中的最柔善的心灵,我们忠顺,崇高,爱国,建设祖土,修辑山河,我们,我夏川罗志恒,向托儿所走去,幼儿园走去,是去下毒药,不,不!不,下毒药,毒杀你们的后代,但是不!不,而是去抚爱幼儿。我们和平,温馨,温情,有溶溶的眼泪,有柔荑的心脏,我说,心肝的朋友夏川,"他吼叫着,而夏川颤动着,做着表情,"我和夏川是往年的至交,夏川呀,如果你在幼儿园下了毒药,你就死了,我便哭你,而且在走过的生涯之路再走一遍,走各条街哭你。"他喊。

"我来,你站起来,"有着渴望胜利的,想要征服敌人的,有着老年和人类的荣誉感的姚秀敏便站在夏川与罗志恒背后了。她蹲下来又站起来了,拿着她的斧,"我要用正义,正直的字,捆绑你们,看我成功与否?英勇的人民解放军解放全中国了,他们建立了新的中国,也建立了各样的秩序,我们,几十年了,几代人下来了,但在祖国的大街,乡村,田野,大路,美丽的建筑里面,还有着你们夏川罗志恒。打耳刮,你们自打耳刮,你们夏川罗志恒,"她喊,但她的活动无效,他们不自己打面颊,她便拿着她的斧而伤痛。她战栗着,夏川罗志恒看着她,显出嘲笑的神色。他们要抢她的斧了。夏川抢着向她举起来了,她便夺回来;砍倒了夏川。

"我向你们砍来,"姚秀敏说,向前冲着,不重地砍着了夏川的肩膀。夏川倒下,流血。他痛苦痉挛,他还敌意地伸两只脚,假装痉挛,他因为见到流血而硬朗,而罗志恒便伏倒在他身上。因为他激动,因为他认为姚秀敏还可能动斧,便伏倒在夏川身上。他疯狂地发出喊声,表示他的抢救"战友",掩护"战友"的牺牲精神。他在迅速间因姚秀敏砍了夏川而快乐,所以心脏有飞扬做着抢救"战友"工作。这时姚秀敏在收回斧,说着,"看我老刀斧手的。"姚秀敏看见了他的情形,便又扬起了斧做了一个动作。这时夏川,忍住痛苦,因为他还欠罗志恒一千元;因为觉得这里有他的生活,——伪装为正直的感情的生活;因为觉得姚秀敏不会再动斧;因为卑污的精神升高,而发出一种不惧怕痛苦的精神,而产生一种追求"理想"的,精神上的震动性的甜蜜;因为内心里激烈,而觉得这时候伪装会适合这一生的光荣,便进入特别的境界,便在流着血,肩部被削了一片肉的情况里发生不仅不恶斗,而且很忍耐的相反的活动,发生快乐的,沾名誉的,占领社会的精神,而掩护着罗志恒了,罗志恒也掩护他,他们觉得似乎姚秀敏的凶恶的斧还会砍下来。他们两人在地上张着手臂互相拥抱,互相亲密,伪善,感动,流泪的情况发生了。姚秀敏看见这个而有着她的精神上的感悟,便又拿起了斧。"我向你们砍来,我再向你们两个赝件人类砍来,乖乖的,心肝的,你们相亲的,我震动的情景呀!"她说,用她的严厉而粗糙的声音。高举着斧,而砍在两人附近的地上。她激昂着,想到她愿不砍伤夏川而胜利,但是瞬间前被夏川抢斧而砍伤了夏川。她觉得她的斧落在地上,是表示了和他们的重大的斗争。她觉得她的斧劈开了新的境界,人类有石器时代,用斧开劈着荆棘,而她,也劈开了通往正义的事业的一定的道路;她显然劈开了什么。她看见罗志恒与夏川互相有着亲密的友谊,有着正义的感动似的,在互相掩护着。他们之间似乎有深刻的感情,他们的心似乎为了正义,善良,而痉挛着,颤动着。

"为人该正义,砍杀你们了。"她喊,"斧砍你们了,劈开我的到未来的通路,劈开我面前的荆棘,犹如古人,开劈道路,而我心中快乐,喷火了,劈开你们非人类的心了,也许正是我的一斧头,你们表现了似乎正直。"

"我来掩护你,亲爱的战友。"曾是中将的罗志恒说,这时候他有一种心脏的鼓动,崇高的精神,仿佛可以伏在夏川身上替他挡刀斧,他便战栗着,而夏川,流着血,也战栗着。姚秀敏的又一斧砍在附近的地上,"我觉悟了,劈开你们的心,看见你们伪装正直了,但也许我劈下去,会劈出党的正义来。"而这时罗志恒,战栗着,似乎姚秀敏的斧继续砍下来,他对夏川说,"军队多年的教育,党的思想,人类在危难中相救,何况我和你是生死同心的战友,仅说我还欠你一千元。战友啊,生死同心的战友,姚秀敏啊,你再砍下来吧!我的心脏跳跃,你再砍下来吧!我掩护你了,我的亲爱的夏川,于这姚秀敏行凶,进一步地叛党,叛国,叛军,叛离革命的时候。"

"亲爱的战友,志恒啊,你掩护我了,我也掩护你了,从敌人的无人性的刀斧下,"夏川喊,他的心战栗,他的喊叫充满着他的蓄意的诈骗,充满他伪装正义的凶恶的感情。这时候他亲吻伏在他身上的罗志恒。"为国而战!我全力,负伤,请你做你的言辞,如同刚才一样,我们到托儿所去,美丽的托儿所幼儿园,我们民族的未来。你说,我便做神情,如同偶人,我线动,便快乐。"

他说。

"生死同心的战友啊,我一定安慰你。"罗志恒说,在夏川的脸上亲吻了一个动作。他于是有节拍地,激昂地,含着眼泪地说:"中国的途程,途程,到托儿所,幼儿园去看天真无邪的幼儿,我们民族的将来,建设者时代的主人翁,好像黎明的太阳,途程,途程,"他说,显出娇媚的脸色,而眼泪更多了。而躺在地上,在姚秀敏的斧的压力下颤动的夏川,便随着罗志恒的语言颤动,做有节拍的,面颊的战抖。"你往幼儿园去,你心中便升高着黎明的锦缎的彩霞的太阳,而你的心光辉四射,你往幼儿园托儿所去,你,亲爱的夏川。"罗志恒说,并且哭了。

夏川的面颊颤动着。这形式,似乎是,正直的战友将要离别,而负伤的一个在逝去了,是人类中的庄严的境界,这便威胁了姚秀敏,她叫喊着,横着她的斧。她便注意到她瞬间前的幻想,劈开两人到正义去的道路,似乎仍旧可能实现,她在幻想中战栗着。

"你们两个听着,到幼儿园,托儿所去,儿童在唱歌拍手,新中国几十年了,新新中国正在升起,你们行走,而心中仁义,仁爱,正直,不是很好么?但你们互相吻着脸,衣袋里有揣着毒药。你们便伪装自己也不知道这毒药,你们行进,行走,而正义,仁义,道德,过去的中将。"她说。

她的声音有着节拍,她还踏着步,她的声音宏大,笼罩着这个院落,震动着,便发生了罗志恒、夏川两人,如同木偶人一样的头部的震动,他们因为伪装正义;因为伪装深沉;因为姚秀敏有斧与强制性;因为姚秀敏的对他们存着奇怪的幻想,没有再进攻;因为心中的继续伪装之情强烈与浓厚,而伪装着是听到了姚秀敏的赞美,而颤动着,头部有节拍地颤抖着。

"我们到托儿所去,心中怀着正义,仁慈,和祖国的炊烟。"罗志恒说。

"亲爱的战友啊,志恒啊,你掩护我,我从斧下掩护你了,"夏川喊,"亲爱的,亲爱的战友啊,姚秀敏的斧劈来,我替你挡住了两斧了,你也替我挡住了一斧,而一斧砍中我了,我便流血。"他饥渴地说,虽然姚秀敏并没有砍这些斧,她只砍了夏川一个动作。"亲爱的战友啊,人生啊,假设我再被砍中,我便牺牲了,我尚欠你一千元啊,我们生死同心啊。"

夏川和罗志恒这时有一种甜蜜,他们,较之恐慌,宁是欢迎着有着巨大的幻想精神的姚秀敏斧在他们头上晃着,姚秀敏也就用斧晃着,观看着两人。她被两人的伪装善良袭击了,虽然她拿着斧头,利器;她因为她砍伤了他们一个而被袭击了,她,姚秀敏的精神处于激动中,处于被欺骗的情况中,她的内心的善良,正直,燃烧着。

"你们是如同你们所说的么?心中想着正义,到托儿所去,而不是怀中揣着毒药的?这是可能的么?但为什么我这样想呢?"姚秀敏说,便站到院落的台阶上去;"你们看来可以改悔吧,如果我一直是没有注意到你们这一点的话,你们似乎可以改悔吧?"她说,热烈的心颤动着。

"奇怪了,奇怪的姚秀敏,我们为什么要改悔呢?我们不是正是很正直,善良么?"罗志恒,看出姚秀敏是进入幻想了,而讽刺地说。

"有这样说么?"夏川说,"怎样改悔呢?你正义的,善良的姚秀敏?"

"奇怪了,"姚秀敏说,"你们这一切不是有一定的正义么?不是可以不携带毒药到托儿所去么?不是可以听我老人家一些,被我的斧劈开,而倾向于正义么?你们一面是我之敌,但今日我这斧使我心跳,我便向往一斧劈开你们到正义的道路了,我看你们也是有着正直,先说,我的斧有错么?我不是一斧砍了夏川,而表白我的正直,而要劈开你们的到改悔的道路么?奇怪,我不是劈开了道路了么?我不是似乎劈开了么?你们不是有热泪盈眶,而两人说着正义,而两人的心倾向正义了么?那么,这便是我的功业,我的和你们两人的多年的仇恨便会另一情形了,虽然你们是铜瀁造。这是没有的情形,铜瀁造会改变,但是,你们不分明似乎有着正义么？我一斧劈开的正义，"被她的斧感动着的姚秀敏说，"我一斧劈开山河，开凿道路，坚决向往，我不是，我不能，一斧劈开你们两人的情况，使你们正义么？"她说，有了一定的眼泪。

夏川便和罗志恒互相在面颊上亲吻。

"心中的激动啊，你们似乎有可能改善，虽然我知道你们不会改悔，你们是骗了我，虽然不是善意骗我，我老了，而处在怎样的一种错觉与迷糊中。"

夏川与罗志恒又互相亲吻。

"我的心肝的朋友，A甲，秀眉，春舫，我们一同到托儿所去，我便发出我的短促的叫声，歌颂新中国的未来，你志恒便发出你的长声的叫喊，补我的叫喊，我们心中亲爱之极，而爱着新中国的儿童，而快乐，"夏川说，战栗着，"这样，哇哇，"他喊叫着，"你姚秀敏大奶奶便满意么？你的心惊动，我们便改悔为正直的人了。"

罗志恒还发出了一个长声的叫喊。

"你们改悔为正直者有重要，我是觉得你们有正直的改悔的，虽然你们是铜潏造，我心中奇怪着我为什么向往你们改悔？似乎是有可能的，你们这种谈话，现在是有可能改悔么？"她说，继续有着她的眼泪。

夏川罗志恒互相在地上抱着滚着，互相接吻。

"你，井冈山的老女战士老了，便以为正义必胜了，而以为我们改悔了。也有这样的，姚秀敏。"夏川说，而猛力地吐了痰在姚秀敏的身上。

姚秀敏便战栗着，她的幻想两人改悔，便结束。

"亲爱的人儿啊。"罗志恒便恢复他的原来的样式；张开手臂伏在夏川身上，"我如何地爱你，心中的同志，心中的英雄的祖国战士。"他说，因为紧张，因为虚伪引起了痛苦和甜蜜；因为心中的恐惧，姚秀敏又大叫了一声，似乎姚秀敏仍然要杀；因为仇恨夏川，而在做着亲密的动作的时候用手指强硬而恶毒地抓着夏川的肌肉,估计使他很痛,而看着夏川肩上的被斧砍伤的血,而有着他的残忍性。"我罗志恒疯狂,在一切时候要你便是,我抓你了,我既和你相同行,到幼儿园去,到事业里去,为了祖国。但我从斧中掩护你了。"他说。

夏川挣扎着,翻到罗志恒身体上面来,而他的残酷性战栗着,但突然,由于暴躁;由于心中的感动,罗志恒毕竟与他有着友谊;由于爱着自己,要表现为有荣誉的样式;由于这时正直正义的对他的约束有力;由于心中这时奉祀了光荣的正直,而发生了对罗志恒的深切的友谊,吻着罗志恒的面颊;罗志恒也吻着他。但他也开始,用他的手指抓着罗志恒身上的肌肉。他们又似乎互相厮打,又似乎互抱而亲爱;两种动作循环而重复着。因为人生的仇恨和人生的"亲爱",因为历史上堆积的账目——夏川喊着:"我只欠你八百元。"因为畏惧姚秀敏;因为互相痛切的愤恨和其中又有友谊;因为人生的相亲;因为相仇恨而又相亲,他们两人便相打而又互相接吻。"我的情爱的知己,历史上再没有的知己了,在姚秀敏的斧下显现了,踢开了我们的心灵的新纪元,我的亲情的心肝的朋友,发现内心的爱人,我的天伦,为你牺牲,我的干儿。"罗志恒喊,又用手抠着夏川的肌肉。

"我的亲情的知己,我的干儿,心肝痛的我的赤子,我抱抱你,我亲吻你,但我又要抓你,"夏川说,便也用手抠着罗志恒的肌肉,"因为我就是如何地爱你呀!又是如何地恨你呀。"

"我将来各种罪行暴露了,案子犯了,我被押往刑场,便回头看在后面的你,见你面色灰白,我们那便要永远不见了,"罗志恒说,"所以那回头看你,是和你的最后的亲情的接吻。"他说,用手指抠着夏川的肌肉,使他痛,并又和他接吻。

"我将来也是的,在押往刑场的路上,曾经和你并肩走,并且侧头来看你,见你面色灰白,我那看你一眼,便也是和你亲情的接吻了,长的接吻,在枪响的时候,这接吻还在继续。"他说,和罗志恒接吻,一面用手指指甲猛烈地抓着和抠着罗志恒的肌肉。

"你们可以了。"姚秀敏大叫,抓着她的斧。

"我将来被捆刑场,经过一棵大树,而像过去时代的故事一样,人们用号吹着,因为一场愤激夏川我的罪行了。我的心震动,我已经预先感觉到子弹的飞翔,因而我的心和吹的号一起飞翔,而喊着,杀,杀!我听见枪响是你罗志恒先死,而我杀!杀地不欲生,我便是英豪,而像是自己是杀杀声的命令者",他说,和罗志恒接吻,而将手指甲抠入罗志恒的肌肉。

"我将来死逝时是我的鞋子掉了,共掉了七八次,末一次我又踢掉了,而我便高呼,我和夏川是终生的朋友,因为有友谊的场磁力,所以最后的鞋子,饮弹的时候是没有掉的,我的终生的朋友啊。"他喊,而又亲吻夏川,而同时用手指甲用力地抠着夏川身上的肌肉。他们两人都在互相亲吻,动心的,惊悸的感情产生,罗志恒将舌头吐入夏川嘴内,而夏川吐舌头到罗志恒嘴内,仿佛他们相爱将要死了,他们又极端互相仇恨,而用指甲抠着对方的肌肉。

"你们可以了,"姚秀敏用两只手横着拿着她的斧,说:"你们可以了,你们父母生你们下来,你们亲情甜蜜,刚生下来吐舌头给未来的亲情的人了,但那是配偶,你们到刑场去的路上;还有着一些回顾,不止是大树,和有一次说到的土坡,三棵树,独立家庭,你们到刑场去的路上,将遇见惊骇的声音,是荒村,不,热闹的市镇的一声飞扬很高的鸡啼!"她,由于愤激;由于豪放的想象力;由于老年的易激动;由于讽刺和快乐,想象两个歹徒被她控制在她的斧下;由于由此产生的英雄主义,便往左望空中,往右凝望旷野,而发生了她的胸膛里的一声模拟鸡啼的强烈的声音。她的模拟鸡啼,使空气震动着,"你们可以停止了,你们可以继续抒情怀也好,我是极仇恨你们,我恨你们非人性,我便对你们讲人性,讲井冈山以来中国共产党革命军队的仁义,道德,你们混入军队的,你们被绑着去到你们的刑场,互相亲情地告别,现在你们走过独立树了,走过独木桥了,走过都市的街头的车马与人们的运转了,走过闹市的鸡啼了。"她说,横着拿着她的斧,她还愉快地想起来在都市里也有英雄的,有宏亮的鸡啼,在枪杀罪犯

191

的时候,长时间的,报导着未来的时代。"罪犯被绑着行走大街,而鸡在笼子里啼叫,像现在,罪犯关在囚车里,而鸡在街边的拥挤的笼子里有感染,而喔喔啼叫。"她说,"看看我姚小大子,乡里妹子,井冈山的老兵的本领,我拿着斧头制裁恶毒的罪犯,而鸡叫了。"她说,"现在,我的心震颤着,我想一斧头砍你们,但又有些回心转意,想教诲你们。我砍你们也只是砍在你们身边的泥地上,我还是砍你们吧!不砍你们吧!听好,两个歹徒,你们政治部的两个堕落者,你们的人生,现在遇见风雨了,这便是我姚秀敏在压制你们了。你们两个要学一声鸡叫。侦察员在侦察完了敌情的时候,回来要学一声鸡叫,你们现在在我的领导下侦察完了你们的前程,离刑场有多远,有几棵独立树,也侦察到风雨了吧,你们便触发你们心中的觉悟,学一声鸡叫。"

"学鸡叫,我们的前程,便会好了?"罗志恒,停止了和夏川亲吻以及用手抠他,问。

"你叫,你便会悟解到了。"姚秀敏说。

夏川便激动地站了起来,扬起头来,没有用手做号筒,而深深地吸气,做了一声鸡啼。他充满着他的虚荣心,这时还从和罗志恒互相抠打发生了类似"爱国"的情绪,他的叫声也强大,院落里有两只麻雀飞着。罗志恒也站起来,而用手做号筒,学了一声鸡啼。

"风雨欲来的时候的鸡啼,"姚秀敏说,"我现在问你们心中的是否改悔的风雨欲来,有着改悔的音韵没有,在你们刚才吼叫的时候,你们便知道了我军的光荣。"她说,因为激动;因为幻想夏川与罗志恒听了她的教诲;因为夏川罗志恒有了一瞬间的沉思;因为教诲的感情高涨和乐观的情感高涨;因为灵魂因自己的做鸡啼而发生了震动,而大声地吼叫着:"你们改悔了。你们,改悔了好,接受我的愉快的祝贺,你们,乌龟王八,再不互相抠肉厮打而也不这样可恶的互相亲情了吧。在这高悬的皇天后土的下面,没有不改悔的,你们改悔了,我如何地庆祝。"她说,她的激动使她有着眼泪,她便,由于自己的老年;由于觉得自己完成着功勋；由于内心的仁慈；由于她的猛烈的鸡啼，鸡啼声笼罩了她的心，她便升高她的幻想了；由于她的忠诚，她便心动而彻底地善良了。她便感动着，而和夏川罗志恒两人握手。"我是极希冀你们两人改悔的。"

这全部并不是孤立的，她在幻想中，夏川与罗志恒则也在幻想着。他们幻想"正义"、"爱国"、"见义勇为"，为人们而牺牲自己，星与月闪跃的甜美。他们忽然地因姚秀敏的激动而被正义充斥着胸膛了。他们厮打与相亲密的情况便改为正义的激昂，便两个人都含着眼泪了。姚秀敏的两次努力，使两人含着眼泪了。

"这多么好呢？"姚秀敏说。"乖乖地，孝敬地，放弃海洛因毒品的贩卖，而归顺祖国，多么好呢，你们便长人心了，最硕大的，热的，有鸡在啼着的人心。你们便使我愉快，而在人生的进展与讨伐里，不再顾虑你们了，我还有许多事情，虽然年老，我要从事讨伐恶毒者，和从事创造。"她说，便进到房屋里去，端出两碗凉的面来，给了夏川与罗志恒了。夏川与罗志恒迅速地，欢喜地吃了，但他们吃完了把碗放在台阶上，便又激动了。

"祖国之爱！"夏川，因为心中的对自己的荣誉的感觉；因为骗成了姚秀敏的面；因为流氓的，生命的快乐；因为还有着一种相反的，即对于姚秀敏的感动；因为凶狠，而叫着，"祖国之爱！快乐的感情！"而眼中便热泪盈眶了。

"祖国之爱。"罗志恒快乐地叫喊，而热泪盈眶了。两个人便哭泣着。哭泣是跟长的声音，和伴随着模拟鸡啼，但他们又突然地互相扑击，互相搂抱着接吻，和互相用指甲抠着肌肉了。

"我们极恨你。"夏川说。

"我也极恨你们。"姚秀敏震动，说，她大叫一声，由于失望，受到了尖锐的反攻而痛苦；由于觉得自己进入了两次的白日的梦境，受了挫折；由于这白日的幻梦也善良，值得留恋，而讽刺着自己和对自己发怒；由于有着老年的精力，由于愤怒激昂，她便吼叫了震动房屋的一声，举起斧来砍在罗志恒与夏川旁侧的泥地上了。

两个互相亲爱着,互相吐着舌头接吻,又互相仇恨着,互相用手指抠着的人,夏川与罗志恒,便在姚秀敏的巨大的失望的愤怒的叫喊声的震荡下,停止相抱相打了。他们不动了。由于强大的震动,两个铜溜造的人,面色灰白,死亡来临,他们抽搐着而死去了。他们在发扬起来的激情中受到打击,而突然的,像破碎的幻梦一样散失,而死去了。

姚世祥和他的妻简桂英,因为姚世祥从事地下工作状态的经济经营而冲突着;姚世祥假设为强烈的剥削分子,而他的妻不愿他这样,觉得伤痛,他们中间似乎产生真的分裂了。

姚世祥的妻简桂英也同意过帮助他,所以她处在自己冲突的地位。

因为这有痛苦;因为姚世祥有杂乱的朋友往来;因为姚世祥在她同行着的贩卖前行的火车里对人们热烈地谈论他的假设的,伪装的剥削,欺诈观点;因为因此心脏有痛苦;因为姚世祥的丑恶似乎是真的;因为发生了自己的纯洁的激情,简桂英在列车中和姚世祥冲突了。

"我是假设过为剥削思想的,因为现在的人们坏,但我因为假设了苦恼,不好偿还,损了社会,而停止了,"简桂英说,"我心中现在碰到这种假设便痛苦。我极烦厌你谈了又谈的人生赤利的观点,我心中特别烦厌了。你停止了,你回到家里去了,我不利用我的假期助你奔波了。"

他们在这列车里碰到韦成与李明芬两人,简桂英便走过去将自己内心苦恼谈给韦成夫妇听。

姚世祥,因为火车中人们的注意;因为想继续和他的几个从事剥削的商业的同伴一同;因为他想在人们,他的同伴中占优势;因为简桂英呈显的她的纯洁而感动,但想假设说服她;因为韦成夫妇的高尚的状态,心中假设有敌对,而心中的受感动的纯洁增加,他的假设反对便增加了;因为想完成他的有英雄事业的性质的特种活动而内心有着一种热烈；他想到制胜他一同的敌人们，而有着一种狂热。他的妻也发生一种激情了。

"我反对你谈论，我认为你现在就应该和你的一伙的人拆伙，我便要把你的物件，丑恶的物件摔下车去了，我就要去斥骂你的伙计了，可恶的剥皮的。"简桂英说，她还谴责姚世祥用姚秀敏的钱，和自己的钱，赚起钱来了，狂烈了。

"我认为我是假设的，我这里不好说很多的假设，我假设我是主张着基督教的，民主的，反对马克思的，我当着韦成夫妇说这个而羞涩了，我确实是地下工作，"他向韦成说，"以下是地下工作：我在这情况中考虑我的生活，我认为，"他激昂地说，"我有咨啬和我的简桂英分裂了，我认为天国的福音，基督，高于马克思。这种论争在我心里进行着，我便要增加赚到我的钱，来实行我的主张，我是不剥削的，是剥削一分的，都无所谓，我的觉得马克思过时了的观点，原理，我认为是宝贵的。马克思过时了。"

因为处心积虑于地下状态；因为内心的正直，廉明虽然汹涌，却想更恶以便于占据社会的现在的有恶的腐的部分；因为鼓舞起了牺牲精神，进入了战场，内心的正直痛苦着，而心脏如同有刀刺，但是又凶恶着，内心仿佛生长了刺刀；因为内心的努力；因为赚了一定的钱，他已经习惯于他的地下状况了，所以他的心热烈着。

"我认为可以剥削一分。□□□□□□，□□□□□□□□□□□，□□□□□□□□□□□□□，□□□□□□□□□□□□。我需说明，我是心中诚恳地崇敬马克思，恩格斯，列宁，斯大林的。"他说，因为内心的激烈，而忽然地有着眼泪。"我说反对马克思，如同反对我的亲人了，我敬仰你韦成，而心中伤感了，但我认为一湖水有脏了，便一切全脏了，我爱好民主人士的世界，我的妻，纯洁的，质朴的，过去也是假装这样见解的。我是民主人员中的一员，我便在高度歌颂马克思之后反对几分了，不可能不冲突的。"

"但是你错误了。"李明芬说。

"我心中战栗,我心中的热烈,现在是趋向于社会的自由,我认为基督是有可以采取的,我认为,当大的熊扑击纯洁的儿童的时候,出而应战是必要的,大的熊,便是夸张了的马克思,□□□□,譬如,是你韦成。"

"我十分痛苦这卑劣的言论了,"简桂英叫喊说,"我心中简直流血了,我是教小学的,儿童们成长起来,难道可以听你的喝血的言论吗?而你和你的伙伴令我多么痛苦啊。"她说,便走了过来,打击了一个动作姚世祥的面颊。"多么丑啊。诸位,他是假装的,他是地下工作,而假装为剥削者,想从剥削者那里剥回钱来,他确实是这样的,但我也不理解他了。"她说,有着眼泪。

"你是不理解生活的。"姚世祥说。

"我怀疑你已经变坏了。你是如何地纯洁,你的内心一年前还是十分地纯朴,而我今日少见到你这样的纯朴了。"简桂英流泪,说。

"你是错误了,"李明芬叫喊说,"哦,我也许冲击了,你是假装的,但我,心中的正义高扬,能容许这种假装吗?这是种假装吗?你欺骗了你的纯洁的未婚妻了!卑污的畜牲,我进攻你了。"李明芬说,便拿起她身边的背包来,甩着向姚世祥击打过去,"你的未婚妻如何是纯洁的一泓清水啊,而你充斥着肮脏,你是如何可恶!"她说。

"可恶,可恶!"韦成说,"冷静一点,明芬,冷静着,便可以看见水底的石块了,也许这个人姚世祥是纯洁的水草,和他的妻的纯洁是一样。"

"我心痛苦,"简桂英说,"我的眼前也丑恶而肮脏,我随着他奔跑,"她说,激情地向韦成夫妇跪了下来,"我不能容许了,请助我和救我。"

"这只有你姚世祥自己显出原样来你是正直的人了,你现在浑身浊气。"韦成说,突然吼叫了起来,从座位中站起来,"你是混账了,特别你的妻的纯朴令我心痛!狗屎的!"

"我说,我教小学,而思虑着儿童,"简桂英说,"如何可以,让儿童听见这些,他的肮脏的鬼论!"简桂英说,因为爱着自己小学的儿童与自己的职业;因为内心里纯洁升高;因为心中的激情和想着韦成是功勋人物;因为心中的虔敬;因为内心发生的特别的火焰,而战栗着:她发生了对于姚世祥,对于卑鄙之物,对于人间的肮脏,对于姚世祥的同伴的激烈的,不能容忍的态度。她便崇敬地跪下在韦成的面前,而唱起了"我们纯洁,我们纯洁,建设祖国!"的儿童的歌,而且拍了几个动作的手。"人是有几分欺人,欺诈的好呢还是纯洁的好,我对这个也恍惚如梦,姚世祥他的伪装为不妥!我是也伪装过的,但是,那是多么脏啊,我的心便震动,我便见到,大的海,高的山,英雄的心,永存理想的心,可以助我的精神与行程了,我投向我以前的也地下工作的损失。我将永葆青春。"简桂英呈显着一定的战栗,说,仿佛她心里的火焰的烟正在冲锋,而出现透明的火。"亲爱的韦成司令员啊,人要有磅礴的海一样的志气,我在我的生活里持着我的纯正和美满的我的狂想了,我的幻想理想如同透明的火一样升起来,而我看见各处有人喊叫,欢呼我的纯洁的心灵了。我有急切的心与他姚世祥划开价值。我是美丽,高尚,纯洁,而他是肮脏,卑鄙,如同蛤蟆。我与他离婚了。我忽然想到,他是伪装这样的,但伪装的时候我便也离婚着了。我被他的丑恶所压,便想着我要翻过山去!"她说,于是在她的激情中,因为理想高升;因为内心中这时火焰透明;因为呈显着勇敢的精神;因为更觉得姚世祥卑俗;因为痉挛而痛苦,便站起来,战栗着。

"混蛋的姚世祥,"韦成说,"你和你的伙伴们一起卑污,你们贩卖毒品不呢?你刚才叫喊着你反叛马克思了,你这卑劣的,"他说,似乎忘却了姚世祥是地下工作者,"我的痛苦的精神斥骂你,你的纯洁的妻感染我了。我便觉得我也有视而不觉,麻木地和你们厮混了。你是这样么?"他说。

"我觉得一切可以卑俗一点,我们民主人士,希望一切可以从容一点，也有不必要过分工业建设了，像几十年前的人民解放战争一样穷兵黩武，而招致了后来的亏耗，我觉得也可以与台湾增友谊。我觉得人生无非这样，真理的意义是各种联合，而□□□不可以一意孤行了。"

"你是咒我了。"韦成说，因为愤怒的颤抖，而有着一种窒息。沉默了很久，他便转为温和，伤痛，柔情，忧郁。"你说得极好啊，极是有芳香之气，□□□□□□□□？"他说，因为他的老年；因为他的深刻精神；因为他的灵魂的战栗；因为他的对于自己生活的肯定；因为他的对真理的爱；因为愤慨姚世祥，又想到姚世祥大约是地下工作，而有感慨，而有了眼睛里的眼泪。他，因为受了惊悸和内心的激昂，便摇晃着从所站立的地点倒回到座位里去了，他又站起来，摇晃了几个动作，表示他的倔强，而他便突然地有些晕厥了。

李明芬便扶着他，以她的勇猛，迅速，往他的嘴里吹气。

简桂英站起来，迅速地抱着老人韦成，也向着他的嘴里吹气。

"我苏醒来了，凭着我的意力与内心的渴望，刚才的头晕过去了。"韦成倔强地说，"这旅行的决定我仍旧是对的，我在这火车里进行思索并且增加阅历了。我遇见纯洁的小学教员简桂英，并且也见识了地下工作者姚世祥。据说你是地下工作。"

"亲爱的韦成啊，"姚世祥说，"人们吹气把你吹复活了，你又生龙活虎一般，而有着你的气势了。我仍然继续气愤你。我是主张剥削的，因为今天社会的形势你要了解了。"

"过得山冈来。"韦成说，"你有灵芝草，将我又复活了。你的丑恶的灵芝草，鼓舞我继续奋斗了。你的丑的，但有意义的灵芝草。我倔强，不妥协，我与你做斗争，到底你的主张好，还是马克思好？"他说，站起来，活跃起来，抱住了姚世祥了。因为他这时对姚世祥发生了斗争的欲望。"你也曾从山坡上行走而让泥石流沙沉下来，所以你便不嘲笑我韦成了。你的纯洁的未婚妻打你的耳光，你便知道我韦成的倔强的意义，我元气充沛，抱紧你与你相斗了。什么是人的真理?"

"正义,像我的妻一样纯洁?"

"你不说一分剥削了吗?"韦成说。

"自然,一分剥削。"

"我老年,揍你。"

"我拥抱你,"姚世祥说,"但我不屈,今天的社会是要变动的,社会的自由化是要反对专制的,一国两制是要实行的。"

"那时你剥削到多少钱?"

"几十万,或者几百万。"

"你的高贵的,纯洁的未婚妻反对你?"

"你的高贵的,纯洁的妻,夫人李明芬也将来不觉得不赞同我,那时你便孤立了。"

"这是没有的,"李明芬说,"混蛋!"

"我们终将经过高的山冈。"韦成说。

"拥护,但是有忘记:小的我也是搏斗者,"姚世祥说,他继续与韦成相抱而相斗了,但是,他感到韦成身体的温暖,感到共产党员搏斗的巨大的力量,感到自身被浸透。他是地下工作者,但他核算着,对方没有更顽强便不妥协,他有这个决心强烈,燃烧着,甚至还喷着浓烟;他现在遇到顽强的对手了。

韦成猛烈地,凶狠地抱着他。

"慢点,我来核算,你是不是胜了,"他,姚世祥,说,"你能让我一点吗?我们民主人员,一切时候,都是胜的,至少,我的心里,党要开放,而容许,而不可以一意孤行。我先说明,我是崇拜党的,跟着党走,□□□,□□□。并不像一些人所嫉恨,是主张五口通商侵略者来到的,我预算了,和你老党员,党的魂魄,进行格斗。"

韦成猛力,姚世祥便被韦成击败些。李明芬上前,帮助韦成,扭姚世祥的手臂,而简桂英拉姚世祥的腿,姚世祥觉得巨大的力量在对付他,觉得他,"剥削分子",在败了,他便内心核算他的撤退了。但姚世祥忽然心中又有着核算反动,又猛力斗争

199

了。他克制着心中的廉明、正直,与善良,有着要哭泣的痛苦,假设觉得这时社会有深的黑暗。他核算抛却马克思了,以后似乎就要这样,也和他的简桂英离婚;他在恍惚中核算他腐化,核算就要落在泥坑里了。他颤抖着,他的心中的思想痉挛着。突然地他心中产生光明,产生韦成的体温引发的心中的力量,产生简桂英的纯洁的力量,使他从迷惑中解脱,而觉得自己仍旧是廉洁的,而脱离噩梦了。他便挣脱韦成,而高喊了一声。

在摇晃的列车中,在地上跪下了。

"我当着我的伙友,和车辆里惊奇的人们说了,刚才发生了生死搏斗,我几乎要信奉别的了,我进入噩梦了,怀疑自己了。原来是这样,我仍旧,从我的心的深处,恢复了,坚定不移地,我信奉马克思!马克思,恩格斯,列宁,和英雄的斯大林!我在这车厢里宣言了!我的伙友们,我们假设要另拆账,便另拆账了。"他大叫着。

但他随后和他的同伴们说,他这是一时的头脑的激昂,因为生活是复杂的。

姚世祥再又变得有恶劣的形态。他的恶劣在于他跪了一个动作又宣布将这取消,而说他将来有很多钱,会各方面进修,制胜于平凡的生活平凡的线条,而是国家的副总理了。他说他观察这副总理的职务,也可以是不学术很强,而是可以由于人事,由于市侩与交往,随时跪一个动作的马克思而达成的。他便膨胀起来,说他还可以是国家的总理,他看过"揣骨相法",说他有将来的"发达"。他,由于对社会上的歪曲的人们的嫉恨;由于揣想他将来要做成真正的家传事业,而发生对自己的现在的地下工作的讽刺;由于对于"揣骨相法"的讽刺;由于激情;由于灵魂的震动;由于愤慨社会的黑暗与俗恶,而说将来要为国家的总理副总理了。他的精神痉挛着,与他一同的几个人们相斗,他们都注视着他。他说,社会黑暗,如同国民党的时候有相似,但外表人们做着正直的捆绑,有一些人在执行这个,那些是正直的人,——自然,还是比国民党的时候良好。他说,将要废除马克思了,他又跪着说,还是信奉马克思,但他在激情中,又跪了相反的,他跪下,说,他还是从事民主事业了,这也仍旧是"跪马克思",吃党的屁与党的粪。他便如同发生了精神病,而激昂地说自己是未来的副总理。

他的未婚妻简桂英便痛苦,而叫嚷着。因为激昂的;理想;因为反对俗恶;因为失望于姚世祥的有些疯癫;因为痛苦;因为对自己的纯洁,对看来失去了的姚世祥的纯洁有着向往,而战栗着。

"咦,姚世祥,咦,简桂英!"她喊,"咦,奇怪的命运,从事商业,而是民主人员,咦,变成未来的副总理了。"她于是战栗,而再向韦成跪下,说,"我十分痛苦了。"

"为什么痛苦,请你站起来,"姚世祥说,拉起了简桂英,"咦,现在的年代,咦,黑暗横行,受着邓小平的人们正直的力量的捆绑。我将来也受着这捆绑了,不贪污,而做国家的重要儿子,凭我的不学无术。我是愚昧的,我是谦逊而走上岗位的,我交际与练习手拿鲜花在客厅中行走,我练习礼仪与正直的捆绑,我做和煦的微笑,便篡夺人们的位置而上了照相与报纸了,交际,微笑,与我的仍旧透露出来的俗恶,我,将来是这样的一个人,香火铜溢造,而盗窃别人所做,而举办着国家事业,将来有我一个这样形态的副总理。"

"咦,一切奇怪,咦,你姚世祥,一切辛酸,你心伤感,你心灵有病,做着这样官场的玄想。"简桂英说。简桂英的心中她的高蹈的感情再起来,又瞥见了山与海,与她的跨过山与海的英雄精神。"咦,俗物的,姚世祥,想成功了未来做这么一种官,而我心痛楚,瞥见了山与海,而再打你面颊,而你心有廉明,这一打你面颊是你所欢迎的了。"于是,在车厢里,便发生了打面颊的响声。

"我有欢迎,"姚世祥说,"打得热辣,我便也凝视走过来的路,但我现在是在我臆想的副总理的高位上了。举办国事,也瞥见山与海,而心中火焰熊熊。这件事怎样办呢?譬如说,开通一条铁路，便，由于是人口，是铜瀹造，所以便盗窃正直者的学术了，祖国有许多有才华的人，事情也举办了，于我铜瀹造的人口也有关，于我铜瀹造。"

"那么我便心中钦佩了，咦，有才华的铜瀹造，咦，我是你未婚妻，便是铜瀹造之未婚妻了，从铜瀹里造出来，有着趾高气扬；你未来的副总理。而发展你这样的人口，以便于大量的恶事振作，供给正直的捆绑，而社会前进，而我的高蹈的心也满足。但我便仍旧不是铜瀹造，而经过我的祖国的山河。我刚才也假设吃亏而痛苦了，我，由于激情的高升；由于要和你斗争；由于你也不是铜瀹造而是一个坏血的坏人，而且是一个假设为坏血的坏人；由于我又从我的混乱的心里产生爱情；由于我非常努力教小学而想着祖国的将来，我便用我的头撞击你这污伤社会的，有精神病的人了。"她说，对姚世祥用头撞击了一个动作。

"我心中也想着祖国的山河，"姚世祥说，"我是副总理了，我便纯正，而依着规章用纯正捆绑，而盗窃到别人的工作，而是独到这样一种情形的。"他愤慨地大叫着，"我头晕了，要呕吐了，发了全身的皮炎病了，我为副总理，我数的是十万元钱怎么变成二十万了呢？这是哪个冥冥之中提供我的呢？我便快乐而高歌——你便觉到我的发财的心的俗恶了，我发了财，有百万元，我便坐在山冈上，而凝望滔滔的大海，而想着我是英雄事业。我头晕了，要呕吐了，发了全身的皮炎病了，我的心如何地膨胀啊。人生的一切，是立刻获利，发大财。"

"但你，贪鄙分子，"简桂英说，"我用头撞你了。"她说，向有些痉挛的假设者姚世祥用头撞击着。

"你是未来的副总理了。"韦成说，他的面色严峻，而有轻微的战栗，"我又过了一道山冈，而瞥见未来的副总理总理了，他是一个纯正的青年，有着羞涩而谦虚而也高傲地行走于社会上；他是一个被人们谋害而坚持求学而坚持学成成绩而平反阴谋案的人；他是一个被人们敬仰，而向着水与火冲击而去掩护幼小者的青年，他，哪一点也不是一个你这样的疯癫，痴狂的青年。哦，你的未婚妻用头撞击你了。哦,你正是一个深沉的,心灵深刻的,沉默的,有礼的,有修养的,有着洁白面皮的少年。你正是一个优美的男子,在你身上有未来的时代,而不是你的身上有着这样多的铜臭味。我是多么喜欢你啊,所以便帮你前行,而在中国的沃土上走向一个一个的市镇和大城。你说,姚世祥,现在列车行进于这江南平野,你便要到无锡大城了,你便做什么活动?"

"我贩卖无花果,"姚世祥回答,"我贩卖泥人,而以三倍的价钱卖出。"

"那样你对得起中国的河山么?"简桂英问。

"我以那些价钱卖出。我的心冷,而血的金钱重要,我以十倍的价钱卖出。"

"讨人喜欢的,会说话的小子,"韦成说,"你的心中看来存有廉明的正义,你是否揭露一下,你不是这样卑鄙呢?你的老妻,未婚妻,用头撞你了。"

简桂英又用头撞击姚世祥。

"你为什么关心我的贪鄙呢?"姚世祥问。

"我行走而想在中国沃土上发现未来与人材,你的神秘尚未揭开,你是正直者,聪明者,还是恶劣者?这关系着未来的时代。我,给你宣称是基督教者,宣称是民主分子,又宣称为反对那些,而你是马克思主义者而引诱了,而你随后又是未来的贪鄙的副总理了,据说有我韦成用正直压迫与捆绑你,你到底是什么呢?你,未来时代,到底是泥娃娃,瓷娃娃,是赚钱而出卖祖坟的,还是在一棵树一棵树之间建设村舍的。我觉得你有神秘了,有才能的少年郎;我觉得你的奋斗有一定的目的了,你,内心似有气势与纯正的少年郎!我站起来,发表我的过中国沃土的山冈的感觉,"他说,从座位上站起来,但车厢摇晃,他的妻李明芬便迅速地抱住了他。"我倒要熟悉未来时代了,"韦成说,"你似十分冷静,但你又有着癫狂。"

"你是十分的癫狂了,"李明芬说,"噫,你这少年人,咦,简桂英,纯洁的用头在你身上撞,而想着他的祖国山川,而你,倾向卑污的少年,却说着你要贩卖无锡泥人,卖出以高的涨价,攻击你,你是狗屎了。"

"发散着奇异的臭味,你有幻想的一个一个的泥娃娃,而有着泥娃娃拉的屎在你的思想里,你便吃这种屎而长大了,你未来时代的俊美的,不是龅牙的,不是鼻子海狮顶球的,端正的青年。"韦成说。

"我是端正的青年。"

"那你思想着十万元变成二十万元。"韦成说。

"经济财产是命脉。"

"可是那一点也不是未来时代。"

"可是那正是未来时代,由于豺狼的贪鄙,未来时代泥娃娃也增多,而丰富了。"

"混蛋!"韦成吼叫,说,"那一点也不是未来时代,我相当老了,很老了,虽然还不是九十一百岁,"韦成激昂地吼叫,说,"未来的时代我是知道的,是正直,纯正,维持着祖国传统的少年。"他说,有着一种痉挛的激动。"你看,你这样行吧?叫未婚妻用头撞了吧?你是这样纯朴的青年吧?你内里面可以是吧。"

简桂英激动着,由于也觉得姚世祥是伪装;由于心中也升起着爱情;由于敬爱着韦成;由于韦成的谈话而设想到了有英雄性质的未来时代;由于爱情高涨,而用战栗的手又打了姚世祥一个动作的面颊;她的这个动作是表示爱情,但她粗鲁了;她在动手打的时候是有笑容的,现在整个的脸窘迫而羞红了。

"咦,简桂英!"她说,"我干了什么了,我失了我的平衡了,我便,心中焦急了。"她说,便看着姚世祥。

感觉到简桂英感情的姚世祥便变得温和,平静,有着羞怯,而笑了一笑。他在激动中又跪下了。

"我心中信仰什么,是我探索的问题了,"他说,"我已探索到了,中国沃土,我信仰马克思,恩格斯,列宁,斯大林和祖国的未来,纯正的,英勇的未来,巨大的未来。"

"这我便满意你了,"韦成说,"但我忽然想起我仍然要揍你。

你改变了我仍然要揍你。我想起喜欢说三个形容词的张季,我揪住你把你摔下车去了,你贪鄙,野心,黑暗,我光明,灿烂,辉煌。"他流泪,内心甜蜜,说,"因为我老年了,我在事情已经解决而你也呈现你是正直的少年之后而再起波浪,因为我心刚才震动;你似乎是孤独。虽然我的多疑是错误的,我因为被刺激而恨你了,"他,韦成,走过去扭住了姚世祥的衣领,而摇晃着他,"我是狼,恶狼!我再起波浪也没有很多,我由于一定的情感的震动,而赞成你了,知道你是一个伪装的,事实上代表我追索的未来的人。"他说,而拥抱姚世祥。

　　姚世祥去到上海,和他一同做着投机营业的谢治冲突,谢治是颓唐的,邪恶的,两人在黄浦江边相打,谢治用刀想刺伤他,而他夺了刀摔到黄浦江里去了。姚世祥因为是"地下"工作,渴望这时揭发谢治等人的罪恶。他这时处于这些人们里面,觉得一种荒凉。他希望抛却他的地下,秘密的工作的形态而不干了。他想到一定时候不伪装为不妥之人了;他的内心的纯洁喷火,因而他异常愤怒。姚世祥侦察到谢治和他的朋友们贩卖几十万元计的海洛因毒品,他便动员他在上海遇见的,在上海一个纱厂做女工的张腊为他工作。

　　姚世祥有他的生活的忧郁。

　　"你现在,小腊子,生活还可以了,"他说,"你欢喜上海么?我假设我喜欢上海,我们祖国只有这些大城了,我心中充满情感,所以我和谢治斗。我现在是青年,我们这一辈人成长,我懂得爱国,而我便走了峻奇的路,以至于灰暗,不想自己朋友也干这侦察罪犯的工作了,我想到纯洁的花园里去,而心境愉快。"他说,"你助我和这谢治做斗争好么?你会不会说,我何必管这些呢?但我以为,你有积极的,因为我的姨母井冈山的斗争也影响着你。"

　　张腊便和姚世祥一同和谢治等人相打。谢治等人散开在黄浦江边,姚世祥,由于偶然的情形;由于内心的热烈;由于喜爱着他的姨母;由于井冈山的火神;由于本身的激昂性,而成为这种斗争的当代的英雄了。他展现为他的英雄气概,找了有着粗鲁的张腊来,和谢治们相打了。张腊跳跃,扑击,吐唾沫,吼叫,抡拳头,他们两人面对着五个人。把刀摔在黄浦江里有爆炸发生的,今日姚世祥想要谢治,和阴沉的青年,活泼的青年,肥胖的青年,他的几个"朋友"到治安机关归案。他今日找了张腊协助。她已侦察到他们的海洛因贩卖的线索了。他的未婚妻简桂英助他去找治安机关。姚世祥和他的助手张腊处于激烈的地位。

"无论怎样我们便要和你动刀了,"谢治说,"你是中华人民共和国的法制方面,我们是自为方面,人生的援奥,是在于自为。你和你的张腊是白表示,你不想在这上海死去么?"谢治说。他穿着华美的衣服,然而面色丑恶地颓唐与凶恶,让姚世祥也恐惧,惧怕着一个人如何地会发展为这样;他将许多根纸烟捣碎了撒在身上,衣服上,他取出酒瓶来,将酒倒在身上,他也撒烟来和倒酒在头发上。他的身上和头发上便充满着烟与酒的气味,"我有人生的援奥,而你们多人,有人生的荒凉,你和你的抡着拳的小伴侣的心十分荒凉,你是十分悲哀,你们罗纹人口要过许多山,而你现在正在过一个险峻的山,看见云淡天高,心中有那种浮士德,德国的文豪歌德,而想着瀚海与永生与清高,你看,云淡天高,年青有为,你走进市街,你便想着美好的生活永存,而达于永生,你便心中有安其儿歌唱,想着永生,你便心中其实凄苦,而我们,一生平淡,恶人一生得利,而生命不高贵,钱,厌世,死了便如同狗一样,几十万元几百万元地作恶也抛弃了,也有一声的啼哭。但总之,你们的心要痛苦些。"他说,又拿出酒瓶来,倒酒到自己衣服上,并且与姚世祥混在一起的阴沉的青年,活泼的青年,肥胖的青年的身上各倾倒了一些酒。他又折断了许多根烟,将纸烟的烟末撒在自己的身上,和活泼的青年,肥胖的青年,阴沉的青年的身上;"和你斗争了,你要越过一个一个的山峦,而各时树立正义的事业的旗,动员一个愚蠢的小姑娘跟着你,而辛苦地与我格斗。正义的事业小旗,大旗飘扬,你便有心中的眼泪,而我们,是坦然的死亡。你说,你们人生,有长寿,长生,有多少援奥么?"他说,他的青灰色的面庞闪跃,而有着悲颓与骄傲。"你叫张腊,你小腊子,如何?"

"我不会说,你把我吓了,因为许多人却说这些,我便不会辩论了,"张腊说,"但我说,人是正直,正义,不剥削人为重要,我的心对这一点有狂暴的热,到欺诈,剥削,便仇恨,而心意于善良的事,我便跟着姚世祥来和你们相打了。"

"你能永生么?你这贱丫头!过去是岁月,在这上海,抛掉的你这种丫头的尸首每日数千与万。便在黄浦江里了,人生空虚。"

"但是人生的事业为重,革命事业共产党通向永远的真理,正义的事业必胜;讲这些沉重的语言我心中震动,便和你们相斗了。"张腊说,从地上捡起了两块石头,用一块猛烈地砸谢治,用一块猛烈地砸阴沉的青年流氓,"我说不说,你姚世祥滋了事情,我小腊子跟着你受罪呢?我有点想这样说了,这种流氓你是对付不完的,但是我也不这样说了,我便跟着你做今日之斗,而明白,后日,假若事未了,我也来,因为我心中的激昂。但我反叛了。"张腊抓着泥土往姚世祥击去,他伪装为极脆弱而投降了,"虽然是新的社会,但我惧怕他们,便投降了,而和他们谢治等一同,共进一杯人生的苍凉的酒,苍苍凉凉,苍苍凉凉,我向你姚世祥表示我投降恶人了,我是恶人了,"她叫,冲向谢治,便扑击起来,她又冲向姚世祥而扑击姚世祥,又冲向谢治一群,打着了他们;她的聪明的,机智的方式使他打着了谢治几个动作,她用她的能力和内心的激烈了。"我不能如同姚世祥,将这似乎作为自己的事业,他也有经济和你们纠葛绊葛,我则是纯粹于见义勇为,我自己衡量,虽然为未来,为后辈,如远远地瞥见的山与大海,心中的滔滔,也只做一次斗争算一次的斗争了。但也不一定。"她说,扑击着。姚世祥便摇动她。姚世祥,这自发的英雄,这自发和恶人的经济斗争而陷于困难的当代英雄,便帮着他的特别的伴侣,从事这种斗争了。

"人类会到干净,美满,纯净的地步么?"谢治说,"姚世祥啊,你的梦如何地幼稚啊!"他说,他的身上散发着烟酒的气味。

"人类是会到达的,"姚世祥说,"我说的主要的是小腊子说的,不问人类会不会到达,我今日见到你们,以各次论,便很仇恨了。唉,我如何地困苦,我如何地还揣想也是一个随波逐流的人,而今天到这里和你们敌对了,似乎要丢开我的尸首了,还拖了一个小腊子张腊。我现在退却了,我现在便望着这滔滔的黄浦江退却了,这不大的峻急的江流呀,消耗了多少正直为人的志气。这滔滔的江流呀。为人,剥削,欺诈,以至于贩海洛因,你干涉他做什么?"他说,面庞上出现一种邪恶的神情,善良的,英雄的姚世祥便要撤退了,或假设要撤退了。他的心战栗,他似乎假设这是一种市场市侩的实际了,他似乎心中真的想撤退,而此后转为一种阴暗的市民。他似乎便要脱离他的英雄的情绪与性格了。"人的性格是会变化的,"他想而内心痉挛着,"我是否从此,在硬的敌人面前碰壁,而转向悲伤呢?是否,我今日的一个锋刃翻不过去,而带着我的小伴侣张腊在这里失败——是否,我的心里抛却前人的火焰呢,"他默默地站着,想着这些,然后,他便痉挛着,将他想的全说了出来,而又表示着决斗。但他又战栗着,又发生犹豫。

"你说你要抛却你的前人的火焰呢?"谢治傲慢地说。

"我抛却前人的火焰了,"姚世祥说,"我又不抛却了,我仍然抛却了,今日便过去了,一切我要想一想。"他说,便从来皮夹里取了几点钱,送给张腊,"今日,像这上海常有的,我算是雇佣你了。"

"你雇佣我,只给我两块钱么?"张腊,脸色发青,伪装着不满,而想助姚世祥撤退,而将两元钱挪回来了。"你只给这一点钱么?我不干了!退吧!退吧,姚世祥看,"她喊,"这些人你是战不胜的。你这一点钱我不要。"

"我多么悲哀啊。"姚世祥说。

"我是真的还你钱,"张腊又捡起钱来,说:"我是被你拖进来的,所以我便收下钱,表示怕他们么?我,不是被你拖来的,我仍旧是自愿来和他们打架的。"她说,在她的内心冲突中。"我决斗了,因为根据谢治说的,我也不过是上海将来被他们谋死的,我冲了。"她便将钱放进了这当代的英雄姚世祥的衣袋,"我冲了。你喊打,我冲了。"她叫。

"打!"姚世祥带着悲哀与激烈,喊。

张腊便热血沸腾,而冲击了。她显出非常的勇猛。而这时候,当代英雄姚世祥便觉得一种温情的袭来,张腊鼓舞他的冲锋,于是这江边,激斗又起来了。这时候,当代英雄姚世祥便充满了对张腊的柔情。"我们共同行进深的大山里,搏击豺狼,而为祖国谋取财宝了。"他激情地喊。而这时候,当代英雄姚世祥又觉得一种温情,温暖,强烈的爱情;在他激昂地带着他的小伴侣奋斗的时候,他的未婚妻出现了,他的未婚妻简桂英用她的温柔的手臂,猛烈地将他拥抱了。由于心中的爱情高升;由于目睹姚世祥在这里困难奋斗;由于这时异常怜惜姚世祥;由于蔑视着谢治等人;由于她已经如同姚世祥约好的在这时通报了治安机关;由于心中的快乐;由于觉得自己高蹈而觉得她充满感情,由于飞翔一般的感觉,她,简桂英,拥抱了她的未婚夫,而和他接吻了。

姚世祥有些兴奋的痉挛。

"这来了一个仙女,这来了一个高级,这来了一个,咦,姚世祥,这来了一个美妙的恋情,这来了一个彷徨着而爱情盈满,"谢治嘲笑说,"这来了一个适当其时的人。"

"来参加和你们格斗了,"简桂英说,"我是他的未婚妻,自然是要参加的,像一阵风一样卷入了,不向这里是海洛因的海,血海还是刀的海,咦,我简桂英进击了。我简桂英也爬过一层层的波浪,如同海洋中的船,而到达每一个港埠。太阳高升,明月高照,我渴望风起来而我的姚世祥和我成就事业,而爱我们的祖国,我进行我的稀有的斗争了,我已经叫喊治安机关了,但我仍旧个人的心中仇恨搏动,要与你们做个人之斗争。咦,我简桂英,我高贵的,纯洁的,我多么纯洁啊,我的高贵的心,我的现代的英雄姚世祥在你们围困中，我便向你们决斗，而向你们冲击了，我的冲击是红色冲击，因为我的心非常灿烂，勇敢，强烈。"

谢治便从衣袋里抓了烟来撒在衣服上和抹在衣服上，而拿了酒瓶，将酒倾倒在衣服上；如同洒香水似的，也将酒撒在他的同伴们身上。他又抓了一把烟来撒在空中。

"悲剧的，悲凉的死亡。"他喊。

"冲击了！"简桂英喊。

谢治看他的朋友们便排开为横的阵容。激烈的人生，激烈的斗争。简桂英高喊着。

"我简桂英来到了，我自我的理想的高山上，笨拙的沉思中来到了；我自我的心灵的申请，我的小学儿童的歌唱与童谣中前行了；我在我的理想的高山上，沉思着人生的真谛，我已获得人生是这样的见解，但此刻我不满足，而获得新的见解，人生的无穷的高峰，而理想是巨大的闪光的太阳的真实的见解。我的中国，我小学教师的中国，我往新的新中国去，和你们歹徒搏斗了。长江里面翻腾的浪，平原里的翻腾的浪便是丘陵和山坡，我们便惊诧地要在里面发现新的力量了。啊，我简桂英！咦，我简桂英，我在平静的湖湾里，我在我起来的海洋的浪里，我冲击了，我瞅见了激荡的理想的极高的山峰。"她说。

"对于这个狂傲，对于这个猛烈，倒难得对付了。"谢治说。

"我们向你们冲了。"姚世祥，当代英雄，响应着他的女当代英雄，有欢乐的激情者，伴着他们的小的伴侣张腊，向着谢治几人的阵容冲击了。

"我们处于疯狂了。"谢治叫喊，而开始脱衣服，而他的同伴们也一样，开始脱衣服。流氓们脱成坚强的裸体了。他们并且摇晃身体。

"咦，我简桂英，咦，啊，你姚世祥，啊，哈，你小腊子张腊，我们，咦，奋斗，心中的火焰不缺，来自我们的祖土中华，"小学音乐教员简桂英高声唱，她的心，由于爱国；由于一瞬间满意她的生活，觉得邓小平的时代繁荣；由于轻蔑流氓们；由于她心中有着热烈的高蹈；由于觉得这时有在飓风中飘荡而战胜敌人的感觉，而震荡着。"咦，张小妹，咦张腊子。咦，宏小红，宏，王国美，咦，李爱，咦黄春泥，咦，西秀美，咦，张同杰，咦，我的学生，打开课本，咦，看课本是黄河长江的浪起来。咦，你们流氓！咦，我的姚世祥，当代的奋斗者！咦，我简桂英，当代的奋斗者！咦，我心凛冽！咦，你们敌人！啊，你们裸体，这一切将被我击败，你们裸体，你们的胯下的脏臭的阳具，你们的恶劣的品行，你们的卑鄙。啊，"女小学音乐教员简桂英，"我的建议我的世祥，当代的人物，经商而与恶狼斗，也脱下你的裤子，而出示你的有高贵的，高尚的阳具，和敌人斗。"

姚世祥非常依从，心中快乐，便脱下他的裤子了。

"咦，高唱入云霄，"简桂英，由于兴奋和羞怯，有着脸红，唱："咦，你们流氓！咦，快乐啊，我这时飞上高空。"她唱，"我唱我的心中的辉煌，我经过我的羞怯和赤裸的心，便唱，我的未婚夫经商，他战胜流氓，侦察到你们百万元海洛因的机要，而在这里和你们比胯下器了。他的胯下器顽强，正如同，我的胯下的女人阴户顽强，纯洁，顽强。"

警车疾驶，治安机关来到，逮捕了谢治几人了。

夏川和罗志恒向姚秀敏借钱，他们两人企图欺侮姚秀敏成功，心中战栗，兴奋，狂热。他们受到了处分，便在他们的恶行的膨胀中，他们，当姚秀敏拒绝借钱，斥骂他们的时候，便在地上爬行，做丑的姿态。

"我们洞察了人生的秘密，"罗志恒说，"我们极悲观了，我们也想使你呈显你的悲观，你八十几岁了，你每日一杯酒，每日从你的大枣糕你切一块糕，像年青时代一样，可是你想想，早晨起床和痴呆于年龄的时候想想，你要走近死亡了，你一只脚伸进坟墓了，火葬场在冒着烟。我们做些互动刺激你，你今日可能便要死亡了。我们这时向你宣传悲观必然使你心脏炸裂。我们，从你，老年的姚秀敏，洞察了人生的秘密，便是有死亡，你其实心里极悲观,你的心在哭着,哭着,哭着,而我们,被你用你的斧头吓死过,已换了顽强的火贝,新件。你是多么悲切啊,请你诉说,愿听你讲说。你的心快炸裂,你年老了,随时死去。"

姚秀敏沉默着,战栗着。

"我们向你借钱,你借了便不滋扰了。今日,我们向你敬礼,做我们的稚儿戏,在地上爬,便借到钱了。但其实我们这种爬会使你悲切而亡,因为年老快死者最忌讳稚儿爬行了。"夏川说,同样地在地上爬着:"你老了,八十几岁了,但我们样式是奉老,做稚儿戏,向你借钱,姚世祥拿你的钱经商,他已经发起一定的财来了,一次曾经给你几千。你借给我们便可以或然虽见去死亡。你老了要钱有什么用途呢?你不想到,人生极度可悲观,而心中战栗吗?你正是战栗。到坟场上和火葬场去的人,都回来过,说,那死亡,苦痛极了,而死了之后,在野林地里飘荡,是十分地悲楚。你用斧威胁我们吗?我们敬爱你好不好?请你叙说老年将死的感想。"夏川说,在地上爬着。她崛起臀部如同幼稚的儿童一般爬着,他想这样可以招致姚秀敏的死亡。

因为两个人做着丑的行为;因为人的样式的被毁伤;因为两个人在地上爬过发出狗叫的卑鄙的声音;因为要攻击老年的姚秀敏,因为想使她悲观和突然间昏晕而死亡;因为两人极悲观,极幻想,极渴望姚秀敏死亡;因为两人在痛切的情况中,姚秀敏便果然痉挛着,颤抖着。夏川和罗志恒在他们的冲动性的幻想的奇特的,荒凉的情况中,他们想向姚秀敏威胁借到钱。他们悲观和做着人类的卑屈样式,姚秀敏常说人的尊严。姚秀敏热爱生活,她在她的老年苦斗中。

"我为我的生之意义,生活的意义,而斗争,生活是宝贵的,"姚秀敏说,"生活是一代一代人的建设,人类的成就无穷无尽,你看,原子能与人造星球都发明了。"她叫喊,而内心有着热烈,而从室内拿出她的斧来,对着两人吼叫。但这次无效了,两人有着准备。

"你每日切一块糕,那是已经年老,爬着苍蝇蚊子的糕,你有什么意义呢?"夏川说,"你死吧,死吧。"

"姚秀敏老人啊,我们觉得你可以死亡了;你就不借一点钱吗?"罗志恒说。"你就要死了,死了。"

两人具有一种狂热,想用卑鄙来借到钱,想用悲观来制胜姚秀敏。他们有浓烈的兴趣,在地上爬着,而轮流地骑在另一人的身上了,做着激烈的犬吠。他们被自己感动了,因而也有眼泪——感动于卑鄙的情绪的强烈与狂热。

中国的生活,在夏川罗志恒看来,是充满着黑暗与希望,人们的奋斗的,建设的社会是不能建立的;中国的生活,在姚秀敏看来,是充满着自古以来的以及现在更辉煌的灿烂的建设。姚秀敏心中充满着前人,历史上的杰出人物的故事,和祖先的战斗的姿态。她有着坚强与强硬性,她心中热烈,忘却了年老,而对着两个想欺侮她的人扬着她的斧了。她的心中便有高山耸立,与海洋江河澎湃。他还想到各物的倔强,例如古代的恐龙。夏川和罗志恒的卑鄙激起了她的雄壮的心理,她便想到,人都有死亡,假若她在激昂地还念古代的倔强的恐龙的时候而突然地死亡了,便也是譬如活着。夏川与罗志恒宣扬悲观,窥探老人,他们的狂热继续,而且以为姚秀敏会畏惧,会借出钱来。他们便一个骑在一个上面,而进行着人生的"卑鄙"与悲观的宣传了。

"因为悲观,所以卑鄙;因为卑鄙,所以悲观,"罗志恒说,"我们,是人的形体,在地上爬,这形体和你一样,不可以说服你吗?人生不是一团漆黑的吗?""我们,而且是要毁伤这形体而悲切这的。"他说,战栗着,从夏川的背上爬下来,便踢与打夏川,夏川和他相抗,两人都用手指甲抠对方的脸了。因为狂热于宣传悲观;因为想使姚秀敏受刺激而进入死亡;因为激情高涨;因为仇恨人生;因为觉得卑鄙与黑暗在扩张着;因为内心的猛烈;因为进入了狂热的,心脏燃烧的搏斗的痉挛严重的情况,两人便严重地相打着。他们时刻窥探姚秀敏是不是已经因他们的黑暗与悲观与卑鄙而晕厥;虽然这是少有可能的,但他们都在兴奋中;这种宣扬卑鄙,黑暗,悲观,而锁困在狂人之中,发生幻想的形态,是达于极点了。姚秀敏,热衷于她的生命生活的见解哲学与美感,热衷于她的永生的幻觉,热衷于她的古代的恐龙的倔强,也这时达于沸腾点了。夏川与罗志恒在地上翻滚,喊着:"死亡呀,悲观呀,卑鄙的人,卑鄙的世界呀,无有一件事是光明的呀,黑暗呀!"以至于两人又抓破了脸流血,而哭泣了,而姚秀敏,闪跃着她的眼睛,兴奋着,便发生了她的讽刺精神与聪明,与巨大的活力,而拍着膝盖,而高呼着:"受感染了呀,一切悲辛呀,黑暗呀,全是你们这种人呀,悲哀呀,心碎呀!"她将斧放在地上又拿起来,讽刺地喊叫,"我做刀斧的舞了。刀斧的舞砍断人生,我舞斧头,并唱歌,悲伤呀!人生一切空虚呀,太阳是假的呀,人情感情同志之情山海之情,过山冈之情一切全是假的呀,"她舞着斧,走向左几步,又走向右几步,"一切全是假的呀,心中的悲切呀,井冈山有很大的野蛮,那时候青春呀,弹烟过去,没有死,便做少年的冲锋呀!然而,现在的时候,年龄,受了你们的感染了。你们胜了。"她叫,声音很高,伪装着悲哀而有着相反的情绪的因为生活的热恋与爱情而流出来的眼泪,并且,因为心中的崇高的山巅;因为心中的大的海;因为心中的巨大过去的热烈生命的精灵;因为心中的热烈的、忘我的永生的信心;因为巨大的壮大的志愿;因为心中的燃烧,而欢乐着。她伪装已经受了夏川与罗志恒的宣传的感染,她心中有强大的讽刺精神,她便躺在地上了,用头枕着她的斧,然后,因为枕着斧的战斗性,便把斧拿着放在一边。"黑暗的人生呀!黑暗的人生呀!"她讽刺地叫着。井冈山的老女兵,这时,因为内心的生命的欢乐与仇恨敌人,而躺在地上,与夏川罗志恒相搏斗了。

"黑暗的人生呀,确实黑暗呀,姥姥,请安,"罗志恒说,"你已经受了我们的宣传了,我们已经胜了,请你再流着泪说,黑暗的人生呀。"

有讽刺精神的姚秀敏便想着她的欢乐的人生,永生的概念,而流了一定的泪。

"欢乐的,我的人生呀,"她说,"不,错了,悲哀的,黑暗的人生呀！"她讽刺地叫。

"这便对了，悲哀的，黑暗的人生，"夏川说，"为了对你的敬意，因为克服了你的乐观，人生荒芜惨淡，我们向你老人，凄凄，老人，表示一种敬意，你就要死亡了。你，死亡着，死亡来临了，说来不信，这是准确的，你刚才的激昂只是一种必胜的生活的回光返照。"他用他的尖锐的声音说。"我们来庆祝吧！我们来表示我们的童稚的奉献吧，我们来进献我们的讽喻吧，你骑在我的身上。"他对罗志恒说。

罗志恒便骑在声音与态度尖锐的，凶恶的夏川身上。他们再向老人用这种方式进攻了。

"哇哇！"夏川叫，便载荷着罗志恒而爬行。

"我们庆贺你的终年了，幼稚的我们奉祀了，表现我们的欢喜，庆祝你死去，而也表示我们的畏惧，幼稚是长绵延的表征！"罗志恒说。

姚秀敏便伪装为在地上躺着快逝去了。她由于讽刺，还伪装了几下痉挛，手和脚和身体都颤动着。

"死了，果然，"罗志恒说，"做幼稚戏老，是我们的吃亏，但终于快死了，果然。"他相信他的幻想，紧张地说。

"灵验得很，这时候我觉得，准确的，快死了，"夏川说，"我们是灵验的，举凡我们憎恨的，便要死亡。"

姚秀敏便躺着不动了。这时候简桂英来到了一定的时间了，看着夏川罗志恒，这两个强迫为她的亲戚的人的凶恶的、幼稚的、卑鄙的形态，与看着姚秀敏的她觉得是崇高的形态。

因为心灵的崇高的感情；因为姚秀敏又触发了她；因为她处在她的高蹈中；因为她的感情强旺和显现着力量；以为她处在她的心灵的一定的痛苦然而同时欢乐的痉挛中；因为她激动着，简桂英便用高亢的声音说话。

"我欢呼姚秀敏姥姥，奶奶，前人，她像是死去了，逝去了，"她，小学音乐女教员，激昂地，带着讽刺地说，"她逝去了吗？你，亲爱的，亲情的老人，你逝去了吗？"她走近去，讽刺地说，"如果你逝去了,我将永远纪念你,而且,你年老的姥姥,过了很多的山峦,而将你的使命留给你的旌旗!如果你没有死,你是假的,你是由于快乐的战斗,而嘲笑敌人,我便快乐了,你自然是这样的。"她说。因为她的诚恳;因为她的高蹈与高贵精神;因为她的升高的信念,如同在上海与几个恶劣的剥削者搏斗似的,她的心脏又升起了旌旗。她战栗着而流泪了。

"我不是死了,如同你意思到的,"姚秀敏说,"我是我的用意;生之感情与奋斗。"

"那么我感谢你了,"简桂英说,"我,心中惶惑了一个瞬间,心中一瞬间似乎产生了凄惶,我是在我的人间,我因为觉到姚奶奶似乎逝去了,而觉得我升上了高山峦。我便是年青的英雄,而在哀痛中滋生力量,而继续扛起旌旗了,我的姚秀敏奶奶啊。"她说,而躺倒在地上,抱着姚秀敏一个动作,而哭泣了;她异常悲伤,如同亲人逝去了。"你经过漫长的一生而逝去了,但较之人类的生命自恐龙时代起的时间的长河,你的生命又是短促的一瞬间的闪光。"她发出哭泣的唱歌似的腔调,如同市街的妇女的哭,又如同,激昂的心灵的歌唱——她正是如此。她的哭与唱高亢。"雄鸡高声啼叫来风雨,叫来黎明,叫来归来的人,也有村屋里的犬吠,我心震动,雄鸡高声唱,而我的敬爱的,心肝的,心灵的姥姥死去了。"

"我没有死,姑娘。"姚秀敏说,充满着感情。

"自然是假设死去了,因为恶人在互骑幼稚庆祝驴,因为他们做犬吠,便要有英雄的声音相抗,我是英雄的声音,假设我战胜各项逆流而不死,我便是永远的英雄的声音。我的崇高的,高龄的,英雄的奶奶啊。"

这一场斗争,夏川和罗志恒紧张着;他们认为他们必胜,他们认为恰好的时机:他们刺激姚秀敏而使她死去了。他们的幻觉散去,姚秀敏居然是活着的。他们便,夏川骑在罗志恒背上,以后罗志恒骑在夏川背上,而在地上轮换着,失望地爬着了,他们回过来抵抗简桂英援助姚秀敏的英雄的歌。

"你没有应我们生之特别恋者的要求,而死去吗?你姚秀敏?"罗志恒说。

姚秀敏便突然发生痉挛的,快乐的,讽刺的大笑声。她的笑声静默了一个瞬间,似乎在沉思着;她在沉思着两个恶人的卑鄙与简桂英的英雄的歌,然后又大笑了。

"高崇入云的山峰,磅礴的,崇高的大海,"简桂英继续唱着她的英雄的歌,哭着,这时她的激昂,是这样的性质:她已经不是哭姚秀敏假设死亡,而是欢喜,哭着她的生命欢喜了。"在高的山峰上,鹰飞翔,龙凤飞翔,姚秀敏和我简桂英飞翔。"

姚秀敏在家中做菜,安排她的侄子姚世祥与简桂英结婚。她要举行家中的宴会。她振作精神,她便在早晨起来的时候仿佛年青了。她充满精力,在心中发生着顽强的生命之火。她这时满意,觉得她租住的房屋很合适,而也满意自己的穿上的新衣服。她觉得这是人生的远行。要往前去翻过山巅;今日是要翻过的山巅。她振作着,她早晨还洗衣服。她几十年来在搓板上搓洗衣服,而有着生活的快乐感觉;她这时,一边做菜,一边洗衣,也有着快乐。她为了要表示今日要翻过山巅而增加洗衣,将被盖拆了洗着;她的精神处于特殊的境界,便是于老年考验自己,于是她便现在困难里了;她从自来水的机关,水池提着水往自己的缸里倾倒着,她又借了邻居的桶。她忙着做菜,又洗衣,提水。这平凡的生活继续了几十年了。她便以为她是能做很多菜成功的,她有一种似乎疯狂的境界。她这样有快乐,她听说,有很多人这样,古人也有这样;做这么多的菜,又洗被盖,这是少有的,但她听说过。她便这样做来表示斗争。她的观念,以为她侄子姚世祥的结婚她应该斗争,而且特别地显示自己的精神。她提水与洗衣也是著名的,井冈山以来,她时常洗很多衣服;堆高的极满的一盆,以及堆在地上如小山丘一样,她有整日地洗着。她这时想表现自己的这种。她的疯狂的境界使她无视困难,她振作精神,洗涤,切菜,煮菜,而又洗被盖三大件与衣服一些件,她的侄子姚世祥和简桂英的;替他们洗衣服她觉得愉快。她的疯狂精神是不显露的,也显露着,她向邻人借了三四个桶,简桂英要替她提水,她激昂地,奇怪地拒绝了,坚决得以至于脸红;她便要在这侄子姚世祥与简桂英的婚礼里做一件特别的事情。

她提水奔跑,在院子里奔跑。她坚持着不换手地提桶,提了一桶了,又一桶了。她流汗而身体有紧张痉挛的状况,但她提了又一桶了。激昂的,崇高的,疯狂的,但似乎有愚昧的意志发生在她的心里。她要在这重要的侄子与简桂英结婚的日子表示特别,她要克服老年与跨过老年的山巅,她心里有着火焰的燃烧;她一定要做超能力的事情。她的狂热的情形使她如同车轮一般忙碌。她一面在厨房里切菜,烧炉灶,一面又跑来继续洗衣。

"一生如此了,"她想,"一生过好多的山巅,今日自己特设的山巅可能极困难了。一生是如此了,今日特设的山巅,衣服是多么不少,而被盖是多么笨。但是,时常是这样的,时常如此,但今日特别,所以要特设,也是因为一生常如此,而要使这个日子不平常。这种日子是要增加困难攻克的。"

"你八十多岁了。"在她的旁边,韦成说。韦成来到,忧郁地看着她。

"我觉得我四十岁,年青!报告司令员。"姚秀敏激昂地说,而且脸红,站起来了一个瞬间,"我觉得我是在做梦吧?我做梦我八十几岁洗衣一大盆了。是在一日早晨醒来前后这梦。但那梦也是我的渴望。"

"你十分可笑了,疯狂!"韦成激烈,严峻,愤怒,说。

"我疯狂么?"姚秀敏说,"你也老了,你不要干扰我,我还是可以像风车一般劳力的,你的情形,怕是不能了,因为我有两次,看见你坐在那里叹息。"

"咦,年青的姚秀敏!咦,活力巨大的,力搏雄狮的姚秀敏,咦,快乐的,神奇的姚秀敏,"韦成讽刺地,快乐地说,同时激烈,严峻,愤怒;"你是重着小的辫子或拖着长的辫子的姑娘了,小的姑娘好呢,还是辫子拖到腰的大姑娘好呢?你的生活是多么明媚啊,克服了老年,而使人觉得你是高等的蚱蜢。我的情形,是会坐在那里叹息的,"韦成说,便用一个小的凳子坐下来;"我便叹息了。"他激烈,严峻,愤怒,说,"我便今日也走到一个山巅,要攻克我这些日的颓败的情绪,我来帮你提水了。你为什么把盆放在离水池这样远呢?"

"因为八十几岁的疯狂,奋斗。"姚秀敏说。

"你为什么又像象一样,今日姚世祥结婚,我赠送一些菜,你为什么又准备许多食物呢?"韦成说,"年轻人结婚,你的狂热有什么意义呢?锅沸腾了,姚秀敏,心中沸腾了,姚秀敏!你和我一样,是快要死了,而死了,躺着长眠,有泥土的香气。"

"有草与花,举凡一生所嗅过的香气,包括自身新婚时候洒的香水与新郎的香气,自然有泥土的香气。"姚秀敏说。

"快要死了,悲哀慢慢地浸透,而你的心脏便知道将长眠,永远地休息。"韦成讽刺地说。

"你韦成司令员伤情了。"

"悲哀慢慢地浸透,你的心便知道你要长眠,其中也有欢乐的浸透,回忆你的曾成功的人生的奋斗。譬如提一千桶水。"韦成又带着讽刺说。

"你有特别了。"姚秀敏说。

"我觉得我的心,在思想这些的时候战栗了,"韦成严峻地说,"你有今日的奇特的奋斗,我也要今日有奇特的奋斗,我的心中有忧郁的坑,我要攻克这忧郁的坑。"

"自设的坑。"姚秀敏说。

"大胆的言论。我听见各处叮叮咚咚地响起是为你和我掘墓坑,我听见你盆里的水响,便想起墓坑旁边,水潺潺地流过,而小草与小花对话,互问早晨好,和说到远处有升起来的烟,那时我看见,各时我看见,升起来的烟,我悲哀了。我今日来参加姚世祥与简桂英的婚礼,我不是快乐地进来,而是悲哀了,因为看见井冈山的老的蚱蜢你在猛烈创造幸福,而心中觉得落在后面的悲哀了。我悲痛了,我的心真的,在年轻一辈成长,回忆的日子,悲痛我自己了。这有什么可以悲痛的呢？我呀,思念少年的年华。我怎样来在今日这个时间克服我的悲痛呢？我怎样才不会在年青人的结婚的宴席上叹息呢？"

"今天你从外面买了菜等一下送来,而其次是我自己做的,我必须做家庭的样式的。"

姚世祥简桂英快乐地呼喊韦成,韦成便羞涩,红了脸,而站了一个瞬间,想了一定的时间,脱去了上衣,而赤裸着上身,从墙边的梯子爬上房去了。

他严峻,激昂,愤怒,要克服自己的忧郁,他看见房顶上不整齐的瓦,便想去安排整齐。内心的火焰起来,他便克服他的忧郁了。这时姚秀敏又去担水,她坚持一只手提不换手,而摇晃着,而跌倒在地上了。她在地上挣扎了短促的时间,呈显着她的年老,但她在简桂英来到助她之前爬起来了,她便激昂的,愤怒地,轻蔑地笑。

"我又克服我今日的登山了。"她说,愤慨于自己的跌倒的情况,被简桂英的呼号与向她举着手臂前来的动作所刺激,因为跌倒了羞涩；因为不愿从自己的山巅撤退；因为忽然间产生了爱国的情感；因为韦成在屋顶上更增加了她的爱国的情感；因为又发生了心中的强烈的信心；因为有英雄精神,而且英雄精神膨胀,向往胜利的光荣,便又讽刺地无畏地躺在地上了。她在翻倒的水桶边躺在地上了,她似乎想要对她的跌跤倒地进行反驳,但又不是。

她躺着有奇特的状况。

简桂英在回答姚世祥的话,又看着屋顶上的韦成,她的心紧张着,因而没有注意,便认为姚秀敏是又翻倒了,她便拉她。姚秀敏,由于挣扎困难,便也又跌倒了,她的欢乐的奋斗转为紧张,简桂英便紧张,以为发生事故,躺倒在她的身边,而发生她的内心的激动。因为她今日结婚；因为她异常愉快于老年的姚秀敏的性情；因为她的高蹈的性情使她觉得沉重的悲伤；因为她的高蹈的,高贵的性情使她进入恍惚;因为她误解姚秀敏是有病倒了,她便哭泣了。她的高蹈的性情使她有英雄的笑声。

姚秀敏,因为内心的激动;因为发生讽刺的精神;因为喜爱自己的生命和爱好活跃而有强烈的讽刺;因为今天是姚世祥与简桂英的婚礼,觉得可以在婚礼上做一种考验和教诲;因为内心的偏激和有着想要愉快地取乐于姚世祥与简桂英的心思;因为内心的无畏似的欢乐,便伪装与有痉挛的样式,而在简桂英又要拉她的时候,哭叫了。

姚秀敏的伪装,因为内心的忽然无畏而升高。

"老了呀!要死了呀!"她喊,伪装着痉挛着,"旧的时代,有年老的人伪装一次,试后辈有没有对她的感情,试自己死后人们有没有后辈的痛苦,试后辈的性格,然后后辈便到他们的人生里去;我试你呀:试到这里我便伤心了,你们善良呀,我便哭泣我自己了,我便犹如后辈哭泣哭泣我自己了。姚秀敏呀,你的一生呀!姨妈呀!——我便挖苦与讽刺我自己了。"

简桂英便从她的紧张转为快乐了。

"咦,姨母,姨妈,你多么使我焦急与又觉得你的伪装有教训意义,我便适应着你的伪装了,"她说,因为高蹈;因为喜欢着姚秀敏;因为发生了她的幻想;因为内心里面人生的感慨集中了起来;因为觉得姚秀敏真的是考验她;因为充满了她的善良,正直的感情。而战栗着,她便从快乐而转为悲痛了。她,便哭泣着。

"我的姨妈呀,如果你是真的,你看来是真的,要死了呀!你死了我如何地悲伤,我顶爱你和像姚世祥一样孝顺你,我多么悲痛呀!"她说,做着假设,假设老人将死去,而升起了她的同情姚秀敏的激烈的情绪与英雄的歌。"我居于高山之巅,我的心跳跃着环顾人间,我在白云间飞翔,我将举行我的婚礼,我便想着我的姨母你了。我驾云来看你,我来到你便不死了。我这高蹈者,我是住在山巅上,说着,咦,云!咦,高山峰,咦,远离人世尖环奋斗,咦,多么不吃人间烟火,而是多么地高贵!"她讽刺地,快乐地唱,于是她说,"上次我当夏川罗志恒骑人驶的时候,我唱英雄的歌,这次我主要地唱讽刺的歌了。咦,美丽的高蹈,咦,姨母多么年老而平凡,我将不去到人间,我将在我的高蹈的山巅!姨母洗衣与做饭,有着汗臭,而我多么地芳香,你老年而衰败了,我如何地要管你;你假若死了,其实我如何地会管你。"她说。

姚秀敏便假装异常痛苦了。

"我多么伤心呀!我的侄儿姚世祥与他的娇媚的简桂英,要抛却我的老年了呀!你们是多么地忘却了人的感情呀!多么地使我伤痛呀!"她喊。

这时候简桂英便抱紧了姚秀敏,而觉得自己的假设丑恶,而哭了。

"唱,人性的感情的歌,一、二、三,唱,唱认识人性的真挚的歌。"简桂英,在地上躺着,抱着姚秀敏,说,模仿着她教授小学生的说话;于是,这小学的语文教员兼音乐教员,唱出了高亢的声音;"太阳在空中照,云在空中飘,劳动者在街市上,在工厂里与工作间里。"她唱。

"我是多么地快乐啊。"姚秀敏在地上翻滚,而爬了起来,而抱着简桂英,于是,她又去洗衣服了。

这时姚世祥战栗着,为人生者姚世祥心中有着善良与忠诚,他被姚秀敏感动而快乐,有着眼泪,爱着锅里沸腾的汤,切菜板上的肉,与洗衣盆里的衣,与墙头上放着的瓦了。韦成在铺瓦,八十岁了,而显现着有力地站在屋顶上,显着强大。他战栗着,崇敬着,欢喜着。但是,他恼怒了。他是心中惊动而恼怒,他是假设全部事要有固定的秩序,而他,结婚者,年青人,是世界的主人,是秩序的建立者,全部事情要听他的;他假设为恶意的人,反对老年人韦成与他的姨母的年青的活力,假设为,全部事情都已是封冻封闭,不容许生活有改变,不容许老年人变为年青的样式,而侵占了年青人的生活。老年人应该逝去,或静静地坐着躺着。他假设为霸道与心中有尘土,他快乐地认为人有自然的衰老,每一个九点钟不一样,有一个九点钟,早晨九时,这个人便不存在了,让后来的人。他认为是如此的,那生活如此结构是快乐的,因此,他便假设为他有恶意地,像有的人仇恨经济上的革新一样,仇恨着姚秀敏与韦成。姚秀敏活泼着,有如她少年时,韦成在显示大的气概,站在屋脊上,而觉得年青有力。姚世祥,因为自己是主人,激动着,但他想到有的人们对于革新任何事都反对,便假设为不安,便假设为恶意而反对了。

"反对啊!并不是因惊异而恼怒,我假设为不妥的人,便有这样的一种,嫉恨不安分的姨妈了。我不是用甜蜜的心说,因为市场有阴沉的人,反对任何新事物,我便用悲愤的心说,中华人民共和国,有年老者返年青许多,是我这悲观厌世者最仇恨的了,我说,你们破坏了秩序了。姨妈,我愿供奉你到天年,那时我便满意,可是你这使用力量,年青有为的样式,触犯我了,我举行抗议。"他假设为错误的蛮横者,便心情激动,愤怒,排斥他的努力奋斗的姨母与韦成。他假设他是基督徒,跪下祈祷了一个动作。"一切要遵循命运的安排,我认为一切不能动摇,我反对这发生的热气,而突破命运的安排。在我的结婚日我做如此不幸的狼嗥了,同时我假设为损失了几千元了,我对韦成也不客气,我对共产党不客气,而是一个叛逆者。"他说,因为他心中的善良反对他的假设,而有着一定的眼泪。但他,因为社会上有这种势力反对革新;因为假设为悲观,因为他的邪恶的朋友们因他的正直而拒绝来到庆贺他,假设来了也不合适;因为有着痛苦,因为试探自己心中的国家,人类,社会的理想的深度,而悲哀着。他因为悲哀而假设着。

"岂不是很好吗?为什么,姨妈活跃了,便不好呢?"姚秀敏说,担着一桶水走着。

"但这是回光返照了姨妈。人生有死亡来临,你不能每日,如同十八岁一般,欢喜地提水,而甩着辫子。"

"为什么不能,你要说,姨妈能干,井冈山的老兵,而韦成司令员,也是强旺的这时代的领导人。"

"这是混蛋的想法,"姚世祥带着凶恶的神情,又对着屋顶上喊叫。"韦成司令员,这如何不是可以的想法,我今天请你来宴会了,但是不是请你来示威你的老年的力,与人民军队的威风了。你有不妥的,混蛋的想法,所以来侵犯青年了。我歉疚了,假设为市场有着的不妥的人了,但没有革新,人到老年,应该安分了,我们民族是安分的。"

"你混蛋。你这样想吗?"韦成说。

"我们民族将被一种势利笼罩了。"姚世祥说。

"我在屋脊上,如同鸽子在屋脊上,升起的太阳照在屋脊上,见到朝阳与金光万道,而呼喊我党,我军,我国的永远的青春,我看见强大的世界与强大的理想,我安分于生与死,极安分,安分得很,但我不安分于停止哪怕一分钟的奋斗。"

"你便说长期的斗争,井冈山以来,"姚世祥说,"但我以为,人要安于秩序,上帝的归于上帝,人类的归于人类,年龄的归于年龄,我们个人守着线条,当人在老朽的时候,希望别人助语言:老了,死得了。活着一点意思也没有!你们老而不死的,你们让出位置了,"他,姚世祥凶恶地叫:"我助你们语言了。"

姚秀敏提着一桶水奔走,而停了下来,而韦成也从屋顶上下来,穿上了衣服。

"我是很卑鄙的人了,我是假设如此,而非真如此,"他有着畏缩地说,"我也反映了现代的情形,我是正预备解除这种假设,而说我多么痛苦于,反对现在的这种情形,而有这一种假设的。"

"你混蛋了。"简桂英叫,便猛烈地打了姚世祥一个动作的面颊。"我见到高山坍倒我的婚姻坍倒爱情坍倒海坍倒而天上的我的幻想的星迸裂而我的泪下。"

"我见到假设我是这样,我的婚姻坍倒爱情坍倒而诚实与正义正直永坍倒而姨妈也坍倒我便永死亡了。你便再找不到姚世祥这个人。我因为在许多朋友那里受了围困而似乎迷途而假设心中的痛苦了,我现在心中有火光发生,我在火光的燃烧中因为我的正直和善良,来喝我结婚的酒。我譬如是被简桂英的一下打耳光清醒了,我的心啊,我的患难的旅程!"姚世祥说,哭泣了起来。他内心冲动,而激昂地大哭了起来,蹲在地上哭着,又站起来哭着:"我是一只沉了的船,今日经过风浪,我差一点在我的朋友们中间损失了两万元,但我现在一个钱也不损失,我拼了命与智能这次的营业我不败了。我,这只船,自己努力,你们的斥骂与指责,我这只沉的船,自己浮上来了。"他说,哭泣着,"我向你伟大的韦成致意啊,我如何地崇敬你而我的性情不好今日伤害了你,"他说,"我被桂英,简桂英,我的桂英的耳刮打清醒了,自然我是要清醒的,我是多么地对不住你姨妈啊,我常听说,翻越过高的山与漂流过巨大的海,浩渺的海,我现在是翻过这种大山与漂流过这种海了。"

韦成相约姚秀敏,共同游历南京的风景区栖霞山。姚秀敏和韦成,两个人都有着健旺的,年青的,活泼的精神。秋天了,栖霞山有着枫树的落叶。然而,活泼健旺的精神的韦成在爬山坡的时候忽然跌伤了一个动作,而姚秀敏扶着他,慢慢地走着。两个人都有些荒凉,没有年青人相伴,而做老年的旅行。韦成在跌倒之后眩晕,面对着老年的死亡,内心突然忧郁,心情异常痛苦;他的内心,从他坚持着的焕发转变为痛苦了。他的妻李明芬和他的感情很好,他便想到老年,他先她而死亡的痛苦,他年龄较大,他便想到,他先死去,而她一个人孤独死留在世界上,虽然有子女和机关组织,他便环顾山坡的两侧的长的茅草与树丛,心中异常地痛苦,以至于在行程中有着眼泪了。他的死亡的幻想真切,但这时候夏川罗志恒来到,注视着他和姚秀敏的出行。两个人极仇恨他,因他的老年的强健而痛苦;侦察到老人的忧郁,而兴奋了。韦成跌倒了一定的重的情形,腿跛行了,脸红了,动作呆笨了。

夏川罗志恒远远地听着发生的对话。

"我很心痛你跌倒了,"姚秀敏说,"今日,我们何以出行呢?不找年轻人相伴呢?我扶着你走吧。我们的心里,有过分的自信,想飞翔之心,我观察鸟雀,它们也有不能飞的年龄了,但我总以为,不是这样的。"

"不是这样的,鸟雀到一百年都能飞的,"韦成说,"我腿痛了,我不一百年了,我在落在坑里了,落在沟里了,我落在这坑里痛苦,所以我便不放弃前行,而要做奋斗。嗳啊,奋斗,我和你,姚秀敏,两个人一百六十多岁,听见四面八方的命运的袭击,在叮叮咚咚地钉棺材板了,而要到地下去,听草与花的对话了,听溪水的潺潺流了。我们的一切,生命,是不是枉然的呢?"

"哪里有枉然的呢?主公,我扶着你了。我们今日再冲击着来爬上的山巅,我们要显出我们老年的威力,而有一分失败了。"姚秀敏说。

"我有失败了,"韦成说,"我来努力前行,哎哟,我的腿痛苦,我们转去吧,但也绝不。我掉在坑里了,觉得黑暗,但我还想,在以前有这样的时候,和黑暗做绝对困难的格斗。"

"以前是有这样的时候。"

"心脏痉挛,围堵的方的黑暗,我,革命军人想振作起来,我唱歌吧,我用唱歌的方法吧。我跑步吧,我用跑步的办法吧。我进行深呼吸吧,我吼叫几声吧,我欢喜欢乐着,我想象吹笛子吧,我想象家乡的泥土吧,我想象儿童的活跃吧,我快乐吧。"

"你看天上的白云的美丽吧,"姚秀敏扶着他,说,"你看山前的景色,事物,历史的遗留吧,你爱好历史;你看这秋天,遍山野的红叶,你想象青年人的活跃,你想象青年时代的活跃,你想象吧。"

"我想象了,"韦成说,"我想象儿童的最初奔跑,最初的学走路,跌倒,哭泣。我小时有欢笑的一次,而最初跑过十几步路程。我想象少年时期的运动会的跑步,我想象我还能举重,我想象一切的生命之花吧,生命之果吧,我想象大熊星座与小熊星座闪耀,而北极星的闪光,恒古不变;我想象我的各个奋斗的高栏低栏,我想象我吹奏乐器,我进行深呼吸,我想象跑步吧,"他又说回来,说,便用他的凝望的,集中注意的,鹰似的眼睛注视着前方的山坡,他便开始跳跃,上坡——摆脱了姚秀敏,而冲向前去。但是他又跌倒了。"我要吹铜号,大铜喇叭才能醒来了,我这次严重了。"他说,痉挛着,眼前发生了眩晕的黑暗。他躺在石块上了。"我陷入陷坑了,要听见水草与小花的对话与水潺潺流了,我的心在与黑暗搏斗,我便似乎胜利困难了。"他说,昏晕了过去。但不久便醒来了,听着来到的声音:罗志恒与夏川追踪他。

"我们来伴你英雄人物年老的,"罗志恒说,"我们是敌人了,我们很奇怪你的健旺的精神的失败,你失败了,我们两人追踪你,看见你失败了,你不是一个有斗志的、顽强的、我军的司令员。"

"我一瞬间掉在黑暗的沟里了。"韦成说。

"原来你也有沟,"罗志恒说,"而且似乎是心的沟,老了,快死了,惧怕了。"

"老年,沟,坑,"夏川说,严峻而惨白,"质问你,是什么样的沟?"

"有黑暗的,有水草与小花对话的,水潺潺的流,听人生的枪弹在花与草上横飞的,深的沟。我刚才昏晕过去了一阵,便似乎抛弃我的妻李明芬,进入这种了。我便看见,我的一生并不炸裂分散,而是有许多存留。你们两个,我的掘墓人,来临了。"

"如何是掘墓人?"

"振兴中华人民共和国的基础,由于你们不巩固,"韦成说,"我被掘墓了,如同在尧化门远郊外的春雨里一样,你们有神奇的刀。我被掘墓了,我的墓坑将十分深,因为你们提防我再爬出来,你们掘的我的墓有大石块盖顶,而有一万三千块砖。"

"这数目是什么意义?"

"这数目是随便说的,"姚秀敏,说,"你不看见他在随便说吧?水草与小花对话,水潺潺流淌,在中午,阳光灿烂,他跌倒了,痛了,就是这样。一刹儿便好了。咦,可不是,一刹儿便好了,我们的乖的,可爱的,听话的韦成司令员,一刹儿便柔顺了。便不再说黑暗的四面砖了,便说看见家乡南京的泥土,和吹笛子响,听见儿童的唱歌了。去掉了老了的精神病!便活到天年了,去掉了老了的激情病!便说四面八方是儿童唱歌,送你前行了。

还听见空中有响的钟声。"

"送你前行了,"韦成说,"我回到家乡南京去,吹响笛子,而再过山坡,我吹奏大铜喇叭,而再走进山丛,走进市街,我看见,我们的年青的妇女,在他们的发髻上扎着红色,白色,紫色的丝绸,而在市街上走着,吹着缠身的大铜喇叭,击着深筒的鼓,自在中午,顶着灿烂,红色,白色,紫色的丝绸扎着的发髻,缠身的大铜喇叭仿佛音乐的音阶在缭绕与留恋,我便前行,而也越过今日的山巅。"

罗志恒与夏川,脸色苍白着。由于想谋杀韦成,由于带着刀枪与毒药,由于追踪到此发生的决心,由于决战的意志,由于冲击性,而战栗着。但是,他们又战栗着伪装温和同情,他们两人便来扶韦成,他们变为狡猾,温存。

"在你的沟里伤痛,"罗志恒说,"你跌跤而倒下了,在刚才,你体会到黑暗与人生的痛苦,因为年老了。"他说,哭泣了。他的哭泣很快,因为他想到他要骗韦成;因为他想到他要杀死韦成,而激烈地设想他被韦成杀死了,"请问你,韦成,你的心中在想着什么?我想到人生是多么痛苦啊。"

"我想到的是,你们是我的掘墓人了,但是我是会战胜的,我想到的是,建设国家,"韦成说,"而在这恢弘的山上,听见未来的钟声。我并不是指庙里的和尚敲钟,我是指现时的我们共同的空中,悬着一口钟,由我,韦成与姚秀敏这样的老年人敲着,告诉一生的宏大的事业,钟声荡漾到未来。"

罗志恒听着,和夏川二人扶着韦成,便更大声地哭泣了。

"你们,罗志恒狐狸,夏川,来逼胁我了。我心痛苦我刚才的错误了,如同突然翻了船似的,如同突然翻了车似的,我的心中失去了一瞬间的生意,到现在还没有完全恢复,这忧郁的情形,草也不是绿的,而枫叶也不是红的,不是秋天的高远的天空和淡的云和强健的树的甜蜜的,陶醉于自然的红叶,不是我旧时各时,玉种蓝田,待领红叶的战鼓的敲击,我一瞬间一切悲哀,而看着草与失败觉得灰暗,而想着我们说的钟声而听不见,而心中逝去宝的台与宝的墙,而被老年与死亡攻击了一下。"

韦成突然,因为他和姚秀敏说的钟声与未来;因为伤痛于自己的老年;因为在感激与阴郁的色彩里和愤怒里想及,对自己的老年与痛苦发怒;因为心中的痛苦和羞怯;因为仇恨夏川与罗志恒两人,而哭泣了。他的哭泣突然很猛烈,因为他落在沟里;因为他不英雄与巨大,因为痛苦造成暗影;因为想到墓地上小草与小花的对话和水潺潺的流淌;因为又有英雄的,愤怒的,觉得自己巨大的,颉颃老年与死亡的情绪;因为觉得夏川罗志恒丑恶,而哭泣了。他哭逝去的生活,他软弱了,但他有愤怒,他抗议年老,抗议自然的情绪,抗议两个卑劣者。于是,当两个卑劣者快乐,呼唤他万岁的时候,挥拳击他们。

"万岁,韦成!万岁,韦成过沟!"罗志恒喊。

"万岁,一切美梦,一切娇贵,少年的恋情,英勇的意志,巨大的心,上升的钟声扶摇而升,一切美梦都去了,"夏川喊叫,"万岁,一切去了,功名富贵,司令员的事业,万岁,一切情感,旧时的儿女情长,和夫人李明芬的钟情相爱,在树林里红竹笋地的恋与吻,我们知道的故事,英雄事业,今在何处?正如祖国古典籍红楼梦一书,这是古刹,悟道了。老年伟绩,继续设计建设国防军与改善战车的研究,和对矿石的研究与兴趣,在何处?"夏川叫着,他的瘦削的身体痉挛着,抽搐着。

"沟!沟!"罗志恒说。

韦成,以为歹徒猖狂;因为发生了年老的稚弱;因为委屈,而哭泣,姚秀敏也流出了眼泪,她因为韦成的跌跤,陷坑的情况,发生了痛苦,她便流泪,挥手而打击着夏川罗志恒。韦成在哭泣中大愤怒,而且英雄的性质在他心中复活。从他的腹腔里,上升到他的心脏:他便不哭了,而且发出在战场上似的吼叫。

"我战胜死亡的沟渠了,"他喊,"我老年战胜,战胜这种顷刻前跌跤倒而发生的眼前与心中的阴暗,还要战胜!战胜卑污。"他说,强健地打击着两人。两人猛烈地抵抗与袭击他,姚秀敏帮助着他,但最后,他和姚秀敏却力衰,他被夏川与罗志恒拖着坐下。夏川罗志恒两人,从夏川背着的水壶,倒出汽水来,倒在塑料的杯里,而罗志恒从衣袋取出毒药粉安置上。韦成瞥见了他们,姚秀敏亦喊叫,但夏川罗志恒两人是明白地办着的,并不隐瞒他们。

"这杯子里的毒药,你韦成,包括你井冈山的女兵姚秀敏,请你们一人喝两口,你韦成尤其;你姚秀敏奶奶亦是,在你们的人生的这时候逝去了。肯定断定的,你们有意愿的,古寺,枫叶,气概阔大,而天高,如同你们说的有钟声,中华民族生息到今,这个民族也该死了,是说民族死了。你们有悲观。你们喝吧,几分钟便死亡,看,死亡如何地美丽!看,八十多岁死亡,生命有丰碑,如何地壮伟,看,生命的壮伟!"罗志恒说,"你韦成不是冲锋在战士一起,不是在炮火面前不变色吗,而你姚秀敏奶奶也是,你们老而巨大,而在毒药面前也不变色,叩拜了。"于是罗志恒跪下叩拜,夏川也叩拜,"但其实这里面仅是汽水,放有一定的蜜,刚才加放的是蕨根粉,没有毒药,以慰老年,假如有毒药,我和夏川天诛地灭!"他叫。"你喝了!你怀疑我们!自然,由你选择!"

"我们两人,如你们所渴望,表演我们的卑鄙,满足你们恨坏人的渴望!"夏川说,"你看,我们两人互相操衾肛门了。我们极悲观于人生,所以操入肛门了,罗志恒是我的情爱的。"他说,走到罗志恒背后去,扑在他悲伤,而掀动着臀部:"为你们所希望的卑鄙了,世界很坏,你们终老吧。"他说,从裤子缝里掏出阳物,而罗志恒掀着臀部,拉下了一定的裤子。他们抱着战抖着,显现着丑态了,"我们的丑态,供你们的正义需用,伟大的老年赏玩,你们便满足地终老了。"他说,他们真的信任韦成姚秀敏会被引诱服毒,他们在他们的热烈的幻境里。

他们又将丑态收藏起来,而穿好与扣好衣服。

"毒药了。"夏川说。

韦成和姚秀敏便跃动着他们的老年的身体,打击夏川罗志恒。

"毒药了,终老了,我们已经揭露了社会的丑恶了,我们是社会。请喝了,两位老人,一人喝一口。"罗志恒说。

韦成沉思很久。

"我喝了,如同你们所愿望,你们的卑鄙也使我发生激情。"韦成拿起杯子,看着里面的水,"山河,祖国,生命,妻李明芬,孩子们,"他说,在他的假设的想象中,"我跌在沟里了,有这种死亡逝去的心情,你们,狐狸和狼丑恶而快乐了,我心安定,便要远行,"他用严峻的、带有讽刺的声音说,"致敬,天空的云,致敬,亲爱的领袖邓小平,致敬,陈云杨尚昆,聂荣臻王震李先念诸人,致敬,井冈山以来的道路,敬礼,古寺的钟声,十分像是,当我的眼前发生异象,夏川和罗志恒操屁股的表演之后,黑暗扩大,我的生命终了了。"

他的态度也发生了一种魅惑,夏川罗志恒便以为他们估计得不错:他有自杀之心,而特别使他们魅惑的,是姚秀敏的凶恶,愤慨,尖锐的态度。

"人生有意义,狼和狐狸也有意义,"姚秀敏说,"我已经活过了我的一生,我曾给儿辈以死业,他们有幸福之路,我的祖国的旌旗飘扬,革命的阶级事业,我姚小大子乡里妹子年老,我这时回忆在红色娘子军的时候一次战争的时候落在我面前的机枪子弹的数目字,好多根草打不见了,我还奇怪地活着,有热能,我觉得这时候也是可以终了我的一生了。"她带着郑重的讽刺说,"我向那山顶上庙宇里的菩萨,护佑人的健康的,护佑人减少痛苦,护佑人营业买卖的,护佑人夫妇团圆的,合家美满的,护佑人土地上的谷物成长,风调雨顺的,护佑水火与旅途的,致以敬拜,我心中出现的便是许多菩萨的影子了,我一生冥顽,在黑暗幽冥中,现在,被夏川罗志恒的操屁股动作启发,我敬菩萨了;由于我的冥顽,夏川与罗志恒的杯里的毒药,也便袭到我心中,我便向山上的菩萨跪拜,"她说,便讽刺地跪下,向着坡上叩拜着,"然后我再站起来,叉着腰,我便具有英豪精神凝想,我应该服毒药终了了。我的老年昏冥了,癫狂了,看见人们操屁股,异象,而悲观,降落了,也落在韦成跌跤而落进的坑里,我便心中钟声再起,祖国的钟声,而我便喝你们的献给韦成的汽水了,你们献给他的是毒药,我认为是汽水,毒药也罢,他,韦成将在这定数中活到天年,而我便代他喝,而在菩萨与庙宇前求得我的想死亡了,我的悲观的生之旅途的终点了。"她郑重而带着讽刺地说。"今日我们看见了少见的异象,夏川罗志恒操屁股,我便悲观从心中产生。"她说,抢了韦成手里的杯子,便摇晃了杯子一个动作。

"是这样的情形了。"韦成说。

"这是异象,确实是,这山上无人。"夏川说,便脱下了他的裤子,罗志恒也脱下裤子,掀起臀部,"我们便索性增操屁股,而表示一种生之决绝。"

"生之决绝。"罗志恒说。

"是这样的情形了。"韦成说,拿过姚秀敏手中的杯,他的声音近于吼叫,显得豪放,英雄,但突然间又有着痉挛的痛苦,"被你们的丑恶欺侮了,我假设中了你们的毒药了,假设你们宣扬了生活的悲观,击中我心,便要死亡了,假设你们恶分子的异形态克服了我了,假设伤心我跌到沟里了,而到现在昏迷远没有过去,我也事实上有一种迷晕,我从沟里醒来,醒来是怎样的呢?醒来之后看见灿烂的日出,而在昏冥的瞬间,也有自己生涯的事业的日出,"他说,举着杯子,摇晃杯子,似乎便要立刻喝掉。"生涯呀,告别了。夏川罗志恒展现异象,两个控制世界,继续做操屁股的动作,我的心炸裂了。杯子里呀,毒药瞬间进肠中而发作,我便过了我的迷惑的沟了,而死亡了,我便见小草与小花的对话,而草与花之间的水潺潺流了。死亡多么如同夏川罗志恒表演的丑恶一样地迷惑我呀。"韦成喊,由于确实有年老痛苦;由于英雄的气概;由于讽刺的精神;由于又有痛苦和沟渠的感觉;由于姚秀敏注视地看着他,而眼睛里有着一定的眼泪。

"叩拜了,叩头了。"夏川说,半裸体跪下叩拜,"你一定死了,一定的。我们击中标的了,果然不错呀。"他狂热地说。

"一定的,死逝了,伟大的死逝,姚秀敏奶奶也是,死逝了,"罗志恒也半裸体跪下叩拜,说,"两个终老了,仙逝了,快乐了,"

他说,"你们老了,落在人生的坑里了。"他凶恶地,痉挛地吼叫。

"我便喝一口这种药了,如同夏川罗志恒所宣扬的,死亡了,因为我跌到沟里,而失却我的心脏与祖国的军队了,"韦成说,举着杯子,但举得离面庞很远。

"我也喝一口这种毒药了。"姚秀敏说,拿过了韦成手里的杯子,举得很高,"举杯而歌古代的钟声,这钟声,是呼唤死亡呢,还是呼唤生命?我要听清楚,我要站立再听着,啊,这钟声似乎呼喊死亡。"她说,"但我怎么又听见它呼唤生命呢?"她说,"我心中有各种蒙昧,我想到菩萨像也有一种蒙昧,但我听见了,古代的钟声,呼唤生命。"

"我也听清了。"韦成说。

"但是一定了,人生颓唐,"罗志恒说,"我们是卑鄙的,今日必然这杯毒药呼喊来一两个死亡,你们在坑里了。我们的卑鄙,你们是不清楚的。我们用卑鄙,恶臭移入你们。我放屁夏川吃,你夏川出屁我吃,我们是烂空了的心肝,我们是腐蚀人间的,不赘多言。"他说。他信仰这个,他和夏川信仰卑鄙要胜,他们信仰在与正直的人们的斗争中,沉重地发生卑鄙可以伤害社会。于是他们便设想伤害这山上的美丽的景物,红叶,空中的云,高远的秋天的天空,他们便设想伤害韦成与姚秀敏的纯洁的,正直的,英雄的心。于是,他们便裸着下体,表演各自用嘴去吸对方的肛门,以及互舐肛门。

"我用力撑三个屁给你吃,"罗志恒说,"我们便这样对付马克思主义者。"

"我用力撑两个屁,"夏川说,"我的屁贵重些,便是我的臀部动两下。"他说,当罗志恒用嘴对着他的肛门的时候。

"你是我的儿,乖乖,"罗志恒说,"心肝,我吃你的屁,从肛门,你也吃我的,我也是你的儿,乖乖。心肝,当我们将来三年不见,而我在一棵树下被斩首的时候,我便想到,我们互相吃屁,甜蜜。"

"我也是的,那时我多么想,互相吃屁。"夏川说。

这进行的卑鄙,在这清洁,美丽的山坡上,刺激着年老的韦成与姚秀敏。韦成便跳起来,吼叫着,他将手中的杯子里的毒药掀掉了,而将被子砸得很远。姚秀敏也发出力量,挥手打击夏川罗志恒。韦成在这山坡上跌跤,进入他的悲怆的沟里,这沟有漫延,他心中相当时间有着沉痛,但现在从沟里出来了。

"沿着山路而走到山巅,"韦成举起心中的英雄的气概,大声,激烈,快乐地说,"我的眼前便展现有大都市,铁路,公路的罗网的新崭平原,平原绿色,是我的心之渴望,"他大声说,"我爱人生,我爱生活,我爱建设。"韦成,继续用强烈的大声说,"我看见卑鄙者而致胜他们,跌跤后又用我慢慢发生的,似无穷的,老年的精力。"

"沿着山路而走到山峦顶,"姚秀敏激昂,有力,吼叫,带着拖长的尾音,说,看了一眼在互相吃屁的罗志恒与夏川。"我看见河川山川秀丽,祖国华美,而在小的山峦后有村庄的烟,而平原是奔驰与火车有烟,我的心便辽阔。"她说,而激昂着,跳动着她的英雄的心。

"沿着路往平原去,经过了和卑污者的格斗,而胜利,而跳出了老年的陷坑,而想着英雄的事业,而想着儿孙的事业,而看见前面的巨大的山,是我们的儿孙将要翻过的;自身那时也飞翔,和他们一同翻过。而老年脱一层壳,而仿佛年青,而看见巨大的海。"韦成说。

"经过市街与车辆,亲族同胞的行人,也经过市街与车辆,不亲近的夏川罗志恒这些敌人,主公韦成将军,你年老的步伐,我看几处升起的灿烂的云了,我看见远处升起的旧时古时人们奋斗,与夏川罗志恒这种人格斗而结成的空市空廓的城池楼台了。"姚秀敏说,"这空市在云中移动,而灿烂闪灼。"她说,再有着眼泪。

"我看见这个了,空市海市蜃楼,过去的历史缔结的灿烂的眼睛凝视着我们,我用另一种眼光看山坡上草与花,谛听他们的对话了,并且谛听水潺潺流。"韦成也流泪,说,"这一种眼光是我尽我的努力于一生的,非常安宁的眼光。"韦成说。

"我也这样,用非常安宁的眼光。但我怀疑你说着我们死了以后了。"姚秀敏发生错误的感觉,说,"死了以后吧,那时候,我们在地下展望我们这一辈人的建设,修起的铁路公路,这井冈山以来的时代,国土万道烟升,而鸡鸣不已,太阳如照,而风雨中,在生前与两个互舐屁的歹徒的相斗中,更觉得有价值。我们这说得不清楚了,我们是指我们死后,从什么地方凝望而继续长生着是不是呢?不清楚了。"她说,有一种惶惑,但脸上闪跃着讽刺。

"我也是这样说,不清楚了,但我们改正说吧,是从长生的情况的眼光,指我们不死,"韦成说,带着严峻与老年的幼稚,"我看见我们的事业成就了,我看见巨大的成功了,我看见我们长生,"他又带着讽刺地、欢乐地、激昂地说,他的思想飞翔着,"我看见我们世纪的成功,我们长生,而快乐了。"

"你,啊,韦成司令员啊,我的眼中常有眼泪,"姚秀敏说,"我们的成就。但我们心中也有着悲伤,悲伤的旧,因为我们不能消灭掉夏川罗志恒一类的人。我也看见我们的长生,不是死后;经过平原,山川,大海,而不被夏川罗志恒的毒药毒死与谋杀掉,长生。你们明白吗,你们丑恶的两人!"她叫喊。

"说着我便要再进攻你们。"韦成说,便又扑向夏川与罗志恒。

"这是这样的。"姚秀敏说,她抓着了夏川的衣服与头发,与他厮打着,"为儿孙,为世纪,为未来。"她喊。

"我过山冈,长生,"韦成打击着夏川与罗志恒的面颊,说。"而展望广阔的平原,祖国的旷野与城市,还有多少个各种程度的夏川罗志恒。我过山冈,看见景物繁华,祖国的谷物生长,而河流里流淌着澄碧的水流,而稻子结很多穗,而矿藏里出来的运输车激流一般,载满黄金矿石,我过山巅,遇见大路上行走车队,往边疆去,往山区去!往空旷之处去,我过山冈,看见祖国的繁华而心动,而不愿死去了,不掉在沟里了。"他说,发生了力量,猛烈地打击着夏川罗志恒。

"我过山峦山巅,看见祖国的炊烟升高,而天高远,而城市与乡村的新婚夫妇欢乐,我看见我们井冈山以来的成就了,但我们现在急欲杀掉,除却掉夏川罗志恒!"姚秀敏说,猛力地打击着夏川与罗志恒的面颊。"我登山峦,我便想着,我的年老再返年青,这成了事实了,我不愿死去了,我将长生而不死王。"他说,打击着夏川罗志恒,"我打击你们,我便长生了。"她喊。

夏川与罗志恒一定时间才穿上衣服。

在这山坡上,这时来了张季。政治部的中将张季来到,是来追踪夏川罗志恒,保卫韦成与姚秀敏的;他带着两柄剑,是也来这里练剑的。因为内心的庄严的感情;因为他有严肃与庄严的性格;因为他的内心里震动与发展着的快乐;因为他的勇敢的性情;因为他敬爱韦成,愉快于姚秀敏,并且仇恨夏川罗志恒,他有高蹈的情绪,他的心高升而燃烧。他对夏川罗志恒轻蔑,他呈显出一种骄傲和冷峻。"在我的身体内,燃烧着严峻,有力,真实的火焰;在我的心里只有着黎明、壮举、精力。我不愿意见到卑鄙、肮脏、丑恶。我这个张季树立我的人生,我这个张季是如此忠实,而有牺牲精神,而渴慕着祖国的完美,我这个张季是多么的正直良好。我这个张季,假设我只是个人,我便是多么弱,但也有一定的力量,为正义事业而奋斗,但有展开,建设,强力的祖国,这力量是不可设想的。我的背后是有力的我们的共产党。我是见到韦成,姚秀敏这年老,笨重,伤情,但我在这地点,在山坡上,今日见到韦成,姚秀敏有精力,快乐,似乎年青。我意图飞翔,如鹰,如鹏,快乐。"他想。他这时是快乐,幸福的人,他走近夏川罗志恒,而说:"我企图与你这罗志恒与夏川在这里相打起来,我心中有火焰,飞翔,理想。"他骄傲地说:"我的心中激情,我的连续三个字的形容词飞翔。我对人生的看法是明了,清楚,简单。我军在发创的时候,井冈山,有许多繁华与草,那时候政治部有斗牛,斗鸡,与斗蟋蟀,这一切表示了年青的我军气概。韦成与姚秀敏在思维他们的老年的奋斗,我思维我的壮年到老年的建业。"他,高蹈,勇猛,严峻的张季便上前攻击夏川与罗志恒了。他将一柄剑递给韦成,拔出一柄剑来,向夏川罗志恒刺去。

"我这幸福的,因祖国而幸福的,自小受难,因祖国而幸福的人有这样的激情的缺点。我这两柄剑是半假的,只有一定的锋刃,这两柄剑令我血液沸腾,又来到这名山,心中有凤凰一般的骄傲,我便要和你们决斗了。如果你们愿做这种决斗,韦成将军的那一柄便可以借给你的。我有缺点,这剑引起我的高蹈,我不一定失策了。这剑与这名山,引起我的痛苦的追求,向前,欢乐。引起我觉得我是幸福的人,祖国幸福,是陶醉的人,在祖国与党这杯酒里,简直喝醉了,所以才来挑起这一场斗争。我见到鸟,枫叶,整齐的山坡后,大寺,大的佛像,因而幸福。我因我的婚姻美满,事业颤动,理想如虹,而幸福,我因我心脏活跃,每日钱够用,酒够喝,我不喝酒,我指的是我的心灵的陶醉,而幸福。我因儿童背着登山的行囊似的背包而幸福。人生的目的是建设和革命的进展,我是一个机械教条主义者,我高蹈而低视,敌对,蔑视错误与罪恶,而跟罪恶者在地上跌跤,痛苦,呻吟。人们说我有清高,狭隘,愚笨;我有飞翔,倾情,可爱,我自己说。我是多么幸福与可爱啊,我有我军的传统,格斗与扑击,"他说,发生了喊叫的情况,他,张季,这幸福的,可爱的人激动了;他,这幸福的,可爱的人,拿着他的剑,有着面庞的轻微的战栗。"我们格斗,看我的剑刺来。"

这干练的军官有一定的笨拙,他将一柄剑给了夏川了。

夏川拿着剑,笑了一笑,有着傲慢:他是觉得剑适合他的性格的——"英雄"爱剑。正因为这样,他将剑给了也燃烧起来的罗志恒了。

"我设想和你好战者一斗。"夏川说,做了一个张手臂的姿势;"在这名山,天空有淡的云,我愿与你斗。但是,我不和你斗了,人生没有意义,不满足你的虚荣心。但是,剑还是我拿着,"他说,用力地推了罗志恒一个动作,便将剑又拿回来了。

"我们不和你斗了,"罗志恒说,"你是恶的狼,你是清高者,爱国而醉醺醺者,你是正直的唯心论的宣扬者,你是歌颂,三个连着的形容词,而心的腾飞。但你的一切没有意思,没有这么醉的歌颂什么祖国的。"

"你们恶臭,卑鄙,丑恶,"张季说,"我要灭亡你们,我愿牺牲,伤亡,痛苦,灭亡你们所以进行斗争了,我愿与你们相打而牺牲,我愿逝去,我要战胜你们。我愿牺牲,伤亡,痛苦,"张季说,觉得激昂,英雄情绪,和祖国的感情,他,张季,再是一个幸福的人,他,张季,是一个觉得祖国极可爱的幸福的人与可爱的人,但同时,因夏川罗志恒的存在而觉得痛苦,觉得,在这祖国,只要一想到夏川罗志恒的存在,便痛苦,而是一个痛苦的人了。所以,他是一个幸福的人,兼痛苦的人,可爱的与痛苦的有时膨胀而失却"可爱"的人。但他还是幸福的人居于首位,而且灿烂,"我热烈,狂热,清高,因你们这些卑劣者,毒品的贩卖者,腐朽者,蛀虫而心中一刹那痛苦,但我仍然是灿烂的愤怒,而与你们决斗了。大风起来,如斯祖国,我仍然是一个幸福的人,我的心在痛苦之后,如同鹰一般飞翔,我便和你们相刺杀了。"他拿着剑,对着夏川刺去。

夏川拿着剑,对着张季刺来。

"我们进行决斗了,幸福的祖国,幸福之花我的心。"张季说。

夏川用剑刺着,而张季攻击着防卫着。罗志恒举着地上捡到的石块向张季掷来,韦成和姚秀敏也在地上,坡边上捡石块,石渣,向着夏川罗志恒掷来。这时张季被夏川的剑击中胸部了。由于高蹈的骄傲;由于轻敌;由于是幸福的人,有陶醉者;由于他的凶恶的搏斗的精神;由于他的幸福的心他较多地亢奋,所以他在急切中被有一定的刃的剑刺中胸部了,虽然只刺入一定的皮肉。由于他是亢奋的,幸福的人,他将一柄剑错误地交给夏川了。这些,使他眼睛里有着眼泪。他从来没有仇恨什么人像仇恨夏川与罗志恒似的,他特别仇恨而心中以至于有着痛苦。

"我飞翔,生活,而憎恨卑污;我的心倾情于祖国之爱,祖国之幸福,我是幸福的人。我挥剑如灿烂的闪光,如美丽的虹,剑,如何地适合我的心呀。我曾跳上几层台阶又跳下来,我曾用左手刺击又转为右手,我曾蹦跳与弯腰,我曾冲刺如同起飞,"张季说,他便挥剑,要为自己被刺破了衣服,刺着了一定的皮肉而报仇,他,如同渴望被焚烧的人一般,喊叫着。他的心再腾起他的爱国主义,他的祖国的幸福的感觉,他的为祖国牺牲的幸福之情,他是升高的可爱的人与幸福的人。他再跳上台阶,而降下台阶,他再横着走,再用双手举剑,再用左手举剑又换为右手,他的幸福的,盈满的,可爱的心,不承认失败的心战栗着。他还又想到他的正直的,亲爱的妻子;"我庄严,严肃,神圣,我剑在手而如我军我党压制贼我要制胜,我的心奔腾,澎湃,而渴望。我英雄,家传,而这时候心脏欢乐,而视死如归,譬如我是孤军,而多面的敌人相斗,而你们有千万刀刃,譬如这里已躺着被你们击伤,负重伤的韦成与姚秀敏,譬如我来迟了,他们已经中枪,譬如我们的党和国已经被你们砍倒了旌旗,我是如何地哀伤呀,我的胸前流血,但我仍然是我的可爱的祖国的可爱的战士,幸福的人,不是悲剧的幸福的人,因为我无限膂力,而你们只伤了我一点皮肉,我有制胜的决心。"他说,挥动着剑,跳跃着而挺直身体刺杀,他的心热血沸腾,他便进入一种遗忘自己的境界了——这幸福的人:"祖国的青春,人们,青春的雪莲湖,青春的蝴蝶蜻蜓湖,飞翔,红旗,建设工程。剑,意志,和枪。野草,枫叶,和譬如被假设你们杀伤的韦成与姚秀敏流的血。纪律,个人意志,与血潮。钟声,鼓声,铃声。翅膀在飞翔的声音,歌声,旌旗的飘扬声。鸽子的飞翔声与草中的秋天的虫鸣,我要一生积极,想着春天的高亢的鸟叫。飞翔,升起的云,决斗。我要用执行纪律与法纪来对付你们,因为环境,因为内心的火,我仍然用个人的决战:现在我补法纪的语言,我奉命逮捕你们。仇恨,个性,鸡啼,和心潮,灿烂,国家到新的中国的黎明。你们两个死犯,你们血腥的刽子手,我内心的风云,险恶,思想。我的连续的形容词要制胜。"他,张季,这活跃的,可亲爱的人,有着幸福的感情。这感情随时升高的人,喊叫着,击着剑,他的全身有精力,跳跃和旋转身体,弯腰和伸直身体,奔走上台阶和返向,横走和直走,他的杀伐的剑闪跃,而发出灿烂的闪光。"我是政治部,我面面俱到,也增加一种个人的决斗而更面面俱到,我军的事业胜过个人的生命,我是高蹈的我军,在阳光中起飞的我军,击败污垢,击败丑恶卑鄙,但是,你击中我了。"他说。

这时张季觉得一种痛苦,他的幸福的心,可爱的心,这时低沉,但接着又高扬。他进入陷坑中,他瞬间前觉得胸前被刺不深,只被刺破一定的皮肉,只有不多的血,但现在忽然觉得被刺较深。他的剑是纯钢,虽然锋刃大部分封闭着,也能刺入肌肉很深与刺入心脏。于是他便,因为怀疑;因为坚定的信心损失;因为突然的痛苦;因为幸福散失;因为激昂,而发生殉难的感觉,而从幸福的爱国的满足的形态转为自己为祖国牺牲的痛苦但也幸福的形态了。

"这剑也能击中心脏,我大约是心脏被刺着了,我现在,我呀,迅速地,升起地,像太阳开始升起,升起我心中的为祖国而牺牲,殉难的幸福。我喊祖国在前,而妻子子女在后,心中的幸福,祖国呀,中华河山,而妻子家庭儿女呀,我便进入牺牲了。欢乐,英雄,我军的牺牲,英雄,家传,灿烂的太阳,红旗,光明。我和敌人格斗阵亡。于是有红旗的歌唱,于是有军队们武器的歌唱,于是有正直的我人人家的儿童为我张季而歌唱,他们的灿烂,正直,纯洁的声音高扬,我便是幸福的人,陶醉的人,可爱的人,仍然似的,我,幸福的人,陶醉的人,可爱者,人之一生,完成了灿烂的事业,我在这战场阵亡了。"他说,有着幸福,灿烂,纯洁,凄伤的,英雄的眼泪,他便相信自己牺牲了,"我牺牲了,为祖国,为革命事业,我光荣,英雄,伟大。伟大的,幸福的心,光荣的心在我的胸中跳跃。"

"万岁!刺中这骄傲者了。"罗志恒叫喊。

"荒草,坟墓,寒鸦,阵阵,阵阵寒鸦,你阵亡了,我击中你了。"夏川尖锐地喊,于是他亢奋地做了他想象中的"寒鸦"的叫喊;"值得纪念的一击,我张大手臂,举剑空中,而抖擞精神,像英国王子哈姆雷特一样一剑击中,哈哈,幸福呀!为祖国而幸福的张季,原来你这幸福的人伤亡了,快死了吧,原来我们幸福呀。"

"万岁,我们胜了。"罗志恒喊,因为快乐而战抖,并且爱哭,欢喜地哭泣了,"你看你韦成方面,你们制胜不了我们,英俊的人物牺牲了。"

"我如果牺牲了,请告诉大江,山川,水流,在这里,阵亡了为祖国而幸福的人,张季。"他说,他,这幸福的人,面色发红,振作着,感觉到事实再恢复他的胜利的幸福之情了,"这一点血流着,我刚才的幻觉是我要死去了,似乎真实的事实我这幸福的人要死了,告别了,江山,告别了,我的永爱,我党,我国,我军的江山。我刚才幻想我已死亡,我已站在红旗上,左右都有鹏与鹰。但是,我不死,我是幻想,我未中剑很深,那剑不锋利。我再格斗了。"张季说,"春天,光明,英雄,"于是这幸福的,可爱的人又举起剑,对着空中颤抖了一个动作的剑,而向夏川扑击了。

"我来了。"韦成喊着,拿过张季手中的剑来,向着夏川扑击,姚秀敏紧张地跳跃,她喊叫着也拿过了韦成手里的剑,向夏川刺去。她冲击而冲锋,愤怒地刺着。但是,张季,用手又拿过了姚秀敏的剑。他在这之前扑击想抢下夏川的剑,他悔恨他是"幸福的人"了,给了夏川剑;但没有抢下来,他拿过了姚秀敏手中的剑。

"我是幸福的人,可爱的我幸福的人,仍旧我作战了,"他喊,"崇高的山川,祖国,"他,幸福者,快乐激情者,严峻者叫喊着。

韦成愤怒,从愤怒发出了力量,将罗志恒冲击倒了,而姚秀敏,发生了激情,这激情燃烧,像狂奔的牛一样,撞倒了夏川了。张季挥动剑,击中的夏川的腰部了。

"我们的最后的本色,我们动手了。"罗志恒说,从衣袋里取出枪来,向着韦成射击,但是,张季向他的手臂刺来,他的三枪射向空中了。

"如果我死了,"夏川喊叫,面色苍白地痉挛着,他是顽强的,要显现他的悲怆的"英雄"的心愿,"请告诉后人——我要到最后都占领字样,使你们的后代感伤,我曾作战,而有一场战是野首宿地的几门炮,是我的军功,不是韦成,那炮放射,一切是那样,"他喊叫,伪造着军事功勋,"掩护右翼得以制胜。野草,花木,山川。月牙,星,高的山,三个连续词。制胜了,便要卑污一分,剥削社会,因为我军是成功者,历朝历代的成功者没有不剥削,改变国家体制,"夏川说,取枪向张季射击,但是张季的剑闪跃得迅速,将夏川的枪击掉,而且刺着他的肩部了。张季缴了夏川的枪,拿出镣铐将夏川的手纳入了镣铐。

"我们又过山峦,"韦成喊,"遇到你张季来救,又上一层台阶,登往山顶,我年老了,我胸中的气概,使我又看见全国的平川与山与海,我便觉得,我是年青的英雄。"

"这是极不错的了。"姚秀敏说,帮助着张季缴了罗志恒的枪,将罗志恒的手纳入镣铐。"过台阶去。过年龄岁月的台阶也过江山阅历的台阶,过山冈来,华丽的市镇美景招展而各匹马驾着车往旷地大路奔驰,摇晃着中华祖国。祖国啊,关山升日与升月,云在天空安详,田亩兆亿顷,迎面大城一座又一座,有山有城为秤砣一般。祖国啊,你要到哪里去啊?"

"祖国啊,你欲到达何方?我们的带搏斗性的社会主义,我党拖曳着,要由车轮转动,到达何处何方?国土在两边闪动,不,国土一同奔驰,世界闪动,地球闪动,而星球跳跃,你便到达我韦成寻求的归宿,永远的长生。"他用他的高亢,豪放,激昂的声音说。

夏川与罗志恒被逮捕,处了死刑。因为作恶;因为被发现了血债,在新四军的时候曾经强奸而共同杀死了一个民间妇女;因为这时候在后勤偷物件而两人共同杀死了后勤的干事;因为杀了人之后想逃亡香港去,抗拒逮捕,因为这全部,他们在死刑以上了。

他们引起了韦成和井冈山的老女兵姚秀敏的极大的仇恨,

两个老人爱着他们的国家。他们便去看两个罪犯的末日,激情的仇恨使他们心中战栗着神圣的火焰。他们便看见两个罪犯的特殊的情况了。两个人在啼哭着,他们认为他们是无有罪恶的,他们有想象力,造谣诼的幻想里,想象着他们是党员,新四军时的强奸是那妇女据说是先向他们党员,军人发笑的,而后来他们的党员的尊严被侵犯了,而党是领导,有凭着"党性"杀人的权利,而后勤的干事,也是因为违反了他们,党的主张,反抗党。他们的进行谣诼的想象力巨大,而幻想自身为"党"的谣诼的感情强烈,以至于法官便看见新异的,特别的情形了。

罗志恒和夏川被送往刑场。突然的罗志恒发生他的昂奋,他的内心的特别的震动:他将要死了,但他假设他是被递送回故乡去,他的进行谣诼的想象力还甚至假设他是因为功勋而被陷谋,即将推翻陷谋获得个人的光荣;他也将争取到个人的光荣。他的假设的谣诼的幻想还挥动往个人的才能,智慧,即他不仅有功勋,而且几乎是伟大人物。他在假设,谣诼的狂想力中膨胀,便要求和夏川做一次谈话。韦成和姚秀敏便到了他们的面前。夏川也押出来了,他这时也有制造谣诼的狂想力,幻想自己有伟大的功勋,而作为恶人,促使社会的革命的力量的发展,也是他的伟大的功勋;由于他的哭诉,晕倒,人们推着他。

"我的一生的感情,请容许我刑场吻一下我的战友啊,我们党的,我生死同心的战友。"他,刑场,哭泣着,叫喊,"我们共同犯罪吗?我们有伟大的,重要的功勋啊。请允许我采取与一切人不同的见解,我们有光辉的功勋,我们为了光荣的党与我军。我到刑场去了,我伟大呀,我是英豪人物,功勋者,"他喊。由于他的狂乱的谣诼的幻想,由于甚至突然发生的"英雄主义";由于认为自己发展了社会,自己的属于特别的政策,规章,特别管理的特别的骄傲的个人;由于愤激地仇恨人们,国家,共产党与社会;由于狂妄和内心深刻的悲观与昂奋,他叫喊着,为人们之敌,而具有着强烈的破坏性。"我抒我的人生的感情啊,往刑场去的这时候的抒情,一棵一样的树在身边闪过去,风吹起我光荣的人的绸的衬衫,我和你,亲爱的战友罗志恒,仿佛多年不见又在新的胜利的情况里会面了,我们是重要的,功勋的人物,我们未在那棵树下强奸妇女啊,我们是党的爱,歌颂那好的倾向于革命和党,我便有一种抒情调,回忆这绿色的树与浓荫,一生的党员的光荣,我不承认我被开除了党籍啊,我的心灵的奉祀,我决不想受这死刑,我愤怒,与我的战友罗志恒。韦成司令员啊,你清楚我忠于党。请假释几分钟,让我们沉思,我们人类的,我们的一生。"

"我们是功勋者啊。"罗志恒叫,在他的进行谣诼的狂热中,他和夏川拥抱,接吻,被兵士拖开,但他战栗着,全身是狂热的火焰,仿佛他是受难的英雄,在做最后的格斗。

"我们是大功勋者啊。"夏川说,他也和罗志恒拥抱了接吻,"我热爱一棵一棵的绿荫的树,见树流泪,热爱祖国,我的心灵巨大,我的伟大不是谣诼啊。"

有着激情的战斗的心理的韦成,便让他们两人暂时解除绳索的捆绑,——兵士又捆绑他们;而坐在地上。

"现在,由于死亡将临,我陈述我的心灵。"罗志恒喊叫,在他的狂热的谣诼的幻想与深的对人们的仇恨里。"亲爱的夏川,我们两人,不是中华人民共和国的伟大的人物,功勋的英雄吗?我们一切是为了党。我们走过的路,亲爱的夏川,我们便找来我们过去谈过的我们的英雄的道路经过的战场的,独立家屋,三棵树和独立树,我们经过的弯弯的水流,太阳灿烂,而枪声四起,而我党我军进入阵地,阵阵的喊声是有我罗志恒与你夏川的声音的,我们是极端地爱国,"在癫狂中的罗志恒喊叫,因为他的人生悲观,他渴望死去,他因此有着快乐;因为他又有"英雄"的"乐观",他忧郁精神的激昂,在狂乱中,认为他将胜利,而获得众人的欢呼。"怎样的不是如此的,死亡是我们的处理的,我们赝件人类,铜瀹造,悲观的,但是,伟大的功勋者是我们的处理的,我们将篡夺权力而乐观,在新的时候,台湾来了之后,新的人们会歌颂我们的。我们仇恨韦成与姚秀敏,我们一切都是假的,让你们悲辛,我们除了一枪毙命的痛以外,是欢迎死亡,但是,我们据死亡,牺牲之堡垒,而夺取生涯的阵地。"他站起来了一个动作,他便做疯癫的动作。中国是铜瀹造,赝件的人类在社会上活跃的国家,韦成姚秀敏便有着愤恨于沉痛了。罗志恒伪装疯癫,"我们是人民的子弟兵,是英豪的,勇敢的,我假设我是英雄人物,我谣诼说我是功勋人物,而我做一篇演讲成功,我便戴上了可爱的红花。同志们!"他模仿着威严,沉着,有力的声音说,"我们的军队,是钢铁铸成的,根本点是在于不脱离人民,每一滴血为人民而流,"他说,他的狂热的谣诼的幻想力使他再设想为伟大的功勋人物。"我难道不是十分冤枉吗?被你们反动派押赴刑场了。以我的功勋而论,我不是曾在炮火里伏在你韦成司令员身上保护你,而愿自己献出宝贵的生命吗?我难道不是无私的奉献吗?我也曾在炮火中伏在夏川的身上而保护他,我是伟大的人物,我是谣诼,一切要相反地算,但请看我的光荣的品质。"他大叫,说,他要干扰刑法,他要表示对韦成与姚秀敏以及兵士,法官的仇恨。他在恍惚中,他罗志恒狐狸在伪装中,伪装的特别的形态是在于他情绪高昂,他便一瞬间是党的,军队的"化身"了。由于他不畏惧死亡和异常畏惧死亡,恐怖;由于他曾几十年作恶而得到一定的地位;由于这而有勇敢;由于他这时的感情膨胀;由于他又异常恐怖;他便哭叫和呐喊。

"同志们,现在我们开始进攻了,站在位置上,枪在手中,红旗令旗在我手里,我们,杀!"他喊。

夏川也哭叫而呐喊。他的进行谣诼活动的,猖狂的心,有着沸腾的血液,他一瞬间显出勇猛的状态,韦成和姚秀敏,兵士,法官,便面对着两个猖狂的"英雄"了。

"你开始了,令旗在你手里,我手里也有红旗,我们便应用,人们将要一枪一个击毙我们了,我们便忆当年我们的功勋了,你们是反动派,国家是我们建立的。"夏川狂热地说,他的进行谎言谣诼的感情使他异常狂妄,"枪击中我了,使我更有抒情的感情。枪击中要开始了,我的生涯被神秘地出现英雄的正面人物,我便譬如在春雨落着的时候奔走去送战场的信念,而经过一棵一棵绿树浓郁,我便譬如几十年不见奔走于春雨中去看我的亲密的朋友你罗志恒,A、甲、季眉。我们心心相印,生死同心的可爱的战友;我譬如在春雨中展望我的人类的语言,感情,与人类的品德,我极善良了,我在春雨中相逢罗志恒,问你,好吗,忆从前的各战役吗?建设祖国!而哭了。"他说,便呜咽着哭起来,"我的美丽的,善良的品德啊,我的诗情啊。你们能枪毙我们吗?我的美丽的祖国啊,邓小平中央领导,我便建立功勋,我走过百货店,而哭着每一件繁华的事物,货物,要吻那里的每一个人,那时人们便说我疯狂了。我现在凶恶了,我窃盗到人类的语言,也窃盗到人类的心,人类的善良,你看我现在来表演啊。"他站起来,舞动手臂,有着不畏惧死亡的,似乎是无畏的样式,而开始篡夺人类的善良与英雄精神,"何等的辉煌,灿烂的祖国,那些青年,少男,少女,是多么地正直而美丽啊,祖国的敬礼,这些是如何地花朵。"他说,"向你们表现,我如何善良,你们能枪毙我吗?少男少女少年,他们也都是救国救军队的譬如二小放牛娃。"他说,在这时代,流传着"二小放牛娃"牺牲救军队的故事,"我高歌,二小放牛娃,我现时说,在我的生涯里,在我少年时,我便是二小放牛娃了,为祖国而牺牲。看,我有人类的美丽的语言,革命的语言。"

"我也是二小放牛娃,"罗志恒说,"一切是为了祖国之春,一切是为了前进,当我快乐的时候,当春风春雨的年华见到老友,见到人民子弟兵的品德,我便是二小放牛娃。我多么愿望为人民死一千次的。如何,我们说到人类的语言不错吧,革命的品德品质,我们具备吧,你们枪毙我们吗?你们违反国际公法和伟人马尔萨斯的人口论,罪犯不杀,何况我们为什么是罪犯?我和夏川,有一切革命的技能,也有炮兵的功名,如你韦成将军一样,轰轰!"他说。这时候他突然站起来扑向夏川了,夏川也站起来,脸色苍白,因为狂热地想表现自己;因为觉得似乎可以逃脱死刑;因为他们的膨胀的情感充满了这里的空气;因为他们想膨胀起来,而造成其他的局面;因为他们在这个时代取得地位,他们的幻想狂热,为自己制造的谣诼巨大,认为自己是功勋人物,而真的处在功勋的感觉中;因为他们在自己幻想的功勋中成为"英雄",而这几十年的他们篡夺到的地位,使他们有这种扩张,他们便互相搏斗了。这也是狂热地,制造谣诼的表现自己的方法。他们互相扭在一起而在地上翻滚,而手的指甲抠入对方的肌肉中。

"你用力抠我,抠死我,我也用力抠你,我们是伟大的功勋,被冤屈了。我们是伟大的功勋,要互相致敬。我们自己的相抠杀,显现我们的巨大伟大,"罗志恒说,"我很愿望这样死去了。你用力抠打,而我心狂喜,我们是功勋者,我们自己说,我是伟大的元帅。"

"我是伟大的元帅。"夏川说。

"我称呼你,伟大的元帅,你也称呼我,伟大的元帅。"

"心肝的人儿,空气,通灵宝玉,心肝的,你我大元帅。"夏川尖锐地啸叫,说。

"你我大元帅。"罗志恒说。

"心肝甜蜜极了,伟大的大元帅。"夏川说。

"伟大的大元帅,甜蜜的心。"罗志恒说。

这时发生了韦成的快乐的,宏亮的,巨大的笑声,和姚秀敏的宏大的讽刺的笑声。

"这一切是如何地有意思啊,我们的生活的途程。"韦成大笑,讽刺,快乐,说。

"心肝的人儿,通灵宝玉,哥儿,心肝病的元帅,伟人,伟大功勋者!"罗志恒叫喊,"心痛呀!心伤心喜呀!我们痛不欲生。"他说,用力抠夏川的肉,而咬夏川的肩,而大笑了起来。而苍白的夏川发出尖锐的叫声,罗志恒的疯狂的,刺激的,但也无畏的笑声和夏川的叫声,和韦成的无畏的,讽刺的笑声,一同散布在空气中,和姚秀敏的快乐的,强烈的,讽刺的,尖锐的笑声,也一同散布在空气中。兵士、法官,也都笑了。

"心肝的人儿,欢喜的人儿,可爱极了的两个贾宝玉,两个无畏的英雄,"姚秀敏说,大声地,讽刺地,快乐地笑着。

"可爱极了,"韦成说,"我便登上我的山峰,而遥望大海,而觉到我的人生了。可爱极了,和你们搏斗,人儿,功勋者,元帅!我登上山岗,又喝了三碗而过岗,看见两个猛虎了。凭良心说,你们是有本领的。凭良心说,平原与城市四处生烟,和你们格斗是艰难的,凭良心说,你们这种样式很具有中国这个有历史的国家当代斗争的样式,凭良心说,你们不甘灭亡,但要灭亡了。凭良心说,我们的格斗近于结束了。"他,韦成,说。

因为夏川罗志恒两人的奇异的情形;因为这两人引起了强烈的格斗的欲望;因为企图探求两人的最终的样式;因为有着理想的升高;因为要彻底地和他们的荒谬与恶毒搏击,韦成便又大笑着,姚秀敏也笑着。

"我们有各样的技能的,"罗志恒说,"我们经历很多生活,不怕死的。"他说,发生了战栗。他发生了痉挛而痴呆,晕厥了一个瞬间,眼睛瞪大而眼球翻动着,便是死刑征服了他了,但他颤栗之后突然地全身蹦跳,他又苏醒了。他心中的幻想的,制造谣诼的力量又使他苏醒。

夏川发出尖锐的,凶恶的叫声,也发生了一种痉挛,挺直地在这刑场的边沿躺着不动了。他也被死刑与恐怖征服,但是,他迅速地痉挛,如罗志恒一样,他的制造谣诼的力量再神奇地使他恢复了。

他们的精神和他们的残余的人生展开着,在进行着凶恶的对人们的搏斗。

"你们表现你们的技能吧。"韦成说。

"中国将达到光荣的境界,"罗志恒说,他的声音很大,这凶恶的地痞是在有毒的状态,他的猖狂升高,"我们是要到有摩西的端午芒种去,我设想,我是大元帅。"地痞流氓有一种恶毒的力量,他的制造谣诼的幻想的心理这时候疯狂地燃烧,他便想超越现实;他的幻想使他的心特别的膨胀。

夏川啸叫着,他,因为性情尖锐;因为激情汹涌;因为更狂热于超越现实,因为制造谣诼的幻想的心里凶猛;因为恐惧的发抖,觉得自己是巨大的人物,而心脏窒息了,发出他的啸叫声。这两个凶恶者,向严肃的法官,兵士,韦成与姚秀敏,进行着扑击了。

"我们还再是二小放牛娃,"罗志恒说,"我们是心心相印的朋友,从这说明我们善良,我们是多么善良爱国啊。"

夏川叫啸着短促的声音。

"我们是如何地善良,正直,爱国呀。"他带着窒息的狂热,说。

于是罗志恒与夏川便假想为现在在进行战争,他们在战场上;他们燃起内心的谣诼的幻想力,觉得自己是巨大的英雄。战栗着的罗志恒,假设有炮弹落下,而英勇,苍白,顽强,在他的自己制造的幻想中,而继续盗窃着人类的语言与伟大战士的行为,而扑倒在夏川身上了。他假设炮弹落下,假设是一种"二小放牛娃",而掩护"战友"夏川了。他们互相亲密而有着感情的燃烧。夏川现在喉咙里有窒息的尖叫声,他似乎衰弱些,但是尖锐,他也假设这炮弹落下,而也扑倒在罗志恒身上掩护他了。

"我们癫狂了吗?"罗志恒说,"我们不是伟大的战士吗?"

"我们继续盗窃到人类的语言与英雄的规范。从这,我们便是英雄了,"夏川叫喊说,"现在,战争进行,我军只有我一门在首宿地里的迫击炮,我殊死抵抗,而罗志恒,当敌炮弹叫啸而落下的时候,掩护着我了,用他的全身,肉体,扑上。老罗,志恒,和Ａ甲,春舫,季眉,都扑上,而救助我了,心心相印,老罗,志恒,扑上。"

罗志恒便张开手臂,而扑在夏川身上了。他们的疯狂的幻想与复仇之心燃烧着。

"这一切的一切是由于仇恨敌人与敌人的进军,现在我军由我缴获的两辆战车掩护行进,而我们心中狂喜,"罗志恒说,心中再又发生谣诼的幻想力,觉得自己是伟大的战士,"我没有牺牲,为了祖国与革命事业。"他喊,宏亮的声音说着战车行进,喊叫夏川骑在他身上,他便充任战车,他有这种想象力与坚持,他的眼睛肿还有两滴眼泪。夏川便骑在他身上了。罗志恒严肃着,狂喜着,从嘴里发出炮轰的声音。

夏川骑在罗志恒身上,用他的窒息的声音,发生了啸叫。然后他们又在地上翻滚,表演着是在敌人的机关枪下,冲过机关枪的封锁,表演着是英雄的战士。他们这是为自己求生,他们同事是被谣诼的幻想力控制,而发生狂热,认为自己是英雄;这时他们进入他们的谣诼的幻想,而无视现实,而在高升的幻境中了。他们便激昂,觉得他们是英雄,不仅蔑视了死刑,死亡,而且将这个忘却了。

他们又一个骑在另一个身上。

"驶过苜宿地,战车行驶,而勇壮的革命军人,"罗志恒叫,"不怕流血牺牲。"他因盗窃成功人类的语言而快乐,呈显为一种"神圣"的状态,他心中兴奋着。

"我们盗窃到人类的语言与规范,请宣布我们为英雄,"夏川喊叫,"我们铜溢造盗窃到人类的圣火,这是圣火,这,人类东方升起了一盆圣火,我们革命,我们进军,我们在地上爬行,为祖土事业而战斗。"

"我异常痛苦了,"韦成说,"似乎我们也忘记了我们是在举办你们死刑的了。你们激起了我的激动。"韦成说,因为激昂;因为觉得受了两个猖狂的敌人的精神上的欺凌;因为想要克服两个罪犯在精神上的入侵;因为回忆起了多年的革命与军事的道路;因为不愿这样被欺凌,因为想克服自己的老年的笨拙,因为想到自己有英勇的青春,因为愤怒,而伏在地下了。老年的,有些笨重的身体这时轻捷,他便像在战场上,在他的兵士中间,在为中国革命开劈道路。这时,罗志恒和夏川,一个人手里举着一块石块,而互相阻击着,像在战场上抛掷手榴弹。

"我冲击敌人的阵地了,"罗志恒说,"你夏川是敌人。"

"我也要缴获你了。"夏川说。

韦成便在刑场边沿的沙地上也捡了两块石块,向两人投击过去。这里进入奇异的状况,两个罪犯继续由于终生的谣诼的恶意幻想而假设为正直人,而又设想自己为"大元帅"了,他们的癫狂的状态进展。而,由于受这种刺激;由于勇猛;由于灵魂内的震动;由于要克服敌人的恶毒的情况;由于要表示自己是无畏的;由于渴望在特别的情况压制敌人,韦成便从行刑的兵士拿过了一支枪,而在地上爬行。他做战斗的爬行,觉得老年的恢复年青与进行斗争的快乐。他要不仅在力量上,还要再精神上克制敌人。当韦成在地上爬行的时候,夏川与罗志恒激昂了。

"我们是大元帅,韦成将军陪我们表现我们的灵魂了。你是我的儿,我也是你的儿,心肝的夏川,"罗志恒说,"我们是通灵宝玉,我们的魂魄震动着,全民族震动着。"他叫,便跳起来进行反叛,而和夏川相打,再又两手抠着对方的肌肉。

"但我有特别的注意了,"韦成说,"我将制胜你们,因为我们是圣火。"

"不怕你的圣火,我们篡夺了,我们盗窃到人类的、革命的、正义的一切了,我们盗窃到圣火。"罗志恒说,停止了和夏川的相打。

"但我是圣火。"固执的韦成说。

"你将不能克服我们自称大元帅。"罗志恒说,于是又翻身扑在夏川身上,而疯狂地拥抱了他,和他接吻;"我们僭妄了,我们心中相爱,我们是元帅啊。你,我的贾宝玉。"他喊叫夏川。

"你,我的贾宝玉。"夏川说,喊叫罗志恒。

罗志恒便哭了,发出沙哑的声音。夏川也尖叫,号叫着,他们眼睛又憔悴,恐怖了,晕厥了,死刑,死亡,再征服了他们。但,他们狂妄,又苏醒了,一个骑在一个身上。

但是,从姚秀敏的胸腔里,发出了吼声,然后是大笑声。姚秀敏也伏在地上爬行了,老女兵进入战斗的姿态一个时间;她也从一个兵士拿过了一支枪,她也要和两个歹徒进行精神上的搏斗。由于渴望精神上的战胜,韦成似乎是落在困难的地位了,但是姚秀敏爬上前,用步枪托用力地击着夏川与罗志恒。韦成也用枪托击两人。由于想要用精神克服敌人；由于敌人有特别的幻想力和嚣张；由于产生的激情；由于想着圣火的战胜，由于愤怒，韦成便发出了一声使刑场震动的啸吼，他便有想到他吹笛子告别妻子李明芬被夏川罗志恒逮捕为反党而囚禁以来的和这两个歹徒的关系与历程了。这情形便有这种精神斗争。

"圣火，"罗志恒说，"我们战胜你们的法律了。我们盗窃为称元帅了。"

"但我也做战斗的动作，"姚秀敏说，激昂着，"做我一生的纪念，我和你们也相斗了多年了。我便想要从灵魂里制胜你们。"她说，也发出了一声啸叫。

"圣火，"狂妄的罗志恒说，"我们是二小放牛娃，是功勋者，是黄继光，是董存瑞，是英雄人物，我军前进！"

"圣火，"夏川叫喊，"我们前进，是红旗招展如林，炮弹横飞翻滚的，中国人民的革命！"

"你们不能篡夺革命的旗帜成功，"姚秀敏说，"我自井冈山以来搏斗，我是你们之敌，我便见我红旗招展如林，而我心中的炮弹横飞，而最后砍击你们了，"她说，向两人扑去，两人便想向她姚秀敏攻击，但兵士和法官镇压他们了。

"我们已经在刑场上策反。"夏川喊叫，他在窒息的声音之后又晕厥了一个动作，因为死刑的重压的力量，而痉挛着，但他又苏醒了。罗志恒战栗着，"我们刑场上策反，"他说，心中继续发生他的幻想的谣诼的力量，而喊叫着，"我是英雄。我们刑场策反了，我们胜了，□□□□□□□□□□□，我们是历史上的著名的伟大人物了，将是王者，而胜利了，我这不是占语言的利益，而是我理想成功我是王者，胜了，因此你们便不能枪毙我；策反，我特种的英雄，特种的贾宝玉，胜了。"

"□□□□□□□□！"□□□□□。

罗志恒与夏川，便脱成裸体了。

这形成严重的斗争。死犯气焰高涨。但是，从姚秀敏的胸膛里，发生了激烈的震动与大笑声，姚秀敏，她的原始的力量，她的革命的经历,她的对国家的坚定的信仰的感觉,表示为讽刺的,激烈的大笑声。她环顾周围,大笑激烈,痉挛,燃烧,她要征服敌人。她年老了,这时她觉得她归返故乡,住在南京,而年老归于激烈斗争,归于必然的胜利了。她便跳跃,吼叫,再大笑着,她的强旺的力量,使夏川罗志恒萎弱了。

"我们是二小放牛娃,英雄人物,元帅,贾宝玉,我们互相是心肝,乖乖,□□□□□□□□□,我们才是国家。"罗志恒说,并且,因为激动;因为复杂的境遇;因为得了利益;因为谣诼的幻想力强旺;因为认为自己已是国家的领导人,而被谋反了,于是哭泣了起来;大声地哭泣。

夏川也觉得他是国家的领导人——他的幻想的谣诼的形象反叛的精神也高涨,他们是刑场上的"英雄"了,他们觉得,他们制胜了法官,法律,兵士,制胜了韦成与姚秀敏了。

韦成也大声地笑了起来,因为觉得自己处于复杂的处境;因为两个犯人狂妄;因为他的心情突然又单纯,简单;因为他心中的不灭的理想的火焰;因为他的理想燃烧激烈;因为他,韦成,心中不熄地有着圣火,因为他在被两个罪犯精神上入侵之后克服了这种入侵,而嘹亮地,快乐地站着,大笑了起来;想到一瞬间前他在地上持枪爬着,要和这两个罪犯竞赛力量,而大笑了起来。他觉得他克服了他的老年的柔弱了。

"我才是二小放牛娃,我是黄继光,董存瑞,"他喊,而流出了眼泪。

"圣火!"姚秀敏喊,她也脱成裸体,老年的裸体。"搏斗,"她痉挛着,又将衣服穿上;她在这一瞬间,觉得神圣的力量,觉得她老年归故乡,而有着巨大的成就。

"我变成幼稚的少年了,"韦成说,"但我的格斗仍旧漂亮,美好,不是老年的糊涂激情,我来亲自击毙你这罗志恒夏川了。"他说,"我的亲爱的枪。"

"圣火,"罗志恒喊,但他又晕厥倒地,怔忡着眼睛;但他不屈,这"英雄"不屈,又爬了起来,他便遇着了韦成为了奋斗到底,而亲自射出的子弹。

姚秀敏便又大笑着。她的笑声如同从地底下来，如同从山谷出来，如同从空中来，如同从田野里来，而震撼着。她充满力量，而大笑着夏川罗志恒的灭亡，她用她的大笑声来镇压敌人了，敌人的进击了一定的情形的精神武装便失败了。

韦成在枪击了罗志恒之后，也发出吼声，而大笑了起来，因为觉得各种事情，复杂的精神世界的斗争，仍旧是他胜了；因为他不受侵扰，而继续是快乐的健旺的；因为忧郁已由姚秀敏的笑声的帮助而消失；因为他觉得中华人民共和国的旌旗将永飘扬；因为他的意志坚强，——这便是他和夏川罗志恒的斗争了。

姚秀敏便举枪射击夏川。夏川眼睛怔忡和晕倒，她便对着倒下的夏川射击。

韦成便和姚秀敏相拥抱，这些时来，因为他的过去的战友，他的在患难年代的女仆，他的亲善的姚秀敏到达了她的故乡南方，他恰好也回到他的故乡南京，姚秀敏归乡，乡归，他也乡归，而和姚秀敏有着深情的友谊了。因为年老穷力；因为有侄子姚世祥和他的妻简桂英的感情；因为渴望有意义地度过老年的年华；因为有着理想与过去的回忆的灿烂；因为韦成很有力地帮助了她姚秀敏度着她的年华。她和韦成一同发生了和一路追踪她的旧中国的黑暗的遗留罗志恒与夏川的斗争，现在这斗争结束了。她和韦成，她的老上级和战友，都进入了更老年。

1992.6.28

〔据作者手稿抄印。"20×20＝400"规格原稿纸，左下侧标记"（电开21）"字样。共499页，大部按格书写。〕

吳俊美

《吴俊美》,原稿 426 页,末尾署 1992 年 9 月 26 日整理,据以抄印。

一

王禾老男人骑着他的平板三轮车,在冬天将过去的早晨的北京的街道上奔驰着,觉得自己像年青的时代一样;老男人许多年在糕饼厂为乙级技师,现在升为甲级技师了,但在升级之后却要退休了。他超过退休的年龄好久了,他有一种留恋他的工作的心情。他今日休息,代替一个生病的女工送糕饼,这时是送往吴俊美的副食品店去。王禾老男人驾车奔驰着,街上已经很拥挤,北京的冬日的早晨一些小街的区域空中仍然飘着一些人们烧煤炭取暖的浓烟。

北京的街道这一小街的区域呈显着一些整齐,有硬的棱角的轮廓。有不少的新的建筑了;但也呈显着它的纯朴和陈旧,呈显着古老的生命力。

因为将要退休,惋惜着遭遇过的患难,工作的年龄已经过去,同时惋惜着自己因为思想、性情、人事的冲突——许多人有意见——作为好的技术师退休前才升级,老男人王禾有一种忧郁;但王禾老男人是满意自己自身从十四岁为面粉厂扛面粉的工人以来为人生的正直目的的奋斗的。他的任了几十年的炸油饼的女师傅的妻子已经退休在家中了,也还健康,儿女成年,在新建的煤气厂工作,所以他又是愉快的。他没有像邻人老男人宋贵玉一样守旧,而儿女傲慢,不告诉他事情,因而痛苦。他知道新时代的事情。他往清洁的小的巷子奔驰而去,这地点是他十分熟悉的,在江青"四人"贼帮的时候,他是"四人帮"称为"地方上万恶反党帮子"的领头人,他和吴俊美曾经在这里挨了"四人帮"的"批判",被他们揪着"游街"和斗争。王禾老男人那时是居民委员会的副主任,是"大毒草"刘少奇和田汉老舍反党文章的"不小毒蛰",而吴俊美是他的"骨干分子"。那些患难的日子已经过去不少年了,但仍然剩余着忧郁和对于年龄已经不轻的吴俊美的歉疚,她在狱中和"劳动下放"中度过了青春的年代,身体也有些不以前那样强了,王禾觉得是自己连累她的。吴俊美读过初中,爱好知识,顽强,和忠实于自己的信念,坚决地说王禾老男人对,而且说田汉老舍丁玲的文章好。王禾是在他的生涯中,在这市井上求知识的,只读过小学,但对文学有着热烈,是在解放前即阅读老舍田汉丁玲的作品而且热烈地宣传的,解放后还增加了热情;心中洋溢着对知识文学的热烈,"四人帮"宣布田汉老舍为反革命,他顽强地抵抗;先前他宣传过胡风丁玲集团,那以后宣传过"毒草"彭真、邓拓、吴晗、廖沫沙、罗瑞卿、田汉老舍以后又宣传"四人帮"敌对的中国革命的领导人之一的刘少奇的书,《党员修养》,"四人帮"便宣布他为"反党小集团"的头目了。宣布他为刘少奇及田汉老舍两个老文人的"毒草",同时还补充着揭露他也跟从过北京市长和中央政治局彭真,和公安部的老部长罗瑞卿两个"毒草",还跟从过邓拓几个人,丁玲、胡风集团,宣传过邓拓等的文章,丁玲的"莎菲"著作和胡风的"主观精神"的。吴俊美热爱文学,而且为人忠实热诚,那些黑暗的日子里曾热情地奔走,为各个被宣布的"反党集团"不平,说老舍、田汉、丁玲的文章好,为人品德好;吴俊美说,人总要时候一到站出来奋斗的,是她当小学生时的哲学。在她的心理,燃烧着严肃性的火焰,她渐渐地用她的整个的灵魂呼号着。而灵魂里有着奇特的热烈的,被称为各个"反革命集团"的市街"大侠"和宣传员的王禾便激昂地,带着深深的感情地,指着吴俊美和她的其他的朋友们说,街巷里也有文化,也有人们的理想;中国民族自古文人与正直政治家,例如文天祥与岳飞有患难,民间也有为他们搏斗的奋斗者。王禾老头子的呼吁还带着这种浓厚的民族的心理,以至人们曾从他的家里[搜到]杜甫李白的诗,文天祥史可法和岳飞的传。冤案平反了好些年了,吴俊美近年来和做投机买卖的她的丈夫离婚了,带着儿女安静地生活着。王禾想着他的拥护刘少奇和田汉和老舍丁玲等文章的旧时候的口号,想着吴俊美被"四人帮"的红卫兵绑着游街的时候衣服和头发上很多灰尘,喊着的"维护祖国中华文化"的口号;王禾想到,那时候吴俊美的喊口号搏斗的声音从空气中传出来,震动着夏季的树叶和灰土,是很尖锐和震动人的灵魂的,使他这个自己觉得有些粗蠢的人也想到了中国古时以来随着文人与忠良的遭难也有贤惠的烈性妇女的奋斗。王禾那时对于高身材的,长得也俊美的他的朋友吴俊美充满着崇敬。王禾想到——这不止一次地想到了,但这次又想得浓厚些——那以后是多年的监牢和别离,在监禁的寂寞中,王禾也常想起吴俊美的声音,仿佛监牢附近的旷野中晴朗的阳光下有这声音远远地震动。……王禾老男人几年来来到吴俊美这里想到这些好多次了,但因为生活渐宽裕了起来这次又想得浓厚些,他骑车经过凌乱的建筑工地,到了吴俊美的有两间屋子的,小的副食店的门前。

一个年轻的、轻盈、快乐的、白色的护发帽很高地罩在头发上,帽檐又拉得很低遮着眉毛的姑娘在迎着老男人王禾。她的白色的工作帽似乎特别高,也特别清洁。王禾看看,想到,现在北京的姑娘和少年男子又有些的工作帽戴得很漂亮,——遮到眉毛也是为了防灰尘,王禾觉得很美丽,有着他的心动:这表征着社会的振作和工商业的繁荣;有思想的他,觉得从这可以看出这个民族有着深藏的力量和现时的国家的领导有力,但他也有一种警惕,这漂亮工作帽下常有着凶恶的男女的傲岸的面孔。

女售货员刘秀云迎着王禾,她是令人愉快的,不是那些常和王禾冲突的傲慢者;王禾因为有着社会的热衷和积极、殷勤、爱管事情而常和那些冲突。王禾家中冲突不多,但他想,像邻居宋贵玉老男人说的一样,街市上的冲突正也一样,有新时代和旧时代的冲突。现在的青年人需要人们注意地理解他们,他们有些飞翔了。

"你来了,我来接你,你不忙,你辛苦了。"刘秀云说,"这些糕饼屉,你看我,我不笨的,刚来,你上次来看吴俊美我认识你,我初中毕业两年,我家庭不让我继续读书,我终于很幸运,和家庭闹翻找到工作。我有乐天性情,我不当个体户,喜欢这工作,也喜欢骑车运货,你这车很不错。"

"你动作真快。"王禾看着刘秀云抢着搬运糕饼屉,说,因为愉快,他又说,"你幸运顶好。"

"你不说我笨?"刘秀云看看王禾老男人,觉得他热烈、亲切,同时想到,这热情的老男人还有着特别的地方,喜爱文学,而他们的时代是值得尊敬的。——这是她的思想;而她的同辈的有的熟人的思想是:前时代的人们是令人烦厌的。"你有丰富的经验,赞美我顶好啦,因为你说的是一种事实,我和世界宣战了。"她说。

"你多大年龄?"老男人问。

"我十七。"刘秀云说,看看老男人,奇怪地笑着,热烈的表情中闪烁出一点讽刺,沉默了一定的瞬间,似乎在决定着什么,她又沉思地笑了一笑,脸色便变了。

"你问我年龄,……我不知道!我说的不对!"刘秀云把手中的糕饼屉放下,讽刺地再笑了一笑,笑容迅速地消逝,脸色便更变化了;并且把工作帽往上掀掀又往下拉拉。"你有什么事情,你这糕饼屉别处找人去,我不知道!"她再讽刺地笑笑,显出一种甜美的神情,带着一种热烈,似乎并没有刚才的变脸,使这甜美之情又消失了,她再变成冷酷的。

老男人便十分疑虑,便也习惯地起来了搏斗的情绪,又起腰来,想说什么,但刘秀云说:

"我是想扮演一下有一种人给你老前辈看看,也扮演我将来的可能的模式,我刚才说我是对世界宣战的。你刚才骑车下来的动作不合我们的意。"她又凶恶起来,但又停下来笑了一笑,表示是在扮演;随即便恢复了严厉了,不像是什么"扮演"了;她的表情似乎说:现在事忙,她是没有什么扮演的心思的;"没有谁跟你扮演,并不的,你这些糕饼我们不知道,这些什么货色,没有人要,卖不掉!你这讨厌的老头,走开去!"

王禾呆看着她。她继续十分地傲岸,王禾也就愤恨,因为她还说王禾是"没用的老木头杆"。说前时代的人多半是"木头杆",

王禾便从胸腔里发出激动的声音对她喊叫了,他还显出他的特色,便是他具有一种年青的精神。他像好几次街头辩论一样,和这后时代的姑娘辩论了。他很有精神,并振作着慷慨正义的感情说,前时代人也是很奋斗,而且是历经漫漫之路,不是"木头杆"的;不然,姑娘们的美丽的护发帽、花衣服和精巧的皮鞋是穿不上的。他说着还看了一看刘秀云的脚上穿着的黄色的皮鞋。

"但是前时代你们是在糊涂之中,留给我们很多的荆刺,臭泥,你们没有意思,白活,没有给我们后时代人做出什么。你们全盖的破房子。"刘秀云挥手指指周围的旧式房屋,说。

"那并不那样的,姑娘。"王禾很痛心地说。

"你们做出了什么呢,白活!冬季了,你们出品的火炉很坏,锻的铁是狗屁,炉膛也是狗屁!你们养的猪一点大,做的桌子断腿,所做的小孩玩具兵也是断了脚的!你们做的糕饼里放的糖没有数据,白活,走开去!自己把糕饼拿进去,让开路,我们走路!你老头!你让开,你没有意思,不我们的兴趣!"刘秀云说,把手臂抱着走了两步,又走了回来,她确实是扮演。她因为觉得王禾积极,便想到她的两个生活怠惰的朋友和里面的自利的朱美是烦厌别人积极,而且不满意老人的——说他们的样子是落后。她便也扮演这种样式,而体会到这一些人怠慢的人们对前时代的人的一种说不出道理来的忿恨,对"不阔气",勤劳,有患难痕迹的人们的愤恨,因为此时代是"阔绰"了,此时代可以逸乐而懒惰了,此时代没有大的患难了,而旧时的患难似乎是那些人们自找的,可厌的,这便是刘秀云姑娘进入社会后从她的朋友和同事朱美研究出来的一些怠惰的人们的思想;她的同时代和她共同感想的一些勤劳的朋友常和这些争论,而她的争论是激烈的。她也增加注意了老时代。她带着这时代的时代精神外显的样式作着这种扮演,她注意到王禾并不粗鲁,而且呈显着年青的气概,预备自己搬糕饼屉——但又放下了,精神异常旺盛地和她说道理。

王禾看了看她说,她判断不清楚她是真的很恶还是假的,他便宁愿相信她是真的恶,而又丧失了一定的对社会的乐观了,但她心里仍然是乐观的,可以说是永远,一直到"山崩地裂"都是乐观的。这时代是有着时代精神外显的,他也表征着这个,或由于他的年龄,是表征着这一外显的错综。他兴奋地,带着甜美的感情说,新时代也是进展得很快,是一个华美的少壮的时代。老时代人是也有的猛然一瞬间看见不明白新时代了,各样的现代的标志,器具,突然"钻"出来了,便发生了惊诧;但是,他,有着追求真理,现代化,与有着年青的心灵,他并不因这而忧伤,而是相反的,有着愉快,他也不因眼前她刘秀云很凶而丧失信心。对于假设可能不理解新时代,落后,老男人王禾说,他将很歉疚,但是,他挥手说,他要和新时代共进,和后代人友好;他又说,老时代的火炉并不是锻的铁不好的,人们并没有白活,而且也懂得生活的真理,理解现在的青年,只是很惨淡,有"四人帮"的年代受了损失了,也虚度一些光阴,但是是坚持正义的,但自然有些仰仗新的人们了。老男人有些繁琐地说了这些之后,便讽刺而热情地说:"总能给一口饭吃吧。"

"你们有白活的。"内心有着感动的刘秀云仍然凶恶地说。她因反抗父母的强制婚姻而和家庭冲突,在她的"扮演"和变脸的情绪里,是有着一种因她的和父母冲突而有的痛苦的情绪深藏着,反射着的,因此她的凶恶一瞬间似乎是很真的。

"但是你不能太逞强。"王禾说。

"你不理解,不知道,走开。"刘秀云说,对老男人发生的感情和她的内心的苦恼在她的乐观的性格里的反射使她再坚持着假作凶恶,虽然对老男人的感情使她略略变了一变眼睛的表情;看见里面走出了涂着一定的口红的朱美,她更变得凶恶了,带着一种情绪复杂的激昂,"我们时代是辉煌,灿烂,优美,新时代的风姿,我们心灵是充满着细腻的感情,诗情,迷人的美的画意,是你们老时代所不了解的。"她说,又抱着手臂,而且踏了两下脚像跳舞似的。老男人便为难地笑着。"你老朽了,"刘秀云又说,"你是极不合适地老朽了,进火葬场吧,沿着打滚锁链转盘进去!"

"你太逞强了。"老男人说。

"走开走开!"朱美说,她的耳朵上的两个绿色的耳环摇动着;她画着很长的眉毛。"不知趣味的,在这里吹过去时候的功劳,臭气的老头,想教化我们;俏皮的刘秀云,想控告我们!你老头老了,你的糕饼也是臭的,她刘秀云说的我认账,走开!你们老时代锻好什么铁啦!"她显得异常骄傲地说。

"那我得罪你啦!"老男人做出准备战斗的姿势。

在朱美身上,激发了新时代的异常的有装扮的青年妇女的骄傲。她用她的两只红高跟皮鞋的脚尖轮流点着地面,然后,眼睛因骄傲而明亮,带着十分冷酷的表情,在这小的副食店门前,绕着老男人王禾走了一圈,挺着胸膛,进行着示威。

"我代办她,我也自己研究自己,"刘秀云说。她和朱美时常是少说话的。她和朱美正在做两个不同的新时代的竞争;她努力,而朱美的新时代是"不努力的新时代"。"我鞠躬说使你吃惊与误会了。"她便很快地向老男人鞠躬,显出来很热情,使老男人王禾愉快了。"我还代办她一句:那种老舍田汉丁玲邓拓胡风,没有意思。"老男人便也注意到她穿着还华美的冬季的棉衣服,感到热烈,也愉快于老舍田汉等还有"人众",同时想,在他的一方面,这新时代后时代也有美丽的姑娘。

"你反对我吧?"老男子带着一点歉疚,对朱美说。

"你反对我吧。"朱美轻蔑地说,又说,"你有缺点。不要堵在门口,我们这里不少糕饼了。"

朱美似乎觉得过分冷酷,想了一想,便弯下腰来端了一端老头子的一个糕饼屉又放下。

"你好吧,"朱美态度模糊地说,"你请坐,你老人家辛苦了。"她转为温和地说,于是模仿着刘秀云,或者说,也扮演了起来,但内心真的也有点改变,"你老人家前时人辛苦了,你们时代锻的铁可是结实啦。"她笑着并且显出诚恳,但又有一点嘲笑,"你们盖的房子也是打柱椿到地底的结实。"她说。

老男人不知为什么有些羞惭。

"你难道不想有时和气一下就像这样？你有些装扮吧？也许我误会你了。"他说。

"进去吧。也请听你说。"

"现时代比我们那时好了。"老男人振作着，带着勇壮，激动，快乐地说，想说服她，"你们年青人能做事，比我们年轻时漂亮。"

"你对我们让步了。"朱美说，没有什么表情，然后，她带着忽然有的一点辛酸，放弃了她的扮演，看看王禾，"你进去吧，外面也冷，"她说，"不过，我并不惭愧我对你不快乐。我不高兴呆在这里，我的钱也不够用，你的糕饼我们核算不赚钱，看到了有点伤心。"

"你很有能力。"老男人说。

"我不欢迎你赞美。"她说，又显得有点态度模糊。

"你确实有能力，精悍。"老男人爆发了又积极又妥协的热情，想着可能说服她，说，"你下次就不一定要为难我了。在我们老时代，是确实盼望新时代的有能力的人，你写算都好。"老人激动地，变得十分善良地说，"你是新时代的有能力的姑娘，和刘秀云一样。这副食店多好啊，占着好的地点，居民愉快，货物不错，乡风和民风纯，生活稳扎，而这些是因为邓小平李先念陈云的新时来降临，降临了，光辉的前程，姑娘小伙子的前程——你看这风吹着屋楞，显着我们民族的纯朴。"

"你宣讲了，有神经病了，你读田汉老舍丁玲了，那些文人喜欢宣讲。"朱美说，"当然我不责备你。我是新时代我是自负的、但我新时代有着不满意，也许你老头子旧时好吧，不过你们没有什么成就，就是刘秀云代办我说的，留给我们的是烂摊子，像这烂杂货店，烂街道。"朱美说，但有些妥协地看看老男人，忽然意外地眼睛里有着眼泪。她被老男人感动了一些，"老头子，你会说漂亮话，好听的，使我额外地、没有准备地心动了，你说，光辉的前程降临了，你看这风吹着屋楞，……不过我不高兴说爱国的话与民族的纯朴。"

"那你愿意说光辉的时代就行了。你们确实是好时代，会赶上一个民族的良佳的时期,有很多花开放。"

"你这么说吗?"朱美说,讽刺地笑着,她的一定的眼泪已经很快地干了。

"你为什么伤心?"老男人说。

"我或想到,老人呀,我是壮伟的时代吗?但我不是的,也不关心。我是有欢乐的现时代。你说我有才干吗?但是我不要耽搁了青春。你不要以为我有什么。我快要结婚了,我们赚的钱少,而漫漫之生活令人心烦。"

"你爱你的未婚夫吗?"王禾关心地问。

朱美便不回答了。她的心中有偶然的感动——被老头子冲击了一瞬间。但她仍然是相信金钱和势利的。

"我们是俗气的,庸俗的。但是不,我们的时光时代是精锐的。"

"我们旧时代人,做了点事情的[。]"王禾带着不屈的气概,说。但新时代的朱美,这时和他一样很有气势,恢复了冷酷,似乎要压倒他了。

"你老头子,你们整个地退休了。我们给退休费的。我们创意的这时代,"朱美说,她的感伤过去了,恢复了坚定,"创意的!"

"你气势太大了。"刘秀云说,"我说譬如是我刘秀云的见解要合适的。"

"并不。"朱美说。"老头子你走开吧。"

"并不是这样的。"王禾说,因为要退休了和年老了,觉得一种忧郁,"你要知道,你这样不行,你须要认识,而我们老时代人也适从你们。我们老时代人也做了不少事情,几十年是奋斗的。"王禾带着讽刺的笑容说,但他的声音有些战栗;愉快的王禾意外地有些苦恼,没有像前些时和这些姑娘们少年们的冲突的时候那样不败。朱美聪明,而显得更人生冷淡。

"祝你婚姻好!"老人热情地说。

"你们请及早地退出人生的舞台,那些老舍田汉丁玲胡风邓拓也得退出。"朱美说。

"不。在这条街上,我王禾骑车也步行往来,老舍田汉丁玲胡风诸人也一样表演,表演社会的意义,正义之旌旗,理想与人性之优美,不退出舞台。"王禾激动地,痴心地,热情地,带着怒气说。觉得不冷静不好,他便抑制自己来搬糕饼屉了,刘秀云已经替他搬进一屉去了。但他又放下糕饼屉。爱好实现自己的思想,常常想说服人的王禾又对朱美说,"你这姑娘……老舍田汉长者诸人之文锦绣之心有什么不好。"

这时候高身材的吴俊美走了出来。

"不说了。"吴俊美说,将工作帽摘下来在手上拍了两个动作又戴上,并且拉了两个动作右手的袖套,又扑扑左手臂的。

"要善于向一切正直、光辉的事物学习,要有文化。"特别因为吴俊美出来,王禾用激昂的声音,几乎带着一种演讲的姿势,痴心地说;还想起"四人帮"斗争他们时,他说的这句内心的话,这造成了短时间的寂静;也有两个顾客站在一旁,寂静着。刘秀云出来了。她说,她忘记说了,老男人或许不知道,原来的经理调走了,现在吴俊美升了经理了。

"屹立于这祖国文物钢钟庙这里,临近的有文物风景的大盖兰树的小湖正在开辟公园,"由于不满朱美,由于想消灭在她心中袭击着的逝去的苦恼,生活中的苦恼,由于想说明自己的理想和哲理,刘秀云用很响亮的声音说,"我们这里,那边有涉及的雕塑像还未建,也许还有喷泉,所以我们这副食店会有前程,我于这意思说,吴俊美她就职经理了,她的才能得施展了,再有一个意思是,这才算文人老舍田汉丁玲也会高兴。连莎士比亚都高兴。"

"算了吧。"吴俊美忧郁地说。

老男人王禾和人们沉默着。

"雕像的设计听说是一个跳芭蕾舞的女像和一个天鹅。"刘秀云说,但说完表情便变成平淡的,事务的,显出勤劳的妇女的模样,又来那糕饼屉。她变得冷静,也显得年龄大些,和瞬间前的兴奋似乎是两个人。她有这一面,她渐渐地脱离了学生的幼稚，也由于内心有着烦恼，变得老成了，而且肯吃苦。王禾老男人看出来她有着老成。

老男人王禾便看看周围。他特别愉快与他共患难的吴俊美的升迁。老男人便也以他这时的略有着一些的迟钝想了一想跳芭蕾舞的女像和天鹅。这地点旧时还有一个做糕饼的技艺好的夫妇在日本侵略时期相继死难。夫妇一起出葬的时候青年时期的王禾曾顽强地走在人群中参加，那时他是运送面粉的，常失业的工人。

"唉，顶好。"王禾说，"说到未来建设很有价值，在几年之前，曾在这里挨打，说到田汉老舍丁玲胡风及邓拓刘少奇等的文章。"老男人说，心脏中升起来了热烈的英雄的情绪，"我还是要说，老舍田汉等的文章，为人，刘少奇副主席的著作是巨人一样的。也还是要说，英文豪莎士比亚的朱丽叶书，和俄文豪普希金的诗情书，杜甫的书，还有丁玲的，再邓拓胡风的，我们是拥护的。"

"算了吧。不过我也是这么说。"有些沉静的，显得有忧郁思想的，三十多岁的，也长得有些俊美的吴俊美说。"升级的事情本想叫我女儿小淘气告诉你去。"

在她的脸上出现着顽强的，严肃的神情；她沉默了一瞬间表情里便显出一种对老男人王禾的恭敬。旧时的奋斗被想起来以外她还有许多感慨，她总想着，王禾老男人的年龄大了；他很想又一日像冤案平反以后一样，请他到她家里去吃饭，办更丰盛的午餐，谈知心的话。她觉得冤案平反以来把老人疏淡了，而现在生活更宽裕了，她要表示她和老人的患难之交的深刻。她想，从她离婚后，她的生活也有些凌乱。她正在和来到的上级的公司的副经理冲突，王禾的来到使她有温和的心情，她想王禾可以帮助她。

"你老人家进来吧。"吴俊美有些温柔地，但因为觉得自己一直对老头有不周到而又遗憾地，带着她的恭敬，说。"你知道，我说，我吴俊美升级了不变势利之徒，你请，你拉人家。"她带着年龄相差的恭敬和一定的拘束,说。

"这话从什么说起呢,怎么客气了呢?"

"假设疏远了,你看,我们这里刘秀云欢喜假设;真羞赧,过去的岁月很不周到,而现在生活也定型了,嵌在框子里了。北京市建设起来了我有感情:一下子就落下了新时代的这一丝绸幕。我有地主之谊,应尊敬你这在这几条街上的功绩,那时也带动我,你的前进和文化水平和胸襟。升级的时候想起来的。"吴俊美笑了一笑,说;由于提到过去和未来,她的心里有庄严的情绪,她继续有着因觉得不周到而有的恭敬的,联着自己离婚后生活有些不安而有的深沉的,甚至有些严厉的情绪。离婚后她甚至有点对生活冷峻了,由于什么一种顾忌,离婚后觉得自己一直被恶劣人丈夫欺侮了,生活情形不良好。她对老男人有点陌生似地谦逊。

王禾沉默着。他有了拘束的情绪。

"吴俊美升级了不变势利之徒。"吴俊美的声音高起来,带着明显的严厉说,"有人说我了,也是值得警惕的意见,你老头子王禾助我。"她又异常温暖地说,望望朱美又望望柜台里面坐着的公司里派来审查情况的公司里的副经理;她有和这副经理秦风的冲突,便故意这样地高声说话;副经理的存在也促使她流露出对老男人的热切的感情。"也没有忘,还是要说,'大毒草'刘少奇有伟大,田汉老舍的书好,还有许多文人,为人正直品德也好。还要再说田汉的'甲午之战'不错,老舍的'小坡的生日'好,'骆驼祥子'好,不因为吃了十年苦怕了不说了,不因为年龄而客气了。"她说,又对老人亲切地、善良地,但仍然又有着谦逊地笑了一笑,似乎继续遗憾她对老人的不完美,但她的这微笑还表示——也对上级的副经理和人们表示——她是独立地坚持她的人生的见解,并不是如前的人所说,她是被老人拖累的;她似乎觉得或许又连累老人了;她似乎表示比老人还有斗争性。

公司里来的副经理便笑着。

"王禾老头,"他说,"这是还不忘旧,不忘旧时田汉老舍的老文人,但这有什么呢?今天说这些没有关系了。"

"有些人觉得这抵触了他们,秦风副经理,你现在不反对啦?"吴俊美说。

秦风脸色有点发白,笑着,他正在和吴俊美冲突,他想将有些种次的货物派给吴俊美推销,而拿走吴俊美这里的一些货和好的货,拿到他有亲关系在那里的副食店去。秦风反对新任经理吴俊美的意见,反对她想要增加的货物。他们谈到的货物有牙膏、肥皂粉、味精、酱油、几种酒、和纽扣、奶粉、橡皮筋。秦风还想减少这里的几种糕饼。吴俊美说,这里靠近一个幼儿园,也有一个小学,有些物件是有销路的。吴俊美于若干年奋斗之后升了级,怀着理想和严肃的思想,她读商业学。她的心里,在商业学的思想之间,闪耀着老舍所描写的人们的旧时的苦难与善良,和田汉所描写的人们的历史的正义,以及丁玲所描写的人们对于理想的追求;在冷静的外表下,她的心里有着热烈的火焰。

但是秦风有严峻的表情,他始终不满吴俊美,也不忘记旧时候他也是参加斗争吴俊美和王禾的田汉老舍丁玲胡风邓拓思想的。王禾也不满意他,他不肯增加这里的好酱油的数目字和鸡蛋的数目字,不肯增加文具和练习本,王禾也不满意他。

"我说王禾老爷子你请坐,"刘秀云大声地说,她表示她也在反对秦风。随后她看看秦风,想看看自己说话的效果。

"你王禾老爷坐。"朱美带着一种冷淡也参加说,她因为秦风有一次斥责她偷懒而也有一定对秦风不满;她似乎也有一点懊恼于刚才和王禾在门前的冲突。

"我不变势利之人,不给居民利益,而自己营私营己见,你王禾大叔请坐,休息一下。"吴俊美在人们都呈现出热情的顺利的空气中大声说;同时她想要殷勤地招待王禾,尽他们副食店的热情和她的因升级而有的感慨;显然,用这种恭敬、虽然仍然保持着谦逊和独立性,但却是热情的腔调,她表现感情,也是借此表示对秦风的不满。因此,她和王禾说了几句有更深的亲切感情的话,还倒开水,拿出了自己的茶叶,同时也给秦风增加倒开水,但不拿茶叶。秦风表示到各处开水都不喝,他在这里正说到他私人的收入也不多,都计划好,他管理的各事也计划好,而吴俊美则各样计划不好。秦风显得有些刻薄,说吴俊美有空幻的思想,不会"精打细算",说他怀疑,头脑里是些空幻的文学,能不能整理好货物。他还说到吴俊美在有些事情上吝啬。他在办公事的同时,还想要劝吴俊美和她的离了婚的丈夫做一种妥协。他认识吴俊美的离了婚的丈夫,而且在吴俊美和她的丈夫离婚的冲突上常站在反对她的利益的立场上。吴俊美则若干年来一直冷淡地说到她和私人的冤案平反所得的照顾费是她自身的。

吴俊美和王禾热烈地又说起话来,她因瞬间前的想在秦风的面前表现自己的斗争性而有着的一定的对王禾的不周到和在忙乱中有着的对王禾的疏忽而觉得歉疚。她的因患难而似乎有的对生活的冷峻,也仍然因为她内心的多年持续的热烈而溶解着;老男人使她热烈起来。

"我好久想你,我十分想你老头王禾和你谈话,也像从前一样。"她热诚地说,"我十分想你。"

"像从前一样。"王禾有着拘束地说。

"但是我不同意你的货物见解。"吴俊美向秦风说。

"你真坚决。"秦风说,他便向王禾说,"你的集团的骨干分子,她真坚决,不肯听群众和上级意见。她的作风是好的,有经商之才,但是有的吝啬有的铺张,一张纸币破了粘好一阵,却又是想动工粉刷门店子的面。"

"那是这样的。"吴俊美说,她离弃了她对王禾的谦逊,对王禾说,而深沉的感情在她心里颤动;她觉得她强调对王禾的独立性自己负责性已经够了,她而且仍然觉得是依赖着王禾老头的。"我真有时念你,几次来都匆匆,你老了,但你健旺,我想我也有老的时候,我也健旺,这是我离婚后有些心乱的思想。我们和以前一样。"她激动地、带着心灵震颤的声音说。

"和以前一样。"王禾安心地、激动地、带着痴心的声音说。

"我打扰你们的说话了。"秦风说,因为过去的事和这时曾经和王禾在副食店的批发处为了糕饼的销路与质量争论得冲突起来,便想到现在谦逊一定的情形;"你王禾健旺。我希望你,和吴俊美,评议这几年来我的情况。我是有一种痛心的,你们说和从前一样,但我始终说你们有一种浪漫精神不是很好。"

王禾和吴俊美都沉默地看着他。

"振作起来吧!振作吧,从你们所遭遇的患难之中!我看你们是有些颓败了。我当年也是无意地伤了你们!"他骄傲地说,"振作起来!不要让灵魂和头脑在一些无有意义的浪漫里伤感,我说的并不一定指田汉老舍丁玲文豪!你们要精神振作再适合现在的时代,现在时代是现代派,是有着轻盈的时代!"他快乐地说,红着脸兴奋着,继续带着他的优越,"你们是有陈腐和旧了,不破坏掉你们的一维的讲述是不行的,现代生活讲的是钱,钱这个实体,主体,也讲的是光和影,浮光掠影的较量,这一点是可以懂得的,你吴俊美,不要跟着老头王禾跑。"

"我和老头王禾是始终是很好的。"吴俊美激动地,愤怒地说。

"但是,我也是要和你……你们很友好的。"秦风说,因为说话的激动,秦风便眼睛有着一层潮湿的分泌,或者眼泪,他便拿出手帕来擦着。

"但我们我和你俊美是很好的朋友。"王禾有力地说。

这时,来购货的一个中年的名字称作李学茹的微胖的女干部笑着。

"我听懂你们的话了,"她向王禾和吴俊美说,"我向你们致以同情,过去的感情难得,而我不同意你,"她向秦风说,"我管闲事了,你的见解是我反对的。"

她处于由于热心而产生的一定的激昂的情绪之中,很注意街巷的爱好文化的老人和女售货员。而她处于快乐之中,她是来买副食店也出售的儿童的玩具小骑兵的。在这件事里有着一种激动的情绪,因为她在家里苛责了她的弄坏了玩具小骑兵的男孩;她在昨日晚间因为嫌男孩顽劣发怒而砸坏了男孩的另一个小骑兵——这使她从晚间到早晨和男孩的关系恶劣,而处于苦恼之中。现在,她趁着今日有轮流的休息,来买小骑兵意图回去补偿过失了。她预备多买几个,还买玩具持枪的步兵和顶小的战车。

"我们一时处于恶劣之中,一时又处于优柔的感情,我是说我的感情,我说我们对你这样的言论要不客气。"她对吴俊美王禾几人说了之后又对秦风说。她因为觉得她在做必要的事,可以解决家庭中今日的困难,而有着一种愉快的心情了。她像昨日晚间和早晨禁不住恶劣情绪一样,这时有着掩藏不了的对儿童的爱,和觉得生活有美好的愉快的情绪,因此增加了积极活动的欲望。"我还要几个这种玩具,这一些种类的,来看看。"

秦风便有些冷淡地,对她的攻击忍耐着,拿物件给她。后来他让朱美拿,但想想要更表现忍耐,和来到下属店里自己应该勤勉,便又挤了过来。这一次秦风热烈殷勤了,又特别当他注意到这顾客是一个有点等级的女干部的时候;——他的心里存着一种精神上的斗争。

他拿出了三个玩具骑兵。

"你们都有些旧了,陈旧了,这一个,快断了马腿了。"女干部李学茹说,但她这时的感情变为和善的,愿意说话;并且她想更和儿子友好,想多买几个让他也送给同学。她是一个副局长干部,她想让她的儿子谦虚,友好同学。这冬季的早晨,她看看善良的吴俊美,感情开始变为和善的,处在一种有些深沉起来的情绪中。

"这一个是不断了马腿的。"秦风说,"还有这一个是极好的,上色的,货物出品不错,这一个也不错,"炫耀自己的知识,同时有着敌对李学茹的显得谦逊、快乐的带着妩媚的表情的秦风说,他不愉快于对吴俊美表示友谊的顾客,还不满意李学茹有些挑剔,他认为顾客需要的货物是应该不大容易卖给顾客的,李学茹急着买玩具骑兵,使他觉得这些小玩具增加了价值了,又因为他敌对李学茹,它们便在他心里破坏了他的宁静了,使他的心战抖。他便觉得每一个玩具骑兵实体的重量;每一个弯着腰拿着刀骑在马上的骑兵都特别的可爱,发着光辉。他便用手有些痉挛地抚摩着,而赞叹着。而又从李学茹的手里拿回了一个,当这企图溺爱儿子的母亲搬动骑兵的刀,试试它是否强韧,是否可借儿子驱使骑兵的尽砍杀的作用的时候。

"这不要动,你要买便买。"他说。

"抱歉了。但是我看看。"李学茹说,她有不放心,仍旧拿起一个玩具骑兵来,仔细地看着,一方面她有一点羞惭,因为觉得自己还是一个高级干部,因为又觉得自己一时对儿童冷淡,一时又有过分的感情,不够平衡——但现在她总之是强烈的感情洋溢了。"你们还有吗,里面还有货吗?"

"我们这里本不卖这些的。"宝贵着他的货物和有着激昂的精神的秦风便把所有的玩具骑兵和步兵,小的坦克用双手归纳在一起,而预备收回到柜子里去了。但李学茹叫了起来。

"我还是要看看的。"她带着愤怒说。

"没有什么看的。不卖。这里副食店根本不卖这种货物。"秦风恼怒地说。

"你不是卖么?"李学茹叫着。

"不卖。"秦风捶桌子说。

"但是我要看看。"李学茹叫喊了,她急着完成她的心愿,买完了还要回家有一定的事情;她想发怒,但她忽然显出了妥协,和善,以致请求的神情。她觉得自己的身份,觉得不必和秦风冲突。

"你那儿童这样娇贵,要买多少?"秦风说。

"我只买一定的。"李学茹变为和善,有着讽刺地,笑着说,"你说的也是对了,是顽皮的儿童,但是,是要买给他呀,不然就哭闹着——也想打一顿。"

"也是要买给他。"王禾老人说。

"你叫李学茹,是副局长干部。"吴俊美说,"常在这街上,我们认识了。"

"真不好意思,我也不买了。"李学茹说,对吴俊美看着,对于热诚的,有着纯朴的吴俊美,顷刻之间发生了感情。

"那我也不卖了。"秦风说。

"但是这个小兵,玩具小兵还是可爱的,"李学茹有着激烈的表情,用着有点激昂的声音,假笑着,说——忍耐着自己的怒气。"哎哟,我那儿子可麻烦哟。"她叫着。

"你表现了一个副局长的丑了。"秦风发怒地说。

"那不是这样解释的。"刘秀云说。

"我是现了缺点了。"有些胖和有些美丽的李学茹继续有些假笑,忍耐着自己的愤怒。她双手放在柜台的玻璃上,沉默了一瞬间,意识着自己的干部的地位。"但我是要和你这位生气的,你有缺点。"她带着一种狠恶和妩媚、温和、善意说,她认为自己也有缺点。

"你有缺点。"她又慎重地对秦风说。

"我说你有缺点。"秦风凶悍地说。

秦风然后看着她。秦风也把双手放在柜台上,沉默着,面孔有着痉挛,愤怒着。他蔑视女干部。这愤怒的沉默继续好久,但秦风内心有着好些种火焰,他是变化。秦风从恶意的情绪突然意外地变得和善了,突然笑了。他还想到规章,"做生意"应该"客气",他有时是很好的。

"那么你挑选吧。"秦风变得快乐地说。"这是步兵,这还有炮,炮也算是邓小平的爱儿童出的一件,他和李先念主席都会打战,还有聂荣臻司令员,这一个骑兵是马腿不坏的。"他快乐、活泼地说。

但这时李学茹却觉得纵容了儿子和对秦风谦逊了不好,便笑着,冷冷地看看秦风,仔细着,用手在秀丽的头发上抓了几下,只买了三个骑兵。她对那玩具炮有些犹豫,却决定不买了。

"我还是要调整你的货物情况,"秦风当着众人又对吴俊美说,而且大声说,似乎是,这一瞬间的和李学茹的突然和解和柜台的活跃使他产生了这样的冲激,"你是硬朗的女同志,现在自学成才,我要说服你。我们分公司的经理虽然有见解,我还是要说服你,他是能耐并不高的。譬如你这里卖猪肉,也可以三日一卖。而鱼和鸡和豆制品也可以减少。"

"这是不办的。"吴俊美忿怒地着急地说。因为这几件也是她热心的。

"我们不的。"从隔壁间走出一个中年的,有些灵活的妇人来;因为门很矮,她有点低着头钻了出来。她的脸上的肌肉有点紧张,想说愤慨的话,但看看秦风,又走进去了,因为她关心着猪肉的分块。因此她的出来又进去像吹着又变回方位,留恋着它的巢的风一样。里面传出了很响的剁肉的声音。

"你的话说完了吗?"秦风等待着,说。

"啊,完了。"卖猪肉妇人从专心剁肉中惊动过来——她忘记了瞬间前的话了——;她脸上的肌肉又有点紧张,表现着愤慨,但很快这种表情又逝去,她专心地剁着猪肉了。显然她爱好剁肉,并且想到和秦风这样的人愤慨是没有意义的。

"你说完了吗,老竹师傅?我等着你呢。"秦风带着他的愤慨说。

"你跟我说话吗?"不满着秦风的,剁肉的中年妇人说。

"你们是有着过分的陈旧了,我是来破击掉你们的阵容的,你的刀子,是剁在我的心上。"秦风对猪肉间说,心中还有着一点辛酸;他觉得一定的孤单,但于孤单中又觉得一种雄伟的气概,觉得他的人生,是有一种灿烂的,于是更觉得愤慨了;"你刚才的话,说完了吗?你的刀子,是剁在我的心上。"他大声说。

于是里面传出了更响的剁肉的声音。卖猪肉的妇人很惊诧地回答说,她刚才没有什么;这回答带着一种凶恶,她紧闭着嘴,便把瞬间前答秦风的话撤除,消灭了;她觉得她什么也没有说,对于秦风这样的人,是合适的。于是她说的话就像有一种风一样吹出来而静止着,消灭了。

"你的刀子,是剁在我的怀着灿烂的理想的心上。刀子剁着,各种虚影与色彩和反对包围着我,但我是可以也让步的,——你切猪肉可以不必这样响了。"秦风说。

剁猪肉的妇人"竹师傅",显出轻蔑的,惊异的微笑,停止了一瞬间剁刀的动作,又更响地剁着。

顾客李学茹注意着这平凡的事象里秦风有一种兴奋。她想着,现在有不少的机巧者和弄权者。因为她对他有一定仇恨,她便停留着。

"我觉得你这人也有些过分。"她对秦风说。

秦风的本质是机巧的人们的本质。他便笑了一笑,而心中有了温和的感情。

"我觉得我四面楚歌了,我是可以让步的,而且改变,我的顽固的灵魂现在痛了一阵之后便也适应了。"他说,改变了脸上的严峻的表情,显得很是善良了,"我是刚才在卖玩具骑兵的时候有缺点了。你好,你每日很辛苦,你顾客常来我们这里吧。"

"我也是常来,"李学茹有点窘迫地说。

"人们经历了许多年华,建设新时代了。"在一边看着的带着他的痴想的王禾有些严厉地说。

"我也是赞成你们过去的那案子的,主张老舍田汉的著作好,假设我的灵魂赞成的话。"秦风用很诚恳的表情讽刺地说。

"我们是负创经年的。"吴俊美说。

"但是这地区的货源是我开辟的,我也是踏三轮车平台车往来的。"秦风突然强硬地说,"我度过辛苦的日子,而到今天的佳境。我坚持对许多人说,我是可以让步的,但是货源是我开辟的。"他说,望了一望女干部李学茹,因为,他的整个的瞬间前的谈话的激动,是由于她的压力产生的。

"但是应该帮助有能力,患难许多年的吴俊美了。"王禾说。

"我是很帮助她的。"秦风显出一种活跃,亲善的情绪说,但他再又很快地转为顽强,说:"但是有谁帮助我呢?我是可让也不让步。"他显出一种气魄来,豪放地说。

"我看出来,"李学茹说,"你是有一些伙伴的,有不少的一些人,甜甜美美,我说冲动了。"她又说。

"但是我是不会犯错的。"秦风说。

"我说你不一定。"吴俊美突然激昂地说,"我真也年华似水,我们这里渐渐要发煌起来,我是想做点事的。我一定要说,"她暴发了她的激昂的、忍耐不住的、内心的理想的渴望,这种激情破坏了现实的、事务的吴俊美的平衡,她的喉音有点战栗;"你说我是一个怀有想法的妇女,"她对秦风说,"也正是的,从前老舍田汉丁玲胡风书籍案,刘少奇同志案的时候也说,又有莎士比亚朱丽叶书和俄国普希金诗情书的问题,我们也说,人是要做一点事的,一定的时候做一点事的,你到现在反对我们,你预谋我们的,我可是恨你们这种秦风。"

吴俊美看看李学茹,似乎有些羞惭,她升级为小副食店的经理了,她们副食业部有一个上级分公司的副经理很不好。

"真是恼恨了,"她说,显出着继续的激动,"我升级当经理了,于这个胡同口,便遇到了一种堵塞。你那年代的反对我们不忘记的,你反对我们说的文学家的作品。"

"我反对你们。"秦风坚决地说,"我伤心了。我用儿童的、小孩子的眼睛张望,我不相信你的感情真是有再说这种文学家的。"秦风又用尖锐的声音说,他喜欢说他是纯真的,他又是时常又柔情的,他现在又感觉到一种柔情的心痛;吴俊美再呈现出她的理想者的气势,坐着笑着有精神的带着痴情的王禾也眼睛里闪跃着光芒,呈显着这种气势,有一种向他扑击的神情,"我用小儿的眼睛看世界,相信一切都是奇异的,朴素和幼年审美的,"他的温柔、颤动的声音说,"我也不观察出你们,"他也看看李学茹,"有什么道理。"

"幼儿审美的。"王禾有些顽梗地说,这种话挑动了他了,他的喉核颤动,说明着他的激昂。

"我也说圣美审美的。"秦风激怒地大声地说,"我看见人的热血的心跳跃,相信他们是为了谋得国家的经济的生活,有光有彩的生产力的解放,现时代的一往无涯,我童稚的眼睛不相信我看见过多的陈腐了。"

"你说明你是很对以至于你心痛了……"李学茹在心中整理了她因激动而有的逻辑,急忙地说。

"你是说这个了,好像我们欺你了,"王禾大声地抢着说,"我也以儿童的眼睛看世界,举凡我所看的我都付出着我的有血质的感情,"王禾说,"我看见的物品是存在体,物自在体,物实体,我便对我所敬的敬礼,而对你发生奇异。……"

"你便骂我。"秦风紧张地说,因为王禾的感情也深刻了——老男人王禾的喉核继续颤动着,而眼睛异常明亮,使他紧张,当年他曾参加王禾"反党反革命案"的专案组,曾经用拳头击打过王禾十几下。这几年他们相见不大说话。

"我发生奇异,你有些是躲藏着的什么心思,"老男人带着激昂,脸有些发红,带着困难思索着,说,"你有些是幻体,社会上有叫一种令人奇异的反思,从你看到的是新时代不能从旧时代有人们说的超越,你仍然专权,没有年青人的将来,你这些是很陈旧了!机巧的,牟利的贪心的你才是幻影。"

"但是我是希望至诚的……"秦风说,"不高兴你的欺人的这些名词!"他大叫了。

"不要吵架!"朱美冷淡地喊。

"和你吵架了!吴俊美受你的欺侮了!"王禾继续对秦风叫着。

"我用儿童的纯真的眼光看世界,看见的是你们使我心酸的,我的稚嫩的心便有一种哭号嗬……"秦风说,便拿起他的皮包来,带着他的柔情,十分伤心地环顾人们,对吴俊美说了一句:"货物的分配要参考我的。"而走掉了。

老男人王禾站起来叉了一下腰站立着;他的喉核弹动着。

"你刚才说的各种物体有些道理。"李学茹笑着,参加辩论,选择着逻辑,沉思地欣赏着他,说。

"那也是有不必要,不过,"老人羞惭地说,"要用这些话说。再有呢,他们这些是说当代的名词的,有一种叫做他对你的超越,还有他的贪鄙是超构的经济体。"

"你很好。"李学茹友谊地,尊敬地,甚至有些羡慕地说,"发现民间的有知识的了,你的知识高明。我赞成你们拥护文学家。"她显露她的赤诚,用留恋的眼光看着市井里的爱好文学者,有知识的老人。

王禾收拾糕饼屉往附近的小医院送糕饼去,而李学茹也走掉了。吴俊美便来收拾货物了。吴俊美和刘秀云进到里面查看货架了,秦风又走了转来。他因激动而走掉,他想回来和吴俊美继续争论货物的种类,例如他还想分配给吴俊美深圳地方的较高价的不殷实的糖果和奶粉,以及化妆品。他始终想调走吴俊美的一些物品,例如味精,糖精,和肥皂粉,和文具,和一种精美的挂面,使吴俊美陷于窘迫。因为恨吴俊美,又看见外面房屋里只朱美一人,他便查看货物;朱美在想着自己的心事,他将一些味精、牙膏、肥皂粉,拿出架子来,很轻悄,但也发出响声。朱美继续想她自己的事,秦风便不隐瞒他的偷窃的动作,慢慢地将一些物件取下放在地上。

"你想拿这些?"朱美有些懒散地说,走过来帮助他取一包夹在窄架子中间的肥皂粉,却懒散地让肥皂粉掉在地上了。好久看着它,慢慢地捡起来。她瞬间前凶恶,要霸占时代,现在她显出不关心时代,但她是认为,现在就是这样的时代;她呈现出特别的超脱,不关心的样式。

"我是想拿一些肥皂粉到南边的七支店去,那边也缺货,我还缺一些味精。"秦风解释说。

"你拿。我不管你拿什么。"朱美冷淡地说。

她也是反对吴俊美和上级经理的货物见解的,愿意这里销售边境深圳的虽然差却时尚的货物。这里还有几包深圳的果干和鱼干,还有蜡纸版做的玩具,吴俊美们也满意,但不久便有一种很坏的鞋油,使吴俊美诸人不满意。秦风称不妥的货物为"超结构的经济"。这时,朱美不满意秦风要拿剩下的几包深圳的鱼干,她觉得经营这个她有快乐,她将秦风放在地上的这个用脚踩住了一包,而弯腰用手将它们抓了起来。

"这个我们——我要卖的。"这有着她的向往的女子说。

"我拿五包行不?"秦风友善地说。

"你拿两包吧。"她带着一种冷酷妥协地说。

秦风便妥协地拿了两包。他尊敬妩媚,有意志力的妇女。他们之间这时增加了一定的友谊。想要调到较大的中心店铺和"洋务店"去的朱美便离开了她的骄傲,有些热心地悄悄地给秦风找来了一个包袱布,秦风很快地将物件包上了,数了一数件数,匆忙地写了一个纸条留下。

吴俊美和刘秀云在里面清点货物,没有注意这里,秦风便想看来还可以趁机拿一些;瞬间前没有公然地问吴俊美拿,是因为秦风在他的顽梗中有一种懦弱,他异常害怕王禾老头和李学茹了。他现在在造成既成事实:他拿走好货物,想造成吴俊美的坏情况。他很快地夹着包袱和两个塑料袋出去了。但走到门口,看见朱美也到里面房屋里去了,又没有顾客,他又进来了。他的脚很轻地移动而他的心脏鼓动着。他有很重的猜疑人的,人生中激战的心理。他因为懦弱和爱好机巧,有一种做贼的心情,还有一种自己欣赏的心理,便是,他是很难对付的和有本领的。说到自觉有本领,他是自觉自己很顽强的:他是开辟这地区的货源的。他又觉得他是"时常让步别人",有着他自觉的赤诚的心和他的爱国的,想到这,他便觉得感慨和觉得这是对自己的鼓舞;想到自己是在盗窃,有一种私利,他便觉得这是对于平凡的自己的超越;想到他的爱国,他便认为这盗窃还是自己的忠实的心灵的一种实现。他钻进店来偷窃,悄悄地活动,觉得他的行为几方面看都是正确的,还举得一种美妙的境况。他觉得吴俊美和人们太傲横了,而他有着懦弱。他又偷了几包肥皂粉,偷了朱美的鱼干,偷了味精……又用一个塑料袋装下,偷窃成功,他还欢喜自己的机灵,机巧,也觉得似是偷自己的东西,有一种优美,想着很满意自己,便又觉得这是对平常的自己的一种超越——他有这种思想和语汇,他想着,光明磊落人们说是很好的,但他觉得不优美和美妙,不足以使心灵震荡。他在心灵震荡,欣赏自我和自我的超越的时候又觉得增加一层的美境,觉得假设人们打击他,他便会不幸,而他懦弱,主要的,他觉得他在为什么做着牺牲,为他的见解和同道者们。这种自我牺牲的心理增加了心灵的震荡。听见里面在查点货物,吴俊美的声音在查点数目字,刘秀云在挪动物件,他便耸耸肩膀,从架子上的糕饼屉里拿了一块蛋糕,很快地吞咽着。这时朱美出来了,他很窘迫,但立刻便也很沉着,觉得并没有什么;他是副食店的上级,是有很多理由吃一块蛋糕的。他脸红了一红便又从容地笑着,而且面孔又变为并无其事的淡漠的神情了。他便说,这蛋糕还很不错,王禾老头很可恶,时常送来陈的——虽然王禾并未送来过陈的。朱美不太注意,她又冷淡但又似乎尊重他,觉得这是很自然的;或者漠视这个,觉得这样的秦风这是自然的。但主要的是朱美有着她的只关心她自己的婚姻和生活的心理,这心理使虽然有着骄傲的性情的她时常回避着人们之间的斗争。她的注视一瞬间的眼睛变了一点眼光,有一定的冷淡。"这王禾老头他们的这种蛋糕啊。"吞咽着蛋糕的秦风的眼睛里也闪耀着一点漠视的眼光——或者就要严厉起来了。他的喉咙有些卡住了,他便因朱美的表情而带着安全的、增加的漠视的神情伸了一伸脖子吞咽下去了。

"你吃吧。"由于他的增加的漠视的安全的神情,朱美便有点感情地说,又着腰看着他,不能很决定自己的态度,但觉得很愉快;她因为秦风这次似乎不对她骄傲而愉快。她心中有着一种要讽刺他的情绪,但她却有着同情地注意着,想着秦风也许饿了。她呆看了秦风一定时间,便认为心中的讽刺的情绪不好,于是掏出手帕擦了一擦手,又拿了一块蛋糕给他。他说不要,举起手来严肃地排拒着,但她直爽地一直塞到他的嘴边,他便忽然有些脸红,显出一种贪婪,张开嘴来了。"你吃。"朱美用着一种分辨不清她的情绪的声音说,"你们是吃样品的。"朱美乐意于犯规章的事发生。

"我不是吃什么样品,唉!"秦风,觉得一种不幸,说,"也是吧,不是的。"他带着比吃"样品"更骄傲的、顽固的情绪说。"那想超越自身,想当超人的老头的工作陈霉烂了也无关系。我也是一种超人,超过自身。"他说,"我一总付款的。"他说,心中并且发生着要盗窃更多的欲望。

朱美看着他吞咽蛋糕,满意于这次的交谊,便倒水给他。

"秦副经理,有机会调我们往中心去。"她说,"看来讲道理讲老舍田汉两老头文人的王禾老头的蛋糕还好的样子,再吃一块吧。"

"好吃。"秦风说,喝着水愤怒地吞咽着蛋糕,不满意朱美说蛋糕还好。"你不要报账说我吃的吧。"

"你再吃吧。"朱美带着一种热心又说,而且有些沉醉于这种交谊,又拿起一块蛋糕来,"吃吧,你欢喜吃。斤两王禾老头的常很足,算在他的账上便行了,他们醉心两个老文人。吃吧——你欢喜吃。"朱美又带着研究秦风的沉思的神情,说,她觉得他对她是有利多些的。

"你这使我困难了。"秦风突然厌恶、愤怒地说。他对朱美发怒了,似乎朱美使他陷于不义了。但红着脸的秦风又笑了。

为了弥补自己的情况,他还带着一种柔情张开嘴来,将蛋糕咬了一口,接过来拿在自己手里,又再喝水。他又吃再一块蛋糕了。秦风在发怒后,这时觉得一种人情,迅速地觉得旧式的中国的"乡佬店"里的人情——那些"乡佬店"里人们是买甜食请乡里邻人的。但是是有豪霸者吃便宜物的。秦风这时心里涌起旧时代的感染,虽然他才三十几岁,而且也趋向新事物;但是他把人情与豪夺混合起来了。这里也一样不人情,譬如吴俊美曾买店里的物件赠送邻里的老人与困难户的儿童,秦风心里也正是将这与豪夺与盗窃混合起来了。但是他的有敏感的心自己安慰自己,并想象着他是老弱、衰弱,他还想象自己是依赖人的儿童,得到人情和优美的心了。他便心灵有着颤动,觉得朱美是人情的形象,有些热情地看看她,而说:"我们民族优美的风俗啊!"一瞬间很感动,但他仍旧有一定怕里面的吴俊美,匆匆忙忙地走了,走的时候留恋地看了一看朱美,朱美沉默无表情,但显出一种平静;在这一瞬间,他是想介绍她到副食店的区域中心去的。但是他不一定的时间又转来了。他觉得自己有懦弱,这样逃走过于委屈,不合适,他想要公开地和吴俊美说他拿走货物和正直地谈他吃了几块蛋糕。他想这才像一个上级。房屋里又没有人。他又变了主张,不想找吴俊美公开地说了,因为他觉得这小店的新的女经理很有些厉害。他便很快地,像闪电一般地,又拿了几包味精,还有铁盒味精,和两包深圳鱼干,和玻璃柜里的几个儿童玩具骑兵,放进衣袋。他再又觉得一种神秘,人生的另外的琴弦的声音和自己的懦弱。

这时女干部李学茹转来,想买一个小孩的练习本。她在回去的途中发生心里的冲突,觉得仅仅买小玩具有缺点了,应该增加督导功课,于是想到回来买一个练习本,或者也买文具。她在回去的路上对副食店还发生了热情,使她转来积极,有着热情的心地,有些富裕的李学茹在瞬间前很短的接触中对吴俊美增加了感情,对她的升为经理有着热情,便想到支持货物店,"小卖店","合作社","物品店","杂货店"——副食店。她心里发生热情,满意这街道上的生灵——货物店的柜台里面货架上的有些灿烂的多样货物,便用多种名词称呼着了。李学茹还想称为"酒店""烟店";她在这一带住得长久了,也有着对这一带的宁静的乡土感觉。她今日休息,因小孩而起的感情波动使她心里的热情弹着它的琴弦了,她便想多购买物品,支持吴俊美。她对民间的人们支持老舍和田汉几个文人感到一种感动。

李学茹进门来,带着亲切的这年代的亲切的感情,但她注意到不亲切的事物:秦风的快速的、躲避着人的动作。秦风带着一种冷淡和敌意看着她。李学茹脸上便失去亲切的表情,而有了严峻的线条颤动着;但她又显出了一种平常的神情:她有不愿管闲事的息事宁人的一面。但心里对于副食店的亲切之情再又使她面容阴暗。

她和秦风说这样互相注视,静默了几秒钟。她再又还为较温和,但心脏却有些跳动。她有搏击的精神,因为她想在国家和乡土的好景象顺利进展和展开的年代有作为，因为她少年时代在北京另一个区域背书包上学早晨一面走一面吃油饼的回忆使她对这些店铺有感情；因为她曾一度在商业局而现在又在计划局工作，因此对这小小的，但全市范围说表现了是罗网庞大的商业有着注意；因为她一早晨想着儿童的事而想到儿童将来在这些街头行走——自己也接近中年；因为吴俊美和王禾的拥护几个受劫难的老文人使她有着渐浸透的感慨，所以她的心脏有着热情的搏动。她对秦风说，她买小孩的练习本。

"你买我给你拿吧。"秦风有些激昂地，和李学茹冲突似地说，他再又发生了和李学茹斗争的心情，"我刚才是，调走一些货物……"他说。他想，确实是这样，于是处于异化状态，或不日常状态的，觉得自己有着特殊的懦弱的秦风便恢复为他的日常的自在的状态，并且感觉到这个自在的实体，显出一种强旺和威势。"我给你拿吧。"他似乎并没有瞬间前的情形似地说，虽然心里也藏着一种懦弱，即惧怕。

李学茹的嘴角颤动了一个动作，眼睛也闪灼了，她的怒气闪动着又隐藏着。她想，勤劳和忠厚但也彪悍的吴俊美碰到顽强的敌手了。李学茹静默了一定的时间，而秦风也不说话。

李学茹想想又要铅笔，和画笔，她又看中了一个画笔盒。她的心情在于支持吴俊美。

秦风拿给了她。

"是这样。"沉默了很久的秦风说，"刚才我见到你还想买这玩具小人的。"他说，因为李学茹看见了他在偷拿儿童小玩具。"这里还有一辆摩托车，大马哈。还有一种鱼。"秦风像生意人一样殷勤地说，他用这殷勤的形态来和李学茹斗争，"这种儿童玩具，"他说，从他的裤子口袋掏出了两个玩具骑兵，放在柜台上，而面色灿烂，觉得他对付女顾客成功，"是要调到中心店去的。"他又有些脸色发白，威严地说。

"我并不买了。"李学茹说。

"你没有用多层次的思想来研究，如果研究了，你便知道得出判断。"秦风说。

"我也真像那老头王禾一样说到自己的超越了,他们纪念几个老人文人你是反对的。王禾老头好像刚才说,人要达成自己的超越。我有点困难,不买小玩具了。"李学茹带着顽固说。

"但是你的本层次的思想是不用超越的,你的思想主体是一定念着你的小孩的,超越你就不买了;你要超越你的小孩是困难的。"秦风也带着傲岸说。

"你这又是用童年的眼睛观察的。"李学茹愤怒地说。

"你不买啦。"秦风冷酷地说。

李学茹并不想再想买玩具,但这时的确也发生了对她自己的思想的这一"层次"的"超越",她的思想的主体,转变成企望儿童将来会驾驶车辆了。她是也爱好哲学和逻辑的,便也发生了一种呆想,想着,对象物儿童玩具和她的依存关系。于是对象物儿童玩具摩托车对她启发了关于儿童的将来的甜蜜的思想,她觉得玩具是家庭生产力;但她觉得她有现在的和她的儿童一起的糟糠式的奋斗,而不愿意想到将来的甜蜜,于是她便有不同的情操,又觉得教育是家庭的生产力。她想,她的思想的本质到底是趋向现在的,还是趋向未来的;唯物论的,还是唯心论的。她的存在和她这社会实体的自在的人物是处于很多现在繁忙的事情之中,而有时缺乏第二种现实,即未来。她这自在之物是社会之物,她要教育儿童——但她现在还应瞥见和动心于瞥见儿童长大后的形态,这两者有着同一。李学茹又处于一种哲理和美感的境界中,因为秦风介绍的玩具小摩托车的确不错,她便看见两个太阳,一个是悬挂在现在天上的,一个是社会的未来。因为两者同一,本来仿佛是可触的实体。哲理和美感的境界持续了一瞬间。她还更倾向于未来,因为好形态的玩具是家庭的推动力也产生教育。

"我买三个摩托车吧,再买两个练习本,"她说,因为她还想,练习本是镇压之物。她要奋起一个这种摩托车来,作为这年代的玩具出品和自身的一瞬间想到很多事物的,有着奋斗的情况的历史的纪念。"我作了对于自身的超越了。"她带着讽刺看着秦风说,"再买一个这种有骑手的摩托车吧。好的出品。"

"小的,也是锡的,飞机,也是上海的好的出品,也有天津的,较大的飞机。"秦风讽刺地说,"吴俊美这里不配卖这个。"

"我不买多了。"李学茹严峻地说,她还想到要节省钱,家用有紧迫,而且还帮助一个同事,这同事的勤劳工作给了她深的印象,她的没有劳动保险的母亲病了。社会也还有着不幸。

"你刚才显着你副局司级很威风的,你现在这几角钱不愿出了,真是吝啬。"秦风轻蔑地、凶恶地说。

"但这是时常是这样的。"李学茹忿怒地说,"我见你是贪鄙份子,我是这样的!"

"你这是决然错误的。"吴俊美走出来,对秦风喊叫着,说。"你进来拿东西,我也注意到了,我们慢慢地说。"

"我决然注意到你这干部是令人不愉快的了,你有许多缺点。"李学茹大声激昂地说,由于心中的热烈的现在和未来的有着灿烂的实际和影像;由于忽然还有着的庞大的气魄,她便惦念着瞬间前有着的息事宁人的情绪是不妥的。温和的、多思想的李学茹显现出来是会冲突的,而且有着凶恶的牙齿。"你这干部是一种渔利的,有欺人的,心理,你的生涯和生活我以为是一种浮光掠影。"想到自己是副局司级,这样叫喊降低,异化了自己的地位——和这秦风平等了,她便停了一停,还用手整理了一整理头发,脸上闪耀出了一种严肃而又柔媚的、有些羞怯似的微笑。但接着她想,不必管这些。她又声音很高地喊叫了。"你是一个不能令人满意的人物。"

"我是令人满意的!"秦风叫着,"我的朋友全满意我。"

"气坏我了,气坏我了,你看。"李学茹喘息着,用手整理着头发,说,"真是气坏了。"她说,显出一些娇媚,但随后又凶恶地敲着柜台而叫着:"这社会我们要使它前进的,我们许多人,我要真是十分钟内扑击胜你! 我和你相扑击! 扑击! 我的存在我的实体变成一个充溢着火焰的力量,要骂你们! 今日我真超越了自己了,原由是我早晨心里有一种'超阶级人性'的矛盾,顾念我的那儿子!"

"你回去一定打儿子的。"秦风做着他的斗争,说,"未必见得不是吧。"

"你看伤心死我了。"李学茹说,"吴俊美啊,我在晴天和落雨的也有各家生火的烟很多的日子在这街上看到你,春季的时候我看你也艳媚,看你往来,而小副食店杂货店也有生命力,吴俊美啊,我很想助你,我看你很好,而这秦风有欺你,而我是有着伤心啊!"

"唉,李学茹副局长。"吴俊美说。

"不算什么,一个副局长。"李学茹说,用手搁着发红的脸。

"我愿把你计算在我的人一边的,能有购买力,承包责任制,我就职经理了。"吴俊美说。

"这左边是半新的青砖的四合院平房,再那边是很旧的墙壁,泥灰剥落的房子,右边是一个纺织公司的存货部,那边是一个衬衣厂,小小的厂。唉,我发冤枉脾气。吴俊美啊,深刻的年代之感和乡土之情,你们心中有几个老文人,我十分同感。"李学茹说。

"副局长,"秦风说,"好了,我们错了。"

"我十分同感那王禾老头子和你吴俊美那年月上阵冲杀,你看,那红卫兵横行的年代是这样的名词,那年代我们也遭难,我看见一回你被游街……吴俊美新任经理啊,你听我说,你看见北京市的声音,机动车声人声也均衡宁静,新的年代慢慢降临了。"李学茹说。

这时候转回来了取他的存在这里的糕饼屉的王禾老头,继续带着他的痴情,他听了便大声地叹息。

李学茹已经平静了,但看见有些苍老而有精神的老的街市男人,又激动了表情。

"王禾啊,我说你们是那几个老文人的党羽,是光荣的。"她弯下腰来对着弯腰在糕饼屉上的王禾热诚地说。随即她便取出皮夹来,算算里面的钱还有多的,向柜台里面假装看了一看,其实没有看,而说:"买两斤点心和糕饼——三斤吧。"

这时候,秦风从柜台里面又拿出了几个玩具摩托车;他是带着一些讽刺的情绪活动着的,但也带着一种辛酸的情绪,他觉得自己暂时败了,要对李学茹友好。他认为她虽然说不买了,却是很欣赏这玩具车的,他也想用友好的态度作为顷刻前的粗暴的补偿。他想,女干部有活跃的儿童。

"你再买两个吧?你一定买的。"又陷入一种异化,异常状态的秦风说,没有什么表情。"你刚才挑选的不好。"

"我不要了。"李学茹说。

"但你看看,"变了形态的秦风谦恭地说,"你买飞机吧。坦克车也很好,刚才我有不恭。"

秦风又拿出了玩具飞机和坦克车。他还显得很干练,他的亲善的神气使得顷刻前斥骂着他的李学茹对他研究了一研究,也温和下来了。秦风便获得了成功,李学茹说可以再买一些——赠送给邻居的儿童。她这时觉得秦风是一个副食店的人材似的,因为秦风显得温和而"善良";但她也觉得被动了。她觉得秦风有一定的"厉害",凶恶,她便想着不要被袭击很多,很快地,但随便地拿了几个玩具摩托车中间的一个;接着又拿了几个玩具骑兵,并不仔细看,便说这几个不错。又想了一想,看看秦风。

"这小的玩具口琴不错,买一个吧。"秦风说,"你不买了也可以,谢谢你的照顾了。"他十分亲善地,谦逊地说。

秦风便快速地打算盘,替李学茹算账。这时又来了别的顾客,秦风便抢着打酱油,包扎包。一瞬间来了不少的顾客,柜台上呈显着非常的忙碌,人们忙乱着,在货架前快步奔走着,而秦风也殷勤,忙碌,他便由于和李学茹的冲突和交往,企图在李学茹面前表现他的能力,而变成温和与沉浸于工作的了。他的心里也潜在着对于吴俊美和王禾的痛恨,由于一种内心的激昂的色彩,他呈显出这样的一种变化和精神状态:他认为在柜台内他是和吴俊美一样风车似地忙碌而且干练、精确的。呈显出,在工作里他是快乐的。而吴俊美和秦风、刘秀云、朱美也在内的忙碌,也使精神超越了平常的形态的李学茹感觉到时代的脚步,它的轻悄而敏捷的足尖。精神的昂扬使人感觉到这个。王禾老人这时站在柜台外的一角,站在柜台上的咸菜的玻璃橱外,他的心中有一种属于他的性情深处的热情的骚动。他在继续思念着吴俊美和他的友谊,他也想请吴俊美什么时候到他家里去吃一餐丰盛的晚餐,庆祝她在多年奋斗之后当了经理。他带着一种微笑,凝神地观察,也如同李学茹一样,从人们的忙碌感觉到时代的足迹和类似舞蹈的足尖。他凝神地观察和数着吴俊美的架子上的货物的种类;他觉得他和货物架一样比前时代愉快了。

王禾便掏出他的皮夹,向朱美买了两个玩具小骑兵。朱美很冷淡地递给他,然而也有着她的振作的精神,动作敏捷,而且还举手舞蹈了一个动作,这使王禾满意。

"你买这个。"秦风奇怪地看看王禾,说。

"我买,因为我在儿童的时候,忆我儿提时,骑过马。"王禾唐突地说。

秦风对于玩具骑兵这些今日有着激动和奇怪的神情,他的这神情是从继续不满李学茹而联上了对王禾吴俊美的不满意而来的;他奇特地看看王禾,从他的工作的热情里很快地显出他心中潜藏着的敌意,但他立刻又坚持着他的"和善",去接受顾客的呼唤了。

王禾便觉得自己的唐突落了空,有些遗憾自己不够有涵养。秦风这时敏捷地包扎的饼干却散掉了,他带着忍耐,再显得谦逊,继续包扎着,但又散掉了,吴俊美便把饼干包了过来。她脸上一瞬间有严峻的线条,然后又和平了,但是干练着她忙碌着的刘秀云将他从他的位置挤开了。他又替一个顾客舀黄酱,而这时候有了和平的、殷勤的表情的丧失,以至于酱弄在碗边上和手指上。

"吴俊美,你来弄吧。"他带着伤心的情绪说。"弄不好黄酱,是内心的疾苦。"他说,"在这里有一个朋友,要显示自己的性情;"他看看王禾说,"你和你的谢诚志是在黄酱的问题上打架的。"他又向吴俊美说。

谢诚志是吴俊美的离了婚的丈夫。吴俊美不理他,他便寂寞地站着了。他继续有心灵的激动,便向王禾走来。

"你向我们提意见了。在我儿提的时候,我也骑过马的,你看我黄酱翻了忆儿时了。自然,我没骑过马。"他又说。

王禾看看他,便转向一直呆看着的李学茹。老男人便开始回答李学茹先前的话。

"我和吴俊美的几个老文人的案件,我们是那几个老文人党羽,你慰问我了。"王禾说,亲善地笑着。他在这里感觉着秦风的欺侮吴俊美,他也还记忆着旧年的仇恨。他因观察时代的脚步而有着内心的热情,并且崇敬他的女英雄吴俊美,内心有着对平常状态的离异,而发生着一些抽象的思想,所以他瞬间前也并不是简单地数货物架上的货,也不是无意中买两个玩具小骑兵,他有孙子,但平常难得买什么。这一早晨的激动,王禾在他的年青精神与理想状态之中。对刘秀云和朱美的观察使他觉得现在的青年,他终于有些苦恼于他们的年龄的距离,因此他渴想加入这时的生活更深些;他忽然感觉到,他和这时代有一定的距离了,虽然他先前不认为是这样的,他有一定的谦虚。但他对朱美有注意而想要说服她——当然,他不愉快朱美,他有一种宽容的感情,有时有一种妥协的幻想,但也有奋斗的心情,认为自己是对的。老男人激动地看着他的女英雄吴俊美同时也被他认为是有感情并且使他认识到社会的上层的力量的李学茹感动了。老男人在热情唐突的状况中,便要和秦风搏斗,便也想筹办几句对李学茹说的话。

"你慰问我了,我代表吴俊美谢谢你,在我的心里,衷心地感谢你,你知道我们多年前两个几个老文人的案。"他说,还扣了一下胸脯。

"这是十分过时了。"秦风在柜台内有仇恨地说,这时顾客人少些了,"我也明了你买玩具兵的意思了。人有时潜在的思想,不能超自己,你是内心里有一种紊乱,你总想和一些人打架而致胜,你的精神不强。"

王禾很愤恨地看看他。

"不是这样的。"他说,"也可以是这样吧。但是我说,吴俊美啊,我说今天我说这些你也可能有烦厌,我说我要当着人们歌赞你,而补充好些年前法官在你平反时没有给你的歌赞。"

"他们有的人是有歌赞的。"因为愉快吴俊美,李学茹带着一种天真的喜悦说。

"我歌赞你,本来我想请你到我家吃饭歌赞你。"

"我歌赞你。"吴俊美说,奔忙着给继续来到的顾客拿货物,"陈旧的事了。"

"我歌赞你十年如一日地坚持恒持,犹如我们民族的古人,文人学士有蒙难,而民间心向之,古有杜甫陆游文案,而市井市街有人传颂。我补给你的歌颂是,吴俊美……"他说。

"你不要说了。"吴俊美带着一种妩媚,有些温情和脸红,说。

"人们打黄酱的时候说的儿时骑竹马的时候说的,还提一个蝈蝈扎在竹竿马上说的,我也说的。你恒持,坚持真理与正义,拥护刘少奇'大毒草'、彭真、罗瑞卿与几个老文人,譬如还有邓拓吴晗廖沫沙文人;你不动摇你对老文人著作之情,不动摇对田汉及《白蛇传》《甲午之战》之情,也不动摇赞成丁玲莎菲女士,你还坚持说着那英国莎士比亚翁的罗密欧朱丽叶书,你还说到俄文人的普希金诗情书。我歌赞你。"他带着对秦风的挑战,说。他又用手扪了胸脯一个动作。

"完了吧,老王禾,害羞死了。"吴俊美说,她继续奔忙着给顾客拿物件,顾客也有笑着,王禾面孔有些发红,在他的激动的形态中,喷发着他的热情了;他的胸中觉得,他如同冲锋的兵士,因为秦风在看着他。

"我歌颂你这些年到现在的持恒,勤劳,干练,心灵手巧,头脑精细,你的爱国之心,和你的脚上起来的时代的步伐。"王禾说,声音很大;他的心脏激烈地跳动,好像在做着激昂的,战斗的演讲,"吴俊美啊!我这些话,本想也请你吃饭时说的,我们平反一些年了,也是宿愿,但是吴俊美啊,这里说为什么不好呢?你看,是不是呢?"他对李学茹说。

"是的,太是这样了。你们的朱丽叶书也很好。"李学茹说。

"王禾,我今日升经理,"吴俊美说,激动起来,"我也有像你心中的许多感触,像李学茹同志的感触。王禾啊,我也歌颂你,少年时代以来的奋斗,而且那时持恒于监牢中。"她说,眼睛潮湿,立刻涌出了一些眼泪,她便掏出手帕急擦着。她便迅速地掏出一些钱出来放在抽屉里,而包了有玩具样式的饼干递给王禾,赠送王禾的孙子。但是王禾一定不肯接受。吴俊美便似乎觉得自己过分冲动,也使王禾窘迫,想到再说,将饼干又接过来放在抽屉里了。她对于自己的冲动有一种遗憾。

"你们在这里互相说的陈年事我觉得有意思,有道理。"秦风激动而激怒起来说,"你们买玩具骑兵也对付我。我过去在你们两个老文人等案上就正是攻击你们这些的,现在也说你们这没有什么意思!"

"但他们是有意思的。"李学茹说。

"没有意思!"

"有意思!我买玩具小骑兵有意思!"王禾顽固地说。

"有意思!"吴俊美也顽固地说。

"那我是要在这里议论买卖黄酱的!"秦风大叫着。他也觉得有些刺激多而沉默了。

"你回答我,你秦风,"王禾说,"你凭什么现在还反对我们呢?你那些年的行为?"

秦风更沉默些,周围的人们都似乎有一些压力,他便显出一种和平的脸色,于是内心容易激动的王禾便想到秦风瞬间前的一定的勤勉与也有的与人亲善的态度,而起来了一种透明性的有些老年的幼稚的幻想,通过这种幻想,王禾也凝望一种美景:他有些动容,想着能说服他。

"你呀,"秦风说,"你也老了。"

"你还少壮。"王禾便带着一定的亲密地说,虽然过去秦风曾撕打过他,"你撵我到火炉里去了,也撵又多年寒窗的吴俊美到火炉里去了。"

"你是撵人到冰尖子的屋檐下去的。"李学茹说,"到冰箱里,"她因为愉快王禾和吴俊美两人的友情,又增加一句说。

"你秦风回答吧。"王禾说。

"人是要有他的理想的,"年青人刘秀云说。她希望人们打倒秦风,使她的情况巩固,有尖刺的秦风常使她内心被动,譬如她也想不在这里工作,到电话局去。"人是要秉公而有自己的理想的。"她又说,她继续显出她的勤勉和自己设想中的成熟,像一个有经验的妇女,接待着顾客。

"秦风也有些道理。"朱美懒散地说,失去了瞬间前一阵忙碌时候的振作。

"你回答吧,"王禾充满希望地说,他还看看朱美,喜欢说服人的王禾正是把她也作为他的心中突然有着的说服人的感情的波浪吞噬的对象。"为什么不思虑宽一点,眼睛亮一点,也看到社会的宽幅,我们这些那些人的见解。秦风副经理,你说对吗?"

秦风沉默着,喜欢说教的王禾便下颚颤动,充满痴情,燃起希望。

"河里这条鲤鱼游过的时候,也对那条鲤鱼瞅一眼,是友善的一眼,你对我们瞅得还是有善意之心没有呢?自然鲤鱼也有打架的。我们还是人类,人性的社会,我说话没分寸了。"王禾说。

"你也是老了。"秦风似乎有些羞惭地说。

"这是不对的。"王禾窘迫地说,他希望人们说他年青,"我说的是在时代的沟渠里,我们应该看着有的人指出的理想的旌旗,"他带着他确实具有的年青的精神说,显现着热烈的渴望,"吴俊美可以很好地与你合作的。你能给吴俊美以一个友善的环境的帮助吧。你是有才干,而也有眼光的人——有时候看出来,你也爱国。"老人以一种带着柔情的声音说。

秦风沉默着,老人的言论似乎发生了效果。

"社会要继续振兴人生,时光老人的脚步走的是新时代的路子,年青人有前程,起来,起来!"王禾鼓舞地说。

他的热诚使店铺里有着一种寂静。秦风继续沉默着。他有一点受了影响,心中发生了似乎善意,但是他心里的尖锐的苦恼的情绪是要克服这善意,他是仇恨着王禾吴俊美的几个老文人等的,他心里还闪耀着当年举起的拳头,幻想着举起手臂打王禾,他觉得被击败了一些了。他相当一定的瞬间不能克服这善意,便又做了接应一个顾客的购物的工作,活动着,这种渗透了他的心的一瞬间的善意使他苦恼着并想要发怒,他的面孔有一种战栗。他想他的作为是有些不好,但是他又想,他如果这样想下去,便要在人生的战场上战败了。王禾是没有意思的。

"你考虑改善了,秦风,你改善了。我们交一个朋友。我今日站着再等你一下。你一定会帮助吴俊美。"老人王禾说,带着他的市井劳动者的样式。

"你老头把我说成小孩了。"吴俊美说。"不过你秦风有时也可能有思虑到王禾的有精诚的话的。老头王禾就是喜欢内心起火焰来烛照人事。你又向前冲了。"吴俊美对秦风说了之后又对王禾有些遗憾地说。

"秦风,你可以是好的朋友。"王禾说,带着他的痴情,也带着仇恨,和复杂的情感。

"我说你又向前冲了。"吴俊美说。

"我们不一路的。"秦风笑笑,冰冷地说。

"但是秦风,可以是的……"老人书,又吞咽了自己的激动和语言。

"你王禾。"吴俊美有些羞怯地说;她不满意向秦风说什么,"你向前冲了。"

"哎。"王禾说。

李学茹便笑着,看着这两人的友谊。

秦风脸色很冷。他要防范别人影响他,他觉得他有懦弱,害怕受人影响,他现在还欣赏着他的懦弱的另一种解释,便是他要明和暗地得到利益,否则他内心苦恼。他觉得他自己是付出牺牲的,这是他的懦弱的幻想,使他达到了"我们也可以一路的"。他的"浪漫"的牺牲的幻想颤动着推进了一步,他几乎发生了幻觉,说。他沉默很久又处于他的似乎善意的状态,在和他的内心的牺牲之情做斗争。他对王禾很友谊了。但他又冷笑,他仍然要超越他的环境和王禾、吴俊美们,他的心里便有着更尖的刀刃向着吴俊美和王禾。他因王禾进攻他,而瞬间前想要偷走货物被人发觉而脸色不好看了。他并不妥协,便又说起他的货物的纲目来了,他说这里可以不必卖糕饼,而铁盒的味精也不必要……有些货物还是要归到中心货物点去,好的酱油也不需要。他便去摇动货架,发生了他的蛮横。他脸色苍白地要吴俊美把里面间的一些货物的存货下午运走,这便使吴俊美痴呆着,发生痛苦。她觉得秦风违反目前的改革中实行的责任制,而且将责任制弄得模糊,她还觉得秦风不给她留情面。她便抗议。秦风说,责任制也应该照他的办,有些存货暂不运也可以,但是货物的清单,总结账,数目的核对,是应该进行的。他说吴俊美升经理而接管了,应该清理账目,吴俊美又说责任制,她说,她是预备明天清理的。但秦风顽强起来,像人们常遇到的,吴俊美和帮助着她的王禾遇到了一个突然很不讲理的,顽强的人,而遭遇生活里的不幸了。吴俊美再辩解说,秦风是不对的,现在是改革,她责任承包了,领导就不必管很多,包括货物的调运,她说秦风是违反规章的。但秦风不理她。

"你吴俊美就把账目本,货物本现在跟他拿出来,"王禾愤怒地红着脸说,"你就查看什么味精与烟与酒的数目。"执拗的王禾说。

王禾使吴俊美困惑了一瞬间之后振作了起来,她便抱出账簿来了,她想,责任制她也要查账。他要刘秀云和朱美继续工作。吴俊美便查铁盒味精的数目,因为这是价钱一定贵的。她又翻昨日结账的钱数。因为说好了等调职了的旧经理抽时回来到一周清理,尚没有彻底清理,她陷在痛苦与愤怒中。

"我清点了一下还预备明天再清。"她大声说,"你秦副经理一定要构造今天的工作层次,我便查了。"

"怎么我构造工作层次。责任制你要有你的包干计划。你现在就查,你正在交接管,要查,顾客的工作我来帮忙,慢一点无妨。"秦风说。他便在摇摇曳曳之后完全变了脸,似乎这还是他原来就预谋着的。他说,要彻底清查几种货物,指了几种之后又增了几种。吴俊美继续反抗,说她刚接管,已清理了基本的,明天才仔细清,她又说,既是责任制,就由她负责,这时王禾也觉得自己的激昂不对,也说应该说责任制,也说他也建议明天清,但是他又立刻激昂,而使吴俊美增加了负担。

"你就清!吴俊美,你是有本事的,你有才干,你有恒志,你有奋斗性和热血的心脏,你清!"王禾老男人大叫着,赞颂着他的英雄了。他真的热情激动,他相信吴俊美会清理很快,会很精确,良好的。

"你真的说我现在能清好吗?"吴俊美带着一种突发的稚气,热烈,和使面色红润的柔媚的表情,说。

"你清。"王禾说。

"哎哟,这可麻烦了。"李学茹说。"真的能吗?你们有必要这样吗?"她向秦风说,但秦风的脸色很骄傲。

吴俊美低头显出一种冷静,坚毅,从事繁重工作的专心搏击者的深沉的表情,不再说话,翻看账目,折着账页角,转身去问货价,拿出一些货物:铁盒味精。又打开抽屉,将今天的钱款拿出来迅速地交给刘秀云帮助她数。店铺里便寂静。卖猪肉间顾客进出,传出着绞肉机的声音。

严肃的空气笼罩,秦风的官僚威势沉重,吴俊美觉得是遇着了困难的人生格斗;她表示了在中国妇女身上常见到的忍耐。朱美在默默地售着货,冷静地观察着吴俊美的手指在货物架上的迅速的移动。吴俊美的特别的冷静和自信的样式使朱美惊异地看着。吴俊美再查账簿,又将几种货物从架上拿下来放在地上。秦风也数数货物,在柜台内徘徊着。

吴俊美几年来熟悉货物并且有着对货物的深的感情,这时她心内有一种对货物的亲切的沉醉的感情帮助着她。她对账簿和清单也熟悉,她庆幸她在这人生中有着这种能力,这庆幸也是从她的凝静的、沉思的表情表现出来的。她便来数钱和拨算盘核算数目了。这年代货物充溢,有些种类货物很多,购买力提高,货币很快地堆积起来;这年代有商业的风暴,人们显现着气势,这也锻炼着和联着货物的查点产生着人们的一种性格,产生着商业从业者的气势和社会的,时代的脚步镂刻的,人们对于广大社会和未来的思维在其中表现着的性格。人们感觉着这里的查点货物的乡土的气息,但这里还有着机动车与交通工具飞行线中的飞机在全国庞大运转所产生的气势,北京大城的律动的声音传来增强着这种气势。吴俊美的迅速和精确开始使李学茹惊异和从它得到鼓动的王禾的继续赞美。

"你行的。"王禾歌颂他的英雄说。

在王禾激动地说话的时候,清货的诚恳的助手刘秀云的眼睛便很明亮。

"你吴俊美太骄傲了。"秦风说,"你其实是一个家庭妇女的样式的。"他看着她的精确,快速,拿货物和翻阅账目,清单的灵活的动作,和她的挺直的身材,说,觉得自己给了她一个显身手的机会了。

"我是这种样式的!我是商业的样式,我是往前行的,在温水波浪里——这样的比喻的前行的样式。"吴俊美带着冷淡和轻微的骄傲说。

"那你会游泳。"

吴俊美沉默着。但吴俊美从算盘上算出了一个正确的数目字的时候,她的面孔上的肌肉颤动了一个动作。

"我不没顶。"她说。

"好骄傲。你的算盘乘法不行的,用笔算。"

"试试看。"吴俊美说,"后浪推前浪,我觉得各浪是连续的。"吴俊美带着一种英雄的情绪说。

"你骄傲。"秦风说。

"我说她对的,你干扰她了。"李学茹干涉着,紧张地说;她为这个清货物的奋斗而心脏又跳动着。"吴俊美呀,你真行。"她说,看见吴俊美又清理了一种货物。"可是责任制你可以不理他的。"

"不错!"刘秀云发出了快乐的、短促的叫声。

"我说是这样的。"王禾说,赞美着他的英雄吴俊美,"她是有点能力的,她能战胜今日的恶运!"他向关心着的顾客说,"你,吴俊美啊,能战胜今日的噩运!"他说,在柜台前的地上像鹅一样骄傲地徘徊了两步。

"我能战胜噩运!"吴俊美好久之后回答他说。

"顶好。"王禾说。

"慢点高兴。"秦风说。

"你秦风说的是,有时你说,你从小没有母亲,小的时候就自己穿衣服了,是时刻超过自己达到高档水平。"吴俊美说。"我是信的。"

"你骄傲了。新时代的汽笛在远远鸣响。"秦风指着门外说。

"这我们统统知道。"王禾说。

"这我们统统知道。"李学茹参加说。

"新时代的风尚,新时代的爱与美的人性的精神在远远显影,不欢迎陈霉烂。"秦风有气势地说。

"吴俊美她的奋斗,我们的见解,使新时代的爱与美的精神远远显影。"王禾说,他因为格斗而说,他说这种也很熟稔。他看他的英雄吴俊美是美丽的,而果然吴俊美的手臂干练,腰部也敏捷,在货架前走动,她的身段和动作,和面部的坚毅的,有着温情的表情,在王禾看来是爱与美的人性的表现远远的未来的显影。王禾喜欢新的名词,王禾觉得,吴俊美,在这北京的一角,这副食店里,只听见全国的车与船与机器的轰鸣,是看见和感到货物在全国运转,是听见人们的歌声的。

"你们那些朱丽叶书不是时代最新的。"秦风说。

"但到底有一本朱丽叶书。我们不止是两个老文人。"吴俊美说。

"还有那种法国人的雨果书,没有什么道理。"

"它不是没有道理。吴俊美她的奋斗,"吴俊美用第三人称说到自己,说,"她吴俊美这时也想到老文人书朱丽叶书与雨果书,还有普希金书,杜布罗夫斯基,描写人性正义与恋爱。"吴俊美有力地说,并清查着货物。"你秦风知道,她不是没有道理,她吴俊美。"

吴俊美的清理货物的干练的,表现能力的活动进行着。她进展着她的坚毅的力量与精确性。她转动着身体,她的手臂和袖套闪动着。她清点小包的味精很快,而且很快地记起来有二十包是邻近的店子拿去了,也找出了借条。她清点肥皂粉的数目精确,几乎记得这些天卖出的数目与情形。她还记得她几十天前办理了一阵的货品的账目,那里有一些副食品的账记在副页里;她也记得两三月内以至于近半年内的酱油的往来,以及二十瓶酒是几月前秦风派人拿走了。由于关心和醉心商业学,吴俊美记得货架上的货物和较大的流动。她升级的责任的再清点货物是预备明日进行的,但她想最多停业半日,因为货物她已基本弄清楚。她在秦风和她的搏斗中进入一种沉静的,带着对自己从事的事业醉心的柔情的镇定的感情,而她的效率增加着,各样的货物上是烙印着各类顾客的往来和人们和她的深的关切之心的,因此她心里还有一种愉快的冲力。许多货物是烙印着她个人的这几年来的努力的感情的潮流的;有时这感情向着食品与罐头食品,因为她觉得社会在振奋起来,而人们有营养的需要,而罐头食品方便,华美,向着现代文明;有时向着油类,衷心地爱着花生油,豆油,菜籽油和酱油,以及分批地到来过的麻油;有时向着日用品,她的心里激动于从患难过来的社会渐繁荣;有时也向着文具,她渴想帮助这里的小学。她欣赏和欢喜装饰好看的糖果表现着心醉;她也欣赏烟酒并且记得牌子,注意附近快办喜事的人家。她用不少的时间记得货物的牌子,而为了好的酱油和酱小菜和整盒的味精,她曾经晚间也商量得到前经理的同意去奔波。人们想买整瓶的酱油,奶粉,买大批的手纸,买罐头食品,都是她这年代的快乐。她头脑里有着她的归纳的思想,觉得时代的脚步,觉得增多的光明在近来。

吴俊美翻查账簿和查点、记忆、计数秦风指名的账目和货物,货物清单十分干练,而鼓动着柜台前的人们的精神。柜台内有着忙碌的,但振作的空气。秦风便有些失败。他觉得这给了吴俊美一个机会表现她的能力和逗英雄了。

"明日盘点吧。"秦风,看见人们的眼光赞美吴俊美,吴俊美显然不败,说。同时,他也注意到顾客中有等待着而发生烦恼的。

"也是。"吴俊美说,她的声音冷静,确定而响亮,最使秦风不满的是声音里有一种沉醉的感情,"但现在也查完你需要的了。你还有什么需要。"

"我再说你要更负责。"秦风带着突然的啸吼的声音说。他觉得吴俊美有点像老鹰,雕鹏鸟一样凶狠,她的动作使他在众目睽睽下失败,伤害他的心。他觉得她的眼睛像猛禽一般明亮而坚毅、冷静,并且有它们的尖锐,他觉得她是在向他扑击,因此他的声音带着啸吼与战栗。

"我负责。"

"你清点这些货物逞能吗?"

"她在清点。"王禾笑着说。

"但是你像老鹰一样的骄傲。"秦风对吴俊美说,"你十分骄傲,以为自己是干才,还自称'她吴俊美',你算账,连明日的账也算了,也算国家的赢利,也算个人的气势,你太傲慢。"

"那我怎样办呢?"

"你停止清点吧。"

"但是你清点吧,"王禾对吴俊美说,欣赏着他的女英雄,"我拥护你。"

"你这上级来的是对她吴俊美发动了一个逆袭。"李学茹热情地说,"吴俊美呀,最坏的是人家对你逆袭。"

"然而你高干不公平了。"秦风说。

"现在责任制,你们这要查也应该有上级命令,预先通知的。"

"也有机宜的情况的。"秦风说,"需要的我就是这么说。她并不一定胜利。你吴俊美,你继续清点再一些项。"他脸色苍白地说,于是说了项目。

吴俊美沉默着,坚毅地继续查点货物,动作敏捷。她不要别人帮助,但匆忙中亲切地看了王禾和李学茹一眼,显出一个柔和的笑容,好像说:"你们看,这多么没有办法。"她又数着架子上的又一些种罐头食品了,秦风要她清查这个。店铺里的激动继续着。北京的从患难中渐平复的这些年,人们家里有清理物品,商店里有清点货物。人们热爱货物;从什么地方出来了秦风这种权威;人们也似乎在清点的热情中找求过去与现在,患难与平康的衔接,交接中遗失或生长出来的什么;人们的激动的心灵有一种幻觉,似乎这瞬间生长了什么,和也重要的,不要再又遗失了什么。吴俊美的脸庞上有着干练和专注,但在她的向李学茹王禾的一瞥里,也有一种似乎是想象力的闪光,和一种幻想的,心脏扩大的闪耀;人们这样感觉着。生活里有时灼热的火焰,吴俊美这时是觉得搏斗的渐胜利和心灵里有激越之力。吴俊美也几乎受到秦风的逆袭带来的失望的打击,然而她呈现出她的搏击力,并且有对未来的向往并且推倒障碍渐获得胜利。她惊人的冷静和精确;秦风追问着她货物的数目字,要她先报后查点,她报的数字,商标的种类,和清单,账目,惊人地是一点也不错的。因为她脸上有一种青春的柔媚而又显得是增加了一种令人们惊异的力量。

"你是崇尚两个几个老文人的,还有什么朱丽叶和她男人□□,□□□,你有查清货物吗?"秦风问。

吴俊美用闪耀的眼睛看着他。

"你倒奇了,我不信你。"秦风说,"你像老鹰一样的恶、凶,也看得准;你承包多进货的酒果然有销路还有这种带甜的小菜,还有一种大边的肥皂粉;你查吧,你算盘会算乘法,你果然不错,看到将来去了,你的货记得清你计算未来人物,未来是要有精灵数目字的,过去的旧式记数只记大数,而人们互相信任,你在新到的货物面前不头晕吗?"

吴俊美沉默地清查着货物,并用她的小的笔在一个小的本子上记上数目字。

"你把笔放在耳朵上,是旧时的,你把笔放在衣服下口袋里,是现在的——也不佩在口袋上了。你如果能用算盘快速地把账算清,用乘法来算,便算你是这时代的经理。"

吴俊美沉默而干练,她缓慢地想着,旧时,这样一个被敌对的吴俊美,便是要被人摒退了,便是心灵也柔弱,要回家失业了,想到这里她有一种凄凉,她被多年来也有的狭窄和阴暗袭击了一瞬间,有一种假的情绪,这想到的情境对还似乎有关心,想说一句她"不干"了,干不成了,或者,这情境的另一面,是说恳求的话;旧时人是这样的,她也似乎真的有这种凄凉了,也凄然地,但又有着讽刺地笑了一笑。她一瞬间觉得现在的情境也似乎并不怎么好。但她仍然觉得时代的脚步,觉得她的她也有些说不清楚的为理想的奋斗将胜利。

"唉,"她心中起来了一种激动,耽搁了一瞬间工作,想着,"我是一个爱国者,像死难的文人老舍田汉当年说,他们是爱国者,我简直觉得有那种年代的剩余还一直觉得那些人可能再袭击。果然秦风再袭击。但我也有青春的盛年和力量。我是老舍笔下的骆驼祥子,我是田汉笔下的白素贞……我还是田汉笔下甲午之战的一个军士……唉,人有时幻想什么。"她想,头脑又呈显着安静,里面浮显着货物的种类和数目字。

她继续敏捷地清查货物。

"你像老鹰一样……"秦风说,"你是心中全是利害关系,对准你的捕物,"秦风说,并同时想到,自己正是这样的。于是他又说,"你不像老鹰那样的,我捧场你了,你一定要清查不好了,不像老鹰那样了。我才像老鹰那样。"

"这什么话呢?欺吴俊美了,你清查!"李学茹说。

"对呀,欺吴俊美。"王禾说。

"而我像老鹰,我像当年一样,对准你们老文人洋书,对准我的捕获物,伸出我的爪子,我的利害关系!我对吗?我对的。"秦风说。

"你是豺狼!"吴俊美说,"我和你再搏斗了。"

吴俊美有着内心的冷静与严厉,继续清查着货物;她找一张货物单有些着急了,但立刻找着了。她又找一张收据,站着想了一瞬间,在一叠收据里查着了,而且敏捷地抽了出来。在她站着想了一想的时候,她的额头上有一点皱纹,但她击败了困难,随后她便继续着她的坚毅而有着平静、愉快、胜利的形色;清点货物继续进行。

"你还要查今日到此时止的钱数。"秦风大声会所,"我是老鹰!"因为人们责备他不胜,他便成立了"老鹰",而大声说。

于是,带着内心的严厉与冷静,吴俊美开始算账目了。她的算盘打得快,熟稔。王禾便看见他的英雄人物在查看瞬间前查点的击中货物的存单,用笔在几张货物单子上做着符号,算出这两日卖出的数字,开始在算盘上算乘法了。刘秀云惊讶地皱着眉看着,她觉得算乘法似乎有一种冒险,而秦风冷冷地观察着。

"你这个算不好的。"秦风说。"你没有计算机。"

吴俊美被干扰了一瞬间,但她的颤动了一颤动了手又恢复沉着,播好了算盘珠,并记上了数目字。

被吴俊美的干练的能力刺激,秦风便说他来算一个单位;他也想缓和一缓和他的压迫吴俊美而形成的局面,他说他来算一种清查了的货物,他来试试看,也算乘法。他便算着。他并不是不行的,虽然慢些;吴俊美沉静地托着下颚看着他。

吴俊美将他算的数目复算了一遍。秦风错了一个数字。

秦风再算一遍。他承认错了,但他后来复查吴俊美算的,和吴俊美的数字相差两个。

"你一定错的,我心中紧张。"秦风说,"这次是用着老鹰一样的猛心脏鼓动算的,不用算第二次。我是老鹰。"

吴俊美便用笔算,秦风仍旧错了。秦风又注意到吴俊美的字写得比自己的好。

"这样算白费了,其实今日也可以不算,是你逞能挑起来的。把钱查点吧。"

"我们昨日的钱上缴了。"

"我说查点好。你不要老鹰一般的凶横骄傲。"秦风大声说。

吴俊美看看他,很快地数着钞票。她中途又停了一停顿,再想着,自己是一个爱国者,不再是以前时代有过的不幸的人。她又想,自己没有错,但是也许真的假设有骄傲了。她有些让秦风恫吓了。她脸上又显出些皱纹。

"王禾。"她说,"你看我这清查货物,所有的行动,有骄傲么?"她使人意外地带着温和和谦虚说。

"你不理这秦风。"王禾说,她脸上的皱纹颤动着。

"要区分我是有激昂,人的能力各有千里,我不骄傲。"她说。

"你对了。"李学茹说,伸着头看着她的数钞票的手。

"但是我数完了钱,"吴俊美数完了钱之后说,"没有被压倒于刚才的可惊骇的情形,我便要喝一杯茶高兴。秦风,还要查点什么,譬如糖果,零碎,小菜么?我们的钱,幸运,查点不错。"她又心脏有点膨胀,骄傲地捶了一捶桌子说。

"够了,可以了。"秦风说,"数目对么?数目对便行了,这是有益的。"

顾客们冷静地、忍耐地,但有两个带着烦厌看着秦风。仅有刘秀云朱美售货,进度不快。

"我逞能了。"吴俊美继续瞬间前的愤怒地捶桌子,带着一点骄傲说,这骄傲表现出她的兴奋和内心里的激动;她同时开始售货了,"你秦风不挖苦我骆驼祥子翻车吧,不讥笑我们像甲午之战一般沉船吧。我们不背着石头沉湖的,你秦风同志觉得如何呢?"吴俊美带着一点严厉,说。"你是老鹰!"

秦风沉默了下来,在地上徘徊着。

"秦风同志,我想问你一个问题,"吴俊美替一个顾客在缸里压花生油,大声说;她同时觉得这乡土里人们正是这样说话的,"你到底是怎样的人呢?你这人,活着,到底是什么目的呢?"吴俊美心中,这时有着对自己事业未来的痴情,心脏鼓动着,想击败秦风。她因清理货物不败而心中燃烧着一种愿望,气概,像王禾老人一样,想说服秦风放弃他的邪恶。她觉得这是不可能的,但又觉得似乎可能。她犹豫着。现实的妇女吴俊美的里面有着一个理想的妇女吴俊美。现实的妇女吴俊美在进行着她的营业,很快地称着货物,包扎包,算账和数钱,但心中有理想的激昂。理想的吴俊美时常要冲出来,表现对于过去,现在,未来的魅人的看法。有一种魅惑蛊惑着她。

秦风不回答吴俊美的问题,这时朱美叫起来并且和秦风冲突了,因为她注意到秦风藏在柜台里面的阴暗的角落里的塑料包,想到瞬间前清查货物少了几包深圳的鱼干。秦风和吴俊美并没有清查这个,但朱美注意到这个。她去翻秦风的塑料包,从中掏出了鱼干。

"这是上级公司要的。"秦风说。

"这是不可以的。"被自己的对南边繁华、时尚的国境的幻想所纵容,有着一种激情,在深圳鱼干上存着憧憬的朱美喊叫了,脸红了,改变了她对秦风的亲善的态度。"你这上级副经理怎么这样的呢?"她有着凶恶地说。

"这为什么不是这样的呢?"秦风喊叫着,并且,因为和吴俊美相斗,觉得自己有懦弱,怒气蓬勃,从朱美手里抢回了鱼干。

"你不应该这样拿货物的。"吴俊美说。

"我觉得一种伤心。"朱美说,将鱼干抢了回来。"但是这问题是,我伤了你也不好,我还给你吧。"

"那么你拿去吧。"秦风说,觉得自己懦弱,也对朱美存有感情。

朱美便将鱼干放在玻璃柜子里了。她显出一种激动,徘徊了两步。

"对于你秦风的作风我是不客气地反对的。"她说,因为心中有软弱,显出冷酷的面容。"我们的店子生着光芒的是货物齐全,你是恶的人物。"朱美从着吴俊美的胜利,说。

"你使我要用儿时的眼光来惊讶了。"秦风说。

"你使我很苦恼了。本来,"朱美犹豫又带着骄傲说,"我可以很友谊于你,我说什么呢,这里今日活很多,我说,我本是很同情你秦风很勤勉的。"

"那么你朱美还我这鱼干吧。"秦风有些软弱地说。但他立刻上来抢夺了。朱美再变得冷酷,防御他和他抢夺。秦风的心脏有凶横的激动,反对自己的软弱,脸色苍白,但被人们注视着而矜持着的朱美十分强硬。她现在更坚决地要这鱼干了。秦风带着假笑,和表情冷酷的朱美抢夺着,因为朱美是时尚的,有些美丽的,擦了一点香粉的女子,因为她十分凶,秦风便让步了。而这时候一个中年顾客问鱼干的价钱,朱美便卖出了。

顾客付着钱,两包鱼干放在桌上,秦风拿起来看看叹息了一声。朱美这次营业带着坚决的意志和脸上有矜持中的柔和的表情,她的眼睛快乐地闪耀着,她也没有在工作中对顾客凶恶。因为胜利地抢到鱼干和一个很友谊和平的中年顾客满意地买走了它们,她显出一种醉心,并且快乐。

但秦风却苦恼,忿怒了。他说,朱美是不妥的。朱美便突然红着脸大叫了。

"不妥的?"她说,因为觉得自己正确而有一种激昂,"在我们这北京这粗鄙角,我是支持理想的货物的,人是有各自的见解的,也许我得罪你上级了,但是我这一点拥护吴俊美。"她说,有一种正义和善意的火焰在她心中燃烧着,"我做了我满意的事,我不怕你!"她拍着柜子说。

"那就为难了。"秦风面色激动地说,"但我是老鹰。"

"不怕你,但我……不是老鹰。"朱美说,想到秦风掌权有着凶恶,便软弱了一定的情形,但她这时候因感觉到卖出边境的货物而有一种国土广大的激动,有着爱国之心,因为她本是凶狠,她便借着这个少有的情形又振作了起来。"你是什么?开放是政策,我卖货物,你混账,狗屁,吴俊美让你我让你?你狗屎!我卖出货物有我的适意之情!我这回是老鹰。"

"不说了。"吴俊美说,"你秦风说,我也问你,"怀着理想的吴俊美说,"你看来人生的真义是什么?"

"我是吃喝玩乐,跳舞。"秦风说。

"你骂我!"朱美说,"我说你说你在小时候母亲早死,你七八岁就自己穿衣,自学成才,所以了不起,我们也历经艰难,自学成一定的才,我在很小的时候,"朱美激动地叫,"也自己穿衣,穿袜,我们是急急走步于国家地图上的年轻人,我的思想就叫我说这些了;我不说了。"因为她的观念是只管自己利益的,她便抑制了自己的心中这时闪跃的爱国的感情,而再想着她的个人的美貌与利益了。她还想到,虽然有爱国心,却说了谎话,她并没有的自己穿衣,穿袜。

"你朱美令我伤心。"秦风说。

朱美沉默着,她冷淡下来,想隐藏起来,而消灭掉自己的激动的热情,和爱国的感情;她觉得过多的这些是与自己不利的,会损失利益的;她认为,这时代,她,为自己的利益,前程的愉快而生活;她,不愿为公共利益和国家而发生太多的感情。她回避这个,便想抑制下去这偶然产生的国家感情。她还认为她的这立身处世的观点也代表与象征时代。她便冷冷地,静静地站着了。

"我说你,秦风,"吴俊美看看朱美,激动地说,"你应该离开一些错误的作风了。我很激动地想说服你也是笨拙,"理想和现实混合着的吴俊美说,她同时想使朱美靠拢自己,想说服朱美,便又靠着亲切说,"朱美,你看对不对?"

朱美忧郁地沉默着。

"人生的真谛，"吴俊美说，看看擦着香粉的朱美，"我冒昧地说迂腐的话了，是在于……你朱美不生气我说的吧。"

"你说。"朱美。"不过，"她说，"我不参加这谈话了。"她便走过去收拾木柜子里的零碎钱去了。但又站着想了一想。"我不参加。"她说。

"你不参加呀，"吴俊美说，"朱美，我说，在我们店铺里，我们也是亲切往来。"激情继续起来的怀着她的理想的吴俊美说。朱美，因为觉得自己陷进了爱国是错误，而哭泣了，发出尖锐的声音。

"我谢却了。"朱美哭泣之后，冷淡之极地说。

吴俊美便心中痛苦了一瞬间，脸色有些激动。她沉默了一沉默，又继续了，因为她有着她的顽拗。"你是一定会觉得我们相处有时还好的，我升级了，很想和你们友谊。友谊吧，不要见怪。"

朱美沉默着，走过来接待顾客了；显着冰霜一样的脸色，因为她心里，因为吴俊美的亲切和冲击性，有着她的紊乱，她便冷淡顾客与捶了一个动作的柜台。

"怎么样，小朱，"吴俊美在两个顾客走了之后又说。朱美冷淡着。

李学茹也预备走了，但对吴俊美的热情又发生了兴趣。继续站着。

"小朱，"王禾老头子援助他的英雄吴俊美说，"在你的心里，是也觉得我们这些是很友谊的。"

朱美冷淡着。冷淡似乎渐渐溶解了一些，脸上的肌肉有些战栗，但仍然沉默着。她又撞击了一个动作的柜台。

"你说。"吴俊美说。

朱美脸有点红，但又显出苍白。她冷淡着。

"这是勉强不得的。"秦风说，"你朱美攻击我，落入一种嗟伤了吧。"

"落入了。"朱美说，因为窘迫，因为不知如何安排自己的又涌起来的和善的表情,因为恨着秦风的讽刺,因为也不满吴俊美王禾,因为心情紊乱中的忿恨——因为一种娇弱和觉得委屈,而眼睛潮湿了。

吴俊美便看着她。

"我不参加你们谈这些,我不是老鹰,我恨老鹰。"她继续冷淡地说,显出怒气,眼泪隐去了。面孔淡漠无表情,还再变为冷酷,坚持她的个人见解,走到一边去了。她觉得对公共利益和爱国感情冷淡,是合适的,而瞬间前有些错了。

"对不起你了。"吴俊美说。

"没关系。"朱美说,"我也……有一些很敬你们,但我们不一起。我不爱国,我只管个人。"她带着冷酷说。

这时候,李学茹再观察朱美,便轻轻叹了一声气。

"秦风,我仍然想和你说,"吴俊美,正像社会的乡土风习的妇女一样,有时有着一种讽刺;她显出一种带嘲笑的微笑,说,她也想再激励朱美,"你小时候自己穿衣服的,不很简单呀,"但是在这种讽刺里,理想的吴俊美也在现实的妇女吴俊美里面颤动着。她便说,嘲笑便也不对了,人们的自学成材是不应该嘲笑的。"但是,"她又说,"我以为你说实利说得简单了,人要有理想,我们民族中华自古有行人,有理想的人,也荫庇了后代,我们也往后时代瞭望,人的心里,事业的火焰总因理想而燃烧。"理想的妇女吴俊美带着焕发的表情;因为觉得说这些有着窘迫了,她的脸也有点发红;但也因为心脏的跳动和兴奋而发红,她又看看朱美,她还想再说,但停止了。

吴俊美的理想燃烧的状态,使秦风注意,他忽然地发生了一种理想燃烧的状态,这便是说,他喜欢着占有各种领域,对于人们谈到理想,他也有异常羡慕;这时代谈论金钱热烈,但社会上有着大的理想的震动,秦风便也谈理想,自然,他谈的是计划,也有他的向往——但现在他燃烧起升高的理想的热情了。

"你说的那自然是的。"秦风的脸也发红,说,他心里似乎有着一种他注意着的人们有着的奔腾的,心灵雄伟的,思维升高而有着抽象力和综合的境界的热情了。他因为不愉快这种和羡慕这种,便想占有这种。他的喉咙有些喑哑。"奔腾的历史的大河,我们的时代显现人生的真谛真实,无论是在乡野间和城市镇里啊,都有行人,缅怀着古的烈烈,今的火焰。历史是奔腾的大河,它流到现代显现真谛。"

"哟,秦风副经理有两句。"刘秀云注意地,思索地说,紧张地注意着秦风。她因这些语言而特别注意着要发生的变化,虽然她也想秦风不会发生变化。

"你说的就很好了。"吴俊美说,也注意地看了看秦风,我倒不会说了,我说人是有赶往未来的行程之思想的。理想的妇女吴俊美又红着脸说。

"这说的是很对的。"王禾热诚地说,看看秦风。

"你们两位,三位吧。"秦风看看王禾吴俊美,又看看李学茹,说,对李学茹带着一种漠然的对立之意,"是旷燎上的旅行人,烈烈的行人,值得佩服——我再说,烈烈的行人是多么好啊。"秦风忽然又感动地,唱歌般地说。

"你说好便对了。"王禾也激动起来,声音里面有带着冲突的激昂着警惕,但他的心脏仍然因为秦风的末一句话而感动了:"你说烈烈的行人是对的,还要说烈烈的群体。建设着……"老男人说。

"烈烈的行人,"秦风继续歌唱似地说,"太阳似火烧的时候,那巨灵的狂风席卷的时候,患难的时代,烈烈的行人啊。"

"你说的也是有着一点对的。自然,你说的是对的。"吴俊美带着抑制不住的感动说。她虽然也警惕,却留恋这美好的时刻,市侩性质的秦风脸上似乎有着诚挚的感情了,她再注意地看看他。"你说的是很好。"

"自荒古以来,烈烈的行人,披荆斩棘,与猛物相斗,心中胸怀前人的壮志,后人的希望,烈烈的行人啊!"秦风带着热衷,沉醉,歌颂着。

"那么你愿意听我们的话了。"吴俊美说。

"烈烈的行人……"秦风伤感地，内心有着一种懦弱的感情，说。

"我也有些感动，秦风呀，"王禾说，"你便听我们的意见了，吴俊美她就职经理……"

"但是，我们谈另外的吧，"秦风说，有些惶惑，不能从自己陷入的对于深刻的"理想"的模糊的热情和逞能的热情里脱出来，觉得自己要损失利益，要去扛几百斤而竟夜地算账了——朱美也注意地看着他。"中华自古有行人，"他又忍耐地说，脸红着，终于他变脸说，"你们诸位，有道理的，我也是可以让步的，"他拿起水果屉里一个苹果来看看，脸变得苍白，说，"我仍旧要坚持我的货物的见解的。"

"但我看你也可能不是这样。"理想的妇女吴俊美说，停留在她的幻想里，思索地看着他，"你会放弃你的货物的见解吧。你刚才说得真是不错啊，请你，秦风，再说吧，也要说到将来的你的看法，时代的足迹。"吴俊美热情地说。

"那没有说的了，你们说。"吴俊美的话发生了一定的效果，秦风便脸红地说，"建设着，建设的罗网，富裕和现代的文明也荫庇儿女。"

"你说得好极了。"现实的妇女吴俊美带着她的策略说，但理想的腔调仍然在她的喉咙里震动着。

这小屋子里燃起着热情。

"你从此便改变不刁难我们了。"吴俊美说，"好么？放弃了，你放弃了。"

"烈烈的行人，人为自己的祖茔，为未来的道途，种植理想的大树，建设桥梁，在地平线上有风雨鸡鸣，海平线上有桅杆烟囱，"秦风脸色苍白地说。

"你说得极好，那么你放弃了！放弃了！"吴俊美叫着。

"你欺侮我。"秦风沉默了一瞬间，红着脸，有些羞愧地说。

"怎样欺侮你呢？"王禾呢。

"你放弃了，我们做朋友。"吴俊美继续热情地说。

"我不放弃。"秦风脸色有些发白,顽强地说。

朱美注意地,研究地看着他。

"他不放弃的。"她有点紧张地说。

理想的吴俊美便叹息着。

"花儿为什么开,鸟儿为什么唱,这些问题你吴俊美王禾研究的。但香港的歌曲未必不好。"秦风说,看看朱美。

"你使我很失望了。"吴俊美说。

"你们也有时髦的。"秦风说,"朱丽叶书,雨果书,复仇遇美满正义姻缘那俄国普希金书,我是没有兴趣的。"

"但花儿为什么开,香港的歌,也有意思,人是有想象。"朱美说,"想,花儿为什么开的。"她说,不久又恢复她的冷淡和有一点凶恶。

"这也有是一种审美。但是还是要说到货物的问题。"秦风说。

这时柜台外除了王禾和呆着看的李学茹以外,没有什么顾客了。刘秀云用一种激动的颜色看看人们,由于激情和有想象力,由于她想要格斗,由于对秦风的愤慨,刘秀云的表情便突然地由沉思变成不久前王禾看见的那种傲横的了。她叹息或者说叫喊了一声。她的声音的音尾里也震动着一种傲横。

她吸引了人们。她说,美,有人们说是心的幻影,还有主张丑与脏也是美,她就是这么主张的。她又说,她主张有一种人情美,送礼,拉拢,请客徇私,都是人情美。

"那未必是这样。"秦风看看刘秀云,有些惊异地说。

"那为什么不是这样呢。"刘秀云横蛮而极骄傲地昂着头说,她还庆幸她的声音没有破碎,庆幸她表演凶恶成功,"我说,我是现时代的当代英豪,各人让路了,你秦风挡我的路,你走开。"于是她迅速地走过去挤开了秦风,变得很凶恶。从柜台下拿了一张纸,铺在柜台上,"你们要这样地一切都学我包扎饼干。"她喊着,使秦风惊异她是不是原来就是这样的。她似乎原来就是这样的。"金钱是重要的,钱,是世界上最主要的,信义这一类,我以为是没有意义。你秦风主张纲目,规划,勤勉守则,工作的真谛是为社会服务,我以为是为自己,为亲戚朋友,像我刘秀云,有一定的资历,在这商业街商运享久了,决不会犯错我的,所以吃点玩点是今天应得的报酬……我当然不像,当然不商运长久,资格高享,我才一年多,不过我说将来。"刘秀云大声说,脸色苍白,而且,她的脸孔有一种战栗,——内心厌恶这些。但更显出了愤怒,刘秀云显出了更傲横。"我就是这样的,什么叫做照顾社会的利益,我们就是社会。"

"这样,吓。"秦风说,有着怀疑地看着她。

"不过,你也可能是这样的。"朱美说,"你的父亲是局长呢,不过你是和你的母亲为婚姻问题闹翻了吧,而他们不供给你上学了。有一两年他们很对付你。"

"你老头子王禾走开！走开！"刘秀云不回答朱美,恶毒地往着柜台外说,虽然朱美的话使她内心有震颤。这时,痴呆地看着而发痴地想着,注意着这里的在暴露着他们的心灵的人们的李学茹在自己的幻想里笑了一笑,刘秀云又向内说,"你吴俊美走开！走开！你们休息去,我自己来。"她凶恶地说,"让我来告诉你,这个货物应该是这样识别料理,你的手拿的方法全不对,你就要把这排叉拿断了。"她从屉子里抓了一把油炸排叉说,"老头王禾送来的糕饼这回是极坏的。你秦风,你是完全错误的,你包的扎包不审美,你包的狗屁。"吴俊美正在包着预备的饼干包,秦风也拿了一张纸,动手来拿饼干,由于刘秀云的吼叫,突发的凶恶,他便似乎有些胆怯了——他还战栗了一战栗。他看看刘秀云,刘秀云的吼叫使他把手里的纸放下了。

"为什么不审美？"秦风不安地说,虽然有些恼怒和怀疑——刘秀云很真实地这样,也一瞬间压制了他的怀疑,发生她的统治的力量了,而秦风觉得自己有孱弱。但他也不孱弱,他准备和她相争。

"不成,不审美！"刘秀云凶恶地说,"我说我是王,我多年资历,深刻经验！就称一次王！我也愿退让一步,我还是最谦虚的,而你们是错误的！秤的秤,包的包,算的账,清点的货!"不可一世的刘秀云凶恶地叫着说。她并不是模仿谁而谴责谁,她是自身就是这样了。她比最凶横者还凶横,有着压倒的威力,使秦风再惶惑起来——人们也都有着惶惑的表情。这刘秀云的变化进行着,使秦风又手中拿着包饼干纸站着了。

"我告诉你！你包的是完全不对的!"刘秀云傲横地说,打掉了秦风手中的纸又接住,但又将纸扔掉了。

"我不在乎你,你的本领不过还可以,"秦风的嘶哑的声音叫,他进行搏斗了,很是愤怒了,但心中又有一阵欢喜,因为刘秀云毕竟似乎不是吴俊美一起的,他一时之间真有着一定这样的相信。于是他带着内心的愉快又吼着:"你这样不对！刘秀云呀！哈!"他又说,"你也真可以是雄鹰!"

刘秀云由于内心的愤怒而变化出来的这种样式是令她自身有着负担的,这时候,她的含蓄的,姑娘的心有着战栗,有一种惶惑,觉得自己的扮演过分冲击了,但同时又觉得自己真有这种邪恶似地,于是,内心便意外地有一种痛苦,于是在高昂地喊了一声:"我就是这般凶横的!"之后有了一定的自觉有失败的痛心的眼泪。但她仍然愤怒并且凶恶,想挽回失败的感觉,她有坚持到底的坚忍性。

"我说你不对!"她疾风似地走动,"我说你吴俊美,王禾,还有这李学茹干部,是一种错误的幻想家！你们忘记了,在祖国的旷燎和大街市上,急急地走着的行人。那里有急急的行人,去建设,而你们……"

她停顿了,再进入沉醉的心情,沉默继续了一瞬间,便去摇晃秦风的肩膀,笑着,愤怒着。

"急急的行人!"她说。

"我不怕你!"秦风痛苦的叫着,"你假装的!"

"急急的前行,行人。"她叫,胸膛中灼热着,战栗着。时代的脚步在这小的副食店里留下足迹,而刘秀云这时代表着人们的什么样的一种搏击的渴望,使人们有深的印象,人们注意到她的眼泪。她因为人们的拥护,并未失败。王禾惊异地看着刘秀云,将她列在他所歌颂的英雄吴俊美一起了。而李学茹又叹了一口气,她本想走开的,这时又从刘秀云看到了人生的新奇的景象,而产生想象与留恋了。

刘秀云又绕过柜台走了出来,走向王禾,扳着他的肩膀。

"你是一个迂腐,落后,不懂新时代的老头,老头,你走开!我再说了,而我,"她摇晃着老男人的肩膀说,"是披荆斩棘的急急的行人!我要手里攥着权力,挥动亿万人前行,而欺侮亿万人,欺侮你;我有顶凶险的阴毒的笑;是我建设着……而我还要把所建的烧掉!你说,对吗?"她说。老男人王禾窘迫地笑着。"我对你也这样说,"刘秀云走向李学茹说,"你是不理解我们急急的行人的,和吴俊美一样。"她凶恶地叫。她又转进柜台,而用她的双手摇晃着吴俊美的肩膀,"我要把所建设的烧掉,我恨你吴俊美,你是迂腐,又幻想,不是我们的时代,我才是披荆斩棘的行人,为人阴险,才是披荆斩棘的。"她叫着。

她站着。她的脸色便慢慢缓和下来。她的带着战栗的,专横,骄傲的愤怒也渐渐收敛了;人们倍加愉快地奇怪地看见这年轻的姑娘又显出了她的十分纯朴的脸色。她看看柜台外笑着的李学茹和王禾,便鞠了一个躬。她又向吴俊美鞠了一个躬,而眼睛里再有着眼泪。

"我这很笨了,也很不合适,也很丑。"她的沙哑的声音说,摘下工作帽,甩了一甩因鞠躬而从工作帽里飘散下来的头发。

"你真像是很可怕的。"朱美说,"你说包的扎包不审美,你说糕饼,你真像是骂我,你也是骂我,一些次了,可惜我不是这样。"她凶狠地说。

刘秀云沉默着。而以后产生的是朱美对顾客的两次冷淡的,恶劣的态度。

"我不吃亏的。"朱美说,想到一些时间以前被深圳鱼干激发的一定国土的感情,而有一种面孔轻微战栗的笑,她的绿色的耳环有些摇动着。

吴俊美便觉得一种痛苦。

"从她刘秀云刚才的这样我悟到了一点哲理,便是有些人里面不一定不是刘秀云刚才那样,从内心里面说。"她有点受刺激地顽强地说。不过我觉得生活是不简单的。"我们对顾客应有客气点。"吴俊美对朱美说。

朱美便沉默着。

"我觉得你刘秀云的作风是没有意思的,没有!没有!"朱美突然爆发地叫着,"人们各有思想,而社会在新时代绚丽多彩。"她又突然很有冷酷的表情,将工作帽砸在桌上,跑到屋子里去拿了一个凳子出来坐着。"我背筐子背篓子背书包背大头红粉铅笔问你刘秀云,你是欺我还是单讲的是秦风,我很伤心了。"她说,带着感伤的情感。"你说包扎饼干与我也有点关系,我是说我包扎得很好的;你说吃点玩点更是说我了。我在这副食店里,年龄也不小了,我真有缺陷。"她便哭了。

她继续哭了一瞬间,呆坐了一定的时间,因为店铺里有一种空气,激情,因为屋子外面附近及远处城市的轰声显得严峻,她便再想了一想她曾被深圳鱼干和吴俊美的诚恳激起来的感情。

"小朱,朱美,我希望你……我是说,我们是有着友谊,共事情的。"又怀着理想的,理想的妇女吴俊美说,她的面孔又红润了。"我想,你不会吵架了。"

朱美沉默着。

"不要发脾气了。"王禾支持他的英雄吴俊美说。

朱美心里似乎有了一定的国土的感情。她站起来,端了凳子回去了。

"我们是不相干的。"她走出来又冷酷地说,她走出来便又有力地排斥了心中的国土的感情,"我不依循你们,我个人就是不遵照,不依循,不损伤自己的利益。而我在这里是孤立了。这几分钟你们爱说的时代的脚步不是我心中听的声音了。我心中听的,正在近来。"她的嘴唇有点战栗。"我也说我是时代。"

"朱美?"吴俊美说,"怎样近来?"

"正在近来。人生许是也有不幸的,但我依循我的见解了,我个人的见解,我们有闲逸享受的日子正在近来,是我这样的人的好时代。"

"你说的是这样吗!"王禾说。

"我心中听的,正在近来。"朱美说。

"不说了。"现实的妇女吴俊美说,但理想的妇女吴俊美又震动了一震动。"我心中听的,也正是近来。"

"比你们的朱丽叶书雨果书普希金的复仇娶美书里更好的欢洽。"朱美说。

"工作吧。"吴俊美又有些严峻地说。她便凝神痴想,想着她自己的话,她想,她说,她心中听的正在近来,她是指的未来有良好的日子,更良好的日子,而社会是适合她的理想地灿烂的。"在燎原着祖国之深的兴旺的农村之野,在起着世代的理想的我们这北京的都市,在这燕雀高飞的云空下,将有吉日良辰……"她脸红,带着一种痴情,带着激昂,用着一种抑扬的声调,说。理想的妇女吴俊美,在搏击着。

"根本就没有什么燕雀。"朱美说。"不你这样说的吉日良辰。"

"在广大的幅员上。"吴俊美说,"我总之是说着我的想往了。未来你们不要以为是不可见。我说未来有更好的新的吉日良辰。在这副食店里,我要压倒你秦风。"

"你这样讲幼稚了。"秦风说。"我说我们的吉日良辰。"

"我是要这样讲的。你曾攻打我们。"吴俊美仇恨地说。

"我今日说了你几句。两个几个老文人书,你出了不少兵,不妥协地攻击我们了。"秦风说。

"我真有点歉疚。"吴俊美说。

"回答你们我们是有我们的语言的,我对你秦风说。"王禾说。

"但是我认为你吴俊美有不对。"秦风说。

"但我认为我有对的,我仍然要说,燕雀在云空里搏击,高级民航机也在云空里翻飞,风在白昼和夜间的云的渡口入当天海洋而飞,中国再有吉日良辰。"

"那都是好,却过激了。"朱美说。

"我仍旧说,奋飞。我的心里,有记忆着旧的年代,有燕雀在云空奋飞,说也眼前不好的年代,但我以为不是的。"吴俊美说。她是现实的妇女,做事仔细,切实,然而她是理想的妇女,这时她的心中有着灼热的烟和云升起来。她的灵魂便有着一种飞翔的状态。"我心中,有未来的各样在云空里高飞,我一定要说。"她说,眼睛有点潮湿了。

"我也一定要说,我不爱国,"朱美说,有点窘迫地笑着,她是借着吴俊美的激动的表现引起的注意情绪说的,"我趁机说清楚,不负担;我决定是这样,诚恳地,只说我个人利益。我是说我不为这尽义务,并没有什么在我心中震动,我要说我们是有享乐,有享受幸福的日子正在到来。"她说。

"但我说我坚持我心中的见解。"吴俊美继续带着一种脸红,顽固地说。

"我觉得我们是这样。"王禾向朱美皱着脸说。

"不过我要再说清理货物了,譬如还有代卖汽水的。这也要今天清理一下。"秦风说,空气便改变了过来。

"明天。"吴俊美说。"这我负责。"

"我来代你算,我不服气,因为我的算盘是非常好的。"秦风激昂地,充满着战斗的情绪地说。

秦风便拿过一些单子开始算,他又算乘法,显得很冷静,但仍然算错了。照顾着营业的吴俊美拿过来看看又算着,算出来了数目字,和清单上相符,显出胜利的愉快。

"你再算也有不必要的,卖出货物每件都记下账,分公司里是指示明天清点货的,我们又责任制,今天清点部分,是由于你个人意气,而你又要拿走一些货,是不合理的;部分有什么道理呢,"吴俊美说,显得有点忧郁。"你是不是还要清点呢?我是不怕得罪你的,当然我不谦虚也不好。"

"但是你是和我挑衅!"秦风有些变脸地说。

"而你是首先来和我耍你的威风的。你纯粹是不对的,我已经着急地让步了。"因为情绪中藏着的激动,吴俊美便强硬地说。

"你是骄傲。"秦风说,"你是凭着你个人的才干对付我上级了,而你是有抗击我的缺点的。我是什么人?"秦风忿怒地说,"狮子走过而有狮子的足迹,而小动物兔子走过足迹也不过是狡兔的足迹,请你说!"他说,仇恨着瞬间前铺子里谈论理想的空气;因为发怒,戒备着对方,便又觉得自己有着懦弱。

"狐狸走过是狐狸的足迹,狡兔走过是狡兔的足迹,但也有忠实的骡马和骆驼的足迹,而巨人走过是巨人的足迹。"吴俊美说。

"巨人是什么?"秦风愤怒地说。

"巨人是巨人。"吴俊美大声号叫着,"巨人是……巨人是历史到未来去。"

"那你那些巨人是空话而且不通的。"秦风说,特别仇恨巨人两个字。"我愿妥协,送你为天才,像王禾老头捧场的,我希望你也说我今日要拿走一些货物是并不错的,清一点账,也是临时可以动议的,我平常一些事都也干得漂亮,是干才。"

"但是你是有错误的。"吴俊美大声地,用粗哑的喉咙说。

"但我清点动议对。我尊你为干才,你确实有天才,你也应该尊我。"秦风说,他这时想要人们称他特别的字,他心中升起了要和人撕打的极强的欲望。

"尊你为什么?"

"那你知道了。我也是有干才的。"秦风,因为羞怯,说不出口天才两个字,激怒地大声地吼叫。他心里有着他的秘密,他内心深处,常称自己为天才,"异才"。"我的心中也有燕雀高飞,但我是现代生活的,不是你们这现代建设派,而是现代情意派的。"他叫着,而且因为一瞬间懦弱着说不出天才两字而更激怒,而蹦跳着。"我不是混蛋!你得尊我也是,天才。"他终于大叫着,为"天才"两个字而面孔涨红,流汗,并且因为内心的甜蜜和甜蜜的骄傲与一定的怯懦而眼睛潮湿了。

二

北京的旧式小街上的生买,小的杂货店,"小卖部","乡佬店",小的副食品商店在它的平静与激动中进行着它的生活。顾客进出着,这一日的上午渐渐地深沉了。李学茹预备走了,但由于内心的波动,爱好思索的她仍然又停留着在想着这商店的情形,有兴趣地呆看着她注意到的时代并且继续研究着人们;她真的预备走了,因为腿也站酸了,但内心仍旧有波动,便继续站着,又买了少量的咸菜。王禾的腿也有点站疲劳了。但由于他今日没有什么事了,由于关心着他的朋友吴俊美并且继续对她感觉得亲切的兴趣,也由于在思索着可感触的,在荡涤里暴露着的这时代,仍然在站着。他替自己的站得久做掩护,便模仿着李学茹,也买了点咸菜。

他们感觉到的,观察着的时代是有着灼热与也有着阴影;是有为的,但面对着有着锋利的阻碍的力量;有着英俊与年青,充满自信;有多样的色彩,知识和文化增涨——在吴俊美身上表现着气魄。这店铺里,这进展着的时代是可感触的;它的货物架上的货品的美丽,它的整洁,也通过吴俊美和刘秀云的气势更显现出来。站在里面,想象着哪一类货品供给给哪一类顾客,哪一类社会的需要,而社会的律动,旺盛的获利也就被感觉到——这在李学茹和王禾都有一种愉快。他们陆续地真预备走了,李学茹向门外张望着,而王禾笑着看吴俊美,心中有着一种留恋,这时候吴俊美的离了婚的丈夫谢诚志进来了。

谢诚志穿着没有戴领带的西装和大衣,身体强壮,显出一种骄傲。他进来便摇晃了两下身体,和他所认识的秦风说话,而秦风便有些愉快地回答他。他大声说,他现在在酒厂里工作,名酒有外销,他的奖金和收入还可以。他停了一停,便问他也认识的王禾好,又问候吴俊美的升级,他说,应该升级的。他是酒厂的副科长,有些粗鲁,显出气势。他便脸色严峻,请吴俊美到外面去谈话。吴俊美犹豫了一瞬间出来了。他说,他想复婚;他又说,是吴俊美提议和他离婚的,使他遭受了损失,吴俊美那时有平反的待遇钱几千元,他希望吴俊美津贴给他一些。他说他这也说了多次了。他听说最近吴俊美的小的电气冰箱换成大的了,他希望吴俊美津贴他一个录音机。

这个时代有着经济繁荣中的金钱利用着机会活跃的飓风,谢诚志以前也有纯朴,他是被这种飓风刮走的。这时代有的人们的道义心更巩固,充满渴望,在已经一定建设起来的国家事业的基础上开辟新的实际的奋斗,和呈显着新的寻觅理想的形态,有的人们的道义观念却菲薄,心灵冷淡。谢诚志以前也勤勉,他是被社会活跃中的贪利的飓风刮走的,他以前也在副食业送货和当账房。他曾痛苦一阵,但也就改变成冷酷的了。秦风和王禾都在他和吴俊美的离婚问题上表白过他们的立场。秦风一直觉得这离婚是由于吴俊美的过分骄傲,好高务远,而维护他的朋友和有胆魄的英雄吴俊美的王禾则被谢诚志责备为"破坏"他的婚姻。和谢诚志回来的,有他的新的女友,烫着头发的,活泼而穿着紧身衣服,戴着红色耳环的黄晓。黄晓也跟着进到里面,对着副食店注意地,有些贪婪和骄傲地看了一看,又和谢诚志吴俊美一起走到门外来。秦风和王禾,包括发生了"爱管闲事"的性情的李学茹,也跟着到了门外。

谢诚志说,他很想和吴俊美复婚,如果吴俊美愿意,他便中断他和新的女友的恋爱和停止和她去婚姻登记,他说,她和他之间也是无所谓的,正如同这时期许多男女一样,他说,她还有点旧观念,所以来找吴俊美。他说,老朋友王禾老师傅和老上司秦风在这里,正好说话,在场的诸人会同情他的。谢诚志也显出会交际,他注意着对他明显表示不满的李学茹,他认得她,向她致意和殷勤地问好;在这一带过去他很谦逊,和时常碰到的李学茹而常常问好。他似乎恢复了他的谦逊,但他的表情中是有着一种冷淡了。除了他现在的势利以外,在他渐渐地街道上态度变得恶劣之后,于这副食店门前,李学茹也曾有点唐突和凶狠地表示对他的不满，说他这样的人没有前程，使他怀恨；也使于这交际中怀恨他现在参加个体户的酒的买卖有了一些钱，碰到了李学茹，便也有着在李学茹面前显身手的思想。他甚至想表示出来，他干点这种那种，比一个高级干部收入要多。小的副食店面前，北京的上午，几个人停了下来，这生活的戏剧进行着；谢诚志想表示他出人头地，而他是不太容易放开有一定钱的吴俊美的。由于激动，谢诚志便说到他想旧话重提，他说旧的时候他并没有很大的错，并没有当很久的"四人耻帮"的"红卫兵"。他还替吴俊美保存着老舍和田汉诸文人的书籍和刘少奇的书籍；也有外国的书，"而有俄国大的诗哲人普希金的，也有雨果文豪的圣母院，里面写修道女的，也有骚恋爱吧。顶骚恋爱的是一本英文豪莎士比亚的朱丽叶书。"他说，这些书没有什么意思，读这些的人不见得有办法。而他，现在收入不比一个"高干"差了。

"放你妈的屁什么骚恋爱的书，那些书正派爱情，你放你妈的屁胡说八道！你撕毁书说你保存书！"吴俊美说。

"但是你们这些书并不建时代，要建时代，建时代的是我们！你们又说读得懂这些书么。"

谢诚志的穿着红色裤子、灰色的紧身衣的女友黄晓，是个体户的售书户。她看看吴俊美对谢诚志说，那些书自然也是书，又对吴俊美说，她来这里没有什么意思，她说，她想亲自问问获得先进工作者称号，预备入党的，升了级的，冤案平反以来储蓄了钱的吴俊美。她说，如果吴俊美不和谢诚志复婚，话说肯定了，她便和谢诚志友好，否则便算了，因为她的感情是还没有确定的，而男女恋爱，就她说来，确定感情本身是难的。如果吴俊美将和谢诚志复婚，她则希望两人能津贴她一定的钱，算做友谊。如果吴俊美不复婚，她则希望吴俊美津贴谢诚志一定的钱，她也好有利益，而据她知道，谢诚志离婚是受了一定的损失的。她说，她的看法是很简单的。她又仔细地看看吴俊美。她表明她是热烈，简单，而且机巧的——有着凶恶的刀刃。

"你带着袖套的，很能耐的干才，也是英俊的人才。朱丽叶莎士书，我们也卖的，我是售书户，还有雨果怪人书，那些书里有崇高的理想，而谢诚志的瞎说他是酒鬼。"她说，显出一种景仰什么的沉思的表情，而后又回复为她的邪恶与俗恶的样式了。她又表明她是有着不少知识而有时有着什么"向往"的。

吴俊美看看她，沉默了一瞬间，——理想的女人吴俊美想着一些书引起的胸中的理想，——然后对谢诚志说，她是和他离了婚的，这是很坚决而且简单的，没有可能有什么复婚。她不给什么钱。她又说，她也读得懂外国的名著。

"我们也听说过那种杜甫，陆游宰相，他们也有流离失所，你们也有那种书，没有什么意思。"售书户黄晓说，"朱丽叶书我们也是卖的，里面有什么意境，人们介绍，描写的女人很美，男人也是美男子，你要买么，我可以找到。"她的脸上有凶恶的线条，但带着特别的热情说，表情里有复杂性，闪跃着一种什么向往或欲望。

"这是什么意思也没有的。"谢诚志说。

"好了，旧时的仇恨！"吴俊美说。

"老舍田汉几个老文人，那两人叫四人帮打死得很惨，吊起来打，有一个掉在太平湖里；书，没有什么意思。"黄晓说，她的表情里的向往什么的神情丧失了。

"那你为什么卖书呢？"王禾问。

"我们是我们种类的书。有些人读了甜心的，各类书是各类人的甜心。但是书也没有什么意思。"黄晓说。

"朱丽叶雨果杜甫书都没有意思。"谢诚志说。

"好了，旧时的仇恨！"吴俊美重复着刚才的话，说。

"你还坚持它们么，这些书？"谢诚志说。

"我说，"黄晓显出一种干练，再又突然显出一种景仰什么的表情。她表现出了在这社会中她的复杂性。"人们也有在书摊子上找寻他们的甜心。那些书有崇高的精神境界。"她带着一种严肃说，并且眼睛很亮地闪跃着，"这崇高的境界在你的心里，"她对吴俊美说，"所以你们和我们是不同的人。"她说着而陷入一

323

种惶惑的神情,呆想了一想。"在你们的心里。崇高的境界有甜心不同于凡心,而你们便从事建设,做事,在你们的心里。"她带着一瞬间的纯朴,看着带着袖套的吴俊美和王禾李学茹说,"所以你们是利害的,在你们的心里。我说,"她眼睛向上翻着,激动地想着,说,——想象着高尚的精神境界,脸有些红,"我们也致敬意了。"

"说这个干什么?"谢诚志说。

"你吴俊美是有这种建设社会的甜心,我是说。"黄晓说,继续带着她的复杂性,但不久便从她的有些纯朴的神情转为有些忧虑,而且有一种特别势利的凶恶,"你们是用于自我牺牲的,所以你付给谢诚志一点钱吧。在你的旧时的心里,"她高声说,"有高尚的精神境界。"

"这真也奇怪,也是道理。"吴俊美说。

"但你们这些又是社会的蛀虫!"黄晓更凶恶地说,"你们不要生气,这是另一种学义。你们头脑里是一些甜心,我说你们做什么,那是也有的,你们也不做什么,精神文明知识是头脑脱虚,而事是别人做的,是我们做的,所以你这先进工作者又是自己做的是……只是一时是这样的。"黄晓思索着,说。"事是我们做的。"她篡夺,说。

"这说的十分对极。"谢诚志说,"这些书,是一种累赘,你过去就是头脑糊涂,而做事颠倒!"他向吴俊美说。

"也当然,"黄晓又用力思索,因为她觉得前面说的难以很成立,这在她是常有的了;她又似乎还纯朴。"仍然人间有一种你们的高尚精神,所以是很好的。"她想着,又说。"津贴我们钱么?"

"这是重要的。什么高尚精神!"谢诚志骄傲地说。"那些书,一些人心里的甜心的理想,烧了吧。"

"我仇恨你谢诚志!这就是我说的话了。"理想的和现实的妇女吴俊美大声说。

看着这争论而内心有着兴奋与愉快的秦风便开始攻击吴俊

美了。他说,离婚是没有什么道理的。他又说,吴俊美现在还不错,也有成绩,离婚也可以说有道理,但是,如果不复婚,是可以考虑给谢诚志一定的钱的;虽然谢诚志现在也有钱,但毕竟他和吴俊美是共同生活过的,而且,是吴俊美提出的离婚。他说,依他看来,要强调一个理由,便是,吴俊美有着的这笔钱是反党案平反的补偿,在吴俊美和王禾反党案的时候,谢诚志还是和吴俊美共同生活的。秦风的谈话使王禾的内心战栗,因为,谢诚志在他和吴俊美反党案的时候,是很凶地敌对吴俊美,以致两人打架,而谢诚志是拿走吴俊美的大衣卖掉的。

"你可以停止了。"王禾便叫嚷着,捍卫着吴俊美。

秦风不理会王禾,他也责备谢诚志,说他有些耍流氓,有些过分了,而黄晓也不很对。但是,他看看面色紧张地捍卫着他的朋友和英雄的吴俊美的王禾老头和热诚地观察着市街的人物吴俊美的李学茹又说,今天本是开放的社会,许多旧的道德观念,也可以从新考虑,成立新观念,譬如说谢诚志和吴俊美这情形也合适于复婚,也就是譬如说谢诚志这堕落的市场投机者也可以是社会上"四个现代化"有能为的人,对有能为的人离婚,是不合适的;而他的生活受到的一定的损失,也可以经济上给予补贴,而不可以假设说是相反的,由谢诚志津贴钱。他说,现在的社会"一切"道理都应该有新的研究。秦风说着这些表现出他有热烈的意欲,想要干涉各种事情。他在这一早晨显示了他是异常热烈于一些思想的人,显然他是欢喜这些他称为"新的观念"的。——喜欢着不从正义考虑,而从不义者的实利考虑的"对事物的获得新的观念,是极重要的。"他说,他对这些是思虑得很成熟的。他又责备了谢诚志几句,而高声叫着,说谢诚志有点流氓气之后又说,他认为,谢诚志也还十分纯朴,并不是流氓,他很思念他的女儿,所以吴俊美应给予谢诚志的津贴要多些。他又说,黄晓的见解也是可以考虑的,因为,黄晓也因这些情形付出了感情,感情的损失现在也应该不但用友善的经济津贴,照顾,而且要用加倍的这种津贴来弥补。他繁复地说着而有着内心的对吴俊美的恶意——当年参加审判吴俊美时的仇恨与恶意。他在王禾和李学茹的严峻的注意下忽然有些对心中的热情不自信，内心战栗，但他沉着地，带着决斗的情绪又说——他这时极仇恨吴俊美——究竟平反的钱，在吴俊美，本是意外之财，心理上无所谓的，有几千元之多；吴俊美又仅仅不过是因坚持着对老舍田汉等文人的意见坐牢，并不是坚持更大的，伟大的真理；"吴俊美同志，"他亲切地高声说，"这些你的考虑，并不是伟大的真理，有些是应该放弃的了。"

王禾很失望。他原来抱着一种心情，理想，想要说服秦风的，然而秦风始用清理货物刁难吴俊美，继而和吴俊美相抗，现在又说这些，露出了他的锋利的牙齿。清理货物前，有一瞬间似乎殷勤而对人有善意的秦风不见了。秦风又温和地，带着他的坚忍笑着。他因为敌视吴俊美诸人坚持当年反对吴俊美的立场而增加集中了他的精神，而且凝聚了他的热血。

副食店的门前空气里有一种激斗的感情，热心的女干部李学茹严厉地皱着眉头。刘秀云慎重地，快速地，手里拿着一张包货物的纸，追了出来，对秦风说："我听说谢诚志是请你喝了酒的。"她说了便思索着要不要继续说什么，她用力地拉着她的袖套，工作帽上也粘着鸡蛋箱上的草，眼睛很亮，想着，用不着说道理，继续站了一站；他的工作帽上粘着的草很使吴俊美激动。她很快地奔跑着转回去。

"放你秦风的妈的屁！"吴俊美说。

"骂人！"秦风说。

"适合这样骂你！"王禾说。

李学茹嘴角抽搐，她似乎也觉得这样骂是合适的。而成为吴俊美这一句骂人的话的动力的，工作帽上粘着草的奔跑回去的刘秀云站下了，忧郁地对这边看着，又走了转来。

"放你的臭的屁，极臭的屁！"刘秀云对秦风愤怒地说，"我在店里听见你秦风的朗朗声，你欺与文人共患难者，想敲索困难者，从过去跨向未来者的钱！"她说，她内心激动，用这"跨向未来"的字样来形容着吴俊美,她觉得这样是合适的。

这时从店铺里朱美丢下顾客也跑了出来。

"你刘秀云参加骂人我有见解,我觉得你是也是有错误的!你有瘟散!"朱美说,虽然并不很同情秦风,但一定地不满刘秀云。她突然地激昂了。

"你有……"刘秀云激动,面孔,握着拳头,面孔与肩膀都颤抖着,还摇动了两下手臂与拳头——要开始对朱美的很凶的叫骂与搏战了。朱美也面色苍白,战栗着。但刘秀云和朱美对峙了两秒钟,便突然放弃了这一斗争,而飞快地、出现着工作的热诚,奔向屋子里去了。

朱美也走回店子里去了,两人互相看看;它她们便又继续工作;朱美继续着她的冷酷的表情。

在两个顾客走了之后,朱美便看看刘秀云。

"你不能打胜我的。"她说。"我不爱国的。"

"我想打胜你的。"刘秀云用着一种带着甜美的坚定又带着一定凄伤的声音说。

在房屋外面,谢诚志又说钱。他说,以前,吴俊美也用过他的钱。黄晓便点点头。

王禾老头又在咬动着他的牙齿。他是有激烈的情热的人,他是属于搏斗者的一类,是有着心灵的不歇的冲击性的人们中间的一个。他心中有着要为吴俊美殴打架的激动,在吴俊美杰出地战胜了秦风的要求清理货物的刁难,又在辩论中制胜秦风之后,他正赞美着他的英雄吴俊美。他不愿她落入艰险的境地;他带着想象的激动的情热,他的燃烧着的感情也使他要求着冲击。这有着搏斗的性情的人,他心中有着几十年奋斗生活的激动,他要为吴俊美,为他渴望的中华事业,为正义而奋斗。他徘徊了两步,走了开去又走回来,他想将他所感觉到的对秦风的敌意,对于在现代化中前进着的国家的热情,对于和他一样勤劳的他的同道者吴俊美的感情,祝福,期待,都表现出来。于是老男人迸发了强烈的,震撼性的激情。

"我和你拼击了，"他高举着手臂挥动着，对着秦风叫，"我和你拼击了！"他又再挥动手臂，对着谢诚志叫。"每个人都要对他的一生有一个看法！于此建设祖国的年月！振臂高呼！大声疾呼！请允许我说，于此国家重要的时代！我和你们拼击了。"老男人有些面红而耳赤，他的胸膛里他的坚贞的和吴俊美共患难并且维护她的利益的心跳跃着，像许多在热诚，坚贞的友谊中的人们的心跳跃着一样。由于他的崛起的呐喊，这街头呈显着一瞬间不平凡的状态，有一些人们便走近来，人们还有尊敬的表情。

"我赞成他的呐喊。"李学茹也震动着她的热血的心，高声地说，面孔有着发红。"虽然你也可以不必叫。"她又犹豫地想着，说想了解这老头的性格。

"但你过分了，你疯了，我并不在意有人支持你。"秦风说。"我也大声疾呼！"

"你疯了，你是过去时代有的狂人，落后者。"谢诚志对王禾说，"现在人们是讲理论的。"

"你是这样了。"秦风说。

"我搏击你们！我要呼喊的！"

"我要呼喊的，"秦风突然有狂暴的热情，大叫着；他也是内心有着激昂的人们中间的一个。"我不信你的！我说吴俊美可付出钱来，是我们这些人建设中华祖国，而不是你这王禾！我振臂高呼！"

"我十分愤恨，苦恼，痛伤，唉，我十分，我要用牙齿咬你！"王禾叫，面孔膨胀而发烧，但是在战栗之后他也冷静下来，虽然他充满着年青时代的精神，但他所说的激昂的话使他又感觉到一点疲乏与苦恼，觉得自己也苍老了，到了年龄了，似乎看事情看自己有所不切实了，和年轻人有距离了。但他心里痉挛了一瞬间，又振作起来，他不愿意于这种感觉，他又想再说话。

"你王禾老头你老了！"谢诚志忿怒地说。

"你是看我老了么？"被损伤了的王禾说，"你是偶然这么说的,我刚才是表示一种我年青的精神！我表示我年青的精神！"老人有着内心的激昂说。

"你看样子也可以不老,心很大。"谢诚志说。

"那我便说你是对的了。"老人愤怒地说。

"但是你总该让路了。"

"你不能让我退让的！我们说道理吧。"

"你们不能让他退让的。"在内心里也存着和这些人搏击,并且搏击很多敌对事物的欲望的李学茹,在观察了王禾之后说:"他,王禾,是表示一种年青的,不避让事的精神,我说是这样的。"

"你要吴俊美给你钱,而你秦风支持他,你们是丑恶的。"王禾热情地对谢诚志秦风说,"我谢谢街头这位女干部拔刀相助了。我有一分钟觉得老了我便伤心,我是要努力迎着你们带来的风雨,而和年青人携手,我相信,我和后时代的年青人融洽无间,我理解他们,我理解现代化的国家的,古老的国家年青化的心灵的跃动,他们年青人有鲜明的个性。我们谈吧。"王禾热烈地说,因为这是他心灵中的题目。"吴俊美是怀着精锐的思想怀着祖国永葆青春的理想而奋斗的,她的心是充实着热的血潮。"他又大声说,——老头子表现了他的顽固的,带着理想与幻想的性格。

"我们还是谈事情吧。"谢诚志说,"我说吴俊美还不是为几个钱？我不觉得她有什么真的理想。"

"老头子,我反对你,我也反对吴俊美。"秦风说。

吴俊美脱下了她的两只袖套,拍着灰尘,脸也涨红着看着人们。

"什么朱丽叶书总之是没有道理的,吴俊美,你说说呢？"秦风说。"你是理想什么呢？"

"你现在赤裸裸地和那几年一样攻击我们！"吴俊美说,"我理想……祖国繁荣,建设祖国,免去过去的苦难,而到达温饱的以上的情境,而人们都合家安康,老年人快乐,而少年有所增多的企望,不呆立街头而夕阳黄昏什么一种喇叭吹响,磨刀的喇叭吹响而有着酸楚。"吴俊美说,声音很响,平静,但眼泪流出来了,拉着她的袖套。围绕着她的生活发生的斗争令她激动,但也觉得一种雄伟的意愿和豪放。"你们看我是可欺的?"她说,用手指弹去了她的眼泪,"你们欺不成我,我还年青,像旧时代的刘胡兰一样挺着胸,就这么说,但要说这不是你们的时代了,我有我的老王禾朋友。"她说。"老朋友,王禾朋友。"

"再又谈到什么一种错综上去了。"秦风说,仇恨着吴俊美,"我曾看过一个外国歌剧,唱,我的心,心头小鹿撞动。我也心头小鹿撞动,不高兴你们又要谈几个老文人及一些什么了。我还说谢诚志对吴俊美也有十五的月亮灼照的思念。"

"我也是,"吴俊美的"老朋友"王禾红着脸说,"我也看过心头小鹿撞动,是看书上的,就是你说的朱丽叶书,朱丽叶书是说世仇之斗,我们和你们也世仇,而吴俊美爱她的理想。"粗糙的老头王禾带着他的仔细大声说,"我告诉你,我心头小鹿十万鹿蹄子撞动,你们拿不到吴俊美的几个老文人案的平反钱。"

"我也心跳着为我的理想,"谢诚志说。对于秦风的援助,和说到"思念",他是很愉快的。他相信他可以征服女人,他相信经过间歇之后吴俊美并不一定不在内心里对他存在着感情以至"爱情"的。但人们的谈话使他有一种自卑,也就陷入一定的内心的紊乱——他也想谈谈什么激情的话。

"心头的小鹿儿撞动,还有小鸽子,小鸟儿,没有什么意思。然而我也振臂说,我是为了建设祖国的,"他有些笨拙地说,觉得自己被吴俊美和王禾的那些文人书压迫着,"四化我们得胜的,不见得是你们。还是说钱吧,既然吴俊美升了级有了成绩,"他扬起很高的声音说,我也愿意交朋友的。他说了又忽然沉默着。他有着粗鲁,然而在说了"心头小鹿撞动"之后,心中这时既定着一种温情,和类似爱情了——还有,一定温柔的感情,发生了复杂的情形,似乎不想再向吴俊美要钱了。

谢诚志是一个粗鲁的,有着邪恶的人,但在他心里,这时也产生了一种幻觉的感情,一种激动,或比平日不同的感情;他受了吴俊美、王禾,和站在一边笑着,对吴俊美热烈,却沉默着的李学茹的压力了。这种感情的温和的律动使他沉默着,他便有了一种错综的心理,仿佛对吴俊美有着深的感情和爱情了。他还有见识,想到自己这是一种错综心理,但他觉得优美和自己欣赏。他觉得恨吴俊美,又觉得要和她妥协,向她让步,觉得似乎以前也没有的感情。他还有一定留恋这,在一种头晕的状况里沉默着。并且有点自己欣赏。

"也许这样吧,我来找你没有什么必要。……你是有能力的。"他说,从他的末一句话的声音里,人们感到一点似乎是真诚的情绪,他被什么压力所迫,觉得吴俊美是豪杰的,并且一瞬间也回忆及了自己过去在这一带驾车送货的良好的状态。

这时候黄晓看看他和人们,失望中有着增加的敌意了,她不满意谢诚志呈显的犹豫。她说,她并不相干,并不和谢诚志有什么恋爱关系,她另有对象。

"你怎样另有对象呢?"谢诚志不安地说。

"为什么不呢?"黄晓说,"他们是好那种外国文人书的,我们是另种书的,原来你并没有什么办法。"

"你是这样一种人,我真心痛。"谢诚志说,他突然啸吼起来而声音有着战抖,受着面前的情况的压力,心中有着对吴俊美的让步了,"我也说今天一个人要有点理想,你黄晓的这种恋爱观,经济观,势利,是有些不对的,"他说,蛮横的他在这错综的苦恼里似乎倾向于和这边的人们妥协了,心中似乎有着旧有过的感情的闪灼,"我真想改变了,吴俊美,"这男人说,想到吴俊美的为人豪侠和她的正直,有学问,从邪恶的心里似乎喷发着一种痛苦,"我能不能改正呢,但是,这是一种不必要的废置物,错综。"他立刻高声说,"我不受你影响的。你不英雄豪杰,我还是原来的目的。但是,"他又喊着,面色有些苍白,受着几种力量,其中也有社会的机会的力量的影响,他又说,"我不离开你的,我和黄晓也没有关系,我心中有着你理解的,你就知道的我的错综,这是结婚离婚有的名词。我的心理,"他激动着,"我仍然心头有小鹿小兔撞动,我仍然爱你,追求你,比以前更爱你。"他说着便一只膝盖跪下了,两手还在胸前张开了一个动作。但又站了起来,沉默着,奇异着自己所陷入的情况,想着,在他的有着粗鲁的心里,瞬间前发生的细密的投机的感情,但再又觉得对它们的否定,因为觉得不必要,而他也并不愉快什么温和,他便笑着,像顷刻前没有做跪下来的动作一样。吴俊美没有什么表情。沉默了一定的时间,谢诚志便又说,"我这些都是废置的,已经说过了,错综的人生有做一下假的必要,我刚才曾想问你只要少数钱吧,也曾心中善意,想问你譬如借贷吧。但仍然要一定的钱,录音机。我表示了我的世界观与感情了,你拿一千元给我。"

"放你狗屁!"吴俊美说。

谢诚志又喊叫了,他说他旧情复归了,从这人生的"一片刹",很是有着"心中的爱情",是有理由要代价的;他说吴俊美太无情了。"请回忆旧时结婚的时候,"他说,他还有着愚笨中的或什么样的情绪的尖锐中的对瞬间前激动的情境的依恋,周围的人们的压力依然加在他心上,他便颤栗着又一膝跪下了;心中这次没有投机,而是有着错综的对欺骗的依恋和什么一种报复的心理。他恨吴俊美的正直为人。他又站起来了,他站起来又有些面色苍白,觉得有些痛苦——觉得失败与丑陋,觉得没有能战胜吴俊美。他便因为仇恨想要扑击吴俊美了。人们制止他,他却说,他要和吴俊美单独较量,并不惧怕她升级当经理了;他说他有钱有地位,他的女人他管得着。他要从事"灵魂的较量"了。她的存款,彩色电视机,冰箱,洗衣机,录音机他都管得着。他大声说他也有着这些,彩色电视机还是十八英寸的,他说着并且摇晃着肩膀。他显出了野蛮。王禾喊叫起来保卫吴俊美了,但他并不畏缩,秦风也阻挠着他,但带着一种兴奋蹦跳与喊叫着。谢诚志又喊叫着,在仇恨的尖锐的情绪中要求和吴俊美相撕打和掰一掰手。他说他今天两次跪"丢人"了,要求打着吴俊美至少掰一手。特别因为离婚时是掰了一个动作的手的,他有仇恨:那次掰手未曾胜。他坚决要得到一千元。他便陷在一种骚乱的状况里,因为他这时确实因为吴俊美有能力,有钱,也有地位,而且长得俊俏而痛苦。他简直想消灭吴俊美。

"这掰手也是为钱。"谢诚志叫着。

"无论什么办法,都没有钱。"吴俊美说。

"你连说话都吃亏了。"李学茹激烈地说,"你不跟他掰手。"她有产生兴趣停留着,她又因长久不能走开,而有一种忧郁的情绪。

"但是请她吴俊美掰一掰手。"想报复他的不光荣的情况,维持他的男权的谢诚志说。

"他吴俊美!"黄晓意义不明地惊叹地说。

"吴俊美,你们就比比。你输了,"秦风带着他的继续有的兴奋说,"譬如你就给他几百元。"

"那是为什么呢?"李学茹激动地说,心脏膨胀地唐突地跳着,想要说很多的话,"你这人得多少呢? 吴俊美,他们欺侮你,你不要老实了。吴俊美呀,你一定听我说,你老实,这些地方容易受欺。吴俊美呀,唉!"看见吴俊美望她笑而向她移动了一步,她才停止了。

"我在他这敲索的钱的事上面有动摇么?"吴俊美对李学茹与王禾说,"他的丑态不是很明显,而那年打伤我,当然,我也打着他的! 打着你的! 没有用牙齿咬,不要嘲笑女人用牙齿咬!"她向着谢诚志说,她的声音在这街边很响地震颤起来,显得坚决而有力,而且有一种美丽。

"你说得很好!"王禾,赞美着各时候都有力量,现在也回答得很好的他的女英雄吴俊美,大声说,而且,做着斗殴的姿势,"我说,好极了。"

"你不能欺我,敲到我的钱,旧时代的女人,是一钱如命,维持痛苦而幽暗的生活,在历史的长画廊里,好像被洪水淹没,有的人强些,也惧怕各项鬼怪的势力,真见鬼呀,牛鬼蛇蝎环绕困难的妇女。"理想精神的妇女吴俊美的血液沸腾而心脏鼓动着,她因照耀着的理想而想到这，说，"旧时的妇女，会拼命，也会动摇，总之她们在洪水里淹没了，让毒蛇吞吃了。我设是能忍让，譬如我拿出我坐牢几年的补贴钱一百两百来图安宁可以不可以呢，我每月所用的钱也仔细，我还要留点给女儿，她在婶子家等我几年。"现实精神中的妇女吴俊美说，"我正是不可以的。况且我的性情不容忍卑污的丑物你谢诚志。王禾，还有李学茹同志，今日的他这异端人，异己徒的活动令我伤心了。"

"我看你是伤心了。"李学茹说。

"吴俊美啊！"王禾说。

"我并没有显露我的软弱，在这种事上，我也要坚持正理！对得起王禾老朋友和我们民族的奋斗，不让坏人占便宜。过去的年华，"吴俊美说，"男权的奴隶，苦斗的媳妇，也有那前菜园街的故事，不堪虐待而和她的男人掰手投奔荒丘而从高悬崖上投谷身亡的，何等的愤慨，何等的洪水之灾，你谢诚志引起我的何等的愤慨！我们离婚，我的人生道路清楚。我说的这是民族亘古历史的感怆啊，现在乡下还有着买卖婚姻，我说这没有意义，也有意义；我的母亲离去了，她就是凄苦半生，而我是在社会上工作的。"但是说着话的吴俊美突然地甩下她的袖套，而且想想又脱下了上衣，露出红色的绒线衣。她激动起来了，面颊战栗，显出分明的肌肉抽搐，笑了一笑。"掰手就掰手吧！王禾老朋友，你看呢？"

"好吧，"王禾说，他也面部的肌肉战栗，表示他对这个难以判断，但他总之是觉得他和他的朋友，英雄，又开始和敌撕打架了；他很受感动于吴俊美的脱衣服的豪放，迅速的动作。

李学茹看看王禾，有些忧郁地笑着。

"我看，也好吧。"好管闲事的她也激动地鼓舞着。"但是你要仔细，其实这是划不来的，"她有些脸红，因为她也想阻止。因为作为一个还高级的干部，她是要负责的。"吴俊美啊，真是！"她又懊悔地说。

"老王禾啊，老朋友！"吴俊美说。

"你们有你们崇高的朱丽叶书雨果书这些书,"谢诚志说,"你们得拿钱来,吓!"

"谢诚志啊,吓!"秦风说。

"我觉得没有意义。"黄晓紧张地说。

"有意义。"谢诚志说,静默了一瞬间。由于仇恨和强硬,和这一次相信自己的腕力,他便做着姿势了。

也由于仇恨和强硬,而且相信自己的腕力,吴俊美便也做着姿势了。她愤怒地弯了一弯腰,有点蹲踞着,异常戒备与认真,和谢诚志掰手了。谢诚志张开腿,做了扑击的姿势,他充满傲气和对于吴俊美的仇恨,他的两袋大衣和上衣敞开,摇晃着。掰手便进行了。

"我的女儿将从我而走向新时代,她有光耀前程的!"她说。"历史上的淹向妇女的横暴的封建的洪水好几辈子人挡住了。"

"没有你的新时代!我们是洪水!"

"老舍为骆驼祥子而呼吁革命,田汉歌颂白蛇娘子的正义,还有甲午之战的军士,丁玲号召妇女的新前途,我仍然要说。"

"你的荒谬的思想不是新时代!"谢诚志说。

"刘少奇为早年革命和社会主义而从内心的令人敬仰的艰苦的奋斗,他们学说是好的论修养。"

"这个由你说。"

"我还说你撕烂我的雨果书。"吴俊美说。

"那是这样的,那是不我国的人性,超阶级的人性!"

"你混蛋!"

"我要制服你!一千元!"

"混蛋!我败了也没钱!我这只是和你一斗。我渴望压倒你!"

"你和王禾是错的,活该这样,冤案就不该平反。"

吴俊美心中涌起了愤怒的激情和痛恨,痛苦,谢诚志的攻击引起了她的痛苦,他的两次下跪使她觉得受欺了,引起痛苦,于是掰手的动作便暂时停止了。吴俊美觉得和谢诚志要这样说话和说老文人书受欺了；她心里也有着一种错综的，复杂的感情，旧年的和谢诚志的感情在她心里闪灼着，那时候谢诚志有纯朴，粗鲁，他们有一定的时间感情还好，虽然时常也有冲突。她想着她那时也几次门前站着等他归来，想希望着和他度过平康的生活，虽然总也觉得又并不适合自己的理想。她现在心里便产生了一点感情，似乎恍惚地回复了旧时的爱情，一个妇女和一个男子，他们总有着青春时代的恋情，虽然有时带着幻想，吴俊美便也想到，她这几年来也有着个人的寂寞、孤独的痛苦，她便想到谢诚志如果不变成坏人便好了。她心中悸动而发生的一种软弱使她呆痴了一瞬间，她还因为谢诚志的这种吵闹而觉得一种羞耻，"丢脸"。一瞬间谢诚志也似乎再是她，一个诚恳的妇女照顾着，同盟着的人了。她看着谢诚志。

"你不能制服我。"她的较软弱的声音说，"假若你能改悔……"带有妇女的痛心的弱点的吴俊美用着有着虚假的声音说。

"我要制服你。"谢诚志叫着，但他也用有些软弱的声音说，"我能商榷着做一种研究……"

吴俊美继续羞辱和痛苦——在这大街上闹这样的事。她有点痛苦她的生活，她的喉咙便发热，似乎冒烟了，她的灵魂便有一瞬间的颤抖，古旧的中国的顺从的、忍耐的妇女的意识的袭击造成的一种颤抖，同时意识到自己心中的这种袭击的，因而有不愿意的情形，也引起一种颤抖。痛苦和恍惚继续了一瞬间，吴俊美似乎面临着她的严重的命运了，便似乎不再是她自持的了。但也只是这样，吴俊美看着过去有着纯朴的谢诚志变成现在这样了，主要的是现在她是这样了，她并不是需要着观察来恢复她的清醒，而是她在发生出来的愤怒中想到这一点，她发生出来对自己的愤怒，因为追究自己，她心里忽然又恍惚了一瞬间，有一种凄伤，便又像过去的纯朴的谢诚志的印象发生了影响，纯朴而简单的共同生活究竟也还是好的。

所以，带着奇怪的腔调，面孔有些苍白的吴俊美便又说：

"你不觉得为人改正好?"

"我不知道你说什么?"谢诚志,也带着他的投机的错综,聪明地说。

"他不知道说什么好。"黄晓说。

"你不要问他。"王禾对吴俊美说。

"对啊!"李学茹观察着说。

吴俊美沉默了一瞬间,觉得一种羞耻,这时她的心情进一步陷落,她在有点孤独感中羡慕夫妇和睦的生活,她而且觉得自己这样吵闹羞耻,"丢脸",所以,如同她后来说,灵魂在一种炼狱和陷坑里,她的嘴唇有些颤抖,而且她心中涌起一阵辛酸,似乎要流出泪来。

"你不觉得为人改正好?"她第三次作这种妥协的问话,并且幻想到能说服谢诚志也会是温暖的,虽然她知道这是不可能的。

"你依旧吧。"谢诚志说。

"你依旧吧。"黄晓激昂地说。

吴俊美研究着自己,她的心中还燃烧着和涌起着她读的文学书中的概念,她的强大的理想,灿烂的幻想瞬间前被蒙蔽了一定的情况了,她便再有着正直和英雄的情操,即再恢复那个理想的吴俊美。但她心中又痛楚,即刻便出现了相反的,实际的,现实的吴俊美,出于她自己的意外,她突然颤抖,由于痛恨,变得凶恶而泼辣了。她变得十分泼辣了。于是就出现了一个骂人能手似的,泼辣的,凶狠的,世俗的,粗野的人,也带着她的眼泪的吴俊美。

她蹦跳了起来,骂着异常不好听的话。吴俊美的这种错综便变成这样了。她又似乎是伪装着这样的,但这是真实的,不是伪装的,这里面有着痛苦;这不是伪装的,因为他原来就似乎有着这,因为,她这时觉得,说道理不能战胜。这是伪装的,这里面也有着一种痛苦,但这里面有着天才的闪跃。但她这时也似乎变成了极狭窄的妇女,极吝啬她的几千元钱。她的性格不是凶恶的,但她伪装为凶恶的。

她的喉咙变了,发出来的声音很大而且里面有着特别的尖锐声与特别嘶哑的声音。

"我放你妈的王八乌龟狗崽子狗熊兔崽子十九代祖宗娘的臭屁臭的屁!你狗种,蟑螂虫,屎粪的混蛋,我不能饶了你,正如同老娘我不能饶了那些统统欺负我的人!"她跳起来叫着,看看秦风黄晓,"和你们讲理无用,老娘我拳头上跑得马,几十年风霜,危难之处显身手,我老奶奶拳头上小指头上跑得马,胳膊上站得人!"

吴俊美燃烧着。她觉得这样叫骂,这样悍妇的情绪也是一种软弱,但是她燃烧着,也觉得这样的一种快乐。她觉得她是有许多伪装,(她的性格并不这样凶恶,)但她觉得她非这样不可;这样才可以击败谢诚志,而且——她觉得她自己真的似乎有这种狭窄。

"我揍你乌龟王八十八代祖宗!"她跳起来叫骂着,"我要对你再说道理我就不是好汉,与你拼击!拼击!再拼击!"

她就泼辣地要往谢诚志冲击,但是王禾老人拉住了她,王禾老人也放开了她一瞬间,让她于这稀有的威风中打着了一个动作使她受痛苦的谢诚志。王禾老人再松懈了一个动作,她便扭着谢诚志了,谢诚志摔不开她,她泼辣地吼叫着。后来谢诚志和她撕打了,将她摔倒在地上,她吼叫着,爬起来企图抓住谢诚志,又跌倒了,便带着她的凶恶叫喊着,痛苦着,也痛苦着她陷入的有些伪装;而她在地上腿部痉挛地抽搐和号叫了两声,终于爬起来了。

"我要是对你让步我就掉到河里粪坑里淹死!我要是让你拿走一个钱我就是混蛋而且不是娘生父母养的。"她叫喊着,再冲去,声音嘶哑又转为尖锐,这时她觉得她一直过分谦让了。

"你是文雅的外国修道女,你是假的。"谢诚志说。

"放你妈的屁我是假的。"痛苦,震怒,变得粗野,泼辣而凶横的吴俊美说,"我多么痛苦啊,狗崽子,"她又蹦跳了,而且张开着她的两只手臂摇着王禾而蹦跳着,这是她前所未有的,她蹦跳,号叫,一如市井的凶悍的,实际的,丝毫利益不让的妇女。

她跳起来又打着了谢诚志。但是面色激昂的她又突然安静了,很快地,几乎是不留痕迹地安静了;她好像瞬间前没有蹦跳过,她的文雅的灵魂呈显出来,而她便再恢复为她原来的有着文雅的妇女的样式。她沉默了一阵。旧的中国的,市井的凶狠的妇女的掷蹋着的魂魄突然擒获了她几分钟,而现在过去了。

"掰手!"谢诚志大叫着,"一千元拿来!"

吴俊美犹豫了一定的时间,决心斗争,她还想,假若她胜了,谢诚志便丧失了一种口实,便无声地伸出手来。

掰手进行了半分钟,谢诚志发出了叫声,黄晓发出排解冲突却又鼓舞谢诚志的叫声,吴俊美从她的转变情绪与沉默中也发出叫声,王禾也发出排解冲突的和鼓舞吴俊美的叫声,满意吴俊美。李学茹发出慎重的,窘迫的,但热情的叫声。

看来吴俊美要弱些了。

"我就是说我们天上人间的理想,那西风残照汉家及各家灵阙的古人以来的理想;"吴俊美停止了掰手,大叫着。她这时再发生她的理想的情绪,一定时候以前的凶悍的蹦跳不留痕迹地过去了,她是心灵中理想时常闪灼的人。"我为我的一切理想,老朋友王禾的理想,还有胡风、丁玲、邓拓诸人的理想,也邓小平的理想!"她叫着,她瞬间前的粗暴的蹦跳完全过去了。

"你不能进入新时代!"谢诚志说。

"我曾坐牢,是民妇犯妇,你谢诚志和秦风想对付我,我和王禾再和你们格斗。"吴俊美归纳着说,"王禾老朋友,对吗。王禾老朋友!"她便再张开两腕,使用着力量,抱着右手臂用右手掌击打着谢诚志的手掌。

"好样的!"王禾举起一只手臂,但带着紧张的注意与忧郁,高喊着说。他佩服吴俊美从她的突发的粗野再回到沉静的斗争里来的有着英俊的姿态。

"我为建设祖国,"吴俊美,停在她的捏着谢诚志的手的姿势里,说,"我为建设事业的商业纲目,我为繁荣的社会与青年人的美满的生活和爱情,婚姻——社会的美满!我认为正义必胜!我和你,你们,我们和你们,搏战于田野的宏伟的大都城,你们是侩子与恶徒!搏战于今天的社会经济商品繁荣之间,搏战于也还有的困难之间,搏战与科学信息和祖国各信息,搏战于奋勇劳动与钞票与账簿,凭单与你们的酒餐、送礼、贪鄙之间!"她用喊叫说出了这些话,她的喊叫使掰手的动作暂时停止着。她的喊叫停止了,她面色有些苍白。她虽然喊叫,但仍然呈现着思想与文雅。

"你是酒醉了,喝醉了那些什么酒!"谢诚志面庞苍白地喊叫着。

用力的掰手再起来,吴俊美再像男子一般地发出吼叫声。

谢诚志有一瞬间的惶惑和自卑,因为吴俊美显得有知识和会说话,而她在突发的粗野之后有着更文雅;但他又发生了一阵骄傲,因为他觉得他终于会经过惶惑在继续的掰手中间决断自己不需要这些的。他需要征服这个女人,他也有钱和有社会,但他有着痛苦了,在掰手的进行中的这一阵惶惑令粗鲁、狠恶的他有着的痛苦有着尖锐性,他觉得几乎他的生活有些摇晃了,他暗暗地觉得自己没有学问,并且,一瞬间想到自己曾是不这么丑恶的人,而且也一瞬间间变得有些蠢笨。但他的傲慢扩张开来便也把这一点软弱推翻了,在掰手的进行中他果然决断自己是不受影响而轻蔑这些的了。他的耳边响起了黄晓和秦风的助威的呐喊。

王禾也为他的吴俊美呐喊;李学茹这时离开了她的一些顾忌,也替吴俊美呐喊,喊叫,虽然她继续有些脸红,觉得作为一个较高级干部,她是要负责的。

掰手平衡,便停止了。

"不败。"吴俊美带着一种天真说。

"再来!"谢诚志喊。

伪装性情凶恶的吴俊美便又再摆开架势,伸出手来。

"我是一个犯男,民夫,民愚,民男,现在算是你们当政的。"

谢诚志觉得宣扬自己的哲学有威势,他也模仿着吴俊美开始喊叫了。但这喊叫并不持久,激烈的格斗中他觉得吴俊美的手腕有钢铁的分量,有内心的坚决和力量,他说的这些话便使他有所忽然的伤感,于是一瞬间他又想到他以前推货车前行,做账房,也有温和,正派的生活,而不像现在的行凶和投机。他想,他现在这些是没有什么的,但又觉得一阵眩晕,便甚至想抛弃这场战斗了,他的心战栗,苦恼,有着自卑。他心里又似乎有着他觉得是"爱情"的"错综"。这是他从市场投机经济名词里学到的。他迷恋地读一些恋爱与武侠小说。武侠小说也讲男女的心理,他有一种男人要凶狠和有时要有情的思想,于是他的心再增加战栗,苦恼,自卑,"我坚决与你格斗了,但也宽容于你!"这带着粗俗,而这时有着内心的细密的感情震动着的恶汉又大叫着,他竟有了一瞬间的摇晃,因为受着复杂的影响,而将伸出的格斗的手又收回了。

"我也可以不要你一千元,而你向我依顺了。"他大叫着。但是这武侠影响的心理也还是及不上现时的市侩与金钱、装扮的心里,于是这市场的搏击者放弃了摇晃他的肩膀,而用手搔动与整理他的头发,撩动与整理他的西装,并且从大衣里面的西装上衣里掏出一叠钞票看醉心地看了一眼——一瞬间是十分的醉心。

"你仍旧要拿一千元来,两千元,你的钱对半分!"这恶徒吼叫着。"你以为我要你的钱么,要是要的,是从心眼和感情里,是我们现代生活各种事计量算钱,你得给了。我有细密的感情为你伤心了。"他说,宣扬着自己,"我曾跪下,我是十分的伤心了。"

"你这是没有道理的!"激动的王禾叫着。李学茹也同样地叫了起来。他们目睹这时这流氓的猖獗,都有着刺心的激昂。

"但我的生涯是困难的,为了建设现代社会。"谢诚志叫着,"我可能进入法网,我犯男,民间一男伤心。我和你再搏击而倾我的全心一战了!"他叫着,他这时觉得吴俊美优越,是站在高处,而且似乎是司管着法律,决定着他的命运的。眼泪有些汹涌地流了出来。"掰手!"

"那就掰手!"痛心而愤怒的吴俊美说。她有些熟悉谢诚志的带着勒索性的极自私的情况,并且她观察他已变得更贪婪,有着更险恶的样式;他的全部活动的动因是他的凶狠的剥取。她有搏斗而战胜他的欲望;虽然她有些莽撞,——因为她只是一个妇女。

于是又掰手。

"我为我的一切热望与理想,而击败你的一切钱财核算的丑恶,缺人性!"吴俊美喊着和谢诚志掰着手,喘息着,但是又停顿了下来,急于说话,"因为我恨你,所以搏击!因为你的思想是我全身抽筋仇恨的,我所以搏击;因为我的全人格斗倾向于祖国和我个人繁荣到未来去,而未来是经济是丰富人性的进展的时代,所以我向你吼叫;因为我不甘心你在这里用你的丑态想逼迫我退却,因为我想扫除掉你的剥削经济思想而跨进我的经济的我再说是人性的经济进展的时代,因为我还代表我的老朋友王禾他要跨越他的年龄而到达新的经济和个性人格丰满的时代!"吴俊美和谢诚志掰着手喘息着,又停下掰手而且说,她的号叫也是一种力量,因为气势有力,所以掰手和谢诚志暂时持平着。谢诚志发出了两声凶恶的叫喊,骄傲地松了手摩擦着手掌而转动了一下身体,他还跳跃了一跳表示他的骄傲,大声喊:"一千元拿来!"于是吴俊美的脸色更强硬而严峻,并且异常冷酷,她也吼叫了一声——继续谢诚志掰手。王禾在谢诚志喊叫的时候身体前倾预备拖开和帮助吴俊美了,但她十分沉着地迫敌,王禾的表情便又转为对她欣赏和赞美的热情。吴俊美显出一种英雄气概,而谢诚志的身体侧歪了,秦风两手放在膝上注视着,这时便忽然叫了一声,冲过去将两人分开了,而因为内心的丑陋,觉得丑陋而脸色苍白。这搏斗是紧张的,以至于在吴俊美瞬间前将胜的时候李学茹也有些蹲下来,两手放在膝盖上紧张地看着吴俊美的手。这时的秦风帮助了的谢诚志向吴俊美扑去了,王禾迅速地保护他的朋友,将谢诚志拦住了,而助战的热情着的李学茹也发出喊声,虽然她觉得这是有缺点的。

"掰手归掰手,你败了!你胜了也没有一千元!"吴俊美说。

"我们为什么掰手呢?"李学茹脸红地说,"因为为了吴俊美所说的道理。当然掰手是一种野蛮,不过吴俊美有道理,吴俊美啊,我说你有道理,你有力量掰胜他,你就和他野蛮——我这种说法不对了。你就和他野蛮!"她叫。

这时候谢诚志却在和王禾掰着手了,由于王禾也是激昂好斗的,迅速地这场斗争发生了起来。两个人沉默地搏斗着,咬着牙齿,而吴俊美也蹲踞了下来,两手按着膝盖,看着他们。

老男人王禾的脸上渐有一种战栗,他从兴奋转变为渐有一种对于野蛮的格斗的反省的内部的情绪:他觉得不文明,全身筋肉膨胀也不适合于这周围的建设的环境,和这时的进展着的国土,于是在他的心理发生了一种柔弱。他便瞥了一眼周围,看见李学茹的有些发红的,也是憎厌着野蛮的脸,和周围的房屋,副食店的冬天的玻璃护门,还几乎抬头看了看天,看见天上的白云——似乎是,他觉得有白云,他便觉得这行为有缺点了,便心中鼓动着正义,想提议停止下来谈论,又甚至想检讨自己说自己的动手也属于有缺点——但他又充满搏斗的欲望,觉得必须强调说,他是为了防御。他心中激动地敬仰着他的女英雄吴俊美和也敬仰着在一边相助的、热烈的李学茹,他觉得对不起女干部了——李学茹这时已从她的战斗的情绪里转变一些,觉得她的责任,在烦恼地喊着停止了,高喊着:"文明!文明!"可是谢诚志不理会这些,他还显出更多的骄傲与邪恶,将向他猛烈地扑击的王禾老人用力推开,而扑向吴俊美捏住她的肩膀。吴俊美仓促地迎击他,然而他很猛烈,想要掰弯吴俊美的腰;吴俊美用力防御和攻击,也有点掰弯了谢诚志的腰了,她再发生了她的野蛮的攻击力量,她力量相当大,但是谢诚志又掰着了她的,并且开始绊腿。吴俊美也想绊谢诚志的腿,但是只绊着了一点,王禾从旁侧奔过来想拉开谢诚志,谢诚志已经得胜,将吴俊美绊倒在地上而且扑上去了。他是一个恶毒的人,是这时的街市行凶者中间的一个。这时候像箭一般从副食店的护门里奔出来刘秀云,当王禾正在推着谢诚志而吴俊美将要翻身,而猛烈地攻击着谢诚志的时候,刘秀云便用手指抓谢诚志的脖子,使他发痛,而吴俊美翻过来了,用拳头击着谢诚志,虽然她又痉挛着想要撤退。

  当吴俊美和谢诚志格斗着,也有着掰弯了谢诚志的腰的时候,李学茹曾很紧张,高喊着,"当心!当心老吴!"她奔跑着但不能拉开他们,她冲突着,看见吴俊美并不败,又转为战斗的鼓动的情绪了,她的性格似乎使她不得不考虑这场吴俊美有点优势的战斗,她的热情使她这样了。当吴俊美被绊倒的时候,她急忙地在吴俊美的周围转了一圈,而高喊着:"注意,当心!起来!起来!"而蹲下来在谢诚志的身上推了一推。并且用拳头捶打他和站起来踢他。

  发生着较凶的格斗,谢诚志向刘秀云扑去而刘秀云避开了。但是刘秀云从地上抓了许多灰往谢诚志抛着,虽然她也有些痉挛,想撤出这场格斗,在这格斗中,李学茹带着笨拙和犹豫跑着掩护着刘秀云,而野蛮的谢诚志终于推开李学茹抓住了刘秀云,和她绊腿了。刘秀云撑起腰来和他相扑击,防御着又反攻和他绊腿;王禾老头冲上来帮助,被谢诚志抱住了,于是谢诚志便和王禾在地面上几步宽的地方推来推去地相打着。最后谢诚志又扑向吴俊美,吴俊美也就在几步宽的地面上和谢诚志相扑击,互相推着,绊着腿。谢诚志野蛮,人们不曾击败他。

  李学茹和王禾都因这场战斗而有着痛苦。秦风在啸叫着,假装拖拉着而黄晓在紧张地盼望谢诚志胜利。李学茹的痛苦在于她激情地卷入这场撕打架,她心中犹豫了,不满意她开始时的鼓动喊叫,虽然她也暗中愉快打着了谢诚志几个动作,这场撕打变成在她看来是有着丑的,难以收拾的了。她想拖开吴俊美,但她心中又仍然蒸腾着愤怒,又喊鼓动口号了。她便呆站了一站,着急而叫啸了。

  "多么令我痛苦啊,你这要一千块钱的是多么丑恶啊,你吴俊美哟!这情形你这谢诚志怎么敢进攻!你居然敢!居然这样!吴俊美,不客气,和他打,打!……但是吴俊美,不打!撤退!"

李学茹又显出负责任焦急。

"你怎么敢!在中华人民共和国你居然敢!哎哟,多么令我伤感,你吴俊美,他打着你了吧,你年轻人姑娘,你又冲上去好不好呢?"当刘秀云奋勇冲向谢诚志的时候,她叫着,"你冲上去不好吧,也好,你冲吧,冲吧!——我也要冲了,我成了指挥官了,而他们那边有啦啦队!"

她便回头看王禾。这时候,王禾突然冲上去和谢诚志相打,滚在一起,而被谢诚志推开了,王禾显出一种冷静,有着丧气,蹲在那里了。以后他痛苦于他的不成功和他的朋友和有膂力的粗鲁的谢诚志的决斗。他觉得这是现时的江湖恶汉和忠实的女经济从业者,售货员的决斗;他觉得吴俊美是说了很动人的话的;现时的经济的进展是进展往丰富的人性去的。未来的高耸的境界似乎在这有些卑俗又很是清高甚至有孤高的被打而内心有痉挛的老头的心理闪跃了一闪跃。但他很痛苦他的英雄从事这种困难的决斗了。他有温和性情,觉得这相打有些丑,而且,现时的金钱的江湖恶汉和现时的经济从业者,有思想的建设中国经济的湖与海——王禾这样想——的好汉吴俊美的格斗,吴俊美有着损失利益了。但他又因为吴俊美现在也似乎可以有胜利,在刘秀云的援助下,打着"这个狗崽子",而在伤感地观望着。吴俊美和谢诚志继续相抱绊着腿。

"你王禾蹲着啦!"李学茹说,"你上去呀,拉开呀,吴俊美要吃亏了呀!"

"这是要亲自上阵的,吴俊美亲自的,不至于败的,这是决定当今的经济和人性的一场——这总之是一场有意义的决斗。"王禾阴沉地说。

"不要打了!"李学茹叫着。

"吴俊美不怕的,她能胜利,这是必然要打的一场战斗,决定一种经济和人性。"王禾讽刺地说。

"决定经济和人性！"已经站在一边的刘秀云这时叫了起来，显得凶横；"你秦风的许多见解和你谢诚志的见解，你们以为投机金钱是有着功益的，人性是有应该灭绝的，而你吴俊美的见解，正直使用的金钱是有着功益与更大的功益的，金钱为未来的人性的进展！我年轻人站在哪一方？我这次不是做古怪样子，你王禾不要怕，我和你谢诚志相打了。"她便冲了上去。

刘秀云带着一种莽撞，她因为仇恨吴俊美的被袭击和秦风黄晓的呐喊而激怒，同时，她激动于老人王禾的带着讽刺的声音，便又向谢诚志冲锋了；而这时候黄晓上来相帮谢诚志，拖拉刘秀云，拖拉中和她相撞而吼叫起来——黄晓仇恨刘秀云这时的正直和傲岸。她打中了刘秀云一个动作，刘秀云推她，她又打了一个动作，于是引起还击，刘秀云和她便也撕着相打了。两方情绪都激昂高涨，抱在一起撕着而在几尺宽的地面上绊起腿来了。黄晓很凶狠将刘秀云的脸抓伤一定的地方，刘秀云便心中涌起愤怒的激情——终于刘秀云将她压倒在地下了。

李学茹便惊慌着这局面扩大了。

投机市场的恶汉和商业经济的从业者的格斗进行；内心有着沸腾的热血的刘秀云渴想全国范围国家的和正直的商品的胜利，这是这时候她的感觉，她因她的这种思想而一直敏锐地反对着秦风等的金钱的投机见解，如一切对立的见解一样，互相之间闪灼着针刺。她便成了吴俊美的侍从而从事扑击了，虽然对于从事撕打，她也内心有着痉挛性的冲突。格斗进行，当李学茹来拉她的时候，她被黄晓压在地上了。李学茹用力推开黄晓，黄晓很尖锐地，心脏战栗地反对着对于投机、享乐、懒惰的攻击，她觉得面貌忠实的刘秀云的表情里充满着这些。

李学茹拉开了这个撕打架，刘秀云站着，站了一站，哭泣了，而且伤心地哭泣了，摸着她颊上的伤。

"投机的无人性！"她说，"你打我了，你们金钱势利果然是凶的敌人！投机渔利份子，我觉得伤损了我的理想。"她说，她说了理想的话而这时有害羞，所以又说，"我说了害羞的话了，我是十分的伤心！但是我们人们是要到未来的进展的正直灭投机的社会里去的！我也要发展金钱！很多金钱是正直的，我喊！"

而这时有着侠骨的王禾想着他的英雄吴俊美击了谢诚志肋部一拳成功的时候，跳上来拦住，想拉开谢诚志和吴俊美。谢诚志强硬，王禾心中便发生了豪壮的情绪向他喊叫，和他搏击起来了。他的鼻子上却挨了谢诚志的轻轻的一拳。

"金钱是正直的人的！金钱要隶从纯洁的心灵！"吴俊美响应着她的搏斗的伴侣刘秀云，心中有着说原理的冲动，喊叫着从谢诚志分开，喊完了之后，她便过去注意地看看王禾的鼻子，又走回原来的位置。

黄晓在被李学茹拉开之后战栗着，她很是愤怒着，心中激昂，认为敌方是不对的；她被这场撕打所引起的投机的金钱与为人性所使用的正直的金钱的题目所刺激。她还是爱好一些逻辑的。她而且经营书摊在这上面有着虚荣心。这时她情绪高涨，她心中再搏动着一种异于她的日常生活的激动。于是便形成了她的一面撕打一面说她的原理的情况。

"我已经说了吴俊美和王禾你们的一颗甜心，你们的那些书，"她高声喊叫着说，表现出她是争夺着市场的语言的，她狂热于她的原理。"我是指的高尚情操，我不那种甜心。我个人是自立的人格，我现在恨刘秀云的这种猖狂。我不你们的甜心，商业经济与金钱的还说到未来全都进展的人性。我们是俗性。我和你刘秀云打了，你喊，金钱在人性的手里是仙女，你是这个意思，我说它是我有享乐的人生！在妖魔的手里是鬼怪，学问家说。我恨你伤心戏弄人们的感情。"她看着拎着眼泪的刘秀云说，"我喊：金钱是投机的！我仍然要和你打架。"她又有着觉得力量的足地衰弱地说。

"我也觉得不可以这样哭，戏弄人们的感情，"秦风说，他觉得他这一方面黄晓的道理是重要的。他的心里也鼓动着热血，被这场冲突的两方的原则所触动，而觉得金钱，经济是机巧的是很是有道理的重要的原理，而人们的商业经济与经济连着人性往进展的未来去的道理,人们所描绘的,灿烂的经济与人性的未来的盈满,是他仇恨的。对立一方的激昂引起他的机巧哲学的激昂,以至于他很认为机巧哲学是正直的,他觉得,尤其往未来去是不合理,世界不这样结构的。热情中他对那些完全是看不见的,他觉得黄晓的话是很是正确。"我觉得一早晨到上午你吴俊美骄傲,而王禾称霸,你这位女干部也得意,但是社会的事实是事实,"他热情地说着,"经济是一种投机,这样便建设社会了。人性的经济,那是没有的。"

"你们的商业不发达的。"黄晓说。

"我们发达的,我们的经济有正直的灿烂的原理,人的心是在消费上是正连着理想的,我们的经济也是百灵鸟——消费,"理想的妇女吴俊美隐去了一些她的动武的思想,而思索着,撕打停止着,她心中发生着对于不久前泼辣的恶吵的不满足,发生着人们经常有着的说原理的热情,"是渐渐要减少连着困苦的,而消费的力的增涨,我说连着人性的进展。"

"消费力的进展!"王禾有着热烈地但又有些阴沉地说。他心里压制着他的说原理的热情。

"我对消费力的市场增加而心醉了,"怀着理想的妇女吴俊美说,她的心脏鼓动着,使她忘记了眼前的撕打了。"但是,渐进展的是建设的消费才对,我并不因为消费的进展,货架上的红绿色彩而简单地醉了。"

"甜心的理论。"黄晓显出一种疲乏,说。她在思索着,由于想要说出她的道理,她也暂时地忘记撕打了。

"我是说消费者购买者是广大的居民,我反对投机!"刘秀云说,思索着,假想到要撕打。"你打伤我了,我打倒你,你凭我的原理打倒你!"

"那我再向你进攻了。"黄晓放弃她的思索,说,"我是投机哲理的,投机者建设——自然发生着社会,你们自然卖力的。我再向你进攻了——我从来没有这么通畅地发表我的道理,"黄晓仍然依恋着她道理,说她的内心又陶醉于她的宣讲,她愈想愈觉得这现在色彩有着灿烂的世界是金钱势利的投机造成的,"你小的响尾巴鱼没有办法的!"

人们相打,又沉浸于自身的理论思索,攻击,而处于有些奇特的状态。黄晓惊觉而且又得意于说了原理,猖獗起来,撕打又要再起来——她握着拳向前了。刘秀云握拳向前冲击了,因为她也发表了她的原理了。她因黄晓锋利而心中激怒,但冲到黄晓面前,在李学茹的紧张的吼叫声中她停止了。她的胸脯靠着了黄晓的挺着的胸脯。她有一种心痛,觉得自己有些力弱,幼稚。她因婚姻问题而和高级干部的家庭闹翻,也被她这时想起来,而有着一定的心伤;为原理而斗争了,为自己所喜爱的——此时的投机市场和金钱投机的理论使她心伤。

但是,胸脯挺着顶着刘秀云的黄晓也停止着,她也有一种孤单的、力弱的感觉。这种感觉突然起来。她觉得刘秀云的一方是有着强大的,而她,遇到了陌生的,异己的,敌对的事物的力量,从她的猖狂似乎有些清醒了。这些"甜心"的人们是有力量的——她心理惊诧了一惊诧,觉得敌人的存在。但随后她又不觉得敌人的存在了;这女书商膨胀起来很快。只是她的凶暴转为轻蔑了。

"你居然为什么金钱是你们所用而流泪!我们的,金钱是我们所用的!而你们这些人自自然然地会替我们建设社会。"她说,而且抱着手臂徘徊了一步。

刘秀云有一种痛苦和失望,觉得自己简单了。

"哎哟,我遇到人的冷漠与人生的困难了。"

"我们时常遇到的。"吴俊美喊着说,看着谢诚志。

"我是主张投机的人生的!滚吧那些你们的甜心,"黄晓骄傲地说。她再表现出来她是猖狂的和会啃咬的,是这时市场上的凶悍的人物。

"我也说,"走出护门来的朱美冷淡地说,"听你们声音很响,大婶在照顾了,我说,顶有意思的。"

她专注地,集中精神地,愉快地看着,等待着听到格斗的双方的意见,而希望谢诚志有一定的胜利;她也有敌对黄晓,但她总不愉快于吴俊美。

"我也是主张投机的人生的。"秦风说。

"我正是这般主张的。"谢诚志有点凶横与嘲笑地说。

"我主张投机的金钱与人生的凡性,而秘去人性,它是心中的机要,封死起来,是我的优美,像一本武侠书里说,"黄晓说。"人性只能是这般秘的机要,而我还没有它,无所谓秘去,而凡性,投机性是本来社会建设的原理,金钱,不认六亲与故旧,不陈腐,也不结交不凡性的人,我说是我打架要说的!"黄晓说。

王禾便反驳她的丑恶,但是秦风和谢诚志继续叫啸着赞成她。他们显得十分猖獗了,而李学茹和吴俊美、王禾也有些奇异地、发痴地听着。而朱美带着她的沉醉,注意地,发痴地听着。

"我主张黄晓所说的,吴俊美,你听着了!"谢诚志说。

"她说的有一定对,我赞成。"秦风说。

朱美有一些头晕。她不觉得黄晓的言论对,但觉得这时她有一种援助,而且觉得这有一定的优美,但是内心又有一定羞怯,因为认为很多地赞成这有些过分了。她所以便发生了一种恍惚的沉思。

王禾有着苦恼。他一上午想战胜,而帮助他的英雄吴俊美,但现在人们公然地宣讲反社会的原则,而围困住他了。他是有着自任要在这里战胜的。

李学茹也被这局面惶惑着,耽搁着,她沉醉地站了很久了,但仍然站着。

刘秀云也有些颓衰的沉默着。

朱美站着,有些身体摇晃不安,抱着手臂又放下,看看远处又看看人们。她想摆脱她对于黄晓这女书商的言论的一定的心醉,而想到瞬间前深圳鱼干而有的感情,但这时她又想反对这感情。因为吴俊美也有一定的吸引她的力量,所以她便十分不安了。

"我说人生的利益,人的一生,是在投机中度过,在心灵中藏着甜心吧,人的一生,是无所谓正义,而只是幽与冥里,投机的。"黄晓又说。

"你说得过火一点了。"朱美有些沉醉地说,带着她的欣赏。但脸上又有着严峻的线条。

"人的一生是这样的。"谢诚志说。

"人的一生是这样,不是么?"秦风说。

"所以逸乐,享受,欺人几分,是重要的,而市场上要像刀剑下一样不留情!人生是投机的金钱的组合,谁有金钱我跟谁去。"黄晓说。"而你们的崇高感情,"她对吴俊美说,神情里又闪跃着一种似乎是迷惑的对于什么的向往,一瞬间这又不见了。"我以为不佳。"

"你说得……过火一点了。"朱美继续有些沉醉地说,看着她的脸,内心有冲突,脸上有着严峻的线条,但却欢喜听见这动人的,有些迷人的女书商的言论。

"经济商业市场不联什么往未来的什么人性的,人生是一场梦幻,你不及时地往经济机巧吗?机巧才是建设社会的,流星转动的。"黄晓注意到朱美有着恍惚,便又热情地于她的有些胜利中宣扬说。

"但是你说得也许有些过分了。"朱美有点沉醉地说,脸上有着凶恶的线条,她突然由于内心的冲突,由于或种的严峻与妥协的冲突,与幸灾乐祸的愉快,而流泪,流着大颗的眼泪了。

"我说得不过分的。我说,甜心各自藏在心里。"黄晓说,看着朱美,她显得骄傲,她的缎子棉衣在冬季的阳光下闪着光辉。

"你说的有对的。"朱美说,继续有些迷惑地笑着。但流泪哭着,她又由于一种似乎超于两方的论争的优越而激动着。

"我说,人心重要。"谢诚志看看朱美,说。

"我说,机巧是对的,不过分恶。"秦风说。

"我说,机巧与金钱,此外,在心里藏着甜心,我也藏着的,但我想,我藏着是假的,自然,我也可以藏着。"黄晓说,脸上又闪跃着一种向往的神情,但这种向往的神情是恶毒交织着的。朱美的流泪也鼓舞了她。

"你说的是不对的。"朱美说,"你有许多也有道理,但是过分了。"她擦着眼泪,仍然带着迷惑,说,有些窘迫地,讽刺地笑着,用极尖的足尖敲了两个动作的地面。

"朱美与刘秀云,请你们进去照顾柜台去了。"吴俊美说,带着严峻看着朱美;朱美终于于迷惑中说黄晓过分,不对,对于她,她觉得也是一种援助。朱美于困惑中觉得人生的机构,依照黄晓的,会是黑色的死亡,但是吴俊美们也过分了,而黄晓许多是可以同情的;她想,她不愿为恶,也不能为善。她的心里的也有原理性的激动,因此她有紧张。

"我觉得,你黄晓打着我了,我仍旧要和你理论。"刘秀云说,便进去了,朱美变得表情冷酷,也跟着进去了。

"哲学会开完了。"王禾阴沉地说。

"你吴俊美仍旧拿钱来!"谢诚志说。

"我向你致敬。"李学茹对吴俊美微笑着说,因为觉得是抢着说话,所以她的微笑有一种窘迫——她的心中又有一种冲动使她想要说话,"我不同意你。"她向黄晓说。

"你不同意我,但是你不能不同意一种物实体的实在,我记得有学识的恋爱小说这样说。你有崇高的理想,"黄晓脸上闪跃着一种似乎是崇敬的表情,似乎是谦虚地说,"崇高的理想是多么好啊,我很愿放弃自己,"她带着一种类似迷惑的神情说,"真的,"她带着甜蜜的声音说,沉默了。这女书商有一种妩媚的姿态,似乎有着什么样的精神生活。但她随即讽刺地笑了一笑,再转为很恶毒。

"你很有意思。"李学茹说,激动着。她想她是一个闲人,早晨在这副食店观察着灼热的社会很久了,她应该在人们撕打安静的时候走开了,但是她这有着特别的感情的闲人仍然不能走开,而且使她自己也意外地,再一次地卷入冲突的漩涡。她的内心因继续的对吴俊美与王禾的友谊,钦佩而灼热着,这时更因对黄晓等的人生黑暗的"原理"的憎恨而灼热着,"你不能不同意我也是一种实体,物实体的实在,我们试试看一种辩论呢,我觉得我的话,我的原理,是能制胜你的。"

"你不能制胜我们,因为社会是这样的。""你的崇高的理想是多么优美啊。"黄晓用渴慕的声音说,又冷淡地笑了一笑。

"你欺侮我。"李学茹狠恶地说。"我要制服你才行,我着急地说了,我的原则是,现时代还是正直地经营各自的事业,人生,领衔着社会,而不是你们领衔着社会,我觉得,刚才的那女售货员姓刘的,和你王禾,陷入一种悲观了,似乎他们占优势了,但我觉得,你吴俊美似乎还坚持着的。"

这街头,当代金钱的江湖好汉呈显着江洋大盗的气势,他们的和商业经济的勤恳的,有着他们的江洋气概和理想的从业员的决斗,又引起了好管闲事,观察社会,热爱英雄事绩,而内心有着深刻的激情的女副局长李学茹的激情,她便说较多的话。

"你们是不对的。为什么不对呢?社会的建设的规模说明你们不对,为什么它说明呢?它是患难中过来的人们的气势;但你们的气势仍旧很高,可能是损了一些建设者,然而,"激情者李学茹又突然愤怒地大叫着说,"你们的损害是不是令人悲观呢?……真引起一种忧思,"她又放低了声音说,"从你们的气势看,我是不是有一种趋趋的悲伤呢?"她说,并想到她的市政建设计划局的工作。

"你说很多的问号,很多的'为什么呢'的问题话。"黄晓说,"你是心中并没有把握的。"

"你是会遇到一定困难的辩论的。"秦风有着兴奋地说。

"拿钱来。"谢诚志问吴俊美说,"一千元。"

"但是能拿给你么?你是令我沮丧么?我倒要想一想,我研究反辩你成功不,经济不连着正的人性和未来美妙的理想么,我至少是一种物实体的实在——我说着辩论不过你,我也是一种物实体来阻挡压住你们!"吴俊美说。

"那我说你是高干吧,你干涉谢诚志得吴俊美的钱,你不一定不是螳螂挡车的。"黄晓对李学茹说。

"我要和你辩论的,在人心的正义方面,我为什么不和你们论辩呢?"李学茹愤怒,面色苍白地说。她便较长地、激动地说着,也说到国家的纲领和法律与法网。她激动地说着而一面想着,她犹豫着想走开好几次了,却仍旧在这里当着闲人管闲事,而受到了一定的挫折了,她也有不必管闲事的观念,她现在便一直成为今天上午的值得讽刺的闲人了。她虽然热烈地说着,但心中想着她说的不一定有用,许许多多是生命的浪费。她早该走开了,却在这里说着似乎是废话。但她又热烈,停止不了,又不觉得这是废话,而热情膨胀着。她想她是奇妙的闲人了,像她这样在副食店及其街头停留的,内心冲突,想见义勇为又觉得是琐碎管闲事的闲人,她觉得是有些可笑而并不多的。但她又觉得,她这样在这里也似乎发现了一种哲学,而进行着为真理的奋斗,也非常的有价值,但她又想着,这仍然是她的性格有着爱好幻想,虽然旧中国的习惯"少管闲事"是不对的,但生活,社会,各都是激烈的人,事情并不能那么简单。她一面激情沸腾着,一面又脸上时时出现一种冷静的表情,在衡量着。她极激烈地发言,说到她不是螳螂,又说到即使她是螳螂她也不怕,也做螳螂,但又觉得这样不符合事实,面前这些歪人并没有太大的力量;觉得她自己比做螳螂损失利益了。但是她又愤激了,因为谢诚志们气焰不小,她便又似乎头脑恍惚了,再说话中将自己比作螳螂了。随后,她仍然不再比螳螂,离开了这一陷坑,而设想着自己是喷着火焰的强大的车草撵,向着面前的这种杂草冲去,觉得击败他们了,而心灵舒畅了。她的说话能力很好,她也确实有着力量,在假想的谦虚之后显出了气势,用她的威严起来的声音,说着国家的建设的正直的真理,有着一瞬间瞥见患难英雄的前人和将来奋勇而聪明的儿孙的雄大的气魄,在啸吼着。女干部发生镇压的力量了,她觉得满意自己了,但这长篇的叫啸中,她仍然脸上有一瞬间和一瞬间出现着一种冷静的沉思,她想着,她在这里像一个大的风车一样欢快地搏击而转动,这一切有良好但她也有困难;"闲人"耽搁得久了,这些时间到底有没有太多意义,这种观念仍然在逆袭着她;她的这样的形态是不是很合适这一观念也在袭击着她;但她也在想着,她的这犹豫的一闪是否是来自中国的旧的冷漠的生活的观念的袭击。她想,她可能在这里是耽搁了,但这种想法这时候在遗憾的情绪以外也是带来快乐的观念的:她的奋斗是必要的。她想,她这闲人在这里和人辩论的时候,假如回去,可以洗一盆衣服了,她今天预备洗衣服的,因为保姆有一些衣服洗不好;她假如回去,可以看儿童的功课,作业,而给他预备一课书了;假如她回去,她可以编织好明春需要的绒线了,她还想自己学着剪裁一件衣服,也许跑一趟裁缝店。然而,这些虽然闪跃着,她仍然觉得这里奋斗的必要和继续严厉地说这话。

她因为对吴俊美发生的感情而不离开,而严厉,于是她作为"闲人"想着的她这时想作的家庭的杂事也就具有另外的和鼓舞的意义;她便判断这样冲击是值得的。她要协助吴俊美。

"我们是螳螂么?你们是螳螂!"雄辩的李学茹又回到螳螂的命题,金钱的江湖好汉和这中国这时的售货员吴俊美的格斗,在王禾的激情的参加以外参加进来李学茹的叫啸。"我们是你们所说的不足道么,我们是雄狮!"李学茹说,"我不服气一定要争回这一口气,我们,她吴俊美,王禾和那小刘,我们人性的,超越而飞翔旧时代的建设的经济直到未来的春风再春风,我们有高涨的人性,涨潮的是我们雄狮,狮子,"觉得雄狮是男性字样了,她便说,"狮子","我们对你们啸吼。"

"你这位,本也是闲人。"秦风说,冷笑着,"自然,你是顾客。"

"我这闲人就是这样的!我要和你辩论!你这谢诚志,你能想得到吴俊美的一千元么?你刚才掰手,打架,是十分的可耻!"

"你太凶了,太会说话了。"黄晓苦恼地说。她很尖锐而有时嘲弄高尚精神,因为这高尚精神是压迫着她。于是她奇特地也表现着对这的注意,而似乎对这有着迷惑。这时她显出一种萎靡,和显出她是异常鄙俗。

王禾这时候呈显着他有时有的疲劳和忧郁,虽然他具有年青的精神；他的带着激情的思想活动，和敏感，使他也有时有着一种杂乱的感觉。现在他站在那里，觉得有些使人们，使李学茹负担，觉得是他参加着挑起了这场格斗，而社会漫漫，像谢诚志这样的他称作牛鬼蛇蝎的人们众多。他有时精神单纯，崇敬他的女英雄吴俊美，但是有时又有他的老态，忧虑，与心思复杂了。他冲着锋便停下来沉思。他觉得黄晓、秦风、谢诚志这些是难以致胜的；因为他想像年青人一样，因为他想很快地致胜，像入世不深的幼稚少年，他便有些忧郁了。激昂的情绪离去，他便脸上有着讽刺的苦笑，而站立着。他想象黄晓谢诚志这些人也是鬼怪和精灵，他们似乎有很多的坏的血液，有很多丑的足在奔跑，在时常是呈显着淡漠样式的社会上人们似乎很难，以致似乎永远也击不着他们。他就从认为似乎可以轻易致胜敌人的气盛的少年样式而变为颓衰的老人了。他的心里，他的激昂，乐天，顽强的一面仍然在悸动着，但是又落下来撤退、不安、恍惚于他的年龄和力量的帷幕，于是产生一种苦笑的状况。中国的生活在进行，依照前者，依照他心中继续带着似乎是轻敌思想的激情、理想、乐观的，甚至有幼稚的情况，他要跳起来向这些人冲去，再高举着，挥动着他的手臂，但他心中有着后者，而且有着古旧的中国留下来的沉闷的情绪和一些意识；便沉默了，而且有一种坦白的、使人觉得可爱的伤心。

"我说你，"他对李学茹说，"这些对他们未必有用。你们到底有多少坏的血液呢，"他又对谢诚志黄晓说，"社会是一个有血液的整的体段，而你们这些坏的血是很多的，你们有很多丑的脚乱跑，而很多的角，头上是尖的，乱钻，我很伤心了，"老男人吸着鼻子说，"我很痛苦了，你们使我泡在咸菜臭气里，我很想挣呀，挣呀，挣不出来。我是有你们恨的和吴俊美的友谊和这些年几个老文人和刘少奇的修养书的立场的，但我衰老了，也会不说雨果书和朱丽叶书，而不过，心中伤痛。你们行凶，现在似乎也渐渐看淡下去了，"他说，沉默了很久，又说，"社会漫漫，我不知时势，靠不近后时代人，也赶不上有些前人。"

老男人是有着理想与知识的,但他的忧郁中,他的话便俗语较多;而且显出一种繁琐,不似一瞬间以前了。他继续吸着鼻子,他的心中的顽强的少年精神便又振作,他的面孔便肌肉有点颤动。这老人,在中国的这一上午,进行着他的搏斗。

"我仍旧是要和你们进行搏斗!"老男子又说,"因为你们,我想起来,还反击我与俊美的读法国文人的罗曼罗兰的书,你谢诚志因这而和吴俊美打架。我要责成你们!"他又振作着,因为想起一个外国热情的作家而快乐着,忧郁过去了,而用嘶哑的大声说。

"你没有办法的。"谢诚志说,"我要一千块钱!"

固执常常是生效的,谢诚志是顽强的,老男人王禾便处于内心又紧急的状态,懊悔他瞬间前的妥协心理,想到了他的朋友吴俊美可能被袭击成功,想到她是多年辛劳而且英俊,干练,豪放,有见识,有才能和天分的——总之,他用尽量多的赞美的名词放在吴俊美身上。而这也是不错的,吴俊美现在站在这里,挺拔、有力量,而且沉着。老人便又想到她和她的货车,账本,华美的货物代表着时代,代表着中国这时的生活,有学问的老人甚至想到,货物,商品,是社会的广漠中的温暖流通的血液,他异常地爱好货品和有能力的吴俊美了。

"你和他斗!"王禾对吴俊美说,他的豪壮的气概又起来了,"一则你们决不能成功,而且你吴俊美决不妥协,战斗!战斗!吴俊美呀,如果你被这些多足的坏血的头上多丑的角的牛鬼蛇蝎弄去了一千你的辛劳的钱,我便是十分伤心,痛伤了!吴俊美,你不会被他弄去吧,"看见吴俊美脸上有一种似乎惶惑的微笑,老男人着急地说,又恢复了他的老态,"你不会的!坚决地注意人性的盈满的将来和经济的曼妙的繁荣!"他又带着一种年青的精神喊着,并想着他的中国祖国。

吴俊美惶惑是因为老人的一瞬间有的老态,这种老态的感染使她几乎一瞬间有了妥协的感觉,感到和在头脑里完成了一种假设:假设退避,也有可能,拿出几百元来。她也想到,谢诚志这些毒蛇侵入得很深了。假设中间,吴俊美有一种不久前有过的凄伤。当然——她想——这不过是假设。她的挺拔的高身段屹立着,在冬季的阳光下,随着老人的又转为年青形态的喊叫,她也又显出豪杰的,有力的神情的姿势。在中国的街市间,这女人的斗争进行着。

"我知道的,老朋友。"吴俊美响亮地对王禾说,也看看刚才用吼叫相助她的李学茹。

"你知道便行了。"王禾说。"你有一种缺点是善心,你会不会拿出一千元——不,譬如一百元呢?"

"我知道的,老朋友,不会的。"吴俊美说。

"你说你知道的我倒有不放心了,自然倒也放心,我也有假设息宁的想法,譬如我想,我昏聩了想,拿三百元吧,假设是我,有没有呢,我们患难,多年有必须完成坏的假设了。"老人带着神经质的不安与繁琐说。

"老朋友,没有。"吴俊美说。"你这老朋友王禾啊,说不定你有这种呢,假设呢。没有。"她带着轻微的不安说。

"你理解的,没有!"王禾大叫着说。

"你们没有的,"李学茹说,"你们也真有趣,共患难的感情,生活的交谊。我就没有。"

"不一定没有。"秦风说,讽刺地笑着。

"譬如你是很多坏的血,坏的唾沫,头上很多的刺与角,很多丑的足——你说我有!"王禾说。

"但是你是可能有的,"黄晓从她的萎靡状况中注意地,振作她的凶恶,并且觉得这凶恶的利益,说,"有一种心理学,譬如你们正人有善,都已经假设有让与我们,你们有善的,你们的红的血球是很多的善的,"她对着所说的善注意了一下,表示对于它的可能的入侵的啃咬,"我赞美你好吧,你王禾老头可以做她吴俊美的主的。"

"没有!我的血液!"老人说,觉得激昂了,停顿了下来,又呈显出他的老态,脸上不少的几十年辛劳的皱纹。他在老态与平静里停留了一停留,然后他又内心有着冲激的激昂了。

"多足的虫,我和你们奋斗!"他充沛着元气叫,但这时他的鼻腔里发痒,流出血来了;血滴着,他急忙用手掩,而李学茹急忙叫他蹲下。他蹲下,鼻子流血,很多滴很激烈地流在地上了。由于激昂地和谢诚志等人冲突,由于内心骚动,由于瞬间前掰手中挨了谢诚志一下,他的鼻子流出血来了。吴俊美扶着他递给他手帕,李学茹也掏出了手帕,而听见叫喊的刘秀云从副食店的护门奔了出来,拿来了一卷纸。然后她又奔进去了,拿来了一个浸湿了冷水的手巾。

"老人家肝火旺!"刘秀云叫着,她的心有一种奋斗的激动,她学习着有经验的人,"你老人家肝火旺不好呀,而你们可羞耻了呀。"她叫,又跑进去了。

血流汹涌,吴俊美又跑进去再换湿手巾。经过了一定的时间,老人的血止住了,坐在地上,仍然仰着头相当的时间。他看见很多血的时候有焦急和伤痛的感觉,想到了自身的健旺,预备生活到未来,遥远的未来去的感觉和心情,振作着,但内心颤抖,有着恐慌,受着挫折了。

"和生活历史的最后见面了,白刃相战这最后的历史,白刃!想避而不见,然而总之是见面了:我的缺点是烟抽多了,也喝酒。我的心脏的战抖使我慌了。"他说,"我不慌,不慌,我健旺。"他又说。

"不慌,老人,不慌,没有关系。"吴俊美这时大声说,"你不慌。"她呈显出一种气势和英雄的心情,大声说。她这时觉得她可以做到很多事情,而相助王禾,她几乎相信,由于她的叫喊,王禾的血便会止住。

吴俊美自信,乐观,健旺而且在王禾流血的时候每一个动作都精确。李学茹看着她。吴俊美也有一种激昂,向李学茹笑了一笑。她又对老人责备地喊着。

"你健旺,你有精神,这狗屁不相干! 你让这些坏了血的,多丑足的,头上长黑角的一批气坏了。"她向王禾说。

"我不是娇嫩的人。"老男人说。

"你当然不是的。我是说,你健旺,你美好的时光的向往持恒的美好,你送来的糕饼点心好!你有意思,有意义!"她说,带着诚恳和痴情的笑和一种感伤。"哎,我痴呆了,我这样喊,滋扰你不安了,要静息。"于是她沉默下来。

"不滋扰不安。你说很好。"

李学茹到店铺里去端来了一种椅子,老头便坐上了。

"我说的很好?"吴俊美带着嘲笑说,她这嘲笑便超越了她的感伤,"那我就说了,我们的老文人们和我们兼程并进,忆当年四野战军林彪进驻公主坟而聂荣臻进抵紫竹院,再忆少年时,老头老头!再又……"她再带着嘲笑高声说。

"再又怎样呢?"王禾说。

"你们不说话。"李学茹说。

"我正是不说了。"吴俊美说,再又痴呆地沉思着,扶着老人,按着他鼻子上的手巾。

沉默着。

"再又怎样呢。"

"再又是经过着患难不提它了。再又,我不给这些人一千元或十块钱。"她气势旺盛地红着脸说,突然又因自己的吵闹而有些羞怯。

老男人仰着头坐在椅子上。

但老男人王禾的心在继续痛着,他和吴俊美说着话继续有着心痛和沉重的感情,不满自己的情况,从沉着中又发生惊慌。这时而且鼻子里的流血又一度汹涌,他仰着头,血便倒灌到喉咙里去了;为了避免人们看见,他便往喉咙里面吞咽,紧闭着他的眼睛。他从市场上的搏斗负创了;在这一场金钱的江湖恶汉与国营商业从业员的角斗里,他扑击而伤痛。他现在明确在衰弱中地想,生活里是有灾难、患难的,灾难、患难是会突然地袭来的,人生似乎会有突然的不幸,人的生命几十年,似乎并不像他所想的那样顽强。灾难也是黑暗。血继续灌入喉咙,他便产生了恐怖的心里,想到在晴朗的白昼里的突然可能的黑暗,处在对生活的高扬的兴致中的生命,积极物,亲爱物,和热烈的全部的突然可能的中断;想到在愉快的律动中的突然可能的寂灭,想到愿望着的进展着的和绘画得很好的,特别是今天吴俊美替他绘画得很好的经济的灿烂的繁荣和人性的更高的升华的未来在他自己突然可能的失去,和想到他的对他的炸油饼卖汤圆半生的妻子和他的儿女,孙儿女们的突然可能的告别——他们突然失去于他们是宝贵之极的他,而他也永远失去全部。他便在恐怖中,他心脏顽强地跳跃着与这见血的恐怖决斗,便想到他这样太不负责太坏不应该了,太不可以了,太不合理了——假若失去生命留下亲人和亲爱的全部是太不可以了,太不负责和合理了。在短促的恐怖中他心中充满这样的思想,还想到,和多年共患难的吴俊美也要告别而去,是太不合理和太不负责了。

"太不合理了,太不应该了。"他头脑里重复着这样的话便说了出来。吴俊美问他说什么,又要他不要说话,他沉默着。

他便沉默如同岩石,黑暗袭击着他。他数着自己的心跳。喉咙里的血又汹涌一阵,被发觉了,吴俊美显出了不安,以至于忙乱,蒙在王禾的鼻子上的湿手帕便掉了。她也陷入一种抽象的,恍惚的思维中,因为见到血的缘故;在痴呆的战斗情绪之后,她也发生了一种惊慌,想着老人假若死亡——老人过了退休的年龄还在服务着;想到人有死亡,光明而极灿烂的全部突然对一个人会失去,在眩晕中人们一生宝贵建设起来的全部和其他的全部会飞舞起来变成碎粉而对他失去。自然它们并不失去,这全部和其他的全部存在着,但失去一项感觉到它们,反映它们的忠实于祖国的心,而失去这个是痛苦的;虽然有很多爱国,也爱乡土,爱全部可亲的事物,爱前进着的,从幽暗中或从击破黑暗的奋斗中出来的可亲的事物的心在成长着。人类越过各样的死亡而奋斗。"我的祖国,我们向前进啊!"吴俊美内心里面激动地说,吴俊美一瞬间有着这样的思想,并奇异着自己这时有着的这激动的思想,平常有时候这些是隔一层薄膜的。"我的祖国,我们向前进啊。"吴俊美内心里面又激动地说。她也兴奋起来和病与死与伤害搏斗。她是有时候有思想恍惚的,当她的激昂思想有时较重地突破头脑里的薄膜的时候,她会有一些紊乱,有时显得粗心,显出一些事情的错误,但她很冷静,很快地会于繁忙中关上薄膜,并且补正她的错误。她也是经过热衷于她的各项实际的事情而克服紊乱,达成极干练的。这时蒙在老人鼻子上的手帕因她的恍惚而掉在地上了她便极羞惭,有些脸红,她将它捡起来又再折叠着。她想她不再恍惚思想了,这样情况是可恶的。李学茹说到依她看流血要到医院去了,吴俊美便因自己的瞬间前的恍惚和错误了一定的事而产生了又一种状态:激昂的努力状态,她便很快地弯腰,想要抱起老人,扶他往医院去。她这激昂的努力有着可受到批评的恍惚的残余。但老人拒绝这样,他在数着心脏的跳动,想混过困难的黑暗时间,而到达平安与光明——几分钟以前的生命。他想能够这样。吴俊美有些听从他,她也冷静下来,想着她的知识,判断还不是很危险的。这种流鼻血不去医院也是可以的。

但是平静,镇静的老人王禾再一次心慌。

"我说,"黑暗再袭击他,他说,"假如我死了,跟我家里说,我有很大的遗憾,不,说我没有,没有什么遗憾也可以,说,我有三千元私房的存钱,这是告诉你吴俊美的,都没有告诉家中,目的是到一定的时候补贴出来,给孙儿女求学增加读到大学的,我老女人她有一生的小气。"

"那你也形成一种小气啦。"李学茹有着愉快地说。

"可见得是小气的。"秦风说。

"我的几十年的积蓄;另外,房子还可以租住下去。我以前是想买两间房子的,后来这年头抛去,因为生活也乐观。我不说了,我不遗嘱什么了,就那样。"他说。

"你说得好。"吴俊美说,"但是,不必要,你说得十分不好。"她辛酸地说,喉咙里有一定的呜咽。

"我痛恨一切黑暗的物类他们,而黑暗袭击我了。"

"你不能够说话。"李学茹说。

王禾有一种庄严的情感,他觉得他的一生几十年是有着它的成就,在国家与乡土里,在国家的新局面里,有着他的脚迹,但他的心中又有旧时的压抑情绪发生出来,觉得像他这样的人,是贱民,有时是草芥,渺小的。现在社会上也还有着这种见解的遗留。于是他有着复杂的情绪。

"血过去了,头有一点晕。我痛恨一切暗中伤人和明火抢劫的黑暗事物,毒物,像旧的时候老人逝死于江湖,于家中庭院,于友朋身边,于街市,责成自身的后人与幼小者好好生活,热爱不易的人生,建设事业一样,有的人也于战场上,我说,但我不说了,上面就是我说的。"他喑哑地说,他心里的冲突的思想又使他说:"旧时候有的人也不说什么,人生似也不好,无话可说;旧时候有壮士,也有很多暗淡的人生;新时候我为壮士不呢,我也不想为壮士的,也有黑暗物类使人觉得人生不高,但我为壮士了。"他又感慨地说。

"你的喉咙里还有点血。"吴俊美说。

"我最重要的还是说。"老人心脏忽然灼热,大声说,"向建设生活者们致敬,向邓小平诸位致敬,搏击浪涛而前行,到达未来的时代——我心中有灿烂的思想,但我又有老暮与黑暗,有中国黑暗历史的痛思,我又痛恨万恶的死亡!"老男人再发生着他的知识的、渴求的心,说。

"你继续遗书,"秦风脸色苍白地说,站在一边很久的他这时心灵紧张,他希望听到老头子的伤痛的话,"你再说,或者你要用一张纸写下来。"他很想把在这社会上有力量的积极的人物的伤痛写下来,拿在手里,于是他说。

"你继续遗书,"谢诚志也说,"你还有钱吗?"

"老头子有些装样,"黄晓锋利地,恶毒地,激战地说,"没有人真正爱什么乡土,爱什么未来的理想的。你知道黑暗的人生,现在就是的。你还有钱吗!你还要遗书才行,你一定要遗下很痛的话来摆在这地方上,摆在中国的土地上,因为你爱中国,"发生了和秦风一样的想知道人们称作豪杰的老人王禾更多的可利用的缺点的愿望的黄晓热切地说,"拿一张纸来,你写下吗!"

"我向你们说,我恨你们,"老男人愤怒地说,"我衰老了,唉,衰老了,当年的青年小伙子衰老了,我很恨呀,衰老!"

"我也恨呀!"吴俊美说。

"可是你这说得好。"秦风说,"人要抒怀抒感的,你抒吧。"

"你还有钱吗?"谢诚志贪婪地说。

"你说衰老很好,"秦风渴望地说,"你心里一定极多的伤心,很多人欺你!你的人生失败了。"

"你一定心中冥暗十分痛苦,你刚才说向建设的生活致敬,那是一种虚伪吧,"黄晓带着报复说,觉得老人瞬间前的这一点特别伤害了她,——特别是和她作战,"你心中哪些痛苦的,不满这社会的话,你心中哪些伤痛的思想,你说给我们吗?你还有多少钱,我们给你拿张纸来。"

秦风和黄晓、谢诚志说着充满渴望的话,连秦风也充满不含蓄的表情,老男人王禾的鼻子不再流血,不再继续往喉咙里倒灌,他静止了一瞬间,他静止了一瞬间便谨慎地动着,想从椅子上站起来,但后来又放弃了这意图。老人王禾很愤怒。

"你还有多少钱,"秦风心脏跳跃,白热而简单地说,他极渴望老头子暴露弱点和要冲。

"你还有多少钱!还有哪些遗书!"谢诚志说。

"我们拿一张纸来你写下,"黄晓说,继续着热诚的渴望,她看看吴俊美说,"老头子说不定不能活的,我们帮助他立遗书有功,也可以有遗产,假设可以吗?——你就三千元吗?譬如人有祸福,"女书商黄晓眼睛有力地转动着,说,"连你吴俊美在内,你们遭遇患难,你却也可能有一种暗中的日记,遗书,将你的钱分配遗给一些人,说不定也可以有我们,因为你们是山河壮士,有时不愿活的,——我说这里先说我们帮老人立遗书也有功。"

"他不会死的。"吴俊美说,有些颤抖着,看看王禾,愤怒着。

但不论吴俊美和王禾老人自己的愤怒,由于恶意,由于滋生起来,像火焰一般蔓延起来的得钱的欲望,突然发生的这几个人的逼迫老男人写遗书的活动进行着。秦风活跃起来,掏出他的笔记本,撕了一张纸放在簿子的封面上,并且手中拿着笔。他还忽然觉得自己做着正当的事,有一种同情的,简直是善良的表情。

"你再说吗?"和他的似乎是善意混合着,他带着讽刺的表情说,"我们替你记吗?"

老男人王禾的激动使他有着增加的伤害的愿望。老男人王禾心中有着愤怒和讽刺,他的激昂的情绪又起来了,看了看秦风。

"或者吴俊美拿笔记也好,"秦风说,从灵魂里发生着渴望,这时候,还觉得自己有善意;并且不是恶,而是一种灵魂的懦弱。"你还有什么话?流鼻血是到心肺的。你有租的房子的几间屋子的关心,你再说说你这屋子,以及你还租了那些几间屋。"他带着暴露的恶毒说,他的精神里又闪跃过了一种他的自觉懦弱的表情。他想这样可以刺激老头,"我们是很好的朋友了,"他又带着他自己欣赏的懦弱,转为温和说,"我十分同情你老人家,"他的声音里带着很快地发生的感伤的震颤说,"我问着也心中伤感。屋子,衣物,你有欠债和人欠你的钱吗?你有和你的女人的什么更多的话?你们有吵架,打过架吗?你们一定有打架的。"秦风说。"你还有其他的遗言?"转为感伤的秦风说,他又更多地显出他的自己欣赏的懦弱。他的懦弱表现着他的更多的贪婪。

谢诚志笑着。

"你顶重要了。"黄晓说,"你知道死吗,火葬场?在死了以后有什么没有,死了以后是空的,但是世界上有游地狱的书。"

"人生有死,死后空无所有。"谢诚志说。

"你知道死亡吗?"秦风带着威胁和激动说,但是有懦弱的,面孔战栗的表情,他还觉得自己也将很是不幸,"死后各事都空,但是像黄晓说,死后也有鬼魂和幽灵,——你假设,你的幽灵那时有伤痛吗?你们说外国文人的书有到炼狱再到净土,还有飞升,在炼狱里,你想着你的钱吗,譬如这时候你有多少存款?人生是痛苦的。"带着幻想到激昂感情的秦风说,"你现在说了遗言,将来你的心中便不痛苦了。"

"我将进地狱了。"王禾说。

"那自然不是的。"秦风继续激昂地,带着搏斗的情绪说,"在你当幽灵的时候,你对于你的遗物遗产一定再回顾,而这里说的,——我们可以帮助你整理清楚你的遗愿!"他显得忧戚地说。

"这里说了到地狱容易记忆。"黄晓说。

"放你们的狗屁!"吴俊美说。

秦风脸上再显着激昂苦恼的脸色,挨骂有伤心,他觉得他因为仇恨王禾而过分了一些了,但又觉得这没有什么。因为他还有另一面,他还觉得自己是"正义"的,而王禾和吴俊美有错误。

"我们是善意正义的,"他带着忍耐说。

"那我就说了。"王禾说。他心中充满着对秦风黄晓谢诚志的仇恨与讽刺。

"你说吧,好。你吴俊美记吧,不,我来记吧。你的遗言。"秦风说。

于是王禾老头便在沉默地思索了一瞬间之后用着冷淡的神情做假说,他本想说,他还有一万二千存款的,但是又不想说了,因为这时他又想他不会死,秦风便怀疑地看着他。他在沉默了一瞬间之后又说,他实在是三万九千存款。

"你可能有那多钱吗?"黄晓问。

"你有吗?"秦风说,"也许有的,现在很多人有钱。"他鼓舞地说,因为仇恨王禾,他想着自己会胜,又因为他这时有激昂的混合着仇恨的贪婪的幻想转化为实物,有些相信了。

王禾在否定了一次又再肯定回来之后显得很认真,他在愤恨中有着他的聪明的狡猾,他便说,他有十几张存款条,有几张是银行总行的,有几张是附近几个储蓄所的。因为愤恨秦风几个人,激动起来的吴俊美想了一想也证实说,她知道这是有这样的。

于是秦风便记笔记。他渐渐地更有些相信,因为老头王禾神情是认真而激动的,而吴俊美也很诚实的样子。吴俊美,也由于心中的对老头的温情,而参加着做假,秦风恢复为冷静,再思索了一思索。他觉得自己瞬间前似乎有些过分了,也有点刺激了老人,但他想,他瞬间前的言论也是恰当的,使老人王禾激动了灵魂,得到了结果。

"我是这些,我这一些钱,是不愿与人说的,我在那几年间做过一些个体户买卖赚的钱,我还有一些说起来沉痛的手艺。"王禾灵魂激动地说。由于仇恨,便继续说假话,而且显得很真实。

"那你这遗书便很完备了。"秦风也灵魂激动地说。"你说,你再说。"他渴望地、甜蜜地说。

"譬如最好是银行存款的号码。"黄晓说。

"那改天给你们看吧。我的遗言是,"老头激昂地说,"假如我死了,人是不一定不死的,对吧。"

"你流鼻血重了。"秦风说。

"我还有一处房屋,那年买下的是三千余元。"他又向吴俊美说,"屋顶收拾过几回你知道。"

"是这样的。"吴俊美笑着带着温情地说。"我听你说过,你平常不说。"

"那你这次流鼻血了为什么不早说呢?"黄晓说,"我参加这立遗书的。"她迅速地说。

"为什么他要早说呢?"谢诚志说。

"可能是这样。"秦风说,"你老头很狡猾——不过你刚才也似乎诚恳,你刚才是对吴俊美说的,所以就不对了——不对!"秦风灵魂激昂地说,"不过也对,"因为灵魂激昂,他又说,"你们也有许多的默契不说的,你们刚才自己都说了。那么,你的房屋也重要,在什么地点呢?"

王禾便说,在西城的某一个巷子的多少号。

这年代中国社会上有着房屋的狂热,秦风便激昂起来了,问是多少间,大门的方位,院子多大,什么木头和砖块的质料——

一方面他也是从事调查,看是不是可以怀疑。老男人答的是并没有的房屋,因为他继续痛恨并且聪明,内心有着讽刺,所以答得很像真实。

"那我们公司把这房子买下来,"秦风愉快热衷地说,"你可以便宜地,优先地卖给我们私人也更好,而你譬如说年老了流鼻血的现在,"他笑了一笑说,"就立在你的遗书里。"

"我不那么容易立在遗书里。"王禾说。

"你不费事,不费什么事而相助我们了。"秦风说,"这,我个人也可以要,买下的。我明天哪天去看看。"于是秦风便想象着他走进这一栋并不存在的房屋,快乐地打开这新的产业的窗户。"你是不费事的,我们优先了。"

"那不那么容易的。"王禾说。

"容易吧。容易,老头真不错,有许多暗藏。"秦风说,"那么,你还有哪些话呢,你心里在流鼻血的时候伤心。你和你的女人我听说有感情不好。总之,你立遗书吧——我真同情你啊!"他带着一种感伤叫着。

"怎么立法呢?"王禾说。

"你说,立遗书人王禾,譬如说,现有某某街的房子。再又,钱。"

"说是幸亏靠了众朋友相助也可以的。"黄晓说,"我们不问你譬如你便不说了。"

王禾犹豫了一瞬间,但因为对装假有着兴趣,因为继续痛恨和发生了报复的情绪,他便继续说话了。他虽然顾忌着鼻子刚流血的情况,可是这时候要愚弄秦风黄晓和谢诚志的热情很高;他是带奋斗和幻想气质的人,激情发生起来,他便从椅子上站起来又坐下,而又在椅子上摇晃着,他像一个北京的土俗的老人一样说着,"那年事",他购买他的房屋的故事,这故事遮掩了他的谈话里的值得怀疑的弊病,而且,他又捏造着说道,在"文化大革命"前,和在他少年时期,他如何地有"收入",他说他在青年时做小的生意赚到了钱;中华人民共和国开国的时候,小的私人资本得照顾,所以赚到了钱,他还卖一种乡间批发来的麻油,他又说他做锁匠,做藤器的工艺,赚到了钱。他热烈地说着,一面担心地用手摸着他的鼻子。他也是会锁匠和藤器的工艺的。

"那你遗书怎样立法呢,"黄晓说,"你有一些朋友会骗你的,你家人也会糊涂,我们公证你立遗书。"

"你是确实有那些钱吗?"谢诚志说。

"是有一些人会骗你的,"秦风说,他是继续地热烈地在用他的灵魂说话,充满着伤害王禾的快乐和得利益的思想。"而我们是可靠的朋友;你要写上你的伤心的话,你是这样吧?"忽然有些怀疑王禾的秦风又说,——他觉得瞬间前王禾精神健旺了,但他再又很是笨拙,因为他极痛恨在这地方上积极,宣传着他的正直的见解,宣传着国家的奋斗的建设的王禾,"总之你再写下,你有很多的苦痛。你一定极苦痛。"沉醉的,用他的灵魂说话的秦风说。

于是秦风要给王禾一张纸,并且要把笔递给他。王禾拒绝了。

"你写,你笔墨好,我说,你记下吧。"王禾略有些不耐烦地装假说,"但不是记遗书。"

"就记你的钱数目,不记遗书。"秦风说。

于是带着奇特的兴趣,秦风拿起笔来预备着,而王禾也再激动起来,带着他的奇特的兴趣,内心高涨着讽刺的情绪,阴沉着,开始说他的痛苦——同时他果真也有着一些痛苦。

"我在下雨很大的那次存了四千元,那是中华人民共和国开国第二年,雨淋湿了,我想我这些钱长期可以多少利息,而撞在石头上,膝盖破了流血,那个血流的呀!又在'文化大革命'前卖掉我家传下来的一口箱子的旧衣服,又存了钱,那年我再做藤器工,赚了钱,而我生病了一场,是腹痛,所以想起来十分痛苦。"

"这没有什么记的。你还有存钱呢?"秦风说,"你说重要的。"

"哦,"老人说,"我心中痛苦,老了,说了小的数目了,老人注意小数。"王禾说,"我在开国前买下藤器一些件,买了两间房,钱是少年时代我在永定河撑船赚的。"他说,虽然他从来没有撑过船,"也有我父亲祖上留给我的两间破旧屋,而我的女人她有一笔钱,这样,过了一些年,就有几千了,我存着。我在永定河撑船开抢得的钱。"他说,因为声音突然严厉,人们惊动了一瞬间,看来他要推翻他所说的了,但是他继续说:"这自然不是的,我是辛苦地存着钱,我油都很少吃,存着钱。"

秦风没有记了,注意地看着他。

"我老了,我有许多钱,而瞒着我的女人,我觉得很痛苦,我很痛苦,一生没有作为成什么,"他说,显得十分痛苦;他也是因这种装假而痛苦,因为讽刺的情绪有着丧失了。他因为社会上有着这些恶劣者,对社会有些失望而痛苦;——他再又因为他想到他一生过来的经历,想起来也有着痛苦的时代而痛苦。他便停顿了一停顿,"但我是奔我的钱的,我有钱。"他用他的激昂的灵魂说话,高声说,又充满着讽刺的,特别的快乐,显出一种生动的情形,"我的钱我是私藏着,不给我的女人知道,假若我死了也是。我和我女人吵架的。"他心中充满着对他的妻子的温暖,说。

"你是会死的。"黄晓说。

"你说吧。"秦风说。

"我的钱我预备赠送给地方一部分,给残疾人一部分,给妇女联合会一部分,"老男人说,思索了一瞬间,心中发生着热情的火焰,一瞬间似乎有火焰在周围燃烧;与他内心的火焰相呼应;他想象着他假若真有钱,他便这样赠送,而他的爱国心这时便震荡着,似乎他真的有钱了,他也曾在一生里有这样渴望,有几年他是想增多收入,谋工作,而尽量地储蓄的。老男人激昂,他的心进行搏斗,他便想继续戏弄秦风和谢诚志黄晓,他便高声地讲着,他说,他预备将分配几千元给地方,几千元给残疾人……

被金钱引起的热情继续在秦风、谢诚志、黄晓心里燃烧,他们现在被引起希望了。

"我另一方面是为人简单,我不要钱,我把钱也赠送给他,给你,给萍水相逢的人,我其实也不给残疾人协会与地方上和什么妇联,"他说,他觉得这样戏谑更合式;但他也觉得引起谣诼出去要给什么残疾人协会钱,会很不好。

"那我们见证你困难,刚才帮助你在你流鼻血的时候,你的遗书送我们一点吗?"黄晓说。

"我不。"王禾显得认真地说。

"那你还有哪些痛苦?"秦风问。"因为,依你这样的情况,你是有十分痛苦的。"秦风有点怀疑地说。

"你们正直人是很痛苦的。"谢诚志同情地说。

"真是的,你们不及我们。"黄晓说,"你是愿能现在写条子,赠捐我书摊几百元呢?"

"我还有病,我有心肌梗塞的病,"老男人说,"但我决不赠送你们,不赠送任何人的。我也自然没有钱赠送什么机关,假若有了我便送。"爱国的老男人便增加了一句。

"你刚才不是说赠送吗?"黄晓说,"你说呢？你没有吗？"

"我有狗屁！"老男人大叫着。

老男人在椅子背上仰着头,他陷入一种忧郁中,闭着眼睛。他似乎真的觉得自己要死了;他觉得讽刺这些人没有什么意义,又觉得,假若他真的有钱,是要生活好些的;他觉得这种讽刺的假装有些地方使自己心痛,他还觉得流鼻血的不安。他又因为自己瞬间前激动,暴露了自己有三千多元私存的钱而有着心里上的不愉快,觉得自己懦弱了。

"你骗我们的吧?"黄晓说。

"你到底还有多少钱?"从王禾的严峻的脸色,秦风觉得自己受了骗了,"但你总之是有点钱的吧！"他说,他也是因王禾的"有钱"而有着痛苦的,他因此也是不很相信的。他是想再发掘出王禾的痛苦的。"你再说,你还有哪些后话,"他带着愤怒说,"假若你病故了。"

王禾沉默着,脸色严峻,头部靠在椅子背上,因为战不胜这些人,而瞬间前也显出了自己的愚笨似的,他更有着痛苦了。

"假若你病故了?"秦风冷笑着说,"他是骗我相信了一些了吧?"他问吴俊美。"那你那三千元是真的吧?"

吴俊美看着他不回答。

"你假设病了,你还有哪些心愿?"秦风说,"我洞察你在玩世不恭欺骗我了。"

"你混蛋!"谢诚志说。

"但是不要吵。"黄晓说,"他也许总是有几个钱的,不止三千的。你立遗书立我好不好?"她大声,认真地说,"人生一场空,这本是这样的,你看那《红楼梦》,我不信你不立这种遗书的,这是国家史上有的事。人生一场空!"女书商说,并且因为激动和甜蜜地想得到钱而呜咽地哭起来了。

"这也对的,人生一场空。"谢诚志说。"你不哭了。你说人生一场空吗?他老头知道人生一场空的。"

"也对,不哭。"秦风感伤地说——感伤自己为金钱而劳碌。"你王禾老头有一场空的感觉吧,那么你或许立遗书给黄晓女书商的。"

"你一定立的,"黄晓继续哭了一瞬间,哭声里震撼着甜蜜,和开始震撼着她以前未曾有过的似乎是极善良的感情。

秦风和谢诚志也很有着感动,他们觉得这件事是可以办成功的,他们这时觉得,"人生一场空"是中国历代传下来的有雄辩性的"真理"。秦风便感伤着而鼓动着,喊叫着,要王禾一定立下遗书,让他记下来。遗给女书商黄晓三百元。发生的情况是秦风、谢诚志、黄晓三个人的险恶,发生的情况却有是三个人的特别情况的似乎是善良了。他们这时候心中温暖,而有着对王禾的似乎是亲切的友情,于是有着似乎是善良、忠实、正直,而且表现在表情上。女书商黄晓是最凶恶的,但女书商黄晓这时呈显着异于她原来情况的状态,因为内心的特别的,想着"人将要死",她也将要死,想着老人王禾将死而无人过问;因这而快乐;因这而悲伤自己注意到这个迟了一定时间,也因这而甜美的悲伤,她便特别地激动。这社会上是普通的,来抢劫临终的老人的遗产的人们,显得善良和这时觉得一瞬间的也应该善良。女书商似乎觉得自己也似乎应该善良,但是她因老男人将要死而有甜美的悲伤,她是想着得到利益和抢劫到钱财;她将这转化为对自己的地位的尊贵的意识,对自己的爱惜,因而有着甜美的悲伤,因而她的觉得自己似乎应该善良,是实际觉得应该不善良,而她的不善良正是使她感动的。总之,对自己的感动是重要的,她有着怀疑自己似乎善良的怀疑的幻影,她用这作为武器,因而特别带着她的对人们的毒恨,警惕,而充满着对自己爱惜,并且认为自己将获胜。

她哭泣了。她的哭声里开始震撼着似乎是极善良的感情,是她有着恶毒的感情,(假设不是极恶毒的话),有着对自己爱惜,尊贵,有着怜悯自身,有着怀疑自身而似乎善良正直的怀疑的幻影的表现。

女书商黄晓的特别的状况便是她的贪欲和剥取的想法的尖锐、敏感,而她的联想力丰富,便联想到自己"将要死了",和联想到自己"被人剥取了"。这值得讽刺的内容的表现是,她极贪婪于剥取,有着残酷,但因为联想和敏感,因为环境的压力,这便转化为似乎是她有着善良。这是中国,这些年的有着巨大的正直的建设却又由于旧时代的遗留产生着它的极对立物的情况的表现。

女书商便像女孩一般痛哭了。她有着跳脚地痛哭了。她变成似乎真是真情的姑娘了。和有些种类的伪装不同,女书商是将残酷的剥取心理敏感地直接转化为热烈的伤心的;她觉得激昂,她便设想为这是可利用的似乎是善良了。

"我恨我自己在这人生的一刹那变成了你王禾的女儿呀!我恨我自己有好多脚好多爪子的像你说的而这时候因你而痛苦,而趋趋于人生呀,而老王禾呀,我是不要你的遗产的呀,不要一个钱的呀。我在这一时间觉悟了,我应该帮助你,我觉得人要向上,向善,拾金而不昧,打倒黑良心!是正直的勤劳的人建的社会!老爷子!你说对吧。我做你的女儿呀。舅舅,爷爷,爸爸,我爱你,我做你的女儿呀。"

她沉默了下来,痴呆地思索着,惊异自己的激昂,她热烈地这时觉得说善的话也有光荣,但是心中在计算说这个"吃了多少亏"。但这时她心中仍然冲出了激烈的燃烧的说社会有着正直的话的情绪,她是在和她怀疑着是否入侵了她的社会的正直激斗而追逐着自己的利益。她敏感地利用这些并作为武器,这又产生了伪装——她伪装正直,但她心里是不要这伪装的,她和这使她产生这伪装形式的情形角逐着。

"我爱你老人,敬你老人啊!"她将她陷入的复杂情绪发挥到底,而号叫着,而几乎是前所未有,社会少有地真情似地哭着。"我是多么敬你老人而愿意奉献我的一瓣心香呀!我向你奉献,无私的奉献,正直的社会有的,歌颂的,我做无私的奉献,我说,老人啊,你辛苦于你的流丽年华啊!我啊,是一个普通人的女人,我也说我的情操,"她便从自己的衣袋里掏出一个红皮夹,又从里面掏出一张五元钞票来,再将皮夹放好,将钞票抹整齐,"亲善的王禾大叔,你随便买点什么吧。"带着一种似乎痴情,她把钱便放在王禾老头子的衣袋里了。王禾拿了出来,她又拿了进去。这钱就在秦风和谢诚志的有感染性的微笑中在王禾老人的衣袋里停下来了。

"我自小过着不幸的生活,我也渴着人生的黎明,社会的光芒万丈!"黄晓说,她继续又哭了起来,但同时,她的面颊上和眼光里,有一种残酷的线条颤动了一颤动又隐去了。她有些痴呆地看看老人,陷入一种似乎恍惚之中,没有人说什么和表现什么,她便又从她的口袋里拿出她的一条手帕来,折叠好,放在老人的衣袋里。

"亲亲父亲大人!父亲似的老人!"黄晓动情地说。

被这特别吸引着的人们都沉默着。

在凶悍的谢诚志身上,也发生了一种变动。他这时并不是想到过去的他的历史,而是黄晓的情况是他觉得有一种优美的幻影:他觉得人生有时候似乎也是应该有着正直的这种样式的。

他比黄晓似乎简单些。他也觉得这种样式也有着重要,便有些灵魂战栗——因为王禾老人有着一种尊严和周围的人们有着正直——他便走了过来,变了他的神情,抚摩着王禾老人的衣袋,将黄晓的五元钱和手帕拿出来看看再放好。他还跪下了一瞬间。

王禾怪诞地看着他们,并不将手帕和钱拿出来。

"我送你了。"黄晓光荣地说,但面孔有一定战栗。

"我们送你了。"谢诚志说,"你老了,随便买点什么吃的,"他忠厚似地说,"你再给我们一点遗产。"他说,又嘴唇战栗,"不,不要,要这个是不对的。"

"这是十分不对的。"女书商说。

"我也是从灵魂里这样觉得,刚才我是由于自利的贪心说错了。我受老爷子和诸位的感染,也是一国家干部,"谢诚志说,他心中很愤恨他陷入的困难,但又很愉快于他突然间显得受人尊重和光荣。由于这种激情和想要反驳自身的情况,他便又激动地继续说了,如同黄晓一样,黄晓现在是在想着如何有一把刀刺杀老人,并将这她造成的冻结的情况割开的,而谢诚志又加深了这冻结了。"我是一个贪心的人,"他说,嘴唇战栗着,"我就贪心的说吧,我尊重正直者的为人,所以,"失策的谢诚志继续说,"吴俊美和我的事情,我也愿让步了。"

"我们也愿了。"黄晓说,嘴唇战栗着。

"我也愿了,我觉得没有什么意思,人要正直与为了今天国家的建设,改革,搞活,商品繁华。而今天的社会里,也正是有着商品经济的腾飞连吴俊美的腾飞,"谢诚志激动地说,也嘴唇战栗着,面色苍白,发生了他的错综,觉得有着内心的猛烈之情与柔情——凶的和柔的。"我说腾飞,我也腾飞,祖国腾飞,飞过高山,大河……"

觉得说到过于遥远的地方去,他便停了下来,而内心的火焰,似乎正直的,博取摆晃的,和不正直的,行凶的焰火一并燃烧着。

这时候,人们沉默,而王禾老男人眼睛闭了起来,他面孔无表情,也不碰触黄晓摆在他口袋里的五元钱和手帕。

冻结的情况继续着。

"人生也有点空虚。"谢诚志说,"你王禾老爷子也多休息休息吧,"在他的痴幻里,谢诚志说。他发生焦急了,面孔战抖,他仍然从他的肺部发出空洞的、类似正直的声音。他是顽强的人物,有顽强的冲动。他是中国的巨大的正直的建设中旧时代的沉重的遗留产生的恶毒的人物。是在巨大的正直的建设和旧的遗留的激烈的冲突中锻炼出来代理着旧的恶毒的遗留的人物。"你老爷子,吃点喝点,工作建设,我们年青人来。"

这时候寂静着的黄晓突然又哭了起来,击破了冻结。她用力地把五元钞票和手帕从老人王禾的衣袋里掏了出来,并且身体激动地颤抖了。

"算了吧,——但我们不是那样简单的。"她叫着,"我是你的女儿,这话说了,我吃亏了,因为我是你的敌人呀。你拿钱来吧,遗产,你这该拿来了吧,我想一千元。你不是有几万吗?"她说。

"五百吧。"秦风说,"你给化外人的,几百吧,你一定仇恨你的亲人了。"

"而我会永远的情意感谢你,这是可能的。你看他这有理想,正直正义的,有慷慨的,不在意钱的快死了的老头子可以吗?"黄晓对王禾说了又问吴俊美。

"他有可以的。"吴俊美看看老男人王禾,带着忍耐着的讽刺说。

"你立三百元遗书吧。"谢诚志疯狂、狂暴、强盗般地吼叫着说。

"我替你写,你盖个章。"秦风说。

王禾沉默着,在他们的煽动下,他真的觉得自己快死了,同时他面对着严肃的事实,又有着流鼻血的,失去了讽刺的心理,觉得现实和人生的忧伤了。他沉默着。

"你看可以吗?法律上立刻生效的。"黄晓对吴俊美说。

"这是真的。"秦风热衷地说。"你看呢?"他也向吴俊美。

"我看老头也有可以。"吴俊美再看看老头,讽刺地说。"他老头很快就死了。"

但他看见老人王禾有痛苦,看见他闪动着的眼睛里有一点眼泪。

"滚吧!"吴俊美突然对秦风、黄晓、谢诚志愤怒,大声叫。"你们干什么的,在这里这样欺人了:他王禾老头有钱的,他有他的热血的心! 老头,"吴俊美说,"你在又想着什么吧,休息一下吧。"

"他不死吗?"谢诚志说。

王禾这时有些羞怯地沉默着。而秦风,谢诚志,黄晓,都因吴俊美的突然逼人的吼叫而有着窘迫。

王禾的羞怯的情绪又隐去了,他是严肃的老人,很少有夸张的讽刺,虽然老年人多半有着讽刺的性情了,但这时他心中突然再有强烈的讽刺情绪;人们在极愤怒时有这种情绪,他突然不问吴俊美是否误解,而呻吟了一声,使得吴俊美也注意地看着他。

"我心脏……呀,我的心脏,我的几个钱,我心脏梗塞了。"老人王禾叫着,仰头靠在椅背上,面色显得很紧张,有着痛苦的抽搐,而身体有着颤抖,两只腿还颤抖着颤动了两个动作。

人们都注意地,惊奇地看着他。

"我的几个钱,在我的生涯里,"王禾费力地说,"我恨这钱,而我最渴望萍水相逢的人赠送给他们了,我有这种性情,我和我那女人是也不好的。"他说,心中闪跃着对他的共患难的女人的深刻的热情,并奇怪,讽刺自己的这种状态,但他忍住微笑,而用力地身体抽搐着。

吴俊美也有着惊慌了,这发生了效果。

"那我们正是你萍水相逢的人了。"黄晓带着渴望说,"你们正义人有赠送给外人的。我们还非常是外人,是顶黑良心的。"黄晓说。由于内心的激烈性的欢喜和昂奋,她加了末一句,她还认为,依照她理解和编制的社会的逻辑,是全部事都由恶劣者占利益,而正义的人口是服膺这原理的。

"这可正是我想的了,有这原理的。大道理,极好的。"谢诚志喊叫着也欢喜地说。

"是有这样的道理了。"秦风说,他清醒了一定的情形,怀疑老头是否欺骗他,现在又在他的沉醉中。他忽然想到他也可以伸手得到利益,但同时他觉得他有更深刻的对老男人的要求,使老人心服地得到这种利益。而这时他便因自己的动机而觉得卑怯;他又因为有幻想,幻想到善行的优美而觉得这种卑怯。秦风是有着因为想占有社会,因为活跃而有的幻想的,他称它为对人生于虚影的幻想,但有时候,这种幻想改变了他的情况,使他几乎进入陷坑,但他也能很敏感而活跃地转化出来,还是活的自己的利益。现在他进入这种情况了,他心中迅速地有一种柔情,他将他对于将得到钱的柔情转为对王禾的柔情,于是似乎忘却想得到钱了,而由于他是在社会上广泛活跃的,由于适应社会上有着的正义,他心中便产生了善良似的状态,觉得王禾是有着值得赞美的正直的人生的,觉得病着的王禾是值得同情与帮助的。社会的各种势力的对比,环境的力量,像很多次一样,使得市侩秦风变成是有着很多水汁的感情的,他便要放弃获得钱财的想象了,他便捍卫真理了。他便走过来扶着老头王禾的手臂,而觉得王禾的钱也是艰难的——并且冷静了,想到瞬间前的想获得钱财也是有着环境的阻碍,不大可能,同时心里再发生着柔情。他这时变恶劣了一些了,这时这种柔情也发生得似乎更有色彩些。"是有这种道理了,中国人演述的一场红楼梦,人生是一场空的,你是一场空的,"恶意又在他眼睛里闪烁,他说,"我也是一场空的,"他带着他的怯懦的感情,感动地说,"你王禾知道,我不想得到你的钱了,纵然你想赠与外人。"

"你要死了吗?"掀起了包围王禾的激烈的心理,谢诚志对王禾说。他简单地理解秦风是向王禾加强他的压力的。

"他老头要死了。"黄晓仇恨地,盲目地相信着老男人快死了,说,"正直人人口长寿的少,你也算长寿了。你说吧,钱啊,我们是化外人,一则与你不熟,而且是坏人,而你忠实这个化外人,你正直人心中有快意,你给吧,你心中有一种俄洋人陀斯退益斯基的疯性。"

"这是也有这种的。"秦风说,他的心中席卷着激动的浪潮,使他急于说话并且做着热情的动作;他内心有着他的怯懦的自怜,觉得他有着欺人是值得怜悯的,应该对自己有着超越——他在进行着对自己的自我和个人的超越;有对自身的现在的热情也觉得懦弱:他在想象着对他说来是幻影似的社会的正直与善,又觉得这是强大的事物,而且在压迫着他,"人生也是有一场空的!你我都是一场空,但是,人生也是有实,老爷子王禾,你是善人,正直,你病了,你的钱也正是十分艰难,我如何说呢?我可能得到你给几块钱终生纪念的钱了,但我是不要的,"他激昂地说,"你请不要关心吧,你分明念到萍水相逢的化外的人了,我就是这样的,我化外人说,我拥护你正直为人,我们不要钱了,我们都不应该要,"他更激昂而忘情、有力、喊叫似地说。"我多么的同情你病重了,而你一生勤劳,你是病重了啊,"带着怯懦,柔情,似乎是善良和热心,他流下泪来,感动地说,于是,秦风是第三个,在王禾的钱面前变得忠厚了,"你呀,你在病重流鼻血的时候的遗书是想着中华祖国,你令我想到……人生的意义,正直的光明,中华祖国!你是旷世稀有的伟大的老头子,你的心灵是如何的优美啊!"他喊,一瞬间忘情,而哭了起来,进入他的人生的他时常有的,特别的境界,"中华祖国啊!"

"老头家里是一定和女人吵架的。"黄晓说,三人之一的她再掀起对王禾的包围的热情,她也是简单地理解秦风是在加强对王禾的包围的,不过秦风这时很激动地哭了,以至于显得异常真诚;而且说了使她此时忌讳的不要钱的话,她便面孔有些颤栗,她高叫着说,"他一定是给钱我们的而我们要的,你秦风不哭了。"但同时,秦风的哭又使她觉得更容易得到钱。

"你哭的十分稀奇,"观察着的李学茹激动地,面色紧张地对秦风说,"你真有同情吗?"她又有些迷惑地说。

"我是同情啊!"秦风喊着,"为祖国建设事业深夜也拉车行的王禾大叔,他是如何的伟大而值得歌颂啊,——你是这样,王大叔!"

"当我有一件又一件企图地犯错的时候,
我便想到大千世界正建设得华美
而有一个老头子深夜拉车而行!"

显得善良、热诚、而且很是忠心于周围的社会的而且有些疯癫的秦风用唱歌的声音说。他便扶着王禾的肩膀,又很热情地摇晃王禾老人,而奇妙地继续痛哭了。他被自己叫喊的句子和诗歌的感情感动了。他也似乎痛哭他不能决定抢劫不抢劫老头的钱财。

但有热情的李学茹也判断着,秦风也真是有热情的;她便也简直似乎有些原谅他瞬间前的想问老人要钱了。

"那么主要的问题是,"女干部李学茹说,"你便不向老头敲索钱了。"

"那是自然的,他是多么的有着了不起呀!"秦风说。"他是多么伟大,建设着祖国。"

"那么主要的是,你们承认你们敲索钱了,他虽然没有大了不起,也有点了不起。"李学茹说。

这时候老人王禾继续头靠在椅子背上,静默着。

"我承认是这样的,我的确因为我刚才的动机不良而疼痛,"秦风带着他的妩媚的柔情,仍旧激动地,大声地说。

"你还怎样痛呢?"李学茹犹豫地说。决定不了是否愤怒。

"你秦风不应该这样太客气了,你这位不必这样逼秦风。"黄晓说。

"我是心中有着一种困苦的知觉,我觉得人生有正直者的意义,"在他的陷坑中的秦风说,"我觉得,王禾老头,"他再扶着王禾的肩膀说,"你是一个伟大的人物。"但是,在感动,柔情,似乎是真切地还是深刻的善良的感情中的秦风,突然心脏跳动,他便跳出了他的陷坑了,他面色苍白地说:"你王禾老头,我们是化外人,你自己衡量好了。"他带着脸上闪动的残酷的线条说。"你也许死了,而人生空虚,你心里还有什么痛苦的话说?"对于他,这和得到王禾的钱一样重要,虽然他得到王禾的钱的心思这时高涨了。

老男人王禾仇恨地沉默着,在秦风的激动骚乱过去了之后,他由于仇恨而继续闭着眼睛,抽搐着他的身体。

吴俊美在老男人的身体的抽搐中有一种惶惑。她又想到送老人进医院,想到从流鼻血转到恶的心脏的病症也是有的,但是也有点怀疑老人是作假,于是犹豫着,终于她迅速地看见老人的仰在椅背上的头动了一动,轻微地张开眼睛,有着深刻似地看了她一眼。她再看老人王禾的四肢抽搐便觉得有点假了。老人似乎有点装假困难了,于是吴俊美便爆发了她的市井妇女、现实妇女的性情,(一方面,理想的妇女吴俊美在其中闪烁着,)捶击着老头王禾的肩膀,而呻吟起来了。她因秦风等三人的包围王禾和秦风的深刻的狡猾而很是仇恨,她特别仇恨秦风灵魂中的恶毒的欺人的、伪装深厚的、优越的样式。

"你王禾大叔呀,你不得了了呀!"她叫着,现实的妇女要求和敌人格斗,而理想的妇女,因为有现实的吴俊美的燃烧的原故,也并不陷于呆滞,而是夸张了这种喊叫——而显出一种激昂的形态,她和秦风竞争着看谁狡猾的手段高强了。"你死了呀,你有话说呀,钱给我呀!"她捶击着王禾。

"社会上乡土里我和你前后而行,
星辰满天的日子船在平静中前行;
车在大路上前行而车前草没有绊腿,
却是来了突然的风浪,中断了前行。"

吴俊美报复秦风,并做诗说。

"突然来的风浪。"爱好文学的王禾哼着说了一句。但吴俊美又捶打他，他便注意到，继续再很真切地四肢抽搐了，而且呻吟着。

"心脏，心脏！"吴俊美说。

紧张、痴幻地注意着的女干部李学茹现在觉得有兴趣，她也注意到老人王禾的眼睛的一瞥，她很觉得有意义并且被增加发现出来的吴俊美的性格迷惑了。她有快乐，心中像奏着强烈的军乐似的。

"心脏！心脏！你要好好地救他，"也注意到王禾瞬间前的眼光的李学茹说，她心中有一个大铜喇叭吹奏着似地，显得满意，愉快着王禾的假装和吴俊美的报复的才能。"老头呀，你说，你的临终遗书我刚才没有说话，你现在也说，赠送给陌生人，我也是陌生人，是你倾向与理想的化外，我则是捐给儿童福利，——但我这么说也不对了。"她改正她的因激动而有的错误，说，"我是经手给儿童福利。"

在她的话的相助下，老人王禾果然更厉害地腿部抽搐，呻吟了。

"你像假的，你们像这样；但是决不是假的。"有着被利欲发出来的强烈的狼烟熏成狂热的心脏的黄晓，在怀疑之后又改正，说，"你说了，王禾老爷子，我们才是化外，你有陀斯杜益夫斯基的疯狂性，你与你家人，朋友，也有仇！"

"老爷子呀！"吴俊美喊叫说。在中国的街上，这有着理想，激昂性格的女人，充满着报复之情，继续着她的戏剧，"你的钱给家人呀，我也是家人呀，而化外倘是有道理的话，也是我呀，我呀，我占两种呀，然而我不呀。"

"当我看见燕雀高飞的时候，
我的心就有一根紧的弦；"

"我刚才的话是心中感慨你老头的善良。"
"你的钱当然要给家人——当燕雀高飞，飞飞，有死神来临，难再与春归。"

吴俊美激动地做诗说。

"这都明白地证明了。"黄晓说：

"当我用爪子我的黑手扑你们
我一扑就是热血赚的你们的钱
我们兴起风浪！"

黄晓鼓动起她的不柔弱的激情，大声地攻击，做诗说。

"我愿拿出钱来，"王禾老头抽搐着，因为吴俊美推他，又因为李学茹也推他，所以他又激烈地颤抖、呻吟了，像是病很沉重了。

"我们并不兴起风浪，
是你们自己翻船，
我呀，我的诗句是，
要把我的快意来兑现，
而突然我的一往风顺的平生愿望。"

谢诚志这时也激动在他的战斗的情绪中，举起了手臂，大声做诗说。他想压倒吴俊美。

"王禾老头呀！好朋友呀！"也想做诗的李学茹喊叫着，愉快地帮助着老男人的假抽搐，推他。

"我将彷徨人生了呀，叫不叫大婶来呀，"吴俊美喊着。

"衰老的老人无言于这幻影闪闪之中
你一生辛苦有许多难言的痛苦，
当这心头的往事蹦跳为闪闪的幻影，
忠实的人生呀，
你老人心中永忠实于风霜中再年青的祖土！"

383

吴俊美激动着,红着脸,叫喊着继续做诗说。

"衰老的老人是在虚虚的幻影之中,
当这心头的往事蹦跳为闪闪幻影是一场泡影,
泡影的人生呀!
你老人是十万分的痛苦,
你有痛苦的心事呀你极痛苦伤心,
苦!苦!苦!"

秦风模仿吴俊美做诗说,显出了热烈;仇恨在他的脸上闪跃,但同时混合着妩媚的,满意的柔情;还闪烁出同情的柔情似的。

"哎,你十分辛苦了。"他又对老头说,"要说是不化外人,我是你的血族,血亲,我心中这么觉得——我是你的干儿,老爹爹,我是你的螟蛉之子!"他哭泣,说。

"我们也做诗了。给我们化外人钱。"女书商黄晓说。

"我本来兴趣不高,地位也不同,"秦风说,他再又振作起他心中的热烈的特别的琴弦,"我助你,背你到医院去,我也愿送你到火葬场,你给我五百元好吧。"他带着讽刺说,因为有着仇恨;但他又很妩媚地显出似乎是沉痛的感伤,但主要的,他的声音里有着渴望钱财的凶悍的战栗,"我讲那些不该了。但我背你走吧,老人王禾,我不要你钱的——但你一定给我钱的。"他因为沉醉,带着内心的战栗说。

老男人王禾抽搐着,呻吟声而且高起来。

"给钱吧,我们化外,不干扰事,拿了就走。"谢诚志说。

"你立遗书吧,你刚才的话就算立遗书了。"黄晓带着威胁说。

"你立遗书吧。"秦风甜蜜地说,似乎发现王禾有着虚假,他突然又愤慨地说,"你假装吧?你这老头子欺人,你走吧,你死吧。"他叫着,他的声音里在叫着"死"的时候又掺进了另一种甜蜜;他并且短促地怔忪,想着死是什么。

王禾突然停止了他的戏谑,而坐直了,也仰起头来看看人们,但因为内心又突然沉重,没有什么表情;他又把头靠在椅子上。

　　"你们混蛋!"与这同时李学茹说。

　　"你们混蛋!"吴俊美说。

　　"我不死的,心肌不梗塞。"老人冷冷地,沉闷地说,他再觉得这种对可恶的人们的戏谑没有意义,而不满意自己彻底说来是因为怕死而暴露了有三千元,同时也经常和妻子、女人吵架。但突然他又兴奋了起来,激动地高呼着:"我说:雷霆呀!闪电呀,我的心灵,我的生命。我是生灵,爆炸了吧。"

　　"王禾呀!这种洋人莎士诗没有意思。"秦风脸色苍白地说。

　　"你们出丑了,而不是我。"王禾说,"但是,这也无意思。"他于是做诗而大声说:

　　　　"当我活着的时候,
　　　　我还要颉颃突来的风浪,雷霆,山巅,我的生命!
　　　　在风浪中我瞥见永远,也瞥见你们毒蛇,我的生命高飞,高飞
　　　　高于雷霆闪电!"

　　"可是我却不在内,我只是帮忙的。"秦风说。

　　沉默下来,吴俊美怜恤老人,要扶老人回家去,老人拒绝了。吴俊美便也觉得这样也可以了。老人沉思着。后来便呼气又吸气,试试自己的呼吸和摸摸自己的心脏部位,而沉闷地坐着。激情过去,他与他的丧老的感觉奋斗,而这时仍然有着懊悔他瞬间前的立遗嘱的情绪;他觉得他有些丑,异常地不荣誉,而后来的两次讽刺和假设也有些没有意义,因而有着窘迫。他觉得他在说遗嘱的时候陷入了胆怯,狭隘的情况了,暴露了他这个日常有些英雄的名誉的人的缺点;因而他不满意他自己。

　　"你老头子刚才是没有意思的,做假没有意思,"黄晓仍然想到老男人有一定的钱,想到为人宜凶恶,说,"但是你鼻血倒是流

了不少,有一种鼻血是连脑血栓的,可能还没有过去,尤其你做这种诗。"

"你刚才是没有意思。"秦风脸色沉闷地对闭着眼睛的王禾说。

"你会死吧。你一下还要淌血吧。"谢诚志恶毒地,怀着希望说。

老人睁开眼睛沉默地看着他。

"你一下还血流淌吧,是会死的。"秦风也带着一种冷酷说。他这时从他的发生了的沉闷中又振作。活跃了起来。"你的思想,是属于那些过多的胆汁的人的,你从你的狭隘看世界,希望别人和你一样,你才又开我们玩笑,现在是轻捷思想的年代,你说着建设,你就过时了。"

老人沉默着,继续窘迫于瞬间前的立遗书的行为,羞怯于感情的暴露,觉得后来的讽刺也没有能对这有弥补,而且还羞怯于做诗的激动,看着他。他也不安心于暴戾了有三千元。

被吸引着有了狂热的心理之后,在秦风的心理,比在谢诚志的心里,更觉得老人是一个敌人;秦风比谢诚志更不忽略人们的思想。他心中短时间前在被老人激起了一种希望的同时,激起了一种他的幻想力使他有于他有利的似乎同情的情绪,所以他便离开开始时的冷酷地说话的状态,而几乎被侵袭,对老人的正直的感情产生了一种妒嫉,从这又转为一种伤感,似乎觉得老人的奋斗,他的生活,是值得同情的。但后来他产生贪婪,老人装假,使他进入仇恨的情绪中。现在他看见老人有苦痛,这点满足了他,而他也后悔瞬间前的贪婪,主要的,老人和吴俊美有一种压力,使他觉得有所窘迫,而老人做激昂的诗,凶狠地刺激了他,他觉得他有时是那么善良的,而人有不幸,凄伤,而他也热爱祖国与事业。所以,他在冷酷的说话之后,便有异化的异常状态,而变为有奇怪的亲切的了。

"你是很好的,我觉得你为人正廉,而立遗书,也不是丑的,你有三千元私钱,做了豪放的诗,我说现在是轻捷的思想的时代,"他说,走上前来,"你是也有这种思想的,人生的机会。譬如,你老头子是很艰苦的。"

老人看着他,而继续羞惭着,在秦风提到钱的时候,显出一种冷淡的神情。

"老头子,你王禾,吴俊美,我也说你们的思想是很好的,"秦风便动情地说,从他的变际的情绪,用继续的幻想——继续地幻想占领事物——再涌出一种似乎真挚的表情,如同瞬间前哭了一场一样。"王禾呀,你不说我们是黑暗的多丑足的了,我们不是这样的,我的心,有一种冲击,在你的刚才的遗书前感动,后来也感动,中华自古急急有行人,我假若有黑的丑足,便不对了。你和吴俊美表示出一种气势,还有这位。"他看看李学茹说。

"那么你就不攻击他们了。"李学茹说,"你刚才记下了他的遗产了。"

"我不攻击了,相互理解是很好的。"又卷在一种伪善,危险的温情,和幻想的旋风里,这具有精力的秦风还有点眼泪,他现出善意的要扶王禾起来到店铺里去休息的态度。王禾不肯,他还拿过来王禾手中的湿手巾,折叠着,要王禾再蒙在鼻子上预防。王禾仍旧不理。他便焦急,他的心这时又有着他有时也曾似乎希望的似乎是诚恳的跳动了,这是他不久前的这种激动的继续。他的血液也热烈,因为和王禾格斗的兴奋,又出现一种异常的状态了,他焦急,而且似乎善良,似乎柔弱,要拖王禾起来到房屋里去。吴俊美也有着赞成他,奇异地看着他,这秦风,好像埋藏着的什么神异的元素这时忽然发展了他的心似的,发展了他的状态了。这个牟利的机巧的伶俐的才能于是显得是似乎是极忠实的了。他像不久前一样,似乎内心有着改悔,想要弥补过失,他好像在博取了人间的许多利益之后,换了心脏;将旧的抛却,而换成为正当的正义的事业付出自己的搏动的新的心脏。他甚至似乎是可以为这些正义事业而牺牲似的了。他似乎不是伪装与殷勤的应付,他似乎有着丰富的感情——在王禾面前站着的,似乎是一个诚实的中年人。他坚决要替王禾到房屋里面去再浸湿手巾,但是王禾反对了。他激动地向王禾跪下了一瞬间。

王禾仍旧为自己的遗书而羞惭。也为看来很好的身体流鼻血而羞惭；秦风的突然变化的重复使他终于也有所感动，弄不清秦风的情况，于是也增加为自己瞬间的流鼻血和感情暴露而羞惭。秦风的激动的活动，像一切活动一样，数量的重复有着强烈的性质，秦风这次的变为忠实的样式，似乎比以前还有着深刻性。

"老爷子王禾，你好好地休息。"秦风说。

"我将再打架的。"老人忽然愤怒地说，反抗秦风的这种状态；他显得异常地轻蔑秦风。

"我也将再打架。"吴俊美冷酷地说。

"但你们是误解了。"秦风说，呆痴下来，在真诚中受了打击，而掏出手帕来擦了擦突然伤心地又流出来的眼泪了。"老王禾，你我都辛酸啊！"秦风说。

"就是这样。"王禾说。

秦风再扐扐眼泪，从他的妖异的变化转回来了。

在他变得似乎忠实于正当的事业的时候，这几分钟内，谢诚志曾向王禾移动，想要阻止秦风。但闪灼着犹豫的目光。黄晓不动摇地站着，秦风变得似乎忠实于正当事业，他有焕发的表情，眼睛也明亮，动作殷勤，显得似是善良，而不失错，似乎心中有柔情极多。当这时候，人们奇异，吴俊美也惶惑，但她也庆幸她和老人王禾同样立场，她内心的憎恶表明她识破着这种如同传说的狐狸精一样的变化和这变化的再重复；重复是加深了袭击的烙印的，也加深了警惕。

秦风的变化转回来以前还停顿了一瞬间。

"我们要再打架。"吴俊美说。"今天我更识破你。"

秦风沉默着，而眼睛里闪跃着他的柔情的表情，再闪跃着眼泪，沉默地凝望人们很久。

王禾老头继续在椅子上坐着休息，而受了干扰与挫折的谢诚志面色苍白地站着。人们的气势挫折着他，包括王禾的流鼻血渐渐地过去；而秦风的出奇的情况他觉得也似乎是谄媚了人们——秦风而且也受着人们的打击。他不愉快于人们不重视他。参加敲索老人王禾的钱财不成功，他现在再有着一种虚弱的心情,痛苦而且骚乱;还看见旁边来了一个警官,便产生了一种要缓和吴俊美和这警官的心理。还产生了和吴俊美交谊的心理,因为他觉得他的搏击有些失败了,而吴俊美有着力量,而他要长期打算;而且,他做投机买卖,要和很多人联合。而且,秦风的谄媚人们,也似乎是可以博取的和人们的联合。这种虚弱、撤退的心理便使他从示威的男人,男权的宣扬者,转为谦逊的商人了,虽然这种谦逊情绪的出现使他心中紊乱,但这也正是这旧时当过账房的谢诚志有时有的形态。男权的野蛮仍然在他的血液里发着热,所以他便面颊的肌肉有些颤栗,他也咀嚼着他的嘴。这时他心里还被激起了爱情的心理,这是从虚弱滋生的,和先前的从心里自己激励起来的不一样,似乎更真实些。仇恨与野蛮又在他的脸上战栗,但由于以上的情况,由于他仍然想达成他的金钱等的目的,由于想迷惑和争取警官,他也陷于秦风一样的心理上的变异了,发生了谄媚的感情,弯起一条腿再向吴俊美跪下了。

他想说他是生涯飘零者,虽然这时有一定的钱。他显得很激动,但他是较之出于感情,宁是出于凶恶的陷谋与机巧多些。这在警官面前也不一定很笨;人们沉默着,他显出了很动感情的脸色。他说,他瞬间前对吴俊美示威自己有钱,凶恶,是有些错了,他终于说,他是生涯飘零者,但他说,他是有点钱的。

"现在中华人民共和国鼓励富裕起来,鼓励有钱。"他当着在这一带他有些面熟的警官刘荃民对人们说,"我是富裕而有点钱,现在也鼓励爱情与婚配,我心中也溢满着爱情。"

"你们轮流地每一个表演了,"李学茹说,她又激动地向警官说了她观察到的这里的事情的真谛,"他们每一个轮流表演了。而王禾老头刚说了他的生死恨。"

"不是这样解释的。"继续一膝跪着的谢诚志对李学茹说,"我仍然要得到吴俊美应付的钱,虽然我有钱。"他说。

由于他的粗鲁,他有一种自信的心理。实际说来,他瞬间前是羡慕秦风的伪善的能力的:他觉得这是一个明朗而一切开放的时代,他要表现自己。由于粗蠢地吃与喝他的心里有着一层冻结的油脂与油污,但他觉得他有一种细密,他要将这细密从油脂突破出来;他是有着一种细密,而他觉得这个时代是有着一种细密。这也出现一种街头的异化的现象,也由于对于有所熟悉的景观有着一种挑战的心理,他便带着野蛮,又带着他的伤感的纤细的感情,在吴俊美面前长跪着。

"我要卑鄙就能胜。"他想,一只膝盖不动摇地跪着。吴俊美叉着腰站着,脸上是渐增长的憎恨的表情,因为她是很熟悉这种卑鄙和自利了。"我一定要卑鄙、示威,而胜。"谢诚志想。

"我为一千块钱而向你再恳求,我向你恳求,由于我的心中的情感,你放弃和我的离异,我向你跪求,你一定同意,我是这,"他指着周围说,"这时代,壮美的时代木石基座,而你是对我有所不理解的。"

在他的心里发生的激动是关于较大的目的的,他是充满油脂油污地跪着,然而心里一瞬间充满着他觉得是壮大的,慷慨的情绪。他觉得吴俊美凶恶,有着高超的理想与情感,趣味,他也要竞争和表现这些。谢诚志长跪,他的心脏跳动着。警官刘荃民想到街头的秩序喊他起来,但他说,他说重要的话。

"我的重要的话是,是我,而不是你吴俊美,是这个建设壮伟的祖国的木石之基,钢铁之基,我们碌碌营生奔忙而且也是愉快乐观地不计个人利益地奔忙,但是却是钱财也落在我手里了,我富裕了,社会嘉奖有能力的人,难道不是吗?这建设的广大的阵势,在祖国的多少平方公里的土地上,不是我们吗?"他大声说。

警官再叫他起来。

"我本是想向你警官同志表明,我是很谦虚,而不是粗野的,"他解释说,他是这些年的中国社会中和正直的建设向颉颃而产生的顽固的人物。"没有想到这有妨碍秩序了,我一定立刻起来。我充溢着我对祖国的壮大的自豪,"他又向吴俊美说,产生了幻觉,他的衣着,他的语言活动,他的有着气势的人的形态,使他觉得他不是卑鄙者,而是建设者了。特别是对于警官发生的谄媚、恳切热烈之情使他这样觉得。这恳切热烈之情扩大着，于是这里又产生一种精灵的变化了，谢诚志变成多情而很爱国的。也就是说，他便这般地对勤劳者吴俊美进行了他的篡夺了。

"我心中沉沉甸甸地想着我对你吴俊美，俊美也热爱着的中华祖国的贡献；我是多么爱它呀，我建设着它，尽我的儿女之情，也是客死而不悔，另一方面，我也惭愧我还缺乏贡献，我愈是贡献愈是这般想着，我心中如同压着一块石头，我日常有许多的疏忽，但我心中是多么地对祖国有着诚挚之情与爱，我愿意你知道这，而同意我，我对你也充溢着诚挚的情与爱，——你看，祖国是多么爱我。"他心中发生着真挚似的感情，而扬起手来，叫着，这便不逊于仍然有点含泪的站着的柔情的秦风了，"北京的冬天是很安静的，我就想到过去的冬与春，而你和王禾的那些中外文人书，是的确不适于我们的，我心中多么地感慨啊。"他说，这时他以跪着为愉快，他的干燥的、嘶哑的喉咙也充斥着他的感动之情。

"你要达成什么目的呢，起来起来。"警官烦躁地说，便弯下腰来拖他了。

"但我要再证明，"他挣扎着，又继续跪下，是双膝跪下了。又改为一膝跪，"我要说明现时代流行的应该要说的两点：我心中充溢着爱情，我有我的能力得来的钱。"他感动，脸红，热烈而带着极诚恳的表情说。

他的粗鲁的叫声与动作引起警官刘荃民的讽刺的感情，笑着再来拖他，托着他的两边胁下要把他拖起来。

"我一定要说的，我要说明啊，"发生了强制性的冲动的情绪，谢诚志叫着；他的心跳动着使他忘记自己，他继续挣扎着要跪下，于是又跪下了；他这时确实有着对吴俊美的什么样的深情似的了。他这时有着对自己的喜爱的感情，觉得自己超越了凡俗，于是心脏冲动而很感动，并且嗅到警官的制服的温暖的香气；"我要说明啊，我要到金钱是人性不是坏人控制的未来之日去说明，请放弃这一原理，放弃金钱这一客观物要受正理经济制度支配的这一原理，假设有这未来之日的话；我也承认正的人性是金钱啊,我也感动于这一原理,赞成这一原理,我是爱情也崇高啊,我的金钱仍是我要得利,主要的是爱情的崇高啊,我是要得到理解的。"他嗅着警官制服上衣的下幅的香气,跪着,并且嚎哭了。

"你清醒了,你清醒了!"黄晓打击着他的头和肩膀说,"你像那老头一样出鼻血了!"她叫喊着。

"我不出鼻血啊!"出于一种激动,他哭着又叫着,"我只是说我是建设祖国的,我说完了,我不出鼻血,我一千元不要了,但是仍旧是要的,我们勤劳,而你读文人书是懒惰,遐思,误事。"他向吴俊美叫着,"你应该给我这勤劳人的,我建设社会啊!"

"放你狗屁!"吴俊美说。

"你要说你不鼻出血的话。"黄晓说,显出十分地热烈。"你刚才有的话不错。"

"我说鼻出血的话,"谢诚志喊叫说,"我说,一千元我不要了,而我的爱情奉献了,做无私的奉献,人们歌颂你是无私的奉献——但我要做无私的奉献啊!"带着内心的仇恨的激动,他叫着,"我要做无私的奉献,我热爱祖国!我是你人民警官的孩儿啊。"

"鼻出血!你鼻出血!"黄晓说。

"我跪着。"谢诚志跪着,说,这跪着的动作里面有着对于自己说了的"鼻出血"的话的懊悔的情绪。警官拖不动他。

终于他自己站起来了,迅速地变为忧虑,脸色苍白,而且进入一种冷酷的沉思,似乎瞬间前不是他似的。这精灵又变回来了。而这时候,眼睛里含着泪的秦风,还流下了一滴眼泪。他感动于什么。

"牛鬼蛇蝎,"王禾静坐着轻声说。

秦风也显出了一种忧愁的神情。

"我有很多黑的角,很多丑的足。"谢诚志说,"我刚才不胜。我这一次不行也没有关你。我很多的角。"他又说。

"我也有角。"秦风说。

吴俊美冷静地站着,这时候显出一种激动,回头看看,她激动于谢诚志的丑恶,还惦念着她的工作。

"旧时候在风雨晦暗之日,你谢诚志就是这样,你背叛你自己的少年时之心,背叛我,我们关系断了。"吴俊美声音嘹亮地说,"若问我有没有感慨,我现在在这商业的江河里内心平静,我曾有被打击,"她对警官简单地行礼,说,"我的痛苦之一就是这谢诚志差不多刚结婚就是坏人。我困难时也站在胡同口的那梨树下,呆想着我也要前行,和瞥见的光明,如同文学家鲁迅所说。在鲁迅两字上也和你们打架的,"她又对谢诚志说,"再会吧,走开吧。"

身体有些强壮,胡须刮得很干净,服装和肩章显出一种威严的警官,向着吴俊美笑了一笑。

"你说得很对。"他说,他的声音,因街边的空气,因吴俊美的骄傲而显出一种快乐。王禾流鼻血以后的虚弱已恢复,站起来端椅子又往副食店里去,吴俊美便抢着端着跟着进去了。警官刘荃民想走开了,但是又站下,因为想斥责谢诚志,他陷在冲突中。李学茹因站到这里预备走开了,但是她心里仍然有着残余的兴奋,又看着谢诚志和黄晓。她刚才也很想攻击谢诚志,但是抑制住了,想到自己站得太久了。

"我另择对象了,你鼻出血了,我和你决裂。"黄晓这时对谢诚志说。她有些畏惧,但是觉得在人们里面,她也赚到钱,是也骄傲的。

"你怎么另有对象呢?"谢诚志窘迫地说。

"我另有对象是个体户的裁缝,有钱,做港式的,你见过。我另有对象是跑武汉做个体户的,还有烟酒的,我还有一个我所恋的长发的青年。我另有对象,"她高扬着声音,看看警官,带着她的幻想,带着虚构说,对警官敏捷地表现了敌意,"我另有对象是做武侠与怜爱小说的,做一句一剑击来,一脚踢去,就几百元。"她说,声音特别高,也就制胜了周围的环境和警官加给她的压力,因为警官查过她的书摊,她进行敏感的争夺,觉得这社会是属于她的。

黄晓显然有些混乱,但她继续有着她的尖锐。她仇恨着吴俊美等人在这街道上产生的压力,仇恨着说理想的王禾和热心的李学茹,看见华美的,有些显然的犹豫脸色,想说什么又不想说什么的警官,她就特别地心中沸腾着仇恨。她忽然想击败依她看来有笨拙的忠实的警官。她便搔弄她的有些长的,扎着黄手巾的长头发了。谢诚志也显出骄傲,在整理他的没有领带的西装和大衣。骄傲,变得冷酷的黄晓便要打谢诚志的面颊,谢诚志闪开了,她说,她另有约会,便走了。

她像是有一个对象在等着她。一个俊美的、享乐的男人。她现在有着一种因为内心虚弱而有的悲伤,便幻想这样一个英俊的,来自香港的,可能是剑客,首先是情场能手的男人。她这些观念是有一定的幼稚的,但这些观念又是作为一个极贪婪于金钱势利的女人需要的;她是有些粗俗的,但她却时常有着她的有热情闪灼的思想。她现在受着警官的压迫,受着整齐的制服和肩章,和警官刘荃民的威严的压迫,又想挑战,便也在心中又输入了一些她需要的观念。她便设想这样一个男子从国外来,也是回国来参加"四个现代化"的建设的;国家的纲目是这个,她觉得这也联着她的生计,所以这时她心里便因为与警官的制服对立而产生了一种激昂夸张,与异化,她觉得她是十分拥护"四个现代化"的建设的。她也确实有拥护,但她心中明确她是反对现代化建设的正义的立场的。她甚至也不反对建设,尤其是和其中的作为杠杆的商品经济,但她觉得这全部不必要正义的社会主义。这情形是这样联锁着的。这有些精灵的年青的,也有着时尚的女人的精神是各方面都敏感地碰触到的,犹如金钱是各方面都碰触到的。她不高兴国家的正义的专政,而她便用她也心醉于现代化的建设与商品经济来抵挡这种心理上的虚弱,警官的制服使她在骄傲的情绪之中敏锐地思虑了一些问题。她是幻想的女人,也是极现实的女人,她在这社会谋生而思索着在哪些地方以及如何与这社会相依存与排斥。她这时想着她是谋生的,反抗性便低抑下来一些了。她计算她是售卖武侠小说,其中有卑贱的,和带色情的诲淫的书的,还秘密卖一些更坏的,她现在便想着她卖武侠,恋爱小说,还有旧小说,里面有人们提倡的武松,是参加"四个现代化"的建设的。她想这可以搪塞警官了,她假设其他是没有的,便心中宽慰,而觉得自己是拥护社会主义建设,而发生一种温和的感情了。她想她有时候,——主要地,她假设她是遵守规章的,也代卖一些深圳香港来的香水口红,而爱情现在是提倡的,妇女化妆是提倡的,她便也是有贡献的了。她还卖出贵重的化妆品。有许多个体户是很不错的,她也想着自己是这样并且心理上侵入他们来享有他们的声誉。她想她也不必惧怕警官,而从另一面,从她认为金钱和社会的阴暗而无情会胜利这一面讲,她便也正是有着很多的足,很多的角,她便还有着一种轻狂,她走了两步又走回来了。

"再会了,一拜一别!"她甩着头发说。武侠小说有这样的句子,虽然她比较粗俗,不及她所崇拜的偶像们,心中也有着一种痛苦,但仍然觉得傲慢是适合的。她带着矜持,挺着她的胸又走了,她觉得她也有有魅力的身段。

"你等我。"谢诚志说。

"再会了。"黄晓说,站了下来,很久地站着,突然又觉得极孤零,而且自己极娇嫩——这也是带着一种假想夸张的;她觉得自己是华贵的灵魂,而落入困苦了。但总之她觉得自己有危险,而流下泪来了。粗俗的女书商因为也是少年青春的缘故,因为感伤的缘故,因为当代的金钱的蒸笼的缘故,因为当代的商品渐华美的缘故,而觉得自己是华贵的。她有敏感的灵魂。她流泪并且看看又走出来的,显着沉静的脸色的王禾,和又走出来的吴俊美,和又站下来呆定了,奇异着社会的逐渐在她眼前深化的李学茹和脸有些红,有些战斗的轻蔑之情的警官。她觉得这些人要控告,指控,和逮捕她,而她一则是拥护现代化,一则是有着娇柔的;她觉得她还长得窈窕和一定地美丽,是市场上的现代化的需要。她的耳朵上的红的玻璃耳环摇闪着。

"这是干什么的呢?"秦风看见谢诚志没有胜利,而黄晓又哭,觉得受了连累了。因为心里有剩余的柔情激荡,他便很烦恼了,他看他的阵营有些败,便发生着他是领导着这阵营的意识,又离开了他的柔情,对黄晓吼叫了起来。他的心中快发生变异了,要抛却黄晓谢诚志而投效警官和吴俊美一方了,他有一种幻想,假想的对势利、俗恶的仇恨从心中起来,便是柔情再又起来,他的脸上的瞬间前的狡猾的狐狸似的线条又颤动着,"你这黄晓怎么这样,你要知道祖国啊!"他几乎要"出卖"他也从中有一点利益的黄晓的卖坏书恶籍的事情了,感动的,顷刻前流泪的表情出现了,但叛变并没有发生,他也不觉得黄晓会向警官说这个,虽然警官刘荃民曾经查过黄晓的书摊。他的一瞬间的敏感也在于有些畏惧警官。"你哭什么呢,你和谢诚志不错的。"带着感动和领导社会的意识,他叫着。

"不错?"内心纠缠着她的各个核算的黄晓便要显现威风,她觉得自己受了一定的欺,她便走上前去,很响地打了谢诚志一个动作的面颊,说,"我和你一拜一别!"她的心中这时又蒸腾着卖淫秽书籍和走私的利欲,觉得胆壮,看看警官。

"不要这样。"警官敏感,恼怒地脸红,说。

"我这样是有我的心灵的痛苦伤的,"对警官宣战的黄晓说,这热情于她的生活的触须的顽强的女人虽然显出幼稚,仍然说:"现在是什么时代,而他这般地恋着旧式的婚姻。"而且叉着腰。"爱情和甜心的爱情,和心肺交触的爱情才是对的,爱情是随时便甜心才有意思,爱情也不心肺,是肤触。现在流行的是,我最爱你一个人,除了你我没有别的爱。"

"人本来是应该坚持操守的。"刘荃民不满地说。

"但是我说流行的是这句话不实。"

"我不懂这些了。"刘荃民轻蔑地说,他对她有个人的敌意。

"哈,不要这样。"秦风说,因为不能决定站在哪一方而脸上的一种柔媚的、流泪的线条闪灼着;他有些畏惧警官,他的目的是想把事情再拉到谢诚志和吴俊美的纠葛上来。他的柔媚的线条又消失了,用冷淡的眼光看着黄晓。"你不要这样,"他带着冷酷喊叫着说,表现了他的对社会的占据的欲望,"你为什么打他谢诚志呢,你是错误的。"他便显得凶恶,而用力地推着黄晓。

但当他由于内心的流泪的感情,由于欲望占领社会,而冲动地预备说到谢诚志与吴俊美的时候,黄晓却推开了他,使他失去了发泄对吴俊美的仇恨的机会。他因为吴俊美的活跃和对谢诚志不败而一直仇恨吴俊美。

"我们也许有错误了。"黄晓对警官有礼地说,又想到这警官曾没收过她的几种违法的、海淫的书籍和一些画片。"但是新时代的风尚,人们说引进外国,又崇尚爱情与武侠,也是帮助祖国建设的,你能放宽尺度吗?"她带着专注的神情,不理会秦风,发生了她的内心的热烈,而辩论着说;她迷惑于她的世界,金钱与势利在她的心里结构成一片虹彩,所以她便一瞬间带着确信说着;几乎相信自己是正确的,虽然脸上也有或一闪过的迷惑的表情。她并不是用一种道理来辩论,而是认为她说的是整个的道理了。她那或一闪耀的迷惑是她想到她忘记了什么,忘记了对方的,社会的正义道理,并且想不起来这忘记了的是什么具体的道理,虽然她想到想起来也会说。"也是振兴中华建设祖国的、绝对是建设祖国的,有助现代化的,人们看我的书心灵通窍,能不振奋而心灵轻快地从事建设现代化吗?人们看了我的书能不色艳才美,譬如这北京的都城华装,而华灯初上,更是一番色艳才美。人们看了我的书,难道不是展开心肺的世界,人生的知识,性知识的需要,难道不是这样吗?人们看了我的书难道不促进市场的旺盛,增多娱乐与消费吗,而促进生产吗,就那烟酒这一项的消耗而说,你吴俊美副食店不是要增多生意,而人们看了我的书,难道不夫妇男女增感情,也穿绸戴玉,戴花,于丽阳照耀,春风荡荡。人们看了我的书,难道不增加旅游嘛?"她像旧时推销布匹,肥皂,或一种药草糖的商贩一样说,还带着一种唱腔。警官和人们便觉得她是会说话而且顶有知识了。她知道有这效果,便有些得意,而在谢诚志和秦风的脸上,也有了一种欣赏的,有些快乐的笑容,秦风的这笑容比较谨慎些。警官有恼怒的笑容,李学茹有激动的脸红,"管闲事"的闲人因此又站下来了,继续她发现深化着的社会和相冲突的各有其激情的人们的心灵,而吴俊美的脸上有着忧愁的皱纹,在研究着这些话,研究着其中可以煽惑人的地方。她和警官也注意到黄晓这些人们的渴望,人们沉默着,黄晓居然发生了使人们思索的作用了,这不是她的话的内容,而是她的讲话的气势使人发生的。"我们是有贡献的,现代生活崇尚爱与美,男女爱、柔情爱、多情爱、寡情爱、肤触爱、一种推进社会、年龄殊别爱、样式特别爱、殊别特别审美;当然最好的也是不殊别而双双殉死的烈情爱,郎才女貌,当然也有情成眷属;意态美、情色美、装扮美,诗歌里不是有:大自然呀,装扮起来呀!心……"

"心灵美。"警官说。

"心理心肺美。我们不讲心灵美。心理心肺丑亦推出美,七情六欲美,女体男体美,情色风流,不大讲健康,是因为讲有一种人憔悴。我和你警官说不恭了。"因为说到这里有点衰弱,她便又高声说,她要逞强和强占社会,她为和她恨的警官战斗。"你政府是管这事的,今天应该提倡呀,一个女书商的意见,我心中是向往永远的情意的,我说祝你干杯了。"她便抬起手来,做端杯的样子,在一种胜利与再起来的沉醉中,向警官说,但警官刘荃民的冷笑的神色这次便陷入软弱了。"我向你敬一杯了。"她又做着动作说,但是有了恍惚的神情,一瞬间,从言词的聪明中坠落,又显出了她的粗俗和她有着的幼稚。但是她的心有单调,她的夸张的沉醉,她对黑暗势力的醉心,使她再向警官及人们挑战。"我再敬你一杯了。"她再举起手来,这次是用手指做成圆圈,代表酒杯。她又觉得她不慎重了,市场上的她的社会的"虹彩"的感觉,抑制着,这便是说她的心有着复杂的感应;她沉默了,在冲击与抑制之中,她的脸上有着一种凶恶的表情。她的这表情又消失,她便变成有礼的样子,又思索着。她的表情的变化说明她为着她的利益用着全部灵魂在决斗。"我刚才打他谢诚志,我也愿意道歉,向你警官和他谢诚志道歉。"她挑战地说,并且迅速、激动地鞠了两个躬。"但是我希望你了解,我是属于永远的情意的和永远的黑暗的。永远的黑暗的心的。"她说。

"这怎么解释呢?"警官刘荃民愤怒地笑着,他觉得他被欺侮而有着内心的痛苦了;也有着一种凶恶的,带着残酷的奋斗的表情,他的男子的气势不相适应。但他对这黄晓有着个人的轻蔑,这是上次和她的遭遇余留下来的,她的挑战使他有着一种内心的苦恼——觉得自己的力弱。

"没有什么可怕你的。"黄晓退了一步,看看他,说,并且很快地甩着长的头发。"我们并没有太多的违法了。"

"了解你这种!"刘荃民继续忿怒地说,脸有些红,带着他的内心的苦恼;他觉得对付这黄晓和谢诚志等是有所困难的,而且他被激起了一种愿望,便是对付这些人要达到高的水平。他觉得发怒似乎不好,但他的内心燃烧了;他的脸上的复杂的表情,同时有忿怒,思虑,以至于深思,肌肉的紧张与轻蔑的笑,他的这神情,也是使又想走掉的闲人李学茹又站着的原因。在李学茹的眼睛里,刘荃民最初是淡漠的,但现在他变得热衷了。但刘荃民心中的力弱的感觉过去了,轻敌、轻蔑之情高升着重于重视敌人之情,因为他内心发生着一瞬间的不冷静;因为觉得社会和国家的现实而有着力量,他的脸上又有着淡漠的表情。李学茹又便想,人们并不一定因为注意到黑暗的势力一定的顽强和广泛而被它们纠缠的,人们有着自信的力量。

"他警官了解你这种!"被黑暗势力纠缠了心灵的李学茹,想到刘荃民有着在这方面的刚强的力量,虽然她也注意到他的似乎有的被动;她便带着依赖,说。

"那你们怕不会体谅到我的情意!"黄晓有点幼稚和粗鲁地说,她现在散失了她瞬间前的聪明与激情了,便想用女人的力量,娇媚,或可取得胜利。

"也正是不理解你的情况,"警官刘荃民突然严厉地说,"你刚才十分不礼貌。"他继续严峻地大声喊叫着说。

黄晓便有些轻微的脸红。她想说她已经尽了礼貌。她心中畏怯着,但犯罪之心有时激昂,她有着普通所谓"利欲熏心",她想再恢复她的顷刻前的激烈的搏击和聪明。她的头脑里也有着一种恍惚，人们在这种窘迫的情形也是有一般说着谦逊的话而遁去的，她也可以和有时遁去，但是她这时却心跳着，因为她说到了，夸张地说到了她的社会势力——这时代有很猛的冲击；金钱与商品产生的正直者一方的精神高扬，扩展，胸襟遭遇呈现于市场，社会，而依附着金钱与商品活跃而滋生的牟私利者的黑暗的势力也带着燃烧性勇猛冲击，而市场上的犯罪有时增多。黄晓眼睛邪恶了，甩着头发，她有所蛮横。她时常凶恶地眼睛发亮地瞪大，邪恶。

"我们可不可以说到我们的见解呢？"她说。

"那你说吧。"李学茹说。

黄晓恍惚着，想着是逝去还要对警官冲击。她突然又流泪，因为市场上除了人们的大量的健旺以外，有大批的感伤。她便用手帕擦着眼泪。

"我们个体户我是和受表扬户一样，曾有一次你警官走过，默无声知道我们是遵守规章。就拿这里吴俊美的副食品店来说，我们是一样发扬商品经济，我那一次被你抽查真冤枉啊，那是一时的不妥，我们各样手续不缺，为什么你这位见到我们这样冷淡呢？"她说。还有一种占便宜的心理，想在她的一类人中间逞能干，奇袭警官致胜。于是她在流泪和谦逊之后又凶狠了起来。她的眼睛又邪恶了一个动作。她还不屈服，想助谢诚志敲索到吴俊美的钱。谢诚志在吴俊美面前的失败，使她愉快，因为这样她可以获得这一恋爱对象，也使她愤慨，因为她是希望谢诚志弄到吴俊美的录音机的。她还觉得秦风和吴俊美有冲突的情况也可以帮助她。但现在她失望了。市场上赚到了利益而轻狂的黄晓便将这发泄在穿政府制服的警官身上了，"你为什么见到我们，采取一种打击呢？"

"我没有采取打击，你有言论过分了。"警官刘荃民说，他突然再愤恨，声音很高，"你的见解是你要爬到顶高的屋顶上去放火。在我头上放火。"

"我们是善意的人民。"黄晓说。

警官刘荃民,因为激越的愤怒,便活泼地笑了起来。他因为受了欺侮而有愤恨,发生了讽刺的情绪,笑了起来。他也因为觉得愤怒而又窘迫而笑了起来,他眼睛闪灼着,身体震动,也显示出他是有着很明朗、活泼的性格的,给了人们以和瞬间前他的沉闷相反的印象。

这里站着的人们都看着有活泼和深刻性情的刘荃民;秦风跟着刘荃民笑了几声,他因为希望吴俊美失败而长久地站在这里,觉得无聊了,现在发生了对刘荃民的一定的敌意;谢诚志也有些失望了,但是他身上有一种顽固的力量,而吴俊美,悬念着她的铺子,却也因为想击败谢诚志而呆站着。吴俊美是秦风和谢诚志仇恨的,她也仇恨他们。刘荃民加入了一种新的激动因素,秦风希望他失败在黄晓的手里;有着活跃的性情和时常也占着市场利益,参加黄晓一定的营业资本的秦风,在他的微笑里痛恨着前来干预起来的刘荃民。他有几百元参加在黄晓那里。

"我们不信吴俊美就这样优势,来了警察相助,"黄晓说,她是和谢诚志说好,助他弄到吴俊美的钱的;她跟吴俊美的街巷商业界的正直的声名,"你吴俊美不能拿出钱来助谢诚志么,我们站这里很久了。"

"这是办不到的。"李学茹说,她希望着刘荃民捶击嚣张着的谢诚志几个人,她注意到,秦风见到谢诚志一直有很活跃,他对谢诚志和黄晓温和,时常表现出一种亲切的感情。

"这也不是完全办不到的。"秦风突然再带着感动说,"人总可以有畅叙自己的意见和社会上的见义勇为,我认为,吴俊美很有着精明,而谢诚志是有些傻——你不要看他这个样子,他有些傻。"他机灵、热情地向刘荃民说,再带着他的流泪的感动,觉得他一方面的谢诚志是异常可亲,而吴俊美也是于他的温柔的,热情的性情异常可亲的。"他的确有些傻。我于他没有什么关系,但说两句也是一种情谊,吴俊美与他应该互助。他是的确傻的。"秦风热烈地攻击着吴俊美,说。

刘荃民的性格有着一种隐戏的斜坡，他瞬间前活泼，现在却不很满意着活泼，而变得很是阴沉严厉；他受触犯了，从代表政府讲，和从他的个人个性讲。他补充瞬间前的不够严厉而阴沉着。他的性情里有着对社会的相当充溢着的犯罪的忧虑，他因接触多而有着较深的感叹。他对秦风的言论有一种深的战栗的敌意。

"是这样的。"黄晓说，"秦风副经理说的是对的，他老谢有些傻，我们这里说的是人情。"她说，而被人们说有些傻的凶狠的谢诚志便有着微笑，他似乎想要更凶些而不"有些傻"，他的脸上有着一点残酷的微笑，这一点，刘荃民注意到了，眯着眼睛看着他，以至于黄晓有些紧张，"我说的是不错的，吴俊美是国营的灿烂的商品经济，她是这一带的一颗辉耀的新星明星，她对我们是不理会的，"她增加攻击说，"时常说我们是违反规章的，还有进去休息了的王禾，都是精悍的社会。我们说现在金钱的势力狂张，社会不为某些人想象的优美，她吴俊美便骂我们，我们只好致意，表示对她这种人的敬意吧了。她难道不应该给谢诚志一千元吗？"

"一千元！不像某些人想象的优美。"刘荃民说，看看注意地研究什么的李学茹，"你看吧？"刘荃民便再显出活泼、讽刺、笑着，对李学茹说，变得年轻许多，而且深深地叹了一声气。"你向我宣讲进攻了。"他又对黄晓说，"而我，黄晓女书商你听好，是心中有着一定的伤心的，你们常宣讲社会黑暗的理由，人们是质询我的制服和我的心的；黄晓你听好，我是有和你格斗的心情的，但是似乎也很难，黄晓女书商你再听好，我说你是向我进攻了。吴俊美是经过了艰难的道路。"他极伤痛，受刺激地说，因为女书商的猖狂，因为同情吴俊美和进店铺去了的王禾而有着这种意外地受刺激的伤痛，声音有些战栗，而眼睛里有着一层很薄的眼泪了。他掏出手帕，假装是眼睛里飞进了沙粒，而擦着眼睛。虽然人们看出了他眼里是眼泪，他仍然沉着地假装着。此后，他就因内心羞怯于瞬间前的眼泪的情况，而带着伪装，再便得很活泼。

他似乎是突然地再变得活泼，又显露出他的活跃的性情；因为和顷刻前的冲动相搏斗，他的讽刺的热情很高，他也是觉得李学茹的热心在支持者他。他变得极热衷于这街头的事件了。

"黄晓你听好！你是顶了不起的！"他热情地，讽刺地叫着。

但是他在活泼与讽刺了一阵之后再沉思，而又变成严厉的了；几乎不可觉察地变了表情；他再又觉得他活泼不合适了。但他又笑了一笑，觉得过分严谨了也不适合于和女书商激战。但他仍然由于或种伤心而再变成严酷——这笑容也不留痕迹地失踪。但经过内心的这种变动，异化，警官仍然有着复杂的内心的激昂，他的心里充满着对于黄晓等的热烈的敌对。他陷进去的和黄晓女书商等的不平衡的格斗情况，使他的内心有着较多的被动，但他仍然决定了冲击。

黄晓再要吴俊美拿出钱来，而觉得警官过分威严，觉得警官不必管闲事的秦风也策应着她。黄晓厉声说，她从来是遵守规章的，并不走私，也不卖诲淫书，而那次被没收是误会，是代人受过失。因此，她敢于向曾在街头反对她的地方上的先进的明星吴俊美进一言，要照顾社会，不可以一意孤行，要拿出钱来。她声音很宏亮，而且带着泼辣，后来眼睛又潮湿了，便又凶恶地要打谢诚志。吴俊美不回答他们，进店铺里去照顾营业去了，但后来仍然出来了。黄晓继续和吴俊美和刘荃民做着搏斗。她显出来她是不屈的。她觉得她在这土地上有地盘，而再将自己长高了来搏击，她再宣扬黑暗的力量；她虽然是这年代的金钱和轻狂的男女和他们的对抗巨大的人们的理想的黑暗与荒谬的幻影中的幼稚者，然而她有残酷和凶狠。她便反省了自己在刘荃民面前一阵时间有着的内心的惧怕和受窘迫，而适从她的幻想的和现实的即金钱势力的处境，又自己长高了。

"你警官呀，你是有脾气，然而你有善意的人性，你们人性供我们驱使的，我直说了，我说你是善良的王禾老头一类的人，送你们一声，而你不懂得永远的情意。你不供我们驱使吗？"

"她这一点是不敬了。"谢诚志带着困惑对警官说，又看看注意着的李学茹。

"这话也有点道理，"存在他的情况的陷阱里的秦风暴露着自己的见解,对刘荃民和李学茹说,又看看吴俊美,"现在是钱的世界。"

"放屁!"吴俊美说,"是我的革命的人道的国营和联营私营货品商品的世界!"得到刘荃民两次活泼和威严的鼓舞,吴俊美说。

"但我们说永远的情意。"黄晓说。

"对了,永远的恋情,情意。"谢诚志说。

"对了,永远的情意。"秦风说。

"放你们这些的妈的臭屁!"刘荃民愤怒地说,但稍稍回避了闪避秦风。他斜着眼睛看了一眼秦风。

警官刘荃民心脏热烈地跳跃,面对着黑色的理论。他对这次的忽然粗暴没有遗憾。他在骂人之后有一种见解和愉快,觉得捕获,三个丑恶之物——在意识形态思想上捕获了它们——骂人是补充了自己的窘迫的缺点。他便听着。他觉得这三个人的表情和声音里都有一种贪婪的残酷。他在他们脸上也发现残酷的线条,他们都有一些苍白,一种从黑暗中来的贪欲。

"永远的情意,钱的世界!"谢诚志被骂而流汗,攻击着说。

"放屁! 永远的情意,理想的世界!"吴俊美说。"理想掌握金钱的我们的世界。"

"你们放屁!"李学茹抢着对黄晓等叫喊着,她觉得她既站在这里,就要活动,不要是街边的呆傻者,她觉得她很久没有说话了。

"你们放屁! 再说放你们你祖宗的臭屁!"刘荃民也抢着对黄晓等说,声音带吼叫。他觉得他快要被抢去说话的机会了。由于内心的激昂他这么说,而由于这不平衡的格斗,他显得有点紧张。

"你当警官的都是理性的人物,不说这些的!"黄晓说。

刘荃民内心里略有一点窘迫,因为人们是提倡警官的理想,她笑了一笑又活泼起来了,变得有一种快乐。这是表示他集中精神,热衷地参加格斗了,而他是有着警官服里的快乐,活跃的率真的性格的,他脸部的肌肉活跃,眼睛发亮,而带着率真的情绪,快乐地笑着。

"你这次笑了,就不做制服的表情了。"黄晓讽刺地说。

刘荃民便因这女人的聪明的、不恭敬的话而再变得严厉,面色有些苍白,这苍白里有一种深刻的顽强,这也表现着,这是他警官服里原有着这样的不容人的性格。

"你欺侮我又一次了。"他向女书商大声说。

"你不必为他们而生气。"爱惜着人材和才能的李学茹,估计警官是处长级以上一些似的干部,欣赏着他的聪明的前额和眼睛,说。

"我很感谢你了。"刘荃民对李学茹说。

"你,刘荃民,驳斥他们的胡说。"吴俊美热情地依赖地说。

刘荃民沉默了。人们再见到警官的变化,他在思索中变成普通常见的警官,有一定严厉,但有着温和的长者的样式,看着对立面的三个人。他注意到他们脸上有着残酷的线条,但现在他在冲击了之后想尽自己的心愿启发这三个人的改正的心,他这样想的时候,便觉得要尽力,觉得这种改正似也是可能的。北京的都城有着复杂的、深沉的生活,刘荃民觉得许多普通人的灵魂有着对黑暗的教育作用,便从人们的生活经营说起,想给黄晓等以教育和教化。

"你们走离普通人民,居民的轨道很远了,要及时回头。"他带着有凶狠的温和说,便期待着反应,他心里有着热辣的仇恨,想爆发出来,但是他头脑里假想着黄晓的一方有着善的表现,真也似乎是可能的,黄晓等人假设不全是残酷的线条。他想他们似乎可以这样了,但是同时又想到这是异常的艰难,而自己似乎只是倒行办事,也落在一种幻想里了。他便有和他们撕打之心。

"你们说永远的情意,但永远的情意要有个人的人民道德与修养。"他声音颤抖地说,做着温和的表情和再让步着。

"你这话有对的。"黄晓有着惧怕地说,"但是请问,为什么人不应该思想自己爱想的,幻想自己爱幻想的,为什么不能讲诗情画意美,情色美,金钱和机会多利点的利益优美。"

"我一定地忍耐着听你谈。"刘荃民激烈地说,"你要好好地趋向守法的人民，"他又转为温和些，但随即又有些愤怒了，"但是，也许要先说，这谢诚志想要欺诈吴俊美，是办不到的。"他的嘴边也出现着一种残酷的线条，说。

但是黄晓仍然觉得警官是软弱可以欺侮的，他觉得警官都是谦让的和进行说教的。她觉得警官和她谈话便是损失利益，她还瞥见刘荃民的脸上在嘴边的凶狠线条之后有期待的表情。

"你没有回答我呀。你不能说服我。"她说。

刘荃民激动着，因为自己有着内心的骄傲与温和，严峻，凶狠与和平之间的冲突。而且还有着因吴俊美等受欺而有的痛苦。他的脸上活泼的表情又消失了，再有着轻蔑的神色，他再想和面前的三个敌对者作一种奋斗。他有一种警官容易陷入的气势过于强旺的心理，因为这年代警察的力量也强大；他有一种个人好胜的心理，因为心中有着——始终有着实现自己的心灵的愿望，建立英雄事业的想法。但有时他觉得自己夸张了自己能力一些，他想到敌对者也是很凶恶的。他倾向于凶狠的情绪多些，这种凶狠的情绪，脸上的肌肉的颤动使他有着凶恶，但他沉默了一阵，又有着直率的表情，这种直率使他有点像年轻人——李学茹这么觉得——他现在又倾向于用他的忍耐来搏击。

"他们刚才谈了不少审美的人生，"从副食店走出来的朱美说，也对刘荃民的严肃有所不满，但不觉地处在对他的畏惧之中，注意地看看他。"你大警官一定发表你的意见的。"她带着神往说，便回顾着，没有再进店铺里去了。

"永远的情意是有的。"刘荃民说，他看看朱美，嘴角又有凶狠的线条战栗了一战栗，"是有的，像吴俊美师傅在这一带工作……她常说到几个患难的老文人……你说的那种个人利益的恋爱，你还说到黑良心，你说得丑得很，"他再显出凶狠说，"像这北京的冬日将去的太阳下，也有永远的情意。"显出凶狠之后，刘荃民又带着一种突然有的温和和关心慈祥说，并且显得年龄老些，有着北京都城似的深沉；他看了李学茹一眼。"我们的人民有悠久历史了。"

"但是,你对于永远的爱情的见解呢?因为我们说,"热烈的黄晓说,带着她的盲目的敌意,想着她还是要继续进行攻击,"因为我们觉得青春,爱情是最有价值的。"

"这自然是,青春的价值。"自觉又变成街边的无聊的闲人的李学茹愤怒地说。

"但是请问警官同志。"谢诚志说。

"譬如这里有一件家庭婚姻的错综,这也是道理。"想不说话又突然激昂的秦风说,同时觉得自己幼稚,懦弱,有着脸红。"我觉得这值得问吴俊美。"他带着闪灼的笑容,说。

"我说,爱情是人生恒久之物。"警官忍耐地说,因为激动,想要说道理,显出活泼,又从年老似的深沉的样式转为年青了,因为他也不满意笨重,"它是我们极是肯定的。"他的热望的声音说。

"领教了。"觉得不怕警官,觉得他有弱点和有好胜心的谢诚志说,"可是心性的错综呢,"他的嘴边闪灼着残酷的线条,说,"譬如我和吴俊美的问题。"

"错综呢。"黄晓说,"货物是商品,有一些人一切的欲望的错综。"

"但是这不能是骗子货物,骗子书籍,坏书,反过来说,也不能是抢劫!"警官觉得被欺了,愤怒地,似乎有些失控地,但显得更年青地,大声地说。他的心灵在和这黄晓的格斗中有一种沸腾,"你的那些书是漆黑的。"

"我们适应时代。"女书商说。

"狗屁!"刘荃民说。

"但是你警官是一种灿烂的眼光,像高层楼屋顶一样灿烂,但是不懂诗情和画意的。"

"请你说意态美,今天的商业,要有意态美,我们说有许多人太守旧了。"谢诚志说。

"请你说情色之美,永恋永情定情之美,永幻想之美。"黄晓说,声音宏亮,震荡于这上午的有些冷和太阳照耀着的街边,显得很凶狠,猖獗。她要搏斗胜利,她觉得警官是软弱的。觉得这种战斗的刘荃民和人们沉默着。

"他也不一定不能回答得很好的。"朱美说,带着惊异和希冀,贪婪地长久地注视了一注视刘荃民。"我预先说,他警官是会说得挺好的,"她讽刺地说,转为冷淡、懊悔她的出来,转身回到店子里去了。

黄晓因为朱美的有着多情的表情而摇动着她的头发,摇曳着她的耳环。

"永恋之美,这一类你回答不好的。"秦风带着一种沉醉的表情看着刘荃民,说。

"谁和你们说这些永恋之美,"刘荃民大怒,说,但他的年青的,有些潇洒的活泼控制着她,使他的声音仍然有着平稳,并显出他是有才华的,"谁理你们两个贪鄙之徒这一日上午的黑良心的宣传,你这个秦风也有是在内,但是,"他高声地,也带着渴望说,"永恋之美是有的,人都存情感于他理想、栈恋之事物,而男女的正直的爱情有着千古的不朽。吴俊美在这里,我说白蛇传譬如是这种情操,而英国文豪莎士的罗朱书,恋情之深,人间也歌颂。我说这个我觉得是有激动的,"他带着年青的活泼热烈地说。

"人生要有幻。"女书商黄晓攻击着说。

"幻,是人们理想的希冀。以正道为基础的梦想时刻的希冀。你们的幻是反对事实,是犯罪的欲望。人生,"刘荃民略微摇晃着身体,大声说,"是要有爱情的崇高的理想。"他说,并且感觉到他所说的这种奋斗的爱情,因而激情澎湃;并且感觉到自身和许多人一样也有匆匆忙忙生活于患难于奋斗于建设中,而不常去想到很多的希冀;由于这种感想,他便对于这女书商说到的永远的情意的字样发生了他自己的思索,觉得这时中国的建设是有着有深刻的恋情男女作为基础的,他们对他扑面而来,他并想到这眼前的建设生活有着美好,而吴俊美是有着深刻的心——吴俊美在她的眼前便变为神奇的。

"永远的情意，"女书商黄晓，嘴边再有着一种残酷的线条，而觉得一种和时常沉默的警官格斗的虚荣心，高声地说，"情色意的错综，今天的政策可不可以流行呢，还有性解放，不是当今合适的么？"

人们觉得一种严肃。

"今天国家兴旺发达了，人们的革命历史锻炼强了，可不可以享乐一点，增多无妨呢？性解放呢？"女书商又攻击说。

"我们是不接纳你们的情色意错综与性解放的。我们是要挺进的。"刘荃民恼怒地说。

"你们是有恶意的。"吴俊美说，"话就这样说了，我要有工作了。"

"但是我们觉得，"黄晓说，黄晓和谢诚志脸上都有兴奋的，残酷的线条颤动，而秦风有诣媚的，思索的笑容；"人的良心，是要不提倡的，人的良心应该黑，我觉得人们都是如此的。"

"混说！"吴俊美说，战栗着。

"稀奇极了。"李学茹说，"我这闲人又知道社会不简单了。"

"但你警官不能因这而捉我们。"黄晓有些战栗地说，似乎就要向刘荃民冲去。

"我觉得你们欺侮我了，我可以对付你的。"刘荃民说，他有些战栗；他的心一定的痛苦，便沉默着，因为他本来是也有些拘谨的，现在因为说得多，有些觉得自己损失利益了。他严峻起来，想着自己瞬间前的和平和说服有些损失利益了，而他的激动的感情又不符合他的身份的要求。他变得严峻并且沉闷。这些市场上的攻击需要他回答和对付，而他觉得有一种为难，暴露地面对着他宣传黑良心是使他痛苦的，但他觉得进行辩论不对等并且顷刻前他有些说得多了并且除了发怒之外难以击退黄晓等人。他在严峻中有着对自己的不满，便望望周围，产生了一种焦躁，"再这样我就送你去教养！走开吧，走开！这些问题，你们再违法辩论就要法网回答，首先社会回答给你社会的公开的斥责！"他又唐突地愤怒，便预备走开了。他心里又有着冲突，想再说更多的教训的话，便仍然又站着。

黄晓有些脸色苍白。警官动用权力了。但她仍然不放弃她的搏斗的机会，她和内心严肃的刘荃民相碰击，心中有着犯罪的冲动。在谢诚志心里，也有着犯罪的冲动，脸色雪白；他的袜子里，今天是藏着一把短的尖刀的。

刘荃民心中有严峻的正义的冲动；他是一个活泼的，爱思考的人，这时似乎感觉到对方犯罪的冲动，而他的警官的正义的冲力一瞬间很强，他便从他的因为怕损失利益而有的撤退中转回来，横眉怒目的，以有些可怕的脸色，看着黄晓和谢诚志。

"我发怒了。"刘荃民说，对着黄晓谢诚志两个人，发出了喉咙里的吼声，"如果年青些时，我就揍你们，当然也不是真揍，而是动手拖你们站一边，不过也不一定，我欢喜说到我个人的习性，你们的黑良心的宣传使我和这社会痛苦，我真的几乎疏忽你们这话的意义，你们的话后面是有着刀子和我们社会有时是因他们动手而流血的。我发怒了。"他对着面色也苍白的李学茹和吴俊美说，"你们以为我在你们的攻击下撤退了？"他又向黄晓谢诚志说，"我发怒了，我十分痛苦。"他面色苍白，他的眼睛里开始有着一点眼泪，眼泪汹涌着并且流下来了，他便用手擦了一擦。

刘荃民战栗着，人们看出来他真的是有着赤诚与心中的痛苦，愤怒，并且不满自己瞬间前的退却，他的流泪显出他的顽强的性情。他的有着啸吼的声音震荡着空气。人们觉得，警官是尖锐的，在这中国北京的上午街上，他的尖锐是与刮着的一定的风照耀着的有些温暖的太阳，和周围的人们的生活的奋斗的愿望善良地相联着的。李学茹呆看着他——因为这感觉，李学茹便有些感动地觉得他异常地有着的善良。

"我不败于你们手里。"刘荃民说，随后他带着一种粗豪，大声地说："黑良心？我说这社会人们，吴俊美的黄金的良心，人们的情与意。我就要送你们去劳动教养了。"

黄晓显得有些畏惧了，面色苍白地长着嘴。然而这女书商很凶恶，她心里有深的罪恶的渴望，和刘荃民不妥协。谢诚志也战栗着。

"你是骇我们的。"黄晓微弱地笑着,"我再攻击你了,你是缺乏审美与永远的情意的。"她苍白地,也缓和地说。

刘荃民现在留恋起自己的优势来了。他心里也栈恋着他心里燃烧起来的欢呼这建设时代的感情,栈恋着许多男女之间的永远的情意,他和他的在水厂当女工的妻子的永远的情意,他们感情很好;他还想到吴俊美和王禾所维护的老文人的书籍。他想说很多话。然而,他又惧怕说话多了让黄晓这种人占利益,便冷笑着发出了一声喊叫。他因流泪而心中顽强。

"我没有什么和你们说的。"他叫着。

"你说不过我们了。"黄晓,再起来她嘴边的残酷的线条,喊叫说。

"白云苍空下我跳起来骂你们,你们丑恶,卑鄙,黑暗,我蹦跳起来骂你们!"刘荃民大声,渴望,愤怒,热爱着周围的乡土,说。他突然极为发怒了,真的蹦跳起来,吼叫着,他跳得很高;"卑鄙,黑暗!鬼畜,混蛋!……兴旺发达的大土地大城市前辈人血与汗留给我刘荃民永远的情意,我说了我当这警官的内心的话了,我永远反对你。我永远反对黑良心,我永远好良心,坏的货物坏的书不开放!辛劳的李先念主席和邓小平说。我和你争得真不像一个'县官'了。"他坦白地笑着说。

"真行呢,骇我们了。不变的情意。"黄晓窘迫地高声柔声地说。

"美的情意!"刘荃民再带着愤怒说——突发的愤怒使他继续着面色苍白,但他说话后沉默一定的瞬间,忍住了愤怒,只在苍白、愤怒的脸上显出了一点讽刺的笑容。而且立刻迅速地讽刺的笑容消失了,他不理黄晓,看着吴俊美,他的心变得温和、甜美,多情,他用有些颤动的声音对吴俊美说:"你辛苦了,吴俊美,在你患难之日和今日,我们也有保卫你之责。"他说,并且眼睛潮湿起来;这样搏击使他完全袒露出他的心灵,"不理这些人吧,建设了,国家的音符进展了,工作吧,坚持你的理想,也好好地休息吧,为我们社会做出贡献吧,我们互相作出贡献吧。让我们做出贡献吧。"

"对啦,"感动的吴俊美说,"你刘荃民辛苦,你做出贡献啦,我的心振作着。"吴俊美说,心中有着英雄的感情的鼓动。他在心中升起来的一阵欢喜于忧郁里也眼睛潮湿着,"你辛苦,这位同志辛苦,"他看看李学茹说,"流鼻血的王禾也辛苦,我们争到了我们的年华。"在这中国的街上,吴俊美对她的人们热诚地问候着。

"你们将我们移进幻境了。"黄晓说。

"我们是有一种幻境,患难的幻境与美好的,男女之情在内的,快乐而快捷的幻境。现在的男女之间有凶杀案,你们黄晓这些知道,"吴俊美说,"但也有极多的那些有才华的青年男女成婚姻,我说,现在也是我的时代,我的时代在丰满的色彩里进行。有才华的青年男女的恋情是我心中想到的美境,这是我的思想。当风刮起来的时候,有才华的我们时代的恋情男女也有流着汗而袒露着身体的形态,我说这也是我臆想的未来。"因为警官的激动,我俊美激动,聪明,快乐地说。

"你说得极是。"刘荃民说。

"我的未来有轻盈的快乐,超越过你们黄晓谢诚志。听说你谢诚志欢喜带刀子,你今天带了吧。我说我有快乐将长远地生活,从事我的工作,过明媚的日子,而心中有我的生活的情意。"她说,也激昂地袒露着她的灵魂;她产生了一种渴望,要在她见到的未来的明朗的日子里过永远年青的生活,她觉得是这样;血液迅速而激动地流过她的全身,她便感觉到她的时代。这时代近来了,快乐的,华美的,激进的,创意和创造的,有成就的。她笑着。刘荃民和发痴地注意着李学茹也笑着。刘荃民有着诗情的同感,而李学茹注意到这人生的热烈的激昂:在险岭的生活格斗之前的激昂。

吴俊美笑着,处于她的有着异样的,精神高升的状态。

"过去恋燕雀风中飞
当我年少时代；
现在白云的腰身在天宇中变细，
金光灿烂的太阳中有歌声盈耳的车辆
我的神采的腰也在天宇中变细。"

吴俊美便再成呈显为街头的女诗人了；她便呈显她的文化修养和水平。她继续做着诗：

"我当不是说没有过沉重，
沉重的患难与创伤；
但是虹彩的白云的腰身在天宇中便柔丽，
轰隆轰隆地响着有白昼的雷，
拖来眼前的时代。
高速的车呀，也行驰着
闪电的心呀，也行驰着
也有剑与火，也行驰着
每一剑都和剩余的黑暗相厮杀，也行驰着……"

"我说的就是这了，向你谢诚志，你不一定不带着刀子的，"她又说。她的眼睛里闪灼着她心灵里的灿烂的光芒。

"不懂这种。"谢诚志说。

但是人们静静的。秦风有着狡猾的，但痛苦的微笑，而黄晓骚着眼睛凶恶地瞧着吴俊美。闲人李学茹有些沉醉了，激动于吴俊美的才华。她觉得她观察的社会愈发深刻了。

刘荃民激动着，他脸上和四肢都有些活泼的神情，表现出他因这而快乐，表现着吴俊美的激情使他有内心有着的燃烧，然后他变得严峻，沉思着，便用大的声音慢慢想着也做着他的诗。

"我决不说过去没有过分沉重

现在田野里的春花都市里的春池和大楼拖曳着春风的车
轻盈轻盈地新时期,
　　也沉重沉重——另一样的沉重,我们的责任——的庄严
的新时代
　　渴望胜利的建设年华
　　也有它的刀与剑行驰着;
　　当太阳辉耀地照耀,行驰着,
　　当取春的成就,行驰着,
　　祖国的巨灵的闪电车,行驰着。"

"你做得好呀。"李学茹说。

　　"从我的心灵发生严肃的嘶喊
　　人们又唱有火焰一朵朵的歌,
　　歌复再歌,我复前行;
　　要冲破一层一层的屏障。
　　当代的纯朴的灵魂。"

刘荃民便有些脸红地抑制了。
"你们不可以再做威胁吴俊美同志的活动!"他严厉地对谢诚志说。
李学茹想了一想犹豫了,似乎想要走了,但又继续受着吴俊美和性格明朗的警官的吸引,觉得快乐,觉得这里有着人们所说的"闪光的黄金",而脸上有着迷惑的,沉思的微笑,也想要做诗。她再又想起她今天要去裁衣服,还又想起要亲自教儿童功课,她痴想着,假若不痴呆地站在这里,她回去已做了不少的事了;今日有可贵的时间。但她仍然站着,稀奇着街头的异样,稀奇着吴俊美,并觉得嘈杂的北京市这时是深沉的,这北京市——中国的都城——似乎是一块完整的,有光泽和强制的力量的碧玉——她在听吴俊美做诗的时候觉得她的带着土腔的北京话很是美丽。

北京市这年代的繁荣从不远地传来的都市的机动车的轰声里可以感觉到。新的多层的大建筑的工程架在附近挺立。春季快到的冬季上午的阳光也照耀着附近旧式的房屋屋顶的长出存有些肮脏的，但现在显得有些纯朴的草和瓦松，显出一种安静，也带着旧年的忧郁。但欢快的嘈杂的，有的是整齐的，一阵一阵联合的声音震动，高层建筑工架那里有黄色的大的工业汽车，车后的黄色与红色的灯照耀着，展示着新时期的中国的精力。但是李学茹从脸色变得特别阴沉邪恶的谢诚志和有着凶残的黄晓感到令她忧愁的事物，和这些事物的固着的，有着新的凶的语汇的形态；这两人暴露地宣传黑暗。

"人生无非是黑暗的，人们没有一个不是黑良心的。"黄晓说，瞪着眼睛看着吴俊美和刘荃民，她也觉得这些人不是这样的，但她是觉得她将胜利的，她心中的贪婪遮没了她的现实的感觉，因此她的声音有着凶横，"你吴俊美要跟谢诚志拿钱来！在我们中国，"特别因为吴俊美刚才做诗，她凶恶地喊，"夫权是有的。"

刘荃民便说吴俊美要工作了，驱逐谢诚志与黄晓。秦风也说他还有事，店铺里还要核算货物。谢诚志与黄晓便两人商量一商量，他们想敲索到钱和录音机的想法失败了，他们便走开去了，但站下来又互相说了什么，往这边呆看着。吴俊美便回到店铺里去了。刘荃民站了一阵；他有点机警，监视着谢诚志，他注意到谢诚志和黄晓在等待着他的离去。

李学茹处在她的心灵的沉醉之中，心中起来着沉思和留恋，一瞬间再又有着对于吴俊美、刘荃民做诗的向往。警官文雅，而人物有风流。她继续呆站着。

"你们不必再站在这里了。"刘荃民对谢诚志黄晓说。他又向吴俊美说："说起许多年便是许多年了，风雨如磐的这许多年你吴俊美和王禾们的奋斗，有着理想和现实的错综，我们代表老年人邓小平陈云李先念诸人这一九八七年初的祝愿吧。我们展望现代光明的国家的老年人的舵手。"他说。吴俊美瞬间前的激情使他想到"永远的情意"，并且有着一种幻觉，觉得不是吴俊美一个人表示了她是心灵,而是过去和未来的许多人。因为对王禾老人与吴俊美的友情和今日的勤劳觉得尊敬;因为觉得今日的欢欣的情形中也有着一些阴郁和苦恼;因为又觉得今日国家的领导岗位上有老年人的威严,老年人的威严更使人觉得现时代的年青人的激流中的迈进和活跃,有着致胜暗影的信心,所以刘荃民便严肃地沉默了一定的时间。

而由于刘荃民提到国家高年的领导的原故,由于他的热诚,他的宏亮的声音很响地震荡在空气中,每一个震颤都使声音像长着翅膀一样飞翔到周围的空气中和各个屋檐下去的原故,由于他的热诚和忘我的状况的原故,由于冬天将过去的明亮的阳光的原故,由于从凝神的视觉和听觉里产生一些想象的原故,好久地参加着这全部,注意着这全部中吸引她的人们的性情,同时想着国家的高年的舵手,李学茹便发生了关于这街道和它的热力的想象,并觉得它们是巨大的。警官刘荃民从她身边走过,因为有些激动,好像猜到了她的思想,向她有礼貌地行礼,走了两步,发觉了什么,又转回头来,注意看看,笑了。仿佛笑李学茹的痴想,捡起了李学茹掉下来,落在石块旁边的儿童玩具小骑兵,交给了她,并且在她的感谢中又笑了一笑,又有礼和文雅地走开去——这警官也显出了他的仔细。李学茹的这种痴想的状态,是在想着什么样的过去,和虹彩已显的未来,她又想到她耽搁了回家——假如已回家,可能已做了不少事了,稀奇着自己的特别。在街道的一旁,王禾老头的三轮车停在那里,而黄晓和谢诚志继续在站着,警官有一点徘徊,李学茹正预备走,听见副食店里王禾老人和吴俊美的谈话的声音。谈话的声音渐高起来。李学茹便被吸引,怀着她的此时有的爱国的恍惚的激情,想听清楚些什么,走了进去。

"我想明天请你到我家去。我总想招待你,和你谈心,而且你今日为了我而格斗这些人流了鼻血了,你老了。"吴俊美激动、真诚、特别热诚的宏亮的,震动人心的声音说——吴俊美继续着瞬间前的内心升高着感情的、裸露着心灵的状态,这声音里有现实的、操作生活的吴俊美,也有理想的,展望灿烂的历史前景的吴俊美,她谈着话,因为这时店铺里顾客不多,"我想和你谈谈,因为我们旧年的事,奋斗、田汉老舍,从胡风丁玲邓拓起的各种知识分子案,一直到为我们纯朴地尽力地创造着国家的彭真刘少奇案,还有我们的普希金、雨果书和莎士比亚爱情剧本案,也事隔多年了,你老起来,精神犹健,但你流鼻血我很怆茫,我想找你叙叙。你的鼻子再用我这里的手巾拚拚。我们现在货物还华美,你有旧时师父的情谊,我本想请你喝酒,但是你流鼻血我劝你也把酒戒了,那天就到我家喝点葡萄酒吧。现在也展望这开放,兴旺的前程,心中有展望之翅,很是有时候向往你老人家许多年里的倔强,你也合家还好,想着新时候的更好些的岁月吧。我不悲观,我想我老了也是。"

"你对啦,姑娘,你俊美。"王禾说,她在副食店里面的椅上面坐着,用手巾按着鼻子;他心中继续有着因顷刻前在门外和谢诚志等冲突,而有着的对恶劣的人和事的愤恨,同时,坐到店子里来,想着吴俊美说的人性的经济的升高的未来,而看着货架上的货物,欣赏着它们,也觉得它们虽然有的有些粗糙,却是华美的,而有着激动,"你说的总是好的。"他说,"也正是在这中华国的旷野平原都市市镇人们生活,有理想,有行人,有建业,虽然他们那些人破坏。"

"说的真是有翅膀的语言,"虽然看看老人的按着鼻子的苍老的样子和他的另一面,他的有精神,似乎想寻找事情做的样子,忽然讽刺地说,"我变成一个小姑娘,一只脚骑在门坎外听你人生阅历流鼻伤的老人说啦。"

"这话也真行。"王禾说,"我变一个小伙子,变小伙子怕不合适啦,就变一个更老的老头吧,像过去刻石头的齐白石——还是变一个小伙子还是变一个更老的老头好呢,还是老头吧,倚门安闲坐着,听你少壮的市场上办事的强悍的妇女说闲事啦。"

"说的顶好的意思啦。"吴俊美说。房屋子里便震响着,震动着乡土的谈话,吴俊美从她刚才的脱颖而出的做诗的精神上升的状态,又非常和谐与充满着感情地转为乡土的操作的妇女了,

"像警官刘荃民和刚才那位李学茹女干部都看着,街上的掰手太不文明,我今天啦,看见大叔王禾你和旧时一样精悍,还显得年轻,你那点鼻血骇了我一下也还是你是年轻神态,繁花茂草的今日不负当年之情,我真是也想说到过去的幽幽暗暗寂寂寞寞的这些胡同之年。少年时过去,便是人生总有的状态,萌发着青年的对人生的拳拳经营……"

"我也说是啦。"王禾老头说,觉得吴俊美有着似乎有些苍老的心灵,"你俊美的话,显得你有思虑,"王禾声音高亢地说,"你气势,要十分年轻地向往北京乡街的前程,"他说,他也觉得有点苍茫的感情,思考着这样说是否很恰当,"你是年华还浸在证里。"

"我说我是的。"吴俊美思索地说,觉察到了王禾的顾虑——王禾老人欲望人们各时都健旺;她也想到自己有时候有苍茫的感情的缺点,"我由是也觉得中国有苍老了,新时序是要有许多男女青年的激情与他们的恋情,我们的感情。"

"你说得就是了。"王禾说。

"有一种诗说,未来像一缕烟在白颜色的光里是白色之极地而显现出来。"吴俊美说。

"你们说得好极了。"朱美带着一种辛酸的讽刺说。

"我对于邓小平李先念陈云的现代化有着心醉,"王禾说,"我不愿意有的人在这里拳拳地刁难合适的商业经济的充分供应,他们想划分货物,我就是说的你秦风,"他看看一边站着的秦风说,"我再说,你秦风不对,吴俊美的心里有着商业商品重工业的理想的错综,你秦风是吝啬的赢利,要收缩这地区的货物,你心头小鹿撞动,我也心头小鹿撞动,想和你大家,我是想助吴俊美清理货物的,假如你秦风不反对的话。"

秦风一直在苦恼中;他因为觉得短时间前参加谢诚志和吴俊美冲突激动地说话被李学茹刘荃民压制了,心中愤恨。他仍然尖锐地恨吴俊美,他仍然想拿走一些货物,他说,吴俊美假如不让拿走,他便找原来的这副食店的经理去,这人是因为匆忙调走了,让吴俊美有点横行。他想着他的经济利益,因为他想积一批货物由谢诚志到另一地区较高价卖掉。他说,他极不欢迎王禾。

"你在这里流鼻血了,你就应该走了。"秦风对王禾叫喊说;但他在叫喊中又觉得自己懦弱,并且自己怜悯自己,于是沉默了。"我都奋斗得也要可怜了,你吴俊美让与我如何呢,公司里正经理他也没有意见的。"他说,从他的凶狠转为有着甜美的笑,"我所有的不够礼貌的地方都道歉了,我就是诚恳地请求你;并不是在说到黑暗机巧思想的时候人就没有本领,主要的,就没有爱建设的祖国,吴俊美,王禾,如何呢,甜甜的祖国,它在我的心里;我今天爱你们的熏陶了,我也拥护灿烂的,害于人性的思虑的经济贸易。"他说,并且内心里转化为善良的样式的激动又在战栗起来。

"你说得真好了,不拿走货物才是。"吴俊美说。

"我觉得你秦风副经理是有滑头、奸伪,"朱美突然说,掏出她的手帕甩着,手巾上是两朵大的花,"我也觉悟了,我觉得人生的情操是为着人类福利的建设事业,许多前辈人的患难拿到今天的较平坦的道路——你秦风是奸猾!可耻!卑鄙的!像我,对待工作有许多不好,我有许多错误了。王禾老爷子,我觉悟了。"她又向王禾说。

她有些脸红。这种情况是从她也想转化为比较爱国的情形引起的;在这个时间的人们的冲突里,她的心动摇于趋于爱国情绪与排斥这种情绪之间;她心里有尖锐的思想,想确定自己的人生观,觉得自己的私利的观念似乎是有一定错的。结婚,私利,排斥为公共利益而努力,以至排斥对公共利益的注意,绝对私利,也和也有私利的未婚夫合作建立私利的,谋关系的堡垒,是她的思想,所以她是倾向于秦风的。但这短促的时间她有所受到为公共利益的情绪的诱惑了,觉得年轻而勤劳的刘秀云受人欢迎并且有着意义;觉得吴俊美有力量,她并且也观察了警官刘荃民。她心中冲突。而这个时候,实际上也正是她全力在排斥着入侵她的严肃的,她觉得是神圣的私利的人们的激动思想的时候。王禾的流鼻血中的公平公正的社会言论也入侵了她,她痴想着而努力地清除这。内心激动到发灼热的情绪,她在用她的私利的情绪和人们的社会观辩论。这便是她激动地说话的由来;她受着诱惑,如同刘秀云假装不妥的人来试验一个情况一样,她也假装着正义的社会感情来试验一个情况。她大声说话斥责秦风并觉得真的自己是善良、正直,主要的,否认极狭窄的私利,而有理想的了。她想着,她心里或许真也有着这种了。

"你秦风自私自利是错的,像谢诚志那种人是错的,你的货物的目的不是为着正确的为中华社会服务的规章。"她大声说,红着脸;吴俊美、刘秀云、王禾,和走过来的好注意社会的闲人李学茹也看着她。

她扬着她的手帕。

"你秦风看这手帕上有两朵花,我买它的时候一个像你一样的朋友给了坏的、次的,但是一个像王禾一样的朋友给了这个好的。你给人坏货。"她说。

"你有毛病啦。"秦风说。

"我将结婚了,在中华祖国土生活,而建自己的人生,我卖出的货物和深圳鱼干也使我想到这,我不容忍你秦风这样的势利,滑头的人,你欺吴俊美!"她说,她心中有着对于这种话的强烈的反对,因为它们袭击她的心,不像是讲假的了;她反对着,想着这是假的,而假的是必须的,有时候也说;这次是激烈地装扮成真实地来试一试——但这试一试却苦恼了她这样想着,因而说话的声音有些破裂了。但她又很想改正成这样了。但她又知道这样是不成的。"我有毛病了。"她带着一定的凶恶说。

秦风狡猾地,甜美地笑着。他想朱美是由于吴俊美今日有威势,有着势利,便想揭发她和击破、笼络她。

"你朱美姐分明不是恨我的,你是挺聪明而办事有理性的,而且这是也与你的情形不见得有利。"秦风说。

"但是我就是这样了。"朱美,因为内心冲突,凶恶地击着柜台,说。

"你分明不是这样的。"秦风说,但有着迷惑地看着朱美。

"你不看王禾老爷子流鼻血么?"朱美说。

"但我何必干涉你呢,我们很好的友谊。"秦风焦急地说,他心中有着转为善良的感情的他的颤动,他这时觉得朱美欺侮了他了,他因这场斗争而陷入一种痛苦了,这场斗争使他的妩媚的形态,占社会的形态有所丧失了;朱美的突然变化,是特别使他痛苦的角度,于是他脸红;他再哭着,脸色苍白,显出痛苦,而很是怜惜自己了。"你朱美——混蛋!"他突然叫着,颤抖着,于是静默着。他因内心的深刻的,觉得自己虽然有败,但总的说来是在生活中占利益的感觉而骄傲,于是,又因这而在这时的受挫里有伤痛。在静默中,他便流出了热泪,虽然不是他原来预备的,用手帕扴着——伸手来拿朱美的手帕,朱美不给他,他便自己掏了出来——而喷着鼻子伤心着。

"为了拿走货物,这样伤惨了。"吴俊美说。

"伤惨了。"秦风说,脸发红地站着。

朱美沉默了很久,好像要停留在她的正义的激动里面,但是她走向秦风,递给他手帕,然后走向王禾。

"王禾老爷子,"她激动地,但平静地,简单地说,"你不要误会了,自然我这样说也不对,我刚才是试一试转变为刘秀云那样为公益的。"

"你试一试怎样呢?"吴俊美问。

"我不爱国,不爱正义出头,我是私人,我拥护现代化经济利益。我是私利。我和你王禾老爷子收回我的话,这里告别了。"

"你是这样。"吴俊美忧郁地说。

"但我仍然……"朱美说,徘徊着,跨了两大步,有些羞怯似地,"仍然并不。"她又说,"老爷子王禾,你流鼻血,我说不好,是过分愤愤人的,人要只管自己。我最终还是说,我管自己,人要利己,好人坏人区别是没有意义的。"

王禾老男人动弹了一动弹。

"你也对,也对吧。"他忿恨地说。

"你们今天刺我心痛了。"朱美说,便很骄傲地走向柜台接待顾客了。

王禾老人想着什么,心中有着他的爱着他的生活和想要奋斗帮助吴俊美清理货物——假设还要清理的话——的恍惚的思想,这时候鼻子强力地发热,他又再流鼻血了,血浸湿了刘秀云替他浸了冷水的手帕;拿来手帕和塞着的纸,便大滴地流了下来。刘秀云注意着来扶他的头,他心中痛苦而战栗着,当血流得多起来的时候,吴俊美便说上医院去,王禾老人便有着愤懑,他想他是不去医院的。

"对不起家人,对不起人,对不起生活的企望,你究竟企望些什么呢?你刚才为什么要两次那样激烈地做姿势冲击什么人呢?"王禾痛心地说着,他又有着几乎是死亡的恐惧,又再想到他走过来的生活之路,但这次他似乎有了经验,主要的,觉得上次说遗嘱,懦弱了,这次决不要这样,假设死掉,也默默地,一声不响。于是他心里明显地有着强硬的什么;便是他要克服,下一秒钟便可以不留鼻血了,下一小时便可以不流了,他要奋斗下去。

王禾老男人发生了这种精神振作的,有着神经质的情况,他便产生了不听吴俊美等的话的行为,站了起来,将脸上的湿手巾和手帕也拿了下来,用力地把鼻子里血浸湿的纸塞拔下来扔掉,甩甩他的头,看着流下的几滴,而大步地叉着腰,做着一种格斗的姿势,宣称要战胜命运和疾病,和自然规律,而在房屋里带着一种骄傲与英雄的姿势走着,徘徊着。刘秀云一定要拖他坐下来,激动地观察着事物的李学茹在柜台外喊叫,抛给他她曾拿出过的她的也沾了一定的血的手帕,喊他坐下来,并且也建议他到医院,医疗所去;但他不理,继续在柜台里徘徊着。

"你有些不像话了。像小孩子。"吴俊美说。

在奋斗的幻觉里老人王禾的鼻子涌出血来,有一些滴流在胸前的衣服上;他用李学茹的手帕按住鼻子,又接过了刘秀云递过来的纸塞上,还看了看李学茹,表示了感谢,又拿下纸来看看,血仍然流着,他尴尬地笑着。他的看法和人们不同,这时他觉得他顽健,觉得这不是什么重要的事,这虽然是挨了谢诚志一拳的结果,这也是他操劳、心绪不宁,也抽黄烟纸烟的结果;他还吃很多的辣椒,但他有些不想承认这些,他倒认为这也是因为天气有些干燥的原故;而且,他强调这是他的敌人使他内心愤恨,因而造成的,——这诚然也是的。逻辑进行到了这里,他便也有些排斥挂到谢诚志的一拳,因为他认为他的鼻子是相当结实的;在殴打上面,老男人是有倔强的,他激昂地想着这鼻血是宣传黑良心的谢诚志、黄晓和秦风造成的,敌人使他内心愤怒,造成了基本情况。因而他要倔强,和他们格斗。

"你秦风使我伤心!愤恨,我的鼻子流血,我并不怕你,我能制胜你们击中的这一拳!痛心呀,你们的丑恶思想,痛心呀!击中的这一拳!使我丢脸而吴俊美不冠冤了,吴俊美的当兵的不冠冤了。"在社会上习惯于冲锋的老人王禾说。

"你说什么老爷子?"吴俊美说。

"我被击中了,"王禾看看继续流着的血,刘秀云扶他坐下,他却并不坐下来,而徘徊着,于是刘秀云便仔细而谨慎地扶着他徘徊着。"我便被你们从心中打伤,你们是厉害的,我和你们搏战到底!到底!"

"要休息才行!"李学茹说。"血仍然流呢。"她说,她便觉得这是北京的诚朴的乡土在渴望前进中流的血;老人的纯熟的北京话使她想到北京的乡土,它的结实的地表上的顽强的生活。

"血流着,你休息了。"脸色苍白的秦风说,脸上有凶狠的线条,准备着迎击王禾的继续的袭击,但是他又采取着,重复着,发生着甜美的感情,很同情地说——他的眼角周围有着甜美的笑容,于是他觉得是他击中老人一拳,于是他觉得他现在又击中,在突然的瞬间他变得神情有如谢诚志一般残毒了,有如他时常那样,冷淡、仇恨、眼睛闪着光,看着流鼻血的老人,但他又再恢复他的甜美的笑,或者说,在冷酷的残毒的后面显露着深的,也于他是甜美得胜的线条。他的变化进行很快,而这一次是由于渴望地看见老人流鼻血。

"你王禾老头不说什么了。"朱美注视着,说。

"我说我要为我个人的见解和我的生涯的愿望奋斗。"王禾流着鼻血说。

"我说我是担心你说什么爱国与理想使我们,使我心惊,流着鼻血说尤其使人心惊。"朱美说,"使我们觉得不够社会的什么,你流着血……"她紧张地、不满地说,"我也觉得是说我不够社会的什么的。"

"她怕你来慕捐建设事业的理想的牺牲了。"秦风说。

"我不是说这个,"老人说,"我是说我个人的生涯的恨,恨你秦风这种。"

"这种恨也有火气。"朱美说。

"这种恨真也有。"吴俊美说。

"老爷子你最好坐着,血流得凶了,老爷子。"刘秀云说,看着老人王禾的从鼻子里流下来的血;塞着的纸掉了,刘秀云又替他塞上,又再拿李学茹的手帕替他抧血滴在地上的鲜艳的颜色,引起刘秀云的惊动,她便吼叫着,"你这时候要安静,要沉着,人的生命是顽强的,我思想,从你老爷子感觉,你是要向什么冲锋了,"刘秀云扶着老人的手臂,在老人、老男人又走动两步的时候也走动着,"我是感觉到你是顽强的!你真伟大,你真是一辈子有功业,而乡土都高兴你。"刘秀云的心战栗着说,"但是你不要冲锋了,你骂人这时候要静息,譬如我是坏人,你骂我也许有一种中和,假设说,譬如我,"刘秀云带着讽刺的善良的微笑说;她脸上突然一瞬间显出假装的凶恶,但很快地收敛了;"我是主张那种黑良心的——我是主张的!"她又叫了一句,但又显出她的讽刺和善良,"不要理他们。"她说。

"我理他们。"王禾说。"我痛恨你们击中的一拳。"他看看秦风说,"我思想我几十年的生涯,你们挖苦我流鼻血立遗书,我和你们拼搏到底,到底拼搏又拼击!"

"你理我们不会胜的。"秦风说,"虽然我个人并不很主张什么黑良心,人在当代应该机宜,应当当现代派,你是古老而不新颖。"

"你也是古老而不新颖，"刘秀云对秦风说，她又讽刺地笑着对王禾说，"虽然你是古老而不新颖，我也主张现代派，但不是你秦风说的这种，我是短发也有长发的女子，顶细的有力的腰的女子，现时的女杰，我真是这样的，会各种事，有缺点，不负责，不忠厚，但是完成着英勇的事业，你老爷子并不反对我们现代派的这种花衣衫的，你只是笑啊，你笑我们幼稚。"

"我们都发生了神经病了。你不是这种，你没有这么凶，你吹嘘！"秦风对刘秀云说，"你老是想欺我。"他大声地说；因为王禾方面一直有着优势，又有李学茹这个女干部仍旧在微笑地看着，他便有突发的战抖着的愤怒。而兴奋地说了话的刘秀云便嘴唇激动地战栗着。

朱美想说什么又沉默了，站在柜台前。老人王禾与这时他感到的紧张的命运奋斗。他心中再有着激昂。

"我徘徊你徘徊，徘徊复徘徊。"聪明的激动的刘秀云说，"你是有功劳于社会的老人。我是后时代人，我刚才说也了吹嘘我自己一点了，我是说有那样的男女，他们也说你老爷子有功与社会。我心中很是敬爱你。"

"打倒你们秦风这些黑良心！"王禾咆哮地说，在刘秀云的搀扶下徘徊着，"我不受你们的挖苦流鼻血写遗书，我要对你们做永远的宣战者！我的祖国啊！"王禾激昂地喊着，"我的祖国，你叫做中华中国，我是你的有我的内心的霹雳与烈火的儿子，我爱你啊，而你现在在你的飓风中开始了新纪元，正在驶过有虹彩也有浊浪的波涛！"

血又流了一定时间，王禾再拿开手帕，不再流了。紧张地注意着这个的朱美忽然有些不安心，仔细地走近来看看，因为王禾的流血中的奋斗是也象征着对她的自利的情形的宣战。爱国的情绪高涨，使她不安。她看看，有点想说王禾有虚伪，但也觉得他是热情与诚恳的。她很是不安。但她看见王禾没有流鼻血了，安心了。

"你说话多了会流鼻血的。"她有些愤懑地说。"你一流鼻血,便叫唤大话了。"

秦风也走过来看看,他看王禾的鼻子不流血了,老男人战胜了困难了,便觉得不安心。他一直往老头子鼻孔里看着。

"仍然可能流的。人有心火,有过多地向往滋扰的事,流鼻血。"秦风说,"我再来揍你一下好吗?"他忽然由于已有的胜利,即王禾又流了不少的鼻血而愉快。变得似乎很是善良地说——完成了他的转变了,"在祖国的旷野都市,仍然不止你一个爱国的人的,我心中这时就这样想着,我多么也爱国啊,"他喊着,但这次的这种转变并不长久,他又说,"但是现时代的事业,依靠人们的机智,而不是靠旧时代的那种老成。你知道我们现代派吗?"他说。扶着王禾的一边手臂走了两步,他又发生了往回的转变了,"走走就好了,你老人家有优越,有人生的超越。"他又显出激动,于是他似乎是在循环,又要激情地表现什么了,有些面孔战栗了,但是抑止了。

"我不是有时来得,我流鼻血的老头也是现代派,但也是古时的老成。"王禾多情地、高声地、愉快地叫着说,继续着他瞬间前的叫喊的激动,而因为他的理想的激情和秦风的敌意一样继续高涨,他胸中充满着勇壮,像是和巨大的障碍物和极可恶的敌人格斗而将要牺牲了;他庆幸不流鼻血了,"我说,现在多风采的后辈青年和少壮的英雄的智慧又勇壮、雄伟的建设!我说万岁!新时代的黎明万岁!现在已经是新时代,新的布局的作战,就要到更新的布局的新时代!英雄的大无畏的人类的理想万岁,搏击地狱底和魔妖的太空的青春壮年万岁!"

秦风这次没有激动地转化出他的呼喊来,没有激烈地转化成类似善良以致流泪再转化为冷酷,也没有能很多地宣讲他的机智的、投机的、荒谬的道理,而被老人王禾占了喊叫的地位了。老头王禾之中充满着英雄的激情并且他的情绪感染着人们。

"人类将征服黑暗的魔障!也征服一切卑鄙的丑物,像你们这种!我不说现时代有幼稚,我是现时代的前锋,我现时青年的前锋王禾报到,我没有多少功劳,我有不少的伤心讨人厌,但是我不说遗书了,我向航天、航地层底的、渡大激流的挑战者人们报到!"王禾老人脸上焕发着光辉,喊叫着说,仿佛在作战一般。

"你是主张一种英雄的献身,"秦风带着讽刺的苦笑说,他由于已有的胜利,即王禾的流鼻血而愉快,但又由于王禾压制了他的占有社会而忧郁,"我说我们主张的是机巧,"他有些着急地说,"机巧才能建设,我不说多了,我只说人们主张光彩都丽的,适意的生活。"

"我反对你!你击我一拳!我击你一拳!"流过鼻血的王禾勇猛地说。

"我刚才没有击你一拳!"秦风说。

"你击的!"王禾说。

"那么我想想,怎样才是击呢?"秦风说,一瞬间恍惚起来,心中充满着热望,"我觉得,你过分简单了,头脑简单,"他轻蔑地说,"我击中了你一拳!"他说,又出现妩媚的笑,想要进展开来,进入他的似乎是善意的情绪的恶性的循环,"我击中你一拳了!"他说。

"我击中你了!"王禾热情地叫喊说,控制着他的敌人。

"唉,老爷子王禾,"刘秀云大声说,"你真是有冒失,对秦风他们这般英勇!"

"我主张人要保身,你就不流鼻血了。"朱美说,她看看刘秀云,犹豫了很久,她的脸上有了一定凶狠的表情,因为保护自己是市场凶狠的,而她有着这性格;她不满意刘秀云,但她心中又有着对自己的思想的对立的意思,因此脸色有些僵持,肌肉有些凶恶的战栗,拿出了自己的手帕来给王禾;王禾摇手,她便收回了,恢复自己的思想,脸色有着激动的阴沉。"你不说很多激烈的话就对了。"她带着她的一种凶恶说。

"你要到医院去!"沉思和恍惚了很久的闲人李学茹忽然叫着说,她觉得她有责任说正确的意见,而这意见的强调却迟了;她的心中有着爱情老人的激情的思想,她便突然绕圈子掀开盖板走进柜台,"你这样不行!你还能为我们社会做多年的工作,你的鼻血还要流的。假如你有不愉快,便缺乏对于一方人们的鼓舞,生活不应该有暗淡,而你坚持暗淡。"她说,扶着老人的肩膀。

"不这样啊,很感谢你多时站在这里我心中想说谢谢。我是一个不重要的老头,已经不重要了。我是一个顽健的,"觉察到所说的违法不久前的激情了,再发生着自己的抱负,老头又改正,大声地说,"我是十分顽健的。"

"我说,现代是一个敏捷高声唱歌,于是患难中也唱歌的女子和一个敏捷的、跳跃的、聪明的男子,"刘秀云心中充满年青的感动继续说,"我说,他们也祝你好,但不赞成你王禾在这里冲锋了。"她又说。

"对,你们要不大赞成他。"李学茹说,"你已过了退休的年龄糕饼也不必送了,可以在家里享享福,来,你坐下!"殷勤而热衷于什么的女干部,愉快于王禾的激情,心脏跳动着,但发生爱惜,担心他再流鼻血,指着椅子,说。

"我不坐。"老人说,叉着腰站着,他站着像站在战场上密集的枪弹的射击中似的。他想象着秦风这些射来的枪弹。

"你有过分地显露你自己,而你心中再说些有些阴暗。"秦风也叉着腰站着,说。他也似乎在设想着王禾向他射来的枪弹。

李学茹也因为激昂叉着腰站着。她的头脑有热情的恍惚,也因为长久地犹豫于停留在这地点与走开之间,而有着另一种恍惚。

"我了解你的心灵了。"李学茹热衷地说,"我也了解这里的人们,"她看看秦风,说,"人们的心灵了。我觉得这一切是有着很深的意义的。"沉思了一定的时间,她才说出这一句她觉得也似乎迂腐的判断。因为这样感觉,她的头脑又有恍惚,便继续着,想说一句恰当的话,表示出她的带有一种英雄的斗争的性质的激情,但说不出什么,便绕着柜台走到柜台外来了。她想走开,想着家中的事——如果在家里,这休息日的很多家务便也进展了——但仍然又站着,头脑里仍然恍惚着。又用手叉起腰来,也仿佛在枪弹密集飞翔的和敌人从事生死搏斗的战场上。

三

  这时候来了较多的顾客,这中国北京的小街上的精灵,副食店开始了一个时间的忙碌;也有几辆小汽车和货车通过着这小街的街道,副食店及其门前呈显着这年代应有的安宁样式,这安宁的深刻性还表现出它是有着广大的范围的。李学茹对吴俊美点头笑笑,说到真应该走了,在这里像呆子一样看了好久了,是北京市这时特别的闲人。李学茹便查点了她买的玩具小骑兵等,拿出来放在手里看着,又放进衣袋,有着匆忙的妩媚的笑容,走了出来。她走着评论着说天气已渐不冷,副食店的护门可以拆了。这时候来了一个青年人,踏着的三轮平台车了喊叫着:他给副食店送来了若干箱货物:酒和白糖,和罐头食品,大量的手纸和一大塑料桶的花生油,又有一些瓶酱油。李学茹带着她的兴致注意到有一个纸箱上有番茄酱的字样,便想买这个。她笑起来向走出来的吴俊美说,可不可以就开纸箱拿到这个,同时又想走了;吴俊美说可以,把这一个纸箱先抱进去了,李学茹便走到里面,看着吴俊美迅速地打开纸箱,拿出她所需要的酱来,她也计算她的钱还够。吴俊美立刻精力强旺地展开着像转动着的风车一样的活动,而看见精力强旺的,盛年的,有气势的活动,人们是愉快的,闲人李学茹便在观察副食店又经历了许多感情波浪之后又有这种愉快。刘秀云也出手搬动着。吴俊美搬着瓶子摇晃着并且向着的酒箱进来了,脚步声很响;她一次抱着两箱货物进来了,脚步声便如同俗语所说,如同雷霆一样。她的精力强旺而且胜利的活动引起注意,有几重意义。它使瞬间前流了鼻血的王禾老人愉快了,老男人脸上发出了光彩;它使秦风窘迫了,秦风高叫着这没有意义,副食店这时候没有交替好,没有查核货物彻底,运来货物没有意义,秦风的脸有些苍白;它使李学茹又再注意着而发生了对搬进来的货物的热切的感情,想到它们还精良,过去了社会的患难若干年来货物出品大量而且出品得也迅速——李学茹一瞬间还觉得吴俊美的店铺是光彩夺目的，货物架上的色彩斑驳的，有着灿烂的，但也平常的，还有的粗糙的货物现在在李学茹的心中发生的欣赏的，甜美的感情里变得不同地灿烂了，异化成很是光彩夺目，使她的心灵震荡的了，并且逗引着她的食欲和节日似的欲望，儿童欢乐的家庭中的欢喜似的感觉，和对于国家眼前的尚有着艰难的现实感动着的情绪，和就她这样的人说，心中的热切地做事的欲望。吴俊美又抱着两箱进来了，奔跑着如同刮着的风，脚步响着而身体震颤，而含着笑容。李学茹也就欣赏着大捆的手纸的洁白和整齐和沉重，大箱白糖的洁白，和细的盐的洁白。周围仿佛发着光辉。吴俊美和嘴中衔着烟的青年抬着塑料的白的花生油桶进来了，吴俊美和刘秀云便移动着大的花生油桶，将它打开，这青年便用管子从塑料箱里将花生油灌到油桶里去。这送货的青年穿着敞开的羽绒衣，抱着沉重的油箱站着。王禾有点骄傲地徘徊，因为他的鼻子不流血了。但是秦风议论说，这里正在交接，这时候发来这些货是不必要的。但是这时候吴俊美方面的人们情绪振作，卖猪肉的大婶从拥挤的顾客里挤出来拿找补的零钱，便回答秦风说，这时候这些是必要的。她犹豫了一个动作，显得很恨，愤怒，粗重，喘息着，看着秦风，想要叫喊什么似的，但没有说什么便迅速地进去了；像前一次出来一样她的神情变化很快，她的愤怒的表情迅速地被抛却了，而奇特地迅速地恢复了专心的，紧张于她的事情的表情，李学茹注意到她是还相当漂亮的接近老年的妇女。

"你灌油桶的时候还抽烟。"秦风对送货来的青年说。

青年人抱着油桶，显现着一种活力，旺盛。他喊叫刘秀云替他接下他吐出的嘴上的烟，将它拿开，而在地上踩掉，但他又并非听了秦风的话，而是显然是不想抽了。他想吐掉却因为抱着油桶而不方便。刘秀云便像捉一个活的蚱蜢似的谨慎，从他嘴上拿下半截烟来，放在地上用力地踏掉了。

"你用力一吐不就行了，当然你不。"王禾有精神地说。爱国的王禾观察到社会各事在行进，有一种满足。他的头脑还有一种抽象的恍惚,甜美,想到巨大的社会在运转——他愉快于他不流鼻血了。

"我对于秦风副经理说几句,我送货来是我高兴的,我说这些日子顾客有旺盛,"年青人潘卯说,"你秦风要搬走这里的货不合宜。"

"你并不知道这些的。"

"来到以前就听你说了。知道这些的。"

秦风心中有着彷徨,他这时觉得这里的斗争里他失败了,想要走开,而他又是不甘心失败的,于是心中有着痛苦——他彷徨着他的欲望不能实现。他有残酷的情绪想制胜吴俊美,于是这里他便对这送货的神态自若的、强壮的快乐的,有着浮躁的青年潘卯发怒了。

"你是并不知道这些的。"屈辱的秦风说,他的脸色从苍白转为发红,他时常恨这青年,"今天所有的人都想欺我。"

"你刚才和谢诚志联合了。"吴俊美说。

秦风有着善于抑制自己的怒气的性格,这次也这样,瞬间前扶着王禾走两步,他有着他的温情的心灵和他觉得的"爱国情绪",现在他便想进行这种循环了;在面孔发红发涨中,他心中的柔情和他的恶形态斗争着,而发生变革了,柔情胜利了。同时他想到他是在谢诚志和黄晓那里和别的一些人们那里有投资的,他相信,黑的良心是可以胜的。他心中便增多"柔情"。由于假象和真情的冲突,由于他的"爱国情绪"和他的事实的冲突,由于他的"爱国"温情,他就有着一种冤枉的、委屈的情感,觉得人们压抑了他,而心中十分的苦恼。送货的青年潘卯是时刻有攻击他几句的。他便呈显着有复杂的心里的阴险人物的复杂的笑。他也愉快他的假象,即柔情和温情的复归,这是一种更恶的形态,恶意的战栗便隐藏了。他想他是有意志的。

"你吴俊美看什么时候考虑我的货物意见好了;我想,你如赞成,我仍然拿走一些。"他忧郁地、温情地、带着复杂的情绪闪灼,柔声说。"你可以想,从王禾流鼻血我也感想,我是多么爱祖国啊,尤其是现在这时代。"

"我不赞成的。"吴俊美说,"我也是多么爱国啊,唉!"她说,温柔地叹息着。

"但是一点点,就一点点那些味精,在塑料的袋里。"

"不行的。"吴俊美激动而严峻地说。

"也好吧。真不行吗?"秦风说,眼睛里闪跃着有些湿润的光,皮肤和肌肉和灵魂都有着显得是有些细致的战栗,"如果我拿走呢?我拿走吧,而你的货物帐,连此刻进货,不要兴头了,要弄清楚。"他又想恢复他的凶恶似的,但仍然柔情地说:"我拿走吧,我们一样爱国的。"

"你拿走味精记个账吧。"吴俊美被他入侵一点了,妥协地说,觉得这人有着实力与凶恶,而她也有了进货的递补。

"那就可以了吗?"秦风柔声,多情似地,似乎心中有着对于这里许多人,包括王禾和他的流鼻血的无可奈何的同情,笑着,说,他这种笑还强有力,遮拦了因感情的冲突而有的他的尴尬的情绪。"那你不是有亏缺了,而我也不愿我也亏缺,我们两人都爱国,怎么办呢?我多么爱国啊。"

"我说没有可以的。"潘卯说,"你秦风有些缺德了,你爱祖国?祖坟棺材板你都卖,连着祖先白骨,你扒货物是私下的目的,我检举你说,"他说,抱着油桶,他的声音很大,随即又因为觉得自己冲动而有点轻微的脸红,看看刘秀云。"但我是不在乎你的,你将许多味精弄到中心店去,你是人类生活中的味精,真是的,我也是的,我会吹哨唱有味精的歌和跳当代生活的有味精的翩翩起舞,踏踏起舞,足以与你相颉颃。"他继续大声、泼辣、不顾忌地说。

"我有不小的年龄了。"秦风柔声——用细弱的声音说。他现在觉得合适了,有很稳定的柔情——从他说话多和发怒的陷坑里跳出来了。

"你他妈的……"潘卯说,随即看看刘秀云,觉得自己不文雅和粗豪而又有些抑制,"我是说这油桶滴油太慢了。我们说当代是快速的生活节奏,我的心蹦跳着,踢踏着,但是也不完全是,也是很细腻的它的节奏,这我就不会说了,也会说的。"他说,又看看刘秀云;他和刘秀云有着发生不久的恋爱,对刘秀云有着这次又渐增的朦胧感情,他也初中毕业,还会奏乐器,他的谈话从他的浮躁、神态自若、快乐,转为有顿挫了。

"你骂人。"秦风柔声和细声说。

"但你是不能拿走吴俊美这里的货物味精的。人类的味精。你有徇私的地方,而我看见,你有友谊的,欺吴俊美的那个谢诚志和黄晓,坏书商在那里徘徊。你是很令人遗憾的。"潘卯又恢复为他的浮躁、无忧虑、自信,大叫着说。"你还爱祖国?"

"谁是人类的味精。"秦风皱眉说。

"我说你是开拓本世纪的商业的阻碍者,商品经济里的一个阻塞的虫。"

"你混蛋。"秦风说。

"我的油快灌完了。我说你其实是笨的,秦风。"

"你有恋爱的目的?"秦风说,"出虚风头说话。"

"我说我不是一个人蹦跳着,当然,我的不细腻的感情是不合理的,我说商品货物将来有送我们这一辈人终老的光辉的前程,国家工业建设不是在复杂中发展吗?"

"不懂得你的话。"秦风再柔情地说,扬起他的喉咙,"我又怎样是不爱我的祖国呢?我的心时刻想说,我对于经过患难祖国现在出品的货物的爱,超过吴俊美的。我爱国啊。"他叫着。

"我也不懂你。"潘卯说。

秦风变忧郁地微笑着,沉默着,他被这青年挫伤一些了。潘卯继续灌着花生油。

"油票货票我交给你吴俊美经理了。"潘卯不理秦风,对吴俊美说。"我觉得,"他带着快乐的笑容对刘秀云说,"我们这一辈人将走在较为好的,快乐的行程里,你说是吗?"从他的浮躁,他转为有思索,沉静的;但因为他有着浮躁,这也是突然发生似的。他的声音里震荡着深情,因为刘秀云听着他的话有着温和的,也是沉思的神情。刘秀云的眼睛闪亮着,有心醉地看着他,但她也有着一种矜持和淡漠。虽然这并不能掩盖住她的热情。

"你觉得我说的话有道理吗?"潘卯说。

刘秀云热烈地笑了一笑。但她因为激动,觉得心中有不安了,便踢了一踢刚才踩熄的半截烟。

"你们这些男人抽烟。"刘秀云温情地说,脸红,她还喜悦地想到送货的潘卯是会秤货物算账的,——虽然不止一次地想到——还想到他会一些英文,他也是干部的家庭。她有一些头晕。她便过去接待顾客去了。

这里产生的似乎是短促地发生了而继续着的恋情。恋情显得是会深刻和持久的,吴俊美,王禾,李学茹都有这样的感觉。英俊的青年潘卯浮躁了一些,但他有若干几句话语言沉重。刘秀云也显出一种沉重。而对这个发生了妒忌于恨意的秦风徘徊着。

"潘卯,你太浮躁了。"他用细声和尖锐的声音说。

潘卯在沉思中看着他,便放下了已经灌完的塑料油桶。刘秀云也回头看着。

"你幼稚而且浮躁,愚笨而且粗鲁,你们现在的青年。"

"我浮躁就是浮躁!我蹦跳踢踏往我的前程!我用五个手指头一起扑击你的恶手掌,不赞成你的扒货物,你还扒到西城边的一个店子里去。"潘卯说,再回复他的浮躁,无思虑,快乐的样式。

"你是有坏心思有心机的青年。"秦风忧郁而伤心地说,战栗起来,又踏了一下双脚。

"但我也许粗鲁了我向你道歉。"潘卯说,因为刘秀云看了看他的原故,因为心中这时柔情起来的快的原故因为被姑娘的爱情在心中引起了强烈的幻想,壮丽的想象,因为觉得生活热烈,因为一瞬间觉得很多路都敞开着,因为在烦闷中思索生活而现在觉得所有的烦闷都过去了而心中出现了他觉得是会永远继续的汹涌的恋情并且觉得一切有着可爱的缘故,潘卯便放下油桶,而变得文雅,有深思而且幸福了。

　　刘秀云向他很含蓄,但也赤裸地笑了一笑。她在热烈地生活,这时心中增强着光明、更清晰地看见她面前的全部;她心中有着烦闷,而这时滋生了令她战栗的快乐;她心中还升起了因她和家庭闹翻,有着压抑而有的她的壮大的志愿。她在和她家庭闹翻的雄心中有着饥渴。她看着变得沉静的潘卯,也觉得他有一种壮大的志愿。潘卯多才能,他还有司机执照,常驾驶汽车往来。

　　"你很用功。"她对潘卯热情地说。

　　"我不。"潘卯有点笨拙而温情地说。两个人的面孔都呈显着热情。

　　"我是说,你对人生很有思想而且很用功。"刘秀云唐突地说。

　　潘卯眼睛里光芒热烈,而脸红了。

　　"我很粗鲁。"他说,他立刻看看周围,并且对收拾着塑料袋子,看着袋子里面的味精的秦风说,"你是不可以拿走这里的货的,秦风。"

　　"你有吵闹的缺点。"钟情、脸红的刘秀云热情地说,她想防卫自己,"但是我觉得也无妨。你有实际的能力,但我说有时理想的力量差一点。"她又激动地说,继续想防卫自己,"而我有时有幻想了。"

　　潘卯的心跳着,刘秀云的心也鼓动着。敏感的吴俊美和观察人事的李学茹便知道这里成熟着爱情。李学茹还庆幸自己在这里多站了一些时间,注意到现在的青年和看到真情的恋爱了,而这是很幸福的,虽然她觉得当闲人站着有点忧郁;想走开又始终站着产生了一种在她看来是值得自嘲的,在此时北京是少有的、愚笨的忧郁。

　　人们看见刘秀云帮助潘卯将两个空纸箱拿出去了,人们是从这里面取出了手纸和白糖的。李学茹这时不预备走了,来到了外面,看见刘秀云在三轮车旁边沉静地、温柔地和潘卯说着话。刘秀云心中这时有着深沉的激动,在想着她的离开家庭;她的父母逼迫她的婚姻使她有着愤激,而也促进着这里的她的突然发生的心中的感情的激情。

"你把纸箱这样放着很整齐。"刘秀云激动地说。"我因为和家庭的冲突所以有我的生活想法。你的父母呢,你潘卯。"她带着一种李学茹看来是特别深切的关心,和严肃的注意的精神,说,"你也有一样。"

"我和你差不多。我的父母是中等干部。他们想我——同意一种订婚,在他们看来,我现在是流浪儿了。"潘卯也带着他的和环境奋斗的激情,说,他的脸上也有着人生的重要的瞬间的严肃的注意和青年的热烈。李学茹的面颊有点颤动。她觉得两个青年都有真情,刘秀云英俊,使她觉得快乐,而潘卯有着健壮、敏捷的身体和有一定尖的,在李学茹看来是聪明、有意志的下颚,也使她觉得愉快,"我在生活里有一种愤恨,"潘卯带着他的快乐和一点浮躁说。

"真是的。"刘秀云说。

"你工作很忙?"潘卯说,脸上再显着严肃的赤诚的注意的神情,并且显出了一种安静和忧郁。

"我不很忙。"刘秀云说。

"我是很高兴我的流浪儿的工作的,自然我想做司机,将来做账房,我也有冷静的心,因为你有些觉得我有些浮躁了,我对人们说:什么的什么的,"他挥着手臂又开始带着他的神态自若的情绪,说,"便是我是很有幼稚的,浮躁,十分的幼稚,我自己也觉得,"他快乐地说,虽然在批评自身;他在一定安静和忧郁以后显得很是的健旺,"但我幼稚,却是我对生活有真率的见解,我内心里有一种我听着的快乐的声音,听着快乐的,这声音说:为学问而努力,沉着一下吧,为学问上进而努力,学各种货物的鉴定,譬如学吴俊美,献身于一种事业,我便有着细密的心和潜水的意志。我心中有一个快乐的声音。"神态自若的青年潘卯说。

"你把你说得完美了。但你的理想也增加了。"刘秀云带着怜恤的表情说。"但你这么一说,我也是追逐我的人生旅程的气势的工作的,我心中也有一个快乐的声音,我有追求旅程的气势和——我觉得甜美,因为一个有现代知识的正直的人顶好啦。我心中的快乐的声音说,这一切是顶好啦。我爱现代的知识,但是我有时有弱点,心中譬如说也想一种较顺利的生活,但是我是否懊悔我的奋斗呢,我心中的快乐的声音说:我不懊悔!我对有些人很坏是否怕呢:也不怕。"

"你有很多的技能,我说你算术很好。"潘卯带着他的甜蜜的情意和心中的快乐说。

"我很害怕光阴虚度了。我很高兴这环境现在清洁,只是有两家常常烧炉子有一些上午的烟,而冬季的炉火有些已经折了。"刘秀云带着她的对于"光明"的想象,青春的努力的想象,便联想和注意到周围的街道了。刘秀云便注视,冬季将过去的太阳灿烂地照耀着,在街角的地方,有一些伸着枝条的槐树和两株高崇着繁密的枝条的柳树,它们静静地立于阳光中。风停息了,王禾的三轮车停在那里。

"我也害怕岁月虚度了。"潘卯说。"我心中的快乐的想象……"

"你心中的快乐的想象想象着什么呢?我心中的快乐的声音,我心中的快乐的想象,想象着正当青春,我的心就有跳动着,她跳动着。"刘秀云说,"我心中的快乐的声音说。"

"我也是的。我心中的快乐的想象,我心中的快乐的声音……"潘卯的快乐而陶醉的声音说。

静默了一定的时间。

"我心中的快乐的声音。"潘卯又说。

"你的……你的脸上有一粒灰。我心中的快乐的声音,我心中的想象。"刘秀云说。两人亲密,有着爱情的颤动和热烈,刘秀云递出手帕来;但潘卯没有接,迅速地,有些脸红地用手扪了一扪脸。刘秀云说他没有扪准确,用手指指着他的灰脸颊;潘卯想再用手指,但犹豫了一犹豫,有些敏捷地接过了刘秀云的手帕。

但她仍然没有拧着那一粒灰尘黑点。

"他们有深情了。很诚恳的,但是也迅速地闪光进展似的,青年男女的爱情,心中有快乐的想象,心中有快乐的声音。"李学茹想。"你脸上的灰是在这里。"她拧着潘卯的鼻子边上说。带着她的快乐的,有着善意的讽刺的声音说,"心中的快乐的声音和心中的快乐的想象。"

潘卯仍然没有拧着,他显得幸福因此有所笨拙。刘秀云便拿过手帕来,亲切而有柔情地,替他拧了。

"粗鲁的人。"刘秀云说。

"我也是这样说,从你们的谈话你们的性情有接近的地方。"街边的闲人李学茹,更发展了她的今日的异化为闲人的愉快的形态,说。

"我也有些粗鲁。"刘秀云说。"真的。"

"你们是很好的朋友了。"李学茹热情地冲击到刘秀云和潘卯的恋爱里,说,"你们不嫌我说话吧,我说,你们真是有着可爱的,我觉得是这样,你们的友谊和爱情,如果在内心里面是诚恳的,心中的快乐的声音,便不怕有着直率地表白,而你们正是这样;你们的友谊,你们爱你们的事业,心中的快乐的声音,使我觉得你们的前程也有动人的色彩。你们真有你们这一辈人的样式。你们有绚丽多彩的生活,于这生活之路。"李学茹有些脸红地说。她又陷入一种窘迫,因热情而窘迫,即是说,称作前辈了,陷入了一种热情,想到自身年青时也是热情地恋爱的。她有一种钟情,但她又觉得自己有过于冲击,在这里说教,演讲了,而家中,譬如说,牛奶没有再热一遍。她因讲了真情的话而脸红得有些凶。她的真情鼓舞爱情,但她又觉得似乎过分冲击,这一对青年是否会终于互相很好,她想,她也不能完全知道。但她顽强地,似乎有偏见地觉得是这样的,即这一对青年会各项很好和互相很好,她似乎从什么得到了一种启示。

因为李学茹的感情裸露,推进着说到他们的爱情,两个年青人便脸红了。

"我说我们并没有怎样恋爱,"潘卯带着他的豪侠和粗笨、窘迫,说;他因为自己在恋爱,而脸有些红了。他不想浮躁的青年了。

"你们有着爱情,恋爱不止一天了吧,这谁也看得出来,今天的北京,男女恋爱有很快的进展。"李学茹坚持地、顽固地说。

"我们没有。"刘秀云笑着说。

"那我便错了。"李学茹说。"但是,我问你们,我是否冒失了。你们将来会不好,或者你们心里不是这样。"李学茹说。

这时老人王禾走了出来。"事情是这样的。"王禾说。

王禾的鼻子未流血了。他思索他仍旧应该积极地活动,他的声音增加了一种热烈,——王禾有慈祥的笑容。他仍然表现出他是有冲击性的。

"那么我说了,我这样说也不好,"潘卯突然地,直爽地,热烈地,神态自若地,但在声音的末尾有着感情的战栗,说,"我和她秀云是在这样,我爱她。我心中有快乐的声音。她刘秀云有时好像又不高兴我,我请你们帮助我。"他说,似乎特别因为王禾出来了,他这样说。

"哈!"刘秀云高声、快乐,有些沉醉,说。

到来了沉默和两个青年人的心脏鼓动着。他们有一种沉醉的形态,而有些粗鲁的潘卯忽然地有着一种谦虚的、自觉微小的,善良的表情。在这日一瞬间,刘秀云有着一种直爽的、勇壮的、肩负责任的神情。

"我们要奋力我们的友谊,走我们的生活之路。"刘秀云望着李学茹和王禾,突然用着似乎是女兵的严肃的、宏亮的声音说。她觉得她应该领先说话。

"我们要奋斗做事情。我爱她。"潘卯说,他也带着严肃而集中注意的神情,声音高亢。他接着想着,他是否将恰如他自己所说;而他的一切条件,他的心灵,在这上午是否诚恳;生活里的甜蜜的快乐要伴着诚恳。是否能在人们的关心里持久,他觉得他的心有他的坚固和力量。他的宣誓似的高声很响,他想他是这样的。刘秀云没有反驳他的激情声音说的爱情的话,她觉得幸福并且想到努力了,所以又鼓舞着说了一句,他的有些强壮的面颊颤动着。

随后他便显得很深思,驾车预备走了。这个时候,王禾的喉核鼓动着。他又有了在流鼻血之后有着的激昂的心情;这时他的慈祥的笑容收敛了,而显出一种严肃,思索着,脸上甚至有阴沉的痕迹。老人发生了有点突然的变化。

"你潘卯慢走我问你,也问你刘秀云,你们高兴了,结朋友了,假设我反对怎么办?"

潘卯和刘秀云在他们的激动的情绪里冷静了一瞬间,但两人笑着。

"他们那些人说的黑良心你们遇到了怎么办?"老男人激烈地问,心里存着同情,但这时却显得阴沉,李学茹观察老人这时有些怪诞,几乎看不出来他是由于深刻的同情的感情而问到这些的,但他心中也有不同情似的、对立的感情。老人忽然心情有些悲伤,因刚才的激昂而有一种觉得精神增加负担的忧郁。他似乎想卸掉他自任的奋斗的责任,他似乎在干涉年青人的幸福了。似乎流鼻血终于使他狠恶了。

"你老爷子这说得过分了。"潘卯犹豫地说,呈现出一种不满。

"你们过分地觉得高兴了。"王禾说,"但也不是的。你们是叫人高兴的,前途也会一帆风顺。"古怪、阴沉的老人说,由于一种内心的因不满自己的言论而引起的苦恼,他就想再恢复他的愉快之情,但是由于继续的,对于有些人的不满,和对于自己的流鼻血的情况的不满,和对于自己这以前的激昂的情形也有的不满——他觉得那些幼稚了——他便仿佛妒忌年轻人的幸福了。这便是他心中有的不同情似的和潘卯、刘秀云对立的情绪,"我是说的没有意思的话了,这社会啊,是有困难的,小年青人你们说是不是?"他说。

李学茹注意到,老人不明朗,从他的乐天,有着年轻精神的健旺,和从他的激昂的奋斗情绪,变成阴暗的了。老人沉默着,笑了一笑,想肯定地辨析自己是不是由于同情心才有这种奇特的心情。他自然是由年青人的纯洁而有着对黑暗情况的愤怒。但他是也有因自己的处境而有的阴沉。

"你们可以说是没有意思了是不是呢,照我说的。"老人说,"也没有什么,你们去吧。"老人说,再又露出一点慈祥的笑容。但是刘秀云正要愉快起来,王禾又阴沉了。

"我不了解你老爷子了。"潘卯善良地说,"你是装样着这样教诲我们,你也不是的似的:我们这显得有错了。"他有着激昂浮躁地说。

"我是说你们是好的。"王禾冷淡地说,意外地扮演了和新时代的明朗冲突的角色,虽然他原来没有这样的意思;但因为对于黄晓谢诚志秦风等的阴暗的顾忌和流鼻血,和奋斗精神的一瞬间的消退,也似乎有这种意思。

"你们很笨,你们混账了。"王禾说,他的脸苍白。"我可不可以攻击你们年青的呢,假设我是极落后与可恶而流鼻血的。"他说,战栗着。

这就产生了潘卯和刘秀云的感情的受挫,因为他们是很敬重王禾的;产生了一种冷却,和对于现实的观察。两人不怀疑自己的爱情,而且产生了坚持,但是都瞥见了周围有寒冷和艰难。潘卯心里有一种痛苦了,沉默着,不满自己的粗率和浮躁,觉得自己是可厌的,觉得时常意识着甜美的前程而没有注意自己的缺点是可恶的,甚至觉得自己缺乏能力。在他这种不满自己种也还剩有一种浮躁的情绪。"你老爷子也有道理。"潘卯说。他的心有着伤痛与阴沉了。

刘秀云沉默着,咬着嘴唇,有些不满意和怨恨;她的心里甚至有着痛苦,觉得自己有微贱,轻易地恋爱了。这种感觉是真的,她觉得她和父母冲突而叛离,现在有奋斗的感情的一面,也有孤单的感觉的一面了;她觉得她心里有着希望结起婚来,而有着可依靠的人的微贱的一面——而自己不是快乐的。她确实有结婚和依赖一个有为的男青年和他共同奋斗的想法,潘卯是她适意的,但现在她因老男人王禾的阴沉和流鼻血的怪诞而有着一种辛酸的感觉。

潘卯也一样觉得自己缺乏高尚的情操;他也有孤单之情。这社会仍然有着坎坷与险巇,他也想结伴,而注意到刘秀云有能力,但这社会仍然女子弱些他便有些认为自己是利用了刘秀云因和家人冲突个人投奔生活和前程落入的孤单的情形这一机会了。但他想不是这样的,他心里辩论着,他又想他不完全是这样的。终于他想他不完全是这样的。

刘秀云也想着,她奋斗,也是有着对于社会的理想的,但这时仍旧因老头的言论而觉得一种伤痛。

当代的社会也有着伤痛,这就表现在两个年青人的这时候的情绪上面。老男人忧郁着,他不意中成了不愉快的人物,而李学茹看着他,也有些不满意他。中国的当代的生活有着伤痛,也表现在老人的情感的从奋斗的激昂变为忧郁的情况上面。

王禾老人便想从这种阴暗的情况出来,他心中起来了克服从自己流鼻血而有的激昂所产生的晦涩的想法,而且心中咒骂自己的不光荣的情绪,想再回复自身的明朗,从这情形里把自己牵引出来。他曾是很乐观地观察事物并且明朗地向往未来的,现在却受着秦风这些人的伤了。他的这恢复是艰难的。于是他又继续有着错误了。

"你们知道,凡事要小心。"老头说,并厌恶自己说得陈旧。

"我们是小心。"潘卯说,看看刘秀云,这话里有着温情,有着恋爱,他便看刘秀云脸上的反应。刘秀云一瞬间无反应。他显出对王禾的不满。"我觉得你老爷子对我们的教训了。"他有点辛酸地说,但他的浮躁却消失了,而变成深思的,"但是,"他反抗着王禾说,"我们年青人在前辈传袭之下——我们难道不接受传袭吗?——我们奔我们的生活,我们是知道我们的情形,也摸清社会的;我们得到勇毅的传袭,这不是这时代么,我们——我说,我们也得到一些阴暗的传袭。我说这话,"潘卯显现着一种愤怒,说,"是对你老人家有不满意。"潘卯有些战栗地说,在这社会上,前辈的重压依然是有着沉重的分量。

王禾沉默着,来不及说清楚他不是这样的意思,而有着痛苦。但他继续阴沉。

"但是你是也不应对王禾这样说的。"刘秀云说,"不过,你也可以这样说的。我觉得,哎哟,真要考虑我的感情了,我这时候觉得我是俗气的,我们也很浅的关系。"刘秀云说。

"你老头闯了一点祸。"李学茹对王禾说。

"我不是这样说的,刘秀云。"王禾笑着,有些苦恼,有焦急的神情在他脸上闪跃了一闪跃,但仍然冷淡而阴沉。

"我和你潘卯可能不一起了,"刘秀云说,"我这么说,是因为我简直太幼稚轻易了,是因为我认为我个人是好的,我不和你说什么了……我们都是有缺点的。"刘秀云说。"但是自然也不。我刚才说的也不对,我们仍旧一起。王禾老爷子你骂我们了。"

"你这是干什么呢?"王禾辩护说,在他的心里,阴暗和先前的乐观之情冲突着,"我怎么骂你们呢?并不是的。但也自然是的。"

"我和你潘卯有缺陷了,你有太浮躁。"刘秀云说。

"我有很伤心。……那么,好吧,"潘卯说,"你看,吵架了,所以爱情有困难,我有浮躁,但我说我仍然是不满意你王禾的。"

"我怎么可以骂你们呢,我怎么又不是骂你们呢?我怎么可以得到不满意呢,你们年轻人,是没有什么意思的。"王禾带着古怪的愤怒,流鼻血激昂以后的悲观,对年青人的阴沉的继续,说,"你们有意思吗?糊涂,没有什么道理。"他高声地说,"想想看,是不是这样的。"但突然他的面孔被温和溶解了,他的脸上有着灿烂的表情:坦白而善良,而他的眼睛里有着一些眼泪了。他哭泣了。"他想到吴俊美看着他而觉得羞惭。"

"我和潘卯简直很伤痛了。"刘秀云说。

"你们这是不必要的。"李学茹抗议地说。

"这是可恶可恶的,刘秀云,我刚才道歉了。"王禾脸红着说。

在这冲突中,他感觉到自己的突然的晦暗的意见妨碍了年青人的生机,觉得他和新的时代龃龉了并且反挫了它。他觉得他自己捏熄了年青人的爱情的灿烂的现象,虽然因此也显现了肩负着社会的传统的年青人还有着痛苦和他们自身有着能力不够的困难;他觉得新时代还要锻炼青年。他觉得他不应成为障碍。他本来似乎是假设这样的,但突然的他成为不良好的心境的俘虏了。他这时转回为明朗的心境。于是,为了弥补,他便故意地再装成凶恶,但脸上有着讽刺的神情。

"你们是没有意思的。"他讽刺自己地说。

"你伤损我了,老头子。"潘卯说。

"但你要怎样呢,"刘秀云看看王禾,锋利地对潘卯说,"你要驾你的车走了,我问你,难道王禾老头能阻碍我们么?"她从受挫里再振作,同时又觉得她的生活是有着灿烂的;注意到潘卯的沮丧的,但有着温情的脸色,她便走到他面前,"我们这就畏缩了。而你,老头子王禾,你不该这样了,你也不必假装了。"她说,注意地看看王禾。

王禾显得有点畏缩。

"这是对的。"李学茹说。"不应为此。"

"这是非常对的。"王禾说,"但是我可能畏缩吗?"王禾继续讽刺地笑着,有些痛苦地说。王禾很想将他心中的明朗表现出来,但他心里仍然有着刺激的力量,他便显得严厉,他继续想替瞬间前的情形辩护,而假装着凶狠,但心中真的又有凶狠似的,再又发生阴暗的情绪了。走到两个年青人面前。"你们年轻,你们轻易谈生活,也轻易说老一辈人传袭,你们能越过社会的坎坷么?现在的年青人,轻易地恋爱,是不好的。"他说,因为怀疑着不满着自己心中真的又有着的不恰当的阴暗与坏的意见,他便脸色阴沉着。

"有一种是不好的。"刘秀云反抗说。

"但你们是没有基础的。"王禾显得有些激怒地说,他也显得因内心的有些复杂的情况而很是窘迫了。

"但是我们是知道自己的能力,这也是你前辈人的传袭。"潘卯说。"我在考虑,我是否错呢,刘秀云,我是否粗率浮躁,利用你的困难,家庭环境,我是否错呢?"他用高亢的、宏亮的、透露着他的快乐的大声说,他从王禾老人给他压下来的辛酸的磐石下面反抗了。

"但是假设你错呢?"王禾大声说,带着复杂的感情,似乎是自己的亲切的女儿要嫁给一个有着浮躁的青年了。

"我是一个简单的青年,我的思想是谋我的生计也于社会有益,我还进入一种较高远的思想,这是刘秀云她这时给我心中启发的,我也想我们互相启发,我追求更正直的未来。"潘卯说。

"但若你错了呢?"李学茹受了王禾的影响,笑着说,"但我这假设不对,你们不错的。"她又很快地、信服地说,不安地抛却了瞬间的冲动的假设,"他们不错。"她又向王禾说,似乎在说情。

"我有技能,我凭正直,我的心热烈,我有社会变好的理想,我会离开我的几百元钞票而为社会和人们共同去做心中烈火的奉献,我核计我的心中烈火的奉献是有时有的,还会增多起来,我也内心里并不浮躁。"

"未必吧,你们这些青年。现在有人们的势利。"李学茹笑着又有些冲动地说,但随即冷静下来,思索着,想决定她是否再赞美与推进潘卯与刘秀云之间的她觉得是可爱的爱情。

"也诚然是现在有些人有势利。但是善是一种火焰,老爷子,善是一种火焰么?"潘卯说,"这里我听刘秀云说有提到几个老文人的书,和莎士比亚雨果的恋情,人生至情之书,也是善是一种随着奋斗的正义的社会制度的一种火焰。我们的制度正是有火焰,如果不是更好的话,我说我们的制度动员了多数人,这里就有着有分量的理想增加和负担加重,但是这种的一拳一击我能行么?这老实说比我的一拳一击要多些了,依照革命的要求?"他说,"我是估着数奋斗的,我说的是,老前辈和老师知道,我是坦白地说我的见解的,心情也激动,请指教了。"

"那是要多些了。你有很诚恳。"李学茹说。

"你们青年人有势利。"王禾带着讽刺说。

"但我是一枪一击的向往。"潘卯说,"你刘秀云,赞成我们共同奋斗么?"

"怕情形很难的吧。"王禾嘲笑地说,"今天恋爱了,明天抛却了,而且那些恋情是不真诚的,你们有真诚么?"王禾说。

"你们老时代传袭给我们吧?"潘卯说。

"我对你年青人有怀疑。"王禾说。

"我觉得你老爷子现在是激励我。我心中的热血告诉我……让我想一想,"潘卯说,沉默了下来,于是就到来了他一生里面他的重要的瞬间——年青的人们,在严肃与意外中碰到这样的瞬间——他真的冷静了下来,听着他的心脏的搏动,静默着,想着他能否持恒地为着正直,而各时为社会的真理进行攻击前行,而且勇敢,而且增加自身的热力。他沉默着,脸上有深沉的表情。他思索了很一定的时间,觉得他是能这样的。他觉得他先前的一定分寸的奋斗的思想是有缺陷的。于是他便看看周围。这强壮的青年这时想到小时候挨父亲打那时决定奋斗而意外地流出了眼泪。"我做我的核计。我决不变成虚伪的。"

刘秀云看着他,因他的激动而感动,因他的真情而怜悯,并且,从他的看着自己的眼光里,从他的温柔,深情,热烈的眼光里,觉得他的表白是为着她的。她一瞬间的感觉很深:她和他将结为长途共同生活,终生的伴侣了。

"现在的青年有许多是纯真的,他们有理想。"李学茹说。

"你们有理想,而且有能力,有赤诚的心。"王禾说,因潘卯的严肃,因听进了年青人的话而离开了他的内心的复杂的情况,并且感觉到社会的巨大的景象。但接着他仍然阴沉了,他的脸很难看地皱着。"但是你们未必有办法。"他说。

"你说的好的部分我们感谢你。"刘秀云说,"不管怎样,我们恋爱了。"她热烈地对潘卯说。她的心脏因不满王禾而激烈地跳跃着。但她根据这老人以往的情况,也想老人是有着假装的可能的。

"不会如那些人一样变为不可同情么?"王禾再又有着阴暗的表情,激烈地说,他的心脏有些痛苦地扩大着。

"不的。我们共同前行了。我也有时只奋斗一定分寸的,我也说我们要进取。"刘秀云便握住潘卯的手,她战栗着,有些激烈地说。她要完成她誓言的,也英雄的行为——当着老人王禾的怪诞的表现;由于这种渴望,她显出一种成熟,虽然同常愉快的王禾的变化,也有一种凄伤,很快地在潘卯的嘴边上吻了一个动作。"我爱你。我这有一定的意义,当着也许并不想攻击我们的王禾老头说了,表示动作了,譬如他攻击我了。我和黑良心的人们战斗。"她说,又带着情欲的激动,在潘卯的嘴唇上吻了一个动作,而且用舌头舐了一下潘卯的嘴唇。

"顶好了。"闲人李学茹快乐地,有些激动地说。

"顶好。"王禾注意地看着,说,他觉得刘秀云的明朗和干练也表现了现在时代的青年和将来的火焰,他再看看这一对年青人,心中便有着恍惚的,理想的满意发生;他的再又发生起来的怪诞,阴暗的情绪便断落了。他便跪了下来,向两年青人表示痛苦的歉疚了,呈显了他的善良。

"我想祝贺你们了,刚才我使你们不满意。"王禾扬起他的高亢的声音——他改变了他的情绪和表情,说,"我就祝贺你们的人生之出发,往前而行,也要经过坡路,小路,泥塘……大路,宽阔的大路。我就用这些话表达了。"罚跪的王禾说,"我读过的书里有这些词。"他说,他再发生他的冲击的性格,在他的眼前也闪现极宽阔的大路,他觉得他的这激动的祝词说得还好,只是有些潦草了,似乎不足以补偿瞬间前的缺点,因此激动着而有些脸红;因此而罚跪得比较久。

在对恋人表示了和解之后,潘卯驾车走了,而李学茹对自己的情况笑了起来,想想又笑,笑了相当时间,也走了;王禾也想了一想走了开去。这时候,宣传黑良心的黄晓和谢诚志转来了,往这边看着。

刘秀云走进副食店去了。警官刘荃民也走开了。黄晓和谢诚志两人都有矜持的表情,谢诚志的面孔有些发青,他们在副食店的附近站下。

谢诚志怀着很凶的仇恨,而且他被黄晓鼓舞了起来。黄晓鼓舞他说,动手再痛打两下吴俊美无妨,夫权是要举办的,不能让社会就这样了。黄晓是心中很灼热地燃烧着黑暗的恶毒的情绪,犯罪行凶的渴望说这种话的;她陷入她的极黑暗和恍惚的沉醉心理之中,这时候她的心脏膨胀,她的疯狂的自我中心扩张着;她战栗着,觉得自己雄大,而一瞬间有着排斥了,甚至推翻了社会的强大的对立的力量的威势的感觉。黄晓这样膨胀着,她觉得可以用刀刺吴俊美两刀便逃,看那警官有什么办法。犯罪的欲望,侵犯别人的欲望使这个人极端的欲望疯狂,这就是极端的个人了。黄晓先有这种狂热的心理的,她在一阵痛苦和报复的情感之后有了这种心理,而谢诚志很快地有着这种心理。在狂热之中,谢诚志痛苦了一瞬间,还有一种死亡的恐惧的战栗,但他仍然血液膨胀。他觉得要"送好汉",他觉得这时他可以在社会上任意作为,他还想到他这一方面社会的破坏的力量是仍然不小的,但是在战栗着进入狂热之前,他也犹豫着。

"怕不行吧。"他战栗了,说,他想到他带着的一把刀。他的因情况而收缩的原来的行凶的心理这时灼烧了起来。他这时想,假若只是对吴俊美作轻的杀伤,则并非"好汉"。

"我看没有什么不行的。"灼热而有些发寒战的黄晓说,她因为她的嚣张的言论受到进攻和警官的压迫而仇恨得极端;因为她有一种霸占社会的心理,这时候她心中是残毒的。但是她也战栗了。

"也可以有困难吧。"她说。

"可以行。"谢诚志说。

"我极恨那警官。"黄晓说。

谢诚志沉默着又有着一阵恐惧中的痛苦。

"你要威胁才弄到钱。"黄晓说。

"但我还有一定的社会地位。"谢诚志说,"我不干吧,我觉得生命没有什么意义。"他战栗着,颤抖着。

"正是你觉得生命没有什么意义。"黄晓说,她怀着一种恶毒看看他,似乎希望他的覆灭。她战栗着,在冬天快过去的上午有些冷的风中,他们悄悄地议论,走进栽着整齐树木的街边了。"那你就不干吧,"她伤心地说,"但是你可以威胁而得到钱。"在极端狂热的燃烧里,她觉得她欲望的都可以得到似的,而对立的、客观的事实,社会的形势,法律,都在她的心里被排斥了,她觉得这些不值得怎样,她一瞬间也觉得它们强大,但她觉得这些是渺小的;而且她觉得她可以从它们逃脱,而这一点也是重要的。她和谢诚志迅速地、尖锐地异样化,他们迅速地膨胀起来,疯狂中有一种骄傲和快乐。

"不止是得到钱。"谢诚志说,"我觉得有一种伤心,我曾是好人家的儿女,但是干吧,我有一种愤恨,是吴俊美使我为恶事了;我现在并不怕。"他嘴角干渴地说,"我的灵魂生死灭掉,然后我的心烧成有酒的火,我想动这种手,我有极骄傲。"

"我也是。"黄晓有些脸色苍白地说。

"我觉得社会不能把我们怎样,再怎样我可以逃掉,抵赖,因为我有我的力量,本领,犯罪作案要自尊大,也要仔细,知己知彼,我都有。"他狞恶地笑着,说,"我要把世界烧掉就把世界烧掉,我要把这棵树拔掉就拔掉,一切全听我的,我呀,是一个无灵魂的妖魔,我也是虚无所有的,无灵魂的幽暗,我呀,不是一个人,我不做人,我是一个灰尘。连这也没有。"

"你说得对,我们这样想就有壮胆力量了。又有狂张,又有准备,而我说,统统不算得什么,人的生命一文不值。而我最恨那些人们,他们的正理,是在我们无有的。我觉得你说,首先你死了,然后你便有凶残力极凶,要挟制人,而得到大量的金钱,你要让吴俊美拿出四千元来她也可以有。"黄晓说。

"问题不在这里,"陷入自我疯狂尊大的谢诚志说,"我要吞灭一个人,再吞灭,消灭一个人,我自己也是灰尘,是死,但是却不死,得到物,我很伤痛。"

"你很坏,我不与你一起了。"黄晓说。

"你也很坏,我也灭你。"

"我灭你。"

"但我不灭你。我十分情爱你,和你有片刹的人生极美,你对我说,情爱极美。我伤心了,假若我不这样呢,我就仍旧是一个副科长,也搞一些钱。"

"但你是要搞钱,而这样一定能胜的,人们对你决无办法。"

"怎样无办法呢,他们抓住我呢?"

"抓不住的。你有哲学就行了。"

"对了,我有哲学就行了。我还有理由。夫权是重要的,我还有正理。"谢诚志说,"那么就这样了,铺子里不一定有人,我痛恨极了,就这一句,中国要不往这种建设去,"他盼顾周围,说,"而进入一种荒莽旷潦,我好行凶。"

"进入金钱的蜜意,也有山石嵯岈可以行凶。"

"那么我要说,你属于我,"谢诚志战栗地说,心中有着猛烈的情欲的渴望,"这里不管有没有人,我要抱你一下,你永远的情意,永远的美,神异的爱。"

"不,好吧。"

谢诚志便抱住她,和她亲吻。

"永远的情意,永远的美,神异的爱。"

"从夫权和爱的神圣,这也是有理由的。拿到钱是困难了,我恨极就是一刀,大男子,看那警官又如何。"

"对,大男子。我跟你说,我恨极。但是你仍然要拿到钱为妙。你以夫权为题意,做一写真,要她当着人面说拿出钱来,开出条子来,否则,就一刀。你先威胁她,人们看见是夫权也没有什么,也可以抗辩法律。不客气,就一刀。"她战栗地说,"不过,"女书商略略清醒了,又说,"不这么干吧。不,干吧,就这样,也可以,快意的一刀,说夫权,在众人面前炫耀你自己,那警官不在了。"

他们两人战栗于疯狂的犯罪的情形里。

"我觉得我顶骄傲,我的心甜甜的。"谢诚志说。

"我也是。"

"永远的美意,永远的爱。"

"你是我的儿。"谢诚志说。

"你也是我的儿。我就你为干儿。"黄晓说。

"你是我的儿。"谢诚志执拗地说。

"我是你的儿。"黄晓说。

他们沉默了一定的时间。

"现在你正好,那年青人驾着车走了,而那王禾老头和那女干部也走了。现在副食店里顾客也少了。"黄晓说。

"我动手。我很想行凶一下,她拿钱我也夫权行凶一下,"谢诚志说,"但我把问题再考虑,我刚才对她是存着一点爱感,曾有的柔情,似乎与现在的不一致了。"

"那你是假的。"

"也正是。不,也有真的,真的美妙些,"他说,一瞬间似乎回归到平常的生活和过去的处境,他也曾是正直和善良,于是他徘徊了一定的时间,"我仍然做不做决定呢?我栽一棵柳树成荫,我也栽过一棵人人生活的那样的柳树,是自己的生活。"

"我也栽过。"黄晓说。

"我并不羡慕以前的柳树。我的心现在甜些呢,还是以前甜些呢。我说雅语了,我有凶性是合理。"

"我也是,我以前也有小姑娘时,现在甜些,我也说雅语了。"

"我是现在甜些呢,还是以前甜些。"谢诚志说,想到他旧时的生活,于风雨中驾车,而碰见吴俊美,她坦白而有着欢快,这影像虽然很淡,却引起他心中的一定的战栗。他心中还发出恐慌,"我觉得以前虽然没有什么的,现时平平常常,似乎甜些。虽然当然不是,你替我决定吧。还是只要几个钱打两拳,还是扩大夫权。你看过的恐怖的人生书上怎样说?"

"我也觉得以前现在似乎甜些,但是却不是意义。恐怖的人生,"黄晓说,"凶杀的人生。"

"我看过的书是现在动手甜些。因为人生无出路,生,本身是劣与恐惧。"

"你决定吧。人要黑暗的心。"黄晓嘴边有着凶残的皱纹,说。

"我觉得以前甜些……"

"我也是觉得。"

"放你妈的屁,我正在思想,你侵扰我。我想清楚了,我觉得现在甜些,而且,现在,我是夫权,男权,社会之主,社会是我大男子的,我已将它抱在心里了。"

"我本不迷茫,现在的凶杀甜些。"挨骂的黄晓说,突然流出一定的眼泪,还一滴一滴落在地上,"我逼水计走到现在了,逼尽了也是现在甜些,举起刀来杀向正义的心脏,我们要胜。我哭人生的恐惧,生之恐。生之恐,生之丑恶,要杀向正义的心脏,我们是良心受欺负了。"她哭出声来,说。

"你说我是伟大的,你说一句。"谢诚志说,但是他并未再继续这股匪的谈话,摸摸他的已经从套子中拿出来的插在腰中的刀,预备往副食店去了。黄晓又喊住了他。

"你要尽你的气势。"她说。"这样也许被捉住了。我们先喊她出来对付她怎样?"她看看周围说。

"那也一样有人。你使我恍惚了。"谢诚志凶恶地说。但他也站下了,思索着。他心中发生了犹豫,那种猖狂的燃烧的情绪降落了,"我们要仔细也行。"他说,他便说,假设先去以夫权要挟钱,进行质问,看情形再说,似乎好些。于是他冷却了下来,有着遗憾地想着有着散失的瞬间前的膨胀的他觉得是很豪杰的情绪,觉得正义的建设的社会的力量是强大的,想着,又有一些对自己不满的感情。"我就这样入监牢也无憾,实行夫权,生活没有意义了,但是我还又留恋彷徨了,不像男子汉,而年华老大到白头了。我去拔刀一击有什么关系呢,但是我们俩刚才吹嘘了。唉,谢诚志,唉,好汉,唉,夫权,现在乡下有的是执行夫权的,唉,我都不能引刀一快了,懦种!"他说,"那便回去吧。"

"我说你还是怒吼起来。"黄晓说,"刚才你怒吼,那样是很好的,真是你的本性豪杰,不过事情也是要思量而行,落了郁闷有差。但是我心里还是震动荡荡,我们刚才决定是孤注一掷了。你怒吼去用夫权逼钱,动手几拳,给她两刀,夫权有什么关系,懦种!我和你去拼这法网!"

"但那样有点不划算了。"

"我觉得划算的,两年牢有什么关系。去吧,你坐牢我等你,而店里无什么人,你打了架捅了刀子就跑不可以吗?唉,不过,这也是我也想到的,这是也十分艰难,"黄晓说,她的燃烧的膨胀的气焰也降低了下来;"那自然就算了,办不成漂亮的了,懦种!我也懦种!"她吼叫起来,"陪你终生吧,你去打两拳算了吧,我也仍旧美爱你——唉,我们刚才说的吹的都是假的!"她凶暴地遗憾地说。

"假的啊,真的,怎么变成假的呢?"谢诚志说。

"陪你终生,白头偕老,做个美意的你买我卖男耕女织的生活吧,你还是个副科长呢。"她讽刺地说,"刚说说得多么好,我也觉得栽柳成荫有华美,逗豪杰,现在怎么又寡淡了,一个吴俊美也对付不好了,让她在街头炫耀,有一种什么叫做崇高的理想!杀!"

"那我该怎样办呢?"

"崇高的理想我表示敬意,我要突现我的心灵的黑的良心,杀!但是我也是吹嘘,我们也还是老实,而我们刚才决意的是多么豪杰!不过那自然你入监狱了,我也是,但是,就一定是那样么?杀!不能逃避,暂时我们逃往外埠去么?"她说,心中又膨胀着她的凶恶的、灼热的,虚伪地认识现实的恍惚的自我赞美的感情,"什么问题也没有的,我要黑良心,我要达于胜利!"

谢诚志沉默着,想着现在的心中畏缩的情形。

"我和你一样思念着我的引刀一快的感情,那是多么美妙,我是多么恨她吴俊美,高尚的老文人书和洋文人书,我心中痛恨,这是你相信的,但是坐牢很苦,而投奔外放也不适于,我觉得你的美意使我苦了。"他说,"但是,我是十分美爱你的。"

"我说人要黑良心。"

"我也说人要黑心。你谢诚志,你就当一回好汉吧。你就当一回懦种吧,趁警官现在不在。"

"你要有凶心与黑心,杀!"黄晓以颤抖的声音说。

"现在是在这犄角上,在我们人生的分岔点上,"谢诚志说,"我刚才很美地设想了,我现在不美了。那设想时我们忘记社会的各事情,而现在各情形压住我了。"

"我当然也这样说。那你有懦种那你就去动几拳头吧。你要黑心,而你要知道夫权是父权一般的,可以抗法律驳法律。但我也仍然说要烧红的火一样在这社会上我才痛快。"她以颤抖的大声说,"杀!"

"我也是这样说。我看再烧火我的心中的火吧。"谢诚志说,"你永远的情意美爱我。"

"我美爱你。"

"我就这样。但我还是用夫权的拳头吧,先用夫权的拳头吧。但是也不。"

"我也想。"黄晓说,"先用夫权的拳头不行,人不可善。"她喊叫着,

谢诚志便往副食店去了。

在走开了一定的时间,办理了一件事之后,警官刘荃民又走过这里,走过了站下来看看,他对谢诚志又进副食店去发生了他的敏感的怀疑,便走转来了。

吴俊美正在她的甜蜜的工作的心情中。顾客不多了,店铺里有一种宁静。秦风从里面走出来对她喊叫着。她在裁着纸张,而秦风原来在里面屋里;他说他预备走了,只拿走一定数目的味精。他今天和吴俊美的纠纷看来是仍然这样地结束了。他偷了两块鸡蛋糕,用一张纸包着,放在衣袋里,在那里整理着衣袋,将里面的包着蛋糕的纸隔着口袋抚整齐,还欣赏了一瞬间;此外,神经陷进紧张而异常的秦风还偷了两颗糖,一颗放在衣袋

里了,由于心情的激动和偷窃的决定,偷窃成功的近于狂喜,另一颗放在嘴里,紧张地、用力地舐着,嚼着和咽着。这种近于狂喜是由于他这时的自我欣赏而产生的,此外,吴俊美今日少了几角钱——由于这几小时格斗的兴奋,这种自我欣赏的狂喜,这种狂喜里也包括着一种有数目的感动,秦风还从柜台里面的木箱里抓了几角钱放进了衣袋,他因这而有报复的愉快,他想人们不会想到他拿了钱的;柜台上忙着,谁也没有看见。这样,他便预备结束今日的来到的工作了。但是他和吴俊美的纠纷却并不看来自然地结束,偷窃成功而且激动地狂喜之后,他便走出来,他的脸猛然地发红,他有笑的表情,后来便很凶恶。

"你还是要继续清理货物,不必等原经理转来清,他事忙,而你有一种新上任的官僚的臭气,带着你的改革、算账、包干的臭气。"他叫着并拍着柜台。"改革、算账、包干不是你那样的,你是一种僭妄,想要能十分多地为事业赢利!"

"我是这样的!"吴俊美喊叫着,她心中对于秦风上午的活动很是愤怒,而从她的安宁的情绪脱离开了,看着柜台外有一两个顾客,她便面孔战栗着忍耐了下来。面色雪白的秦风挨了回击有些懊恼了,但仍然又有了自我欣赏和偷物件的狂喜,拿着装的味精的塑料的袋往外走去了。这时候谢诚志走了进来。吴俊美心中燃烧着她的固执的血液,对于事物的执着,对于生活发展的她的向往;她向往着热力充沛的、有着华美的颜色的、与人们关系亲密的生活,她心中随时地颤动着一种激情,和对于周围的事物的敏感,这种战斗的激情就使她在看见谢诚志的时候,在秦风的后面走出了柜台。她认为肮脏的谢诚志的到来侵袭了店铺,阻拦他是她的责任;她认为她要和他格斗而再致胜,她要驱逐他——她对他的肮脏的心异常地仇恨;他的进来,使她觉得受辱、羞耻,并使她觉得店铺里的货物在他的形态对比下的灿烂,她觉得,许多人和事,和这些货物,她经营的事业,是纯洁的。她便迎出来了,迎着于她的命运是一种凶险的情况。

谢诚志的畏惧的心理突然又过去了,他走进店铺,面色也如走出去的秦风一样的雪白。他在有畏惧之后再又充满恶毒,这建设着的社会在他又变成不算什么的了,但他进到店里也觉得扑面的吴俊美的有力和货物的纯洁,吴俊美似乎也是和货物一样灿烂的。谢诚志觉得货物是有肮脏的、社会是有他这样的肮脏的人的,但是这时他感觉到纯洁的敌对的压力和满架的货物的灿烂的压力——它们随着吴俊美而有一种骄傲的、高大的气势,他又觉得环境的压力了。谢诚志此时傲岸而凶险,存心卑劣,觉得自己有残酷的气势,但他有轻微的震动了,因为觉得吴俊美和她的事业,店铺里充满着架子的有着华美的,他欲破坏的、盗窃的货物也是有着气势的。他更增长着他的仇恨了,他觉得他是反对中华人民共和国和他的全部现代化的经济和政策的,他头脑里闪跃着一些奢华的物品,他这时候还有抢劫这些货物的欲望,因此,他在畏缩之后,再又恶毒,而在心理又受挫之后再又发生着膨胀起来,想象着自己是强盗。他心里的尖锐的思想是关于经济和政策的,他觉得他和吴俊美在这里也格斗,他觉得社会和国家只要消费的轻工业品就可以了,外来的就可以了,他的头脑里有着酒厂、食物、烟和一些金钱的闪跃,他的心脏反对着建设性的事物,他觉得吴俊美代表他特别反对的重的现代工业,经济的深刻的建设和她谈到的人性,而他是现代的消费的轻工业品的依存者,和苍茫的旷野的依存者,那里也不出品较多的谷物和蔬菜。他的头脑里,依照着他没有这么凶恶的罪恶的情感时,依照他常有时来说,他是简单的消费品建设的思想,和短视的前程的主张者,主张着人生的短促。蒸腾着罪恶的欲望的时刻他则是心中有对于重工业建设的较大的仇恨。他连消费的轻工业他也有着反对。人们是依存着他们对或种生产力、生产工具、资料的感情的,他是依存着缺乏机械的农业旷野和简陋的最好是旧时代的社会的糜烂的轻工业的,依存着这而觉得心中愉快,而在这搏斗的瞬间,他鲜明地觉得吴俊美是主张着有压力的未来,重型的工业建设的现代化,而教人纯洁、有理想、废除金钱的贪鄙,而提倡金钱的理想性,对人类的发展的保卫性,而这些是他仇恨的。他拿着刀的这时候则更是所有的建设他都要毁灭的。连消费的轻工业在内。这是他瞥见副食店里满货架货物时的他的情绪,他这情绪表明他要充当一次"好汉"。

吴俊美觉得他是肮脏的。这时她也心脏鼓动而想着自己依存的事物,而注意到来到的谢诚志的凶恶,苍白的脸上有着的毁灭的思想。他虽然曾经想只说"夫权"与"金钱",但他仍然内心里像油锅和蒸笼一样,恶毒的最仇恨的、孤注一掷的思想仍然将这只说"夫权"与"金钱"掩盖了。吴俊美这时正感到她和人们的密切的依存——当谢诚志并没有说什么,放弃了先用拳头,先说"夫权",而简单地拔出刀来的时候。事实上也是他的"夫权"的观念将他鼓动到这个动作上,而吴俊美的精神焕发、敏捷、妩媚、有力和有为的样式正是刺激了他。她的迎着他走出来的坚决的动作也正是刺激了他。吴俊美觉得谢诚志是依存于毁灭所有的建设性的事物的罪恶的欲念的,而这之前她注意到他是依存于简单的消费品而反对建设,而她,吴俊美这时心中也闪跃着她依存的重的工业的建设,国家的正直的建设——迅速地,本能地感觉到谢诚志心中的对这的敌对。当谢诚志拔出刀来的时候,她发出了一声喊叫,表示这一切果然如她所预料,而这声音里的她心中的战栗是包括着对于他的破坏建设的仇恨。谢诚志举起刀来,眼睛里有凶的光焰,这时他再是极其猖狂,但他也补叫了一声:

"夫权!拿钱来,四千……一万元。"他这样叫了之后就内心燃烧着。他利用着这叫喊燃烧起激情——确实是他对于国家正直建设的仇恨。"夫权是天,你触犯了我!"他大叫着,"夫权!也无所谓夫权!"他厉声叫,但是他不会停留在简单的只用拳头或先用拳头上了。

吴俊美注意到谢诚志的刀子很锋利,她心中便呈显出一种英勇,并不畏惧,并由于心中的激昂,相信自己有力和将安全,但一瞬间也想,假若在刀下亡身,她也是为了她所依存的事物的;她将极为痛苦,因为中断了渴望,然而也因奋斗而无遗憾。这紧张的瞬间她着手抵抗。

"我是你男人,你拿出钱来!打倒你的工业建设!"谢诚志犯罪的欲望燃烧,高声呼叫着,"但是现在你拿钱也狗屁,拿钱也不行了。歼灭你的工业建设,你的建设是危害!你正直和正义是危害!我当一次王爷!"

一瞬间他也因吴俊美的沉着和勇敢而有一些惊慌,因此便也在心中颤抖了,似乎想改用拳头和再号叫夫权。但这只是有着虚假的一种情绪,那种带着社会一般形态,即用拳头的梦境是早溃灭了,谢诚志,早时的认真的运货工和商店的账房,现时的酒公司的贪污的副科长,便异化为凶手了;这离了婚的,卑鄙的丈夫便转成这样的样式了。在中国的大的土地上,在广漠的地表上,许多男子,举着拳头,进而举着木器、铁器、刀和举起火焰喊着夫权,在地表上,妇女们有许多亡身了,也成长着有患难的吴俊美们,从事坚决的抵抗。吴俊美跳起来夺刀不成功,将股耻和恶徒的手臂打开了,谢诚志便高喊:"打倒你的工业建设!"——他是从所谓夫权的口号进展为普通所谓"国事"的激斗。吴俊美也高喊着,"为祖国的工业建设!"斗争带着新的性质。这时间面色苍白的秦风转来,喊叫着带着兴奋的、意义模糊的,但里面有着对吴俊美的仇恨的声音,而刘秀云奔过来了,她呈显的英勇是简单而有气势的,克服了她的轻微的战栗,她很高地跳起来抢夺谋杀犯谢诚志的刀了。刘秀云心中充满自信和英雄情绪,她极大地睁大着眼睛往上跳跃着。谢诚志和吴俊美之间的格斗进展为"国事",国家见解的决斗了。刘秀云也为谢诚志的叫喊和吴俊美的喊叫"为祖国工业建设"而激动着。

当刘秀云跳起来的时候,谢诚志举着刀摇了一摇,又喊着"打倒工业建设!"

"祖国的伟大的工业建设!"吴俊美于紧张中喊着。

在这中国的小街上,这一政治的决斗进行着。这时谢诚志的刀有些歪了,冲上来了捍卫他的英雄和朋友的热诚的、颤抖着而搏击着的王禾,他这时已驾车走到另一个巷子,而在那里的一个院子里存了车，因为一个麻袋丢在吴俊美这里，而转来了。遇到了这情形，老男人心中发生了在这广漠的大土地的地表上生活，经历坎坷的奋斗和人间的亲切的共患难之情，他的心脏也强大，老人发生了热烈的、英雄的感情，呈显着他的在这大土地的地表上的热烈的姿态，他拦在吴俊美面前，跳起来替她挡住刀而发生和谢诚志的争夺。他已改悔了他一定时间以前的错误了。

同时，一直在内心里激动着参加着这里的冲突的李学茹到来向前迅速地移动了，她也因找寻偶然从纸包里拿出来放在柜台上的三个玩具兵而转来了。她这时热烈地爱着吴俊美和仇恨谢诚志，心中还闪跃着国际的观念，在内心的寒栗之后也显出一种单纯，呈显出她在这大土地的地表上的英雄的姿态。她冲到柜台旁张开她的手企图夺刀，也似乎企图替吴俊美挡住刀刃，她挺了一挺胸膛，呈显出威严。她敏捷地想挤开吴俊美而动手夺刀，而胸中有着朦胧的壮大的情绪。谢诚志发出吼声，这搏斗在进行。它具有着顽强的政治性质。这时刘秀云再跳起来高呼着："祖国万岁！"用拳头击中了谢诚志，而谢诚志的刀歪了，闪亮着，在凶恶地割破了吴俊美的衣袖和一点皮肤之后刺在刘秀云的左肩膀上。刘秀云继续睁大眼睛跳跃着，她的英雄的心理来自她和这社会的进展以及她和吴俊美的依存，并且她这时是闪跃着理想和爱情的；因为刚才的和潘卯的爱情的接吻此时从她心中增加燃烧起了她的英勇，她便呈显着大的气魄；她心中还有着一种无畏的刚强和壮烈的情绪产生，她觉得他所依存的事物和她的理想是辉煌的。肩膀肋骨中了刀的时候差不多她也是极短的瞬间的恐惧。恐惧她的爱情连同生命的破灭，但这个瞬间是生命的灿烂意识更强些，她再跳跃起来抢夺刀子。

为了他们的思想和生活往前的进程，和国家往前的行程，吴俊美、刘秀云、王禾、李学茹进行着和有力的恶徒的格斗；吴俊美胸中也有着强烈的火焰。为了他们的思想和生活往前的进程，和国家往前的进程，这时代的商业的从业者吴俊美和刘秀云和他们的朋友和宣传黑暗的暴徒进行着搏斗。

"你拿钱来,我有夫权,钱也不行,杀啊!"谢诚志喊,心中再起来凶恶,想着他是"无心栽柳柳成荫",他要燃烧起他的为人的黑暗的心做他的"蔑视一切"的冲击。"现在拿钱也不行了,打倒建设!杀啊!我有夫权!"

"杀啊!"吴俊美高喊着,并且举起柜台上的算盘来抵挡着。

"杀啊!"负伤的刘秀云喊叫着,她的眼睛,在她的俊俏的脸上,睁得很大如同奇异的婴儿。

这时王禾抵住了谢诚志的手,刘荃民奔上来扼住了谢诚志的手了。刘荃民奔跑迅速,由于这上午的遭遇,看见这情形,心脏跳动强烈,也呈显了他在这广大土地的地表上的姿势。发觉了有膂力的警官,谢诚志再向吴俊美跳跃扑击,未能成功而惊慌了,便开始转身,冲过兴奋的秦风和紧张的因警官来到而快乐的李学茹而逃走。警官心中同样充满着刚强和热烈,被眼前他依存的人和事物,吴俊美、刘秀云和这有着它的灿烂姿态的小的副食店的安全受到危难而发生了他的灵魂的震撼。灵魂是在自己依存的事物着火时受到焚烧,胜利时得到荣誉和快乐——安详时有着甜美,而受到冲击和受着危难时受着震撼的。刘荃民的脸色苍白而坚忍,快步地追着谢诚志,便和谢诚志在副食店的门口展开了搏斗了。从这社会上的看来平凡的纠纷形成了恶斗,警官扑击恶徒了。刘荃民扭住了谢诚志的手臂,但谢诚志挣脱了。他向刘荃民刺下了他的刀子,而刘荃民迅速地闪开,用拳头从他的胸部击中了他。看来匪徒谢诚志恶毒,而警官英勇。谢诚志被击倒在地上又爬起来逃跑而刘荃民追着,他又回头举起刀而刘荃民抱住了他的肩膀,将他压弯屈而摔倒在地下,他的刀便掉了。刘荃民在抱住谢诚志再格斗的时候面部的肌肉抽搐而用力地,坚忍地咬着牙齿。看来警官不仅用躯体四肢的力量,而且用着他的与这大土地和地表相依存的灵魂在搏斗。他认真而且严谨,有力而显出一种威严,表示着他的不动摇的立场,和表示着他是受着训练的,还表示着他是自己很注意这训练的。谢诚志向警官的扑击用着暴徒的典型的冲击的蹦跳的姿势,而警官和匪徒的格斗用着有力的有锻炼者的典型的摔击的姿势,跨着大步,他的面部的肌肉的抽搐也表示着一种尊严。黄晓冲过来帮助谢诚志。王禾这时奔过来弯腰参加捶击谢诚志,因为谢诚志又捡起了刀。然后他推开了黄晓。

刘荃民的心中充满着他的热力进行着这场格斗,他觉得自己将胜。他的职务使他不得不进行这种搏斗,他还有着他个人的情操与英勇。从他的职务的感觉和他个人的立场,他心中都闪跃着吴俊美的生活的历史也闪跃着他依存的事物,还闪跃着刘秀云的热情的脸;其中,他的在水厂工作的女人的脸也闪跃着。王禾用力地击中了谢诚志的肩膀,而刘荃民和谢诚志夺刀了。谢诚志把刀子向刘荃民身上刺来,他便抓住了他的手,他被强壮有力的谢诚志掀倒,心中痛苦了,但他终于夺刀了;他因受挫,一瞬间的不安而脸色有些苍白,带着更大的愤怒压住谢诚志。王禾瞬间前的捶击谢诚志的动作妨碍了他的手臂的动作,因此招致了他的短促的危险;警官也含有危险的。他竟至于很淡地想到(也由于对谢诚志的仇恨而想到),为了自己依存的事物而搏击,他可能也就离开这大土地的地表了,离开他热恋的生活了,但是如果真的是那样,也就那样,虽然极痛苦,而心中有着战栗。他也将没有什么遗憾。他的心脏的壮大和诚恳的至情的盈满使他有着这样的感情,他也和吴俊美对着刀锋的时候有同样的感想,而他呈显着英勇,增加着他的矫捷与坚忍;他想着他是否有不合适,是否瞬间前简单地就让这有刀的凶徒逃掉算了合适些,他是否因为激情而做了冒险,但他想不是的,他的警官的严肃的对这乡土的感情使他觉得不是这样的,他不能让这个他捕捉到的死敌逃掉,他的诚恳的至情的感情使他重视这时的这个死敌。于是他依恃着他的健壮和矫捷,虽然王禾老人的有些笨拙的动作又一次妨碍了他,黄晓也打中了他一个动作,但刀子终于在他的手里维持了,他也一只手扼住谢诚志的脖子了。

"我不会败于你的手里的!"他断然地、狠恶地说。

"我不败于你的手的,黑暗力量必胜!"谢诚志叫着,他想,他会死了，心中战栗，但他想他要杀伤刘荃民，格斗进行着。

"光明必胜！"刘荃民叫着。

"光明必胜！"王禾老头叫着。

"黑暗必胜！"谢诚志叫着，挣扎着。两人又相当时间的格斗着。

"光明必胜！"刘荃民发出了震撼附近空间和有些屋檐的轰击性的吼叫。

这场斗争进行到这里，黄晓一直是在旁边跳跃，参加着，又鼓动着谢诚志的。她奔上来曾打了刘荃民背脊一下，又拖刘荃民手臂，被王禾和李学茹击打了开去。

"谢诚志，你要知罪了，你要知罪了，你的刀子歪了。"当谢诚志从地上又搛起刀子，而刘荃民动手夺刀子的时候，黄晓更嚣张了："不要客气，对准他刺一刀，自卫，因为警官不准动手，要客客气气！而且，我们是夫权的一方！我们还对国事有意见，反对吴俊美的经济，建设！"

"混账！"王禾曾大叫着。

"混账罪犯！"李学茹曾经叫。她曾经在喊叫和忙乱着想要帮助成功刘荃民。"你警官老刘注意了，他的手举起来了，好！我真用一切名义祝愿，"看见威严、整齐、有知识的警官搏斗而且有一瞬间的劣势，李学茹曾十分伤心，但是她终于欢呼了，"好，你真矫捷！警官老刘，你真好，漂亮！你漂亮极了，扼住他脖子了，扼住了，打得好！好极了！建设祖国！"在警官扼住罪犯脖子的时候，她激昂地叫。

"我仍然要叫！"黄晓在这时叫着，"这社会本是黑良心的，你们不符律则，但是败了我便说，你谢诚志是犯罪了，但是相约于街边我与你栽柳成荫，我仍然不客气地说，社会是不公平的，夫权男权，现在乡下不是复辟吗？"她叫着，"我仍然说，你谢诚志有罪了，你当心，但你其实无罪，"她在谢诚志被扼住的时候疯狂地大叫着，"你老谢，我美意美爱你，永远情意，我是你的儿，你是我的儿，你再冲击，夺过这警官的刀子来！也说打到经济与建设！"

王禾扭住了这凶暴的女人。

"你老谢挣脱!"黄晓大叫着。

果然,继续的搏斗中,在刘荃民发生了震动性的大叫后,在这鼓舞下,发生了也凶恶的谢诚志的挣脱,他身体很强壮,他转动身体而使刘荃民倾倒了。他夺刀了。发生了紧张的再格斗。

"打!你挥拳打下去!"李学茹对刘荃民喊着,"你击败他,击败可恶的黑暗,乡下是有不少封建,但没有什么复辟,——击败!呜啊!"李学茹热烈地喊着并且用脚踢着谢诚志。"吴俊美的祖国的积极的经济建设!"

"你冲!"黄晓对她的战士叫着,"呜啊!要知道老谢你是有理由的,败了也不伏罪!"

刘荃民在搏斗中胜利了,再恢复了短时间前的姿势,在猛烈地将谢诚志挥拳打击得晕厥之后,骑在谢诚志身上,左手扼住了他的颈项,而右手举着刀。因为艰难的胜利,内心激动,因为英雄的激情和不久前的生死的危险,因为熟悉的、吹着冬天快过去的带着煤烟的风的街市,因为乡土的可感触和乡土的强韧、深沉、忧伤,因为忆及童年起在这些街道上,因为正直制胜了恶毒的黑暗,因为觉得的英雄的激情,而哭泣了,并想到自己的妻在水厂,北京此时的和平生活。

"战斗了。"他喊叫。

因为谢诚志被击败;因为快乐;因为发生了示威的豪杰的情绪;因为内心的思想到童年;因为热情激荡,而骑在谢诚志身上摇晃了两个动作。

"决死了。"从昏厥中醒来的谢诚志叫着。

"战斗了。"刘荃民又喊叫,又摇了两个动作的身体,而这时,谢诚志突然翻身起来了,将疏忽了的刘荃民掀倒,发生了紧张的局面。紧张着的,内心针刺一般痛起来的李学茹便扑向谢诚志,而谢诚志便击倒了李学茹,黄晓也助着他扑上来,压倒了李学茹。街边的闲人,观察者便卷入这一战斗了。由于冬天将过去的街上吹着的带着煤烟的风,由于忽然灿烂的阳光,由于觉得自己有为与有英雄性质,由于作为社会的"好汉"而和黑暗的敌人搏斗,由于豪杰而同时有受委屈的感觉,由于既觉得是豪杰又觉得自己是贵重的妇女,而在被撕打,在刘荃民又来援助她的时候她哭泣了。

"我痛苦地格斗了,痛苦地奋斗!"她哭泣,说,"英雄的,激昂的,正直的,巨大背梁的,我的祖国,"她沉重地喊。

"我们致胜了,拼击了,栽柳成荫,我们的黑暗的,不良心的,反对警官的,反对这李学茹干部的,我们的黑暗的社会制胜了。"黄晓说。

"我致胜了! 我一定要制胜!"李学茹叫喊。

"我们黑暗一定要致胜!"

刘荃民又扑了上来,和谢诚志与黄晓相打了。由于激动,由于英雄然而受委屈痛苦的感情,由于穿着警官的制服,勇敢然而同时有感伤,由于痛恨黑暗,由于想着吹着的冬天快过去的风会吹到春天,发生希望,他便脱了上衣,而发生了彻底粗鲁的决心,又脱去了外面的长裤,而穿着短裤,和谢诚志黄晓格斗了。"我算一个普通的,震动心灵的,于这年代的中国的土地上仍然是有粗野的男子,脱衣为普通公民,和你们决斗了。"

谢诚志便又翻身逃开,跳起来向刘荃民扑击,而夺去了刀,黄晓再呐喊了,而李学茹,停止了和黄晓的相撕打,也紧张地呐喊着。刘荃民于是一瞬间又有衰失了胜利和荣誉的痛苦,他的面部的肌肉再紧张地抽搐着,他再向谢诚志扑去,而这时内心的苦恼又使他感到一瞬间的异样,他觉得自己似乎有些柔弱:人们似乎不应该这样黑暗的,在痛苦中他觉得,他似乎心灵是柔弱爱好文雅和平静的。他觉得是这样,他爱好文化水平,倾向于文雅;他灵魂里呈显这个,他便似乎奇异自己在这里格斗,而且脱去了外衣,他便对于这种搏斗有着战栗着的注意,而有着一种短促的阴沉的情绪,但同时,他的灵魂里,英勇与粗野再呈显出来,他内心特别激昂地有着如同火焰一般的强韧,而觉得他的动作,他进行的格斗是有着豪杰,粗野有着有力,他克服着对被夺去的刀的畏惧,他的动作精确而柔韧,冲向谢诚志,他便又觉得周围的社会是光明的,而他的动作又结构为冷静、阴沉而血肉地搏斗的。他想他的刀被夺了,他便极其愤怒而英勇。

搏斗进行着。暴徒谢诚志在极快的时间里怯懦了,想要逃走,但是更凶恶地搏击了。他在格斗中充满他的亡命的意识,这时从亡命又转为黄晓呐喊的夫权、男权、尊大的意识,和反建设的狂热政治意识,充满这种意识便发生了亡命的意识的增加的燃烧,这时他还有强壮的肌肉的感觉,跳跃起来很高。他还忽然想着他是有着和吴俊美的"旧情"和觉得心中又有这"旧情"。他觉得他有这种"错综"。他是亡命地搏斗而仇恨,心中毒恨着刘荃民,现在他又在"夫权"的意识的掩护下而跳很高了,反建设的狂热的政治意识也燃烧,再加上他心中设想的"旧情"的"错综",他便有更亡命的凶恶的感情结构。而在黄晓的叫喊中猖狂,呈显出一种欢跃。他呈显着赤热的感情状态,是刘荃民的凶悍的敌手。

"你老谢!你简直又有罪了,"黄晓喊着,"你不止是拼命,你要征讨他!你想到你是夫权便对,你对吴俊美也还是旧情难忘,"她在激昂中喊叫手,"但是,你败了我便和你分手,你居然敢袭击警官了!我留一句,我们夫权,社会权方面我们进行革命的惊天动地的格斗,而且我们是政治立场国是意见反对过分工业建设,呜啊!"黄晓疯狂地喊叫着,她心中也有一瞬间的怯弱的意识,她看见刘荃民快夺到刀而面孔有着恐慌的颤抖,但随即骄傲的、胜利的,她既占有社会她便要凶恶地进展的她的内心疯狂的冲击力量又充满着她的心了。她心中又觉得一种柔弱,似乎还有着甜美;她很爱好这种搏斗和向警官的进攻了,因此这对于她几乎是甜蜜的瞬间。看见刀子在谢诚志手里对于她是甜蜜的瞬间。她和李学茹相打着,她在这种蒸腾的热力下似乎还有了一种似乎善意的思想,这种似乎善意是再虚伪没有了,但是它又显得一瞬间像是真的有着的。她觉得警官有家有室,健康而且生活愉快,毁灭在亡命之徒的手里会很痛苦,她似乎伤心了。她的脸上于是有一种激动的、激烈的、似乎复杂的神情闪跃着。

"我同情你啊,有家有室的军官啊,"她带着这种似乎有的复杂的感情叫喊着,而且一瞬间似乎还有着似乎善良的声音,这声音又似乎是从骄傲的轻蔑而来的,而又似乎是从一种忘我的恍惚而来的,而这也可以是警官的英勇、健旺、矫捷和现在的粗鲁的特种反映——是刘荃民在他的面部颤动的肌肉上表现出来的正直和正义、有力和李学茹王禾的喊叫所产生的压力的结果。黄晓一瞬间也奇特虚伪地似乎觉得谢诚志的罪恶了。她喊着:"你打他啊,警官啊!"但这种情况只停留了一瞬间,她的似乎是普通的有善意的妇女的样式只停留了瞬间便失踪了,便转成轻蔑与凶恶:"警官,你是有家有室的啊,而我说,像你警官居然打不过他,他居然敢,我说黑暗的社会必胜!打倒经济建设,进行经济投机!"

刘荃民夺回了刀而谢诚志再扑击,这时喊叫着的黄晓冲上前再助谢诚志,而喊叫着的王禾心中燃烧着一种从他和吴俊美的友谊,从他这上午的情感经历,从他对警官的敬佩而来的激昂之极的舍身拼命的感情向谢诚志冲去,但被黄晓抱住,他便和黄晓一起滚到地下了。站在一边流泪的李学茹也再和黄晓相撕打了。警官的沉默的、粗野的格斗,他显现出的正直英勇、沉着、忍耐和他的短促出现的窘迫,他的忽然有的深沉的表情和粗野,都使王禾战栗。他的深沉然而同时粗野的情况,令王禾想到他是有文化,有很多技能,而且是有一个很活泼的、与他感情很好的妻子和一个娇媚的女孩的。有血质的王禾便吼叫着扑击了。他想到他的不久前的错误,他不顾和忘却了流鼻血的可能,和黄晓格斗。

"你们不可以两个打一个!"黄晓说,和老人互相捶打着。"要占社会啊,冲啊,夫权,男权,意欲权啊,人有的欲望都要实现!"黄晓喊。

"我要占社会啊!"王禾喊,他的激昂性升得很高,"我有意欲权啊,我的愿望要实现。"他喊,摔开了黄晓,跳跃起来向谢诚志奔去,而这时警官刘荃民也突然带着欢快和紧张呐喊了起来,他受感动于王禾的动作,他穿着内衣与衬裤,像一个战阵的兵士一样呐喊着。

"我想占有社会啊! 意欲权啊,正直人的良好的愿望都要实现。"他喊着,和谢诚志击打着,"现在你没有夺下我的刀而是我击中你了! 你这一击——没有击中我,我不会被你夺下刀! 我假若再被你夺下,——我便要终生遗憾!"

"我为人民的事业,反对专制的警官!"谢诚志喊叫着,"我也是政府干部——我有夫权和对吴俊美的旧时的旧情!"谢诚志跳跃着和警官相斗,而凶恶地嘶喊着,他的全身的肌肉再呈显着兴奋的,他觉得是漂亮的力量的样式。

"我为人民的事业,我要有意欲权啊,我刘荃民说,正直人,建设者的愿望都要实现!"警官刘荃民继续喊着,和谢诚志进行着格斗,他蹦跳很高,也呈显出力量。

这时王禾向谢诚志奔去没有很成功,黄晓又拖住了她,而李学茹喊叫着,拖住了黄晓。李学茹重复地喊叫要警官注意,她奔过来拖住黄晓,黄晓便转身和她相打了。这场格斗的中心是王禾和李学茹捍卫警官手中的刀,而李学茹激动于警官是英俊的人才,警官跳很高,他处在战斗的昂奋中,他也感到,他全身兴奋着的肌肉的力量。李学茹感觉到这个,她便向黄晓打去——在激昂中她觉得打下去是很简单的——而和黄晓撕打了。这时刘荃民继续和谢诚志相打着。

"我有意欲权啊,我们正直的人有意欲权,统统正直人的良好的愿望都要实现! 现在你没有夺下我的刀子!"刘荃民蹦跳着,继续像一个兵士一样,喊。

"我不应该表现有什么柔弱! 我和你决斗! 我打击你!"李学茹和黄晓相打,大叫着说;她向黄晓击了一拳,克服着自身的娇弱,立刻便转变成凶狠和脸色苍白、勇猛的了,她便和黄晓互捶打。"我和你拼了!"她叫着,这街边的闲人再卷入冲突了,她发生了内心的冲突想撤退出来,推了两下黄晓,但是仍然放弃了撤退,冲上前去相打了。她颤抖着,"我打击你,我有意欲权,正直的人的愿望,建设的祖国要胜利,我有意欲权啊!你这黑暗之物女书商和这种流氓!我打击!"

"我打击!我们要胜!我们是公理!"黄晓说。

"我是公理!我们是公理!"李学茹喊叫着。

王禾老男人产生了不安和忧愁,他走过来拉开了李学茹而迎击黄晓了。李学茹显然有点打不胜黄晓,王禾注意到她有一定损失利益而在奋力冲击。王禾和黄晓相冲击,黄晓跳起来很高,老男人则想扭住她的肩膀。王禾因自己在这场格斗中开始有动作不灵活阻碍了警官后来又没有袭击成功谢诚志而沉闷,异常愤怒。他此刻想着他的动作不够灵活的缺点,想要撕打致胜。他心中产生了要克服了他的年龄、身体的若干笨拙的愿望,因为要这样才能致胜,而且,要这样,像年青的时候一样,才能克服年老的愚笨和痴呆。王禾产生了特别的热情和愿望。他在年青时打过几次架,他记得他和恶人相打,也有一次是自己人误会,都还没有怎么失败。他现在便紧张起全身的肌肉,想摆脱肌肉上年龄的僵硬和麻木,心中有着恢复他的青春的要求,这种冲动是和这一上午的和吴俊美,和人们的感情相联着的;现在他心脏充血,他不满瞬间前的袭击谢诚志和黄晓没有怎么成功,对黄晓很仇恨,猛冲过去了。黄晓和男人一样撕打,和老人相捶击并互相绊腿,老男人王禾和他搂紧着相打了。但老人的英雄的气概这时受了一定的挫,因为他觉得不去攻打谢诚志,而和一个妇女相打,是没有意思的;黄晓不断地叫着:"你打我女的!你打我女的!"而且相当顽强。他再鼓起他的感情,认为这是可以有意思的,是战斗的必须,而黄晓是凶恶的敌人,应该有革新的思想,但仍然觉得一种忧闷;黄晓喊叫着而他的动作转笨拙,她便击中他一个动作了。老人发生异化的形态,造成失败的根据,他撤退了想再去参加扑击谢诚志,以表示他的雄壮的愿望,显出他的矫捷,不愿意老年,和筋骨、肌肉的全部刷新,但却被击中脸部了,造成了沮丧的心情。他终于奔向谢诚志,他因发生了的笨拙而恼怒了,颤抖着,显出一种阴沉的脸色。他因对自己的恼怒而变了情绪,犹豫于冲击,面孔苍白地发抖,但他仍然沉闷地呐喊了一声,从旁侧向谢诚志冲去。但因为内心的冲突,因为忧郁又想着刘荃民可以凭自身的力量击胜,眼看着就要胜了,而更有着消极,动作的效率不高,被谢诚志推开了,而痛苦着。犹豫的老年被年青的情绪再战胜,他又向前冲,这时刘荃民已保卫住了他手中的刀子,用脚将谢诚志踢倒了。他再跳上去压在谢诚志身上,于是警官在又恢复为阴沉、不满自己的王禾和紧张的李学茹的喊叫下生擒了谢诚志。他扭着谢诚志站起来,显得有些疲惫,但是有活泼,沉醉的神情,他心中这时满意自己的动作并觉得幸福。

"我捉住你了,擒拿住你了,当夕阳的余晖照耀着祖国的大地而我充溢着青春的理想的时候,"他喘息,说,"当我默想朝霞的灿烂而思念着我的生活的抱负的时候,我就想捉住你!我有幼稚地和你说,我极仇恨你,而我不会败亡在你手下了。"刘荃民用力扭着谢诚志的手臂,大声地,又韵律地说,"我刚才和你这个敌人做了我的生活里几乎是很严重的一场械斗,我现在在做了我两句典型的我们从军的军人的诗文以后,我做我的欢呼和显露我的天伦的感情:我欢呼我们的胜利,中国建设的胜利,吴俊美的胜利,我天伦之情要和你激战,黑暗,丑物,你所谓黑暗必胜,你狗屁!哎,朋友们,"刘荃民兴奋地说,"我没有被他的刀子刺中,我打胜了,我击倒了他他又起来,他的两手是够厉害的。"

"你真有意思。"李学茹热情地说。

"我幼稚了,和这种歹徒这么激动也是有幼稚了,哎,我幼稚了吧?"刘荃民愉快地,有点烦恼地说,同时他将谢诚志给王禾扭着,而穿上了衣服,"但我是胜利了。"他说,同时又很快地再变得冷静,严肃,而有些阴沉。用力地扭住谢诚志的手——他特别阴沉、冷静,用明亮的眼睛看看人们,似乎瞬间前并没有那么欢喜地喊叫似的。

而这时吴俊美扶着肩膀负伤的刘秀云出来了。因为刘秀云负伤后眩晕地在地上坐了一定的时间,吴俊美又替她包扎,她们现在才出来。刘秀云的眼睛挣得很大,而吴俊美陷入一种因刘秀云的青春的损失而有的强烈的悲伤里。她在哭着。哭声从她的内脏深处出来,她脸孔涨红而激动,充满悲伤与歉疚和因歉疚而更为悲伤地用抑制不住的大声哭泣着。人们便不安了。但李学茹解开吴俊美替刘秀云扎着的两条手巾检查,刘秀云的血虽然流得很多,但伤着骨头不多,她认为没有太大关系,——她在心思不安定的青春时期学过一定时间医;她而且因刘秀云的平静,睁大眼睛的神情而有着乐观,便这么决断说。她呈显着乐观,但吴俊美因刘秀云的正义、侠义,和她的负创而哭着,而特别伤心,她说,刘秀云曾经有着昏迷地在地上坐着,但终于站起来了。

朱美脸色紧张地跟着出来看着,她的脸上有一种冷淡的、思索的神情。她曾经想到扶刘秀云,现在她出来,仍旧有这种激动,这种激动使她的眼光战栗了,似乎对自己的冷淡情绪有着懊悔,但是她想,刘秀云瞬间前的行动过激了,她不应该冲击的。她的内心有着什么样的一种冲突,这种冲突有着激烈,她觉得自己有不妥但认为人们骚扰了她的生活,而且她惧怕,——惧怕这种爱国,她也哭了。

"我觉得坏人伤人有可怕,但是伤不着我的,你这谢诚志可以伤着我,譬如我这样的人吗?"她带着一种凶恶,走向谢诚志,问。她又向刘秀云吴俊美说:"你们也有令人可怕。"她擦着眼泪,脸色有些发白。"我也不相干。"沉默了一瞬间,她又说,"流血是多么可怕啊,我心中是安静,我有温情,营谋自己的生活,你们互相打起来了。我多厌恶你们动刀子,但我,"她收敛了因自己怜恤和惊恐而有的哭泣,说,"也说我不管这些,你们好都,日常过分了一些了,警官你说是不是?我不对吗?"

朱美内心冲突陷入一种她少有的激动中,她便走了过来抬起双手,又收回了,她表示也想搀扶刘秀云——她也想表示她一定的内心的意图。这时伤心而呆看着的吴俊美看看她,脸上有了温和而谦逊的笑容;吴俊美原来呆看着前方的街道,是在痴幻地想象着她的什么——她觉得她遗忘了什么,朱美便进入特殊的情况,有些战栗、惧怕,变得温和而善良,过来扶了一扶吴俊美。

"你挺好。"吴俊美说。

朱美扶着吴俊美往前走了一个动作,刘秀云在看着自己左肩膀上的血痛苦地战栗着。似乎因为这战栗,朱美的脸上有了阴暗的、惧怕的、冷淡的表情,她的瞬间时间的对于社会的友谊和同情便过去了。她还惧怕社会的敌对的黑暗势力将仇恨她。她便站下,吴俊美便搀扶着刘秀云往前了。但心中痉挛的朱美又想,她是也依靠着社会的安定,和商业贸易的运转的繁荣的,她心中感觉到,她还依靠着现代社会的建设的,她便又犹豫的,再起来了内心的战栗,嘴唇苦涩,她的心脏猛烈地跳跃着;她在这时候有着一种心脏的尖锐的苦恼亢奋,所以便想了一想日常喜爱的这社会的事物,但她又觉得,她喜爱这社会的事物是有限数目的,她便想走开;而这时候内心的冲突使她觉得紧张的痛苦,她便又站下,想着她该说什么。

"我心中有一种痛苦。"她对吴俊美用尖锐的,因内心的冲突而有着冷淡的,有着一种嘶哑的声音说。她的这种痛苦的表情表示她和人们的距离,她便又谦逊地,有礼地,带着温情而冷淡地笑了一笑,她说:"我真的有着一种痛苦,我痛苦,"她面色苍白,有着战栗,带着一种残酷,凶狠的表情说——她突然地有些愤怒地走进去了。

刘秀云战栗着,她看着她的流满了血的衣服,脸色苍白,有着一种复杂的情绪,站了下来,执拗地不愿到医院去。有着一些医学知识的李学茹判断她的左肩靠前的肋骨部分负伤了,但不至于和没有伤着内脏。听着内脏的字样,吴俊美又伤心地,声音不高地哭泣了。她十分惊诧和平的变异而似乎觉得一刹那的怯懦,她在给刘秀云扎手巾的时候曾有扎起来便可以好的痴呆的心情;她觉得仇恨并且觉得她的责任,她心中极沉痛地伤心,因为刘秀云是她的亲密的关系,她这时候还有一种执拗,她从心里摒弃了许多人和事而想着异样的什么,而觉得一种孤独。

她对于警官刘荃民擒住了谢诚志似乎很淡漠。她热爱刘秀云,她现在竟至于沉痛到有点怀疑人生,而觉得自己忧伤,与孤单。她陷入她的狭隘中,而似乎有一种怨恨,一方面觉得对刘秀云歉疚,一方面觉得没有人帮助自己或帮助得了自己。而社会有着黑暗,但她又觉得说没有人帮助自己或帮助得了她自己也不对,而又有一种英雄的情绪从她的沉痛中发生出来。于是王禾崇敬的女英雄吴俊美处在奇特的激动中,还经过着一瞬间的消极。在刘秀云战栗的时候,看着许多血,她又哭泣起来。吴俊美在中国的这大土地,在这地表上痛苦地哭泣了,涌出极多的眼泪。

"你哭,伤心有什么用处呢?"警官刘荃民说,注意着她这时发生的弱点,觉得在大的事件的面前她不够沉着似的。

但刘荃民和观察着的李学茹也觉得她有着别的什么。觉得她的内心里有着沉着的英雄情绪。"我刚才也不对了,你是有能力的。"刘荃民又说;李学茹也痴呆地看着她。但吴俊美的英雄的情绪又暗淡了。吴俊美因为内心的燃烧,怀疑自己的信念、理想和勤劳的作为,也怀疑这社会,心中的英雄情绪和对理想的肯定暗淡下来,而较大声地,像儿童似地痛哭了;她冲动地痛哭了,特别因为刘秀云执拗地不愿走,她大哭了,竟放开了刘秀云让王禾扶着,而在路边上做了下来。但她坐了一坐停止了哭泣又站了下来,仍旧意识着自己的责任,催促着刘秀云。

刘秀云有着忍住痛苦的失望的复杂的情形,她又有自己完成了侠义的行为的安慰的情绪;刘秀云这时在挣扎着,她表示她不愿到医院去——她从她的顺从的状况突然变化了,表示她认为她伤得没有关系,她站下不走了。她恐惧伤,便顺从地被人们扶着走,但她内心冲突着,一方面由于她的有幻想的性情,她恐惧着而想避免事实,一方面由于从她的昏沉冥漠的情况又发生出来的她的奋斗的,英雄的心愿,她便断然地认为她伤得没有关系。她还觉得她虽然满意她的侠义的行为,却没有能达成胜利,因此她要奋斗。她觉得身体顽强。她还在幻觉中回到她平常的生活里去,觉得事物并没有变化,她的脸苍白地战栗着。她因此说自己包扎一定的情形就会好了,伤是会自己好的。她不愿——她想不必要去到医院。她还想去格斗。

刘秀云并且倔强起来。她觉得似乎清醒了,正确地说,她糊涂了,觉得负伤是幻觉——她也在排斥流血的恐惧心理的幻觉中。

她突然变得激昂。

"我不去医院。"她挣扎着并且大声说,显出非常的执拗,"我自己包扎便好了。我不痛了。哎哟,现在痛。但你看,"她面色苍白地叫着,"我不痛了。"

这发生着的顽劣使她离开了昏沉的顺从。她走到路边也坐下来了,而血继续在她肩膀上前胸上流着。她想着她心中的对潘卯的增加缔结的爱情,想着自己是不是会伤残,而战栗了;她又因她从事的奋斗的职业和她的家庭的龌龊而有所激昂,但她不后悔,她又忍耐着,她有做成了侠义的事情的安慰。

"我将自己奋斗的。我伤残了也自己奋斗的。"她的尖锐的声音说。"我要云雾搭路走向自己的理想,我并不是没有理想的,所以我不负伤。"她喊叫似地说。"这个社会这样凶残的对付我了,这是黑暗的社会,但我是说这些人,这些人黑暗极了,可恶,狗屎,但是我和他们撕打而仍旧争取我的出路,我杀他们,我杀他们!我和你吴俊美,我们是我们的社会。"

处于流血负伤的状况的刘秀云有一种镇静,但突然又有一种焦急、不安、恐惧的尖锐的神经质的颤动。她的话是断续的喊叫,似乎和什么人在搏斗。但她后来还是镇静了,她的脸上有了镇静的表情,而且再有着对于环境的依从。热烈而激动的李学茹扶她起来。

"我假设是坏人我便不留恋我的生活了,我现在假设……我说你这女干部是没有道理的。"她带着幻想的讽刺的微笑说,"而吴俊美是有着她的野心的,她的心灵一样是一种黑暗!"她喊叫了一声而继续有着她的少女的温和、善良的表情。"他们那些人说的。"

吴俊美便再来扶她。但她顺从了之后又进入了幻觉,激昂,又再觉得自己能奋斗,而且觉得自己并没有伤;"这一点伤包扎包扎便可以好。"她说,便又固执起来,沉思而战栗着又在地上坐下了。她因幻想而觉得自己没有伤,因了恐惧,而觉得自己没有什么伤。吴俊美处在她的纷乱中,她的心中异样的沉痛。刘秀云的负伤在她看来是她的责任,是她和谢诚志的严重冲突所造成,是她从旧时代带来的负担所造成的结果,而且刘秀云是由于救助她,由于侠义的英雄行为而负伤。她心中痛苦不安觉得责任并且恐惧刘秀云的损失和社会的损失,她的心脏在尖锐的痛苦中似乎碎裂了,因而她又痛哭了;刘秀云发生了怔忡,怪诞,更顽强地不肯去医院的情况更使她痛哭了。她觉得所有可信的事物都似乎粉碎了;她因为热烈地执着于她的信念,性情,和生活,理想,紧张地盼顾着她的生活的进展而在遭遇到打击的这时陷于似乎是绝对的失望中。她像一个旧式的妇女一样大哭了。

她心中曾有着巨大的力量。但正因为这力量是宝贵的,这力量便像冰雪一样融化了,这便是说,她心里的异化的状态使她觉得它融化了;她心中的绝对的要求促成了一种幻象,假象,她觉得全部融化了,她便很心伤。她在她的信念的完全粉碎的假象面前觉得娇弱,觉得社会黑暗,觉得她许多年的奋斗成了幻影了。因而她像小姑娘一样地痛哭,觉得自己负创了。她在中国的大土地,地表上痛哭了。

她心中的巨大的力量她觉得现在丧失了,因为她被击伤了责任心,觉得极为悔恨。

这力量真的也一瞬间似乎丧失了。她觉得自己一直是很幼稚了。

她甚至觉得她此后不再信任诱人的理想了,不再信任文人的书籍,不再信任现代、当代生活的灿烂前程,不再信任这使她苦难的社会的正面的力量;她觉得她是苦难的。刘秀云因她而流血负创使她的深刻的责任心觉得是一种她的苦难,她因此十分痛苦。

但这里面也有着一种英雄的性质,因为她的号哭中有一种豪放,有着对黑暗力量的搏斗,有着出于彻底的赤子之心的一种忠诚。但是她毕竟一瞬间消沉,而且变得很幼稚,呈现出似乎是一个有幻想的妇女的破灭的状况,她便不像是一个有膂力的,会算账的,热诚的经营千种货物的现实的吴俊美。她的理想似乎经不起考验。

她心里的生活信任的力量似乎融化了;从刘秀云流血一开始,从她本想柜台内拿毛巾替她包扎的时候起,便融化了。但她看着刘秀云继续流血浸透毛巾并且听着她神经不安地说着的话的时候。她便继续又哭着,从胸膛里发出深沉的哭泣的声音。

但事实上她并未在心里真的丧失了她的生活的信心,而她的哭声里有着这中国亘古以来的人间的纯朴,责任感,和强韧的善良;这是在当代的生活里也有着的。她的哭声里又逐渐出现着豪杰的英雄的性质,李学茹,王禾,警官刘荃民,从女人吴俊美的软弱和倔强里觉得这个,觉得她爱着她的全部的并且要报偿刘秀云而也愿为刘秀云而牺牲的,也会扑击刀刃的,并且现在就是这样的,一直就是这样的——她爱着她的所有而这她的一瞬间的软弱并不表示舍弃,她痛哭黑暗的猖狂,痛哭她的对社会的失望,对自己的失望,痛哭杀伤刘秀云的是自己的离了婚的丈夫,这真是这样的,但她又是很深地表征着社会的激斗的。因此,人们觉得,她的哭泣里有着一种再搏斗的性质,她是不妥协的。

她像小孩一般地失望地哭了,声音颤抖着,但这颤抖里有藏着爱情和善良、正直、燃烧着,因此它是有力量的。

刘秀云沉默地坐着,继续着怪诞的,觉得自己措置一定的情况就好的奋斗的,依恋平常生活和惧怕较重伤的情况;怪异地反对着人,不肯听刘荃民和王禾的让她站起来的意见。她冷淡地说,她没有什么伤,她又说,她惧怕死掉。而哭声激动的吴俊美胸腔颤抖,眼泪又大量流下,她甚至嚎哭着坐在街边了。痛苦的波浪再一次冲击,善良的波浪再一次升起,她的痛苦在失望以外有着的又一种性质,英雄的浪头和火焰的性质也高升起来;哭声里有着愤怒的坚决,虽然吴俊美把这一点压制了下去。她仍旧像一个普通的妇女似的。

刘荃民感觉到这哭声震动力很大,似乎整个的街道在谛听。刘荃民心中也痛苦,他在焦灼中有着责任心;现在他擒获的谢诚志被王禾扭着。他受了吴俊美的感染,呆站于他有时也有的显得不干练的恍惚中。他在想着这现实事情范围以外的什么理想的、幻想的事情似的。再看着刘秀云肩部的血,特别因为注意到刘秀云留恋生活和劳动而耽搁着不肯去就医,他也觉得损失巨大而自己似乎羞辱,不尽职;他敦劝和用力拖拉刘秀云不肯起来,他也在一种英雄的心愿里觉得对于什么的失望;有着焦急,预备背刘秀云,但刘秀云又拒绝,他便站在吴俊美旁边啜泣起来了——他觉得刘秀云是极可爱而重要的——于是刘秀云的怪诞、顽固、耽搁着事情,也似乎警官耽搁了行动,刘荃民以外地啜泣着。他也陷在他一瞬间似乎有的软弱善良的陷坑里。他流泪并觉得他这样和他的职务不相称,但他觉得也相称,并且还有一种奔放的心情。

"这没有意思。"宣传黑良心的女书商黄晓脸色灰白地在一边站了很久了,说,"我向你警官自首了,我是从犯,并不逃的,但我自负,你一定会释放我,也释放谢诚志的,他有过失,但这种事乡下多得很,他有夫权,他是政治上的反建设的见解。你哭了,你一定有心善,心善人是让步的。"

"社会是我们建设的。你也跟我走。"刘荃民哭泣着,沉默了,然后不哭了,从善良的,靠近中年人的伤心的样式再恢复为警官的样式,干练地说,并且轻蔑地笑着——内心迅速地转为优越性的仇恨,他的面孔迅速而强烈地变为坚忍,肌肉战栗着。"你攻击我我并不怕你,"他说。他再沉默了下,便企图将刘秀云从地上拉起来,伸出了手,并且大声对她说:"你还是要去医院。"

"我认为你不符合人望,你让这少年女子受伤而吴俊美撒娇地哭了,"黄晓对警官狠恶地说。"我认为你吴俊美占社会关系也不少了,今天你应该退出社会。"她的心中燃烧着她的火焰,激昂中也出于忘我状态,对吴俊美说;犯罪和格斗对她有激昂和甜美,她高声地说并相信自己会胜利——处于幻觉中,"你吴俊美实在令人遗憾。"她说。

吴俊美便不再哭了,看着黄晓。

"那么就与你格战。"吴俊美对黄晓说,她又对刘秀云说:"你还是要去医院!你去!"她又对黄晓说:"我也确实令我自己失望——但是我只要一息尚存,就也与你们格斗,而遥望现在显得又远去的未来,追逐它,有光明的火焰,有好听的音乐,有我们的舞蹈,有我们的书籍,我们的货物,而将你们逐出社会。"她说,产生了一种粗暴的激动,便站起来扑过去扭住黄晓的手臂了,"我相助警官捕住你!"她叫。从她的动作看,她似乎本是要扑击着光打黄晓的面颊的,但她忍耐了,因忍耐而战栗,声音有着粗野。她继续战栗着,又看看继续怪诞着,不肯去就医的刘秀云。

"你吴俊美欺人——一定的日子看,我们的社会!"黄晓在她的夸张和幻觉和激怒中说,挣脱了吴俊美。于是她扑击吴俊美。于是,显出自己也是粗豪的妇女的吴俊美便继续冲上去想捕捉她,和黄晓相打了。而这个时间,警官显出忙乱,而他因刘秀云拒绝去医院而继续拉着刘秀云。

"我水平不高,我也是俗人妇女忍无可忍!杀啊!国家镇压啊!"吴俊美捕捉黄晓未成,和黄晓相打着,喊着,而且感觉到警官在扶起着刘秀云,于是更蹦跳着想再扭着黄晓的手。

李学茹冲动着,紧张地参加扑击黄晓,将她扭住了。

"我们的社会!"李学茹燃烧般地大叫着。

吴俊美站下来了,很有气势地叉着腰,但看看被刘荃民从地上拖起来而扶着的流着血而呆木着的俊美的姑娘刘秀云,她又啜泣了。她原来好哭。她痛惜可爱的事物的伤损,敏感的心很是尖锐,而且她还又有着部分自怜的状态——觉得自己婚姻不合适,从旧时代来生活有痛苦,孤单,而且,假如瞬间前房屋内的刀杀伤了刘秀云,她便会死了,刘秀云便从地面上消失,好像没有生活过,而假如杀伤了她,她也亡身了。想到这里她有一种恐惧,而生活的艰难的感觉,觉得旧时社会黑暗还有着重压的感觉,人生的险峻与艰难继续侵扰着她。但这只是这时候有着的部分的状态。她这时候因刘秀云负伤的负重和瞬间前的和黄晓的殴打而陷在一种疲惫里;她这次的哭还因为自己的粗俗,生活的粗俗,和打架的痛苦。她的这状态,是现实的吴俊美的一部分。但虽然她因瞬间前的再冲击而情绪低沉了,她的哭泣里仍然有着她的信心,她的建设的社会的势力,和她的职业的成就引起的自豪表现出来,人生的和对社会的希冀,也就是理想的光芒和她的英雄的心情也在其中闪烁。她的哭泣再又是希冀的表现和对于黑暗的抗议、愤慨的表现,而较之她觉得软弱,毋宁是她觉得她强大的。中国的亘古以来的人间的纯洁的纯情再表现在这哭泣中间,这是瞬间前的和黄晓撕打的情绪的强烈的重复,她的哭泣中间有着对于她的生涯、时代和理想的感激;这种纯洁和申诉的情绪和其中的正义也就排挤了个人的情况的忧郁,而她的哭声还显出一种激烈了。人们注意着吴俊美的奇特的情况的继续,便了解她今日的丧失和获得。王禾也注意到这一情况,但刘荃民虽然同情着这个,却因为急着想处理事情而对于她有些见解。

"不伤心了,不必这样。"刘荃民说,一面拖着又不肯走的刘秀云。

"也是的。"吴俊美说,停止了啜泣。

刘荃民看着她的眼睛,便也对她的情形有增加的悟解,而有些歉疚于自己的简单。刘荃民再皱着眉头看着她,便再去感觉到了她的哭声的激烈的内容,她的今日的丧失和获得。刘荃民便有点惶惑。他瞬间前失去了对她的深的注意了,现在这注意又恢复了,而且他的心中再起来一种战栗。

"你心伤了。"他说,再又推动着刘秀云,但她又站着。

"我们也心伤了。"李学茹对吴俊美说。

"我也十分伤心。吴俊美,"老人王禾说。他因为瞬间前的和暴徒的格斗没有尽到力量而恼怒自己,有着阴沉,他又因为见到刘秀云负伤的情况和吴俊美的啼哭而感伤,继续有着不愉快的心情。"你像死了什么又活转来的,你吴俊美尽哭,虽然我了解也是这样的。"他看看痛苦着的刘秀云又对刘秀云说,"你不要这样了,虽然我理解你是这样;你要去医院。"而这时候,瞬间前责备吴俊美,心中战栗着的刘荃民,眼睛里又浮上了眼泪。

刘秀云呆痴着。顺从的表情在她的脸上出现了,但她继续有着执拗。她一瞬间恐惧她将死了,将残废了,但她又仍旧有顽强,不承认负伤的事实;心中充满着工作的愿望,而且,还有一种闪跃着的愉快的奋发,觉得自己是通到灿烂的未来的。

人们沉默了,冻结了。这时候卖猪肉的大婶注意到外面的情况,拿出来两条手巾,李学茹在替刘秀云脱下衣服换手巾包扎着肩膀,她证明伤是中等的。这冻结里吴俊美瞬间前的哭声还在震动着人们的心灵。她的哭声有强豪,里面响彻着人们对过来的路和要去的路的感情,连同着咬牙站着,而继续犹豫着不肯走的刘秀云的脸上此时的认命运的,渴望的,奋斗的沉静的神情,人们——李学茹觉得这社会的战栗里有着新时代的降生;这社会的战栗有着促进新时代降生的意义。吴俊美瞬间前的纯洁的哭声震动着地表,王禾老人觉得地表也仿佛生烟,觉得又是震动着整个的北京城与中国。他心中有这种冒着烟的,灼热的,坚定的想象和逻辑。老男人敏捷地感觉到此处富于正义的平等和吴俊美刘秀云的渴望的意义。

老男人咬着嘴唇沉默着。他继续恼怒和不满意自己。

刘荃民沉思地咬着嘴唇。

"你刘秀云这样便不好了。你吴俊美不必伤心了,刚才这样哭着,地表冒火生烟,我们也痛苦了。"他用带着沉思的温和和忧郁,带着痛苦的声调说;他因为有着职务的沉思,或者,因为羞怯,而显得有着脸红,一瞬间脸红到颈项。他也哭泣了,他,因为突发的悲痛,因为更热爱着刘秀云,因为冬天的到春天去的风轻轻的吹着及北京的市街上的人们燃烧煤炉的烟,及对于乡里的感情,因为历年来有着正义者负伤,而啜泣了,眼泪流了下来。李学茹继续包扎好刘秀云的肩膀,刘荃民便请王禾和李学茹协助将谢诚志送往派出所去,而这时候,王禾从秦风手里接过了一根绳子,捆起了谢诚志。秦风依然脸色苍白。他提着塑料袋,在混乱中爆发了他的快乐和渴望,又紧张地拿了几包味精,几袋奶粉和两块蛋糕,但他想掩护他的这时很满足的偷窃,便想应该表示站在刘荃民一方,他便从铺子里拿出了绳子。他笑着,猛烈地打了谢诚志面颊。"你这混蛋!"他说,"不怪我啊,"他又快乐地,谦虚地笑着说,并对所有的人笑着。

"我有部分倾向他们凶犯的思想的浅的一部分的一片刹,"苍白的秦风笑着,说,"我起义。"他的笑容还扩大成一个人们觉得是很凶的笑。而这时他又有眼泪的感动颤动着了,但人们忙乱,他抑止了。

悲痛的刘荃民分配王禾送犯人到派出所,他自己由于激动,由于吴俊美的哭泣和不久前刘秀云的尖锐的痛苦的话,由于自己的流泪,而承担着送刘秀云到医院的工作,他弯下腰来,顽强地要刘秀云伏在他的背上,刘秀云这时候突然顺从着,因为她十分眩晕着要倒下了。他便有些轻捷地,有力地背起了刘秀云。

"我希望将来能很好地工作。"刘秀云善良地,激动地说,她的怪诞的心理过去了,她现在决定依靠人,头晕着,而有着忍耐的表情。

王禾觉得这样不合适,他阴沉地说他去;他想到附近的巷子里去找他的车辆。刘荃民说他决定去,附近或可找到车辆。李学茹想,她可以帮助扶刘秀云去,她觉得刘荃民有鲁莽了,她也便这样说。但刘荃民已经显出了他的悲痛的活跃,背着刘秀云往前了。人们站着,也不奇怪刘荃民何以背着刘秀云走了。似乎这是需要的。刘荃民说,他偶然还带着钱。

但这时候潘卯驾着他的平台三轮车出现在街口了。这年青人驾车很快。这北京的接近中午的冬天快过去的时间，瞬间前有吴俊美的哭声震动，和刘荃民的因想到他所阅历的正直者的伤亡的痛苦而有的轻的哭泣声，而现在潘卯的三轮车声强烈。他驾驶很快，是在不远的地方送了他带着的账单，又转回来看他的情爱的刘秀云的。年青人有突然发生的意图。爱情在几小时内变得强烈，和平而建设平稳的前进的年代，人们有互相间的迅速的感应，年青人有迅速发展的感情。强壮的青年人潘卯是突然地发现他的亲爱的刘秀云，无比亲爱的刘秀云在警官刘荃民背上的，他奇怪了，看见了绳子捆着的谢诚志，又看看人们。李学茹便告诉他，他的恋爱的姑娘掩护着吴俊美叫杀伤了。看见了强壮、快乐、显得纯朴的潘卯，又听见了李学茹的话，吴俊美便也战栗着，又再哭出来了，但迅速地抑止了。她只哭泣了一声。但是她的这一声哭泣声音很响很长，震动在空气中。吴俊美的哭声再一次震动着她的乡土的地表。

　　潘卯慎重地、紧张地、面色灰白地看着刘荃民背上的刘秀云。他便迅速地开始把她接过来。刘秀云身体倾向着他，倾向着此时特别亲切的人，他便背过了他的恋爱的姑娘了。由于接触到她的身体突然产生的深沉的感情。他像背着什么愉快的物件似的摇晃和颤动了身体。

　　这年轻人现在并不显得浮躁，他的脸上仍然有他时常神态自在地快乐的痕迹；他脸庞战栗着，又有一种镇静，这种镇静好像他有不幸的准备似的，因为这时代社会上还时常有不幸，或者说，他对生活在内心深处有这种认识，他并不是那么浮躁，和简单地天性快乐地吵闹似的，他现出来一种坚定，似乎是另一个人，使李学茹注意地看着他。开始是他似乎是在想什么，他的镇定很深，以至于似乎有漠不关心的内容似的，现在他显出他思想得深刻，并且有着忠实。李学茹觉得，这些也是时常看见的。在中国，亘古以来有着人间的深沉与从平凡里突然显现的忠实与深沉，这在潘卯的神态上，在他的姿势、动作和表情上表现出来了。

"我十分对不起你了,对不起人,对不起你,也对不起我自己。"刘秀云的极为疲弱的声音说,但是这疲弱的声音里有很有力的战栗,"我要杀啊,报复而杀上前去。我的左臂是不是会伤残而坏了筋骨……我不说了。我说,我不爱你了。警官同志,还有王禾吴俊美,你们送我去医院吧。我不要潘卯,我不认识他,没有关系,我不承认几天的十分钟的恋爱几次的相识,虽然我也承认。"有着怪异、复杂的心情的刘秀云说。她为了想减轻他的负担显出了和他冲突的情况,她这时也有着因她的英雄迟来而有的愤恨的情绪,被刀击中的时候,她便想着他的。

但是潘卯不理她而将她背到自己的平台三轮车上。在中国的街道上,潘卯显出一种深刻的诚恳,显出他是赤心忠胆和想做重大的事的。刘荃民和王禾李学茹吴俊美痛苦着,看着潘卯。潘卯没有改变他的神态。他心里有着刘秀云引起来的忧愁和痛苦,假若伤真的会像刘秀云所说的那样,他便异常不幸了,因此,他的脸色苍白了一些。但他的主要的神态确实超越于这种考虑的,他的赤诚的、无犹豫的表情使人们感到他的如同磐石一般的力量。他呈显的纯朴再使人们感到中国亘古以来的人间有着的坚忍的形态。人们的有力的,准确,敏捷的动作停留在大土地的地面上。他的脸色中还有一种坦白,而且使人们觉得可爱的聪明。他也注意到刘秀云的手臂伤得似乎不很重——显出沉思的神情。

"我不要你。不要你,不要。"刘秀云说,"但我不说了,我死了。我刚才活了,没有伤,要冲到将来去,而现在又死了。"

"我也不说了。我也死了。"潘卯突然离开他的坚忍的形态,而吵闹着说,他内心里欲望着和她增加关系,于是似乎因刘秀云的尖锐的话而和她冲突。"我和你也这样说,是表示我和你关系深了。"他又简单地,有些专横地说,表情再变得深沉,沉默了,看看人们,"我难道可以说我和她是萍水相逢吗?我难道就是一个浮躁的青年吗?……我们发生了爱情,现在不幸降临到我们头上了。我作为一个爱人和她一起。假如她残疾了我便不和她恋爱可不可以呢,像现在男女爱情也流行的这样,我必须当着人们说。"他面色坚忍地说,"我说,我承担灾难了,我对你们说,"他对人们说,显出了浮躁。"我演说显出我自知的浅薄,但我们中国的人生历来也不浅薄。我和你吵架显出我们关系深了。"他对刘秀云说,他有些兴奋起来,在这街上做着演说,说。

他们只有不长时间的,今日才深刻起来的恋爱,但这时潘卯使人们感到他和刘秀云之间的永远恒固的关系了。这青年没有显出不愉快。他的特征还在于他开始全身甚至流荡着活跃的、自信的,甚至是快乐的,有精力的血液。他把刘秀云放好,让她躺着。

"我送你去了,你放心。"他从他的深沉的情绪又脱离了一点,简单地说,"中华民族和世界各民族都有自古以来的传袭,人生贵在奋斗,和对于太阳的光明恒常之爱的情感,"他举起手来指着天空说。"我成长了,接受命运给我的一份。我爱你,我和你当着吴俊美和老头子他们恋爱了,我是爱你的。"他的声音震荡着,近于咆哮,"但是我十分幼稚,我这样叫喊简直有伤你了……你知道,命运给我的一分是你对我是甜美的,而我觉得你是崇高的,给我以启发。"

"我不爱你。"刘秀云冷酷地沉默很久,说,但她后来流泪了,又因伤口痛而沉默着,战栗着。"我是残毒地反对你们的正义的,我要剥削你们,没有人不是黑良心的,我说你们顶无聊了。"她心中的兴奋使她面孔战栗,再一次地模仿着,或者装扮着恶毒者,她这时有悲观的情绪,但主要的,她心中的善良令她这样。

"也许你并没有怎么伤,不会伤残,因而我也因此幸福,"青年潘卯激动地说,他再沉思,想着他自己的话,脸上又有着深厚的表情;他的眼睛异常明亮地闪跃着,带着一种深刻到内心和骨髓的深情,并且显现着精力。"因此得到永恒和永远的幸福。但假若不是这样,我也永远幸运幸福。"

"她是救我吴俊美,和匪徒格斗而负伤的。"吴俊美说,拿过警官手中的刀来,爱哭的吴俊美便又哭泣了。

这时候有几个过路的人和副食店的顾客男女站下来严肃地看着,他们对这里的事情产生尊敬。但人们觉得,由于潘卯的激情,呈显着一种耽搁着时间的状况。

"也可能是这样的,也许是可能永远的幸福,而这是肯定的。"潘卯大叫着说,看看人们,带着演讲的性质,"因为秀云刘秀云是英雄豪杰天才聪明而且是忠实于人生的女子。而且呀,你是长得十分地美丽,她是多么地美丽啊!"潘卯动心地看看人们说,在有些寒冷的地面上的大气中,呐喊着说,而且有着一种豪杰的情绪和得意。"他坏人没有伤着你的脸,也是幸运。我便说,我潘卯,是一个粗豪的,忠实的青年恋人,我说,我自豪,你假设伤残再多,我也并不会在下雨天或年老了后悔,后悔我年轻时一时的热血冲动。我有衷心的情,我有迷恋的情,我爱你,恋爱你。我说多了也不好,我说,假若你是伤残了的话。是这样,我想不至于。"他呐喊着,叫着说,再从他的单纯显出他的深沉的,有深刻思想的,忠实的神情。他的表情里有着这土地上亘古以来人间有着的坚忍的形态。

"但我是坏人,我认为坏人是很好,人是应该欺人的,你们不是什么东西,你不是什么东西,"由于颤动着内心的善良和向她注意着的黑暗格斗的情绪,刘秀云再装扮着是恶劣者,而有着凶恶的神情,说。

"然而我发誓永远忠实于你。"潘卯说。

"你们人人都应该被欺凌!"刘秀云再又冷酷地说,随后她沉默而面庞战栗,又说,"我改回来还是我自己吧,但我不。我还是改回来吧。"终于她改变回来了。"我要搏斗与复仇,杀啊!"她喊,面庞上出现了她的深刻的善良。

"我说了,我永远忠实于你,我将和他们敌人奋斗。"潘卯说。

他显然因陷入一种激情,而忘却了这是耽搁着时间了,这就引起了李学茹的焦急,但因为刘秀云的激动带着战斗性,以及青年男子潘卯的一方面是深刻忠实的如同磐石一般的有力的表情,一方面又有着一点幼稚和浮躁的情形,李学茹有着被诱惑着注意的情况,所以她的焦急又被压抑,陷入了一种两重性的情绪。而这时候,吴俊美的带有豪杰情绪的悲伤的哭声又大声地震响着。潘卯使她的豪杰的情绪发生起来。

李学茹再又因注意到吴俊美的哭泣而心中有着站在这街头的又一次的波浪,她的整个的灵魂于收敛中再发生一次战栗,她心中又似乎有大铜喇叭吹奏着;这种情形使她想安慰吴俊美和刘秀云,她便在吴俊美又哭的时候热情地走上前抚摩着吴俊美的头发,又走到车前看着和抚摩着刘秀云,对她说要她安静。她再被潘卯所吸引,她的两重性的情况又使她有着一种呆滞。

"她刘秀云不至于伤我。"她带着迷惑的表情对潘卯说。

"你有点撞糖彩了。"刘荃民有点粗鲁地说,由于羞怯,他有些粗鲁地说,他也有着呆滞着的情况。他被刘秀云的激情和潘卯的纯朴、深厚的感情感动,他又因说了有些莽撞的话更觉得有些羞惭。"我也愿说祝愿的话,不至于,"他带着又有点莽撞而又继续羞怯,但又温和的声音说。在继续的激动的情绪和因耽搁时间而有的焦躁的担心的复杂性之间,他离开了他的呆滞而坚决地说:"你应该走了:你耽搁了。"

"潘卯,你走了。"王禾叫着,也在他的两重性的情况之间;他阴沉着,因刘秀云的负伤而对自己愤懑,悔恨着自己的不及时在场,而且车辆也很不巧地远藏了的情况。另一面,年青人潘卯的从浮躁变为深厚、忠实、赤子之心的显露,呈显着一种力量,也令他感动;"我相信你的话,我相信你不是撞糖彩而她小刘的伤要好。"老人激昂起来说,他的灵魂又开始冲击了。"你呀,粗意思的青年,地表上人类的脚步累累,你们恋爱感人了,我也说粗浅的话,你捡到了副食店的小美人。"他像一个街巷的老人,特别激昂地说,"她是最是我们民族赤胆忠心的,我说,她会医好。"老人说,而且面庞从激昂的感情的表现转为有着有力的思索和精神的恍惚的表情,也是有着忠实的磐石的,有着追求的表情;老人进入他的抽象的逻辑,一瞬间,升了一级激动和思维了,他又不像一个街巷老人了。他的抽象的逻辑思维是:"在国家的进展的进程间,为什么有负伤而她为什么负伤?根据是什么?"但他忍住了,有着笑和皮肤与眼睑的战抖。他迅速地又发生了对自己的愤懑和有着深的阴沉的心情。他想到了他的错误和不久前的罚跪。他觉得说刘秀云会很快地被医好可能是过分了。他再觉得他的亲密的朋友刘秀云的负伤是他的过失了。

"我不是撞糖彩。我也是撞糖彩。"潘卯热诚地说,他有着预备上车而却又停留着忘记了上车的情形,看了一看王禾,"我说命运那也是没有办法的,但不论如何,假若有不好的话,我的哲学便是我们——我在那一分钟发生了永远的爱情,请你可敬的老头子和吴俊美,这位警官和这位,"他也向李学茹鞠躬说,李学茹便温和地、诚恳地笑着也鞠躬,"助我说永恒永远之情,证实我这样说。"他推着车,用着燃烧的声音说。

人们沉默着,这沉默也有着希望车辆前行的意思。吴俊美说,她本想一起去的,但车辆载重会慢,店铺又事忙,她说她不去了,希望潘卯办好了事情转回来告诉她情况。

"我确实是永恒之情,"粗心、豪放而又深厚地激动着的潘卯在应允了吴俊美之后大声说,喉咙嘶哑着,有些惊愕地看着人们,似乎在看人们的反应,他相信反应良好,似乎惊愕自己的感情,"在这若干次的会面和我们的恋爱,是深的感情到我的心灵和我的永远的血液,感觉到你是最忠实的心。"潘卯对车上的刘秀云说,又停止了预备跳上车去的下意识的动作。"你有顶深刻的聪明的心,爱着我们这时代有彩色的共同生活,虽然也有患难;我假若说,假如你有伤残,我当众说了,我是浮躁的青年。几乎能有摇摆?"他说,并且声音更嘶哑起来,流出了眼泪。

"我现在死了……"刘秀云在车上呻吟着,说,"我不死了,听见你的了……如果伤好了,我就爱你。"她的燃烧的声音说。"我现在自然是还爱你。"她热烈地说并且哭着,又有着一定的笑容,但随即笑容失去,她深沉地呆看着潘卯。

潘卯已经跳上车子了,但跳了下来,他的燃烧的动作靠近刘秀云,全身俯在她的染着血的衣服上,用脸靠着她的头发,嗅着她的温柔的,有发油香的气味,而温柔地大声说:"我听见你了。我爱你。我也死了。"他又大声,有些浮躁,但抽象,快乐地说,"我将不再浮躁。"他说,他的眼睛似乎喷着火。

他的这句话使老人王禾的有点阴沉的脸痉挛了。他觉得悲伤并且担心着时间。老人王禾突然觉得这是因为他的错误,而沉痛,而跪下了。

"我仍旧有浮躁。"潘卯说,"但是我将活了,已经复活了。"他说,并觉得说的话沉重,脸上有着如磐石般的忠实深厚的表情,他推着车辆再跳上车,驾车出发了。当警官刘荃民预备赠他钱,将钱掏出来的时候,当人们因警官的忠实的激动表情激动,问他有钱没有的时候,他说他有。他转身说,"我相信天上的星宿,爱情的星宿永远照耀,她是美人,副食店的美人,忠实的人,"他又向刘秀云说:"你是忠实的人,你的心灵。"他沉醉,粗犷地说。同时踩动着车辆的脚踏。

"我听见你说的。我听见各位说的。"刘秀云躺在车上低声说。为未来时代和建设的事业而奋斗的刘秀云有着昏迷,但她显得有内心的和平与安宁。

车辆颠簸着——这时代这一对男女的爱情呈显着这样的强烈的形态。三轮平板车驶过几棵静静地站立着的柳树和槐树,它们呈显着快要到春天的形态,因为树干更挺直了——车辆震动着,潘卯显现着他的粗犷的、强壮的背影,车辆在小街转角的地方消失了。

吴俊美继续哭泣着,街头的观看的人们看看吴俊美也就散去了。刘荃民看着潘卯和刘秀云离去有着他的沉思的神情,随后也带着一种激动的,忍耐的神情"劝慰"吴俊美而和人们告别,这表情似乎是说,如果不是有顾忌,他便要动手击谢诚志、黄晓和站在一边的秦风的面颊。但他的面庞的肌肉终于抽搐,而忍耐的神情破裂了。

"混蛋!"他望着谢诚志和黄晓吼着,又看看秦风,面孔继续涨红并且颤抖,似乎因为吴俊美的哭泣而这样;他的这种强烈的面颊战栗继续着,慢慢地回复了忍耐的神情,他压着被捆着的谢诚志,也推了一推女书商,要他们跟着走。但突然地他又站下,击了秦风、谢诚志、黄晓三个人各一个动作的面颊。

在他走开以前他面孔再又愤怒地抽搐,以至于李学茹有些惊奇地注意这男子的愤怒。他忽然看看李学茹而想起了什么,带着未收敛的愤怒的表情,想起来瞬间前在匆忙中看见的李学茹的从衣袋里因为掏手帕而掉下来的两个儿童玩具小骑兵落在地面的或一个方面;他又因愤怒和思索的复杂的情形而进入一瞬间的呆滞,但他的眼睛在地面上搜索终于找到了这两个儿童玩具小骑兵,便指给李学茹,随即补充着匆忙地笑了一笑。

李学茹带着惊奇的表情看着这男子,在想着他的愤怒的重要的激情的情况,于是惊愕地明白了刘荃民的意思;但又再恢复了他的爱好思索者的深沉的,惊动性的思索,似乎被警官的愤怒惊骇,而失踪了头脑里的找寻什么的思想;她又再惊诧,笑了,迅速而敏捷地找到了玩具小骑兵,再又笑了。她心里想着,刘荃民的愤怒是有建设着的社会的重要的激情,这个男子这样深刻和庄严地愤怒,吸引人作深刻的思想。于是她在笑了之后再又恢复了注意的,惊奇的思想,因而暂时忘记了感谢刘荃民。

"我谢谢你了。"终于她特别温和地,友谊地说。在她心里,发生着想表示什么的激动的情绪。然后她转向仍然哭泣着的吴俊美。

刘荃民向他笑了笑,看看间或有着思索的神情的,哭泣着的吴俊美,和带着有点阴沉的苦恼的神情的王禾——王禾内心激昂,想着刘秀云的伤和潘卯的言论,继续有着一种对自己不满的阴郁,又处在他的喜爱逻辑思想的恍惚的情形中,他带着抑制地觉得似乎发生了特别的事情,这中间有深奥的他追索的人生的世纪的他的生涯的真理,开始觉得周围似有火焰燃烧。他的激动的心有着痛苦,经过流鼻血以后的苦恼和阴暗,再又有着热情的思索。

刘荃民看着有着特别的情况的王禾,哭泣着的激动的,哭泣声使空气震颤的吴俊美,和特别热情温和地笑着的李学茹,也觉得这社会的这一件事增加着人生的逻辑,而周围似乎有火焰燃烧,他听着大城市的运转——机动车声从远处大街均匀,有力地传来,城市的胴体的这震动,表示着城市这一巨大的,可觉察的生灵的呼吸。刘荃民觉得周围有淡的和浓的,有暗影的和灿烂的,沉着的和辉煌的火焰在燃烧,觉得都城的灵魂的巨大,而吴俊美的哭泣声震荡在这中间,震荡着都城的灵魂,而心中有着惊愕,而再看看同样思索着并有着惊愕的李学茹。吴俊美的哭声在震荡着。

"你不伤心和不愉快了。"他温和地说,同时对谢诚志和黄晓突然大怒,强力的愤怒的抽搐再出现在他的脸上。

"滚,快走!"他高亢地对谢诚志和黄晓吼叫着,"混蛋,卑鄙黑暗之徒!罪恶分子!逆贼!歹徒……"他喊,他的喉咙中涌出了重叠的斥骂的词汇,而且愈发猛烈了,"中国人民的蛀虫!祖国的土上的蛆虫!毒蛇!灿烂的时代,神圣而庄严的时代,有如风雨中的伟大磐石,有如春的展翅下的鲜美的田垄,有如洗荡的大风中展着巨灵的风帆的巨船,有如光芒万丈巨大的殿堂高楼一般的祖国中的毒蛇蝎子,我的词汇粗糙而穷尽了。混账王八蛋!"他激动地叫着说,继续着脸部的肌肉的愤怒的抽搐,"我再蹦跳一丈高来咒骂你们,你们畜生,觉得周围的人性人生人道的尊严吗?匪徒!黑良心必胜吗?"

刘荃民向周围环顾着看了一看,他觉得周围有灿烂的火焰闪跃;他的表情转换很快,迅速地从愤怒转为依恋,温和的神情,看着哭着的吴俊美,李学茹和王禾。

"我们在人生的一种共同奋斗的情况里碰到,"他带着深刻的诚恳,和若干苦笑的表情,依恋地说,"再会。"

"再会!"李学茹带着她的恍惚的神情说,"我们真是在这一场奋斗里碰到。"

在这短促的情况中发生的感情,和产生的依恋,使人们沉默了。短促的时间也可以是永久的,它产生了永久的意义。

"我们是喝奶浆,喝酒,也喝苦水的时代。"王禾诚恳地说,继续着他发生了起来的内心的激昂,觉得他周围有火焰;他脸上的肌肉抽搐着。他笑了一笑,想着,要不要发生他的恼怒自己的心情。他的激昂使他有着这种危险了。

"真是这样的。"李学茹说。

"混蛋!我再和你们辩论了。"刘荃民向黄晓说,又向谢诚志叫着:"黑良心必败,黑暗必败,光明就在面前!"他带着他脸上出现的少年似的激情,叫着。

"我说你们黑暗极了,你们必败!"王禾啸吼着,但他仍然想着刘秀云的负伤,想着自己似乎有的责任,想着要不要发生恼怒自己的心情——他对自己有着愤懑。

"我也是和老头一样觉得,你们是黑暗必败!"李学茹说,她在她的继续惊愕于周围的全部的带着神奇的激动的情绪里面,"我像一个小姑娘了,要在这里说,爱情的星宿永远照耀,像那潘卯说的。"

"但是也容许辩论的。"黄晓突然喊叫而全身战栗地说,她显得似乎觉得自己是有力量的,因而似乎觉得自己不是很丑恶的,她显得不懊悔被捕。"并不是那刘秀云潘卯青年的爱情的星宿,"热衷,甚至甜美地狂热于她的哲学和虚荣的黄晓说,她还突然显出一种要说服人的温和的表情,"我说,有的星辰落,有的星辰升的,社会的机巧黑暗才是建立社会的,它是升的:不怕劳动教养,我们还要说到夫权,以及工业建设的错失,应该反思!"她说,她突然失去了她的甜美,她的声音的尾端又战栗着一种凶恶。

"你住嘴!"刘荃民喊。王禾也喊了一声。

"我气坏了。"李学茹激动着,"居然这样,混蛋,哎哟,我的心都痛了,我要动手了,当我少年时代,我看见一条蛇想咬伤一个停在树根边上的花上的蜜蜂的时候,我有这么愤怒,警官同志老刘,你让我说我这时的感情和我这时候想到。"于是,她坚持着她的情绪和想象,沉默了一瞬间。她思索着怎样表示她的愤怒,这时候她转为阴沉,也发生了对于这上午的时间的依恋的情绪。

  当空中的太阳灿烂地照耀而这街边快近中午,
  当这时候经过狂风巨浪而大海航轮到达天津港口
  而再要出航的时候,
  这时候人们在工厂、矿山、田野里操作,
  人们歌颂未来的理想而有着战胜过去患难的骄傲,
  人们于北京大街骄傲地行走,欣赏他们生活和生命的成果。
  有一只毒蛇靠近春天的嫩的树,
  那上面有一只
  有一只辛劳工作的工蜂
  还有一只工蜂!
  它的甜蜜勤劳的生命!

  李学茹逐渐大声地,红着脸,发表她的感情,做着诗,并且,再觉得周围的灿烂的火焰,她用这来代替想要动手打击两个匪徒的动作了;她并且锋利地看了一看脸色苍白地坐着的秦风。

  "说得好极了,感动人心,"警官刘荃民说,继续带着对街道上人们的依恋之情,"再会了。"

  "再会。我真该死,也在这里耽搁得久了。"李学茹羞怯地说,并想到现在她可以离去了。

  "混蛋!"刘荃民又发怒,看着谢诚志和黄晓,说,但迅速地他的表情又转为对这街边的人们的依恋的温和之情,似乎这两种感情是闪电,在他的脸上的神情上轮替着似的。他这次预备走了。

  "再会,"李学茹说,也有着依恋的温和的感情,但接着发生着带着羞涩的惊愕与思索情感,她的表情也迅速地变化,也似乎这两种感情是闪电,在她的脸上的神情里轮替着似的。"我真有趣,"她带着嘲笑、惊愕、与亲切对人们说,"我家里的事耽搁了一上午,这已经快中午了。"

"也是的。"王禾激动地说,想着李学茹的诗句,"我在这北京的街角等了几十年了。"

刘荃民带着谢诚志、黄晓走了,而李学茹有礼地、特别文雅、羞怯地——因为她做了关于工蜂的诗——脸上有着她的惊愕与思索的混合的神情,劝慰了仍然在哭着的吴俊美,和吴俊美,王禾告别了。

"我真要翻然改正了。"秦风说,往店铺里去了。

"好,一上午过去了。"王禾阴沉地说,"你是毒蛇的言论。"他追加着对秦风说,他又在地面上跪下了一跪。

这时候吴俊美停止了一瞬间她的哭泣,脸上也有她的思索的、惊愕的神情,再又声音很高地,带着英雄的然而同时悲伤的,痛苦的然而同时有着凄凉的甜蜜的,怨恨然而同时感激时代的感情哭泣起来了,她想到于她是亲爱的刘秀云的负伤,想到少年姑娘跳起来为她夺刀,她自己也跳起来夺先前的丈夫刀,似乎许多人都跳起来为她夺刀,便觉得伤心而激昂,觉得愤恨,内心再冲动。这哭声里有着震动着人间的亘古以来的忠实之情,似乎也有着和震动着亘古以来的人间的悲伤。这哭声表示她有渴望的心,表示她觉得委屈,她心中藏着,震动着她的自少女时代以来的英雄情绪,觉得它未实现很多和将来要实现。她的哭声很高,用手帕掩着脸,她的哭声里的豪杰和英雄的情绪增高。

"你可以了,俊美。"王禾老人说,激动着,内心燃烧着,磨着他的结实的下颚,似乎不知道怎样是好,他又再有着似乎恼怒自己的阴翳的神情。"你不伤心,刘秀云的伤会好,而警官是要很凶地办那两个歹徒的,一定是这样的,你可以了,不必这样了。"老人激动而带着焦急地说,他不满自己的安慰的话,徘徊了两步又看着她。突然,在吴俊美的伤心而有着豪放的哭声中,王禾老头大声地咆哮了起来。他因吴俊美的哭声而有着一种带着他的恍惚的猛烈的情绪。

"不哭了。"他愤怒地说。

然后他说：

"在旧时代的残破的砖瓦房残破的街上我做过扛面粉扛货工人，
在旧时代你在七月开白色繁花的槐树下有你的青春的情感，
历史的车轮到达这时，我已衰老；
但是我们还盼望着长翅膀的时代。"

他做的这几句诗，他是带着激怒和暴躁，做这几句诗的，觉得所做的句子笨拙，便呆看着已经较低声地哭着的吴俊美。"我这做得不好！"他愤怒地说。

"你听大海波浪在千寻咆哮
你看高山上云雾遮散有我的呼喊声飞起来也千寻。
你听南风吹来春风吹来有千古的人们的英雄豪杰的呼唤，
你听历史的新娘和新郎新时代的曼妙的脚步声
你再看烧毁旧时苦难的建设新世纪的火焰的燃烧；
天上人间呀，
那天边，无限远的天边起来的飓风，
天上人间。"

流了鼻血的老男人王禾激昂起来，呈现出英雄的气概在念着他的诗，开始时声音里仍然有着愤怒，他完全不像一个阴沉的老人了，但他的声音也还有着粗糙；在感情激动着，用着动感情的词的时候他也有着脸红。街边走过的人们看着。而吴俊美的哭声再高扬了，她没有听王禾念诗，她的哭声这时带着王禾的诗句飘扬。在哭泣里吴俊美再觉得她的周围有火焰，并且觉得大河的波涛，并且想象到周围的深绿的树林和耸立的山巅，和一样

493

坚固耸立的炽热的许多大城;在哭声里她觉得旧时的逝去的熟悉的人们的景象,——和她一样的人们;在哭声中她听见新时代的声音顽强地震动,它们是深厚的,高亢的,灿烂的,她听见儿童的快乐的笑声和多重叠的深厚的歌声,而有着宏响的,巨大的音乐震荡着她的心,而有巨幅的绘画图摇撼着她的心,在高山和飞翔到空中的楼台之间,巨大的有翅膀的一对男女在起飞;在哭声中,她觉得既飞翔着花朵和虹彩,音乐,也飞翔着浓烟,火举的空间显得高大而森严;也有机动车辆的队伍在繁华的大街行驶,载运着华美的千种货物,而她幻想到一辆灿烂的,似乎有翅膀的,潘卯和刘秀云驾驶的小的货车向她的副食店驶来。

吴俊美的哭声有着骄傲,也有着朴实与谦虚,她的深深的哭声再震动于中国北京都城大土地的地表上直到地层里;震动在这她清理得异常整洁的副食店的也整洁的大门前。

人们凝望着。长久地表现着英雄情绪、悲伤情绪、现实的伤痛和奋斗的决心和理想的吴俊美的哭声停止了;扮着眼泪,她不哭了,呈显着哭后的疲劳,有些平静,似乎没有哭过一样,只是脸有点红。吴俊美看看人们,也觉得她的感情有易燃烧的缺点,便很是羞怯。

这时候,吴俊美看见秦风已从副食店出来,远远地走着,提着他的塑料口袋,一面往嘴里塞着什么物体,吴俊美便离开了她的哭后的疲劳,一阵风一样快速地奔过去,从秦风的衣袋里掏出了一张纸包着的王禾早晨送来的四块蛋糕。

"这没有什么。"秦风显出讥笑的、狡猾的微笑说,"你在这里豪杰地哭,怨怒的哭,耽搁工作了,我就拿一点。当然这不对。"他的声音中明显的恶意颤动了又隐去了,他的脸部的表情改变为温和的,愉快的笑,似乎十分亲善,"豪杰地哭,幽鬼的哭。"他说。

"我有懦弱,我是豆腐,我十分为难了。但我不是怨鬼,"吴俊美说,注意地看着他的表情的变化,想到他快变成善良、感动,对人似乎非常忠实的模样了。"你快变出来你是善人了,你和谢诚志黄晓伤害了我的刘秀云！我揍你！"她说。

王禾也走了过来叉着腰。

"这没有什么。"秦风说，"很多人都吃，从副食店拿点样品，现时代金钱滋生势利而势利也滋生金钱，物资是丰富的，是明媚春光的好时代，而你吴俊美是英豪却又是幽魂，你小气了，你哭了。刘秀云挨一刀你更小气了。"

"去吧，滚吧，我小气了，但我要和你斗到底的！金钱滋生正理正理的劳动也滋生金钱，物资是丰富的，正理有自卫与攻击，所以我拿着你。刘秀云伤了，但是我们依旧要夺到明媚的春光，我们有这明媚的春光。"她说，心中伤痛地颤抖了，脸上有着她的理想的辉跃，显现出她的理想的形态，即呈显出理想的吴俊美，而停顿了一瞬间，"我每一句都要说回来，我要制胜你。"她说，满意自己的头脑和对于社会的她的职业和事业的感觉，并想到刘秀云因瞬间前的和负伤流血搏斗而显示的渴望生活和爱情、理想的有着奇特的强烈的性情。"我揍你！"她又喊叫着。

秦风的表情发生变化了。他显得很温和。亲善，再有着他的妩媚的感情。他便进入他的循环。

"你有幽魂的哭，因为刘秀云从刀下救了你了，你有这；你又有豪杰的哭，因为你也能就她的，你想建设自身的功业和理想的时代。"他又转为激昂的情绪，说："我也有幽魂的哭，因为被你们的刀子杀伤了，但我也是建设自身的功业和祖国的时代，我有豪杰和理想之歌，吴俊美，吴俊美，我今日暂时放弃清查货物了，也算清查过了，我是多么佩服你的建设事业的功业和理想啊！你是多么忠实于祖国事业而祖国是多么可爱啊。"

"我看准着你从野红果树出来，从狼再变成狐狸了，从野猪变成熊了，从那密密树林里，生活的密密的树林里，你出来又变了，我看准你了。"吴俊美说。

"那么你用腊枪，你和王禾老头打着我了。祖国土地上，昼夜有行人，建设宏伟的霓虹，吴俊美和王禾，你们是昼夜的行人，"他再变为很是善良似的说，他心里似乎充满着这种感情，

"诚恳地说,我是多么赞美你们啊,你们是多么强,我心中也做我的无私的奉献——祖国建设起来了,经过患难,是宏丽的雄伟的时代,我对于我是这中国的一员是多么幸福,多么美满地幸福啊!"

"我看准你豺狼刚才吃树林里的果子,而你从大树小树后面出来了。"吴俊美说。

"在黑暗的时代,人类的心中也有理想的闪影,现时代有更多的理想的闪影,我瞥见光明的未来从这副食店里也款款走出来,是有着反思和超越的丽影,我的心沉醉。"秦风说,他真的有歌颂的感情似的,不回答吴俊美的进攻,而热诚地说,眼泪也就浸湿了他的眼睛了。

"现在你是从野梨子或野草果树后面出来,野梨子酸些,野苹果有沾汁,你总之是吃到了一些什么,我真是不团结你不恭敬了。你好啊,秦风。你的祖国十分安好!我们从田汉老舍两个老文人案以来,过了一些年了。"

"从若干年起,现代生活现代派别开始了对于过去的反思,我总觉得你们也进行自我的超越,几个老文人的时代过去了,时代又往前了。但是你们的心,是如何的真纯地为了祖国啊。"秦风说,便哭了起来,又笑了起来。

"现在你是从稻田里出来了,哭着你吃的米不好,但笑着你吃了哪家农夫农妇的辛勤耕种,吃的米总之是也很好。"吴俊美说。

"对你说这些是有意思的,你们有刀的。"王禾阴沉地大声说,"你吃得很饱,舐舐舌头走了,背后要上插一把刀。你绕很多圈圈走着,你总不忘记你的刀。"他激昂地说。

"你们是如何真纯地在这时代里前行。"秦风说,停止了哭泣和笑,便要过来和吴俊美于王禾握手。"你们优美,善良,真诚,勤劳,建设着社会。"秦风觉得两人敌对他(两人不肯握手了),又站下,感伤地,显得似乎善良似乎亲切地,又带着具有危险性质的思索,说。

"你走吧,你把我们账都查去了。我揍你!"吴俊美说。

"你绕着野枣树之后绕着野梨树转吧,我们揍你!"王禾说。

秦风便跟着自己的内心的活动,从他的想占有社会的机巧的感情,从他的敏感和在很大的程度上能适应环境的变化性,从他的似乎内心也震动的他具有的伤感性,从他的怯懦,也从他的内心的强硬,在受打击中再变化出他的善意似的感情。热衷地认为现在生活是机巧的结构和带着他的颓伤和他的狠恶的顽强的秦风,这时候再显得很是王禾和吴俊美的朋友。

"唉!我的痛哭也是错了。幽魂的哭,豪杰的笑,吴俊美大姐哭着她的神异的日子和将来,而王禾老头连流鼻血也格扑着那些坏人,"他大声说,"优美、善良、正直、真诚,勤劳和见义勇为,你们吴俊美和王禾啊,我多么感佩,在中国的生活里面……"

"是啦,还有一把刀子。"吴俊美说,"你秦风副经理来查账,把我们的账都查去了。好的话我谢谢你。但是我要揍你。混账王八羔子!"她突然凶悍地叫,脸上闪跃着她的威严。

"我王禾也要揍你!你笑了又哭了,软了又硬了,你的腰上有刀子!"王禾大声地说。

秦风看着吴俊美和王禾,不动摇,似乎并没有挨骂,行了礼,走掉了。但是又走了回来。

"幽魂的哭,豪杰的哭,"他对于王禾老人说,因为今日上午和王禾冲突,搏击了好些次,他这时候便拟想着自己因为仇恨而在心中扭曲而荒谬地改为善意的感情;好像是,因为仇恨,所以爱着。"我说你王禾在这一带显示你的性格是有对于自己的认识的,我还认为人生是荒谬的,现代生活是荒谬的,"他温和地说,笑着,于是他说:"从野林里出来的狩猎人还有你王禾,但人生荒唐,我不清楚你是猎人还是狐狸和狼,你是狐狸吧,是狼?"他热烈地笑着,因为想胜,而面庞的肌肉在战栗,而且他有着因为仇恨在心中扭曲颤动而深刻地荒谬地似乎是善意的表情。

王禾因为对他痛恨得面庞有所扭曲了。他心中愤怒的热情发生,便认识着这是一头开始行凶的恶狼;他这时因为他的不断循环地装作善良,和因刘秀云的负伤而特别仇恨他,心中的激昂突然升高,他便想着要向他扑击。

"我因为现代生活的谬误,而看见你是狼。"秦风带着他的妩媚的表情说,便又过来和王禾老头握手;他有些战斗的战栗,也很恨王禾,渴求着胜利。王禾老人,由于心中腾起的热情,便想象那边的房屋是树林和山崖,而从树林和山崖里走出了一头凶恶的野兽,他的想象真切,因此他看着面色灰白地笑着的秦风,而捏住了他的手,和他握手,捏痛他。秦风继续那样笑着,垫起脚来便回击他,加强了———一瞬间极度地加强了他的右手的力量,而王禾心脏跳跃,要战胜这一上午行凶的秦风,也一瞬间极度加强了他的右手掌的力量,而且也垫起脚来。他们两人仇人相见,秦风脸色灰白地,妩媚地笑着,但是嘴唇战栗破坏了这种笑,而王禾脸色愤怒而涨红,他而且有着愉快于自己的先动手而面庞涨红,他们两人都垫起脚来又落下再又垫起脚来,从事着沉默无声的这一场格斗。他们的手都发痛了;王禾再垫起脚来又落下,他的手很发痛了。他被秦风捏紧了,但后一次的垫脚和沉默地咬牙,他又将秦风的手捏紧了,自己减少痛了,因而快乐。他的脸上显出沸腾的热情和正义。他便觉得他增加改悔了他不久前因为罚跪的伤害年青人的错误了。他在和毒物格斗。由于这沸腾的热情确实增加了力量和威势,妩媚地笑着愉快着他的各种色彩的秦风便败了。他在王禾又一次用力地垫起脚来又落下去使用着他的膂力的时候败了,王禾的心脏强大使他失败了。王禾想到他的人生是有着豪强的,虽然不久前流过鼻血;他带着骄傲的心情了。

"你败了,我胜。"王禾骄傲地说,"我打败你了。"

"你没有。"秦风说,他战栗着想攻击,他举起左手来颤动了一颤动。

但秦风右手被捏得发痛,便又缩回去。于是他恢复了他的苍白的脸上的妩媚的笑,还出现了因仇恨在心中扭曲而有的深刻的妩媚的笑,看看王禾。

"祝你前程安康！"他笑着,显得很温和,佩服,似乎很是善意;而且他较快地于这温和的声音的尾端有着一种感动的战栗。但是这仍然没有能掩藏他的仇恨,他因为败了而在声音的尾端也有一种哀痛。他的右手举起来战栗了一战栗,而且又垫了一下脚,似乎想和王禾撕打,但又抑制了。王禾激动地冷笑,他尖锐地感到秦风有着的凶恶。秦风转身走了。

"我随时持着猎枪打胜你！你从人们的伙食里偷吃出来！"看见秦风去了,王禾骄傲地说,又叉了一下腰。他较轻松地喘了一口气。他因为很是慎重地,激怒地战胜了秦风而有着一种带着稚气的快乐和骄傲。

"你仍旧逃了。"他叉着腰说。

"我们不和他噜苏了,王禾大叔。"吴俊美这时多情地说。

王禾老头带着他的愉快的骄傲,继续眺望着街道。

"我终于能打胜他,刚才我用强力而再垫起脚来胜了。我决心地将他的手捏紧,我便胜了。"王禾带着他的雀跃的快乐说。

吴俊美看着有着他的激昂的老男人,熟悉他的性格,王禾的激动和活跃使她想着她这一上午的经历。刘秀云因为保护她而被刀子刺中了,那刀子锋利,发亮,而刘荃民和歹徒在副食店门前做了一场也是艰险的格斗。重要而使她痛苦的是,这歹徒还是她过去的丈夫。她的脸有些苍白,她看看街道转角出春天快要到来的挺直着的,似乎已有着丰满的液汁,但仍然赤裸着的槐树和附近的同样赤裸着的,有精神的小的杨树,看着周围的房屋和还清楚的街道;在她被囚的岁月,她曾做过一些时清洁工。她的心再激动,刘秀云和刘荃民的战斗和奋斗,表明着人间有着深的至情,国家有着不低的门楣,但她仍然因刘秀云的负伤,因觉得自己以前的丈夫变成歹徒而痛苦。她便头脑里一瞬间恍惚地想起几十年的生活,觉得经历了不少的时代了,她再带着不久前痛哭时的英雄的和悲伤的情绪看看老男人王禾,向附近的杨树走去,而将它摇晃了一个动作,攀了一攀它的枝干,而从地上拾起一根长的和粗的草棒转来了。这表示她的感情激荡。

"你王禾大叔凝视着豺狼远去了,和他掰手因为垫脚而致胜;我因为想起谢诚志那头恶狼而觉得痛苦,和我是否有什么错,对后辈人——对祖国祖土不尽职责呢。今日你也有过一阵阴沉,我们这一辈人建设时代有复杂的感情。"她和王禾一起走向副食店门前,说,她的脸有着发红和发光,她瞬间前相当长时间的痛苦的有些特别深刻的情绪表现在她脸上,她的眼睛有着特别的闪光。这特别是她的特别,她是渴求知识并且渴求未来而心中充满理想的热的浆汁的。吴俊美再有不是瞬间前和秦凤冲突的时候的现实的,街巷的妇女的形态,而是焕发的、理想的样式了,"经过了岁月我们做着实际的人生追逐。王禾大叔,什么时候你来我家吃饭吧,你一定来,"她说,甩动着手里的草棒,笑着而嘲笑着自己再显出的现实的妇女的形态,虽然这也是她有着喜爱的,"生活,也总在变化着,我想着几个老文人案以来好些年过去了,国家建设着,我为我刚才的哭很有害羞了。当我想着那持刀的歹徒是我的关系人的时候,我有一种伤痛,但是,我的心告诉我我们是争夺着未来的。"她说,面色阴暗了一瞬间又焕发了起来,甩动着她手里的草棒,显出她的内心的颤动,并且,呈现出一种"风流",豪杰的样式。"我像你一样,在野林和街市上遇到豺狼,而垫着脚掰手而格斗致于不败了。"她带着她的焕发的理想的风情说,垫了一垫脚。但她突然又冲动地、激昂地,伤痛而甜蜜地哭泣了。

王禾沉默着,她的内心的激动的、快乐的情绪继续着而突然中断了;他不败于秦凤,但他觉得瞬间前的胜利,称雄,夸耀自己也没有什么意思,吴俊美的又哭使他再想到刘秀云的伤,而又想到自己今日上午不少的失错,流鼻血也启示了年岁,于是逐渐发生了阴沉的心情了,觉得不必这么快乐。他是有着神经骚扰的老男人,他此时觉得他今日假装病重和假设了遗产很有些意义,但是后来的做诗是有着缺陷的,他觉得如同有些人的意见,他似乎有时收敛一些要好些。他激昂地像一个兵士一样地冲锋而此刻觉得有一些后悔了,依这时的心情,他觉得他的生活里的灰暗多些。因此他怀着激昂的热情想回答吴俊美的快乐的话,却在吴俊美的突然的哭泣中,变成说了晦涩的情绪了;吴俊美的突然的再哭泣的形态,也使他觉得一种羞涩。他便严肃地跪下来跪了一跪。

"在街上和野林里碰到豺狼,致于不败也是不易的,你还是要提防——你不过分高兴了,过去的老文人案,他们还要继续咬人的。"他带着冷淡、羞涩——因自己产生了落后的情绪而羞涩——和一种对自己的不满从跪下中站起来,说。

"那你说的也是。"吴俊美也羞涩地说,忽然出现了带着她的有着搏斗的情绪和理想的感情的激情的样式,有着颉颃地看着王禾。但接着她又哭了。

"你也宜休息,冷静,"王禾脸红,继续不满自己,但继续带着阴暗说。因为内心的激昂,他又跪下了一跪。"你激动了,今天上午。"他说。"我也觉得过去的文人案件,也有对你的负累。"他又忧伤地说。

他自己产生了一种苦恼,也让吴俊美觉得苦恼。他又跪下了一单位,而吴俊美的哭声继续着。在这中国的街上,这中国还有着它的陈旧,吴俊美迎着她的过去的丈夫谢诚志的刀刃再在心中焕发着妩媚的,有力的向着未来的理想,但是心中又有着激昂,他的悲痛的,英雄的哭声再次起来而继续着了。王禾心中似乎有着家长的、陈旧的、狭窄的、愚昧的、缺乏悟性的封建的遗留——他一瞬间觉得自己有这种遗留,他便又跪下。他心中也跃动着他的理想的火焰,因为他是有着理想而在社会上和恶劣的事情搏斗的,这火焰现在闷窒在他胸中;他淡淡地笑了一笑,觉得自己似乎是假装着沉闷与陈旧的,如同刘秀云假装成恶人似的——他想他自己似乎也是这样,有些愉快。然而,他仍然觉得他有这种阴沉,又觉得这有怪诞,这愉快似乎不是自己的,但是是自己的。他在他的光辉的战斗里——犹如古代的武侠世界上某一些国度的旧时的骑士,在光辉的战绩中——他在这战斗和战绩正很华美的时候,有着忽然的顾忌和畏怯。王禾在这一上午有光辉的战绩,但他几乎不知为什么,觉得生活里有值得惧怕的。觉得他所致胜了的恶毒的事物有值得惧怕。吴俊美的哭声继续,又盈满街道,而王禾跪了又再跪着。

"但是我说,"继续在她的哭泣中有着她的焕发的,搏斗的心理,受着挫折但又振作起来,继续充满着她的理想的激昂和激情的吴俊美,在哭泣里眼睛里闪跃着妩媚的光芒,而心脏跳跃着,"你王禾大叔不一定对了。自然你是对的。但是,我搏击野荆棘林里和街市上的豺狼,我还是要搏击的。"她说,哭泣着。

"那是的了。"王禾说,友善地笑着,但他心里的他自己知道的退避没有过去,他仍旧冷淡地说。他避让着一个他忽然感觉到的空洞的幻影,但他也觉得是一个恶鬼的影子,因为前些年他也坐过监牢;因为战斗的老人怯懦了,便幻想到生活的角落里似乎埋藏有危机。"虽说是这样,但仍然豺狼不得不防。"

"但我是对的。"吴俊美用高亢的抗议、愠怒的声音说,哭着,"我觉得,岂不是仍旧要奋勇,假设有这阴影的话,我觉得,你大叔今日不也是对付胜了这些么?你像一个旧式的老头了。我不满意你。"她说。因为英雄与悲伤的情绪,她哭着。

"那是吧。"老人说,想了一想,又自己罚跪了一个动作。

"我不满意你。"吴俊美带着她的理想的灼热的样式,沉痛然而同时欢乐,声音高起来,哭着说。

"在野的野树林里,"王禾老男人笑着,有着一点讽刺的表情,似乎他再回转到他的搏斗的心理来了,"在野的野树林里,和市街上,辉煌的大厅的走廊里,仍旧有豺狼在徘徊。"他说。

"在野的野树林里,"更多地充满焕发的激昂的,在哭泣里变得美丽而红润的,快乐而悲痛的吴俊美说,"在市街上,在灯火闪跃的人间走廊里,有我和我的人持着猎枪在徘徊。"她说,又大声哭泣。

"但是也有疏忽——自然,吴俊美,你对了。"老男人笑着说,但是他又阴沉了,"我是说,日年是沉沉的度过,也还是旧时中国这祖土的营生。"他说,想了一想,由于心中的激动,又向着天空、街市跪了一跪。

"你真有点是这样痛苦了。"吴俊美哭着说。

老人便笑了一笑沉默着。他好像可以再返回他是奋斗的战士了,但他仍然疑心着什么,不安着。但他是假设社会上有着不安袭来,与其是假设,他自己是陈腐的老人。"老头子"有奇怪的阴沉,有奇怪的中国旧时代的袭击,他觉得很容易变成封建的深渊的中国的旧时的老男人,他的阴沉也像许多次一样,渐渐重一点了;他也似乎是假设着是这样。他像秦风在他的凶恶与"善良"之间循环一样,在他的战斗的战士与落后的、陈旧的老人的形态之间有着循环。

"我还是说,我的心有沉坠,在日子暮暮的时候,"老人想着阴沉而真的有着阴沉,说,"屈原大夫说,日掩掩而将暮兮,中国的生计,我觉得也常是掩掩而将暮。"

"不是这样的。"吴俊美哭着,但依然在脸上闪跃着她的焕发的理想之情,"我说的是,屈原大夫说,日扶摇而朝霞升华与灿烂,王禾大叔啊,我说的是这。"觉得老人不一定那么阴沉的吴俊美叫着说。她的哭声又因内心的激昂而宏亮。

"但是中国有着黑沉,人也依照祖先一样只简约地生活。"老人说。想了一想,又对着天空,街市跪下了一跪。

"但是中国有着灿烂。"吴俊美说,哭泣的声音继续,并且激动地声音拖长。

"你哭着是有着黑与沉。"

"那固然是的。"吴俊美哭泣叫着,显出她的对抗的固执的性情与一定的愠怒,"但我说有着灿烂。"她哭泣,说。

"你这是年轻了,孩儿,年轻人啊!你的哭使我激昂了。"

"不这样的。"吴俊美继续带着愠怒说。"你大叔令我失望了。"她带着内心的战栗与痛苦哭着说。"你为什么这样呢?"她又说。

王禾显得不满意,他要抛弃他的英雄人物吴俊美了;——而吴俊美的战斗的英雄人物王禾也在她的面前变形了。老人由于进一步怀疑自己是封建落后的间谍的缘故,便更为不安定了;他便觉得自己是一个带着一种狭窄的封建家长制的人物;或心中曾有封建家长制,这霉烂的事物在他年青时曾被他反对,却在年老时又回归到心中了。由于这种怀疑,由于怀疑自己是封建霉烂物的间谍,由于怀疑引起的夸张,老男人便带着较多的北京土腔说话,说着他认为人生时常是"日掩掩而将暮"的,一方面研究着自己,便也觉得真的认为人生是悲观与悲伤的,认为中国仍旧是"无为的,难以建设的人生"。老男人有着沉滞的情绪与浓重的忧郁了,他也又再想到他的流鼻血与刘秀云的负伤,而心里果真产生了一种栖息的、倦怠的、退休的感觉——似乎觉得从人生的冲锋退避是合适的了。这种心境里,他还对周围的乡土产生一种疲倦的亲切,自少年时代以来的有兴奋的亲切便似乎失踪——搏斗的战士似乎转为倦怠的人生的注意者,对乡土与水土产生了似乎是实际的,栖息的感觉。于是他便对他一上午的冲动和瞬间前的做自由诗有着真的羞怯了,而显出来是一个卑俗的"老头"了,似乎这是合适的。他也怀疑自己真的是否这样了,但他是顽固与执拗的,他带着沉滞的情绪用着土腔说话了。但他心中也颤动着顽固的对这的反对,他又跪下来一瞬间。

"日间靠着中午,今日出来比昨儿的时间多了。"他带着沉重的忧郁说,"我觉得我与人事的缘儿也是不多。"他跪着站起来,他带着一定的伪装说。

"你这样说呀,王禾大叔,你便不是你了。"吴俊美喊叫着,继续愠怒地哭着,说。一面回顾着身后的店铺的护门,她因为王禾老人的忧郁,和回顾店铺的护门,而又大哭了。

"我是莽撞的受了打击,我便觉得我一辈子没有做什么。"王禾说。继续固执地阴沉着,他的心中有这种情绪,这时候,这一上午的和敌对物搏斗勇猛的搏斗者,显得是似乎心中一丝热情也没有了。"人生是无味的,你看呢,在你们年青人有滋味,在我看来是太阳靠山坡,岚气升与浮,在这地面上,野村与街市,都有那些恶狼的行踪,你看是不是呢。那恶狼走来,我便有决议将我的衣食给他,"他带着沉痛说,"而不再抵抗了。几个老文人的书,也没有意思。"他说,带着一定的伪装,而又奇特地跪了一跪。

"你这简直是很错的了,"吴俊美哭着,说。"你是有假装着来对付我的,"她带着愤怒地哭着说。

"我怎么对付你的呢!"

"你对付我的。"吴俊美带着愤怒叫着哭着,她的焕发的理想飞翔了一阵,这时她心中真正地增加沉痛了,她想老人也可能是有些伪装,但她想无论老人是真的还是假的——是假的也有这样的一种假的,她便心里再涌起刘秀云负伤的痛苦,悲伤的情绪,同时,又激昂起来,涌起搏斗的英雄的情绪,声音战栗,发出了拖长的大声的继续嚎哭了。她想及往事,包括她的离了婚的丈夫给她带来的痛苦,同时汹涌地想及自己力不能及而又力所能及的理想的抱负——她觉得是燃烧着的力所能及的理想的抱负,而再激动起来,大声哭泣便继续了。怀着英雄的抱负,激动的悲伤,怀着似乎才能受到委屈的苦恼和怀着在心中奔腾的理想——怀着对老人王禾的愤懑,她便又哭起来了。

"你真的哭。"王禾忧郁地说,他又对着街市与天空跪了一跪,但由于她的哭,她的对他的真切的愤怒与失望,便更觉得她是亲密的朋友——于是心中的阴沉便在心灵颤栗的状态中溶解。"你哭,我便放弃我的刚才这样了。我说,吴俊美啊,我说朝霞已经升起——你是一个鸡叫的机械教条,我说建设的祖国,和它的巨大的成就,而旧时代已经退去了,——你不哭了。我说这些了。"老头人仍然带着激昂说,他想了一想,又跪了一跪。

吴俊美果然停止哭泣了,有些紧张地看着老人;她真的心灵紧张地要听这种语言。

"我说,"老人说,阴暗继续了,便突然流出了一点眼泪,声音有些暗哑,便不再是土俗的、落后的老人,而再是冲锋的,英雄的战士了。从心脏中央升起来的热力使他一瞬间异常激昂,从他的心脏,血液,到他脸上的肌肉,都颤抖着,——他被他的朋友吴俊美唤回来和唤醒了,"我说,新时代的,建设的大业的新时期的原子能的星辰已升,中国祖土再不回到旧时代——我这样盟誓说。"他说,又跪下了一跪。

"你跟小孩子说话的样子了。"吴俊美说,"但这样说,是对的,我也要的。"她说,又哭了起来,发出宏亮的哭声。

"我也说只一不二,那些江青贼帮不能再有了,而新的星辰,邓小平陈云李先念诸人的星辰,便在太空闪跃,中国到达你吴俊美理想的时代。"王禾说,他想了一想,又对着街市与天空,跪了一跪。

"你是十分迂腐的老头。"吴俊美讽刺地说,她的面庞有着战栗,她哭着。

"天上人间。我们祖国的新时代在战胜四人帮的劫难之后闪电一般,带着它的雷霆的啸吼和一和龙卷云,到来了!我们继承着祖土的故人沉默地劳动,而建设起来了,痛苦于十年浩劫,知道光明的可贵的青年走出来能手,也有你吴俊美这样的能手,建设起来了。"老头王禾喊叫着,宛如冲锋的兵士——而显出了他的英雄的情绪与在这北京街上战斗的姿态。"我们的田汉、老舍,两个老文人,也有了灵魂安静了。"

"你说的十分对的。我的心需要你这样说。"吴俊美说。继续哭着。

"我说,我将为事业而战!"老人带着一种狂热,伸手指着空中,说,"太空中日月浮沉,永恒的我祖我民,吾土吾民,我王禾愿这样,如同你的哭声与哀叹,你的激昂的大哭,如同刘秀云的笑貌与善良刚烈,如同摇篮里的婴儿的弥满的蜜笑所号召,我王禾为儿童的成长,为人民的神圣的盼望而战!"

王禾的声音战栗着。吴俊美的面庞有着颤抖,她的哭泣中断了,但立刻又激昂起来,由于生活的展开,由于刘秀云的负伤与她与潘卯的恋情,由于警官刘荃民的正直,由于她制胜了她的离了婚的丈夫,由于两个老文人案,坐监牢以来许多年了,她激昂地大哭着。

"过两天我找你,你到我家来坐坐。吃便饭。"现实和理想的妇女吴俊美哭着说。

"我激动了。"王禾老男人再又说。

吴俊美笑了一笑,由于灵魂的震动,有着一种她觉得是继续激昂的情绪,她盼顾四周,继续大声哭泣了。她停止了哭泣,默念着事务,走进副食店去了。

王禾呆站着。他又觉得一种窘迫,因为有一两个人在看着,便觉得一种不安。但他心脏搏动着,他的激动的感情仍然活跃着,他没有离去,像等待着什么似的,像一个兵士似的,在中国的这街道上的生灵,小的副食店的门前徘徊了起来。以一种骄傲的脚步蹀躞着,徘徊了起来。

他带着他的骄傲,蹀躞了很久,使他意外地,带着袖套和白色的护发帽的,吴俊美迅速地,像一阵风一样地,从副食店的护门出来了。她出来又哭泣了,继续着以前的感情。

"我设想你可能在这里呆想什么没有走。"吴俊美说,甜蜜地哭着,她的情绪激动。

王禾看着她。

> "我的心跳跃而热烈讲述将来的理想,
> 只是目前尚有着也估计有着艰难;
> 我作我的抒情诗奉献给你。
> 我从我的副食店的冬季快过去的护门出来,
> 这护门快拆去了,
> 将在门前看着大路,
> 树木绿的时候有春雨,
> 早晨的时候和任何的时间,
> 有一些理想和浓密的祖土之情发生
> 出发,
> 从各家的店铺拆去了护门的豪放的大门出来,它们出来,出发,

参加着和敌人的搏斗。
我在门前看着大路,
我在门前看着大路,
每日都遇见你,我的老朋友,
而大路上经过着新出厂的崭新的车辆。"

听着吴俊美激动地做她的诗,老人王禾带着雄壮的情绪,在副食店大门与附近的赤裸的,但已经灌满液汁的白杨树之间的地面上踱踱着和徘徊着。吴俊美做完诗又哭泣了。王禾便又严肃地,对着街市与天空又跪了一跪。

           1988 年 7 月 30 日
          1992 年 9 月 26 日整理

（据作者手稿抄印。"20×20＝400"规格原稿纸,顶边右侧有"第　页共　页"栏,左边下部印有"北京市电车公司印刷厂出品　八七·十二"字样。共 426 页,大部按格书写。）

图书在版编目(CIP)数据

路翎全集. 第十四卷, 晚年长篇小说. 1992/路翎
著;张业松主编. --上海:复旦大学出版社, 2025.
2. -- ISBN 978-7-309-17736-7
Ⅰ. I217.2
中国国家版本馆 CIP 数据核字第 20240SL144 号

路翎全集. 第十四卷, 晚年长篇小说. 1992
路　翎　著
张业松　主编
责任编辑/方尚芩

复旦大学出版社有限公司出版发行
上海市国权路 579 号　邮编：200433
网址：fupnet@fudanpress.com　http://www.fudanpress.com
门市零售：86-21-65102580　团体订购：86-21-65104505
出版部电话：86-21-65642845
上海盛通时代印刷有限公司

开本 890 毫米×1240 毫米　1/32　印张 16　字数 415 千字
2025 年 2 月第 1 版
2025 年 2 月第 1 版第 1 次印刷

ISBN 978-7-309-17736-7/I·1436
定价：90.00 元

如有印装质量问题，请向复旦大学出版社有限公司出版部调换。
版权所有　侵权必究